Über den Autor

Michael Marrak, geboren 1965 in Weikersheim, studierte Grafik-Design in Stuttgart und arbeitete zunächst als Grafiker und Illustrator. Anfang der neunziger Jahre trat er als Autor, Herausgeber und Anthologist in Erscheinung. Für sein Werk erhielt er zahlreiche Auszeichnungen, u. a. den Deutschen Science Fiction Preis. LORD GAMMA wurde sowohl mit dem Kurd Laßwitz-Preis als auch dem Deutschen Phantastik-Award für den besten deutschsprachigen SF-Roman des Jahres 2000 ausgezeichnet. Michael Marrak lebt und arbeitet als freier Schriftsteller und Grafiker in Hildesheim. Mehr über den Autor erfahren Sie unter der Adresse http://www.michaelmarrak.de

Michael Marrak

Lord Gamma

Roman

BASTEI LÜBBE TASCHENBUCH
Band 24 301

1. Auflage: Juni 2002
2. Auflage: Juni 2004

Vollständige Taschenbuchausgabe

Bastei Lübbe Taschenbücher ist ein Imprint
der Verlagsgruppe Lübbe

© 2000 by Michael Marrak
Das Buch erschien als Originalausgabe im
SHAYOL Verlag, Berlin
© der Taschenbuchausgabe 2002 by
Verlagsgruppe Lübbe GmbH & Co. KG, Bergisch Gladbach
Dieses Werk wurde vermittelt durch die literarische Agentur
Schlück GmbH, 30827 Garbsen
Titelillustration: Thomas Thiemeyer
Umschlaggestaltung: QuadroGrafik, Bensberg
Satz: Heinrich Fanslau, Communication/EDV, Düsseldorf
Druck und Verarbeitung:
Brodard & Taupin, La Flèche, Frankreich
Printed in France
ISBN 3-404-24301-3

Sie finden uns im Internet unter
www.luebbe.de

Der Preis dieses Bandes versteht sich einschließlich
der gesetzlichen Mehrwertsteuer.

Danksagung

AIRBUS INDUSTRIES in Toulouse, der DASA (zukünftig EADS – European Aeronautic, Defence and Space Company) sowie HANSE AEROSPACE in Hamburg gebührt mein besonderer Dank für das umfangreiche Informationsmaterial über den Airbus A380-200 und die mir gegebene Möglichkeit, zumindest literarisch bereits auf einer Plattform der nahen Zukunft zu stehen. Beim A380-200, der frühestens ab dem Jahr 2010 bis zu 1000 Passagiere gleichzeitig befördern soll, handelt es sich um ein zur Zeit nur auf dem Reißbrett existierendes Folgemodell des ab 2007 fliegenden A380-100.

Nicht weniger wertvoll waren für mich die astrophysikalischen Berechnungen und astronomischen Informationen von Prof. Dr. D. B. Herrmann und Eckehard Rothenberg von der Archenhold-Sternwarte in Berlin (»Da handelt es sich um eine Frage, die bisher noch niemand gestellt hat. Wir kümmern uns darum...«)

Zu großem Dank bin ich auch Andreas Eschbach verpflichtet. Er hat sich als guter Freund, Kollege und *last but not least* als Mentor in außergewöhnlicher Weise für den vorliegenden Reprint des Romans eingesetzt. Dasselbe gilt für David Kenlock, dem ich nicht nur blutige Steaks und zahllose Substanz-Monologe zu verdanken habe, sondern auch die neuentdeckte *Dimension protagonistischer Unergründlichkeit*. Dank auch an Meike Reichle und Adrian Schlobies, die mir neben der logischen Erklärung, wo bei einem Flugzeug vorne und hinten ist, auch eine Gleichung des Artemion-Effekts präsentiert haben.

Meine tiefste Verbundenheit gilt jedoch jenen Personen, die ihre Zeit für mich geopfert haben, um dieses Buch zur Vollendung zu führen; allen voran Malte S. Sembten, der sich wochenlang mit dem Typoskript von LORD GAMMA beschäftigt und *ad hoc* die Arbeiten an seinem eigenen Buchprojekt verschoben hat. Seine harten, aber herzlichen Ansichten und Korrekturvorschläge waren von unschätzbarem Wert. Gleiches gilt für Susanne Kraft und Uwe Schlegel, die durch viel Fingerspitzengefühl, inhaltlichen Überblick und ›Behavioristik‹ noch die eine oder andere mittelschwere Katastrophe verhindert haben. Ebenso Thomas Thiemeyer und Gerhard Junker, die mit stoischer Ruhe und erhöhtem Adrenalinspiegel meiner Wankelmütigkeit bezüglich der grafischen Gestaltung des Original-Buchumschlags begegnet sind. Und nicht zuletzt Hardy ›Alien‹ Kettlitz für seine Geduld und seine Geduld und seine Geduld …

MICHAEL MARRAK
DEZEMBER 2001

ALPHARD : DER ALLEINSTEHENDE
NAOS : DAS SCHIFF
ISADOM : HAUS DER LEHRE

Welch ein Paradoxon, welch eine Grausamkeit, welch eine Ironie. Das Innenleben und die Vorstellungskraft ruhen in einem stumpfen Schlaf. Wenn die Menschen nur einen Moment lang erwachen und die trügerische Oberfläche der Illusionen hinter sich lassen könnten. Aber in ihnen herrscht allezeit Stille. Dort, in dieser Stille, liegt ein Garten, und ihn umgibt eine nicht von Menschen geschaffene Ordnung, die sie eine tiefe, wortlose Verbundenheit erleben lässt und ihnen das Gefühl gibt, wirklich zu sein und zur Welt zu gehören.

O. S. Seaman

»Und wenn wir ein Staat von Teufeln wären, wir müssten uns Gesetze auferlegen, nach denen wir leben.«

Detlef B. Linke
Hirnforscher
In der TV-Diskussion
›Regeln für den Menschenpark‹, 1999

Inhalt

ERSTER TEIL

Nachtfalter

Alphard 1	15
Naos 1	24
Alphard 2	27
Naos 2	45
Alphard 3	52
Naos 3	92
Alphard 4	100
Isadom 1	119

ZWEITER TEIL

Terrarium

Alphard 5	127
Naos 4	169
Alphard 6	175
Naos 5	198
Alphard 7	204
Isadom 2	223

DRITTER TEIL

Babalon

Alphard 8	231
Naos 6	243
Alphard 9	249
Naos 7	286
Alphard 10	293
Isadom 3	326

VIERTER TEIL

Ebenen

Alphard 11	333
Naos 8	347
Alphard 12	353
Naos 9	386
Alphard 13	393
Isadom 4	426

FÜNFTER TEIL

Sphäre

Alphard 14 . . . 445
Naos 10 456
Alphard 15 . . . 464
Naos 11 474
Alphard 16 . . . 480
Isadom 5 525

Epilog 547

ERSTER TEIL

Nachtfalter

Alphard 1

»HIER IST RADIO GAMMA. *Ich komme euch entgegen, ich folge euch. Eins ist wie's andere. Die Straße geht immer geradeaus, das wisst ihr. Wann, zum Teufel, seid ihr das letzte Mal durch eine Kurve gefahren? Lange her, nicht wahr? Jene von euch, die es trotzdem geschafft haben, liegen seither auf dem Wagendach. Wem seid ihr ausgewichen? Einem Kojoten? Ha, war ein Witz! Die Kojoten sind verglüht. Aber die Straße hat es überdauert. Sie ist wie ein Zuckerband, führt immer geradeaus, immer bergab, sweet candyroad. Ihr müsst hier fahren. Es ist wichtig. Ihr wisst das ebenso gut wie ich. Es ist eure verdammte Pflicht, auf dieser Straße zu fahren. Ich bin bei euch. Kein Läufer kann mich stoppen. Ich beschleunige mich bis zum Quantensprung. Ihr seht mich nicht, die Läufer sehen mich nicht. Aber ich bin da, glaubt mir. Ich weiß, manche von euch sind zu Fuß unterwegs. Verschwindet vom Asphalt, Leute, er gehört dem Motorbiest. Für euch ist der Staub rechts und links der Straße. Das tut euren Füßen gut und ist gesünder. Scheiße, sagt nicht, ich hätte euch nicht gewarnt. Ich will eure plattgefahrenen Ärsche nicht von der Straße kratzen müssen. Das ist nicht mein Job!*...«

Ich schnippte die niedergerauchte Zigarette fort und schaltete das Radio aus. »Damit quatscht er uns immer voll, wenn wir anhalten«, sagte ich. »Seine Sprüche kenne ich inzwischen auswendig.«

Prill wippte nervös mit den Beinen. »Ich habe das noch nie gehört.«

»Natürlich nicht. Es ist nicht auf deinem Persönlichkeitsmuster gespeichert.«

»Manchmal habe ich den Eindruck, du bist sauer auf den Wagen. Als wäre er für das Radioprogramm verantwortlich.« Prills Blick war in die Ferne gerichtet, die Straße hinab, in den Sonnenuntergang.

»Ja«, bestätigte ich gedehnt. »Leider habe ich den Moderator bis heute nicht gefunden. Im Motor saß er jedenfalls nicht, den habe ich schon vor dreitausend Kilometern ausgebaut...« Ebenso wie das Gaspedal und die Kupplung und den Tank, ergänzte ich in Gedanken. Selbst mit einem Müllcontainer auf Rollen, in den man eine funktionierende Lenkung einbauen würde, käme man bis ans Ende dieser Welt. Die Straße war zweispurig und schnurgerade und führte tatsächlich immer bergab. Ihre Breite betrug exakt 25 Fuß, und sie war so plan, als wäre sie erst vor wenigen Tagen fertig gestellt worden. Dabei war ihr Asphalt von einer altgrauen Farbe, die Straßen für gewöhnlich erst nach Jahrzehnten annehmen. Es gab keine Spurrinnen, nur einen fast verblichenen Mittelstreifen, der sagte: ›Überholen verboten!‹ Das einzige, was in der Lage war, einen auf der Straße zu überholen, war die eigene Verzweiflung über ihre Endlosigkeit. Sie könnte noch einmal sechstausend Kilometer weit führen, vielleicht aber auch zehntausend oder eine Million Kilometer. Die Straße war die Straße war die Straße. Mit Gegenverkehr brauchte ich nicht zu rechnen; es gab keinen. Allenfalls ein Läufer tauchte hin und wieder vor der Schnauze des Pontiac auf. Unentbehrlich für meine Fahrt hinab in die Unendlichkeit waren nur das Bremspedal, das Lenkrad, vier Räder und zwei Sitze. Der Rest war Laderaum für Lebensmittel, Waffen und weitere Ausrüstung.

»Bedauerlich, dass ich nie einem von denen gegenüberstehen werde, die für alles verantwortlich sind«, murmelte Prill in unterdrückter Wut. »Um ihnen ins Gesicht zu spucken!«

»Du könntest das Radio anspucken«, schlug ich vor. Es sollte ein Witz sein, doch Prill war nicht in der Stimmung, um darüber zu lachen.

»Meinst du, dieser Moderator steckt dahinter?«, fragte sie.

Ich zuckte die Achseln.

»Wie kann ich jemandem nützen, wenn ich jedes Mal von vorne beginnen muss?« Prill schluckte. Selbst in der Dunkelheit konnte ich ihrem Gesicht ablesen, dass sie Angst hatte. *Von vorne beginnen müssen* war eine äußerst hilflose Umschreibung für das, was ihr bevorstand. Dennoch war ich überrascht. Keine ihrer Vorgängerinnen hatte diese Worte je gebraucht.

Wir hatten die Barrieren schon so oft überquert, aber für Prill war es am Ende jeder Zone immer das erste Mal. Auch die Erinnerung daran war nicht auf ihrem Muster gespeichert. Der Schock überwältigte sie natürlich auch ohne Musterinformation, doch ich besaß inzwischen genug Erfahrung, um Prill so einfühlsam wie möglich auf das Kommende vorzubereiten. Manchmal kam ich mir dabei vor wie Gamma; immer dieselbe verbale Reaktion auf eine bestimmte Aktion. Es war anstrengend. Alles war anstrengend. Ganz besonders Prills Gemütsverfassung am Ende der Zonen ...

Da ich das Gefühl hatte, sie wäre noch nicht soweit, zündete ich mir eine neue Zigarette an, drehte den Fahrersitz zurück und blies Rauchringe in den Himmel. Nirgendwo im Universum schien der Begriff ›Fixsterne‹ zutreffender zu sein als für das Firmament über der Straße. Keiner der Sterne flackerte im Dunst der Atmosphäre oder wanderte über diese Welt hinweg. Der Himmel war starr, wie alles hier.

Prills Hand erschien vor meinem Gesicht, zog mir die Zigarette aus den Lippen und führte sie an ihre eigenen. Sie war Ende zwanzig, sah aus wie eine schwarzhaarige Version von Eva Marie Saint und trug ein kleines, dreieckiges Muttermal auf der linken Wange. In ihren Adern kochte ein leicht explosives Gemisch aus fünfundzwanzig Prozent Cree-Blut und fünfundsiebzig Prozent amerikanischer Nonchalance. Ihre indianische Abstammung kam nur in Ausnahmesituationen zur Geltung; wie jetzt. Minutenlang rauchte sie schweigend. Ihr Atem ging hektisch, während ihre Knie weiterhin auf und ab wippten.

»Überträgst du meinem Original diesen Tag?«, fragte sie schließlich. »Ich möchte mich an ihn erinnern, wenn wir draußen sind.« Sie sagte *wir*, das beruhigte mich ein wenig. Scheinbar sah sie sich und ihre Ebenbilder mittlerweile als Persönlichkeitskomplex. Vielleicht war es auch nur Zweckoptimismus, um sich nicht gänzlich verloren zu geben.

Ich lächelte. »Natürlich.«

»Versprich es!«

»Ich schwöre es sogar, Kleines. Vertrau mir! Wir beide, oder keiner von uns.«

Prill blickte ernst. »Ich habe Angst...«

»Ja, ich weiß. Es ist ein dreckiger Handel. Aber glaub mir, der *Schlüssel* wird bei einem deiner Modelle funktionieren.«

»Ich hasse dieses Wort!«, fauchte Prill verächtlich. »Modelle... Das klingt, als wäre ich ein Serienprodukt, ein Roboter. Ich – ich bin ein menschliches Wesen, verdammt noch mal!«, Sie weinte. Mal wieder. Wie vor jeder Zonengrenze, wenn es ans Eingemachte ging. »Gott im Himmel, ich bin doch ein Mensch. Bitte sag mir, dass ich ein Mensch bin, Stan!«

»Natürlich bist du ein Mensch.« Ich zog sie zu mir heran und hielt sie im Arm. Sie zitterte. »Ihr alle seid

Menschen, psychisch und physisch. Auch du; bis auf diesen kleinen Schönheitsfehler.«

»Aber wo bin ich wirklich?«

»Dein Original? Ich weiß es nicht«, gestand ich. »Gott, was würde ich dafür geben, es zu wissen und einen Weg dorthin zu finden.«

Prill löste sich wieder von mir und sah gedankenversunken über die Wüste. »So ein Scheißspiel«, stellte sie schließlich und mindestens zum zehnten Mal während der letzten Stunden fest. »Wozu die Stationen, wozu in jeder Zone dieselben Menschen?«

»Nicht ganz dieselben«, korrigierte ich sie. »Ein Individuum ist in jeder Kolonie verschieden.«

»Der Lord ...«

»Ja. In jeder Station ein anderer.« Ich sah, dass Prill meine Zigarette fertiggeraucht hatte und mit dem kalten Stummel Aschepunkte auf die Windschutzscheibe tupfte. »Bist du soweit?«, fragte ich.

»Nein«, antwortete sie. »Natürlich nicht. Aber was soll's. Ich werde nie soweit sein.« Sie sah mich an. »Darf ich dich küssen?«

»Du küsst mich am Ende immer«, grinste ich.

Prill schürzte die Lippen. »Na, dann ...« Sie zog sich das Sweatshirt über den Kopf, streckte sich und streifte ihre Jeans samt Slip in die Fußzone. Dann kniete sie sich über mich und presste ihre Lippen auf meinen Mund. »Ich weiß, es klingt albern«, flüsterte sie, als sie wieder Luft holte, »aber – es könnte das letzte Mal sein, dass ich so etwas unter freiem Himmel erleben darf.«

Wir beanspruchten die Stoßdämpfer des Wagens, als wäre es unsere letzte Nacht auf Erden. Zumindest für Prill traf dieser Vergleich in etwa zu, denn kaum einen Kilometer weiter würde sie bereits aufgehört haben zu existieren. Nicht einmal ihr Geruch würde bis in die nächste Zone an mir haften bleiben. Was das *in etwa* anging: Unser Liebesspiel fand nicht auf der Erde statt. Es fand irgendwo statt, und es war uns im Augenblick gleichgültig, wo. Die hässlichen, langen Narben auf meiner entblößten Brust und meiner rechten Schulter schienen Prill nicht zu stören. Als sie zum Höhepunkt kam, verlieh sie dieser Welt mit ihrem Schrei etwas Wütendes, Verzweifeltes und Endgültiges.

Nachdem wir uns wieder angekleidet hatten und ich ausgestiegen war, um den Wagen auf die Straße zu schieben, versank Prill in Schweigen. Der Schweiß auf ihrer Stirn rührte kaum noch von unserem Liebesakt oder der Abendhitze her, die über der Wüste lag. Hier war es immer Abend, und es war immer heiß. Die Straße führte hinab in einen postkartenstarren, bombastischen Sonnenuntergang, hinter uns die Dunkelheit einer Nacht, die uns niemals einholen würde, vor uns das eingefrorene Glühen eines entfliehenden Tages, der unerreichbar war.

Sand knirschte unter den Wagenreifen. Prill hatte ihre Hände in das Leder ihres Sitzes gekrallt, als erwartete sie jeden Moment eine Beschleunigung auf Mach zwei. Der Pontiac hingegen gewann nur langsam an Fahrt. Großmutterstart nannte ich es. Als ich davon ausging, dass der Wagen von allein weiterrollte, sprang ich auf den Fahrersitz, knallte die Tür zu und lümmelte mich hinter das Lenkrad. Die Straße besaß ein konstantes Gefälle von etwa vier oder fünf Grad. Unter diesem Umständen erreichte der Pontiac nach ein paar Minuten eine Höchstgeschwindigkeit von etwa siebzig Stundenkilometern. Es war angenehm, den Wagen einfach rollen zu lassen, ohne mir über Verkehrsregeln oder Geschwindigkeitsbegrenzungen Gedanken zu machen.

Gleichwohl musste ich auf der Hut sein, denn wir waren auf der Oberfläche nicht ganz allein.

Die Zonengrenze kam näher. Ich versuchte Prill gegenüber Gelassenheit zu demonstrieren, aber meine Kaltblütigkeit schien ihre Nervosität nur noch zu steigern.

»Alles wird gut gehen«, sagte ich.

Sie nahm meine rechte Hand und drückte sie, dass es fast weh tat. »Wie weit noch bis zur Barriere?«, fragte sie heiser.

»Etwa achthundert Meter.«

»Ich sehe sie nicht.«

»Sie ist dort vorne, glaub mir. Zwei deiner Vorgängerinnen mussten es am lebendigen Leib erfahren.«

Prill schluckte schwer. »Was – muss ich tun?«

»Lehn dich vor, bis dein Kopf unter das Armaturenbrett reicht. Es darf nichts von dir aus dem Wagen gelangen, sonst bleiben Spuren in dieser Zone zurück.«

»Okay...«

Sie schloss die Augen und beugte sich über ihre Knie. Ihr Zittern glich bereits einem spastischen Anfall. Ich griff hinter mich, zog eine Ruger aus einem Holster an der Rückseite des Fahrersitzes, legte die Mündung hinter Prills linkes Ohr und drückte ab. Prill zuckte bei dem Schuss ein letztes Mal zusammen und sank schlaff nach vorne. Das Geschoss war aus ihrer rechten Stirnseite ausgetreten und hatte eine Fontäne aus Blut, Hirnmasse und Schädelknochen in den Fußraum geschleudert. Ich atmete tief durch, versuchte mich auf dem Sitz zu entspannen und erwartete die Barriere. Als ich sie passierte, glühten Prills Körper und der Inhalt ihres Schädels im Fußraum für Sekunden wie eine Magnesiumfackel auf, dann war sie verschwunden. Kein Rauch, kein Gestank, keine Brandflecken auf den Polstern,

21

keine Asche. Prill 15 hatte in Zone 36 aufgehört zu existieren.

Es war mir zur Gewohnheit geworden, ihre Klone zu nummerieren. Modelldenken. Im Grunde hatte Prill recht. Aber eine wie die andere waren sie nun mal Klone; Dutzende, vielleicht sogar hunderte. Weiß Gott, wie lang diese Straße war und wie viele Bunker es gab. Ich war mir sicher, dass selbst die Lords für ihre Geschöpfe nur Nummern besaßen.

Mit Prill 1 war ich damals ahnungslos durch die Barriere gerauscht, nicht ahnend, was im selben Augenblick mit ihr geschehen würde. Gamma hatte mich nicht gewarnt, und ich hatte es nicht wissen können. Lebendige Klone brennen länger. Viel länger. Ich wusste nicht, woran es lag. Die Erfahrung jedenfalls war furchtbar gewesen; für Prill 1 ebenso wie für mich, der ich nichts dagegen hatte unternehmen können.

Prill 6 war eine hoffnungslose Zweiflerin gewesen. Sie hatte nicht an die Barrieren geglaubt. Nachdem ich sie förmlich angefleht hatte, mir zu vertrauen, wollte sie die Barriere *spüren* und bestand darauf, dass ich den Wagen fünfzig Meter vor der Grenze stoppte. Dann war sie ausgestiegen und auf das unsichtbare Hindernis zugelaufen, die Arme ausgestreckt wie eine Schlafwandlerin. Ich hatte mit dem Gedanken gespielt, ihr einfach in den Rücken zu schießen, um sie an ihrem Vorhaben zu hindern. Die Skrupel hatten damals noch gesiegt. So war ich im Wagen zurückgeblieben und hatte zugesehen, wie sie Schritt für Schritt die Straße hinuntergelaufen war, bis sie die Barriere erreicht hatte. Ihre Finger hatten sonnenhell aufgeglüht, waren verdampft oder hatten sich entmaterialisiert, ich wusste es nicht. Ich werde ihre Schreie wohl nie vergessen, diese Komposition aus allumfassender Erkenntnis und unbeschreiblichem Schmerz. Zuerst waren es nur ihre Hände gewesen, die geglüht hatten. Doch begann dieses Feuer erst einmal vom Fleisch eines Klons zu zehren, war es von keiner Macht dieser Welt mehr zu stillen. Ich hatte Prill beschworen, es nicht herauszufordern. Sie hatte mir nicht geglaubt, bis das Feuer sie erfasst hatte; dieses unbarmherzige, unersättliche Glühen, das sich erst zufrieden zeigte, nachdem es Prills letztes Molekül verzehrt hatte.

Ich legte die Waffe auf den Beifahrersitz und schaltete das Radio wieder ein. »Hörst du mich?«, brüllte ich es an.

»*Natürlich, Stan*«, drang Gammas Plauderstimme aus den Boxen. »*Wie geht es dir?*«

»Das war die Fünfzehnte, gottverdammt...«

»*Ja*«, bestätigte Gamma. »*Du besitzt langsam etwas von einem Serienkiller.*«

»Das ist Mord, ein ums andere Mal!«

»*Du wirst anders denken, sobald du die Wahrheit kennst. Keine von ihnen ist wirklich tot.*«

»Ich bringe das irgendwann nicht mehr fertig!«

»*Du wirst sie finden, Stan. Vertrau mir.*«

Ich schlug wütend gegen das Lenkrad. Gamma war verstummt, aus den Boxen kam Musik, Moody Blues' *Nights in White Satin*.

Naos 1

VERDAMMT, ES IST KALT HIER! Warum deckt mich denn keiner zu? Ist niemand hier? Ich will »Hallo« rufen, doch nichts an mir bewegt sich. Die Augen bleiben geschlossen, der Mund ebenso. Ich höre nichts, irgendetwas steckt mir bis zum Hirn in den Ohren. Der Atem, wo ist mein gottverdammter Atem? Diese lausige Kälte, bis auf die Knochen. Fürchte, die geringste Bewegung sprengt mir das gefrorene Fleisch ab. Selbst vor dem Luftholen habe ich Angst. (Welche Luft holen, du Dummkopf?) Starr. Steif. Glasig. *La baba-ta, the Iceman comes* ... Bin ich verwundet? Ich warte. Es wird nicht wärmer. Wenn ich nur meine Hand heben und mir über die Augen fahren könnte, die Lider hochziehen, mal schauen ... Keine Chance.

Bin ich verschüttet? Ein Lawinenopfer? Meterhoch Schnee über mir? Wie tief stecke ich drin? Und seit wann? Befinde ich mich in einem Gletscher? Ha, ich schmelze! Berichtigung: Der Gletscher schmilzt. Ich taue auf! Oh, endlich. Ich komme wieder, jung wie eh und je. Wo ist die Sonne? Ich friere. Gott, etwas Wärme, schneller, schneller! Wenn ich doch nur in der Lage wäre, zu zittern. Diese Kälte ist kosmisch. Der Kosmos ... um mich herum? Oh weh, ich glaube, etwas ist gewaltig schief gelaufen. Aber ich kann mich nicht erinnern, Astronaut gewesen zu sein. Na ja, vielleicht können es andere. Oder eine Gedenktafel, die alle daran erinnert, sich zu erinnern: *Heb deinen Blick gen Himmel, Amerika, denn irgendwo dort oben ruht/trudelt/ treibt der erste Astronaut (ohne Raumanzug) im Weltall.*

Wuha! *Human Satellite*. Umrunde ich die Erde? Oder sie mich? Scheißkälte!

Licht! Licht!
 Es ist etwas heller geworden.
 Bestimmt ist es heller geworden.
 Ein wenig, glaube ich.
 Oder?

Ich bin ein Behälter. Ich bin der Behälter für ein wissenschaftliches Experiment. Klarer Fall. Ich habe oben einen Deckel und zwei Scharniere und ein Schloss. Das Schloss ist zu. Der Deckel natürlich auch. Ich stehe in einer Kühltruhe. Die Kühltruhe ist ebenfalls zu und wird bewacht. Ich bin eine geheime Verschlusssache.
 Ich bin wichtig!
 Wäre ich nicht wichtig, wäre ich offen. So.

Vielleicht bin ich ja nur gefährlich, deshalb ist der Deckel zu. Dann wäre ich aber nicht der Behälter, sondern sein Inhalt. Frage: Was befindet sich in dem Behälter? Antwort: Ich. Frage: Wer/Was bin ich? Ich bin intelligent. Alles spricht dafür. Ich kann denken. Würde man den Deckel öffnen, könnte ich auch handeln. Ich bin intelligenter Frost. Ich bin die neue Eiszeit. Und daher gefährlich. Darum bin ich in diesem Behälter gefangen. Es stinkt hier drin! Stearin? Paraffin? Ich kenne das doch ... ja, Stickstoff! ...
 ... Wie riecht flüssiger Stickstoff?
 Augen lassen sich noch immer nicht gebrauchen. Alles ist dunkel. Licht war wohl Einbildung. Viele Einbildungen in der Schwärze. Mein Geist macht Dinge sehend. Berge, Meere, Wälder. Die Meere sind grün, Laubwogen brechen sich an weiten Stränden aus zar-

tem, gespreiztem rosa Fleisch, die Wälder wachsen blau in einen schwarzen Himmel, mit Bäumen aus Wasserblasen und Korallen aus Glas. Über allem die Berge, riesige Brüste mit milchspeienden Gipfelknospen (eine neue Erkenntnis!), und auf der höchsten Zinne – eine zwanzig Meter große Maschinenfee mit wirbelnden Stahlflügeln...!

Öffnet mir endlich die Augen, ihr Schweine! Ich will sie sehen! Ich weiß, dass ich Augen habe! Ich weiß, dass ich sehen kann! Früher konnte ich es auch!

Aber früher...

Früher...

Ich *bin* in einem Behälter, todsicher! Ich *erinnere* mich!

Augen auf! Augen geradeaus! Über mir der...

Alphard 2

... Himmel!

Ein dumpfer, feuchter Schlag gegen die Kühlerhaube, schleifende Geräusche, der Wagen bockte und holperte. Etwas Grünes, Längliches prallte gegen die Windschutzscheibe und pfiff über mich hinweg. Ich riss erschrocken das Steuer herum. Die Reifen wirbelten eine Wolke aus Sand und Staub auf, als ich den Pontiac auf die Straße zurückzwang. Ich blinzelte, fuhr mir mit der Hand über die Augen. Musste für ein paar Sekunden völlig weggetreten sein und hatte den Wagen um ein Haar in die Wüste gesetzt. Zwar gab es weder einen Straßengraben noch Leitplanken, aber jede Menge herumliegende Felsbrocken. Bei der Geschwindigkeit hätte mir ein Reifen platzen können. Ich warf einen Blick in den Rückspiegel. Glück gehabt, war gerade mal zwei Meter von der Fahrbahn abgekommen, hatte lediglich einen Feigenkaktus und ein paar Garben Büffelgras plattgewalzt. Die Straße ging zwar bergab, aber das Gefälle war zu gering, um mit einem platten Reifen weiterzurollen. Kaum vorstellbar, dass mir Gamma ein Ersatzrad aus dem Himmel fallen lassen würde, geschweige denn einen Pannendienst, der mich bis zur nächsten Station schleppte.

Der wiederauflebende Fahrtwind trieb den Saft des Kaktus in grünen Schlieren über die Windschutzscheibe, durchsetzt von abgebrochenen Stacheln und Fruchtfleischklümpchen. Es sah aus, als wäre mir ein faustgroßes, widerliches Insekt dagegengeklatscht.

Ich atmete durch. Im Radio klang *Moody Blues* aus. Ich schaltete ab. Noch fast 80 Kilometer bis zur nächsten Kolonie. Die Distanz war viel zu kurz, und die Zeit bis dorthin verging viel zu schnell, um gänzlich mit dem Geschehen abzuschließen. Von Zone zu Zone blieb ein Rest der widerlichsten Gefühle in mir zurück, sammelte sich in irgendeiner Vertiefung meiner Seele, die niemals dafür vorgesehen war, und staute sich auf. Der Damm aus Skrupellosigkeit wurde immer mächtiger, der See aus Hass immer tiefer.

Für die Landschaft hatte ich schon lange kein Auge mehr. Sie veränderte sich nie. Um zu wissen, wann ich die nächste Station erreicht hatte, musste ich nur auf den Kilometerzähler blicken. Ich ließ den Wagen am linken Fahrbahnrand ausrollen, besaß inzwischen genug Routine, um ihn ohne einen Blick in die Wüste bis auf fünfzig Meter genau auf Höhe der Mittelstation zum Stehen zu bringen. Niemand würde vorbeikommen und mir für ungesichertes Halten auf der Fahrbahn einen Strafzettel verpassen. Ich war der stolze Besitzer des einzigen Autos der Welt.

Dieser Welt.

Der Pontiac war eine Schenkung Gammas. Er hatte behauptet, ihn samt seiner brisanten Ausstattung von einem Schrottplatz in Grangeville ›entliehen‹ zu haben. Alle sonstigen Extras stammten aus der Schmiede der Lords. Auf den ersten Blick sah der Wagen aus, als hätte ihn Gamma noch rechtzeitig aus der Greifkralle des Umladekrans gebeamt, ehe ihn der Kranführer in die Schrottpresse fallen lassen konnte. Öffnete man jedoch den Kofferraum, starrte einem genug High-Tech entgegen, um mich bei einer Polizeikontrolle auf der Erde ohne Federlesens in Untersuchungshaft wandern zu lassen. Der *Schlüssel*, der Reaktor für das Kraftfeld und nicht zuletzt die Waffen würden bei jedem Streifenbeamten den Eindruck erwecken, ich sei ein Top-Terrorist auf dem Weg, das Pentagon zu atomisieren.

Hier jedoch störten der Wagen und sein Inhalt nicht einmal eine Packratte. Es gab keine Packratten, deshalb. Keine Ratten, keine Kojoten, keine Geier. Nicht einmal Mistkäfer. Die Wüste war leer. Hier gab es nur Klone, Läufer, die Lords und mich.

Mein Name ist Stan Ternasky, geboren in Riverhead, Rhode Island. Vergessen Sie den Nachnamen, er besaß entlang der Straße keine Bedeutung. Ich war der einzige wirkliche Mensch dieser Welt. Wir schrieben irgendeinen Tag zwischen 2017 und 2022. Die verlorenen Seelen in den Bunkern glaubten, es wäre Donnerstag, der 9. Dezember 2021. Ich teilte diesen Glauben nicht. Heute war der gleiche Tag wie gestern, der gleiche wie vor zwei Wochen und der gleiche, den man in einem Monat erleben würde. Die Uhren in den Bunkern waren eine Farce. Ich wusste es besser. Es war immer derselbe Tag, dieselbe Zeit. Abendmahlzeit. Abendrot. Der Himmel log nicht.

Ich zog meine Zonenkarte aus dem Handschuhfach und schlug sie auf. Sie war mehr ein Katalog, mit einer Doppelseite pro Station. Siebenunddreißig Zonen (oder 74 Doppelseiten) hatte ich bereits kartographiert, wobei die einzelnen Abschnitte relativ ähnlich, um nicht zu sagen identisch waren. Im unteren Drittel jeder Doppelseite hatte ich von rechts nach links zwei parallele, schnurgerade Linien gezogen, welche die Straße darstellen sollten. Eigentlich war es unsinnig, die Straße zu zeichnen. Sie verlief immer geradeaus. Es gab nur diese eine Straße, ich war nie auf eine Kreuzung oder Abzweigung gestoßen. Nicht einmal einen Feldweg oder einen Trampelpfad hatte ich entdeckt. Ich zeichnete trotzdem eine Doppellinie auf die nächsten zwei freien Seiten und verbrachte eine halbe Stunde, um stichworthaft festzuhalten, was sich seit der letzten Station ereignet hatte.

Jede Zone war exakt 180 Kilometer lang. Auf allen linken Seiten des Buches hatte ich Grafiken angelegt, welche das Innere der zurückliegenden Stationen in der Draufsicht zeigten, soweit ich es in Erinnerung behalten hatte. Die Zeichnungen verliehen mir eine wertvolle Übersicht über die Raumverteilung der einzelnen Anlagen sowie eventuelle Fluchtwege und Rückzugsmöglichkeiten. Auf den rechten Seiten hatte ich alle Besonderheiten der Stationen notiert. Dazu gehörten auch die soziologischen Eigenheiten der jeweiligen Kolonien. Obwohl ich Dutzende von Stationen gesehen hatte, konnte ich bislang kein logisches Muster erkennen, nach dem die Lords die Gesellschaftsordnungen ihrer Kolonien errichtet hatten.

Auf einigen Seiten der Karte hatte ich Kreuze entlang der Straße eingezeichnet, und einige schwarze Punkte fernab; die Kreuze markierten Oberflächenläufer, die mir das Leben schwer gemacht hatten und nun mit ein paar Kugeln im Leib vor sich hin rosteten. Die Punkte bezeichneten jene von ihnen, die ich in der Ferne entdeckt hatte und welche noch in den Zonen durch die Wüste patrouillierten.

Die Karte war unvollständig, umfasste womöglich nur ein winziges Stück der Straße, irgendwo aus ihrer Mitte. Niemand, den ich kennen gelernt hatte, wusste, um wie viel Zonen sie davor oder danach noch zu ergänzen war – und ob es überhaupt weitere gab. Ich hatte in den letzten Monaten fast 6000 Kilometer zurückgelegt, oder 37 Zonen, je nachdem; immer geradeaus, immer bergab. Nach 3970 Kilometern Fahrt hatte ich auf Anweisung Gammas Prill zum ersten Mal an die Oberfläche geholt – aus der 22. Station, die ich passiert hatte. Seither hatte ich fünfzehn ihrer Modelle aus ebenso vielen Kolonien entführt. Fünfzehnmal hatte ich den *Schlüssel* an sie angeschlossen, ebenso oft hatte Prill nicht auf ihn reagiert. Seit fünfzehn Zonen praktizierten wir nun ihren Serientod.

Ich fühlte mich schäbig bei diesem Gedanken.

Von der Straße aus war von der Station außer einer mächtigen, über einen Hektar großen Betonplatte und den Aufbauten des Entlüftungssystems nicht viel zu erkennen. Ihr Eingang lag auf der bergab gelegenen Seite, wo das Bunkerdach eine fast zehn Meter hohe Stufe bildete. Nicht nur die Straße führte in einem Vier-Grad-Winkel bergab, die ganze Wüste tat es. Nur die Stationen waren waagerecht erbaut. Ich stieg aus dem Wagen und sah mich um. Dann lief ich zum Heck, öffnete den Kofferraum und ließ meinen Blick über die Schusswaffen wandern: Beretta, Sig Sauer, Glock, Mossberg ... Ich wählte eine Browning 9mm mit achtzehn Schuss und Laser-Visierung. Sie diente nur dem absoluten Notfall und meinem persönlichen Sicherheitsbedürfnis. Mein effektivstes und gebräuchlichstes Werkzeug innerhalb der Stationen war der Downer, ein elegant geformter, mit Betäubungsmittel gefüllter Injektor, der aussah wie ein daumendicker, sündhaft teurer Füllfederhalter. Was für eine Substanz er enthielt, wusste ich nicht. Irgendeine Droge der Lords, die schon zu wirken schien, wenn man bloß ihren Namen erwähnte. Ein hammerhartes Zeug.

Ich steckte den Downer in meine Jackentasche und aktivierte das Kraftfeld, das demontagefreudige Läufer vom Wagen fern hielt. Während ich mich der Station näherte, sah ich mich argwöhnisch nach hüfthohen schwarzen Kugeln um, die für gewöhnlich reglos in der Wüste lagen, bis sie die Erschütterungen von Schritten wahrnahmen. In weitem Umkreis konnte ich jedoch keinen Läufer entdecken. Unbehelligt erreichte ich die Plattform, lief entlang der langsam in die Höhe wachsenden Betonwand und stand schließlich vor dem Eingang. Über der rechteckigen Öffnung, von der aus eine Treppe in die Tiefe führte, prangte ein lässig hingepinselter Schriftzug: *Moths*.

Nachtfalter ...

Es klang wie der Name für einen Nachtclub. Hinunter zum Eingangsportal zählte ich dreißig Stufen, dann stand ich vor einer massiven Metalltür ohne Schloss und Klinke. Es gab zwei Möglichkeiten, um ins Innere zu gelangen: Ich konnte die Tür aufbrechen, was mit Sicherheit einen Alarm auslösen würde, oder so lange dagegen trommeln, bis jemand sie öffnete. Letzteres konnte in die Hose gehen, wenn es nicht die stationäre Überwachungseinheit war, sondern der Lord selbst.

Öffnete, wie in den meisten Fällen, der Wächter, war es am klügsten, Verzweiflung vorzutäuschen, mit der Begründung, man hätte sich versehentlich nach draußen verirrt. Dies kam gelegentlich vor, etwa bei der Reinigung des Belüftungssystems oder in seltenen Fällen von Wagemut. Da der Wächter die Physiognomie jedes einzelnen in der Station lebenden Individuums gespeichert hatte und es de facto keine Fremden innerhalb der Zonen geben konnte, gewährte diese Behauptung für gewöhnlich Einlass. Sie führte allerdings direkt in die Dekontaminationskammer. Der tagelange Aufenthalt in ihr gehörte zu einem Prozedere, dessen Notwendigkeit im Glauben der Bewohner verwurzelt war. Es war keine Frömmigkeit, die etwa körperliche und seelische Reinheit vorschrieb, sondern ein strategischer Schachzug der Lords, welcher alle Bewohner glauben ließ, eine nukleare Katastrophe hätte das Leben auf der

Oberfläche unmöglich gemacht. Sie waren der festen Überzeugung, der Boden sei verseucht, die Luft giftig und die Strahlung tödlich. Folglich musste jeder, der sich nach draußen verirrt hatte, entseucht werden. Keiner der Kolonisten dachte daher ernsthaft daran, die Station zu verlassen, und die wenigsten wussten noch, dass es überhaupt möglich war. Für die meisten war die Außenwelt eine Legende, und je länger die Menschen in den Stationen weilten, desto intensiver wurde dieser Irrglaube. Aus den Augen, aus dem Sinn. Beständige Zufriedenheit fraß alle Zweifel. Folglich war vorgetäuschte Verzweiflung über das ›grauenvolle‹ Draußen die sicherste Methode, dem Wächter zu begegnen. Man musste sich aufführen, als wäre man überzeugt, in fünf Minuten Freilandaufenthalt mindestens eine halbe Million Becquerel abgekriegt zu haben, ein Pfund Radioisotope im Körper zu beheimaten und mehr Blei durch die Adern zu pumpen als Blut.

Beängstigend war neben dem Glauben an eine verseuchte Erde die Tatsache, dass niemand in den Kolonien wusste, wem sie ihre Situation zu verdanken hatten, geschweige denn, wer die Lords in Wirklichkeit waren. Sie hielten sich im Verborgenen, und zeigten sie sich den Kolonisten, dann nur in menschlicher Gestalt. Allen, die hinter dieser und den Türen der anderen Stationen ihr Dasein fristeten, fehlte ein wichtiger Bestandteil ihres Persönlichkeitsmusters, um das Sein vom Schein zu trennen. Die Erinnerungen an die eigene Person waren vorhanden, abzüglich des Wo und Wann. Die Erinnerungen an die Erde waren Träume, das Wissen um ein Draußen ebenso. Für die Menschen waren die Innenwelten der Stationen die einzigen Realitäten, die sie kannten und in denen sie zu existieren vermochten; Beton-Universen ohne Vergangenheit und ohne Zukunft. Ihre Bewohner waren in einem ewigen Augenblick gefangen, der so starr war wie der Sonnenuntergang, so endlos wie die Straße und so unwirklich wie ihr Leben.

Das Lieblingssystem der Lords hieß Brot und Spiele. Die Gesellschaftsschichten, in denen ich auch meine eigenen Klone wieder fand, reichten von ganz oben bis ganz unten. Es war ein soziales Panoptikum, dem ich mich zu stellen hatte. Der Vorteil daran war: Wo ich auftauchte, war ich bereits auf die eine oder andere Weise integriert, eine perfekte Voraussetzung für einen Menschenraub. Die Entführung der Entführten ... Was unterschied mich so sehr von den Lords? Kaum jemand kam dahinter, dass ich ein Außenweltler war; und falls doch, dann war es bereits zu spät und Prill auf meinem Beifahrersitz. Ich nannte es den Massenträgheitsmoment.

Als Erstes galt es, mein Alter Ego, das in dieser Station wandelte, für die Dauer meines ›Besuches‹ aus dem Weg zu räumen, um in seine Rolle zu schlüpfen. Ich hatte meine Klone in den zurückliegenden Stationen in den skurrilsten Rollen vorgefunden. Ihre Funktionen waren abhängig von den innerhalb der Kolonien herrschenden Hierarchien und Regierungsformen. Dass die Lords untereinander kommunizierten und mein Steckbrief inzwischen in jeder Station prangte, bezweifelte ich. Ebensowenig konnte ich mir vorstellen, dass sie alle Prill- und Stan-Modelle beseitigen würden, um die Ereigniskette, deren Triebfeder ich war, zu unterbrechen. Sie bildeten mit ihren Kolonien autarke Kommunen, um die Klone ohne Einflüsse von außen zu studieren. Der einzige, der Kommunikation betrieb und zu wissen schien, wohin der Hase lief, war Gamma. Er musste zumindest so etwas wie eine Radiostation besitzen, um senden zu können. Vielleicht bildete die Gamma-Station das Ende der Straße. Vielleicht führte für Prill und mich von dort ein Weg zurück zur Erde. Aber selbst wenn; Gamma war verdammt weit weg, reduziert auf eine Stimme im Radio. Ihn hatte ich hier nicht zu erwarten.

Ich presste mein Ohr gegen die Eingangstür. Kein Laut war zu hören, was mich nicht verwunderte. Falls die Architektur dieser Station mit der aller anderen übereinstimmte, lag hinter dem Eingang ein kurzer Korridor, der zu einem Lift führte. Mit ihm gelangte man hinab in die eigentliche Station, die in rund fünfzig Metern Tiefe lag. Es war kaum vorstellbar, dass sich ein Lebewesen im Korridor hinter der Tür aufhielt. Der Wächter ruhte im *Stand by-Modus* und erzeugte keine Geräusche.

Lauschend gegen die Tür gelehnt, vernahm ich plötzlich ein schmatzendes Geräusch, das mich erstarren ließ. Ehe ich es schaffte, mein Gewicht zu verlagern, schwang die Tür nach innen auf und ließ mich haltlos nach vorn kippen. Hinter dem Eingang befand sich *kein* Korridor, sondern lediglich ein schmaler Treppenabsatz, von dem weitere Stufen in die Tiefe führten. Innerhalb eines Sekundenbruchteils erspähte ich das Ende der Treppe etwa drei Meter unterhalb des Eingangs und konnte gerade noch meine Hände schützend vor den Kopf reißen, ehe ich kopfüber die Stufen hinabstürzte. Gleichzeitig erscholl ein Schlag wie von einem gewaltigen Gong, der den gesamten Raum mit ohrenbetäubendem Dröhnen erfüllte, als die aufschwingende Tür gegen die Betonwand prallte.

Von lähmenden Schmerzen und dem Gefühl überwältigt, mir beim Sturz sämtliche Rippen gebrochen zu haben, blieb ich am Ende der Treppe liegen. Dunkelheit umgab mich, lediglich vom Eingang drang schummriges Licht herab. Ich lag auf einem Steg aus stabilen Metallrosten, der von schlichten Eisengeländern begrenzt wurde. Dahinter, so schien es, herrschte bodenlose Leere. Es war unangenehm kalt, die Temperatur schien nur knapp über dem Gefrierpunkt zu liegen.

Die Eingangstür glitt unaufhaltsam wieder zu. Ich sah den Lichtspalt schmaler und schmaler werden, dann erklang ein dumpfer Schlag, und ich lag in nahezu vollkommener Finsternis. Nur eine entfernte Lichtquelle, vermutlich eine Leuchte über dem Lift, spendete ein wenig Helligkeit. Vom Aufstoßen der Tür bis zu diesem Augenblick waren vielleicht zehn Sekunden vergangen.

»Identifizieren Sie sich!«, schmetterte aus der Dunkelheit eine Stimme, die klang, als rede jemand aus zehn Mündern gleichzeitig.

Ich rappelte mich unter Schmerzen auf und erkannte etwas Riesiges, sich unablässig Bewegendes am Ende des Steges. Es hielt sich in der Nähe der Lichtquelle auf und knarrte, quietschte und raschelte wie ein Baum, den man wütend hin und her bog.

»Identifizieren Sie sich!«, wiederholte das Ding aus der Ferne.

Benommen starrte ich auf den eigenartigen Schatten. Das, was sich dort bewegte, war definitiv keine Überwachungseinheit, aber erst recht kein Mensch. Ich begann trotz der Kälte zu schwitzen. Die Schmerzen hemmten meine Bewegungen, der Sturz hatte mich verletzlich gemacht. Ich tastete nach der Browning, stellte aber zu meiner Ernüchterung fest, dass sie mir beim Sturz aus dem Holster gerutscht sein musste. Mit viel Glück lag sie noch auf dem Steg, wahrscheinlicher aber war, dass sie über dessen Rand in die Tiefe gestürzt war.

Ich kroch über die Gitterroste und tastete den Boden ab, ein Verhalten, das dem Ding am Lift scheinbar den Impuls gab, sich um mein leibliches Wohl zu kümmern. Es begann, ungelenk auf mich zuzuhopsen, und verursachte dabei einen Lärm, als bewege es sich auf einem Presslufthammer vorwärts. Dabei wippte und zappelte es – sich scheinbar nur auf einem einzigen riesigen Fuß fortbewegend – so grotesk auf und ab, dass ich befürchtete, es würde sich selbst zu Fall und schlimmstenfalls den Gittersteg zum Einsturz bringen.

»Bewegen Sie sich nicht!«, rief es. »Bleiben Sie ruhig liegen und vermeiden Sie Panik! Ich bin sofort bei Ihnen!«

Als die Kreatur nur noch wenige Meter von mir entfernt war, tat sie einen letzten Sprung, beugte sich herab und drückte mich zu Boden. Dann wickelten sich fingerdicke Ranken um meinen Körper, die mich praktisch bewegungsunfähig machten, und ein kopfgroßes, nach kaltem Urin stinkendes Blatt legte sich auf mein Gesicht. Für Sekunden konnte ich nicht mehr atmen, fühlte feine Härchen, die über meine Haut wanderten.

»Stan«, stellte die Kreatur fest. Ihre Stimmen erreichten mich von links und rechts. »Deine Aura lässt mich fühlen, dass du verletzt bist. Du verlierst Körperflüssigkeit an zwei Beschädigungen deines Kopfes.« Das Blatt löste sich von meinem Gesicht, und ich holte erleichtert Luft. »Beweg dich nicht«, wies mich das Wesen an, als ich mich aufbäumte. »Du wirst von mir medizinisch versorgt.« Ich fühlte zwei Einstiche, wie von langen Dornen, die in mein Fleisch drangen. Mit einem Aufschrei versuchte ich erneut, mich aus der Umklammerung zu lösen, doch vergebens. »Beruhige dich, Stan«, sagte die polyphone Stimme, »du hast einen Kontaminationsschock. Ich lindere deine Schmerzen und sorge dafür, dass deine Beschädigungen heilen.«

»Das heißt Verletzungen«, stöhnte ich. »Verdammt, lass mich los!«

»Deine Strahlungswerte überschreiten die zulässige Höchstbelastung um das Achtzigfache«, fuhr die Kreatur unbeeindruckt fort. »Ich werde eine Sanitäts-Einheit heraufbeordern, die dich in die Kammer bringt.« Eine Ranke löste sich von dem Schatten und kroch den Steg entlang, wurde länger und länger, bis sie den Lift erreicht hatte. Dort wanderte sie die Wand empor und tippte auf ein Sensorfeld, das in Kopfhöhe neben dem Fahrstuhl angebracht war. Anschließend zog sie sich wieder in den Schatten über mir zurück.

Na wunderbar! Ich ließ den Kopf zurücksinken. Genau das, was ich mir gewünscht hatte. Ein eigenartiges Prickeln erfüllte meinen Körper, machte mich schläfrig und verdrängte den pochenden Kopfschmerz. Auch die geprellten Rippen spürte ich kaum noch.

»Was für ein Zeug hast du mir da gespritzt?«, flüsterte ich. »Was, zum Teufel, bist du überhaupt? Wo ist der Wächter?«

»Du scheinst einen temporären Gedächtnisverlust erlitten zu haben, Stan. Vermutlich trübt die erhöhte Strahlung dein Erinnerungsvermögen. *Ich* bin der Wächter. Wie bist du eigentlich an die Oberfläche gelangt? Ich wurde nicht darüber informiert, dass jemand die Station verlassen sollte.«

»Lüftungsschacht D...«, murmelte ich. »Eine ... Wette.«

»Eine ordnungswidrige Aktion. Ich werde zusätzlich den Strafbevollmächtigten informieren müssen.«

Ich stellte mich schlafend. Minutenlang rührte das Pflanzenwesen kein Blatt. Dann sprach es: »Du kannst mich nicht täuschen, Stan. Ich bin keine Maschine. Meine Sensitivität übersteigt die deine um ein Vielfaches. Solange dein Gehirn Alpha-Wellen sendet, bist du wach.«

Ich atmete tief durch. Früher oder später musste so etwas ja passieren. »Lass mich los, gottverdammt!«, knurrte ich gereizt.

»Ich bin bevollmächtigt, jeden Bewohner, der sich im Freien aufgehalten hat und unter einem Kontaminationsschock leidet, vor sich selbst zu schützen, bis die Sanitäts-Einheit eingetroffen ist.«

Der Lift setzte sich in Bewegung und kam nach oben gefahren. Als die Kabine die Eingangsetage erreichte und sich die Türen öffneten, erhellte zum ersten Mal Licht die Szenerie. Nun sah ich, warum die Kreatur sich so unbeholfen fortbewegt hatte: ihr tatsächlich einziger Fuß war ein riesiger Blumentopf. Der Schatten, der aus ihm emporwuchs, glich einer Mischung aus Orchidee und Maulbeerbaum. Er besaß ein gutes Dutzend lippenförmiger, wulstiger Blüten, deren Farbe ich im Halbdunkel nicht bestimmen konnte. Es bestand kaum ein Zweifel daran, dass es diese Blüten waren, mittels derer sich das Wesen verständigte. Ihre Zahl erklärte auch die chorartige Stimme, mit der es zu mir sprach. Einer solchen Kreatur war ich in den Stationen noch nie begegnet; zumindest nicht bewusst. In einer der Grünanlagen würde sie kaum auffallen, solange sie sich nicht bewegte. Wer wusste, an wie vielen ihrer Art ich bei meinen Besuchen bisher vorbeigeschritten war, unwissend, dass es sich bei ihnen um intelligente Gezüchte der Lords handelte ...

Erst die Entdeckung der Läufer, jetzt die Erkenntnis,

dass ein Großteil der stummen Gewächse in den Parks vielleicht gar keine solchen waren! Ich würde in Zukunft die Augen aufhalten und doppelt wachsam sein müssen – falls es für mich eine Zukunft gab und meine Suche nicht in dieser Station ein unverhofftes Ende fand. Meine momentane Lage war nicht gerade rosig.

Während das namenlose Gemüse all meine Bemühungen, mich zu bewegen, mit seinen Giftranken im Keim erstickte, näherten sich vom Fahrstuhl zwei Personen in gelben Kunststoff-Schutzanzügen. Sie trugen die dazugehörigen Helme, wie es beim Bergen von Kontaminations-Opfern Vorschrift war, jedoch keine Schutzvisiere. Wahrscheinlich, damit diese in der herrschenden Kälte nicht von innen beschlugen. Von jedem ihrer Helme strahlte mich eine Lampe an, sodass ich die Gesichter der beiden nicht erkennen konnte. Einer von ihnen führte einen kofferartigen Behälter mit sich und hielt einen dicken Stab in seiner Hand, der durch ein Kabel mit dem Behälter verbunden war. Es wirkte wie ein Tonbandgerät mit Mikrophon, diente jedoch einem gänzlich anderen Zweck. Wäre es mir nicht so beschissen gegangen, hätte ich über diese Posse gelacht.

»Du kannst ihn jetzt loslassen«, entschied der Linke der beiden. Ich erkannte seine Stimme. Der Mann hieß Bryan.

Die Schlingen lösten sich von mir, und der Wächter richtete sich wieder auf. Ich atmete durch, blieb aber liegen und blinzelte in die Helmlampen.

»Stan«, stellte der Kofferträger fest. »Hätte nicht gedacht, dass ausgerechnet du mal so blöd sein würdest.«

»Hallo, Todd«, krächzte ich. »Du solltest mal einen Blick nach draußen werfen. Ein herrlicher Sonnenuntergang. Solche Farben hast du noch nie gesehen...« Ich hustete Nebelwolken in die eisige Luft und krümmte mich theatralisch in Krämpfen.

Todd und Bryan sahen sich an, dann drückte Todd einen Knopf an seinem Koffer und hielt anschließend den Stab über mich. Er sah aus wie ein Fernsehreporter, der für Radio Gamma ein Interview mit einem Strahlungsopfer führen sollte. Aber der Stab war keinesfalls ein Mikrophon. Aus dem Kasten in Todds Hand drang das hysterische Knacken eines Geigerzählers. Was er wirklich zählte, wusste ich nicht. Wahrscheinlich pawlowsche Hunde, aber garantiert keine Radioaktivität. Das Gerät diente lediglich dem Zweck, alle vermeintlich Kontaminierten davon zu überzeugen, dass sie wirklich verstrahlt waren und ihr Aufenthalt in der Kammer unabdingbar war. Die Betroffenen glaubten es ebenso wie die Sanitäter. Moralisches Placebo. Drinnen bist du sicher, draußen bist du tot. Regisseure dieser Clowneske waren die Lords.

Hatten sich die Neugierigen einmal nach draußen gewagt, lungerten sie staunend und verschüchtert in der Nähe der Station herum, betrachteten das furiose Abendrot, die windstille Ebene, die Leere, und wunderten sich, wie friedlich die Welt nach dem Inferno war. Vielleicht liefen sie ein paar hundert Meter weit in die Wüste, in die Bewegungslosigkeit, in die Stille. Dort draußen meldete sich schließlich irgendwann ihr Gewissen: Radioaktivität ist gesundheitsschädlich! Man riecht sie nicht, sieht sie nicht, schmeckt sie nicht. Dann wurde das flammende Abendrot über dem Horizont zu einer Offenbarung des Jüngsten Gerichts, die frische, saubere Luft mit jedem Atemzug giftiger, der Staub, über den sie schritten, zur Asche von Milliarden verbrannter Körper und die Stille zu einer erdrückenden Bedrohung, die ihnen jeglichen Mut raubte. *Was habe ich getan?*, fragten sie sich dann, aber niemand antwortete ihnen. *Gott, was habe ich getan?* Und nachdem ihnen auch Gott nicht geantwortet hatte, überkam sie die Erleuchtung der Todgeweihten, die sprach: *zu spät, zu spät ...!*

An der Oberfläche wurden sie alle zu kleinmütigen Hypochondern.

Ironischerweise trug niemand, der sich absichtlich oder unabsichtlich hinaus verirrt hatte, nach seiner reumütigen Rückkehr ins bescheidene Bunkerheim dauerhafte Strahlenschäden davon oder ging gar an den Folgen seines Ausflugs zu Grunde. Alle wurden wie durch ein Wunder wieder gesund, nachdem sie in der Kammer geschmort hatten. Dann war auch ihr Vertrauen in die Unterwelt geheilt und ließ sie erleichtert bekennen: *Da hab ich ja nochmal Glück gehabt!*

»Mann, ich hab so einen ekelhaften Geschmack im Mund«, jammerte ich. Ich biss mir auf die Zunge und spuckte blutigen Speichel vor Bryans Füße.

Todd schaltete den knackenden Geigerzähler ab und steckte den Stab in eine Halterung des Kastens. Zusammen mit Bryan zog er mich auf die Beine. »Kannst du laufen?«, erkundigte er sich.

»Geht schon, glaube ich.« Ich zitterte vor Kälte. Schwankend taxierte ich den Wächter. Bryan und Todd stützten mich, als wir gemeinsam an der Kreatur vorbei zum Fahrstuhl liefen. Der Steg schien tatsächlich über einen bodenlosen Abgrund zu führen. Ich sah nach unten, konnte in der Tiefe aber nichts erkennen.

»Du kannst deinen Posten wieder einnehmen«, sagte Bryan zu dem Wächter.

»Zweifellos«, entgegnete die Kreatur. Sie hüpfte allerdings nicht hinter uns her, sondern zog sich am Geländer über den Steg.

In der Liftkabine angekommen, behielten mich Bryan und Todd in ihrer Mitte, ließen mich aber los. Ich rieb mir die durchgefrorenen Glieder, meine Zähne klapperten.

»Wie lange warst du draußen?«, wollte Bryan wissen, als sich die Tür geschlossen hatte und der Fahrstuhl in die Tiefe fuhr.

Ich zuckte die Achseln. »Weiß nicht. Drei Stunden, vier ... bin ein paar Kilometer in die Wüste ...«

»Idiot«, sagte Todd.

»Keine Sorge, Stan«, versuchte mich Bryan aufzumuntern. »Mit etwas Glück bist du in ein paar Tagen wieder beisammen. Hoffe, du ziehst daraus eine Lehre.«

Ich nickte, hustete, stöhnte. Nach wenigen Sekunden hatte der Lift sein Ziel erreicht und bremste ab. Ich hielt die Luft an und spannte die Muskeln. Als sich die Lifttüren öffneten und den Blick auf einen leeren Korridor freigaben, hob ich beide Arme, rammte den linken Ellbogen in Bryans Magen und den rechten in Todds Gesicht. Bryan bekam billardkugelgroße Augen und sank mit einem Grunzen in sich zusammen, Todd taumelte, einen undefinierbaren Laut von sich gebend, hintenüber gegen die Rückwand des Fahrstuhls, kippte zur Seite und regte sich nicht mehr. Angelockt durch den Lärm tauchte auf dem Gang ein halb nacktes Pärchen auf, das neben dem Aufzug sein Liebesspiel begonnen hatte. Die beiden, die nicht älter als sechzehn sein konnten, starrten neugierig in die Kabine. Ich drückte im Lift die Taste für ›Aufwärts‹ und sprang durch die sich schließenden Türen an ihnen vorbei in den Korridor. Der Junge und das Mädchen flüchteten erschrocken zur gegenüberliegenden Flurwand und starrten mich entgeistert an. Ehe sich Bryan aufrappeln konnte, hatten sich die Lifttüren geschlossen, und der Fahrstuhl entschwand nach oben.

Ich rieb mir die Müdigkeit aus den Augen und musterte das Pärchen. Den Burschen hatte ich schon einige Male zu Gesicht bekommen, konnte mich aber nicht mehr an seinen Namen erinnern. Das Mädchen hieß Anna. Beide waren – zumindest teilweise – mit schwarzen Lack- und Lederklamotten bekleidet.

»Was glotzt ihr so?«, fragte ich. »Macht gefälligst weiter. Genießt euer Scheißleben!«

Beide sperrten die Münder auf, erwiderten aber nichts. Ich ließ sie so stehen und beeilte mich, in der Station unterzutauchen, ehe Bryan und sein nasengeschädigter Kollege mit dem Fahrstuhl zurückkamen. Ein schadenfrohes Grinsen machte sich auf meinem Gesicht breit. Mein Kolonie-Ego würde in Kürze Probleme bekommen. Ich brauchte mich nur für eine Weile zu verstecken und abzuwarten, bis die Sicherheitskräfte es aufgegriffen und in die Kammer gesteckt hatten. Vielleicht bekam mein Alter Ego zusätzlich noch ein paar Tage Hausarrest für die Prügelei. Jedenfalls konnte es sich nur um Minuten handeln, ehe es auf die eine oder andere Weise aus dem Verkehr gezogen war. Der arme Kerl würde überhaupt nicht begreifen, wie ihm geschah.

Naos 2

MEINE AUGEN SIND NIEMALS geschlossen gewesen. Offen zu Eis erstarrt! Ungeheuerlich. Muss ganz schön gestaunt haben im letzten Augenblick! Würde mich interessieren, was es damals noch zu glotzen gab...

Ich starre gegen eine Decke. Vielleicht hänge ich auch festgefroren an einer Decke und starre auf einen Fußboden. Oder von einer Wand gegen eine andere. Wie auch immer, was ich sehe, ist potthässlich, dunkelgrau, (metallisch?), etwa drei Meter von mir entfernt, leicht gewölbt. Ich bin immer noch steif wie ein Stockfisch, und diese lausige Kälte umgibt mich, als hätte sie keine andere Heimat außer mir. Ich vermisse die Schwerkraft, aber vielleicht geht das allen tiefgefrorenen Menschen so.

Ja, ich bin ein Mensch!

Erleichterung. Kein Deckel, keine Scharniere. Das Glücksgefühl erwärmt mich auf minus 70 Grad Celsius. Die Temperatur ist geschätzt. Meine Selbsterkenntnis auch. Aber es scheint wärmer zu werden. Falls ich an einer Decke hänge und runterfalle, wird es ganz schön klirren. Bin gespannt, ob dann alle Körperteile das gleiche denken. Glaube aber, nicht. Finde kein intellektuelles Zentrum in mir. Werde mich wohl aufspalten. *Tiefgefrorener Spaltungsirrer von Decke gefallen und zerschellt...*

Ich denke. Ich denke *nach*. Ich suche einen Ursprung für mich in diesem Innending. Wo bin ich?

Meine Haut hat zu prickeln begonnen. Ich habe das Gefühl, von Ameisen aufgefressen zu werden. Mein Blick ist noch immer starr gegen die Decke gerichtet. Es existiert keine Lichtquelle hier drin. Alles ist finster. Ich sehe die Decke trotzdem. Ich kann mich noch immer nicht bewegen, taue auf wie jedes andere Stück Fleisch, von außen nach innen. Es dauert und dauert. Aber ich beginne mich zu spüren, wenn auch nur als einziger Tummelplatz für Schmerzen. *Gott, es tut weh!* Frage mich, ob ein Teil jeder Tierseele nach dem Schlachten in jedem Stück Fleisch haften bleibt. Muss ein miserables Gefühl für ein Schwein sein, an hundert verschiedenen Orten eingefroren, aufgetaut, gekocht, gebraten, gegessen, verdaut und wieder ausgeschissen zu werden. Scheißleben. Scheiß Seele. Wirklich tierisch, der Gedanke.

Zu dumm, dass ich selbst noch gefroren bin, sonst könnte ich behaupten, ich sei soeben vor Schreck erstarrt. Frage mich gerade, wer/was mich wohl auftaut? Und zu welchem Zweck? Warum bin ich überhaupt tiefgekühlt? Wer/Was ernährt sich von ausgewachsenen Menschen?

Eigentlich müsste ich tot sein...
 Bin ich tot?
 Ich werde ganz schön stinken, sobald ich wieder *weich* bin...

Aus jeder Pore meiner Haut wächst eine Nadel. Ich bilde mir ein, statt Haaren glühende Kupferdrähte auf dem Körper zu tragen. Sie wachsen zu allen Richtungen aus mir heraus, verschwinden wie fliehende Würmer im Boden, in den Wänden, in der Decke, zerren ihre glühenden Kupferhaarwurzeln aus meiner Haut, reißen mir das Fleisch von den noch gefrorenen Knochen. Bloßliegende Nervenbahnen, die mit den glühenden Kupferwürmern kämpfen, in sich verbissen in einem Kampf auf Leben und Tod. Nicht an Nerven denken!

Der Schmerz, Herrjesus ...! Wer tut mir das an? Ich will schreien, aber die Stimmbänder – zwei Eishäutchen im gefrorenen Kehlkopf. Ich habe mir viel vorgestellt, nur *das* nicht! Nicht so! Ich halte das nicht aus! Kann nicht mal die Zähne zusammenbeißen. Cut! Cut!

Es ist ein Martyrium zum besseren Verständnis des Seins. Ich nähere mich meinem Ideal, ich spüre es! Reinkarnation. Ich verforme mich. Gedeiht in mir neues Leben oder blähen mich nur Faulgase? *[Mit der Zeit sollte bekannt sein, dass Anatomiestudien nach den Statuten der Museumsleitung nicht erwünscht sind.]* Verlangen Sie ein Gutachten, dass die Gefahr eines kontaminierten Innenlebens besteht? Entladung. Verbindung zur Gegenstelle zusammengebrochen. Scharfkantige Bruchstücke technosakraler Informationen bröckeln zu Boden. Die Gesellschaft reagiert durch drakonische Einschränkung der Gewinnchancen.

Über mir schwebt ein Balken geformter Organe.
Licht! Schmerz! Heller! Intensiver! Gott...!

Ich atme!

Meine Finger lassen sich bewegen. Ich streiche mit den Fingerspitzen über den Boden. Er ist kalt und glatt. Die Kälte will einfach nicht weichen. Ein erstes Blinzeln. Habe Mühe, die Lider wieder zu öffnen. Fühle mich wie aus kaltem, zähem Wachs. Die Schmerzen haben nachgelassen. Nur ein dumpfes Pochen erfüllt jede Faser meines Körpers. (Das ist der Herzschlag, du Idiot!) Rauschen. Intervalle. Das Licht ist real. Es ist hell geworden in dem Innending. Keine Lampe. Kein Feuer. Es ist einfach hell. *Hell is, where the action is*... Ich lausche. Alles ruhig, höre nur meinen Atem. Keine Hölle mehr. Bin im Himmelinnending.

Ich drehe den Kopf zur Seite, lasse meinen Blick wandern. Mein Nacken knackt. Die Pupillen bewegen sich widerspenstig. Ich liege (auf dem Boden!) in einem Tunnel aus Metall. Er ist vielleicht dreißig Meter lang, sechs Meter breit und etwa drei Meter hoch, völlig eben und – abgesehen von mir – leer. Seinen Anfang und sein Ende bilden glatte Metallwände. Weder Fenster noch Türen sind zu sehen. Alles plan. Alles glatt gegangen.

Ich kann mich bewegen, aber ich bin in dem Innending gefangen. Die Kälte ist gewichen, meine Muskeln schmerzen nicht mehr. Ich bin bekleidet, trage einen Leinenanzug, der mir nicht gehört. Nein, es ist kein Anzug, mehr ein knopf- und kragenloses Provisorium. Es sieht alt aus, krank. Es lässt *mich* krank aussehen. Wer hat mich in diese Anstaltsklamotten gesteckt? Ich vermisse meine Jacke, weiß nicht, wieso. Ich erinnere mich, eine Jacke besessen zu haben. Ich habe sie abgelegt, irgendwo, irgendwann. Nicht in dem Innending, wie's aussieht. Zumindest nicht in *diesem*. Meine nackten Füße schmerzen, als wären sie durch die Kälte geschrumpft.

Ich suche Verständnis, krieche im gesamten Raum umher, untersuche den Boden, die Wände. Das Metall ist körperwarm, wirft ein gedrungenes Spiegelbild von mir zurück. Es gibt keine Nähte, keine Spalten, keine Fugen. Alles besteht aus einem Guss, ist massives Metall. Ich klopfe dagegen. Es ist, als ob ich gegen Tresorwände schlage. Dumpfes Wummern. Das Licht ist mir ein Rätsel. Ich habe Hunger und Durst. Warum hält man mich hier gefangen? Ich rufe, gebe blödsinnige Töne von mir, um den Hall zu testen und meine Stimmbänder. Der Raum besitzt eine bizarre Akustik. Warum ist das Metall so hell? Das gibt es nicht!

Stundenlang liege ich auf dem Boden, presse meine Ohren gegen das Metall. Von außen ist nichts zu hören. Kein Laut. Totenstille. Wie in einem Grab. Bin ich bestattet worden? Riesensarg, muss schon sagen. Viel Platz zum Toben...

Es gibt nichts zu tun.
Ich tobe herum.
Meine Nerven brauchen das jetzt.

Später. Nichts hat sich verändert. Jene, die mich hier einsperren, scheinen mich vergessen zu haben. Hirn wie ein Sieb! Danke fürs Aufwecken, Leute, hat echt Spaß gemacht. War besser als Sex. Danke auch für die vielen Getränke, das üppige Essen, den Fernseher, die Weiber, die hier stündlich reinkommen, und all die Freiheiten, die ich hier erfahren darf.

Ich liege ausgepumpt in einer Ecke, habe ein bisschen Wahnsinn auf dem Fußboden verteilt. Wie bin ich hier hinein gekommen, wenn's keine Türen gibt? Bin ja wohl nicht schon immer hier gewesen... Und was ist das für ein Raum? Ein Wartesaal? Hocke hier bestimmt schon zwei Tage herum. Irgendwann wird mir die Luft ausgehen. Ich bin der Wartemeister.

Eine Passage –
Sie hat sich neben mir in der Wand geöffnet, völlig lautlos. Dahinter... ein weiter Raum? Eine Fortsetzung des Tunnels? Ein Abgrund? Es fehlt ein rechteckiges Stück der Wand. Ich habe nicht mitbekommen, wie es passiert ist. Eine Gleittür? Ich kauere in einer der Ecken, starre hinüber. Die Trennwand ist zu dick, ich kann von hier aus nicht auf die andere Seite blicken. Verdammt, warum muss ich ausgerechnet *hier* sitzen?

Überraschung: Eine zweite Passage hat sich aufgetan, nur wenige Schritte neben der ersten, völlig identisch mit ihr, aber weiter von mir entfernt. Ich habe geblinzelt, und sie war da. Kein Geräusch aus dem eventuellen Drüben (Unten? Oben?). STILLE wird hier groß geschrieben! Ich bleibe sitzen, traue mich nicht, hinüberzukrabbeln und einen Blick hindurchzuwerfen. Wer hat den Durchgang geschaffen? Befindet sich etwas auf der anderen Seite? Lebt es? Ist es tot? Vielleicht ein Leidensgenosse ... Hocken wir Rücken an Rücken und fürchten uns vor uns selbst? Wenn ich meinen Arm ausstrecke, kann ich mit der Hand um die Ecke fassen.

Jenseits der Passage: Stimmen!

Ich lausche, unfähig, mich zu rühren. Die Stimmen nähern sich, aber keine Geräusche von Schritten. Vielleicht sind es ja Engel, die herbeischweben, einer durch jede Tür. Was kann sich so geschmeidig bewegen? Zwei Engel, die sich unterhalten. Nein, noch etwas anderes muss bei ihnen sein. Es ist riesig, bösartig. Zwei Engel und ...

Stille.

Ich zittere, erwarte, dass etwas Fürchterliches durch diese Passage schreitet. Schwarze Schwingen, Zähne, Klauen, sieben Köpfe, dreizehn Kronen ...

Nein, nichts. Minutenlang ist alles ruhig. Das Zittern und die Angst lassen nach, ich entspanne mich wieder. Aber wenn ich hindurchblicke, wenn ich *es* sehe – und *es* mich sieht?

Vielleicht frisst es ja nur Engel ...

Erleichterung, denn das wird es sein. Doch ich höre keine Fressgeräusche. Vermutlich gibt es keine, wenn man Engel zerkaut.

Zwei weitere Passagen, am anderen Ende des Tunnels! Die Angst kehrt zurück. Diesmal kann ich auf die andere Seite schauen: ein kleiner Raum, vielleicht vier Meter tief, dann erneut eine Wand; ohne Türen. Er scheint leer zu sein. Ich bin geneigt, aufzustehen und hinüberzugehen, um ihn mir anzusehen. Aber ich fürchte, das Ding von nebenan wird sich auf mich stürzen, sobald ich mich bewege und mich bemerkbar mache. Es gibt keine Türen, die ich hinter mir verschließen könnte, um *es* auszusperren.

Irgendwann ertrage ich die Ruhe nicht mehr, bewege mich auf Händen und Knien an der Wand entlang und werfe einen angstvollen Blick durch die mir am nächsten liegende Passage. Mein Atem steht still. Ich erwarte ein klaffendes Maul mit Reißzähnen, das heranschießt und mir den Kopf abbeißt, etwas Fürchterliches, nie Gesehenes.

Was ich erblicke, ist ein Raum wie der, in dem ich mich befinde, vielleicht acht Meter lang. Er endet ebenfalls an einer Wand und ist – leer.

Ich glaube es nicht. Er *kann* nicht leer sein! Etwas muss sich in ihm versteckt halten, hinter der Ecke, außerhalb meines Blickfeldes. Es weiß, dass ich da bin! Ich krieche weiter, erwarte den letzten, alles beendenden Schmerz. Er bleibt aus. Wie ein Kleinkind hocke ich auf allen Vieren auf dem Boden und sehe mich um. Keine reißende Bestie, keine toten Engel, kein Blut. Ich zweifle an meinem Verstand, laufe durch die Räume auf und ab, warte auf neue Passagen, darauf, dass dieser Ort endlos wird. Auch der kleine Raum am anderen Ende des Tunnels ist leer. Vergeblich suche ich die verborgenen Lautsprecher, die mich zum Narren gehalten haben, taste in der Luft nach unsichtbaren anWESENden.

Alphard 3

ETWAS KITZELTE MEINEN NACKEN. Ich öffnete müde die Augen, griff mit der Hand nach dem Störenfried, erfühlte Blätter ...

Erschrocken zuckte ich herum, schlug und trat nach dem riesigen Ding, das mich berührt hatte. Mein Stiefel traf seinen Fuß, stieß es von mir. Es raschelte und knackte, kippte zur Seite und schlug dumpf auf dem Boden auf. Sein Blattwerk federte auf und ab, dann lag es still. Rückwärts kriechend entfernte ich mich von ihm, bis ich mit dem Rücken gegen eine Wand stieß. Schlaftrunken rieb ich mir über die Augen, bis sich mein Blick klärte, und musterte dann das leblose Etwas.

Es war eine harmlose Fächerpalme, deren Blätter mich im Schlaf berührt hatten, kein Verwandter des Wächterwesens. Beruhigt erhob ich mich, lauschte, ob durch den Radau jemand herbeigelockt wurde, aber auf den Korridoren rührte sich nichts. Ich hatte mich in einen kurzen Blindgang zurückgezogen, um abzuwarten, bis das Betäubungsgift des Wächterwesens seine Wirkung verloren hatte. Im Schatten der Pflanze, die mich vom Licht der Deckenlampen abgeschirmt hatte, musste ich jedoch eingenickt sein. Ich horchte in mich hinein, fühlte mich noch immer leicht berauscht, aber bis auf jene Körperstellen, die ich mir bei meinem Sturz härter geprellt hatte, weitgehend schmerzfrei. Scheinbar wirkte die Substanz der Kreatur tatsächlich rekonvaleszierend.

Der große Tonkübel, in den die Palme gepflanzt war, war an seiner Aufschlagstelle zerbrochen, die Erde über den Boden verteilt. Ich richtete ihn wieder auf und schob ihn so gegen die Korridorwand, dass die Pflanze nicht zur Seite kippen konnte. Was ich an verstreuter Erde auflesen konnte, schüttete ich in den Kübel zurück und versteckte die beiden tellergroßen Bruchstücke dahinter. Dann schlich ich mich davon.

Im Wesentlichen waren alle Stationen nach demselben Schema erbaut und besaßen eine einzige Ebene, die sich über eine Fläche von annähernd fünfzigtausend Quadratmetern erstreckte. Den Großteil bildeten die Wohnquartiere an ihren Randbezirken. Sie umschlossen die Kernebene mit den Freizeit- und Vergnügungsbereichen. In den Zentren existierte eine Anzahl kleiner Arboreten mit Parkanlagen, Waldimitationen oder bescheidenen Seen. Diese Freizonen wurden von künstlichen Sonnen erhellt, die um sieben Uhr morgens auf- und um sieben Uhr abends untergingen – oder besser gesagt: das Licht ging an und aus. Die Lords hatten den 24-Stunden-Tag für die Bewohner konserviert. Die Menschen akzeptierten die plagiierten Tage, Wochen und Monate anstandslos. Ihnen war nicht bewusst, dass sie sich längst nicht mehr auf der Erde befanden. Sie hielten den Schein der elektrischen Heliosphären für Sonnenlicht, das zum Schutz vor Strahlenschäden durch unzählige Filter in die Tiefen der Stationen geleitet wurde. Es wirkte nahezu echt und stellte die Bedürfnisse der Menschen nach Sonnenstrahlen zufrieden. Nachts fiel in diesen ›Freizonen‹ für eine Stunde sogar künstlicher Regen, einmal wöchentlich auch eine Stunde tagsüber.

Neben den Arboreten gab es eine Anzahl von Hallen und Sälen, die zu verschiedenen Zwecken genutzt werden konnten. Am beliebtesten waren Sportveranstaltungen, bei denen Ballspiele, Boxkämpfe oder Leichtathletik-Wettbewerbe ausgetragen wurden. Hunderennen oder Stierkämpfe hingegen suchte man vergeblich. Es gab keine Tiere in den Stationen. Jegliches Bedürfnis nach ihnen war den Bewohnern aus ihren Persönlichkeitsmustern entfernt worden. Die Architektur der Bunker war homogen. Der Grundriss aller Stationen glich in etwa diesem:

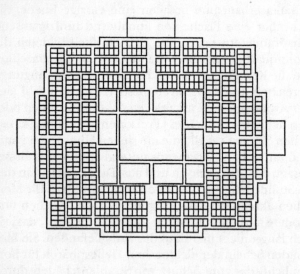

Die Innenwelt der *Moths*-Station, durch deren nahezu menschenleere Außenbereiche ich mich im Augenblick bewegte, besaß das Ambiente einer Vampirkolonie. Die Wände waren mit schwarzem Stoff behangen, den Boden bedeckten rote Endlosteppiche, und die Korridordecken gefielen sich in schwarzer Holzvertäfelung, von der im Abstand von jeweils fünf Schritten Lampenpaare wie Lindwurmaugen orangerotes Licht in die Gänge warfen. Ich fühlte mich wie in einem U-Boot, das mit Notbeleuchtung durch die Tiefsee steuerte. Eine Zeit lang hielt ich mich noch in den etwas abgelegeneren Außenbereichen auf. Bis auf wenige seltsame Gestalten, die im Vorbeischreiten kaum ihre Köpfe hoben, oder kopulierenden Pärchen, welche ebenfalls die Abgelegenheit der Randbezirke zu schätzen wussten und viel zu beschäftigt waren, um mich zu beachten, begegnete ich niemandem. Ich wusste nicht, wie lange ich in Morpheus' Armen gelegen hatte, aber wenn alles ordnungsgemäß verlaufen war, verbrachte mein Kolonie-Ego seine Zeit bereits mit seiner unfreiwilligen Entseuchung. Dennoch zog ich es vor, für eine Weile unterzutauchen, bis sich die Lage beruhigt hatte. Ich hatte zwar die Browning verloren, besaß aber noch den Downer. Der Verlust der Pistole ärgerte mich. Bei einer Konfrontation mit dem Lord würde ich ohne sie in ernsthafte Bedrängnis geraten. Es setzte bereits eine Portion Glück voraus, um einen der ihren mit einer Projektilschusswaffe in Schach zu halten, dazu Schnelligkeit und anatomische Kenntnisse. Schoß man einem Menschen in den Kopf oder ins Herz, war er mit an Sicherheit grenzender Wahrscheinlichkeit tot. Tat man dasselbe bei einem Lord, passierte nichts dergleichen. Man konnte ebenso gut versuchen, eine Minestrone zu erschießen.

Als ich es leid war, wie ein entflohener Sträfling durch die Korridore der Randbezirke zu schleichen, gelangte ich in den Bereich der Wohnquartiere und ließ meinen Blick über die Namensschilder an den Türen wandern. Elaine, Mario, John, Barbara, Sean, Richard ... Nur Vornamen waren in die daumengroßen Messingschildchen eingraviert, welche in Augenhöhe an die Türen geschraubt waren. In keiner der Stationen gab es zwei Vivians oder drei Jacks. Auch lebten in ihnen ebenso viele weibliche wie männliche Bewohner – abgesehen von dieser Station, in der nun zwei Stans umherwandelten (nicht zu vergessen die fünfzehn Stationen, in denen Prill fehlte). Anfangs hatte in allen Kolonien Ausgewogenheit geherrscht. Ich fragte mich, wie lange die Lords gewartet und uns observiert hatten, um eine solche Konstellation auf einen Schlag in ihre Fänge zu kriegen, anstatt die Menschen kreuz und quer im Land einzeln zusammenpflücken zu müssen.

An einer Tür, auf deren Namensschild ›Hank‹ eingeprägt war, blieb ich stehen. Abgesehen von Prill kannte ich den Bewohner dieses Quartiers besser als jeden anderen dieser Welt. Das galt zumindest für den Hank, der er auf Erden gewesen war. In den verschiedenen Stationen hatte ich ein gutes Dutzend absonderlicher Versionen von ihm kennen gelernt. Eine war bizarrer geartet gewesen als die andere. Hank war ein Ping-Pong-Ball von Mensch: richtungslos, beeinflussbar, zurückgezogen, Zeit seines Erdendaseins unverheiratet. Das Leben hatte ihn bereits als Kind zerrüttet. Man merkte es Hank normalerweise kaum an. Er hatte sich im Laufe der Jahre einen Schutzpanzer errichtet und diesen beständig verstärkt, was ihm jedoch kaum noch erlaubt hatte, gefahrlos unter Menschen zu weilen. Die Gefahr galt dabei weniger ihm, sondern mehr seiner Umwelt. Fachärzte hatten ihm gegen seinen Willen ›geholfen‹, ein psychisches Selbstschutzprogramm zu etablieren. Sobald dieses jedoch einmal abgespult und das Pulver verschossen gewesen war, war es mit Hank rapide bergab gegangen. Er war in sich zusammengesunken und hatte kein Wort mehr von sich gegeben, nachdem er manchmal mitten im Satz verstummt war. Sein Blick war leer geworden und dorthin gerichtet gewesen, wo sich niemand – oder nichts – befunden hatte. Das Intelligenteste, was man dann noch mit ihm hatte anfangen können, war, ihn an jenen Ort zurückzubringen, wo er den Psychotank für seinen Schutzpanzer neu auffüllen konnte.

Am Ende jedoch ...

Ich sah mich vorsichtig um und klopfte an die Tür.

Kein Geräusch war zu vernehmen. Auch beim zweiten Klopfen regte sich nichts. Die Türen waren ohne Keycard von außen nicht zu öffnen. Ich rüttelte ungeduldig am Türknauf. Vielleicht war Hank unterwegs in der Station – wider besseres Wissen, es sei denn, der Lord hatte an ihm eine Gehirnwäsche vollzogen. Trotz der Stille beschlich mich das Gefühl, jemand stehe hinter der Tür und lausche.

»Hank?«, fragte ich gedämpft. »Hank, ich bin's, Stan. Mach bitte auf, ich brauche deine Hilfe.«

Keine Reaktion.

»Ich weiß, dass du da drin bist, Hank. Ich kenn' dich doch. Stehst barfuß hinter der Tür und hoffst, dass ich wieder abhaue, nicht wahr?«

Für Sekunden blieb alles ruhig. Dann seufzte leise eine Türklinke, und die Tür öffnete sich einen Spalt breit. Der Streifen eines Gesichts lugte auf den Korridor, das Zimmer dahinter lag im Dunkeln. Es war eindeutig Hank, der herauslinste. Zweifellos hatte er seinen Fuß hinter der Tür postiert, damit ich sie nicht weiter aufschieben konnte. Sicherheitshalber platzierte ich meinen rechten Stiefel ebenfalls vor der Türleiste, um zu verhindern, dass Hank mir die Tür gleich wieder vor der Nase zuschlug.

»Stan ...«, flüsterte Hank. Seiner Stimme nach zu urteilen war es ihm gar nicht recht, dass jemand etwas von ihm wollte. »Bitte lass mich in Ruhe«, bestätigte er sogleich meine Vermutung. »Ich habe – zu tun. Komm morgen vorbei. Nein, besser übermorgen. Entschuldige mich jetzt.« Er wollte die Tür zuschieben, was jedoch mein Stiefel verhinderte.

»He, du kannst mich nicht so einfach hängen lassen.« Ich lehnte mich mit der Schulter gegen die Türfüllung. »Ich mach's auch kurz, Ehrenwort!« Ich hielt eine Schwurhand vor den Türschlitz.

Als Hank erkannte, dass er die Tür nicht zuschieben konnte, wurde sein Atem hektisch. Ich bemerkte zudem einen seltsamen Gestank, der aus der Wohnung drang.

»Ruhig Blut, Hank«, sagte ich angesichts seiner zunehmenden Verzweiflung über die verkeilte Tür. »Teufel, was stinkt denn bei dir da drin so?«

»Geh – weg!«, keuchte Hank. »Geh bitte weg!«

Roter Alarm in Hanks Gesicht. Ich schüttelte den Kopf. »Tut mir Leid, Sportsfreund. Ich fürchte, das kann ich nicht.« Ich nahm mit dem Oberkörper Schwung und warf mich gegen die Tür. Hank wog zwar 180 Pfund, war aber nicht darauf vorbereitet. Mit einem verzweifelten Aufschrei wurde er nach hinten geschleudert, stolperte über irgendeinen Gegenstand und stürzte zu Boden. Einen Atemzug später stand ich bereits in seiner Wohnung und drückte die Tür ins Schloss. Der Gestank war extraordinär. Es roch nach ungewaschenem Körper, Kerzenrauch und diesem anderen Zeug, das ich irgendwo schon einmal gerochen hatte. Allerdings nicht in einer Wohnung, sondern in der Reparaturwerkstatt der Tankstelle, in der ich einige Jahre meinen Lebensunterhalt verdient hatte. Es war Lösungsmittelgeruch; Methylenchlorid.

Hank lag noch immer am Boden. Er wimmerte und schien keine Anstalten unternehmen zu wollen, aufzustehen. Nicht eine einzige Lichtquelle erhellte sein Quartier. Dem Geruch nach zu urteilen hatte er lediglich Kerzen entzündet gehabt und diese gelöscht, bevor er die Tür geöffnet hatte.

»Wo ist der Lichtschalter?«, wollte ich wissen.

»Bitte nicht...«, jammerte Hank.

Ich tastete die Wand ab, fand einen Schalter und drückte ihn. Nichts geschah. »Hast du die Röhren herausgedreht?« Ich fingerte mein Feuerzeug aus der Jackentasche und knipste es an.

Hank begann, sich auf dem Boden zu wälzen, als fürchte er die Flamme. Er kroch von mir fort und versteckte sich hinter einem Sessel, über dessen Lehne er beim Zurücktaumeln gestürzt sein musste. Was ich dennoch von Hank sah, ließ mich vermuten, dass er völlig nackt war.

Ich fragte: »Hattest du vor zu duschen?«

Die Antwort war ein ängstliches Schnaufen.

Im Zimmer herrschte ein heilloses Durcheinander. Der Boden war knöcheltief übersät mit Kleidungsstücken, zerknüllten Papiertüchern, leeren Dosen, Kerzenstummeln, Werkzeugen und Gegenständen, die aussahen, als hätte Hank einen Traktor ausgeschlachtet: Kabelreste, Gummischläuche, Metallscheiben, Elektronikschrott. Es war kaum möglich, einen Fuß vor den anderen zu setzen, ohne auf irgendetwas auszurutschen oder darüberzustolpern. Fassungslos ließ ich das Feuerzeug hin und her wandern und versuchte, das Chaos zu überblicken, soweit es der Schein der Feuerzeugflamme erlaubte. Einzig der Inhalt des Aschenbechers auf dem Wohnzimmertisch sah aufgeräumt aus: die Zigarettenkippen auf der einen Seite, die Asche auf der anderen. Dazwischen Ohrenstäbchen mit gelb gefärbten Watteköpfen. Um den Ascher herum dasselbe Durcheinander: Schmerztabletten, ein Steakgewürzstreuer, schmutzige Teller, Bierflaschen, Kronkorken, ausgepresste Senftuben, Brotreste, gebrauchte Zahnstocher, leere Zigarettenschachteln, alles drunter und drüber. Benutzte Schüsseln und Teller mit Essensresten stapelten sich auf den Polstersesseln. Dann entdeckte ich im Halbdunkel einen Gegenstand, der mich verdutzt innehalten ließ. Es war ein Stück Metallverkleidung, just von der Art, mit der für gewöhnlich die Sicherheitseinheiten hinter den Stationseingängen versehen waren.

Ich entzündete ein paar Kerzen, die in hüfthohen Ständern im Raum verteilt waren, und hob das Metallstück auf. Es glich dem halbierten Tank einer Harley Davidson und war viel zu leicht, um aus irdischem Metall gefertigt zu sein. Die Wächter waren Konstruktionen der Lords. Aber wie kam Hank an die Verkleidung? Sollte er etwa dafür verantwortlich sein, dass inzwischen dieses wandelnde Gemüse aus der Lord-Welt die Arbeit der Sicherheitseinheit verrichten musste?

Das Stück Metall in der Hand, umrundete ich den Sessel, hinter dem sich Hank verschanzt hatte – und erlebte die zweite Überraschung. Hank war nicht nackt. Er trug vier übereinander gezogene Damenslips mit Spitzenbesatz. Über Arme und Beine hatte er sich lange Damen-Nylonstrümpfe gezogen, den Oberkörper bedeckte ein seidener Spitzen-Unterrock.

Wir blickten einander an. Hank sagte nichts, schluckte nur und starrte. Dabei zitterte er wie Espenlaub, sein Atem bebte. Ich kannte diesen Gesichtsausdruck. Delinquenten besitzen ihn, wenn sich die Tür zur Hinrichtungszelle vor ihnen öffnet und sie den Elektrischen Stuhl oder die Liege für den Empfang der Giftspritze zum ersten Mal mit eigenen Augen sehen.

In Hanks Augen blitzte Todesangst.

Apathisch streifte sich Hank die Nylonstrümpfe von Armen und Beinen und ließ sie achtlos neben sich fallen. Dabei plapperte er wirres Zeug, vielleicht aus dem Bedürfnis heraus, sich das Unbehagen von der Seele zu reden. Mit der Zeit wurde er jedoch ruhiger und entspannter, als wäre er erleichtert darüber, dass jemand hinter seine abartige Veranlagung gekommen war und ihm Gesellschaft leistete. Zwar erkannte ich kaum einen Sinn in dem, was er brabbelte, aber alles schien mit jener futuristischen Konstruktion aus Metall, Plastik und Schaumstoffpolstern zusammenzuhängen, die wie ein lauernder Dreadnought im Nebenzimmer stand. Sprachlos musterte ich die Apparatur. Ich erkannte an ihr einen Großteil der Wächter-Verkleidung wieder, dazu Teile eines Polstersessels und eine Vielzahl von Röhren und Schläuchen, die Hank aus diversen Badezimmern entwendet zu haben schien. Sie besaß zwei Bedienungskonsolen auf den Armlehnen und war meterweise umgeben von elektrischen Leitungen. Verblüfft lief ich um das Gebilde herum, vermied aber, es zu berühren. Die gesamte Konstruktion ähnelte entfernt einem Dentistenstuhl. Auch ohne allzu viel Phantasie war zu erkennen, dass sie keineswegs der zahnärztlichen Behandlung, sondern offenbar Hanks sexueller Befriedigung diente – die Polster und der Teppichboden vor der Apparatur waren über und über mit getrockneten Spermaflecken bedeckt. Ich schüttelte angewidert den Kopf.

»Toll, was?«, fragte Hank leise aus dem Hintergrund.

Ich blickte abwechselnd auf ihn und die Apparatur. »Du hast...« Ich suchte nach Worten. »Du hast den Wächter demontiert und dir daraus diese Rammelmaschine gebaut?« Hank erhob sich. In seinen Augen lag unverhohlener Stolz, aber auch etwas, das mich beunruhigte. »Wie hast du es geschafft, ihn zu überwältigen?«, staunte ich. »Er hätte bei einem tätlichen Angriff 200 Ampere in dich reinjagen müssen.«

»Oh«, machte Hank, »das war einfach. Ich habe ihn mit dem Touch-Screen für die Klimaanlage deaktiviert.« Er grinste Applaus heischend. Seine Angst und seine Scham waren wie weggeblasen. Ihm schien nicht einmal mehr bewusst zu sein, dass er nur mit Damenunterwäsche bekleidet vor mir stand. Scheinbar hatte er sich damit abgefunden, ertappt worden zu sein, und war nun bemüht, ein wenig Haltung zu bewahren. Er wirkte locker, erleichtert, ja geradezu erheitert über die Tatsache, dass jemand hinter sein Treiben und das Geheimnis um den verschwundenen Wächter gekommen war.

»Mit einer simplen Fernbedienung? Ausgeschlossen!«, entschied ich.

»Wirklich? Dann sag du mir, wie es möglich gewesen ist«, forderte Hank mich auf.

Ich war nicht in der Lage, ihm zu antworten. Das einzig mögliche Argument würde schon weiter reichen, als es das Persönlichkeitsmuster der Kolonisten zuließ. Sollte ich ihm versuchen zu erklären, dass nur der hiesige Lord den Wächter zu deaktivieren vermochte? Falls Hank die Wahrheit sagte, musste er die mathematische Sprache der Lords beherrschen. Und dennoch: Wie hätte er ohne deren Hilfe eine simple Fernbedienung so weit modifizieren sollen, dass sie einen Deaktivierungscode ausstrahlte? Und von wem außer dem Lord dieser Kolonie hätte er den Code erhalten haben sollen? Der Wächter selbst hatte ihm all das jedenfalls nicht beigebracht – selbst dann nicht, wenn dessen Biochips von manisch-depressiven Schüben heimgesucht worden waren und er betriebsmüde gewesen sein sollte.

»Die *Stimme* verriet es mir«, erklärte Hank, als ich ihn darauf ansprach.

»Welche Stimme?«

Hank ging zu einem Radiowecker und schaltete ihn ein. Aus dem Lautsprecher drang statisches Rauschen und Sirren. »Die *Stimme* hat mich alles gelehrt«, murmelte er und ließ seine Fingerspitzen über das Lautsprechergitter wandern. »Sie ist ein großer Lehrmeister und hat viel Geduld. Sie weiß mehr, als du dir vorstellen kannst.«

»Ich höre sie aber nicht«, stellte ich fest.

Hank schaltete das Radio wieder aus und wandte sich um. Sein Blick besaß etwas Verträumtes. »Du glaubst, ich bin verrückt«, sprach er leise. »Aber du irrst dich. Die *Stimme* hat mich zum Genie gemacht!« Er ging zu seiner Konstruktion und streichelte sie zärtlich, als wäre sie ein dressiertes Raubtier, das auf seinen Befehl wartete. »Du legst dich mit gespreizten Beinen hier drauf«, erklärte er. »Es ist ein wenig wie beim Frauenarzt, aber so bequem wie ein Wasserbett. Zuerst legst du dir diese Druckmanschette um den Hals. Dann befestigst du an den Händen, der Brust und den Lenden diese Strommarken. Mit den Fingern der linken Hand schlüpfst du in die Kupferspiralen an der linken Armlehne, die rechte bedient dieses kleine Keyboard an der anderen. Ein Tastaturbefehl lässt zwischen deinen Schenkeln einen Metallstift aus dem Sitzpolster gleiten, der sich tief in deinen After senkt.

Die Kupferspiralen über deinen Fingern und die Drähte an den Gliedmaßen sind über einen Stufenschalter, einen Transformator und einen Regelwiderstand mit dem Energiespeicher des Wächters verbunden. Bei eingeschaltetem Regelwiderstand fließt je nach Einstellung des Stufenschalters eine Spannung zwischen 50 und 180 Milliampere bei konstanten zwanzig Volt durch deinen Körper. Mit dem Keyboard kannst du den Rhythmus der Stromstöße regulieren. Über den Rektumstab kontrollierst du durch das Zusammenziehen deiner Analmuskulatur diesen Kompressor, der die Druckmanschette um deinen Hals mit Luft füllt oder sie entweichen lässt. Mit der Tastatur steuerst du eine Hydraulik, die den Stuhl hebt, neigt oder senkt. In diesen Behälter, der rechts von dir befestigt ist, füllst du Methylenchlorid, das eine narkotisierende Wirkung erzeugt. Die Dämpfe atmest du hier über diese Maske ein, die durch einen Schlauch mit dem Behälter verbunden ist.

Während all dessen trägst du diese Videobrille, die durch am Kopf befestigte Elektroden direkt von den visuellen Impulsen deines Neocortex gefüttert wird. Du siehst auf deiner Reise durchs emotionale Schlaraffenland alles, was du dir nur vorzustellen vermagst.« Hank leckte sich begierig über die Lippen. »Willst du's mal ausprobieren?« Er sah mich erwartungsvoll an. »Es geht sogar zu zweit. Ich hab genug MC in der Küche, um uns von meinem Baby in einen Trip reiten zu lassen, der Tage dauert; hinter den Horizont und weiter. Stan, ich schwöre dir, so etwas hast du noch nie erlebt. Das ist Hardcore-Mandala!«

»Nein, danke«, lehnte ich ab. Mir rauchte von Hanks Fachgesimpel der Kopf, und ich verspürte keine große Lust, zusammen mit ihm nackt auf seinem Rubbelbild-Simulator zu liegen.

»Es macht dich frei. Es bringt dir Frieden«, drängte Hank. Speichel glänzte in seinen Mundwinkeln.

»Das sehe ich«, entgegnete ich und vollführte eine allumfassende Geste. »So frei, dass alles um dich herum bedeutungslos wird. Wissen die anderen überhaupt, dass du noch lebst? Du stinkst wie eine Leiche, Hank! Wie lange hast du dich nicht mehr gewaschen? Wann hast du zum letzten Mal etwas gegessen? Weiß dein autoerotisiertes Hirn eigentlich noch, was Essen ist und wozu dein Körper es braucht?«

»*Das hier* brauche ich!«, schrie Hank plötzlich. Sein Gesicht lief rot an. »Ich bin Gott, wenn ich darauf reite! Reiner Geist, frei von diesem widerlichen Fleisch! Mein Baby gibt mir die geilsten Weiber des Universums, lässt mich von Pussy zu Pussy tauchen, ohne Luft zu holen. Ich bestehe nur noch aus Energie! Ja! Ja!« Er hatte seine Arme ausgebreitet und sprang auf und ab. Dabei trat er unglücklich auf ein herumliegendes Metallteil, knickte um und fiel zu Boden. Jammernd blieb er liegen und hielt sich den verletzten Fuß.

Ich half ihm hinüber auf sein Bett, dem einzigen halbwegs freien Platz im Raum. In Hanks Ferse klaffte eine zwei Zentimeter lange Schnittwunde, die heftig blutete. Hank nahm sie kaum wahr. Die unerwartete Erfahrung, dass die Schwerkraft auch für ein vermeintliches Energiewesen wie ihn Gültigkeit besaß, hatte seiner Megalomanie einen Dämpfer verpasst. Er kauerte auf der Bettkante und brütete mit zu Boden gerichtetem Blick vor sich hin. »Geh jetzt, bitte«, bat er nach einer Weile, ohne aufzusehen.

Ich lief stattdessen ins Bad und suchte eine Rolle Toilettenpapier und ein sauberes Handtuch, das ich anfeuchtete, damit Hank sich das Blut abwaschen konnte. Als ich ihm beides reichte und sein Blick auf das Toilettenpapier fiel, schlug er mir die Rolle mit einem Aufschrei aus der Hand und rutschte von mir fort. »Du willst, dass sie mich ganz auffressen!«, keifte er. »Deshalb bist du hier! Du gehörst zu ihnen!«

Ich starrte auf das Toilettenpapier, das sich auf dem Boden verteilt hatte. Zwischen den Lagen krabbelten aufgeregt kleine gelbe Pünktchen umher. Ich hob die Rolle an. Es waren winzige Käfer oder Milben, hunderte an der Zahl. Ekelhaft, aber im Grunde harmlos. Lediglich ein Zeichen mangelnder Hygiene.

»Du willst nur, dass noch mehr dieser Papierfresser in mich hinein kriechen«, warf er mir vor. »*Sie* haben dich gerufen! Diese schwulen kleinen Viecher warten nur darauf, mir die Schuppen vom Arsch zu fressen.« Er hob seinen Blick, sah mich an. »Davon ernähren sie sich, fressen, was von mir abfällt. Bald füllen sie mich so aus, dass ich zu keinem Schiss mehr in der Lage bin und das Gefühl haben werde, mein Mastdarm hätte sich abgekoppelt, um meine Hämorrhoiden zu schonen, und langsam wird sich mein Dickdarm aufblähen wie ein Fesselballon, ja, ich werde irgendwann einen methangasgefüllten Zeppelin im Bauch haben, der mit jedem Bissen, den ich fresse, dicker wird...« Hanks Augen waren weit aufgerissen und glänzten irr, sein Blick ging durch mich hindurch. Ich konnte ihn nur anstarren, unfähig, etwas zu erwidern. Offensichtlich litt er wieder unter einer extremen Psychose, hervorgerufen durch die Isolation oder das Methylenchlorid, welches er scheinbar pausenlos inhalierte, um sich zu stimulieren. Wahrscheinlich hatte ihn alles zusammen verrückt werden lassen. Sein Zustand erschütterte mich. Es war verwunderlich, dass der hiesige Lord noch nicht eingegriffen hatte, um den Fehler zu beheben. Vielleicht aber wuchs ja bereits ein neuer Hank-Klon heran, der dieses Modell ersetzen würde, sobald es sich zu Grunde gerichtet hatte; stabiler, bodenständiger, gesund. Irgendwo in einem Nährstofftank jenseits dieser grotesken Wirklichkeit, an einem Ort, woher auch die anderen Klone stammten.

»Hank?«

Mein Gegenüber reagierte nicht. Es sah in irgendeine Ferne, in der ich nicht existierte; nicht ich, nicht dieses Zimmer, und auch nicht die Mauern um uns herum. Seine rechte Hand klammerte sich um sein Geschlechtsteil und knetete es mitsamt den Damenschlüpfern.

»Hank!«, rief ich und schlug seine massierende Hand fort.

Er blinzelte und schaute drein, als sehe er mich zum ersten Mal. Dann hielt er sich die Hände vors Gesicht, rutschte über das Bett von mir weg und schrie: »Nein, nein, nein!« Er verkroch sich unter ein Laken, wiegte seinen Körper hin und her und murmelte immer leiser: »Nein, nein, nein, nein ...«

Ich beobachtete sein Gebaren. Es war hoffnungslos. Hank hatte den Verstand verloren.

Resigniert setzte ich mich neben ihn aufs Bett und legte meine Hand auf seine Schulter. »He, alter Freund«, sprach ich sanft. »Ich habe hier etwas, das noch viel mehr reinhaut als MC...«

Hank hielt mit Schaukeln inne und streckte seinen Kopf aus der Decke. »Mehr als MC?«, äffte er mit kindlichem Tonfall nach.

»Hundert Prozent!«, nickte ich und zog den Downer aus meiner Jacke. Hank setzte sich auf und griff danach, aber ich wehrte seine Hand ab. »Nur einen Schuss!«, bestimmte ich.

Hanks Augen hingen an der schwarzen Hülse. »Was ist das?«

»Lass dich überraschen.« Ich zwinkerte ihm zu, legte den Downer an seinen Hals und drückte ab. Ein leises Zischen, Hank riss die Augen auf.

»Aah, irre ...!«, stöhnte er verzückt. Er verdrehte die

Augen, plumpste rücklings auf sein Bett und rührte sich nicht mehr. Ich betrachtete ihn eine Weile. Hanks Gesichtszüge waren entspannt, beinahe friedlich. Er demonstrierte eine mustergültige Injektionsmetamorphose. Ich lud eine neue Patrone in den Downer und verstaute ihn wieder in meiner Jackentasche. Beim Durchstöbern von Hanks Wohnung fand ich zwischen Bergen kurioser Klamotten und Müll eine schwarze Kopfmaske aus glattem, weichem Leder. Sie besaß runde Aussparungen für die Augen, zwei Nasenöffnungen und einen rechteckigen Schlitz in Mundhöhe. Im Nacken befand sich ein Schnürverschluss. Ich zog die Maske auf und betrachtete mich in Hanks Schlafzimmerspiegel. Es sah schlichtweg lächerlich aus. Von Tarnung konnte kaum die Rede sein, eher von Fastnachtskostümierung. Ich sah aus wie der Henker von Milwaukee. Kein Mensch würde allerdings erkennen, wer sich unter der Maske verbarg, und so beschloss ich, sie aufzubehalten. Hoffentlich war Hank nicht der einzige Perverse in der Station.

Ich warf einen letzten Blick auf den Schlafenden und seine Maschine. Dann löschte ich die Kerzen, öffnete die Tür und schlüpfte hinaus auf den Korridor.

Es gab nur zwei Arboreten. Beide waren verhältnismäßig weiträumig angelegt und erinnerten mehr an avantgardistische Kunst- und Klanggärten als an Erholungsparks. In ihnen herrschte ständiges Zwielicht. Keine künstlichen Sonnenstrahlen fanden ihren Weg hinab auf den Boden, das Licht kam einzig von den Pflanzen und gelegentlich sogar von den Bewohnern selbst, die sich mit leuchtenden Girlanden, Gürteln oder Stirnbändern geschmückt hatten. Die Stimmung in den Arboreten war dadurch ebenso festlich wie bizarr.

Während ich die Anlagen durchstreifte und nach Prill Ausschau hielt, kreisten meine Gedanken um jene *Stimme*, die Hank als seinen Mentor bezeichnet hatte. Da sie, wie er behauptete, aus dem Radio zu ihm sprach, konnte es sich um Gamma handeln. Wenn das wirklich zutraf, wie kam er dann an den Wächter-Code? War er womöglich gar kein Mensch, der aus einer verborgenen Radiostation heraus agierte? Einzig die Lords verfügten über sämtliche Codes und das technische Know-how ihrer Anlagen. Aber was ergab das für einen Sinn? Falls es zutraf, dass Gamma selbst ein Lord war, warum übermittelte er dann Hank – ausgerechnet Hank! – dieses technische Wissen und den Code eines Wächters und störte durch ihn die Ordnung einer Station?

War er ein Saboteur? Und welche Rolle spielten Prill und ich in diesem geheimnisvollen Spiel?

Ich fand Prill im zweiten Arboretum. Es war purer Zufall, dass sie mir in der anonymen Masse schwarz gekleideter, halb nackter, nackter und überwiegend maskierter Individuen überhaupt auffiel. Sie war etwa zehn Meter von mir entfernt unter einem jungen Ölbaum stehen geblieben, der mit hunderten von ultraviolett strahlenden Lämpchen geschmückt war, welche ihr Kleid in bläulichem Weiß erstrahlen ließen. Ohne diesen Effekt wäre ich zigmal an ihr vorbeigelaufen, ohne sie zu bemerken. Sie hatte ihre Arme erhoben, den Kopf in den Nacken gelegt und ließ sich illuminieren. Das UV-Licht verwandelte sie in ein überirdisches Wesen, in eine Lichtgestalt in dieser Dunkelwelt. Nach wenigen Augenblicken schien sie der Helligkeit überdrüssig geworden zu sein und lief weiter. Besser gesagt: Sie wandelte. Ihr Gang war erhaben, würdevoll, wie das Gleiten eines Schwans. Ich folgte ihr, ohne mich ihr zu nähern. Sie trug keine Maske, aber so etwas wie einen Schleier, der ihr Gesicht verschwimmen ließ. Ihre schwarzen Haare hatte sie zu einem großen Knoten gebündelt, der ebenfalls von diesem weißen Gespinst zusammengehalten wurde. Hin und wieder blieb sie stehen, als müsse sie sich orientieren, änderte dann ihre Richtung und lief weiter.

Ich schlenderte so unauffällig wie möglich hinter ihr her. Möglicherweise aber nicht unauffällig genug, denn schon bald hatte ich das Gefühl, meine Verfolgung nicht mehr allein zu bestreiten. Die Musik und die Klänge übertönten alle Laufgeräusche. Ich warf einen Blick über die Schulter und entdeckte ein Pärchen, das mir in geringem Abstand folgte. Die Frau mochte Anfang dreißig sein. Sie war einen Kopf kleiner als ich und trug eine Lex Miller-Perücke, die aussah wie ein silberner Sturzhelm ohne Visier. Gekleidet war sie in ein sündiges Netzwerk aus schwarzen Lederfäden, das alles verbarg, nur nicht das, was es verbergen sollte. Sie lächelte mich belustigt an, spitzte dann ihre Lippen zu einem Kussmund. Der Mann, ungefähr vierzig, grinste weitaus unverschämter. Er trug seine Haare zu einem Pferdeschwanz gebunden, dazu eine Zorro-Maske, und hatte seine Lippen nach Bela Lugosi-Manier dunkel gefärbt. Im Gegensatz zu seiner Partnerin war er relativ schlicht gekleidet: schwarze Bundfaltenhose, schwarzes T-Shirt – barfuß. Ein Bauchansatz wölbte sich unter dem Shirt.

»Vergiss es«, meinte der Mann, als ich stehen blieb. Er schloss mit seiner Partnerin zu mir auf und sah Prill hinterher. »Sie ist ein Objekt, aber kein Mensch mehr.«

»Ich habe dich nicht um einen Ratschlag gebeten«, knurrte ich.

»Clemens hat Recht«, pflichtete die Frau bei. »Du

darfst sie nicht berühren. Sie wird es nicht zulassen, solange sie dieses Kleid trägt.«

»Ich will sie nicht berühren«, erwiderte ich, »sondern mit ihr reden.«

»Du darfst sie auch nicht ansprechen, denn ihr Aussehen spricht für sie«, erklärte die Frau. »Sie wird dich nicht hören und dir auch nicht antworten.«

Ich sah mich um. Prill war zwischen Licht und Schatten verschwunden. Verärgert verschränkte ich die Arme vor der Brust und sah Clemens an. Ich kannte ihn bereits aus den anderen Stationen. Er war etwas größer als ich, kräftig gebaut und besaß eine breite Nase, die er als Andenken an zahllose Faustkämpfe auf der Erde auf diese Welt mitgebracht hatte. Ich verspürte keine Lust, herauszufinden, ob die Erinnerung an seine Boxerkarriere noch auf seinem Persönlichkeitsmuster gespeichert war.

Der Name der Frau war Melissa. Über ihre irdische Vergangenheit hatte ich kaum etwas in Erfahrung bringen können, wusste nur, dass sie einst zu den Stewardessen gehört hatte. Für ihre Größe war sie ein wenig zu stämmig, aber dennoch attraktiv. Unter der Silberperücke musste sie braune Locken verstecken, falls sie ihren Schädel nicht kahlrasiert hatte. Sie maß mich mit einem neugierigen Blick. Ihre dunklen Augen funkelten, und ich sah ihr an, dass sie rätselte, wer unter der Ledermaske stecken mochte.

»Wer bist du?«, fragte sie mich wie zur Bestätigung.

Ich zuckte die Achseln. »Ich habe heute keinen Namen.«

Melissa hob die Augenbrauen und grinste geheimnisvoll. »Na gut, Anonymus. Begleitest du uns ein Stück? In einer halben Stunde werden auf der Lichtung die Drinks ausgeschenkt.« Sie hakte sich bei mir ein. Ich warf einen letzten Blick in die Richtung, in der Prill verschwunden war, willigte schließlich ein und ließ mich von den beiden durch das Arboretum führen. Ich tat so, als kenne ich mich in der Anlage aus. Wollte ich dennoch etwas wissen, verkleidete ich meine Fragen als Behauptungen, die dann sogleich von Melissa oder Clemens bestätigt oder korrigiert wurden. Das Einhaken der Frau wandelte sich im Laufe des Spazierganges zu einer Mischung aus Umarmung und analysierendem Ertasten. Vielleicht hoffte sie, auf meiner nackten Haut irgendwelche *Besonderheiten* zu entdecken, anhand derer sie mich identifizieren könnte. Meine Befürchtung, ihre Forschungen würden sie den Downer ertasten lassen, bestätigte sich Gott sei dank nicht. Melissa interessierte sich zumindest nicht für den Inhalt meiner Jacke...

Ich vermied es, Clemens' Blick zu begegnen, vermutete aber, diese Art der Annäherung war – zumindest in dieser Station – normal. Wahrscheinlich gab es keine festen Beziehungen. Man wechselte die Partner wie die Motten die Laternen. *Moths* – welch treffender Name für diesen Ort mit seinen lichtscheuen Kreaturen...

Nach und nach erfuhr ich auch einiges über die gesellschaftliche Struktur und die Verwaltung innerhalb der Station. So machten Kleider hier tatsächlich Leute. Es gab sechs Gesellschaftsschichten, die sich anhand ihrer Bekleidung voneinander unterscheiden ließen und denen jeweils einhundert Menschen angehörten. Melissa und Prill waren Mitglieder der obersten Kaste, der so genannten Sidds. Clemens und in Vertretung meines Kolonie-Egos ich selbst gehörten den Cluds an, der zweithöchsten Schicht. Darunter folgten Taggs (die den Leuchtschmuck trugen), Polls (ein wenig Lack und Leder), Slons (lediglich mit Ärmeln bekleidet) und Vemms. Letztere waren leicht zu erkennen, da sie im Adamskostüm durch die Station wandelten.

Angesichts dieser Hierarchie wunderte es mich kaum noch, warum Melissa mich so selbstverständlich vereinnahmte. Würde ich mich gegen ihre Annäherung wehren, bekäme ich wahrscheinlich eine Disziplinarstrafe aufgebrummt.

Für die Ordnung in der Station sorgten Sicherheitseinheiten, denen insgesamt zwanzig Bewohner angehörten. Diese traten jedoch nicht uniformiert auf, sondern lebten bescheiden innerhalb der Gemeinschaft. Erst wenn es die Situation erforderte, traten sie in Erscheinung, eine Art Bürgerwehr, der auch Todd und Bryan angehörten. Sie besaßen einen Sonderstatus, der sie über allen Kasten stehen ließ, ebenso wie Ärzte, Lehrer, einen so genannten Entertainer (was für ein Amt dies auch immer sein mochte) und die drei Priester verschiedener Glaubenslehren, welche täglich in einer Gebetshalle Durchhalteparolen predigten und die Bewohner ermahnten, in die Zukunft statt in die Vergangenheit zu blicken.

Die Eminenz im Hintergrund, den Lord, erwähnten Melissa und Clemens mit keinem Wort. Überraschenderweise schien er auch keinen Adjutanten innerhalb der Station zu besitzen, der seine Interessen vertrat. Im Großen und Ganzen wurde diese Kolonie folglich durch eine Mischung aus verborgener Autokratie, Aristokratie und Oligarchie verwaltet, wobei letztere aus einem zehnköpfigen Überlebensrat bestand, der wöchentlich zusammentraf, aber scheinbar nicht über den Sidds stand. Er war sozusagen die Opposition.

Auf der Lichtung hatten sich etwa vierhundert Bewohner versammelt. Sie Menschen zu nennen, gliche

Schönfärberei. Melissa, Clemens und mich umringten federgeschmückte Männer und Frauen in beinlangen Lackstiefeln, leder- und latexverhüllte Selbstdarsteller, durchsetzt von Nudisten, Halbnudisten und finsteren Gestalten, die einer hiesigen Motorrad-Gang anzugehören schienen. Rechts neben mir stand eine junge Frau in einem Kleid aus Briefmarken, an ihrer Hand einen Begleiter, der aussah wie eine Kombination aus Braunbär und Slipeinlage. Vereinzelt warteten entrückte Gestalten, hauchdünne Gewänder darbietend, die sich nur noch als Textilproben bezeichnen ließen. Die gesamte Horde wirkte wie eine Melange aus einer Fetischisten-Selbsthilfegruppe und der Jahresvollversammlung eines Swinger-Clubs. Ich fiel nicht im Geringsten auf.

Auf der anderen Seite des Kreises entdeckte ich Prill wieder. Ich versuchte, Blickkontakt herzustellen, konnte aber nicht mit Gewissheit sagen, ob sie mich sah. Der Schleier vor ihrem Gesicht verhüllte ihre Augen.

Von einem Augenblick zum anderen spielten alle Lautsprecher des Arboretums im Einklang. John Dunstables *Agnus Dei* ließ die Versammelten verstummen. Ihre Aufmerksamkeit konzentrierte sich auf den Boden in der Mitte des von ihnen gebildeten Kreises. Sie starrten auf das Gras, als wollten sie kraft ihrer Gedanken die Toten wieder erwecken. Dunstables Grabinschrift beschreibt den Komponisten als Fürsten der Musik, Mathematiker und Astronom. Vielleicht sah der hiesige Lord in ihm und seinem Werk eine verwandte Seele. Jedenfalls besaß er ein Gespür für die dramatische Untermalung tagtäglicher Banalitäten.

Einen Atemzug lang herrschte Stille im Park, dann erklang Debussys *Fêtes*, und der Boden in der Mitte der Versammelten öffnete sich. Aus kitschigem Kunstnebel stieg zur langsam anschwellenden Musik eine gewaltige Pyramide aus bunten Getränkegläsern empor. Ehe sich das Kunstwerk gänzlich aus der Tiefe erhoben hatte, liefen die ersten Bewohner bereits zu ihm hin und griffen sich begierig, aber diszipliniert Gläser herab. Jeder der Versammelten begnügte sich mit einem Drink.

»Komm schon«, drängte mich Clemens und zog mich am Arm hinter sich her, »worauf wartest du?«

Ich ließ mich von ihm zur Gläserpyramide zerren. Melissa hatte ich aus den Augen verloren, ebenso Prill, die hinter wimmelnden Leibern verschwunden war. Zweifellos bildete dieser theatralische Ausschank den Höhepunkt eines jeden Tages. Es dauerte nicht lange, bis ich auch den Grund dafür herausfand. Ich hatte mir wahllos einen der Drinks vom Stapel genommen und schlenderte daran nippend durch die sich langsam wieder im Arboretum verstreuende Menge. Das Getränk war irgendein Cocktail aus Kaffee und Likör. Es schmeckte seltsam, aber nicht unangenehm. Clemens trottete neben mir her und schwatzte ununterbrochen auf mich ein. Irgendwann erspähte ich auch Prill wieder. Sie stand noch an derselben Stelle wie zuvor, teilnahmslos und ohne Drink. Ich stellte mich in ihre Nähe und überlegte, auf welche Weise ich sie ansprechen sollte, als ich spürte, dass mir der Cocktail auf recht eigenartige Weise zu Kopf stieg. Alles um mich herum wurde langsam hektischer, die Farben zunehmend intensiver, die Töne verschmolzen zu einem harmonischen Singsang. Prill schien zum Greifen nahe und gleichzeitig kilometerweit von mir entfernt. Clemens hingegen veränderte unentwegt seine Größe, reichte mir mal bis zur Hüfte, dann wieder bis zu den Baumwipfeln empor. Ich betrachtete das Glas in meiner Hand. Gerade mal die Hälfte seines Inhalts hatte ich geleert.

»Das haut rein, was?«, brüllte mir Clemens ins Ohr.

Reinwasreinwasreinwas... hallte seine Stimme als Endlosschleife in meinem Kopf wider. Ich starrte weiterhin auf den Drink, wollte noch einen Schluck nehmen, doch meine Hand vollführte Kreiselbewegungen mit dem Glas. Ich bekam es nicht an die Lippen. Benebelt sah ich zu Clemens und bildete mir ein, durch ihn hindurchblicken zu können. Er wirkte wie ein Hologramm. Jemand zupfte an meinem Jackenärmel. Ich warf den Kopf zur Seite und erkannte Melissa, die erschrocken zurückzuckte.

»Liebe Zeit«, beschwerte sie sich. »Bist du in Ordnung?«

Mühsam schüttelte ich den Kopf. »Frag diesen durchsichtig gewordenen Kerl«, nuschelte ich und deutete auf Clemens, »diesen Transparenzler, was hier drin ist.« Ich hielt Melissa den Drink unter die Nase.

Sie roch daran und rümpfte amüsiert die Nase. »Riecht wie ein *Slippery Nipple*. Dein wie vielter ist das?«

»Der erste.«

»Wow. Dann hast du Glückspilz bestimmt ein Wonneglas erwischt. Krieg ich einen Schluck?« Sie leckte sich erwartungsvoll die Lippen.

»Wonneglas?« Ich war bemüht, Prill im Auge zu behalten. Das gesamte Arboretum drehte sich mittlerweile um mich. »Hier, bitte.« Ich drückte Melissa das Glas gegen ihre linke Brust.

Sie schnappte sich den Drink und kippte seinen Rest in sich hinein. Dann gab sie das leere Glas Clemens, der es ratlos ansah. »Komm!«, sagte Melissa. Sie ergriff meine Hand und zerrte mich fort.

»Wohin willst du?« Meine Gedanken rotierten.

»Zu mir«, rief sie. »Los, komm schon, ehe das Zeug zu wirken beginnt und ich mein Quartier nicht mehr finde.«

Ich hatte das Gefühl, Melissa in mehreren Abständen gleichzeitig zu folgen. Meine Hand, an der sie mich führte, wähnte ich bereits meterweit vor mir, während meine Beine viel weiter hinter mir zu laufen schienen. Mein Körper schwebte federleicht wie ein an der Leine gezogener Luftballon hinter der Frau her. Lichter und Körper glitten an mir vorbei. Ich lief und lief, ohne das Gefühl zu haben, von der Stelle zu kommen. Clemens' gebrülltes *Reinwasreinwasreinwas* bildete den Rhythmus zu meinen Schritten. Irgendwann standen wir in Melissas Wohnung, und während sie erst sich und schließlich mich auszog, hatte ich noch immer das Gefühl, auf der Stelle zu treten. Vielleicht tat ich es sogar, ich wusste es nicht. Melissa jedenfalls schien es nicht zu stören. Das aphrodisisch-berauschende Getränk zeigte längst auch bei ihr seine Wirkung. Ich kann nicht behaupten, dass wir anschließend kontrolliert miteinander schliefen. Wir gaben uns ausschließlich unseren Instinkten hin. Es glich dem Versuch, uns zu einem einzigen Organismus zu vereinen, ohne es wirklich zu schaffen. Jeder von uns besaß zehn Arme, zehn Beine, fünf Münder und fünf Schöße. Es war einzigartig, zumal wir uns nie voneinander lösten und dennoch unablässig bewegten. Vielleicht bewegte sich aber auch das Bett, und wir lagen still.

Reinwasreinwasreinwas...

Stunden mussten vergangen sein, als ich wieder erwachte. Ich lag auf der Seite, Melissas Kopf neben meinem Schoß und meinen eigenen zwischen ihren Schenkeln. Meine Ohren schmerzten vom Druck. Ich rollte mich auf den Rücken. Die Wirkung des Getränks hatte etwas nachgelassen; zumindest die aphrodisierende. Mein sinnbetäubter Zustand war nahezu unverändert. Noch immer drehte sich alles um mich. Ich wischte mir über die Augen und erschrak, denn die Maske war fort. Ich setzte mich auf und entdeckte sie am Fußende des Bettes. Melissa musste sie mir abgestreift haben. Fraglich blieb, ob sie im Rausch erkannt hatte, wer ich war.

Ich schlich ins Badezimmer und hielt meinen Kopf eine Weile unter kaltes Wasser. Es stach auf der Kopfhaut, belebte kaum meine Sinne. Solange ich die Augen geschlossen hielt, hatte ich das Gefühl, mein Kopf verteile sich mit dem Wasser im Waschbecken. Verdrossen drehte ich den Hahn wieder zu und starrte in den Abfluss. Er bestand aus zwei fleischigen Lippen, die zu einem O geformt waren. Eine feuchte, rote Zunge schlängelte sich aus ihm heraus und leckte über den runden Rand.

»Küss mich, Stan«, hauchte der Abfluss.

Ich starrte ihn an.

»Sei nicht so schüchtern, gib mir einen Kuss...« Aus der Tiefe des Beckens drang begieriges Stöhnen.

Ich riss meinen Kopf in die Höhe und blickte in den Wandspiegel. Meine Pupillen waren stecknadelkopfgroße schwarze Punkte, die graublauen Iriden wässrig. Wassertropfen bedeckten mein Gesicht, ein bleiches Antlitz wie aus Wachs. Ich weilte schon viel zu lange auf dieser lichtarmen Welt, sah aus wie ein Leukämiekranker. Mein schwarzes Haar war zerzaust, die Lippen glänzten violett im Neonlicht. Die etwas zu hohe Stirn, der leicht gekrümmte Nasenrücken, die Ansätze von Tränensäcken unter meinen Augen, alles wirkte künstlicher als bei einem Klon. Ein Bluterguss zierte zudem meine Stirn, ein Souvenir meines Treppensturzes, das ich erst jetzt bemerkte. Ich zog ein Handtuch vom Halter und trocknete mich ab. Das Tuch warf ich ins Waschbecken, um den Abfluss zu bedecken.

»Hallo, Stan!«, raunte der Haartrockner, als ich ihn aus seiner Wandhalterung zog. Er öffnete zwei Augen, die sich links und rechts an seinem Gehäuse gebildet hatten, und einen Mund, der an Stelle der Heißluftdüse klaffte. Das Ding in meiner Hand sah aus wie ein deformierter Schafskopf. »Deine Hand fühlt sich gut an«, säuselte es. »Lass mich deine Lenden trocknen...«

Ich schmetterte das Gerät mit einem wütenden Schrei gegen die Wand. Eines seiner Augen platzte, aus dem Mund quoll Blut. Wieder und wieder schlug ich ihn gegen die Kacheln, bis ich nur noch einen schlaffen, blutigen Klumpen in der Hand hielt. Melissa bemerkte ich erst, als ich in den Spiegel blickte und ihr Abbild hinter mir erkannte. Sie stand in der Badezimmertür und sah mich verstört an. Die braunen Locken, die sie unter der Perücke versteckt hatte, umflossen ihre Schultern. »Stan«, sprach sie unsicher. »Was tust du da?«

Ich wandte mich ihr schwer atmend zu, betrachtete dann den Apparat in meiner Hand. Kein Fleisch, kein Blut. Er bestand nur noch aus einem zerschmetterten Plastikgehäuse, aus dem Heizspiralen und Kabel hingen. Ich schluckte verlegen und deponierte die Überreste im Waschbecken. »Es geht schon wieder«, beruhigte ich Melissa. »Dieser Wonnedrink verursacht – Halluzinationen. Ich glaubte, etwas anderes in der Hand zu halten. Entschuldige. Ich wollte dich nicht erschrecken.«

»Das hast du aber. Bist du krank? Du bist noch nie ausgeflippt, nachdem du etwas getrunken hattest.« Ihre Augen verengten sich. Sie ging auf mich zu, hatte die Narben auf meiner Brust erkannt. »Du lieber Gott, Stan...«, flüsterte sie bestürzt, »wie ist denn *das* passiert?«

Ich kniff die Lippen zusammen, schwieg, suchte im Bad nach einem Grund, um sie von mir abzulenken.

Melissa strich vorsichtig über die drei fingerdicken Wundmale, als fürchte sie, ihre Berührung könnte das Gewebe wieder aufbrechen lassen. »Hattest du die schon immer? War das ein Unfall?« Ihre Hand wanderte hinauf zu meiner rechten Schulter, betasteten auch dort die Narbe.

»Nein«, sagte ich. Es behagte mir nicht besonders, darüber zu sprechen. Ich schnappte mein T-Shirt, das neben dem Waschbecken auf dem Fußboden lag, und beeilte mich, es überzustreifen.

»Wer hat dir das angetan?« Melissas Gesicht war angespannt, eine Miene des Schauderns. »Ein Tier?«

Die drei Narben auf meiner Brust verliefen nahezu parallel von den Schlüsselbeinen hinab bis fast zum Unterbauch. Auf den ersten Blick konnte man sie tatsächlich für die Spuren einer Raubtierkralle halten. Es war jedoch kein Löwe oder Bär gewesen, der mich entstellt hatte...

»Nein, kein Tier«, antwortete ich, zog Melissas Hände weg und das Shirt über. »Ich möchte nicht darüber reden.« Bedeckt fühlte ich mich sofort wohler. Der Ausdruck aus Mitleid und Entsetzen blieb im Gesicht der Frau haften. Ich spürte, wie ihre Phantasie arbeitete und sie sich vorzustellen versuchte, was es gewesen und wie es geschehen sein mochte...

»Denk nicht daran«, sagte ich und nahm sie in den Arm. »Es ist schon eine Weile her.«

Melissa legte ihre Arme um mich und lehnte sich an meine Brust. »Was glaubst du, jetzt in den Armen zu halten?«, wollte sie wissen.

»Im Augenblick noch dich...«

»Hmm. Dass *du* unter der Maske stecken würdest, hatte ich nicht erwartet. Es hieß, man habe dich in die Kammer gesteckt, weil du draußen warst.« Sie musterte den Bluterguss auf meiner Stirn. »Und mit Todd und Bryan sollst du dich auch geprügelt haben.«

Meine Körpertemperatur nahm um ein paar Grad ab. »Ja, ich – war ... bin inzwischen wieder sauber«, stotterte ich. »Spricht sich ja schnell herum, die Geschichte«, fügte ich hinzu.

»So wie immer.« Melissa nagte an ihrer Unterlippe. »Wie sieht sie aus?«

»Die Kammer?«

»Nein, die Oberfläche natürlich.«

Meine Gedanken rotierten. »Es ist finster«, antwortete ich wahrheitsgemäß. »Der Himmel gleicht einem ewigen Sonnenuntergang, rot, schwarz, violett, gelb. Es geht kein Wind, und es ist heiß. Nichts bewegt sich, es ist totenstill ...«

Melissa schüttelte sich. »Also stimmt es, was Radio Gamma berichtet.«

Ich drückte sie überrascht von mir. »Radio Gamma?« Zu spät wurde mir bewusst, dass ich einen weiteren Fehler begangen hatte. Zur Hölle mit allen *Slippery Nipple*-Wonnedrinks, ich hatte mich nicht mehr unter Kontrolle. Ich hätte ›Ja‹ sagen sollen, statt mich zu wundern.

Melissa schenkte mir einen besorgten Blick, verließ das Bad, umrundete das Bett und kniete sich vor ihren Nachttisch. Sie zog die Schublade auf und holte einen Radiowecker heraus, den sie auf die Matratze legte. Er sah dem von Hank zum Verwechseln ähnlich, ein stationäres Einheitsmodell. »Ich mache ihn kaum noch an«, erzählte sie, während sie versuchte, den Netzstecker in einer Steckdose zu versenken, die in die Wand hinter dem Nachttisch eingelassen war. »Es ist so frustrierend, was sie von draußen melden. Na, geh schon rein ...«, beschimpfte sie den Stecker. Als sie das Radio endlich angeschlossen hatte, richtete sie sich mit rotem Kopf wieder auf und schaltete es ein.

»... *in Savannah ein weiteres Fraß-Experiment angesetzt wurde*«, erklang eine wohl bekannte Stimme aus dem Lautsprecher. »*Ah, ein neuer Zuhörer, wie die Quote mir soeben zeigt. Oder womöglich zwei? Postnuklearkoitale Entspannungsphase? Haha, war nur ein Witz. Willkommen bei Radio Gamma, dem Sender mit dem ultimativen Programm nach dem ultimativen Bäng!*« – Ein hektisches Jingle, das mit einer Bombenexplosion endete – »*Interregional, international, interplanetar, interstellar, interdimensional! Wow, was ist das doch heute wieder für ein Tag ... Vergesst nicht eure feuerfeste Unterwäsche, wenn ihr ins Freie geht, Leute. 63 Grad Celsius bei Windstille! Der Boden strahlt wie immer etwas intensiver als die Sonne. Gegen Abend erreicht uns eine Regenfront, die uns für die nächsten drei Wochen mit sechsprozentiger Schwefelsäure erfrischt. Im Krieg gegen die Zeit gibt es weiterhin neue Verluste. Apropos Zeit: Denkt daran, in zwei Wochen ist Heiligabend. An Ostern gibt es Hasenbraten, da sollte es an Weihnachten doch etwas mit Flügeln geben, oder? Vielleicht eine Gans oder eine Pute, gebratene Engel oder kleine dicke Männer mit roten Mützen. Ah, mir läuft schon das Wasser im Munde zusammen. Gönnt euch was Deftiges, Leute; die Frau eures besten Freundes, den Mann eurer besten Freundin. Mein Freund Stan ist unterwegs zu euch, um den Knecht Ruprecht zu spielen ...*«

Ich packte das Radio, hob es hoch und schleuderte es zu Boden. Gamma verstummte in einem hässlichen Krachen, Plastikteile und Platinen wirbelten durch die Luft. Im Zimmer herrschte für Sekunden Stille.

»Das Radio besitzt auch einen Aus-Schalter«, informierte mich Melissa entgeistert.

»Der Kerl geht mir mit seinem Geschwätz auf die Nerven«, tobte ich. »Kann seine Stimme wirklich nicht mehr hören!«

»Bist du wirklich okay? Ich werde das Gefühl nicht los, dass du nicht lange genug in der Kammer warst.«

Ich atmete tief durch und grinste verunglückt. »Vielleicht hast du recht. Am besten, ich melde mich nochmal im Hospital.«

»Ich begleite dich«, entschied Melissa.

»Nicht nötig«, wehrte ich ab. »Ich finde den Weg allein.«

»Du bist nicht Herr deiner Sinne. Ich komme mit, ehe du alles kurz und klein schlägst.«

Ich schnaufte ergeben. »Meinetwegen. Lass mich dir vorher noch etwas zeigen, das ich von draußen mitgebracht habe.«

Melissa bekam große Augen. »Du hast –«

Ich legte einen Zeigefinger auf ihren Mund. »Das bleibt unser Geheimnis, okay?« Sie nickte, aber ich erkannte eine Spur Angst in ihren Augen. Ich bat sie, sich aufs Bett zu setzen, während ich meine Jacke aufhob und in den Taschen herumwühlte. Melissa machte ein Gesicht, als fürchte sie, einen Klumpen Cobalt 60 in den Schoß gelegt zu bekommen. Stattdessen zog ich den Downer aus der Jacke und nahm neben ihr Platz.

»Was ist das?«, fragte sie und hob eine Hand, um das zigarrenförmige Objekt zu berühren. »Ein Kugelschreiber?« Mitten in der Bewegung hielt sie inne. »Er ist bestimmt verstrahlt.« Sie ließ die Hand wieder sinken. Ihre Augen jedoch hingen am schwarz lackierten Metall.

»Ich glaube, es ist so etwas wie ein Halsschmuck. Schau, so etwa...« Ich hob den Downer an ihren Nacken. Ein leises Zischen ertönte, als die Nadel herausschoss und ihr innerhalb eines Sekundenbruchteils das Betäubungsmittel injizierte. Melissa zuckte erschrocken zurück und griff sich an den Hals. Sie sah mich erstaunt an, murmelte: »Stan, was –?«, und kippte nach hinten. Ich starrte auf ihren Venushügel, dann auf ihren ebenen Bauch. Melissa besaß keinen Nabel, ihr Bauch war glatt wie der aller Klone. Nur eine kreisrunde, blassrote Narbe von der Größe einer Fünfzig-Cent-Münze prangte an seiner Stelle; das Mal der genetischen Information für eine Nabelschnur, für die es keinen Bedarf gegeben hatte. Ich legte Melissa bequem aufs Bett, deckte sie zu und zog mich an. Meine Hände zitterten.

Auf dem Weg zurück in die Parkanlagen kreisten meine Gedanken um Gamma. Es erschien mir immer wahrscheinlicher, dass er es war, der seinen Einfluss auf diese Kolonie ausübte – ob zu meinen Gunsten oder Ungunsten, konnte ich nicht mit Bestimmtheit sagen. Seine Sabotageakte besaßen keinen logischen Zusammenhang. Selbst wenn er gewisse Dinge zu meinem Vorteil in die Wege geleitet hatte, musste die Beseitigung des Wächters eine unerwartete Kettenreaktion bewirkt haben.

Unsicheren Schrittes streifte ich durch die Klanggärten, traf Clemens wieder, der an einen Baum gelehnt döste, musterte misstrauisch die kunstvoll dekorierten Pflanzen, ob nicht eine von ihnen dem Pflanzenwesen ähnelte, welches den Eingang bewachte, und suchte Prill.

Ich fand sie nahezu in derselben verzauberten Stellung wie bei unserer ersten Begegnung. Sie stand neben einem von blauen Lichtschlangen erleuchteten Joshua-Baum (blau war ihre Lieblingsfarbe) und trug noch immer das weiße, seidig schimmernde Kleid. Ihre Hände hielt sie hinter ihrem Rücken gefaltet und schaute hinauf zum Dach des Arboretums, wo ein künstlicher Sternenhimmel flackerte. Aus im Baum verborgenen Lautsprechern erklang das Spiel einer Oboe. Niemand hielt sich in Prills Nähe auf. Ehe mich erneut ein lustwandelndes Paar stören konnte, war ich neben sie getreten. Falls sie über mein Auftauchen überrascht war, zeigte sie es nicht.

Ich blickte ebenfalls zum Scheinhimmel empor. »Es ist eine Ironie, nicht wahr«, sagte ich. »Du siehst nach oben und erkennst: alles ist unendlich weit fort.« Prill schwieg und schaute unbeirrt in die Höhe. Sie schien mich tatsächlich nicht wahrzunehmen, machte aber auch keine Anstalten, fortzugehen. »Willst du wissen, was ich glaube?«, fuhr ich mit meinem Monolog fort. »Ich glaube, die Welt ist vor vielen Jahren untergegangen, und wir haben es nicht gemerkt. Weißt du, was ich machen würde, wenn ich Gott wäre? Ich würde diese Welt zuscheißen! Und ich bin mir sicher, Gott hat genau das vor sehr langer Zeit getan. Sein Shit bedeckt uns kilometerhoch. Aber Gott ist Energie, und sein Shit ist Energie; negative, stinkende Energie. Wir sehen sie nicht, weil jeder von uns bemüht ist, seinen eigenen Scheiß loszuwerden.« Ich stellte mich Prill gegenüber. »Glaubst du nicht auch?«

Zum ersten Mal zeigte sie eine Reaktion. Ihr Blick verließ das Sternenzelt und wanderte herab, bis er den meinen traf. »Ich – weiß es nicht...«, antwortete sie nach einer Ewigkeit mit dünner Stimme.

Ich musste schlucken. Prill erweckte den Eindruck, als sei sie völlig entrückt. In dieser Verfassung hatte ich sie noch nie angetroffen. Ihr Verhalten stand in krassem Gegensatz zu dem, was die Lords den Klonen – zumindest auf begrenztem Raum – gewährten: freien Willen und freie Entfaltung. »He, Kleines, wach auf!«, drängte ich fast beschwörend.

Prill wandte sich ab und lief davon, ohne ein Wort zu

entgegnen. Ein zarter Gewebeschleier aus ihrem Haarknoten wehte wie ein Kometenschweif hinter ihr her. Ich ballte wütend die Hände zu Fäusten. Das war nicht Prill. Dieses Mädchen weilte nicht mehr auf dieser Welt. Was hatte der Lord mit ihr angestellt? War sie ihm etwa in seiner wahren Gestalt begegnet? Hatte sie den Verstand verloren wie Hank?

Bevor Prill im leuchtenden Wald verschwinden konnte, holte ich sie wieder ein. Ich wusste nicht, welcher Teufel mich ritt, aber meine Bestürzung und meine Wut trieben mich zu einer Tat, die eine Reaktion provozieren *musste:* Ich packte ihren Schleier und hielt ihn fest, um sie zum Stehenbleiben zu zwingen. Das Gewebe spannte sich, ich vernahm ein reißendes Geräusch. Prills Haarknoten platzte zur Hälfte auf, während sie selbst in der Bewegung erstarrte. Sie stand da, als hätte ihr jemand ein Messer in den Rücken gerammt. Was mich jedoch ein paar Schritte zurückweichen ließ, war nicht das Wimmern, das Prill nun von sich gab, sondern die Kreatur, die sich aus ihrem zerstörten Haarknoten wand. Zuerst glaubte ich, die Droge spiele meinen Sinnen einen weiteren Streich. Doch das Wesen war echt! Es streckte drei seiner Beine aus und stützte sich an Prills Hinterkopf ab. Dann schlüpfte es aus seinem Haarkokon, während ein weißes, wurmartiges Gebilde aus einer Öffnung in ihrem Nacken in seinen Vorderleib zurückglitt. Als sich der schlauchförmige Fortsatz von Prill gelöst hatte, sank sie mit einem schmerzvollen Seufzen zu Boden und blieb reglos liegen. Augenblicklich sprang die Kreatur von Prills Schultern auf seine acht unterarmlangen Beine und starrte mich an. Auf den ersten Blick glich sie einer riesigen Spinne, deren hochaufgerichteter, glänzend-schwarzer Hinterleib die Größe einer Kokosnuss besaß. Aber dieses Ding war kein Lebewesen, sondern eine Maschine. Sein Leib war gefüllt mit Elektronik und bestand aus einem Metall, das zuweilen sogar Pistolenkugeln standzuhalten vermochte. Zwei lange, nadeldünne Antennen, die seinem relativ kleinen Kopf entwuchsen, kreisten ruhelos. Vier schwarze Murmeln an dessen Vorderseite, die Okulare hochsensibler Kameras, ließen mich nicht aus den Augen. Das Bild, das sie empfingen, sendeten sie zweifellos in die Sicherheitsabteilung, und wenn ich Pech hatte an den Lord selbst.

Das mechanische Wesen im Gras war ein Läufer. Keines der fast hüfthohen Exemplare, wie sie auf der Oberfläche patrouillierten, sondern ein innerstationäres Modell, das sich unauffällig in den Arboreten und Korridoren zu bewegen vermochte. Eine Art mobile Wanze, die Augen und Ohren der zurückgezogenen Lords. Es mit bloßen Händen anzugreifen bedeutete, sich einen 10 000 Volt-Stromstoß einzufangen.

Ehe ich zu einer Reaktion fähig war, wirbelte der Läufer herum und verschwand blitzschnell im Dickicht des Parks. Ich starrte auf Prills reglosen Körper. Im günstigsten Fall blieb mir genug Zeit, um zu verschwinden, da man sich bei einem dokumentierten Regelverstoß für gewöhnlich selbst anzuzeigen hatte. Im ungünstigsten Fall hatte der Läufer eine gestochen scharfe Aufnahme meiner Augen an die Sicherheitsabteilung oder den Lord übermittelt, damit der maskierte Unruhestifter anhand eines Netzhautvergleichs identifiziert werden konnte. Die Lichtverhältnisse spielten für die Leistungsfähigkeit seiner Elektronenaugen keine Rolle. Spätestens nach meiner Identifizierung würde der einen oder anderen Instanz bewusst sein, dass sich zwei Stans in der Station aufhielten. Ich konnte also davon ausgehen, dass ich in Kürze mit Schwierigkeiten zu rechnen hatte.

Die Zeit, unbehelligt aus der Station zu gelangen, verrann...

Ich lief zu Prill und machte mir gleichzeitig Gedanken darüber, was sie verbrochen haben mochte, um sich einen Läufer aufzubürden. Es musste etwas gewesen sein, das im Widerspruch zu ihrem Persönlichkeitsmuster gestanden hatte. Entweder hatte der Läufer dem Zweck gedient, sie vor dem Erfahrenen zu schützen, oder um die neuronale Reset-Taste zu drücken und Prill mundtot zu machen. Was auch immer, der Läufer hatte offenbart, dass auch sie nicht das Original war. Der Schreck und die Angst, entlarvt zu werden, vermischten sich in mir mit dem Rest der Droge, die mein Denken vernebelte, zu einem konfusen Gedankengemisch, das mir den Schweiß auf die Stirn trieb.

Prill stöhnte leise, als ich mich neben ihr niederkniete und sie auf den Rücken drehte. Mein Verstand riet mir, sie liegen zu lassen, um mit heiler Haut davonzukommen. Jemand würde sich bald um sie kümmern. Zu viele Dinge waren in dieser Station bereits für mich schief gelaufen, angefangen mit dem Verlust der Browning. Doch mein Gewissen wehrte sich dagegen, Prill zurückzulassen. Was, wenn ausgerechnet sie auf den *Schlüssel* ansprechen würde?

Es war mein Schutzinstinkt, der letztlich triumphierte. Ich hob Prill auf und trug sie zum nächstgelegenen Ausgang. Sie war benommen, aber wenigstens so weit bei Bewusstsein, um sich an mich zu klammern und nicht wie ein nasser Sack in meinen Armen zu hängen. Dutzende von Menschen sahen mich, als ich den Park durcheilte. Es war nicht zu vermeiden. Wahrscheinlich beobachtete mich sogar ein Läufer-Augenpaar, aber ich hoffte, dass es nicht der Fall war.

»Verstehst du mich?«, fragte ich Prill, nachdem ich

sie aus dem Arboretum getragen hatte und mit ihr um mehrere Korridorecken gebogen war.

Sie nickte schwach. »Lass mich runter«, bat sie kaum hörbar.

Ich setzte sie auf dem Fußboden ab. Prill zuckte zwei-, dreimal wie unter Krämpfen, beugte sich von mir weg und erbrach sich. Sie hustete, spuckte letzte Reste weißen Schleims auf den Teppich und richtete sich wieder auf. Ihre Augen waren weit aufgerissen, sie atmete stoßweise. »Scheiße«, flüsterte sie. »Verdammte Scheiße...« Trotz meiner Besorgnis musste ich grinsen. Das klang schon eher nach Prill.

Sie hob den Blick. Ihre Hand wanderte zu ihrem Nacken und tastete ihn ab. »Woher wusstest du das?«, fragte sie, ohne mich anzusehen. Offensichtlich meinte sie den Läufer.

»Ich wusste es nicht«, gab ich zu. »Es war purer Zufall.«

Prill sah mich an. »Zufall?«

Ich nickte.

»Du lieber Gott...« Sie musterte mich. »Du bist Stan, nicht wahr?«, erkannte sie. »Ein wenig ungewöhnlich für einen Clud, mit der Maske eines Polls herumzulaufen.« Ich zuckte die Schultern. Prill schien verärgert darüber, dass ich mich nicht rechtfertigte, wie es sich einer Sidd gegenüber gehörte. Ihr Unwille wurde von der Erinnerung an das Erlebte schnell wieder verdrängt. »Ich hatte das Gefühl, dieses Ding bewege sich durch meinem ganzen Kopf«, sagte sie angewidert.

»Es hatte nur seinen Fühler in deinen Subcortex geschoben«, beruhigte ich sie.

»Was soll das sein?«

»Die Region unter deiner Hirnrinde. Sie ist für deine Erinnerungen und dein Unterbewusstsein zuständig.

Die Schmerzen werden vergehen. Läufer sind darauf programmiert, euch nicht zu verletzen oder bleibende Schäden zuzufügen.«

Prill stemmte sich an der Wand hoch und blieb unsicher stehen. »Nicht programmiert?«, fragte sie. »In wessen Sinn?« Sie schien Mühe zu haben, selbst kurze Sätze zu formulieren. Zwischen jedem ihrer Worte machte sie eine Pause.

Ich ging nicht auf die Frage ein, sondern nahm sie stützend am Arm. »Meinst du, du kannst laufen?«, erkundigte ich mich.

Sie sah auf ihre Beine. »Ich komme mir vor, als hätte ich selbst es verlernt, während mich dieses Ding...«

»Ein Läufer«, erklärte ich.

»...dieser Läufer gelenkt hat.« Sie sah mich an. »Woher kennst du die Läufer?«

»Das ist eine lange Geschichte«, wich ich aus. Erneut bildete sich eine Unmutsfalte auf Prills Stirn. In unserer Nähe wurden Stimmen laut, und der Art ihrer Verständigung nach zu urteilen war es eine Sicherheitseinheit, die sich aus dem Arboretum näherte. Ich tauschte einen Blick mit Prill.

»Sie suchen uns«, stellte sie gleichgültig fest. »Dann koppeln sie mir den Läufer wieder an, und du bekommst mindestens einen Monat Hausarrest.« Sie schüttelte sich, machte aber keine Anstalten, ihrem Schicksal zu entgehen. Scheinbar gab es für sie als Bewohnerin dieser Station keine Alternative.

Ich sah auf die Tür, neben der Prill lehnte. ›Rita‹ stand auf dem Namensschild. Ohne zu zögern klopfte ich an und zog mit der anderen Hand den Downer aus der Jacke.

»Was hast du vor?«, fragte Prill verwundert.

Die Tür öffnete sich, und eine ältere Frau erschien im

Türspalt. Ehe sie Luft geholt hatte, um sich nach unserem Anliegen zu erkundigen, traf die Injektionsnadel ihren Hals, und Rita sank zusammen. Ich bekam sie durch die halb offene Tür gerade noch zu fassen, ehe sie mit dem Kopf auf dem Boden aufschlug. Dann zerrte ich Prill vom Korridor und stieß sie in die Wohnung, wo sie über die besinnungslose Frau stolperte und zu Boden fiel. Ich schlüpfte hinterher und schob die Tür zu. Bevor Prill protestieren konnte, war ich bei ihr und hielt ihr den Mund zu. Sie schnaufte verärgert, verhielt sich aber ruhig. Jenseits der Tür liefen mehrere Personen vorüber, dann war es still auf dem Korridor. Ich nahm meine Hand von Prills Mund.

»Bist du übergeschnappt?«, empörte sie sich. »Ich bin eine Sidd! Wenn du so weitermachst, laufen wir morgen gemeinsam mit diesen Metalldingern durch die Arboreten.«

Ich zog mir die Ledermaske vom Kopf und strich mir durchs schweißnasse Haar. »Morgen«, sagte ich und sah ihr in die Augen, »sind wir beide längst nicht mehr hier.«

Naos 3

DER TUNNEL VERÄNDERT SICH. Er tut es heimlich, immer hinter meinem Rücken, jenseits meiner Blicke. Eine geheimnisvolle Kraft formt ihn um. Eben noch blankes Metall unter den Füßen, laufe ich nun über blauviolett gemusterten Teppichboden. Die Metamorphose gestaltet die Metallröhre zu einem Korridor. Bald sind auch Wände und Decke unter dicker, alabasterfarbener Kunststoffverkleidung verschwunden. Fenster entstehen in futuristisch geformten Vertiefungen der Seitenwände, kleine rechteckige Luken mit dicken Scheiben und abgerundeten Ecken, weit über fünfzig in jeder Tunnelwand. Aber warum befinden sie sich so weit unten? Die Fenster sind kaum größer als zwanzig Zoll und reichen mir gerade mal bis zum Bauchnabel. Ein Mensch, der aufrecht stehend hindurchblicken will, dürfte kaum größer sein als ein Zehnjähriger. Lässt sich der Boden absenken? Sind jene, die mich hier festhalten, zwergenwüchsig? *[Nanu, wer hat denn aus meinem Fensterchen gesehen?]* Die tiefliegenden Luken zwingen mich, in die Knie zu gehen, um einen Blick hinauszuwerfen. Jenseits der Fenster: Schwärze. Ich krieche an ihnen entlang, sehe hindurch, finde nur Dunkelheit. Keine Landschaft, keine Wände, keine Sterne; einfach nichts, nur konturlose Finsternis.

Gehört dieser Tunnel zu einem Schiff? Einer Raumstation? Vielleicht bin ich tatsächlich Astronaut. Wo ist die Erde? Ich sehe sie nicht. Könnte auch das Habitat einer submarinen Station sein, die auf dem Meeresgrund steht. Oder ein Eisenbahnwaggon ... Verdammt, ich kann mich an nichts erinnern. Heute ist heute, aber was ist mit dem Gestern? Dieser Ort kommt mir vertraut vor, aber ich bin nicht fähig, ihn in eine Vergangenheit einzuordnen. Hatte ich einen Unfall? Wurde mein Gehirn dabei verletzt? Muss ich erst wieder lernen, das Selbstverständliche zu begreifen?

Moment...

Mein Blick ist nach links gewandert, hat außerhalb des Tunnels eine neue Form erspäht. Aber sie ist zu weit entfernt, um sich bestimmen zu lassen. Ich eile zurück in die Mitte des Korridors, sehe hinab.

Etwa fünf Meter unterhalb des Fensters befindet sich eine breite Metallbrücke. Sie ist von grauschwarzer Farbe, mit weißen Streifen an ihren Rändern, gleicht einer Straße, die man von oben betrachtet. In einem Winkel von vierzig Grad zweigt sie vom Tunnel ab, verliert sich nach vielleicht zwanzig Metern in der Dunkelheit. Ich blicke aus dem gegenüberliegenden Fenster, erkenne eine zweite Brücke, identisch mit der auf der anderen Seite. Beide Brücken scheinen zusammenzugehören und einige Meter unter dem Korridor hindurchzuführen. Vielleicht sind sie aber auch mit ihm verbunden, sorgen für seine Stabilität. Es sieht so aus, als halten sie ihn über einem unermesslichen Abgrund fest. Ich weiß nicht, wohin sie führen, kann ihr Ende nicht erkennen. Gibt es unter mir möglicherweise noch eine zweite Ebene, von der aus man die Brücken erreicht? Wenn ja, wie gelange ich nach unten?

Ich sitze gegen die Korridorwand gelehnt, warte stundenlang vergeblich auf eine Treppe, eine Tür, eine Öffnung in die Tiefe. Irgendwann gelange ich zu der Überzeugung, dass es keine Tiefe gibt, nur ein Innen und ein endloses, unerreichbares Außen. Der Hunger verursacht mir Krämpfe, der Durst Kopfschmerz und Schwindel. Das Warten ist eine Tortur.

Ein kleines weißes Objekt schwebt lautlos durch eine der Passagen, erregt jäh meine Aufmerksamkeit. Es fliegt in Parabeln und kommt dabei in einem sanften Bogen auf mich zu. Ich will zurückschrecken, aber die Wand in meinem Rücken hindert mich. Zuerst halte ich das Gebilde für einen Vogel, doch es ist eine Papierschwalbe. Ich erkenne es, ehe sie ein Drittel der Kabine durchflogen hat und vor meinen Füßen sanft zu Boden gleitet.

Sssst, und sie liegt still.

Ich schiele hinüber zur Passage, versuche zu erkennen, wer sie geworfen hat. Schließlich ein zögerliches Inspizieren des Nachbarraumes – als ob ich es nicht schon wissen würde: Niemand hat sie geworfen. Der Raum ist leer. Ich laufe zurück, hebe die Papierschwalbe auf. Sie ist perfekt gefaltet, absolut symmetrisch, wie maschinell gefertigt. Auf ihren Flügeln und den beiden Seiten des Rumpffalzes prangt ein großes ›L‹ wie das Symbol einer Airline.

Ein Symbol ...

Meine Hand zittert. Meine Knie ebenfalls, aber das registriere ich in diesem Augenblick kaum. Ich starre die Papierschwalbe an, drehe sie um, betrachte ihre Unterseite. Es würde mich nicht wundern, den Satz ›Guten Morgen, du Blödmann!‹ zu lesen. Doch sie ist unbeschriftet.

Mit dem Papierflieger in der Hand laufe ich wie ein Traumwandler den Korridor hinab, beginne zu begreifen, wo ich mich befinde. Die Erkenntnis verursacht mir Gänsehaut. Die Fensterreihen, die Trennwände ... dieser tunnelförmige Korridor ist eine Passagierkabine! Bald werden hunderte von Sitzen aus dem Boden wachsen. Und es sind keine Brücken, die draußen in die Dunkelheit führen, sondern Tragflächen!

»Arr!«, sagt jemand hinter mir.

Ich wirble erschrocken herum, starre auf einen kleinwüchsigen, glatzköpfigen Mann, der in der Mitte des Raums steht. Er trägt einen dunkelgrauen, schlaff herabhängenden Zweireiher, der ihm eine traurige Gestalt verleiht. Die Körperhaltung des Fremden ist entspannt, seine Erscheinung reglos wie ein Standbild. Er steht einfach da und sieht gleichgültig aus, seine Augen blicken müde. Ich mustere ihn verdutzt. Er befindet sich wirklich im Raum, ist kein Hirngespinst. Ich rieche den kalten Zigarrenmief, der seinem Anzug entströmt.

Verkörpert diese Jammergestalt einen jener geheimnisvollen Unbekannten, die mich hier gefangen halten? Der Kerl wirkt wie ein erfolgloser Klinkenputzer. Seine rechte Hand steckt lässig in der Hosentasche, die linke hält einen billigen, schwarzen Aktenkoffer aus Kunststoff. »Arr!«, sagt er erneut und hebt den Koffer an, als wolle er ihn mir überreichen.

»Wer – sind Sie?«, frage ich verwundert, als ich meine Stimme wiedergefunden habe. »Woher kommen Sie?«

»Arr!«, lautet die Antwort. Es klingt wie der Ruf einer Krähe. Der Fremde stellt den Koffer ab und weist mit der ausgestreckten Hand darauf. Dann zieht er die andere Hand aus der Hosentasche, mit ihr eine schwarze Sonnenbrille. Er setzt die Brille auf, verschränkt seine Arme vor der Brust und steht abwartend vor mir wie ein Body-Guard für Wichtelmännchen. Wie es aussieht, ist der Koffer tatsächlich für mich bestimmt.

Ich nähere mich vorsichtig. Der Fremde bleibt ungerührt stehen, als ich nach dem Koffer greife. Der Behälter ist nicht besonders schwer. Enthält er vielleicht Lebensmittel? Ich hebe ihn mit beiden Händen an und schüttle ihn, höre etwas Massives darin rumpeln. Die Augenbrauen des Fremden hüpfen über die Ränder der Sonnenbrille. »Aaaar!«, ruft er, reißt mir den Koffer aus den Händen und stellt ihn vorsichtig wieder auf den Boden zurück. Offenbar ist sein Inhalt zerbrechlich.

»Möchten Sie, dass ich den Koffer öffne?«, frage ich.

»Arr.«

Der Fremde beobachtet mich abwartend. Ich zögere, bin mir nicht sicher, ob er überhaupt meine Sprache versteht.

»Können Sie schreiben?«

»Aar?«

Ich vollführe eine Pantomime, als notiere ich etwas auf ein Blatt Papier. Der Glatzkopf nickt verständig, nimmt die Brille ab, verstaut sie in der Innentasche seines Sakkos und zieht einen Federhalter und einen Notizblock hervor. Er hebt sein linkes Bein, stellt den Fuß auf den Koffer, legt den Block auf sein Knie und notiert flüssig und gewandt einige Worte. Dann reißt er das Blatt vom Block und reicht es mir.

Auf dem Zettel steht:

Nicht den Koffer schütteln!

Als ich aufblicke, ist der Fremde verschwunden. Ungläubig schaue ich mich um, laufe durch alle Räume. Er ist wie vom Erdboden verschluckt. Lediglich der Geruch kalten Zigarrenrauches zeugt noch von seiner

Anwesenheit. Ich setzte mich neben dem Koffer auf den Boden, starre den Zettel an. Dann lege ich den Koffer neben mich, lasse die Verschlüsse aufschnappen, öffne ihn vorsichtig. Er enthält ein Notebook und ein schweres, unbeschriftetes Kuvert. Keine Getränke, kein Essen. Ich atme tief durch. Was soll ich mit einem Notebook?

In dem Kuvert finde ich eine kleine, silberne, unbeschriftete Diskette und etwas, das einem Handbuch ähnelt. Ratlos blättere ich das Buch durch, kann aber nicht herauslesen, was für eine Software es erklärt. Nach diversen Seiten in unentzifferbaren Schriften, die abstraktem Hebräisch, Phönizisch, Japanisch oder Sanskrit ähneln, stoße ich auf eine eingeklebte Notiz in lesbarer Sprache; ein einziger Satz, offenbar ein Eingabebefehl. Ich klappe das Notebook auf, schalte es an. Es funktioniert. Nachdem ich die Diskette eingelegt habe, höre ich den Rechner auf sie zugreifen. Das Display wird schwarz, im Zentrum blinkt ein Cursor.

Verwundert über die absurde Instruktion tippe ich ein, was auf dem Zettel steht:

ARIOSNOMA\SAMAGODENS\ABATA\STEIG EIN\STEIG EIN!

Steig ein! ... Ich werfe einen Blick über die Schulter, stehe auf, laufe durch die Räume, weil ich das Gefühl habe, beobachtet zu werden. Fühle mich wie ein Affe, dem man eine Kiste Bauklötze in den Käfig gestellt hat. Natürlich ist niemand da. Aber der Begriff ›natürlich‹ besitzt an diesem Ort eine neue Bedeutung. Zurück am Notebook, drücke ich die Return-Taste, warte. Nach einigen Sekunden erstrahlt das Display in sattem Blau.

ICH BIN HIER

verkündet eine weiße Systemschrift. Wahrscheinlich ein Übersetzungsfehler des ausländischen Softwareanbieters. Soll wohl soviel bedeuten wie: ›Programm erfolgreich installiert‹. Eine Weile starre ich auf den Bildschirm, ohne einen Gedanken fassen zu können. Dann tippe ich: WER IST HIER?

Das Programm reagiert augenblicklich.

SEETHA

Ich bin überrascht, habe nicht damit gerechnet, eine Antwort zu erhalten. Jedenfalls nicht auf eine individuelle Frage. Dient die Software meiner Unterhaltung, oder ist sie ein Intelligenztest? Seetha klingt weiblich, aber ist sie ein lebendes Wesen oder lediglich der Name dieses Programmes? Gehört sie zu *denen dort draußen?*

HALLO SEETHA, gebe ich ein, denke mir, ein wenig Konversation kann nicht schaden, DEFINIERE ›HIER‹

HINTER IHNEN

Ich kann nicht verhindern, dass mich ein äußerst störendes Gefühl überkommt. Zuerst glaube ich, Seetha will mir mitteilen, dass sie sich bei den Fremden befindet, irgendwo dort draußen, *hinter ihren Reihen*, oder so etwas in der Art – vorausgesetzt natürlich, sie ist ein lebendes Wesen. Ein Schauder überkommt mich, als ich erahne, dass sie mit ›Ihnen‹ mich meint.

Ich blicke hinter mich; zuerst erkenne ich eine Farbe, dann eine Form. Am anderen Ende des Korridors liegt ein Mensch! Ich blicke auf den Bildschirm und wieder hinüber zu der Gestalt, die zusammengekauert wie ein

Fötus auf dem Boden liegt. Es ist eine Frau; sie scheint zu schlafen.

SEETHA, tippe ich verstört in das Notebook, SIND SIE DAS?

ES IST SO KALT

lese ich als Antwort.

Ich stehe auf, nähere mich langsam der reglosen Frau. Bei ihr angekommen, knie ich nieder, streiche ihr das halblange wellig-braune Haar aus dem Gesicht. Ihre Haut ist eiskalt, aber ihre Halsschlagader pocht. Sie lebt. Ich betrachte sie eine Weile unschlüssig. Was soll ich tun? Medizinische Hilfe scheint sie nicht zu benötigen, höchstens eine wärmende Decke. Die Frau ist nur mit einer moosgrünen Leinenbluse und einer dunkelgrünen Stretchhose bekleidet. Ihre Füße sind nackt, wie meine.

Das Zuklappen des Aktenkoffers am anderen Ende des Korridors knallt wie ein Pistolenschuss in der Stille. Ich sehe erschrocken hinüber. Der zwergenwüchsige Glatzkopf im grauen Anzug ist wieder da, hat das Notebook in den Koffer gepackt und ihn geschlossen. Er richtet sich auf, den Koffer in der Linken. Die rechte Hand steckt er wieder in die Hosentasche.

»Arr!«, ruft er mir zu.

Ich blinzle, er ist verschwunden.

Alphard 4

»Bist du okay?«

Prills Gesicht schwebte mit großen Augen über mir wie ein sorgenvoll dreinblickender Mond-Lampion.

»Natürlich«, antwortete ich verdattert. Dann fiel mir auf, dass ich auf dem Boden lag. Prill kniete neben mir und hielt meinen Kopf auf ihrem Schoß.

»Du bist einfach zusammengeklappt«, erklärte sie. »Ich glaubte schon, du seist ... du hast nicht mehr geatmet.« Sie wischte ihre Augenwinkel trocken.

Ich dachte nach, erinnerte mich aber nur noch an Prills Äußerung bezüglich der Läufer. »Wann war das?«, wollte ich wissen.

»Vielleicht vor einer Minute. Passiert dir so etwas öfter?«

Ich setzte mich auf, fühlte weder Schwindel noch Schmerz, und sah mich im Zimmer um. »War sicher nur eine Nachwirkung dieses Saufgelages von heute Abend«, beruhigte ich Prill, die mich aufmerksam beobachtete, als befürchtete sie, ich könne wieder umkippen. »Hab' 'nen ziemlich üblen Drink erwischt.«

Prill runzelte die Stirn. »Auch eine gute Ausrede«, meinte sie.

Wir hatten Rita im Nebenzimmer auf ein Kanapee gelegt. Sie schlummerte selig. Zuerst hatte ich befürchtet, die Betäubungsmittel-Dosis sei zu viel für ihr Alter gewesen und hätte sie ins Klon-Nirvana geschickt, doch sie lebte, ihr Kreislauf war stabil. Ganz im Gegensatz zu dem von Prill. Sie saß kreidebleich auf Ritas Bett und war bemüht zu verdauen, was sie gesehen und ich ihr während der vergangenen Stunde erzählt hatte. Ihre rechte Hand strich geistesabwesend über den Spalt in ihrem Nacken. Ich hatte mein T-Shirt hochgezogen, um sie einen Blick auf meinen Nabel werfen zu lassen. Er befand sich dort, wo er bei einem Menschen hingehörte, der auf der Erde geboren und nicht in einem Nährstofftank gezüchtet worden war. Es war derselbe Augenblick gewesen, in dem sie begriffen hatte, dass ich nicht der Stan war, den sie kannte (und der wohl immer noch in der Dekontaminationskammer saß). Ich hatte ihr beschrieben, wie es in den anderen Stationen aussah und was ihre Klone dort getrieben hatten. Am schockierendsten war für sie die Tatsache, dass sie nur eine Kopie war – eine von zahllosen Kopien, die sich in zahllosen ähnlichen Stationen aufhielten und nichts voneinander wussten.

»Hast du dich denn nie gefragt, wie du hierher gekommen bist?«, fragte ich Prill.

Sie schüttelte den Kopf. »Man hat uns hierher gebracht«, antwortete sie leise.

»Woher?«

»Aus – aus der Stadt...«

»Aus welcher?«, bohrte ich.

»Verdammt, ich weiß es nicht mehr!«, fauchte sie. »Ist das ein Verhör?« So schnell, wie sie sich erregt hatte, beruhigte sie sich wieder, murmelte: »Ich glaube, aus... Bloomingdale.« Sie sah mich an. »Oder nicht?«

Ich nickte, ohne es ernst zu meinen. Unser Haus steht in Bloomingdale. Es ist ein relativ ruhiger, nordwestlich gelegener Vorort von New York. »Und den Krieg, hast du ihn erlebt?«

»Nein, es... ging alles so schnell«, sagte Prill stockend. »Niemand hatte uns gewarnt. Da war plötzlich dieses Licht, hell wie die Sonne, aber so unendlich kalt.

Es überstrahlte alles, und als es explodierte, war es, als ob die Zeit stehen blieb und alle Töne der Welt verstummten. Überall war nur noch Licht. Ich rief etwas, aber ich konnte meine Stimme nicht mehr hören. Neben mir saß eine junge Asiatin. Als das Licht kam, schrie sie: »Shu Jesusu, awaremi tamai! Shu Jesusu, awaremi tamai!...«

»Herr Jesus, erbarme dich unser!«, übersetzte ich. »Das ist japanisch. Diese junge Frau heißt Asako. Sie lebt ebenfalls in dieser Station.«

»Ja.« Prill zupfte nervös an ihren Haaren. »Du hast Recht. Ich werde ihre Stimme nie vergessen. Sie war das letzte, an das ich mich erinnere, ehe ich das Bewusstsein verlor. Als ich Tage später wieder aufwachte, war ich hier und der Krieg vorbei.«

»Ich habe diese Geschichte schon so oft und von so vielen Leuten erzählt bekommen«, sagte ich und schenkte Prill und mir aus Ritas Bar zwei Drinks ein.

»Dann ist sie wahr«, urteilte Prill kurzerhand.

»Allerdings nannte jeder Bewohner seinen eigenen Wohnort, wenn ich ihn fragte, wo er denn von den Raketeneinschlägen überrascht worden sei; Cleveland, Green Bay, Atlanta, Flagstaff, Pocatello, manche sogar Kyoto, München, Toulouse oder Smolensk. Und trotzdem finden sich alle hier in diesem Bunker wieder, von barmherzigen Samaritern aus Städten angekarrt, die quer über die Vereinigten Staaten und die restliche Welt verstreut liegen. Das ist doch seltsam, findest du nicht? Glaubst du, dass Japaner, Deutsche, Franzosen oder Russen keine eigenen Bunker besitzen?«

Prill nippte an ihrem Drink und starrte ins Leere.

»Alle, die hier leben, glauben wie du, dass ein nuklearer Krieg die Welt verwüstet und die Oberfläche verseucht und für lange Zeit unbewohnbar gemacht hat«, fuhr ich fort. Dabei ging ich im Zimmer auf und ab, lauschte hin und wieder an der Tür und machte Pausen, damit Prill etwas Zeit fand, das Gehörte zu verarbeiten, wenngleich ich wusste, dass sie kaum in der Lage war, auch nur die Hälfte davon zu begreifen. »Sie denken, draußen fällt seit Jahren säurehaltiger Regen. Sie glauben, er fällt auf radioaktiven Staub, sickert durch verstrahlten Boden. Aber warum hat das Grundwasser bis heute keinen von euch krank gemacht? Glaubst du, es fließt durch ein paar Erdschichten, die die Strahlung aus ihm herausfiltern und es in frisches, gesundes Quellwasser verwandeln? Glaubst du das? Oder...« Ich lief in die Küche, griff aus dem Kühlschrank, was mir gerade in die Finger kam, und schmiss es neben Prill aufs Bett; Wurst, verpackten Käse, einen Beutel Frischmilch. »... Oder das?« Ich hielt ihr einen Joghurtbecher hin. »Wie erklärst du das hier? Wo soll das produziert worden sein, wenn die Welt vor über vier Jahren untergegangen ist und alle Städte zerbombt wurden? Gehst du hier irgendwo in einen Supermarkt und kaufst ein? Dann zeig mir, wo! Zeig mir die Bäcker und Metzger, die Getränkehändler und Kleider-Boutiquen!« Ich kniete mich vor Prill nieder und hob ihr Kinn an, damit sie mir in die Augen sah. »Überleg' mal: Textilindustrie, Lebensmittelindustrie« – ich hielt den Milchbeutel hoch – »Landwirtschaft mit Atomkühen? Wenn es einen Krieg gegeben hätte, müsste euch das Gift, das ihr jahrelang geschluckt habt, längst in lebende Geschwüre verwandelt haben. Wo soll das hier alles herkommen, wenn dort draußen kein Leben mehr möglich ist? Aus Grönland oder Afrika oder von den Osterinseln, wo keine Raketen einschlugen? Nein, Prill, es ist einfach da, Tag für Tag neu, in euren Kühlschränken, in euren Kleiderschränken, in den Badezimmerschränken – wie aus dem Nichts und ohne dass ihr einen Finger zu krümmen braucht. Die Lords lassen euch nie Mangel leiden, geben euch alles, was ihr zum Leben benötigt. Ihr seid es gewohnt, von ihnen gefüttert zu werden, wie Vieh. Etwas anderes kennt ihr nicht. Und warum nicht? Weil ihr niemals etwas anderes erfahren habt! Weil es euch alle erst seit vier Jahren gibt. Und weil euer Persönlichkeitsmuster es nicht zulässt, dass ihr euch darüber Gedanken macht und gewisse Dinge hinterfragt. Ihr akzeptiert. Ihr seid Kinder, Prill; ausgewachsene, vierjährige Kinder! Viele von euch denken inzwischen gar nicht mehr an das Draußen, und irgendwann wird es für euch überhaupt nicht mehr existieren. Im Grunde eine fast logische Entwicklung, denn ihr habt niemals wirklich gelebt; oder sagen wir: existiert. Es widersetzt sich meinem Empfinden, euer Treiben als Leben zu bezeichnen.«

Prill begann zu schluchzen, und ich merkte, dass ich in meiner Wut auf die Lords mal wieder zu weit gegangen war. Ich setzte mich neben sie und nahm sie in den Arm. Sie behielt die Hände im Schoß und wandte sich von mir ab. »Tut mir Leid«, versuchte ich sie zu trösten. »Ich hab's nicht so gemeint.«

»Du hast es aber gesagt«, sprach sie leise. »Glaubst du denn, du hältst ein Tier im Arm?«

»Nein, Prill, ich...«

»Irgendso ein Gen-Ding von der Stange?« Sie zitterte. »Ich bin kein Monster, Stan!«

»Auch das habe ich nicht behauptet.«

Minutenlang schwiegen wir beide, bis Prill sich wieder gefasst hatte. Dann fragte sie tonlos: »Aber wenn alles gelogen ist, was geschah dann mit uns?«

Ich ließ mich zurück aufs Bett sinken, rieb mir die brennenden Augen und starrte hinauf zur Zimmerdecke. »Erinnerst du dich an Flug 929?«

Prill schüttelte den Kopf.

Ich schnaufte ergeben. Mittlerweile musste ich auf sie wirken wie ein sprechender Osterhase, der ihr weiszumachen versuchte, den Weihnachtsmann gebe es wirklich.

»Flug 929 startete am 16. Juli 2017 mit 628 Menschen an Bord von New York nach Los Angeles. Es – sollte unsere Hochzeitsreise werden...«

Prill sah auf. »Wir sind verheiratet?«

»Noch nicht«, schwächte ich ab. »Erst recht nicht *wir* beide. Dein Original und ich hatten vor, in Las Vegas zu heiraten und dann ein paar Wochen durch den Westen zu fahren. Du trugst für den Flug ein khakifarbenes Kleid und warst so aufgeregt, dass du vor dem Einchecken auf der Flughafentoilette vier Beruhigungstabletten schlucken musstest. Seit ich dich kannte, beteuertest du, dass man dich für kein Geld der Welt in eine Maschine setzen könne, die rein technisch in der Lage sei, sich auf irgendeine Weise in die Luft zu erheben. Kurz gesagt: Du hattest eine Heidenangst vor dem Fliegen. Tags zuvor warst du sogar bei deiner Schwester, die Schwangerschaftsgymnastik unterrichtet, und hattest dir Tipps für entspannendes Atmen in Stresssituationen geben lassen...«

Prill lachte auf, wurde jedoch sofort wieder ernst. »Keine von uns kann Kinder kriegen«, sprach sie wie zu sich selbst. »Es heißt, das liegt an der Strahlung.«

Ich setzte mich auf. »Ihr seid nicht unfruchtbar aufgrund irgendwelcher Strahlung, wie euch die Lords weismachen wollen. Es gibt keine Strahlung, es gab keinen Krieg. Man hat die Frauen lediglich steril erschaffen. Alle weiblichen Klone sind unfruchtbar gezüchtet worden.«

»Aber warum?« In Prills Blick lag Verständnislosigkeit. »Es ist genügend Platz für Kinder in der Station.«

»Aber scheinbar nicht im Konzept der Lords«, entgegnete ich. »Im Flugzeug befanden sich exakt 314 Männer und 314 Frauen, die Besatzung mit eingeschlossen. Kein einziger Passagier schien irgendwelche Handicaps wie Herzschrittmacher, Parkinson-Hirnsonden oder Glasaugen besessen zu haben, nicht einmal Brillen oder Kontaktlinsen. Alle waren gesund und ohne technische oder medikamentöse Hilfe lebensfähig. Zwar gab es hässliche und alte Menschen und einige Jugendliche unter den Passagieren, aber keine Herz- oder Leberkranken, keine Diabetiker, keine Personen mit Amputationen oder Transplantationen. – Und keine Babys. Wie es aussieht, sind Säuglinge für das Projekt nicht geeignet. Manchmal denke ich sogar, dass die Konstellation der Passagiere kein Zufall war, sondern die Lords diese Auswahl getroffen und uns zusammengestellt haben. Dass sie über Wochen hinweg unterschwellig unser Leben mitgeplant und uns geleitet haben, von den Reservierungen für den Flug bis auf die Sitze der Maschine. Paranoid, findest du nicht?«

Prill hob die Schultern.

»Nun gut, was soll ich noch erzählen? Die Maschine hob mit zehn Minuten Verspätung in Richtung Westküste ab. Du hast stocksteif auf deinem Sitz gesessen, hast still gebetet und dich strikt geweigert, einen Blick aus dem Fenster zu werfen. Dabei hast du meine Hand so fest gedrückt, dass man noch heute blaue Flecken sieht. Eine halbe Stunde später zeigten die Beruhigungstabletten Wirkung, und du bist eingeschlafen. Es war ein Nachtflug. Nach einer Weile war auch ich eingenickt, oder ich hatte das Bewusstsein verloren, wie alle anderen vermutlich auch. Irgendwann und irgendwo über dem Kontinent ist es dann passiert. Was genau passiert ist, kann dir nicht sagen. Flug 929 kam wahrscheinlich nie in L. A. an. Den Rest kennst du.«

Ich machte eine Pause und sah mich im Zimmer um, während Prill meinen Worten und ihren Gedanken nachhing. Es war schwer für sie, aufzuwachen, es zu begreifen, wieder und wieder. Ich begann derweil, die auf dem Bett verteilten Lebensmittel aufzuessen. Nach einer Weile schien sich auch Prill ihres leeren Magens bewusst zu werden, und so gönnten wir uns mit Fruchtsaft und Brot, das ich zusätzlich aus der Küche holte, auf Ritas Bett eine Stärkung.

Prills letztes Abendmahl.

Ich hatte es noch nicht übers Herz gebracht, sie auf das vorzubereiten, was sie eventuell erwartete. Ehe nicht feststand, ob sie auf den *Schlüssel* ansprach, gab es keinen Grund, sie noch mehr zu schockieren. Prill war bestürzt genug, als ich ihr sagte, dass sie die Station mit mir für immer verlassen würde. Die Oberfläche ängstigte sie. Bisher nur die Oberfläche...

... *Hey, Baby, komm mit nach oben. Wir machen eine kleine Spritztour in den Sonnenuntergang, und dann erschieße ich dich...*

Ich schüttelte den Kopf.

»Was hast du«, fragte Prill kauend.

»Wir müssen verschwinden, ehe sie die Quartiere durchsuchen. Ich bin mir sicher, der Lord weiß inzwischen, dass ich nicht *sein* Stan bin.«

»Wer sind diese Lords überhaupt? Du erzählst mir diese Horrorstory, aber ich habe hier noch niemanden gesehen, der mir wie ein Außerirdischer vorkam.«

Das wundert mich nicht, dachte ich und rief mir die illustre Runde in Erinnerung, die sich im Arboretum um die Getränke-Pyramide versammelt hatte. Die gesamte Bewohnerschaft schien ja aus Außerirdischen zu bestehen; oder zumindest aus Weltentrückten ...

»Wie sehen die Kerle denn aus?«, hakte Prill nach, als ich nicht sofort antwortete.

»In ihrer menschlichen Gestalt oder in Wirklichkeit?«

»Beides natürlich.«

Ich blies die Backen auf. »Gibt es jemanden in dieser Station, der besondere Autorität besitzt? Jemand, der die gesetzgebende Gewalt mimt, aber sich nur sehr selten blicken lässt und auch nicht in eure Gesellschaft mit eingebunden zu sein scheint?«

»Ja, Salmeik, der Entertainer«, antworte Prill, ohne lange nachzudenken. »Ein riesiger, fürchterlich fetter Glatzkopf, der einmal im Monat auftaucht und das Ersttagsfest moderiert.«

»Das ist er«, nickte ich.

»Der Lord?« Prill zeigte sich amüsiert. »Dieses Walross?«

»In ihrer menschlichen Gestalt sehen sie alle so aus. Und dabei müssen sie ihre Körper bereits verdichtet haben. Wie sie in Wirklichkeit aussehen, kann ich dir nicht genau sagen. Ich habe nur ein einziges Mal den Schatten von einem von ihnen gesehen. Er war fast doppelt so groß wie ein Mensch und besaß einen riesigen Kopf – oder zumindest etwas, das ein Kopf hätte sein können. Seine Arme und Beine waren seltsam unförmig, ohne Finger. Ich habe mir oft Gedanken darüber gemacht, woran mich dieser Schatten mit seinem monströsen Schädel und den klumpigen Gliedmaßen erinnerte, und schließlich kam ich drauf. Erinnerst du dich daran, was ein Zirkus ist?«

»Ja«, nickte Prill. »Als Kind war ich of ...« Sie stockte, sah zu Boden, lächelte dann freudlos. »Ich erinnere mich«, meinte sie schließlich.

»Dann kennst du auch die Elefantenshow.«

Wieder ein Nicken.

»Dieser Schatten sah aus wie ein Elefantenbulle, der sich auf seine Hinterbeine gestellt und die Ohren gespreizt hat.«

Ich empfahl Prill, ihr Kleid auszuziehen und in Ritas Garderobe nach etwas Robusterem zu suchen. Sie zeigte sich verstimmt, durchstöberte aber, nachdem ich ihr den Grund erklärt hatte, sämtliche Schränke und verschwand mit einem Kleiderbündel im Badezimmer. Ritas Unterkunft sah der von Melissa und – mit gewissen Einschränkungen – auch der von Hank zum Verwechseln ähnlich. Die Stationen glichen unterirdischen Viersterne-Hotels mit 628 identischen Suiten. Zwar hatte jeder Bewohner seine Möbel dorthin geschoben, wo er sie am praktischsten fand, doch alle Quartiere waren einheitlich ausgestattet. Dazu gehörten in dieser Station auch markenlose Radiowecker wie jener, der auf Ritas Nachttisch stand. Dass solch ein Luxus für einen Überlebensbunker recht ungewöhnlich war, schien niemandem bewusst zu sein. Die Bewohner kannten ja keinen Vergleich. Nachdem Prill die Badezimmertür geschlossen hatte, schaltete ich das Radio ein. Ethno-Musik erfüllte den Raum.

»Gamma...?«, fragte ich gedämpft und über das Gerät gebeugt.

Die Musik blendete aus. »*Stan?*«

»Wir müssen hier raus, aber ich fürchte, der Lift wird bewacht.«

»*Es existiert ein Wartungstunnel, der von einem der Wasserspeicher ins zentrale Lüftungssystem führt*«, informierte mich Gamma. »*Prill kennt ihn.*«

»Ist das alles?«, fragte ich, als die Musik wieder lauter wurde. »Ich hätte ein wenig mehr Hilfe verdient.«

Das Lied brach ab, für Sekunden herrschte Stille.

»*Tut mir Leid, Stan*«, meldete sich Gamma erneut. Seine Stimme klang weit entfernt. »*Ich laufe Gefahr, mich zu verraten, wenn ich innerhalb der Station länger mit dir in Verbindung bleibe. Salmeik könnte meinen Standort bestimmen. Mit Sicherheit kennt er nun das Zimmer, in dem ihr euch befindet. Beeilt euch.*«

Ein Knacken, dann ertönte wieder Ethno-Sound.

»Mit wem redest du?«, fragte Prill von der Badezimmertür her.

Ich sah mich erschrocken um. »Mit niemandem«, beteuerte ich. »Nur ein Selbstgespräch.«

Prill zog die Stirn kraus. Sie hatte sich umgezogen, trug nun eine enge rote Lackhose, einen schwarzen, viel zu kleinen Pulli und Turnschuhe. Ihr langes Haar hatte sie zu einem Pferdeschwanz gebändigt. »Etwas Praktischeres ist nicht da«, meinte sie. »Rita ist fast siebzig. Ein Wunder, dass sie überhaupt eine Hose besitzt. Und ihre Schuhe sind mir auch zu eng.«

Ich sprach Prill auf den Tunnel an. Sie erinnerte sich an ihn, ebenso, ihn mehrere Male benutzt zu haben, immer zusammen mit Hank und zwei anderen Bewohnern der Station. Bei einem dieser Ausflüge musste sie allerdings auf etwas gestoßen sein, das nicht für ihre Augen bestimmt war, aber an das sie sich nicht mehr zu erinnern vermochte. Falls Hank der Initiator dieser Exkursionen gewesen sein sollte und Gamma ihm durch den Äther zugeraunt hatte, wohin die einzelnen Lüftungsschächte führten, war so etwas durchaus denkbar. Ich vermutete, Prill war – absichtlich oder nicht – in einen Bereich unterhalb der Wohnquartiere gelangt, der Salmeik vorbehalten war. Wo die Domizile der

Lords in den Stationen verborgen lagen, hatte ich bis heute nicht herausgefunden. Salmeik hatte aus Selbstschutz reagiert, den Läufer auf sie angesetzt und womöglich programmiert, Prills Erinnerungen zu löschen, vielleicht aber auch nur zu ergründen, was sie zu dieser Aktion inspiriert hatte – oder um dem Störenfried auf die Spur zu kommen, der in der Station sein Unwesen trieb. All dies war reine Spekulation. Prill selbst erinnerte sich nicht daran, warum die Maschine sie befallen hatte.

»Wir brauchen Taschenlampen im Tunnel«, sagte sie. »Rita sollte zumindest eine besitzen.«

Ich fand sie im Nachttisch. Sie funktionierte. Allerdings war in der gesamten Wohnung keine zweite aufzutreiben.

»Eine Lampe reicht aus«, behauptete Prill.

Wir benötigten für den Weg von Ritas Wohnung bis zum Speicherbecken kaum mehr als zwei Minuten. Prill lief voraus, ich in geringem Abstand hinterher. Ich ließ Prill einen Blick in die Gänge werfen, und sobald nichts Ungewöhnliches zu sehen war, hetzten wir weiter bis zur nächsten Ecke. So pirschten wir uns von Korridor zu Korridor vor. Den wenigen Bewohnern, die uns auf dem Weg dorthin begegneten, schenkten wir keine Beachtung.

Die Tür zum Speicherbecken war unverschlossen, wie die meisten Zugänge innerhalb der Station. Sorge tragend, dass niemand unser Eindringen in die Anlage beobachtete, schlüpften wir hindurch. Ein schmaler Gang führte zu einem Schott mit Schließrad, hinter dem das Speicherbecken lag. Es bedurfte unserer beider Muskelkraft, das Schott zu öffnen und hinter uns wieder zu verschließen. Das Reservoir selbst war ein riesiges rundes Kuppelgewölbe, über zehn Meter hoch und etwa vierzig Meter im Durchmesser, das sich über einen gewaltigen See spannte. Das Wasser erschien im Licht der Lampe pechschwarz. Gespeist wurde das Becken von einer unterirdischen Quelle, deren Strom in der Mitte des Sees herauftrieb und dessen Oberfläche in Wallung versetzte. Ob es wirklich eine Quelle war oder die Lords das Wasser über eine unterirdische Rohrleitung zuführten, wusste ich nicht. In Anbetracht dessen, was ich bisher von dieser Welt gesehen hatte, erschien mir eine natürliche Quelle fast ausgeschlossen.

Geheimnisvolles Plätschern und Rauschen erfüllte das Gewölbe, das Wasser warf huschende Lichtreflexe an die Wände. Um das Speicherbecken herum führte ein Rundsteg aus Metallrosten, über den Prill zielstrebig auf ein weiteres Schott zulief, das sich rechterhand des Haupteingangs befand. Als wir es geöffnet hatten, gähnte vor uns ein schmaler, endlos scheinender Gang, der schnurgerade in die Dunkelheit führte. Im Abstand von etwa zehn Schritten waren vergitterte Lampen an der Decke angebracht. Prill schlüpfte an mir vorbei und betätigte einen Drehschalter, der in Kopfhöhe an der Tunnelwand angebracht war. Bernsteingelbes Licht erhellte daraufhin den Gang, der etwa sechzig Meter vom Eingang entfernt an einer Mauer endete oder um die Ecke führte.

»Sagtest du nicht, wir bräuchten hier drinnen Lampen?«, fragte ich Prill.

»In den Schächten werden wir sie brauchen.«

Ich blickte in den Tunnel. Es sah tatsächlich so aus, als klafften weiter hinten dunkle Öffnungen sowohl im Boden als auch in der Decke. Es konnte sich um Durchstiege handeln, oder auch nur um Schatten. Nachdem wir das Schott wieder hinter uns verschlossen hatten, ließ mich Prill vorangehen. Etwa in der Mitte des Tunnels befand sich tatsächlich ein erster Schacht in der Decke, in den man über eine schmale, an der Wand montierten Metalleiter hinaufsteigen konnte. Ich sah Prill an, die den Kopf schüttelte und mir bedeutete, weiterzulaufen. Nach einigen Metern tat sich im Tunnelboden ein zweiter Schacht auf. Ich warf einen Blick hinab und sprang über ihn hinweg. Mein Augenmerk galt den Öffnungen in der Tunneldecke.

»Warte«, rief mir Prill hinterher. Sie war vor dem Schacht stehen geblieben und sah in die Tiefe. »Wir müssen hier runter.«

Ich blieb überrascht stehen. »Nach unten? Bist du sicher?«

»Ich glaube schon...«

»Die Oberfläche ist *oben*«, informierte ich sie. »Ich habe keine Lust, dem Lord ins Schlafzimmer zu fallen.« Ich lief zu ihr zurück und leuchtete in die Tiefe. Der Schacht führte in eine breite Metallröhre, deren spiegelglatte Wände den Strahl der Taschenlampe reflektierten. Hinab gelangte man über eine Leiter aus Steigeisen, die in die Schachtwand eingemauert waren. »Das sind mindestens fünf Meter«, schätzte ich. »Die Röhre liegt tiefer als das Speicherbecken. Wenn der Lord sie fluten lässt, sind wir geliefert.«

»Wir müssen da runter«, entschied Prill.

Ich setzte mich an den Rand des Schachtes und begann, vorsichtig in die Tiefe zu klettern. Die Lufttemperatur nahm mit jeder Stufe ab, und als ich unten angelangt war, umgab mich frostige Kälte. Die Röhre verlief parallel zum oberen Gang und verlor sich in beide Richtungen geradlinig in der Dunkelheit. Ich leuchtete hinauf zu Prill, die im Schein der Lampe ebenfalls herabgeklettert kam. Die Röhre maß etwa einen Meter zwanzig im Durchmesser, sodass wir zwar nicht aufrecht gehen, aber problemlos durch sie hindurchkriechen konnten.

Prill fröstelte, als sie schließlich neben mir kniete.

»Links oder rechts?«, wollte ich wissen.

Prill deutete in die Richtung, die uns vom Speicherbecken wegführte. Ein leichter, aber unangenehmer Luftzug wehte uns von dort entgegen. »Ist das kalt hier ...« Sie rieb sich die Arme.

Ich sah sie erstaunt an. »Sag jetzt bloß nicht, das ist doch der falsche Gang.«

»Es ist der richtige«, versicherte sie. »Aber es war hier nie so kalt.«

»Vielleicht eine Klimaröhre«, überlegte ich laut. Wenn wir Pech hatten und gerade durch einen Luftschacht der Klimaanlage krabbelten, würde uns früher oder später ein eisiger Orkan schockfrosten und durch das halbe Lüftungssystem blasen, sofern wir nicht rechtzeitig herausfanden. Mir graute bei der Vorstellung, plötzlich vor einem der Triebwerke zu sitzen und nicht mehr weiterzukommen. Ich wies Prill an, den Atem anzuhalten, und lauschte. Das einzige Rauschen jedoch, das an meine Ohren drang, war das meines eigenen Blutes.

»Wie weit ist es noch?«, wollte ich wissen.

»Man müsste von hier aus eigentlich schon das Sperrgitter sehen«, erklärte Prill.

Ich leuchtete nach vorn. Der Lichtstrahl reichte etwa vierzig Meter weit, dahinter herrschte Finsternis. »Ich sehe kein Gitter«, gab ich zu.

»Die Lampe ist zu schwach«, mutmaßte Prill. »Noch ein paar Meter, dann siehst du es. Verdammt, mir frieren gleich die Finger ab.« Sie hauchte in ihre Hände.

Das Sperrgitter tauchte auch nach weiteren zwanzig

Metern nicht auf. Dafür wurde die Dunkelheit vor uns immer intensiver. Zuerst dachte ich, die Batterie der Lampe erlahmte, dann erkannte ich, was der lichtlose Kreis vor mir wirklich war.

»Der Ausgang ist offen«, informierte ich Prill. Der Kegel meiner Taschenlampe verlor sich zehn Meter entfernt in einem finsteren Kreis, der den gesamten Tunneldurchmesser einnahm. Dahinter war weder eine Wand noch ein Boden zu erkennen.

Prill kroch heran und lugte an mir vorbei zur Öffnung. »Als wir das letzte Mal hier waren, hat Hank das Gitter wieder geschlossen.«

»Dann könnte es eine Falle sein«, gab ich zu bedenken. »Oder Hank war noch einmal hier, als du bereits den Läufer trugst. Vielleicht ahnt der Lord auch, was wir vorhaben. Warte hier, ich schau mir das erst mal an.« Ich kroch vor zum Ausgang und leuchtete in die Dunkelheit. Mein Atem stand mir als helle Wolke vor den Lippen. Hinter der Öffnung befand sich ein weiter, halbrunder Raum, dessen Wände sich vielleicht dreißig Meter entfernt in Schwindel erregende Höhe verloren. Der Boden lag etwa zwei Meter unterhalb des Ausgangs und stand kniehoch unter Wasser. Ich sah genauer hin. Nein, es war kein Wasser, sondern kristallklares Eis! Unter mir lag ein gefrorener See. Die Temperatur dort draußen musste weit unter dem Gefrierpunkt liegen.

Als ich die Taschenlampe nach rechts schwenkte, riss ihr Schein unvermittelt ein bizarres Gebilde aus der Dunkelheit, das – größtenteils im Eis versunken – auf dem Grund lag. Seiner Verkleidung und der elektronischen Innereien weitestgehend beraubt, glich es einem riesigen, toten Insekt. Es besaß kaum noch Ähnlichkeit mit der eleganten, schwebenden Maschine, die es einmal gewesen war. Wie es aussah, war das Wasser erst gefroren, nachdem man sie bereits ausgeschlachtet hatte. Womöglich hing auch die Kälte, die im Schacht herrschte, mit ihrem Ausfall zusammen.

Ich hatte den verschwundenen Wächter gefunden.

Hier also hatte Hank sein Werk verrichtet und durch den Schacht die Einzelteile in die Station geschafft. Was aber nur bedeuten konnte, dass wir uns am Boden jenes Abgrunds befanden, über den der Steg lief, auf welchem ich bei meiner Ankunft die unangenehme Bekanntschaft des Pflanzenwesens gemacht hatte. Ich kroch zurück zu Prill und erzählte ihr von meinem Fund.

»Ja, ich glaube, ich erinnere mich«, sagte sie. »Aber es sind nur Fragmente. Ich weiß noch, dass Hank uns dazu überredet hatte, den Wächter herunterzulocken, damit er ... er wollte ...« Prill überlegte angestrengt, schüttelte dann den Kopf. »Er hatte etwas mit ihm vor, aber ich weiß nicht mehr, was. Irgendetwas programmieren.«

Programmieren, so, so ... da hatte sich mein Mentor in Hank wohl ein wenig getäuscht. Der Gute hatte seine eigenen Pläne gehabt. Ich sah Prill an, fragte: »Sagt dir der Name Gamma etwas?«

Prill dachte nach. »Nein«, meinte sie.

»Hast du in der letzten Zeit Radio gehört?«

Sie schüttelte den Kopf. »Ich glaube, während ich diesen Läufer an mir dran hatte, nicht. Zumindest nicht bewusst. Ich kann mich nicht einmal daran erinnern, wie ich gelebt habe, als dieses Ding an mir hing. Ich habe das Gefühl, diese Maschine hat mich gelebt, und nicht ich.«

»Weißt du in etwa, seit wann?«, wollte ich wissen.

Prill schnaubte. »Gott im Himmel, nein. Vielleicht seit ein paar Wochen, vielleicht aber auch schon seit Monaten. Können wir jetzt weiter? Ich friere!«

Ich sah sie nachdenklich an. War es möglich, dass Prill den Läufer gar nicht dem hiesigen Lord zu verdanken hatte, sondern Gamma? Wollte er sich auf diese Weise vor einer Entlarvung schützen, als Hank unerwartet weitere Bewohner in seine Pläne eingeweiht hatte?

Hintereinander krochen wir zum Ausgang. Ich half Prill hinunter aufs Eis und bedeutete ihr mit Gesten, sich möglichst lautlos zu verhalten und vorsichtig zu bewegen. Ich konnte sie nicht mit gebrochenen Knochen aus der Station schaffen. Wir froren wie junge Hunde. Prill betrachtete eine Weile den zerstörten Wächter, während ich meine Taschenlampe in die Höhe richtete. Etwa fünfzig oder sechzig Meter über uns befand sich, vom Licht der Lampe kaum noch erreicht, der Steg. Hinauf zu ihm führte eine schmale Metalltreppe. Im Zickzack ragte sie an der gegenüberliegenden Wand empor; zehn Stufen nach rechts, Absatz, zehn nach links, Absatz, wie eine Feuertreppe. Sie besaß ein bescheidenes, hüfthohes Geländer. Bei einem Fehltritt bestand die Gefahr, unter ihm hindurchzurutschen und in die Tiefe zu stürzen. Wenn man sich jedoch ständig daran festhielt, hatte man bei der herrschenden Temperatur nach der Hälfte der Strecke steifgefrorene Finger.

Dann entdeckte ich auf dem Eis neben dem Fahrstuhlschacht eine vertraute Form, die meine Stimmung schlagartig hob: die Browning!

Ich schlurfte hinüber und hob sie auf. Sie lag in meiner Hand wie ein Eisklumpen und schien auf den ersten Blick kaum unter dem Sturz gelitten zu haben. Ob sie noch funktionierte, würde ich erst wissen, wenn ich nach einem Probeschuss noch alle fünf Finger an der rechten Hand trug. Ich traf mich mit Prill am Fuß der

Treppe. Sie machte ein fragendes Gesicht, als sie sah, wie ich die Waffe im Schulterholster verschwinden ließ. Ich schüttelte den Kopf. Mir war nicht danach, ihr in Gebärdensprache zu erklären, was eine Pistole war. Sie würde es womöglich noch früh genug erfahren...

Isadom 1

SIE ÖFFNET DIE AUGEN, sieht hinauf zur Decke, geweckt vom Licht. Es ist ein sanftes, übergangsloses Erwachen. Ihre Augen brennen nicht, die Lider sind nicht schwer, fast, als hätte sie sie nur für Sekunden geschlossen, um den Augenblick zu genießen. Der Raum hat sich nicht verändert, selbst das Licht ist das gleiche geblieben. Sie kann nicht nachfühlen, wie lange sie geschlafen hat. Vielleicht Stunden, vielleicht Tage, vielleicht sogar Wochen. Es ist ein tiefer, traumloser Schlaf gewesen, wie immer. Sie fühlt sich nicht müde, doch ebenso wenig erholt. In ihr herrscht ein Gefühl entspannter, erfüllter Leere, das weder Euphorie noch Traurigkeit erlaubt.

»Ist es wieder soweit?«, fragt sie.

»*Ja*«, antwortet die Stimme.

Sie lächelt, und erneut geschieht es auf eine leidenschaftslose Art und Weise, die ihr Wissen um die Stimme und das Kommende widerspiegelt.

»Wird es wehtun?«

»*Nur ein wenig. Ich kann es beschleunigen, um den Schmerz zu lindern, aber das wird den Inkarnations-Schock verstärken.*«

»Ist schon gut.«

Sie streift die Decke fort, setzt sich auf den Rand des Bettes. Es besitzt gewaltige Dimensionen. Sie könnte doppelt so groß sein, und ihre Füße würden immer noch nicht über seine Kante ragen. Eine Schlafstadt. Auch ihre Unterkunft ist riesig. Nicht gerade weitläufig, aber emporragend. Die Zimmerdecke liegt in einer Höhe von annähernd fünf Metern.

Der Raum selbst ist nahezu leer, besitzt keine Fenster und keine Tür. Vielleicht gibt es eine Tür nach draußen, aber sie kann sie nicht sehen. Außer dem Bett beherbergt das Zimmer einen niedrigen, häufig mit Speisen und Getränken bedeckten Tisch. Im Augenblick ist er leer, doch sie weiß, dass das Licht die Tafel innerhalb eines Wimpernschlages zu decken vermag. In einem abgetrennten Bereich befindet sich ein schlichtes Bad, mehr eine Therme, in der angenehm warmes Wasser in einem kleinen runden Pool sprudelt. Neben dem Becken liegen Handtücher. Es existiert kein Spiegel im Raum. Scheinbar hält ihr körperloser Gastgeber nichts von Selbstbetrachtung.

Das Licht manifestiert sich als drei Meter hohe Säule, die vor einem großen, bequemen Sessel im Raum emporstrahlt. Es berührt weder den Boden, noch die Decke, existiert aus sich heraus. Sie weiß, dass es seinen Standort verändern kann. Gegenwärtig schwebt es vor dem Sessel, bereit, mit ihr zu verschmelzen.

Sie trägt nur einen Slip, den sie auf dem Weg ins Bad abstreift und achtlos liegenlässt. Der Rest ihrer Kleidung hängt am Fußende des Bettes. Zu Beginn hatte sie sich in Gegenwart des Lichts bemüht, ihren Körper zu verbergen. Nun beunruhigt sie seine Anwesenheit nicht mehr. Es besitzt keine Augen, die ihren Körper mustern. Falls es (oder irgendetwas jenseits von ihm) sie dennoch betrachtet, stört es sie nicht.

Als das Licht von ihr weicht und sie ihre Augen öffnet, geht ihr Blick ins Leere. Sie zieht ihre Knie ans Kinn, umklammert sie mit beiden Armen, kauert sich auf dem Sessel zusammen. Ihr Atem geht schwer und unruhig. Die Wärme des Wassers ist aus ihrem Körper gewichen, sie zittert und fühlt sich krank. Bilderfetzen laufen vor ihrem geistigen Auge ab, sich ständig wiederholend und unzusammenhängend, Erinnerungen an Berührungen, an Worte, an Stans Haut, den gemeinsamen Höhepunkt, den Fahrtwind, das Abendrot, die Angst, den alles beendenden Schuss...

Sie zuckt zusammen, entspannt sich nur langsam, wirft scheu einen Blick ins Licht. Da sind noch die anderen Erinnerungen, die sie beschämen; fremde Hände, die sie streicheln, nackte Körper... Wieder ein paar *corpi delicti* mehr für das schlechte Gewissen. Das Licht bleibt stumm, wartet, bis sie sich wieder gefangen hat und den Anfang macht. Sie steht auf, geht hinüber zum Tisch, füllt ein Glas mit Wasser und trinkt es hastig aus.

»Diese Leere danach«, sagt sie abwesend, »dieses absolute Nichts. Ständig warte ich, dass noch irgendetwas folgt, ein Bild, ein Eindruck, irgendein Gefühl. Aber die Leere bleibt. Sie ist so endgültig.«

»*Du hast Angst, dass dieses Nichts eines Tages auch dich erwartet...*«, stellt das Licht fest.

»Ich – ja.« Sie geht zum Bett, setzt sich darauf und hüllt sich in die dünne Decke. Das Licht folgt ihr ein paar Meter nach. »Ich weiß, dass das, was ich erlebe und nachfühle, kein menschlicher Tod ist, nur das Ende einer künstlichen Existenz. Ein Ausschalten. Aber dieser Klon... sein Bewusstsein ist so wirklich, so lebendig, ebenso wie die Leere.«

»*Im Grunde gibt es keine Leere, Prill. Was du mit seiner Seele verbindest, existiert nun in dir weiter. Du bist für jeden deiner Klone das Leben nach dem Tod. Du darfst nicht dorthin zurücksehen, wo die Existenz geendet hat, sondern in dich hinein, an den Ort, wo sie weiterlebt.*«

Sie quält sich ein Lächeln ab.

»*Glaubt du an ein Leben nach dem Tod?*«, fragt die Stimme.

»Du meinst, an Gott?«

»An etwas, das danach kommt. An ein Jenseits.«

Sie schweigt lange, sieht ins Licht. Absolutes Licht, ohne Ursprung. Es wartet geduldig, bis sie antwortet. »Nein, es ist kein Glaube«, bekennt sie leise. »Es ist eine Hoffnung. Der Wunsch, dass nicht alles verloren geht. Meine Erinnerungen, meine Gefühle. Ich denke so gerne an früher, an Dinge, die geschehen sind, an die unwiederbringliche Einmaligkeit, die mit ihnen verbunden ist. An die Fähigkeit, Freude und Glück zu empfinden, oder Traurigkeit, oder Wehmut. Und selbst, wenn es Wut oder Hass ist, so ist es doch etwas, das ich in mir trage, etwas...« Sie verstummt, wendet sich vom Licht ab, hängt ihren Gedanken nach. »Ich glaube, letzten Endes wird es mich nicht mehr kümmern, falls es nicht so sein sollte«, resümiert sie, »wenn alles aufhört, auch die Erinnerungen. Wenn das Licht einfach ausgeht und nie wieder an. Ich habe nur solche Angst, dass da nichts mehr ist und ich mir dieses Nichts bewusst bin und es für alle Ewigkeiten bleiben werde. Ohne Erinnerungen und ohne die Fähigkeit, es je wieder mit irgendeinem Gefühl, mit irgendetwas Lebendigem zu füllen. Ohnmächtig, als Teil einer unvorstellbaren Leere. Diese Vorstellung ist so grausam.«

»Ja, das ist sie«, pflichtet ihr die Stimme bei. »Du darfst nicht weiter daran denken.«

Ihr Lachen ist bitter. »Wie soll ich das verhindern, wenn ich ständig mit meinem eigenen Tod konfrontiert werde?« Sie sinkt in sich zusammen, schüttelt den Kopf. »Wie kann Stan mir so etwas nur antun? Ich bin darauf nicht vorbereitet.«

»Er leidet unter dem, was er tun muss, genauso wie du. Glaube und Zweifel kämpfen in ihm pausenlos um die Vorherrschaft. Aber er ist stark. Und er glaubt an dich. Wäre es nicht so,

hätte ihn die Welt, in der er sich befindet, längst den Verstand gekostet. Ich könnte ihm die Zusammenhänge offenbaren, den Sinn und Zweck, doch es würde Milliarden von Leben gefährden, falls er mit diesem Wissen den Lords in die Hände fiele. Er muss den Weg gehen, ohne die Wahrheit zu kennen. Andererseits ist es dein eigener Wunsch, die Erinnerung zu bewahren. Jeder deiner Klone teilt sie mit dir, wie du nun weißt. Ich respektiere diesen Wunsch. Die Klone sind ein Teil von dir, und du bist ein Teil von ihnen. Sie vereinen dieselben Ängste und Hoffnungen in sich wie du. Jede Prill in der Ebene besitzt dein Bewusstsein. Du weißt das. Du erinnerst dich.«

Sie nickt, aber die Leere in ihr weicht nicht. Und wenn sie weicht, nimmt sie alle Gefühle mit sich. Der traumlose Schlaf zeugt davon.

»*Ich glaube, du brauchst ein wenig Zerstreuung*«, mutmaßt das Licht. »*Gibt es einen Ort in deiner Vergangenheit, den du gerne besucht hast?*«

»Ja.«

»*Erzähle mir von ihm.*«

ZWEITER TEIL

Terrarium

Alphard 5

DIE FROSTKALTEN STUFEN knackten unter unseren Füßen, der Treppenaufgang federte und ächzte. Die Sprossen und das Geländer waren von einer dünnen Eisschicht bedeckt und machten den Aufstieg zu einem riskanten Unterfangen. Es war, als bestiegen wir in einer Winternacht den Eiffelturm. Hinzu kam Prills Höhenangst, die ihr immer stärker zusetzte, je weiter es hinaufging. Sie atmete schwer und blickte beim Laufen beharrlich auf ihre Füße, aber nie über das Geländer oder nach unten. Ich fragte mich, woran sie wohl gerade dachte, um sich vom Abgrund abzulenken. Wir hatten mehr als die Hälfte der Treppe erklommen. Ich ließ Prill mit der Taschenlampe vorauslaufen und passte mich ihrer Geschwindigkeit an. Die Anstrengung des Aufstiegs hatte längst die Kälte aus unseren Gliedern vertrieben.

Ich machte mir Sorgen wegen des Wächters, der oben am Ende des Steges wartete. Aufgrund meines etwas ›überstürzten‹ Auftauchens in der Station konnte ich nicht mit Sicherheit sagen, ob das Pflanzenwesen eher auf akustische, visuelle oder seismische Reize reagierte. Dass es hören konnte, hatte es bewiesen. Allerdings hatte ich keine Augen an ihm erkannt, was nicht zwangsläufig bedeuten musste, dass es blind war. Falls es jedoch vorwiegend auf Erschütterungen reagierte, musste es längst wissen, dass jemand die Treppe heraufschlich.

Ich hatte Prill von dem Wächter erzählt, wusste aber nicht, ob sie sich dieser Gefahr angesichts ihrer augenblicklichen Ängste noch bewusst war. Da sie die

Taschenlampe unbeirrt auf ihre Füße richtete, konnte ich nicht erkennen, wie hoch wir noch steigen mussten, um den Steg zu erreichen. Hin und wieder erhaschte ich einen Blick in ihr Gesicht, wenn sie über mir den nächsten Treppenabsatz erreichte und die Laufrichtung wechselte. Ihre Miene war angespannt, ihre Augen weit aufgerissen, die Lippen zu einem schmalen Strich zusammengepresst. Das, was sie augenblicklich durchstand, eine Mutprobe zu nennen, wäre wohl untertrieben.

Noch immer regte sich nichts auf dem Steg, was mein Misstrauen schürte. Das Zittern des Treppengerüstes, der Schein der Taschenlampe, das Knacken der Stufen; ausgeschlossen, dass das Pflanzenwesen nichts davon wahrnahm. War es etwa erfroren? Oder hatte Gamma nachgeholfen?

Prill blieb plötzlich stehen und flüsterte etwas, das ihre Angst und ihren Unglauben in einem Wort ausdrückte. Sie leuchtete zum ersten Mal in die Höhe, und ich erkannte den Grund, weshalb der Wächter nicht auf die Erschütterungen des Treppengerüstes reagierte: Es war überhaupt nicht mit dem Steg verbunden! Die Treppe endete etwa fünf Meter unterhalb des Steges in einer zwei Quadratmeter großen, geländerlosen Plattform. Weiter hinauf führte eine ungesicherte Steigeisenleiter. Ich schloss zu Prill auf. Sie starrte mich an, schüttelte den Kopf.

»Das kann ich nicht!«, presste sie hervor, als wir schließlich auf der Plattform standen.

Ich hielt ihr einen Zeigefinger vor die Lippen, lauschte. Kein Laut kam von oben. Prüfend strich ich mit der Hand über die Steigeisen. Sie waren eisfrei. Scheinbar war die Luft in dieser Höhe völlig trocken.

»Es sind nur zwanzig Tritte«, flüsterte ich. »Ich leuchte dir mit der Lampe.«

Widerstrebend umklammerte Prill die Sprosse in Höhe ihres Kopfes, ließ sie aber sofort wieder los. »Die ist lausekalt«, erklärte sie. »Ich hab jetzt schon kein Gefühl mehr in den Fingern.«

Ich starrte sie an, zwang sie mit meinen Blicken geradezu, hinaufzuklettern. Prills Augen sprühten eine Sekunde lang Funken. Ein Clud befahl einer Sidd, wo es langging! Obwohl Prill bewusst war, dass ich kein Bewohner dieser Station war, machte ihr die verdrehte Hierarchie zu schaffen. Doch der Stolz siegte immerhin über ihre Angst. Sie hob den Kopf, wandte sich um und begann fast wütend die Steigleiter hinaufzuklettern. Hoffentlich hielt ihre Noblesse bis zur Brücke.

»Schau hinauf zum Steg, nicht nach unten«, zischte ich.

Prill gab ein abfälliges Geräusch von sich. Als sie bereits zwei Drittel der Leiter bezwungen hatte, ertönte vom Eingang des Lifts her plötzlich ein leises, melodisches Summen und Sekundenbruchteile später ein sehr verdächtiges Schleifgeräusch auf der Brücke. Ich schloss die Augen, ballte die Hände zu Fäusten. *Idiot!* hämmerte es in meinem Kopf. Mir hätte bewusst sein sollen, dass der Aufgang niemals ungesichert sein konnte. Eine der Sprossen musste mit einem Druckfühler versehen gewesen sein, der bei Belastung anschlug, oder Prill hatte einen verborgenen Bewegungsmelder passiert, oder eine Lichtschranke. Was auch immer, der Wächter war alarmiert.

Prill geriet in Panik, versuchte zuerst, hastig weiter hinaufzusteigen, dann zurück nach unten. Ich vernahm das Schleifen der Kreatur über dem Steg. Als ich mit der Taschenlampe auf die Brücke leuchtete, entdeckte ich das Pflanzenwesen direkt über uns. Auch Prill sah nach oben, erblickte die Fangarme, die sich auf sie zuschlängelten, stieß einen Angstschrei aus und ließ sich in ihrer Konfusion einfach fallen. Ich duckte mich, sah uns beide schon haltlos in die Tiefe stürzen, doch Prill schlug nicht auf der Plattform auf. Sie verfehlte sie auch nicht, sondern hing – von einem halben Dutzend Ranken gehalten – zwei Meter über mir in der Luft. Das Wächterwesen hatte sie blitzartig aufgefangen und zog sie langsam zu sich auf die Brücke. Prill war vor Schreck verstummt, hing in den Tentakeln wie eine Stoffpuppe. Falls sie nicht das Bewusstsein verloren hatte, konnte ich mir sehr gut ausmalen, was nun in ihr vorging.

Im Schein der Taschenlampe sah ich ihre Atemwolken. Sie waren zu hektisch, als dass Prill ohnmächtig sein konnte. Ich wusste nicht, ob der Wächter mich ebenfalls bemerkt hatte, und begann, langsam und bedacht die Sprossen hinaufzusteigen. Prill murmelte etwas, während das Wesen sie auf die Brücke hievte. Es klang wie ein Gebet. Ich betete ebenfalls – dass sie nicht meinen Namen rief. Prill erlebte ihr Martyrium in nahezu völliger Dunkelheit. Ihre Stimme klang plötzlich gedämpft, wie erstickt, vermutlich aufgrund eines Blattes, das sich auf ihr Gesicht gelegt hatte.

»Prill«, erklang die polyphone Stimme des Pflanzenwesens, als es seinen Fang identifiziert hatte. »Würdest du mir bitte erklären, warum du nicht den Lift benutzt?«

Prill antwortete etwas, das sich wie eine Beschimpfung anhörte. Ihre Stimme zitterte. Ich hatte den Steg erreicht, aber der Wächter unternahm noch immer keine Anstalten, sich um mich zu kümmern. Auch das Licht der Lampe nahm er scheinbar nicht wahr. Drei Meter von mir entfernt, galt seine ganze Aufmerksamkeit der Frau. Ich sah einen seiner Tentakel zum Paneel am Lift kriechen, vermutlich, um das Rufsignal für eine Sicherheitseinheit zu drücken. Ich wusste nicht, wo bei der Kreatur vorne und hinten war, aber wahrscheinlich kehrte sie mir im Moment den Rücken zu. Prill sah mich über das Geländer klettern und bäumte sich im Griff der Ranken auf. Ich hielt mir den Zeigefinger vor die Lippen.

»Au!«, schrie Prill jedoch und wand sich mit schmerzverzerrtem Gesicht in den Fangschlingen der Pflanze. »Dieses Vieh hat mich gestochen!«

»Nur zu deiner Sicherheit«, erklärte der Wächter.

Ich richtete den Strahl der Lampe auf das Wesen und zielte mit der Waffe auf sein Gewirr aus Ranken, Blütenmündern und Blättern. Der Lichtstrahl bewirkte keine erkennbare Reaktion. Offenbar besaß die Kreatur wirklich keine Augen oder Organe, die auf Lichtreize reagierten. »Lass sie los!«, rief ich. »Im Interesse *deiner* Sicherheit!«

Das Wesen zog Prill an sich und hielt sie wie ein Schutzschild vor seinen Leib. »Stan«, erkannte es mich an meiner Stimme. »Hast du denn schon wieder eine Wette verloren? Du willst doch nicht etwa nach draußen? Das darf ich nicht zulassen.«

»Auch nicht, wenn ich eine Pistole auf dich gerichtet halte?«

»Das Tragen und Benutzen von Schusswaffen ist in der Station nicht erlaubt«, informierte mich das Gewächs. »Leg die Waffe auf den Boden, Stan. Eine Sicherheitseinheit wird jeden Augenblick heraufkommen und euch beide...«

»Sei still!«, unterbrach ich das Wesen gereizt. »Lass die Frau los und schick sie zu mir herüber, sonst schieß ich dich über den Haufen!«

»Irrationales Denken, Stan«, kommentierte das Wesen unbeeindruckt. »Ich bin kein menschlicher Organismus. Du kannst mich nicht erschießen.«

»Ein Neun-Millimeter-Geschoss«, knurrte ich, »sprengt ein lustiges Loch in deinen Blumentopf. Ich gehe mal davon aus, dass sich dein Nervenzentrum ebenfalls in diesem Eimer befindet. Die erste Kugel verfehlt es vielleicht, aber eine der übrigen siebzehn wohl kaum.«

Die Pflanze schwieg, als wäge sie das Argument ab. Ich hörte Prills flatternden Atem. Das Betäubungsgift schien bereits Wirkung zu zeigen. Ein heulendes Geräusch durchbrach die Stille, und der Fahrstuhl setzte sich in Bewegung. Der Wächter machte weiterhin keine Anstalten, Prill loszulassen. Sie hing direkt vor ihm in den Ranken. Wenn ich schoss, lief ich Gefahr, sie zu treffen.

»Prill ...?« Keine Antwort. »Prill, zum Teufel!« Sie hob den Kopf, ihre Augenlider hingen müde über den Pupillen. »Mach die Beine breit!«

»Was?«, fragte sie und sah mich verständnislos an.

»Spreiz die Beine!«

Prill machte eine Grätsche. Im selben Moment geschahen drei Dinge gleichzeitig: Die Fahrstuhltüren öffneten sich und entließen eine vierköpfige Sicherheitseinheit in gelben Plastikanzügen. Das Wesen gab Prill aus seiner Umklammerung frei und ließ sie der Länge nach auf den Steg stürzen. Ein gutes Dutzend stachelbesetzter Ranken peitschte auf mich zu.

Ich ließ mich nach hinten fallen und schoss. Zwei Projektile schlugen in den Blumentopf ein, ein weiteres drang durch das Blätterkleid des Wesens und traf einen der Männer, die aus dem Lift traten, in den Oberschenkel. Das vierte prallte gegen ein Geländer und verschwand als Querschläger in der Dunkelheit. Ich spürte mehrere Fangarme über mich hinwegschwirren. Die Pflanze gab ein schrilles Pfeifen von sich und machte zwei Sprünge nach hinten, während der getroffene

Mann aufschrie, sich ans Bein griff und zusammenbrach. Die anderen drei äußerten Laute der Überraschung, warfen sich zu Boden und robbten zurück in den Fahrstuhl. Zwei der Ranken klatschten auf mich, schlangen sich aber nicht fest, sondern zogen sich schlaff zurück. Dennoch hatte ich nicht vermeiden können, dass sich einige der Stachel bei ihrem Auftreffen in mein Fleisch bohrten. Ob mir der Wächter allerdings sein Gift injiziert hatte, wusste ich nicht.

Die Pflanze war sichtlich angeschlagen. Sie hing an der Brüstung, als sei sie einen Monat lang nicht mehr gegossen worden.

»Prill, bist du okay?«, fragte ich und leuchtete mit der Lampe in ihre Richtung.

Sie hob den Kopf und wischte sich das Haar aus dem Gesicht. »Glaub schon...«, murmelte sie und sah sich nach dem Wächter um, der sich mit Blättern und Ranken am Geländer abstützte. »Nur so müde. Keine Kraft mehr...«

»Komm hierher zu mir«, rief ich. »Na los, beeil' dich!«

Wie eine Schildkröte kam sie herangekrochen. Als sie in Greifnähe war, legte ich die Taschenlampe auf die Gitter, schnellte hoch, packte ihren Gürtel und zog sie neben mich, die Waffe unentwegt auf den Wächter und den Fahrstuhl gerichtet.

»Stan, oder wer immer du sein magst!«, rief jemand vom Lift herüber. »Hier ist Todd. Mach keinen Unsinn und leg die Waffe weg.«

»Hi, Todd«, rief ich zurück. »Wie geht's der Nase?«

Aus der Kabine kam eine Verwünschung.

Ich schüttelte Prill, die in einen Dämmerschlaf zu fallen drohte. »Geh zur Tür«, wies ich sie an und leuchtete abwechselnd zu ihr und den vier Männern im Fahrstuhl. Sie krabbelte träge die Stufen zum Ausgang hinauf. Hoffentlich rutschte sie in ihrem Zustand nicht aus und stürzte wieder nach unten. Ich folgte ihr rückwärts von Stufe zu Stufe, um sie zur Not auffangen zu können. »Und jetzt?«, fragte sie, als sie den Treppenabsatz erreicht hatte.

»Öffne sie.«

Ich hörte Prill an der Tür herumtasten. »Sie hat keine Klinke«, murmelte sie, »und keinen Griff. Hier ist alles völlig glatt.«

Ich verbiss mir einen Fluch. Gleichzeitig drangen aus der Tiefe klappernde, metallische Geräusche an meine Ohren, die meine Nervosität noch mehr steigerten. Dem Lärm nach zu urteilen mussten es mindestens drei Läufer sein, die die Treppe heraufkamen, wahrscheinlich sogar mehr. Sie hatten unsere Spuren durch die Lüftungsschächte verfolgt. Läufer waren flink. Bis sie den Steg erreicht haben würden, blieb Prill und mir höchstens noch eine Minute.

»Stan«, rief Bryan aus dem Lift, »komm zur Vernunft. Was du vorhast, ist reiner Wahnsinn.«

Ich beachtete ihn nicht, leuchtete hinauf zum Ausgang. Prill saß mit geschlossenen Augen an die Tür gelehnt. Ich hob die Pistole und schoss in die Luft. Prill schreckte auf. »Dort drüben!«, rief ich ihr zu und leuchtete einen Sensorschalter an, der neben der Tür installiert war. »Berühr' ihn, aber geh von der Tür weg, sie schwingt nach innen auf!«

Die Schritte der emporhastenden Läufer wurden lauter, klangen wie ein wild geschlagenes Stahlpercussion, das den Abgrund emporschwebte. Prill hatte den Schalter erreicht. Ein Öffnungsmechanismus summte, dann glitt die Tür auf und Licht begann, den Schacht zu erhellen. Vom Lärm übertönt, vernahm ich kaum Todds

Schritte, der meine Ablenkung ausgenutzt hatte und über den Steg auf mich zustürmte. Erst als er bereits die Treppe erreicht hatte, nahm ich seinen gelben Anzug wahr. Aus dem Reflex heraus schnellte ich herum und schoss. Er war viel zu nah, als dass ich ihn hätte verfehlen können. Zwei Schritte von mir entfernt wurde er zurückgeschleudert, prallte hart auf den Steg, rollte um seine Achse und war verschwunden. Dass es sich um Todd gehandelt hatte, glaubte ich erst aus dem gellenden Schrei herauszuhören, mit dem er in die Tiefe stürzte. Ich unterdrückte einen Fluch.

»Scheiße!«, zischte dafür jemand in der Fahrstuhlkabine. Im selben Moment schrie Prill auf, dann hörte ich ihren Körper auf dem Beton aufschlagen. Mein Herz setzte einen Schlag aus. Ich sah hinauf zum Ausgang. Die Tür war zur Gänze aufgeglitten. Im Gegenlicht erkannte ich eine spinnenartige Silhouette, so groß wie ein junges Kalb.

Es war ein Oberflächenläufer, eines der Exemplare, die durch die Wüste patrouillierten, um eventuelle Ausreißer wieder einzufangen und sie zurück zu den Stationen zu treiben. Er erinnerte an eine mutierte Winkerkrabbe, besaß zwei furchteinflößende Greifscheren; eine große, etwa siebzig Zentimeter lange, und eine kleinere, die etwa dreißig Zentimeter lang war. Nachdem die Maschine Prill mit ihrem Schockstrahl betäubt hatte, zuckte ihr ellipsenförmiger Kopf herum und zielte auf mich. Ich handelte, ohne zu denken. Die einzige halbwegs verletzliche Stelle dieses Metallungetüms war der Kopf mit den Tastantennen, Sehrezeptoren und Bewegungs-Sensoren. Ich feuerte darauf, bis das Magazin leer war. Funken stoben, Querschläger jaulten den Schacht hinauf. Der Läufer schlug wild mit seinen Fangscheren, brach zusammen und rutschte zum Treppenabsatz hinab. Blitzschnell wechselte ich das Magazin, sprang auf, hastete die Stufen empor, ergriff Prill und zog sie vor die Tür. Der Läufer blockierte mit seinem massigen Leib den Treppenaufgang. Ich schob ihn mit der Hüfte beiseite, um einen Korridor zu schaffen, und zog Prill über ihn hinweg. Auf Blessuren konnte ich keine Rücksicht nehmen. Sie würde ein paar Schürfwunden abkriegen, dazu ein paar Prellungen, als ich sie hinter dem Spinnenroboter unsanft auf die Stufen sinken ließ. Dann zwängte ich mich an der Maschine vorbei zurück zur Tür und hieb mit der flachen Hand auf den Sensorschalter, als die ersten Läufer die Treppe bezwungen hatten und den Steg erreichten. Sie waren allesamt nicht größer als das Exemplar, das Prills Haarknoten entschlüpft war, aber aufgrund ihrer Wendigkeit nicht minder gefährlich als die Oberflächenläufer. Es waren mehr als drei, die nach und nach durch das Geländer krochen. Als sich die Eingangstür bis auf einen vielleicht fünfzig Zentimeter breiten Spalt geschlossen hatte, zählte ich sechs von ihnen, die den Steg erklommen hatten und zum Ausgang strebten. Ich schoss wahllos auf die krabbelnden Maschinen. Einige von ihnen wurden durch die Wucht der Treffer von den Stufen gerissen und stürzten über den Steg zurück in die Tiefe. Der vorderste Läufer schaffte es trotzdem, durch den Spalt zu schlüpfen, der nachfolgende wurde von der zugleitenden Tür zu funkenschlagendem Schrott zerquetscht. Eine Sekunde benötigte der Läufer, um über den funktionslosen Körper des Oberflächenläufers zu klettern. Er besaß zwar keinen Strahler, dafür aber eine flexible, lange Metallzunge, die aus seinem Kopf herauszuckte, eine dünne, schwarze Nadel, schneller als ein Peitschenhieb. Eine Berührung der Zunge, und ein Stromstoß würde mich für Minuten lähmen. Rückwärts kroch ich die Treppe hoch, eine Hand auf den Stufen, die andere am Abzug der Waffe. Die Schüsse hallten ohrenbetäubend von den Wänden wider, die Projektile ließen Funken auf dem Läuferleib blitzen, schlugen gegen die Betonwände und das Metall der Tür. Suchend schwirrte die Schockzunge des Angreifers vor mir durch die Luft, zielte auf meine Beine und meinen Unterleib. Dann ertönte ein klirrendes Geräusch, und der Kopf der Maschine war verschwunden. Augenblicklich erstarrte der Läufer, elektrische Entladungen blitzten aus dem Loch, das die Kugel gerissen hatte. Der achtbeinige Torso rutschte vom Hinterleib seines riesigen Artgenossen, purzelte dann scheppernd die Stufen hinunter. Ich atmete durch und ließ die Waffe sinken. Erst jetzt vernahm ich den Tumult, der durch den Türspalt drang. Anscheinend bemühten sich die restlichen eingesperrten Läufer in sinnlosem Eifer, nach draußen zu gelangen, um Prill und mich zu stellen. Das Licht, das von außen in die Station drang, sagte ihnen, dass die Tür offen stand, aber sie waren nicht fähig zu erkennen, dass der Spalt zu schmal für sie war. Hirnlose Jagdmaschinen, halb intelligent und doch nur so töricht wie programmierte Soldaten; vorwärts, bis die Batterie erlischt.

Ich lief die Treppe hinauf, spähte nach links und rechts, konnte aber keinen weiteren Läufer entdecken. Daraufhin hechtete ich nach vorne, rollte mich ab und blieb – die Waffe aufs Dach über dem Eingang gerichtet – liegen.

Es war leer.

Misstrauisch steckte ich die Browning weg und rannte die Treppe wieder hinunter. Ich hob Prill vom Boden auf, warf sie über meine Schulter und trug sie zur Oberfläche, ehe einer der Sicherheitsbeamten den Läufern die Tür zu öffnen vermochte. Bis zur Straße waren es etwa einhundert Meter. Noch nie hatte ich Prill auf diese Weise aus der Station geschleppt. Als ich den Wagen erreichte, hatte ich Beine wie aus Pudding und keuchte wie ein Asthmatiker.

Der Pontiac war unversehrt, das Kraftfeld hatte den Läufer bei seinen möglichen Demontage-Attacken auf Distanz gehalten. Ich ließ Prill auf den Beifahrersitz sinken, löste die Handbremse, schob den Wagen mit letzter Kraft vom Straßenrand auf den Asphalt und sprang hinter's Steuer, als er von allein weiterrollte. Meine Muskeln schmerzten und zitterten von der Anstrengung, Schweiß lief mir übers Gesicht, meine Kleidung klebte am Körper. Prill, noch immer ohne Bewusstsein, lag dagegen sehr entspannt im Beifahrersitz. Hätte sie nur den Schockstrahl des Läufers abgekriegt, wäre sie wohl wieder beisammen gewesen, doch durch das Betäubungsgift des Wächters schlief sie wie ein Stein. Ich würde warten müssen, bis die Wirkung des Giftes nachließ und sie von allein wieder zu sich kam, ehe ich den *Schlüssel* an sie anschließen konnte. Gebe Gott, dass sie die Richtige war.

Als der Pontiac mehr als dreißig Kilometer gerollt war, entspannte ich mich ein wenig. Die Tachonadel klebte auf der 40-Meilen-Anzeige, der Fahrtwind hatte mir den Schweiß von der Haut getrocknet und vertrieb allmählich meine Angst. Während der letzten halben Stunde hatte ich unablässig in den Rückspiegel geblickt, in der Befürchtung, eine Schar Läufer könnte dem Wagen folgen. Aber die Straße blieb leer, und auch in der Wüste regte sich nichts.

Um mich abzulenken, hatte ich das Radio eingeschaltet. Gamma blieb stumm. Vielleicht feilte er an neuen zynischen Nachrichten aus der Scheinwelt. Wahrscheinlich aber wartete er nur gespannt, wie Prill auf den *Schlüssel* reagierte, und wollte sich vorher zu keinen übereilten Kommentaren hinreißen lassen. Er ließ sich auch nicht aus seinem Schweigen locken, als ich ihn rief. Aus den Boxen drang beharrlich Musik.

Ich machte mir zum ersten Mal seit langem wieder Gedanken über das Sterben. Die jüngsten Geschehnisse gaben genug Anlass dazu. Bisher waren Prills Entführungen ohne nennenswerte Zwischenfälle verlaufen, meine Vorgehensweise innerhalb der Stationen fast schon zur Routine geworden. Für den Ausfall des regulären Wächters der *Moths*-Station schien jedoch Gamma verantwortlich zu sein. Er hatte Hank verleitet und dadurch eine Kettenreaktion ausgelöst, die mich beinahe das Leben gekostet hatte. Hanks Beeinflussung war beabsichtigt gewesen, aber wie es aussah, hatte Gamma die Konsequenzen unterschätzt, die der Wächterdemontage folgten; der schleichende Zusammenbruch der Elektronik im Eingangsbereich, welcher es möglich gemacht hatte, dass die Tür bereits bei geringem Druck aufsprang, die Postierung dieses Pflanzenwesens, Prills unerwartete Beteiligung an Hanks Aktionen, letztendlich der Läufer in ihrem Haar, der zweifelsohne der Kontrolle gedient und seine Informationen an den Lord weitergegeben hatte. Womöglich hatte mir Gamma durch die indirekte Beseitigung des Wächters Prills Entführung erleichtern wollen. Vielleicht verleiteten ihn auch die zunehmenden Enttäuschungen mit den letzten fünfzehn Prill-Klonen und seine steigende Nervosität hinsichtlich des Gelingens seines mysteriösen Plans zu Fehlern. Gammas mangelnde Weitsicht und wachsende Unruhe zeigten jedoch, dass auch er – ob Mensch oder Lord – kein perfektes Wesen war. Was würde er unternehmen, falls ich über die Klippe sprang und seinen Plan zunichte machte? Ließ er mich sterben oder hatte er genug Einfluss auf diese Welt, um es zu verhindern? Besaß er ein Notprogramm, einen Plan B, der anlief, falls ich auf der Strecke blieb?

Nach weiteren vierzig Kilometern ließ ich den Wagen am Straßenrand ausrollen. Prill war noch immer ohne Bewusstsein. Ich zündete mir eine Zigarette an, lief ein paar Schritte in die Wüste und erleichterte meine Blase. Die Stille war erdrückend. Nicht einmal eine Grille zirpte in der ewigen Abenddämmerung. Das Plätschern meines Harns grenzte fast an Lärmbelästigung. Mein Blick schweifte in die Ferne, zu dem sich endlos dahinziehenden Bergrücken, der sich etwa sechs Kilometer entfernt erhob und parallel zur Straße verlief. Ein nahezu identischer Höhenzug begrenzte die Wüste jenseits der gegenüberliegenden Straßenseite. Er stieg sanft an und war nicht sonderlich hoch, seine Gipfel erhoben sich etwa zweihundert Meter über das Wüstenniveau. Auf den Grat zu gelangen war kein Problem, lediglich eine Sache der Kondition. Ich war einmal oben gewesen, und das Land, das ich auf der anderen Seite der Hügel gesehen hatte, war ebenso entmutigend gewesen wie die Straße und der Blick in den ewigen Sonnenuntergang.

Eine halbe Stunde verging, ehe Prill endlich die Augen aufschlug und sich erst verschlafen, dann jedoch zunehmend erschrocken umsah.

»Guten Morgen«, begrüßte ich sie vom Heck des Wagens aus.

Meine Stimme ließ sie zusammenzucken. Sie sah hinter sich. »Wo sind wir?«, nuschelte sie.

»Irgendwo zwischen dem Nirgendwo und der Ewigkeit.« Ich schloss den Kofferraum, stellte den Tornister, den ich ihm entnommen hatte, auf die Rückbank und stieg zu Prill in den Wagen.

»Wir sind draußen?«

»Ja«, bestätigte ich, schaltete wie beiläufig das Radio ein und ließ angenehm leise Musik laufen. Gamma sei bei uns...

Prill setzte sich auf, befühlte eine Beule an ihrem Kopf und die Schrammen an ihren Armen. Dann betrachtete sie das Abendrot und die Sterne, die zwischen den Wolken am Himmel hingen, ließ ihre Blicke über die Wüste wandern und sah dann in die finstere Nacht hinter uns.

»Sieht alles so friedlich aus«, meinte sie nach einer Weile. »So ruhig. Ich hatte geglaubt, der Himmel wäre grau, die Luft würde stinken und die Hitze unerträglich sein.« Sie strich durch ihr Haar und über ihre Arme, als könne sie nicht glauben, dass sich noch keine Geschwüre gebildet hatten, die verstrahlte Haut sich nicht in blutigen Fetzen abschälte und ihre Haare noch nicht büschelweise ausfielen.

»So schnell geht es nicht«, beruhigte ich Prill. »Es würde ein paar Tage oder sogar Wochen dauern, ehe du etwas merkst.«

»Ich fühle mich nicht gut«, murmelte sie. »Das ist bestimmt die Strahlenkrankheit...«

»Unsinn, du hast nur Angst.«

»Hast du einen Schutzanzug dabei?«

»Natürlich nicht.«

Prill zog sich die Pulliärmel über die Hände, als könne sie sie auf diese Weise vor Radioaktivität schützen.

»Prill, hör mir zu«, sagte ich und nahm ihre Hand, als ich sah, wie sie von Sekunde zu Sekunde unruhiger wurde. »Wenn sich alles wirklich so ereignet hätte, wie man es euch weiszumachen versucht, müsstest du doch bereits seit vier Jahren tot sein; als unmittelbare Reaktion deines Körpers auf die Explosion. Sagtest du nicht, um dich herum wäre nur noch Licht gewesen? Niemand hätte im Zentrum eines Atomblitzes auch nur eine Nanosekunde lang überlebt. Selbst wenn du dich nicht im Zentrum aufgehalten haben solltest, hätte dein Körper verdampfen oder zumindest eine tödliche Strahlungsdosis abkriegen müssen. Einen Kilometer entfernt hätten die Strahlen deine Körperzellen zerstört und deren Kerne zur Degeneration gebracht. Wenn du nicht sofort gestorben wärst, nach tagelangem Erbrechen, Kopfschmerzen, Übelkeit, Durchfall und Fieber wärst du es.

Angenommen, trotz des Lichts wäre dennoch nichts geschehen, so hätten in jedem Fall zehn bis fünfzehn Tage nach der Explosion – also bereits hier im Bunker – die ersten Symptome auftreten *müssen*; Haarausfall, Durchfall und Fieber. Fünfundzwanzig bis dreißig Tage nach der Explosion hätten die Blutkrankheiten folgen müssen; Zahnfleischbluten, das Austreten von Blut auf der Haut und den Schleimhäuten. Hast du eines dieser Symptome gezeigt?«

Prill schüttelte den Kopf, formte mit den Lippen ein ›Nein‹, aber kein Ton drang aus ihrem Mund.

»Der Rückgang deiner weißen Blutkörperchen hätte deine Widerstandskraft gegen Infektionen vermindert. Krankheiten wären die Folge gewesen, eine wunde Mundhöhle und Kehle, dazu Anämie und anhaltendes Fieber. Das Ende: furchtbare Infektionen in der Brusthöhle und auf der Haut. Du hättest dich innerhalb weniger Wochen in einen Tummelplatz der aggressivsten Tumore verwandelt. Am Ende hätte definitiv dein Tod gestanden.«

»Woher willst du das wissen?«, fragte Prill stockend. »Vielleicht hat man mich und die anderen geheilt.«

»Nein. Denn ihr wart niemals krank.« Ich wischte ihr die Tränen von den Wangen. »Du lebst, Prill. Nichts von all dem, was euch die Lords auf die Nase binden, ist geschehen, weder der Krieg noch seine Folgen. Das hier« – ich vollführte mit der Hand eine alles umfassende Geste – »ist ihre Realität, so künstlich wie deine Erinnerungen, dein Glaube; und letztlich sogar du selbst. Wir stehen mitten im Niemandsland. Die Station, in der du gelebt hast, liegt fast achtzig Kilometer hinter uns.«

»Ich kann mich an nichts erinnern«, sagte Prill. »Plötzlich stand da dieses Ding auf der Treppe...«

»Ein Oberflächenläufer«, erklärte ich.

»War das ein Tier?«

»Nein, eine Maschine, ein Roboter. Die Oberflächenläufer sind sozusagen die Big Daddy-Versionen der innerstationären Läufer. Sie sind eine Art Geländepolizei. Hier oben patrouillieren Hunderte dieser Biester, in jeder Zone mindestens ein Dutzend. Vorrangig werden sie von den Lords eingesetzt, um die Menschen zu den Bunkern zurückzutreiben, falls sich einer von ihnen hinauswagt und dabei so weit von der Station entfernt, dass er die Orientierung verliert. Zugleich dienen sie der Abschreckung. Ein Bewohner, der so töricht ist, aller Doomsday-Religion zum Trotz einen Spaziergang in die Wüste zu wagen und sich plötzlich einem Oberflächenläufer gegenüber sieht, wird es sich in Zukunft zweimal überlegen, ob er je wieder einen Fuß vor die Station setzt, wenn er diese erst einmal mit heiler Haut wieder erreicht hat. Lässt sich jemand nicht in Richtung Station zurücktreiben, wird er von den Läufern kurzerhand paralysiert und zurückgeschleppt.

Ihren Schockstrahl hast du ja vorhin am eigenen Leib zu spüren bekommen. Vor den Läufern davonzurennen hat keinen Sinn, denn sie können sich weitaus schneller bewegen, als ein Mensch zu rennen vermag. Ich habe Läufer abgeschossen, die sich mit dem Wagen auf gleicher Höhe befanden, und das bei einer Geschwindigkeit von siebzig Stundenkilometern. Glaub mir, solche Schauergeschichten von mutierten hüfthohen schwarzen Spinnen, die die verseuchte Wüste bevölkern, machen Eindruck auf all jene, die in den Stationen mit Hänschen-Klein-Gedanken spielen.«

Prill ließ ihren Blick fröstelnd über die Wüste wandern. An der Temperatur konnte es kaum liegen, denn es herrschten konstante dreißig Grad. Sie tastete unbeholfen die Beifahrertür ab, zog mal da, kurbelte mal dort und versuchte vergeblich, sie zu öffnen. Schließlich stieg sie über die Fahrertür aus dem Wagen und lief zaghaft einige Schritte in die Wüste. Ab und an bückte sie sich, berührte vorsichtig Gräser und Steine, nahm eine Hand voll Sand und ließ ihn durch ihre Finger rieseln. Ich ging ihr nach und beobachtete, wie sie staunend und verunsichert das Terrain erkundete.

»Es wirkt alles so echt«, wunderte sie sich, als sie bemerkte, dass ich ihr folgte. »Wie auf der Erde.«

»Hm. Ein warmer Spätsommerabend in Nevada. Und die Zeit steht still ... Schau dir die Wolken an.«

»Sie bewegen sich nicht«, stellte Prill nach einer Weile fest.

»Nichts außer uns bewegt sich hier. Es geht kein Wind, es gibt keine Tiere. Wir sind die einzigen Lebewesen im Umkreis von fünfzig Kilometern.«

»Glaubst du wirklich, wir sind auf einem anderen Planeten?«, fragte Prill.

Ich zuckte mit den Achseln. »Ich weiß nicht, wo wir

sind und ob wir die Erde wirklich verlassen haben; in einem Raumschiff oder sonst etwas«, sagte ich mehr zu mir selbst. »Vielleicht sind wir ja gar nicht so weit von ihr entfernt, sondern nur nebenan, in einem abgespaltenen Fragment, das die Lords kopiert, vervielfacht und wie Perlen an einer Kette aufgereiht haben. Ich kann mich nicht erinnern, auf welche Weise wir entführt wurden. Ich schlief neben dir – deinem Original – im Flugzeug ein und wachte hier am Straßenrand auf der Rückbank dieses Wagens wieder auf. Allein.«

Prill sah auf den Höhenzug. »Bist du schon mal in die Wüste gegangen?«, fragte sie. »Was liegt hinter den Hügeln?«

»Die Straße...« Ich zuckte hilflos die Schultern. »Man trifft wieder auf die Straße. Auf diese oder eine, die identisch mit ihr ist. Und auf der jemand wie ich an der gleichen Stelle einen identischen Wagen geparkt hat. Ich bin nicht sehr bewandert in Geologie oder Astronomie, aber das hier ist keine normale Welt. Sie gleicht eher einem langen, dünnen Schlauch. Wenn ich nach links loslaufe, komme ich nach ein paar Stunden von rechts wieder hier an. Die Vorderseite des einen Bergrückens ist die Rückseite des anderen. Und diese absurde Straße führt immer geradeaus, immer bergab. Bist du schon mal 6000 Kilometer weit einen Berg hinuntergefahren?« Prill hob ratlos die Augenbrauen. Mir wurde bewusst, dass es eine reichlich idiotische Frage war; in vielerlei Hinsicht. »Es ist paradox«, sagte ich. »Die Landschaft ist völlig eben, und doch geht es ständig bergab. Nichts kann aber ewig bergab gehen. Und wenn dieses Tal nur eine Rampe ist, die irgendwann mal irgendwo auf der eigentlichen Oberfläche einer Welt ankommt – Gott, welche Ausdehnung hat dann erst diese Welt?«

»Was glaubst du, welches Jahr wir schreiben?«, wechselte Prill das Thema. »Wie lange sind wir schon hier?«

Ich hatte Luft geholt, um mich über diagonale Ebenen und verschobene Schwerpunkte auszulassen. Prills Frage verwirrte mich für einen Moment. »Das Flugzeug startete 2017«, antwortete ich schließlich. »Falls hier die gleichen Zeitbegriffe gelten wie auf der Erde, müssten wir etwa das Jahr 2021 oder bereits 2022 schreiben.«

»Soll das etwa heißen, du fährst seit vier Jahren diese Straße entlang?« Prill sah mich fassungslos an.

»Nein, erst seit ein paar Monaten.«

»Das verstehe ich nicht.«

»Genau darüber zerbreche ich mir den Kopf. Ich besitze keine Erinnerung daran, jahrelang Bewohner einer Station gewesen zu sein. Die Menschen behaupten jedoch, sich seit fast vier Jahren in den Bunkern aufzuhalten. Ich weiß allerdings nicht, wie lange es gedauert hat, um die Klone zu züchten. Die Technik der Lords ist viel weiter entwickelt als unsere. Sie können ein paar Wochen dafür benötigt haben, aber es ist auch möglich, dass es Jahre gedauert hat. Vielleicht sind wir schon jahrzehntelang hier. Hinzu kommt, dass ich bisher keinem einzigen Menschen begegnet bin, der nicht von den Lords gezüchtet wurde. Ich traf nur Klone, so wie dich.«

Prill starrte irgendwohin in die Wüste.

»Ihre Originale, die mit mir im Flugzeug saßen, müssen irgendwo sein«, fuhr ich fort, »auf die Stationen verteilt oder dort, wo ich mich fast vier Jahre lang aufgehalten habe – oder aufgehalten wurde; an einem Ort, der keine Erinnerungen an sich zulässt.«

»Erinnerungen«, wiederholte Prill gedankenverloren. Sie hockte sich im Schneidersitz in den Sand, forderte mich mit einem Blick auf, es ihr gleichzutun. »Erzähl mir etwas über dich«, bat sie.

»Dazu müsste ich von Hank erzählen«, sagte ich ausweichend, als ich mich zu ihr gesetzt hatte. »Er ist meine Angst und meine Wut.«

»Hank? Der Spinner?«

Ich schmunzelte, erwiderte ihren erwartungsvollen Blick. »Genau der. Hank ist mein Zwillingsbruder.«

Prill war für eine Weile sprachlos. »Dieser Bekloppte?«, schnappte sie dann, studierte mein Gesicht, als suche sie Anzeichen einer verborgenen Geisteskrankheit. »Das wusste ich nicht.«

»Natürlich nicht. Hank ebenso wenig. Niemand auf dieser Welt weiß mehr, zu wem er gehört.«

Ein kurzer Anflug von Betroffenheit in Prills Gesicht. »Ihr seht euch nicht gerade ähnlich«, meinte sie.

»Nein, heute nicht mehr. Hank und ich sind das Resultat einer Liebe, die zu Ende war, bevor wir zur Welt kamen. Das war 1983 in Riverhead, einem kleinen Kaff auf Rhode Island. Für meine Mutter waren wir die schmerzhafte Erinnerung an den Vater, und für meinen Vater existieren wir nicht, weil er keine Ahnung hat von unserer Geburt. Ich kann mich nicht an unsere Mutter erinnern, weiß nicht einmal ihren Namen. Sie gab Hank und mich zur Adoption frei, als wir ein Jahr alt waren. Wir wuchsen bei kinderlosen Pflegeeltern in Scarsdale auf, einem Vorort von New York. Dort wurden wir liebevoll aufgezogen, zwei Jungen, denen es an nichts fehlte.

Obwohl wir Zwillinge sind, entwickelte sich Hank von früh auf anders als ich. Die Welt schien immer irgendwie schneller zu sein als er. Wenn ich meine Pflegeeltern danach fragte, sagten sie nur, Hank wäre ein Träumer.

Dann sahen sie einander vielsagend an, lächelten verlegen und schwiegen. Ich war damals noch nicht reif genug, um zu begreifen, was sie meinten.

Ich wurde Hanks einziger Verbündeter im Kampf gegen seinen Geist, der die Welt von ihm abdrängte; derjenige, der ihm beibrachte, wie man Fahrrad fährt oder Fußball spielt. Später unternahmen wir Radtouren in die Umgebung. Manchmal blieben wir sogar über Nacht weg, schliefen draußen im Heu und redeten über die Zukunft und wie das geht mit den Mädchen. Ich war der Fixstern seines Lebens, ohne es zu wissen, der Pfeiler, der seine Welt stützte.

Als ich mit zweiundzwanzig unser Elternhaus verließ und mit einem Mädchen aus Richmond zusammenzog, begann Hank – seines Verbündeten beraubt – innerlich aus der Familie zu emigrieren. Plötzlich stand ich für ihn auf der anderen Seite, war ein Teil der Bedrohung geworden. Das Mädchen aus Richmond war nebenbei bemerkt dein Original.

Mit vierundzwanzig verabschiedete sich Hank in einer Nacht-und-Nebel-Aktion Richtung Süden. Er stellte sich einfach mit 1500 Dollar in der Tasche an den Highway. Sechs Jahre war er unterwegs, ohne dass jemand aus der Familie ein Lebenszeichen von ihm erhielt, kletterte durch die Appalachen, meditierte mit einer Sekte in Texas, jobbte in Mexiko für eine Minengesellschaft, und wenn er sich einsam fühlte, kämpfte er mit Drogen dagegen an, die immer billiger wurden, je weiter er nach Süden kam. Ich arbeitete zu dieser Zeit als Mechaniker in einer Autowerkstatt, begann nebenher zu fotografieren, immer nach Feierabend. Ich fotografierte New York und seine Menschen bei Nacht. Es gab keine einzige Aufnahme bei Tageslicht. Dann kam der Freund der Freundin eines Freundes, sah die Aufnahmen und legte sie einer Fotoagentur vor. Sie luden mich zu einem Gespräch ein, und nach vier Jahren Graberei in dreckigen Motoren war ich plötzlich Fotoreporter.

Als Hank zurückkehrte, war er braun gebrannt und muskelbepackt, aber für ein bürgerliches Leben nicht mehr biegsam genug. Er heuerte als Koch auf einem Frachter an, ohne zu wissen, wie man Kartoffeln brät, wurde Matrose, Trucker und Veranstaltungsbetreuer. Planlos, wie ein Zufallsspieler beim Roulette, platzierte er seine Einsätze. Ein Treffer war nicht darunter. Zuletzt schleppte er als Hilfsarbeiter in einer Schlachterei Schweinehälften und stinkende Knochen, schnitt Fleisch in mundgerechte Stücke und sich selbst manchmal in den Finger. Weil das Pökelsalz die Wunden nicht heilen ließ, kündigte er nach drei Monaten und beschloss, ein völlig neues Leben zu beginnen. Er tat es wie jemand, der sich jeden Rückzug verbaut, weil er an der eigenen Entschlossenheit zweifelt: rasierte sich die Haare ab, heftete sich einen Superman-Button an die Brust und pinkelte vor den Augen anderer auf den Friedhof. Als er anfing, in Übermaßen zu Essen, weil er glaubte, jemand würde die Nahrung ständig wieder mit unsichtbaren Strahlen aus seinem Magen entfernen, schleifte ich ihn nach Caldwell in die Psychiatrie. Nicht aus Bosheit oder Bequemlichkeit, sondern weil unsere Pflegeeltern und ich mit unseren eigenen Mitteln und Möglichkeiten, ihm zu helfen, am Ende waren.

Die Anlage liegt im Grünen, am Passaic River. Sie ist ein großzügig angelegtes Dorf, das selbst dem vorurteilsbelasteten Besucher ein »Nein-wie-ist-das-nett-hier« entlockt. Dort begegnete ihm Lynelle, die Inkarnation seiner sentimentalen Vorstellung vom Glück. Das erste freie Wochenende außerhalb der Klinik verbrachten sie in East Orange, wo Lynelle noch eine Wohnung hatte. Sie rannten über die Wiesen, lachten über jede Albernheit, schliefen miteinander und besetzten dann ein Motel, wo sie den Gästen Vorträge über Anarchie und das Ende des Kapitalismus hielten. Hank fühlte sich wie unter Drogen: berauscht, schwerelos und meilenweit entfernt von den Problemen, die er sonst mit sich und den Menschen hatte. Er komme nach Richmond, um mich zu besuchen, hatte er mir ausgelassen am Telefon erzählt. Ich hatte die Katastrophe nahen sehen, aber nicht an sie geglaubt.

Nach dem Wochenende begleitete er Lynelle zurück in die Klinik, stahl den Wagen des Chefarztes und rammte ihn in einem irrationalen Glücksgefühl mit 100 Sachen auf gerader Strecke gegen einen Baum. Das Auto war ein Haufen Schrott, Hank selbst trug keine Schramme davon. Er sagte zu mir, es sei das Schönste gewesen, was er seit langem erlebt hatte. Ich fuhr ihn zurück in die Klinik. Hank erklärte, er fühle sich nicht krank, eher unverwundbar und voll überquellender Kraft. Zu diesem Zeitpunkt hatte er bereits jene Schwelle übertreten, hinter der eine Region liegt, die wir fürchten. Er rannte gegen die Mauer an, die ihn von unserer Welt trennte, aber je heftiger er sich gegen sie warf, desto stärker prallte er von ihr zurück, bis er irgendwann die Kraft verlor. Ihm fehlte die Bremse im Kopf. Er raste wie ein steuerloser Wagen auf einer Gefällstrecke, ohne Möglichkeit, die Richtung seiner Fahrt zu bestimmen und immer mit dem Risiko, aus der nächsten Kurve zu fliegen. Als wir in der Klinik angekommen waren, hatte er sich mit der ganzen Kraft seines Körpers gegen die Beruhigungsspritze des Arztes gestemmt, der ihn nun als dringende Gefahr für die öffentliche Sicherheit und Ordnung sah.

Die darauf folgenden Wochen verbrachte Hank in einem Zimmer ohne Griffe am Fenster und ohne Klinke an der Tür. Bewegen durfte er sich lediglich zwischen dem Schlafzimmer, dem Speisesaal, einem Aufenthaltsraum mit Fernseher und dem Raucherbalkon. Wenn ich ihn besuchte, schritt er meistens über den Flur, während er mit mir redete, mit weit ausholenden Schritten und pendelndem Oberkörper, weil Gehen, wie er meinte, die einzige Freiheit war, die er noch hatte. Hin und wieder schnorrte er Zigaretten von den Pflegern und verqualmte sie auf dem Balkon wie wertloses Altpapier; zog heftig und paffte ohne genießende Pause, bis der Rauch zu heiß wurde und nicht mehr schmeckte. Dann drückte er die Zigarette halb geraucht aus und zündete sich eine neue an. Die medizinische Dauerversorgung empfand er als Strafe. Er fluchte, schimpfte und schlug um sich. Dann telefonierten die Pfleger um Verstärkung, hielten ihn zu dritt fest, damit der vierte ihm die Spritze in den Hintern stoßen konnte; 100 Milligramm Neurocil, und abends die doppelte Menge. Es zerbröselte seine Wut, nahm ihm die Ausdauer und raubte seine Konzentration.

Nach acht Wochen zeigte Hank keine Auffälligkeiten mehr. Nach dem Urteil der Ärzte hatten die Spritzen die zirkuläre Verlaufsform der Psychose weggespült. Sie gaben ihm eine dreißigprozentige Chance, dass die Krankheit nicht wieder ausbricht, und entließen ihn in die Freiheit.

Dort hatte Lynelle mittlerweile ein Nest für das gemeinsame Leben gebaut, eine kleine Zwei-Zimmer-Wohnung. Hank bastelte und malte viel, Lynelle sicherte als Büroangestellte das Überleben. Sie stritten oft und liebten sich heftig. Das rauschhafte Glück des ersten Wochenendes mit Lynelle aber erlebte Hank nicht mehr. Er sah in der Beziehung plötzlich eine reine Bumsgemeinschaft, ein gegenseitiges Aussaugen, ohne wirkliche Nähe. Emotionslos zerlegte er die gemeinsame Wohnung: Er riss die Tapeten von den Wänden, zerkleinerte den Kleiderschrank, trat die Türen aus den Angeln und schmiss die Bücher vom Regal. Als er die Trümmer aus dem Fenster warf und im Hof anzündete, wurden Nachbarn aufmerksam und riefen die Polizei. Weil Hank bereits als ›Freitodsuchender‹ aktenkundig war, brachten ihn die Beamten wieder ins Krankenhaus. Seine Freiheit hatte keine vier Monate überdauert.

Die Diagnose lautete nun ›schizo-affektiv‹. Seine Angstgefühle hatten sich mit Wahnideen durchmischt, vermuteten die Ärzte. Der Oberpfleger ließ ihn ans Bett fesseln, eine, wie er mir sagte, vorbeugende Maßnahme zum Schutze des Patienten. Zusätzlich wurde mit einer Spritze in Hanks Hintern vorgebeugt. Da Hank seine Garderobe komplett vernichtet hatte, stellte ihm die Station das Nötigste zur Verfügung. Nach einer Phase strenger Medikamentierung und aufmerksamer Beobachtung öffnete man ihm erneut die Tür nach draußen.

In den folgenden zwei Jahren wurde Hank uns allen immer mehr zum Rätsel. Einmal verschenkte er alles, was er besaß, dann verbrannte er seine selbstgemalten Bilder. Ein andermal trampte er nach Florida. Als er zurückkehrte, spülte er seine Kleider durch die Zugtoilette und rannte nur mit Klopapier umwickelt durch die Abteile. Nie wusste er eine Antwort auf das Warum. Gelegentlich kam er freiwillig in die Klinik, wenn ihm die Beziehung zu Lynelle über den Kopf wuchs. Als Lynelle das gemeinsame Kind abtrieb, schluckte er Schlaftabletten. Es war das Ende ihrer unheilvollen Verbindung. Die Ärzte beschrieben ihn zu dieser Zeit als

»grimmig gespannt, düster lauernd, misstrauisch und reizbar«. Sie registrierten eine »ängstliche Ratlosigkeit, Antriebsschwäche und inhaltliche Denkstörungen«. Er war mittlerweile das, was die Ärzte einen Drehtür-Patienten nennen, den immer wiederkehrenden Dauerfall, ein Heimatloser zwischen draußen und drinnen.

Eines Tages, in einem neuerlichen Anfall von Glückseligkeit, kaufte er sich einen Kanister Nitro-Verdünnung, setzte sich damit im Schneidersitz auf einen Bahnsteig und steckte mit einem Streichholz seine nitrogetränkte Kleidung in Brand. Ehe er sich ernsthafte Verbrennungen zuziehen konnte, hatten aufmerksame Bahnbeamte die Flammen bereits wieder gelöscht. Nach diesem Vorfall wechselte er im Krankenhaus von der ›Reparatur-Werkstatt‹ ins ›Parkhaus‹; in den Langzeit-Bereich. Dort sitzen die Bewohner zehn Stunden am Tag auf demselben Stuhl und wackeln mit dem Kopf, starren aus dem Fenster des Aufenthaltsraums oder schlurfen hundertmal über den Gang wie aufgezogene Puppen, mit kurzen, steifen Schritten und schiefgeneigtem Kopf. Zusammen mit unseren Pflegeeltern hatte ich eine Beschwerde gegen Hanks Unterbringung eingereicht, doch der zuständige Richter entschied in Einklang mit dem Chefarzt, dass »in Anbetracht von Hanks Persönlichkeitsdefekten die Aussichten für eine Rehabilitation mehr als fraglich seien«. Hank drohte ihm daraufhin Schläge an und wollte das Schwesternheim in die Luft sprengen. Seine Lebensamplituden klafften mittlerweile so weit auseinander, dass er sie selbst nicht mehr überblicken konnte. Am Ende war er ein Mensch, dessen Verhalten sich jeder Deutung entzog und dessen Riss im Kopf auch die Ärzte nicht mehr zu verschweißen vermochten.«
Nach einer kurzen Pause sagte ich: »Ich bin sein Zwil-

lingsbruder. Vielleicht tickt in mir die gleiche genetische Zeitbombe wie in Hank.«

Ich zündete mir eine Zigarette an, rauchte schweigend und fast so gierig wie Hank. Prill wirkte betroffen und ratlos, bat ebenfalls um eine Zigarette. »Hast du die aus den Stationen?«, wollte sie wissen und drehte die John Players-Packung in den Fingern.

»Ja. Es sind keine gewöhnlichen Zigaretten, nur die Marken sind kopiert. Du musst dich nicht erst an sie gewöhnen. Ihr Rauch besitzt dieselbe Wirkung wie der von echten Zigaretten, aber er schmerzt nicht und lagert keinen Teer in der Lunge ab. Vielleicht ist es ja gar kein Rauch, was weiß ich. Es ist mir egal. Ich glaube nicht, dass die Lords unsere Raucherlungen geklont haben. Diese Pseudo-Zigaretten sind jedenfalls nicht schädlich, sonst wären sie nachteilig für das Projekt.«

So saßen wir, rauchten und sahen in die Ferne.

»Eins verstehe ich nicht«, meinte Prill irgendwann. »Du sagtest, diese Lords hätten nur gesunde Menschen ausgesucht. Wie kam Hank dann an Bord des Flugzeugs?«

»Die Geschichte ist noch nicht zu Ende«, erklärte ich. »Ein halbes Jahr vor unserer Verlobung...« Ich stockte, grinste verunglückt.

»Schon okay«, meinte Prill.

»Hm. Also, damals lud uns der leitende Arzt zu einem persönlichen Gespräch ein. Angesichts der minimalen Heilungschancen schlug er vor, es in Hanks Fall mit einer Laser-Stereotaxie zu versuchen. Es ist ein Verfahren zur Behandlung von Hirntumoren, wird aber aufgrund der Fortschritte in der Lasertechnik seit einigen Jahren auch erfolgreich bei schweren Psychosen angewandt. Ob Tumor oder Geisteskrankheit, letztlich ist es nur ein neuraler Defekt. Ich stellte mich entschieden gegen einen solchen Eingriff, meine Pflegeeltern meinten, sie bräuchten Bedenkzeit. Während ich bald darauf für zwei Wochen im Auftrag meiner Agentur im Ausland unterwegs war, gaben sie ihre Erlaubnis für den Eingriff.

Als ich Hank wiedersah, war er ein anderer Mensch. Zahm, gesittet, freundlich, treuherzig, von geradezu edler Harmlosigkeit, ein Ritter der Einfalt. *Unauffällig*. Er erinnerte sich an alles, ob schön oder grausam, aber bewertete das eine wie das andere gleich. Ich war erschüttert und sagte meinen Pflegeeltern offen ins Gesicht, was ich über sie und das, was sie angerichtet hatten, dachte. Hank stand daneben und wirkte, als wäre er allen weltlichen Dingen entrückt. Seither habe ich die Fürsorge für meinen Bruder, der zwar funktioniert, aber zugleich für den Rest seines Lebens auf einen Menschen angewiesen ist, der ihn durchs Leben navigiert. Aus diesem Grund, und weil ich ihn keinem anderen Menschen anvertrauen wollte als deinem Original und mir, war er an Bord. Er ist nicht mehr erzürnt oder enttäuscht, wenn ihm Schlechtes widerfährt, und ist zu keiner Begeisterung und Freude mehr fähig, wenn er etwas Schönes erlebt. Eins ist für ihn wie das andere, ein ständiger Gefühlsgleichklang, und alles ist in Ordnung. Für die Ärzte gilt er als geheilt, die Lords wähnten ihn gesund. Daher haben sie die nach wie vor in seinem Erbmaterial enthaltene genetische Information für seine Krankheit mitgeklont.«

»Das ist also der Grund«, analysierte Prill. »Du hasst die Lords, weil sie unsere Persönlichkeit in gleicher Weise manipuliert haben wie die Ärzte die deines Bruders. Und du hasst uns Klone, weil wir brav und ergeben das sind, was wir sein sollen, und glauben, was wir glauben müssen; wie Hank. Weil du in uns tausendgestalt das siehst, was sie deinem Bruder angetan haben.«

»Ja«, sagte ich zerknirscht. »Und weil ich mir in jeder Station ins Angesicht sehen kann, um zu wissen, was für ein lobotomierter Schoßhund ich sein werde, wenn die Krankheit auch bei mir ausbricht und irgendwann behandelt wird, sobald ich am Widerstands-Nullpunkt angekommen bin.«

»Uns trifft keine Schuld an dem, was mit uns passiert ist«, sagte Prill. »Woher hätten wir es denn wissen sollen? *Woher*, Stan?«

Ich stand auf und klopfte mir den Sand ab. Dann half ich Prill, aufzustehen, und sagte: »Komm, lass mich dir etwas zeigen.«

Während ich den Tornister auf der Rückbank öffnete, beschäftigte sich Prill mit der Beifahrertür. Sie hatte beobachtet, wie ich diese von außen geöffnet hatte, um sie einsteigen zu lassen, indes man auf ihrer Innenseite vergeblich einen Türhebel suchte. Die Kunststoffmulde war noch vorhanden, aber der Hebel fehlte. Ich hatte ihn herausgebrochen, damit Prills Klone vor den Barrieren nicht einfach die Tür öffnen und sich aus dem fahrenden Wagen werfen konnten. Sie mussten erst außen zum Türgriff fassen oder über die Tür klettern, um auszusteigen. Beides war umständlich und kostete Zeit; wertvolle Sekunden, die ich benötigte, um rechtzeitig reagieren zu können.

Was diese Prill jedoch gerade trieb, gefiel mir gar nicht. Sie hatte ihren Arm über die Tür gestreckt, öffnete diese, schlug sie wieder zu und öffnete sie erneut, so lange, bis sie den Griff an der Außenseite blind fand. Zufrieden ließ sie sich schließlich in den Sitz zurücksinken. Sie schaute sich nach mir um, und ich bemerkte im

Augenwinkel, wie sich ihre Augen verengten, als sie sah, was ich dem Tornister entnahm. Als ich den *Schlüssel* zum ersten Mal ausgepackt hatte, hatte ich ihn für eine Art Atemschutzmaske gehalten. In seinem Ruhezustand wirkte er recht unspektakulär, ein elegantes, futuristisch geformtes Stück Metall, grünlich glänzend und wie aus einem Guss gefertigt. Er war nicht sonderlich schwer, kaum mehr als zwei Pfund, und ließ sich durch einen Fingerdruck aktivieren. Man konnte die Taste nicht sehen, denn sie lag unter der Metallhülle. Einmal aktiviert, wurde der *Schlüssel* zu einem metamorphen Instrument, das so anschmiegsam war wie Gummi. Er fühlte sich dann auf eigenartige Weise organisch an, wirkte wie ein lebendes Wesen aus Metall. Gamma hatte erzählt, der *Schlüssel* stamme aus einer Welt, in der keine tote Materie mehr existiere; selbst Stein oder Metall seien dort wie jedwede andere Substanz von Geist erfüllt und besäßen die Fähigkeit, sich selbst zu lenken und anzupassen. Der *Schlüssel* war dadurch noch lange nicht intelligent, trug kein Bewusstsein in sich und war auch nicht bis zum Platzen mit Biochips gefüllt, aber er besaß einen Instinkt, der ihn wissen ließ, was er zu tun hatte. Die Antwort, wie es möglich sein konnte, dass ein Gerät aus Metall eigenständig handelte, blieb mir mein Mentor bis heute schuldig, ebenso, von wem der *Schlüssel* stammte. Ich vermutete jedoch, es handelte sich um ein Artefakt der Lords.

Was wie eine starre Metallmaske wirkte, war in Wirklichkeit eine Schale, die sich dem Hinterkopf anzupassen vermochte. An ihrer Unterseite befand sich ein zylinderförmiges Gehäuse, das den eigentlichen Schlüssel barg, eine Art halborganischen Fühler, ähnlich dem der Stationsläufer. Am Boden der Schale befand sich eine vaginaartige Öffnung, durch die er aus seinem Futteral in den Cortexkanal der Klone eindringen konnte. Den Fühler sah Prill im Moment natürlich noch nicht, ebenso wenig das, was sie erfahrungsgemäß am meisten abschreckte.

»Was ist das?«, wollte sie wissen, als ich neben ihr Platz nahm, und wich so weit vor dem Instrument zurück, wie es der Beifahrersitz zuließ.

»Ich nenne es den *Schlüssel.*«

Prill musterte das bizarre Gerät. »Und was ... öffnet dieser Schlüssel?«

»Dein Bewusstsein – sofern du die bist, die ich suche. Sein Fühler dringt in dich ein wie der des Läufers in der Station.«

»Du ...« Prill wurde kreidebleich. »Du willst mir dieses Ding in den Kopf stecken?«

»Es koppelt sich automatisch an. Schau.« Ich aktivierte das Gerät, und sechs bleistiftdicke Metalltentakel, die sich um Kopf, Wangen und Nacken legten und den *Schlüssel* am Hinterkopf fixierten, entwuchsen dem Rand der Schale. Aus dem Schlitz im Zentrum glitt langsam, suchend, der geschmeidige weiße Fühler, der wie eine Dolchklinge mit winziger goldener Spitze geformt war. Der *Schlüssel* ähnelte mit seinen Greifarmen nun einem grotesken Polypen, und damit begann das Problem. »Keine Sorge, es tut nicht weh«, beteuerte ich, als ich sah, wie Prill das Instrument anstarrte. »Deine Vorgängerinnen waren anfangs ebenso erschrocken, empfanden die Prozedur dann aber als sehr erotisch.« Ich ließ den Fühler wieder in die Scheide zurückgleiten. »Beug' den Kopf ein wenig vor, damit dein Nacken frei liegt.«

Prill schüttelte den Kopf.

»Okay.« Ich legte ihr das Instrument auf den Schoß. »Freunde dich ein paar Minuten damit an.«

Frauengesichter besitzen ein unglaubliches Repertoire an mimischen Ausdrucksmöglichkeiten. Ebensogut hätte ich Prill einen halbierten Embryo oder einen Korb Skorpione in den Schoß legen können. Sie hob abwehrend ihre Arme, streckte die Beine aus und starrte den *Schlüssel* an, als ließe er sich allein Kraft ihrer Blicke aus dem Wagen schleudern und metertief im Wüstenboden vergraben. Ihre Haltung glich der unsinnigen Bemühung, möglichst viel Abstand zu dem Ding zu gewinnen, obwohl es auf ihr drauf lag. Prill spreizte die Beine, und der *Schlüssel* rutschte zwischen ihren Schenkeln auf den Sitz.

»Nimm das weg!«, zischte sie. »*Nimm es weg!*«

Ich ergriff das Instrument, und Prill sank langsam auf ihren Sitz zurück. »Mach das nie wieder!« Ihre Stimme vibrierte mit einem drohenden Unterton.

Wie komprimiert man eine rücksichtsvolle Schock-Therapie auf eine Zigarettenlänge? Prill hatte eine Phobie vor Geschöpfen wie Riesenspinnen, Krabben oder Kraken. Alles, was mehr als vier Beine besaß und größer war als eine Fliegenklatsche, verfluchte und verteufelte sie in die tiefste Gehenna. Ob die Kreatur aus Fleisch, Metall oder Sauerteig bestand, spielte dabei keine Rolle, solange sie sich nur *bewegte*.

»Sieh her«, startete ich einen weiteren Versuch, setzte mir den *Schlüssel* an den Nacken und aktivierte ihn. Augenblicklich klammerte sich das Gerät fest und suchte mit seinem Fühler den Eingang in meinen nicht vorhandenen Cortexkanal. Ich wusste nicht, ob die Tatsache, an mir zu scheitern, das Instrument überfordern konnte. »Es ist wirklich nicht schlimm«, versicherte ich Prill und deaktivierte den *Schlüssel*, bevor er auf die Idee kommen konnte, mir ein Loch ins Genick zu bohren.

»Dir kann er ja auch nicht dieses Fühler-Ding in den Kopf stecken«, konterte sie. »Hast du denn eine

Ahnung, wie es sich anfühlt, wenn ein Läufer an dir hängt und seine Zunge in deinem Hirn stecken hat? Du befreist mich von einer Maschine, nur um mir die nächste anzusetzen. Bist du denn bescheuert? Das lass ich nicht mit mir machen...!«

Und so weiter, und so fort.

Es dauerte eine halbe Ewigkeit, bis ich endlich Prills Vertrauen wiedergewonnen hatte und sie überreden konnte, über ihren Schatten zu springen. Während sie einen schier unerschöpflichen Vorrat angstgeborener Ausreden, Argumente und Vorurteile gegenüber der »neuen Metallkreatur« ins Feld führte, schwirrte mir am Ende nur noch der Kopf.

Als sich ihr die Tentakel um Stirn, Wangen und Hals legten und der *Schlüssel* sich an ihren Nacken schmiegte, gab sie eine undefinierbare Folge von Lauten von sich, die ihren ganzen Gräuel vor dem Instrument ausdrückten. Ich konnte ihr die Angst nicht übel nehmen. Wer ließ sich schon gerne an eine obskure Apparatur anschließen, die einem gleichzeitig die Luft abzuschnüren und im Gehirn herumzustochern drohte? Prill machte ein Gesicht, als hätte sich eine Nesselqualle an ihren Hinterkopf geheftet. Ihr Atem ging stoßweise, und selbst im herrschenden Dämmerlicht konnte ich erkennen, dass sie kreidebleich war. Als der Fühler in sie eindrang, holte sie scharf Luft und krallte ihre Finger in die Polster des Sitzes. Dass ich ebenfalls bis zum Äußersten angespannt war, wie – und ob – sie auf den Schlüssel ansprach, bemerkte sie in diesen Sekunden nicht. Mein Puls schlug wie der eines jungen Hundes. Prill war verstummt, wartete wie versteinert auf das, was ihr das Instrument antun mochte.

Über eine Minute saß sie schweigend so da.

Es geschah... nichts.

Ich schloss die Augen, ließ meinen Kopf auf das Lenkrad sinken. Willkommen im Wunderland *Desillusion*. Werfen Sie bitte eine Münze in den Schlitz neben dem Radio und wählen Sie ein Wunder Ihrer Wahl. Entscheiden Sie zwischen a) einem seelenlosen Dummkopf, der die Drecksarbeit für Sie erledigt, b) einem Revolver mit Kugeln, die glücklich machen, c) einem tiefen Loch, in das Sie hineinspringen können, oder d) Gamma, der mit gespreizten Beinen darauf wartet, Ihren Stiefel in die Eier getreten zu bekommen.

»Ich finde das ganz und gar nicht erotisch«, beklagte sich Prill irgendwann gedämpft, als hätte sie Angst, ein lautes Wort könnte den Schlüssel zu einer tollwütigen Attacke auf ihre Gehirnmasse verleiten. »Es ist ekelhaft.«

Ich antwortete nicht, hatte meinen Ellbogen auf die Fahrertür und meinen Kopf in meine Hand gestützt. Mein Blick schweifte in die Ferne.

»Was passiert denn jetzt?«, fragte Prill.

»Nichts passiert«, antwortete ich schroffer als beabsichtigt. »Du bist die Falsche.«

»Dann – nimm mir bitte dieses Ding wieder ab«, bat Prill.

Ich löste den Schlüssel von ihrem Hinterkopf und deaktivierte ihn. Prill rieb sich mit der flachen Hand über ihren Nacken, als wäre er von etwas Abscheulichem beschmutzt. Als ich das Instrument wieder im Tornister und diesen im Kofferraum verstaut hatte, entspannte sie sich zusehends. »Was machen wir jetzt?«, wollte sie wissen. »Fahren wir ein Stück?«

Ich schluckte. »Ich kann dich nicht am Leben lassen, Prill.«

»Bitte?« Prill wirkte amüsiert und entrüstet zugleich. »Das ist ein reichlich geschmackloser Witz, Stan«, empörte sie sich, mit einem leisen Hauch von Hysterie in der Stimme, und sah demonstrativ in die Wüste. »Lass uns doch ein paar Sachen einpacken und rüber zu den Bergen marschieren«, schlug sie vor. »Ich war so lange in diesem Bunker, jetzt möchte ich die Welt mal wieder von oben sehen.« Sie wandte sich mir zu, Abenteuerlust glänzte in ihren Augen. »Wir könnten den Grat entlangwandern und...« Prill stockte, als sich unsere Blicke kreuzten. Sekundenlang las sie in meinen Augen. »Es war kein Witz...«, stellte sie schließlich tonlos fest.

»Nein, Prill.« Ich wich ihrem Blick aus, griff in meine Jacke und zog die Browning hervor.

»O, Scheiße, Mann ... Stan, bist du bescheuert?!« Prill stieß sich mit der linken Hand verschreckt von mir ab, während ihre rechte suchend über die Tür zum Türgriff kroch. Wortlos entsicherte ich die Waffe, lud sie durch. Meine Hände besaßen ein Eigenleben, die Handgriffe erfolgten automatisch, meine Augen fixierten das Pontiac-Symbol auf der Mitte des Lenkrads. Drei Sekunden, und die Mündung zielte zwischen Prills Augenbrauen.

Prill saß erstarrt, den Blick wie hypnotisiert auf die Pistole gerichtet. »Das – bringst du nicht fertig«, flüsterte sie.

»Ich habe es schon über ein Dutzend Mal fertig gebracht«, entgegnete ich, ohne sie anzusehen. Zu gut wusste ich, was sich in diesen Momenten in ihren Augen widerspiegelte.

Prill öffnete den Mund, fand aber keine Worte. Sie schüttelte wie in Zeitlupe den Kopf, als könne sie dadurch der Bedeutung meiner Worte die Absolutheit nehmen. »Das ist nicht dein Ernst...«, stotterte sie schließlich. »Das kann unmöglich dein Ernst sein!«

Ich atmete tief durch, ließ die Hand mit der Waffe sinken und strich mit den Fingern über ihren Lauf. »Tut mir Leid, Prill. Es ist die Wahrheit.«

Ich fühlte ihre Hand an meiner Schulter, spürte, wie sich ihre Finger in das Leder der Jacke krallten. »Du hast *mehr als zwölf* von mir getötet?« Ihre Stimme klang erstickt.

»Fünfzehn...«, präzisierte ich.

Wieder dieses gottverdammte Schweigen.

»Einfach erschossen? Nur, weil sie nicht auf dieses Schlüsselding reagiert haben?«

»Es kann – es *darf* dich in keiner Zone zweimal geben«, unternahm ich einen Versuch, ihr das Unausweichliche zu erklären. »Ich musste es tun.«

Prill schnaubte verächtlich. »Waren ja nur Klone, nicht wahr?«

»Nein«, beteuerte ich und sah die Frau offen an. »Es warst jedes Mal du.«

»So? Hat es dir denn überhaupt nichts ausgemacht?«

»Das erste Mal«, erzählte ich, »bin ich danach an den Straßenrand gefahren, habe den Wagen angehalten und Blut und Wasser geheult. Ich konnte nicht glauben, was ich getan hatte.«

»*Das erste Mal?*«, brauste Prill auf. »Du bist ja völlig bescheuert! Glaubst du, ich habe mich von dir dahergekommenem Cowboy mit diesem idiotischen Märchen über Außerirdische aus der Station locken und hierher in die Prärie schleppen lassen, damit du mich am Ende abknallst wie einen unliebsamen Hund? *Ich lebe,* Stan! Ich weiß nicht, ob dir die Bedeutung dieses Wortes bewusst ist. Ich fühle! Ich habe eine Erinnerung, eine Seele! Vielleicht ist beides künstlich, aber was spielt das denn für eine Rolle? Ich hänge an meinem Leben, du Arschloch!«

»Prill!« Ich ergriff ihre Schultern. Sie wandte ihr zur Grimasse verzerrtes Gesicht von mir ab. »Wenn es wahr ist, was man mir gesagt hat, wird nichts von dir und deinen anderen Klonen verloren gehen. Weder Erinnerungen, noch Gefühle. Du stirbst nicht wirklich.«

»Ach? Du schießt mir in den Kopf, und ich sterbe nicht wirklich?« Prill lachte krampfhaft auf. »Weißt du überhaupt, was du da redest? Du – du bist doch völlig irre!« Sie befreite sich aus meinem Griff. »Ich habe dir vertraut, Stan. Ich habe geglaubt, du hast mich da rausgeholt, weil du mich ...« Ihre Stimme brach ab, und Prill verbarg ihr Gesicht in ihren Händen.

Ich sah zu, wie sie weinte, steckte dann die Browning in das Schulterholster zurück. Ich fühlte mich scheußlich. Meine Hand ging zum Radio und drehte mit einer wütenden Bewegung am Lautstärkeregler, wissend, dass Gamma das Geschehen verfolgte. »Sag es ihr!«, befahl ich ihm an das Radio gewandt. Er reagierte nicht, ließ weiterhin Musik aus dem Äther dudeln.

»Was ist das jetzt wieder für eine Masche?«, erkundigte sich Prill.

Ich schlug unbeherrscht gegen das Armaturenbrett, brüllte: »Sag es ihr, verdammt noch mal!«

Prill zuckte unter der Wucht meiner Stimme zusammen, die Musik verstummte. Die Frau starrte erst das Radio, dann mich fassungslos an. »Bist du jetzt völlig übergeschnappt?«

»Schrei mich nicht an, Stan!«, drang plötzlich Gammas Stimme aus den Lautsprechern.

Prill zog erschrocken ihre Füße auf den Sitz, als hätte sie im Fußraum eine Klapperschlange erspäht. »Jesus«, rief sie aus, »was war *das* denn?« Sie blickte in den Fußraum, woher die Stimme gekommen war, als suche sie einen Mund, der gesprochen hatte, oder einen kleinen verborgenen Mitfahrer, der ihr von unten zwischen die Beine spannte. »Wer, zum Teufel, war das?«

»Nicht so bescheiden, Mylord, stellt euch ruhig vor«, forderte ich Gamma auf. »Bei der jungen Dame herrscht Erklärungsbedarf.«

»Wir hatten vereinbart, dass wir in Gegenwart von Dritten nicht miteinander reden!«, tadelte mich mein Mentor. *»Du gefährdest durch deine Hitzköpfigkeit das gesamte Unternehmen.«*

»Ich sehe es nicht ein, weiterhin mein Gewissen für dich zu ruinieren, während du das Geschehen nur teilnahmslos in irgendeiner abgeschotteten Sendestation verfolgst und glaubst, hier die Puppen tanzen lassen zu können!«, fauchte ich. »Erklär' dem Mädchen gefälligst selbst, wie es um sie bestellt ist. Schließlich ist es dein Plan. Ich reiße mir hier seit über sechstausend Kilometern den Arsch für dich auf, während du nicht einmal sagen kannst, in welcher Station der Klon sitzt, auf den es dir ankommt. Fünfzehnmal musste ich mit Prill bereits diesen unseligen Weg gehen, und im letzten Bunker wäre ich dank deiner Sperenzchen fast selbst draufgegangen. Es wird Zeit, dass du langsam etwas Mitverantwortung trägst.«

»Wie es sich für einen Partner gehört, nicht wahr, Stan?«, bestätigte Gamma sarkastisch.

Prill hatte unsere Kontroverse perplex mitverfolgt. »Diese Stimme kenne ich«, sagte sie. »Das ist doch dieser Radiomoderator!«

»Ich bin Gamma«, drang es mürrisch aus den Boxen, *»euer Gewissen zwischen Big Bang und täglichem Einerlei.«*

Prill beugte sich vor und musterte das Radio. »Wie geht das?«, wunderte sie sich und fingerte an der Anlage herum. »Ist das so was wie CB-Funk?«

»Hör zu, Schätzchen«, wandte sich Gamma an Prill, *»ich*

hab' mich nicht auf ein Gespräch eingelassen, um mit dir über Funktechnik zu plaudern. Wenn du eine existenzielle Frage hast, stell sie. Wenn nicht, lehn dich zurück, schließ die Augen, entspann dich ein wenig bei guter Musik und warte darauf, dass dich Stan hinter den Regenbogen schickt.«

Prill musste mehrmals schlucken, ehe sie ihre Stimme wieder fand. »Was bildet sich dieser aufgeblasene Kerl eigentlich ein, wer er ist ...?«, japste sie empört und sah mich Hilfe suchend an. »Gott?«

»Ein Lord«, entgegnete ich. »Das ist hier in etwa dasselbe.«

»Ein Lord? Diese misogyne Ratte?«

I'm a child of folly, don't need good or bad ..., brüllte der Sänger einer Trance-Metal-Combo aus den Boxen. Gamma hatte sich zurückgezogen, ließ wütende Rhythmen über den Äther dröhnen. Prill hatte die Hände zu Fäusten geballt und starrte das Radio an. Ich kniff mir mit Daumen und Mittelfinger in die Augen, schüttelte müde den Kopf und überlegte, was dem Pontiac wohl gerade durch den Sinn gehen mochte. Oder dem Straßenbelag. Oder dem Büffelgras in unserer Nähe. Sagt man Pflanzen nicht auch ein Bewusstsein und ein gewisses Maß an Sensibilität nach? Hallo, Kaktus dort drüben, wieso stehst du so stocksteif da? Bist doch nicht etwa verlegen?

»Gratuliere«, sagte ich zu Prill, nachdem ich die Musik leiser gedreht hatte. »Das war eine verbale Sternstunde.«

Prill sprang auf, kletterte aus dem Wagen und lief die Straße hinab. *Semper idem.* Sie weinte. Ich sah es an ihren zuckenden Schultern. Vielleicht war es das Klügste, sie eine Weile mit sich allein zu lassen. Der Hunger oder der Durst würden sie irgendwann dazu bewegen, wieder zurückzukehren. Ich opferte ein paar Minuten für flüchtige Notizen und Skizzen, schmiss das Buch genervt ins Handschuhfach zurück und langte nach der Zigarettenschachtel. Sie war leer. Aus dem Kofferraum holte ich eine neue, drehte den Fahrersitz zurück und rauchte nachdenklich.

Ab und zu klappte es mit der Einfühlsamkeit nicht ganz so gut. Prill in dieser Welt zu begegnen bedeutete für mich, in ständigem Widerstreit mit meinen Gefühlen zu liegen. Ich liebte Prill, aber ich verachtete die Klone, *alle* Klone, obwohl ich wusste, dass sie an ihrer Existenz keine Schuld traf. Man hatte sie aus dem Nichts erschaffen und in diese torsohafte Welt integriert wie organische Bauteile, wie Golems. Teilmenschen, lebende Programme mit unvollkommenem Bewusstsein für ein gigantisches Terrarium. Ein bisschen künstliche Vergangenheit hier, ein wenig Zukunft dort, gerade mal so viel, dass es zum eigenständigen Leben und Denken reichte. Darüber wachten die Beherrscher ihrer Zufriedenheit, ernährten ihr Vieh und stillten die menschlichen Grundbedürfnisse. *Unser tägliches Brot gib uns heute* für die Klone, *und vergib uns unsere Schuld.* Gab es eine Religion im Glauben der Lords? Kreierten sie Religion? Hin und wieder verwandelten sich meine Gefühle in Mitleid, wenn ich erkannte, mit welcher Selbstverständlichkeit die Klone ihr Schicksal ertrugen. Die Fähigkeit, ihr Leben und diese Welt aus eigenem Impuls zu hinterfragen, besaßen sie nicht. Die Bunkerwelt war, was sie war.

Indirekt hasste ich über die Klone die Lords, denn sie waren für diese gottlose Zucht verantwortlich. Ich war mir bewusst, dass ich meine Aversionen auf die Falschen übertrug, aber ich hatte nicht mehr die Kraft, die Unschuldigen von den Schuldigen zu trennen. Vielleicht wollte ich es auch gar nicht. Alles, was ich wollte, waren *meine* Prill und ein Weg nach Hause, auf die Erde. Diese ganze Scheinwelt mit ihren Klonen und deren Schöpfern konnte von mir aus zur Hölle fahren – und falls ich ein Mittel finden sollte, das mir die Macht dazu verlieh, dann würde ich sie dorthin schicken!

Das schwor ich mir.

Naos 4

IN MEINEN ARMEN zittert ein Wesen aus Fleisch und Blut. Es spricht, stammelt, beteuert, eine Seele zu besitzen. Chemische Informationen erschaffen Trugbilder in seinem Kopf, gaukeln ihm vor, Gedanken zu sein. Es denkt, alles um es herum füge ihm Schmerzen zu.

Ihr Name ist Seetha...

Dem gleichen eiskalten Uterus entschlüpft wie ich, klammert sie sich frierend und verschreckt an mich wie ein Findelkind. Ich habe die Qualen des Erwachens am eigenen Leib erfahren, weiß, was Seetha in diesen Minuten durchmacht. Die Kälte ist eine Illusion. Ihr Körper ist warm.

»Bitte, geben Sie mir etwas zu trinken«, flüstert sie irgendwann, als ihr Zittern und die Schmerzen nachgelassen haben. »Ich verdurste.«

»Tut mir Leid, es gibt hier nichts zu trinken«, sage ich.

Seetha zieht eine leidvolle Miene.

»Gedulden Sie sich noch eine Weile«, tröste ich sie. »Durst und Hunger sind nur Begleiterscheinungen des Erwachens und werden bald vergehen. Der wirkliche Durst kommt erst später.«

Sie schweigt, nickt dann. Ich halte sie weiterhin, sie scheint zu schlafen. Mir kommt es vor, als vergehe mehr als eine Stunde, bis sie fragt: »Wo sind wir hier?«

»In einer Flugzeugkabine«, antworte ich, durch ihre Stimme aus einem Dämmerzustand aufgeschreckt. »Aber fragen Sie mich nicht, wo sich das Flugzeug befindet.«

Seetha löst sich von mir, setzt sich an die Wand und

sieht sich um. »Du lieber Gott...«, wundert sie sich. »Wie bin ich hierher gekommen?«

»Sie tauchten auf«, erkläre ich.

»Ich – *tauchte auf*?«

»Erinnern Sie sich nicht?« Ich setze mich neben sie. »Wir haben uns davor noch, mh ... unterhalten. Ihr Name ist Seetha, nicht wahr?«

Die Frau sieht mich entgeistert an. »Nein«, sagt sie nach ein paar Sekunden.

»Nein? Sie heißen nicht Seetha?«

»Doch. Aber ich erinnere mich nicht, mit Ihnen gesprochen zu haben.« Sie versinkt in Gedanken. »Ich hatte einen Traum...«

»Wollen Sie ihn mir erzählen?«, frage ich in der Hoffnung, möglicherweise etwas über *jene dort draußen* und den Ort zu erfahren, an dem man uns festhält.

»Ich glaube nicht, dass er Sie interessiert«, ziert sich Seetha. »Er ist albern.«

»Erzählen Sie.«

Sie betrachtet ihre Füße, dann meine, als vergleiche sie die Anzahl unserer Zehen. »Na gut«, stimmt sie leise zu. »Ich – irrte durch einen Supermarkt...« Sie schaut mich an. »Interessiert es Sie immer noch?«

»Sicher.«

Sie schüttelt den Kopf. »Die Einkaufswagen waren so riesig wie Schulbusse, regelrechte Konsumwaggons, und die Pfandmarken, mit denen man sie füttern musste, so gewaltig wie Pizzateller. An der Front jedes Wagens befand sich ein Gittercockpit mit einer langen Bank, auf der sich ein halbes Dutzend Personen drängte. Ganz links saß ein Angestellter des Marktes und brüllte mir durch ein Megaphon unablässig zu, was ich kaufen sollte, daneben sein Assistent, der alle Waren notierte, die ich tatsächlich in den Wagen lud, Seite an

Seite mit einem wieseläugigen Kaufhausdetektiv, der mich pausenlos durch eine Videokamera beobachtete. Ein fürchterlich neugieriger Mensch. Neben dem Detektiv saß ein Polizist mit Sonnenbrille und spielte mit einem Paar Handschellen. Rechts von ihm ein dürrer Kerl mit weißer Lockenperücke, der mit einem Holzhammer bei sich selbst unentwegt Meniskusreflextests durchführte. Und ganz rechts so ein halb nackter, ungehobelter Kerl mit roter Klu-Klux-Klan-Mütze und einer großen Axt auf dem Schoß. Diese Leute hockten nicht nur auf meinem Wagen, sondern befanden sich auf jedem, der von einem Kunden durch die Gänge geschoben wurde. Und jedem Kunden schrie ein Marktangestellter eine andere Produktlitanei zu. Der ganze Supermarkt bebte vor Gebrüll, sodass man sein eigenes Wort nicht mehr verstand. Ich schob also diesen riesigen Waggon mit seiner sechsköpfigen Besatzung durch einen Supermarkt, der so gigantisch war, dass ein ganzer Tagesmarsch vonnöten gewesen wäre, um vom Eingang bis zur Kasse zu gelangen. Die Kassenautomaten aber waren so winzig, dass die Verkäuferinnen mit Stecknadeln tippen mussten. Jedes der armen Geschöpfe besaß an seinen Händen nur noch einen Finger, und so mussten sie beidhändig tippen, da sie die Nadeln nicht mit einer Hand halten konnten, was natürlich dreimal so lange dauerte. Die Einkaufswaggons stauten sich vor den Kassen auf über fünf Kilometer...« Seetha knetet verlegen ihre Bluse. »Ich sagte ja, es sei ein alberner Traum«, meint sie schließlich, als ich nicht sofort auf ihre Erzählung reagiere.

»Es ist grotesk, aber keinesfalls albern«, entgegne ich. »Ich hatte gehofft, Ihr Traum wäre eine Erinnerung, die uns womöglich ein wenig Aufschluss über unsere Lage geben kann. Sagen Sie, was ist das letzte *reale* Erlebnis, an das Sie sich erinnern können?«

»Ich habe gelesen«, antwortet Seetha nach kurzem Überlegen. »Einen Artikel im *American Scientist* über die rätselhafte Zunahme von spontanen Selbstverbrennungen menschlicher Föten im Mutterleib...«

Ich sehe die Frau an. »Warum lesen Sie so etwas?«, frage ich. »Sind Sie schwanger?«

Seetha fährt sich mit der Hand über ihren Bauch, als sei sie fähig, es durch die Berührung herauszufinden. »Das – hoffe ich nicht«, gesteht sie. »Ich glaube, das Thema interessierte mich einfach. Finden Sie es denn nicht beängstigend?«

Ich zucke die Schultern. »Wer weiß, ob dieser Bericht je existiert hat«, gebe ich zu bedenken.

»Wie meinen Sie das?«

»Vielleicht ist es eine künstliche Erinnerung, die Ihnen eingepflanzt wurde. Ich kann mich nicht daran erinnern, je von einem solchen Vorfall gehört zu haben.«

»Dann lesen Sie womöglich zu wenig«, entscheidet die Frau. »Ausgabe 11, vom Juni 2019.«

»Ja«, überlege ich. »Vielleicht gibt's dort draußen irgendwo einen Kiosk. Ich werde mir das Heft in zwei Jahren kaufen, sobald ich einen Weg hinaus gefunden habe...«

Seetha funkelt mich an. »Sie machen sich über mich lustig.«

»Tut mir Leid.«

Eine Zeit lang reden wir beide kein Wort.

»Und Sie?«, fragt Seetha irgendwann.

»Bitte?«

»Woran erinnern Sie sich noch?«

Ich denke nach. »An die Welt bei Nacht. An das Flugzeug, in dem ich saß. An den Mond, den ich aus dem Kabinenfenster erkennen konnte. Er leuchtete, wie ich es noch nie gesehen hatte. An das Mädchen aus Richmond, das neben mir schlief und sich geweigert hatte, auf dem Fensterplatz zu sitzen. Wir wollten heiraten«, erkläre ich Seetha. »Ihr Name ist Prill. Priscilla, um genau zu sein.«

»Mhm...«, macht Seetha. »Falls Sie sich Kinder wünschen, dann denken Sie an den Artikel.«

Ich schnaube belustigt. »Sagen Sie, wissen Sie noch, wo Sie dieses Magazin gelesen haben.«

»Nicht wirklich. Ich saß, und um mich herum hielten sich viele Menschen auf.«

»War es beim Friseur? Beim Arbeitsamt? In einem Restaurant? In der U-Bahn?« Die Frau schüttelt den Kopf. Ich spüre, wie ihre Gedanken rotieren. »Vielleicht die Wartehalle eines Flughafens?«, hake ich vorsichtig nach. »Oder sogar *in* einem Flugzeug? Könnte es vielleicht sogar *dieses* Flugzeug gewesen sein?«

»Hören Sie auf!« Seetha starrt mich sekundenlang aus aufgerissenen Augen an, dann zu Boden. »Ich bin mir nicht sicher«, antwortet sie schließlich. Ihre Stimme klingt, als würde sie jeden Moment anfangen zu heulen. »Wie – kann es denn dieses Flugzeug gewesen sein? Es gibt hier doch gar keine Sitze!«

Ich atme durch, lege mich auf den Rücken. »Als ich erwacht bin«, erzähle ich, »gab es hier noch nicht einmal einen Teppichboden.«

Seetha betrachtet den Teppich. »Und woher kommt der dann?«

Ich drehe mich auf die Seite, stütze mich auf dem Ellbogen ab. »Sie werden es bald erfahren, glauben Sie mir.«

Seetha steht auf. Ein paar Sekunden lehnt sie an der

Wand, als sei sie sich nicht sicher, ob sie auf zwei Beinen stehen kann, dann geht sie vorsichtig ein paar Schritte. Dabei hält sie ihre Arme ausgebreitet, als balanciere sie auf einem Bahngleis, darum bemüht, nicht zu laut aufzutreten, und von der Angst begleitet, wieder umzukippen. Ich bleibe sitzen und beobachte sie. Seetha läuft hinunter bis zum anderen Ende des Korridors, gewinnt von Schritt zu Schritt mehr Sicherheit, erkundet neugierig alle Räume, sieht aus den Fenstern, hinunter auf die Tragflächen und darüber hinaus in die Dunkelheit. Dabei fröstelt sie, sei es, weil sich jenseits der Schwärze nichts erkennen lässt, oder der Ort selbst ihr ein begründetes Unwohlsein bereitet. Hin und wieder stellt sie Fragen, und ich antworte ihr, soweit es mein bisheriges Wissen zulässt. Den glatzköpfigen Kobold mit dem Koffer verschweige ich. Vielleicht bekommt sie ihn früher oder später selbst zu Gesicht.

Mit der Papierschwalbe in der Hand kommt Seetha schließlich wieder zu mir zurück.

»Haben Sie das gefaltet?«, will sie wissen.

»Nein«, gebe ich zu. »Die kam auf die gleiche Weise hier hereingeflattert wie Sie. Ich habe mir schon Gedanken gemacht, ob dieses aufgemalte L vielleicht ein Fingerzeig unserer Gefängnisherren sein könnte.«

»Ein L?« Seetha lässt sich wieder neben mir nieder und dreht die Papierschwalbe abschätzend in ihren Fingern. »Nein, kein L«, meint sie schließlich. »Sehen Sie, wäre es ein L, dann stünde es auf dem Kopf. Aber der Buchstabe sieht in Wirklichkeit so aus: Γ. «

Ich betrachte das Symbol. »Das ist ein kyrillisches Zeichen.«

»Oder ein griechisches«, wendet Seetha ein. »Ein großes Gamma.«

Alphard 6

»... *STAN!*«

Ich schreckte auf, sah mich benebelt um. Die Zigarette war bis zum Filter heruntergebrannt und kalt, ihre Asche auf meiner Hose und dem Sitz verteilt. Ich warf den Stummel aus dem Wagen und fuhr mir mit den Händen über Gesicht und Augen. Blinzelnd suchte ich die Straße nach Prill ab, konnte sie jedoch nirgendwo entdecken.

»*Hörst du mich, Stan?*«, vernahm ich Gammas Stimme. Ich drehte den Lautstärkeregler hoch. »Ja.«

»*Na, endlich...*«, kam es beinahe erleichtert aus den Boxen, eine Gefühlsregung, die ich bei einem Lord recht ungewöhnlich fand. »*Was ist passiert?*«

»Das fragst du mich?«, stutzte ich. »Du bist der Initiator.«

»*Ich hatte dich für einige Minuten verloren. Wo ist Prill?*«

»Ich weiß es nicht«, gestand ich.

»*Du weißt es nicht? Ist sie nicht bei dir?*« Gamma klang nun ernsthaft überrascht.

»Sie ist die Straße hinuntergelaufen«, erzählte ich.

»*Dann schieb den Wagen an und fahr ihr nach!*«

»Sie kommt irgendwann wieder...«

»*Folge ihr, Stan!*«, drängte Gamma. »*Ich brauche die Gewissheit, dass sie keinem Läufer begegnet ist. Sag, hattest du in letzter Zeit schon mal einen Blackout?*«

Ich überlegte, worauf Gamma anspielen mochte. »Ich weiß nicht, was du meinst«, wich ich aus.

»*Einen Filmriss, Stan. Einen narkoleptischen Anfall, einen Schlafkrampf, eine Bewusstseinstrübung, irgendetwas dieser Art.*«

Meine Kehle war trocken geworden. »Ja«, gab ich schließlich zu. Ich beschrieb ihm, was mir nach dem Durchqueren der letzten Zonenbarriere und in Ritas Quartier zugestoßen war.

»*Zu dumm*«, meinte Gamma daraufhin. »*Ich fürchte, sie haben entdeckt, dass du fehlst. Offenbar versuchen sie, dich zurückzuholen.*«

»Jetzt erst?«, wunderte ich mich. »Nach über zwei Monaten?«

»*Das Sublime dient nicht*«, sagte Gamma. Ich konnte mir keinen Reim darauf machen, was er damit meinte. Beunruhigt brachte ich den Wagen ins Rollen. Seit heute war ich also auch ein Gejagter.

Ich fand Prill fast zwei Kilometer weiter auf einem Felsen nahe der Straße. Sie zeigte keine Reaktion, als ich den Wagen hinter ihr zum Stehen brachte. Den Rücken zur Straße gewandt und die Knie bis ans Kinn gezogen, blickte sie hinüber auf die Bergkette und wippte dabei ständig vor und zurück. Selbstmörder legen ein ähnliches Verhalten an den Tag, wenn sie zum Sprung bereit auf Hochhausdächern und Baukränen hocken. Der Felsbrocken, auf dem Prill saß, war jedoch gerade mal kniehoch.

»Sie ist in Ordnung, keine Läufer weit und breit«, informierte ich Gamma. Er antwortete nicht, sendete aber auch keine Musik. Ich stieg aus dem Wagen und ging hinüber zum Felsen.

»Verschwinde!«, brummte Prill, als sie meine Schritte hinter sich vernahm. Ich setzte mich neben sie. Prill roch nach Schweiß, Wut, Tränen, Enttäuschung.

»Hier kannst du nicht bleiben«, sagte ich.

»Hau ab«, gab die Frau zurück. Ihre Stimme klang so karg wie die Landschaft. »Ich finde allein zurück.«

»Du darfst auch nicht zurück, Prill.«

Ich fühlte, wie sich ihr Körper spannte, erwartete jede Sekunde einen lautstarken Gefühlsausbruch oder ihre wirbelnden Fäuste auf meiner Brust. Beides blieb aus, scheinbar war Prill zu erschöpft. Stattdessen sagte sie in unterdrückter Wut: »Ich darf hier nicht bleiben, ich darf nicht zurück, aber in der nächsten Zone darf es mich auch nicht geben. Wo willst du denn mit mir hin, nachdem du mich erschossen hast? Kommen dann ein paar Engel herbei und verladen mich auf eine Wolke? Bist du im Namen des Herrn unterwegs?« Sie kicherte albern.

»Ich kann nicht zulassen, dass dich die Läufer aufgreifen«, sagte ich.

Prill zuckte gleichgültig mit den Schultern. »Na und, was macht das schon? Die betäuben mich mit ihrem Blitzestrahl und schleppen mich nach Hause. Und wenn ich wieder aufwache, bin ich in der Dekontaminationskammer...«

Ich blies die Backen auf, pustete in den Sand zwischen meinen Füßen. »Es gibt zwei Möglichkeiten: Du stehst jetzt auf und steigst freiwillig in den Wagen, oder ich schleife dich an den Haaren dorthin.«

»Verdammt nochmal, warum knallst du mich denn nicht gleich hier ab?«, schrie Prill. »Bring' es doch hinter dich, du sadistischer Schweinehund!« Sie erhob sich. »Na los, worauf wartest du? Wie tust du es am liebsten? Ins Genick? In die Brust? In den Kopf? Soll ich mich vielleicht hinlegen, damit du mich besser triffst? Oder willst du mich vorher erst noch ficken?«

Ich sprang auf und schlug ihr mit der flachen Hand ins Gesicht. Prills Kopf flog zur Seite. Für Sekunden blieb sie wie versteinert so stehen und besaß tatsächlich noch eine Reserve an Tränen, die ihr nun schimmernd über die Wangen rannen. Sie sah mich stumm an. Wenn

Gamma die Wahrheit sagte, ging dieser Augenblick ebenso wenig verloren wie jeder andere im Leben ihrer Klone. Prills Gefühle wurden in einem unbegreiflichen Elektronengehirn der Lords gespeichert. In diesen Sekunden speicherte es Hass.

»Denk von mir, was du willst«, sagte ich leise. »Es ist dein gutes Recht, wenn du deinen vermeintlichen Erlöser für ein Monster hältst. Aber ich darf und werde nicht zulassen, dass dich die Läufer aufgreifen und eine Verbindung zu deinem Implantat herstellen.«

Die Worte verfehlten ihre Wirkung nicht. Im Gegenteil, in Prills Gesicht vollzog sich ein wunderlicher Gefühlswandel. Zwar sah sie mich nicht an wie einen Paradieswächter, aber der Hass und die Verbitterung waren wie ausgelöscht. Stattdessen spiegelte sich Verblüffung in ihren Zügen, als sie wiederholte: »Meinem Implantat?!«

»*Ein taktisches Neural-Implantat*«, erklärte Gamma, nachdem ich Prill doch noch hatte überreden können, aus freien Stücken zum Wagen zurückzukehren und die delikate Verbindung zwischen ihr und meinem Mentor wiederherzustellen. »*Es befindet sich am Ende deines Subcortex-Nacken-Kanals, direkt unter einer zentralen Region deines Gehirns, dem Hypothalamus. Alle Klone tragen ein solches Implantat. Es besitzt in etwa die Größe einer Zehn-Cent-Münze. Von ihm führen über einhundert mikroskopisch feine Leitungen in alle Regionen deines Gehirns. Das Basisimplantat selbst dient dem Empfangen, Speichern und Senden und ist gleichzeitig mit dem Sublime verbunden, in dem alle Daten gesammelt, ausgewertet und gespeichert werden.*«

»Sublime?«, fragte Prill verständnislos. »Was ist das?«

»*Ein, hm ... Großrechner. Nein, das ist der falsche Begriff; ein metaphysisches Zentrum. Das, was das Leben, Denken und*

Fühlen der Geschöpfe aller Projektebenen lenkt und speichert, ist gewissermaßen ein lebendes Wesen; wenn auch nicht unbedingt in biologischer Hinsicht. Das Organische und Materielle ist dort, wo alle Stränge zusammenfließen, etwas – sagen wir: Prähistorisches. Stan hat dich nicht belogen, als er behauptete, von dir würde nichts verloren gehen. Alles, was du in den letzten Jahren erlebt, ja selbst geträumt hast, ist im Sublime gespeichert – und kann bei Bedarf jederzeit auf einen oder beliebig viele neue Klone übertragen werden. Hörst du hier und jetzt auf zu existieren, kann dieses Leben irgendwann lückenlos wieder für dich weitergehen. Wann, spielt keine Rolle, denn für das Sublime ist die Zeit bedeutungslos. Was dir lediglich auffallen wird, ist ein plötzlicher Umgebungswechsel. Und die unangenehme Erinnerung an dein Ableben lässt sich natürlich herausschnippeln. Du bist also nahezu unsterblich, Schätzchen. Wie findest du das?«

Ich erkannte, wie es hinter Prills Stirn arbeitete. Ihre Skepsis war nicht gewichen, aber sie begann damit, aus dem ›Ausgeschlossen‹ ein ›Vielleicht‹ zu modellieren, und aus dem ›Vielleicht‹ ein ›Wahrscheinlich‹. Sie hatte begonnen, an das Dahinter und Danach zu glauben.

Ich sagte: »Wenn das *Sublime* das schöpferische Zentrum des Projektes ist, dann befindet sich Prills Original bei ihm.«

»In ihm«, korrigierte Gamma. *»Alle Originale, ja. Auch du warst einst dort.«*

»Wo finde ich diesen Ort?«

»Ich werde dich hinführen, Stan. Aber ich vermag es nur, wenn du mir vertraust – und Prill durch die Barriere führst.«

»Das kann ich dir nicht versprechen. Prill liebt ihr Leben; und ich liebe dieses Mädchen!«

»Hirnwichs«, kommentierte die Frau murmelnd.

»Du kannst nicht achttausend identische Geschöpfe auf ein-

mal lieben, Stan, nur weil eine von ihnen aussieht wie die andere«, widersprach auch Gamma. *»Das grenzt an Hyperpolygamie. Bewahre dir deine Gefühle für ihr Original.«*

Ich schaute vermutlich ebenso entgeistert drein wie Prill, unfähig, das Gehörte sofort zu begreifen. »Sagtest du achttausend?«, fragte ich schockiert.

Ein Geräusch drang aus den Lautsprechern, das wie ein verhaltenes Lachen klang. *»Mensch, überheblicher, da staunst du, nicht wahr?«* Dann sachlicher: *»Es sind über achttausend Stationen, Stan. Diese Projektebene erstreckt sich – in deinen Maßstäben gemessen – über eine Länge von nahezu 150 000 Kilometern. Insgesamt leben in den Bunkern entlang der Straße über fünf Millionen Klone. Meine Berechnungen ergaben, dass der in Frage kommende Prill-Klon innerhalb einer der zurückliegenden sechzehn und der noch folgenden vier Stationen einquartiert wurde. Findest du angesichts dieser Zahlen nicht auch, dass ich dich recht punktgenau abgesetzt habe? Deine Vorwürfe waren ungerechtfertigt.«*

»Fünf Millionen künstliche Menschen?«, entsetzte sich Prill. »Lieber Himmel, wo... wozu denn?«

»Sie bilden das Fundament einer Zivilisation«, erklärte Gamma.

»Hier?«

»Natürlich nicht, Schätzchen, das wäre zu anspruchslos.«

»Auf einem anderen Planeten?«

Gamma schwieg einige Sekunden, während Prill gespannt auf seine Antwort wartete. Als mein Mentor sich wieder zu Wort meldete, ging er jedoch nicht auf ihre Frage ein. Seine Stimme klang ernst und kühl: *»Du solltest mal einen Blick in den Rückspiegel werfen, Stan!«*

Ich zählte drei Läufer, die sich von der Nachtseite her näherten, und sie taten es nicht gerade langsam. Mit

Prills Hilfe schob ich den Pontiac über den Asphalt, als ginge es um die Startbestzeit bei einer Bobweltmeisterschaft. Ich hatte Übung darin, den Wagen in Schwung zu bringen, fürchtete aber, dass Prill jeden Moment ihr Gleichgewicht verlieren und stolpern könnte. Sie war ebenso wie ich aus dem Fahrzeug gesprungen und schob es bei geschlossenen Türen, während ich zusätzlich noch das Lenkrad hielt. Hoffentlich schaffte sie es, bei diesem Tempo wieder hineinzuspringen. Ihr Gesicht jedenfalls war von wilder Entschlossenheit geprägt, ihre Kraft von der Angst zusätzlich mobilisiert.

Die Läufer saßen uns im Nacken, bewegten sich mit der Geschwindigkeit von Windhunden über die Straße. Mit jedem Schritt, den wir gewannen, holten sie drei Schritte auf. Zuerst hatte ich befürchtet, Prill würde einfach stehen bleiben und auf sie warten, um der Kugel oder der Barriere zu entgehen, aber scheinbar hatte Gammas Geschichte ihr Vertrauen gewonnen. Oder sie verarbeitete das Gehörte noch, wägte in diesen Sekunden Für und Wider gegeneinander ab, praktizierte ein *Er liebt mich, er liebt mich nicht*-Spiel mit ihren Beinen. Für jeden rechten Schritt: Wahrheit und Leben, für jeden linken: Lüge und Tod. Ich betete, dass sie sich für das Innere des Pontiac entschied. Gamma, da war ich mir sicher, konnte und wollte Prill dahingehend nicht weiter beeinflussen.

Mit Sicherheit war es Salmeik, der die Läufer in Aktion gesetzt hatte. Hoffentlich nicht auch jene, die sich eventuell noch vor uns befanden und bei der Barriere auf uns warteten.

»Spring rein!«, rief ich Prill zu.

Sie schüttelte den Kopf, und mir blieb fast das Herz stehen.

»Noch – schneller«, keuchte sie.

»Der Wagen rollt irgendwann zu schnell für dich!«, schrie ich. Hinter uns vernahm ich bereits das metallische Klackern von vierundzwanzig Läuferbeinen auf dem Straßenbelag. »Spring, verflucht noch mal!«

Prill rannte mit gesenktem Kopf und geschlossenen Augen. Dann hob sie ihren Blick, stieß sich ab und schwang das linke Bein über den Wagenrand, während das rechte über den Asphalt gezogen wurde. Verbissen klammerte sie sich an die Tür und presste hervor: »Nein, nein, nein...« Dann gab sie sich einen inneren Ruck und ließ sich in den Wagen fallen. Rücklings rutschte sie auf den Beifahrersitz und fluchte: »Oh, Scheiße!«

Ich sprang ebenfalls ins Innere. Der Pontiac machte einen kurzen Schlenker, ehe ich es geschafft hatte, mich hinters Steuer zu setzen und ihn zurück in die Spur zu zwingen. Die Tachonadel kletterte langsam über die Achtzehn Meilen-Marke, viel zu langsam, um die Läufer abzuhängen. Prill lag noch immer auf dem Sitz, die Füße an der Kopfstütze und den Kopf halb im Fußraum, und heulte. Scheinbar hatte sie tatsächlich mit dem Gedanken gespielt, sich zu stellen. Nun fuhr sie mit mir die Straße hinab ins Nirgendwo. Es war kaum mehr als eine halbe Minute vergangen, seit Gamma mich auf die Verfolger aufmerksam gemacht hatte. Die Läufer waren bis auf fast einhundert Meter herangekommen, und die Sekunden, die sie brauchten, um den Pontiac einzuholen, konnte ich an zehn Fingern abzählen.

»Setz dich vernünftig hin!«, herrschte ich Prill an. Sie gehorchte widerwillig, sah hinter sich und äußerte etwas Unverständliches. Ich aktivierte das Kraftfeld, um die Maschinen auf Distanz zu halten. Theoretisch ließ der Energieschirm sich unbegrenzt aufrechterhalten, aber dann begleiteten uns die Läufer womöglich bis zur nächsten Station. Hinzu kam, dass ich nicht auf sie schießen konnte, solange das Feld aktiv war. Es konnte weder von innen noch von außen durchdrungen werden, stoppte meine Projektile ebenso wie die Hieb- und Strahlenattacken unserer Verfolger.

»Sie haben uns gleich eingeholt«, stellte Prill erregt fest. »Himmel, sind die riesig...«

Ein blendender Lichtstrahl schoss von einem der Läufer Richtung Wagenheck und zerfaserte einen halben Meter hinter dem Pontiac knisternd zu einem Spinnennetz blauer Blitze. Prill schrie erschrocken auf und duckte sich hinter die Sitzlehne.

»Diese Viecher schießen auf uns!«, rief sie mit schriller Stimme.

»Keine Sorge, sie können uns nicht gefährlich werden«, beruhigte ich sie. »Der Wagen ist von einem Kraftfeld umschlossen, das uns vor ihren Strahlen schützt.« Ich zog die Pumpgun aus ihrer Halterung an der Innenseite der Fahrertür und legte sie auf meinen Schoß. Acht Schuss für drei Oberflächenläufer, dazu meine Browning und die Ruger hinter dem Fahrersitz. Das sollte reichen.

»Was ist das?« Prill sah auf das Gewehr.

»Meine Dame.«

Prill sah mich verständnislos an.

»So nenne ich die Kleine«, erklärte ich Prill. »Das ist ein Vorderschaft-Repetierer, eine Mossberg. Meine Bordkanone. Dame« – ich hob die Waffe – »schlägt Läufer!«

Der vorderste unserer Verfolger hatte den Wagen eingeholt und unternahm den tollkühnen Versuch, auf das Wagenheck zu springen. Er schnellte einen Meter durch die Luft, um schließlich mit Karacho gegen das Kraftfeld zu prallen. Scheppernd schlug er wieder auf der Straße auf und schlitterte funkenstiebend und sich überschlagend über den Asphalt. Es klang, als hätte man eine Waschmaschine aus dem fahrenden Wagen geworfen. Die beiden übrigen Maschinen wichen dem Hindernis blitzschnell aus und liefen Sekunden später Seite an Seite mit dem Pontiac. Ihre wirbelnden Beine erzeugten auf dem Asphalt ein Stakkato metallischer Schläge. Ein Blick in den Rückspiegel zeigte mir, dass der verunglückte Läufer wohl nicht mehr an unserer Verfolgung teilnehmen würde.

Eine der Maschinen bewegte sich parallel zum Wagen, nur einen halben Meter von Prill entfernt. Prill beobachtete sie, starr vor Entsetzen, und ich betete, dass sie beim Anblick der rennenden Riesenspinne nicht die Nerven verlor. Eine ausflippende Beifahrerin war das letzte, was mir in dieser Situation fehlte.

Mit seiner Greifschere vollführte der Läufer kräftige Hiebe in Richtung Beifahrertür und Prills Kopf, als versuche er festzustellen, wie stabil der Schutzschirm war und wo seine Grenzen lagen. Sobald er das Kraftfeld traf, ertönte ein Geräusch wie von einer Basstrommel. Prill schrie bei jedem Schlag auf und duckte sich in meine Richtung, was das Lenken nicht gerade erleichterte. Ich warf einen Blick auf den Kilometerzähler. Noch sechs Kilometer bis zu Barriere. Die Tachonadel hatte die 35-Meilen-Marke überschritten.

»Weißt du noch, wie man einen Wagen lenkt?«, fragte ich Prill.

Sie riss sich vom Anblick des attackierenden Läufers los, sah mich an, dann an mir vorbei zu dem Läufer auf meiner Seite. In ihren Augen glänzte Panik. Ich schüttelte sie mit der freien Hand, wiederholte meine Frage.

»Ja«, sagte Prill. In gleicher Weise hätte sie ›nein‹ antworten können, oder ›trallitralla‹ oder jedes x-beliebige andere Wort.

»Prill!«, schrie ich. Die Frau zuckte zusammen, ihr Blick wurde wieder klar. »Uns kann nichts passieren! Das Kraftfeld wirkt wie fünfzig Zentimeter dickes Panzerglas. Wir sind vor ihnen sicher!«

Was für eine absurde Beteuerung, schoss es mir durch den Kopf. Wenige Kilometer vor der Barriere versuchte ich Prill einzureden, ihr Leben sei nicht in Gefahr. Es war blanke Ironie. Vielleicht las sie es sogar in meinen Augen. Sie war nicht dumm. Wenigstens nicht ihr Original. »Also, kannst du einen Wagen lenken?«

»Ich sagte: ja!«

»Gut, dann komm her.« Ich legte das Gewehr zwischen die Sitze und zog Prill auf meinen Schoß.

»Was hast du vor?«

»Du lenkst. Fahr einfach geradeaus und möglichst auf der Straße. Ich kümmere mich inzwischen um unsere Begleiter. Halt deine Füße ruhig, das Pedal da unten ist die Bremse.« Ich schlüpfte unter ihr durch auf den Beifahrersitz und griff nach der Mossberg. »Erschreck nicht, wenn ich schieße, die Dame hier ist ziemlich laut. Siehst du die Sensortaste am Armaturenbrett?«

»Ja«, antwortete Prill, blickte aber weiterhin starr geradeaus, während sie krampfhaft das Lenkrad festhielt.

»Mit ihr schaltest du das Kraftfeld an und aus. Wenn ich ›jetzt‹ rufe, drückst du sie. Nachdem ich geschossen habe, drückst du sie sofort wieder. *Sofort*, verstanden!«

»Ja.«

Ich musterte Prill ein paar Sekunden. »Entspann dich«, riet ich ihr. »Ein Ausflug in die Wüste könnte den Schutzschirm zusammenbrechen lassen.«

»Herrgott«, schrie Prill, »ich habe schließlich seit vier Jahren nicht mehr hinter dem Steuer gesessen.«

Ich grinste, kniete mich auf den Sitz und wandte mich dem Verfolger auf meiner Seite zu, das Gewehr noch hinter der Tür verborgen. Der Läufer ließ sich ein paar Meter zurückfallen, als ahnte er, was ich vorhatte. »Jetzt!«, schrie ich und hob die Waffe. In der selben Sekunde vernahm ich den leisen Signalton des Tastendrucks, zielte auf den Kopf des Läufers und drückte ab. Eine Mossberg besitzt einen ebenso harten Rückstoß wie ein Bärentöter, und ein 16-Millimeter-Stahlmantelprojektil macht verdammt unschöne Sachen mit seinem Ziel. Der Kopf des Läufers explodierte wie eine Honigmelone. Metall- und Kunststoffsplitter schossen durch die Luft, Kabelreste und Platinen zappelten an der Verbindungsstelle zum Körper in einem Funkenregen aus Kurzschlüssen. Die Maschine rannte noch ein paar Schritte, ehe ihre Beine kraftlos nachgaben. Kreischend rutschte sie über den Asphalt, begann, sich zu überschlagen, und kugelte zur rechten Seite weg in die Wüste. Ich stach mit der Waffe in die Luft und traf das reaktivierte Kraftfeld. Gutes Mädchen.

»Jetzt nochmal«, rief ich und kletterte auf die Rückbank. Der zweite Läufer wurde ebenfalls langsamer und begann, im Zickzack hinter dem Pontiac herzulaufen. Verdammte Biester, sie lernten viel zu schnell.

Der erste Schuss ging prompt daneben, riss ein faustgroßes Loch in den Asphalt. In derselben Sekunde beschleunigte die Maschine ihre Schritte. Allerdings sprang sie nicht in die Höhe wie ihr verunglückter Artgenosse, sondern rannte stur geradeaus – mit dem Kopf gegen den Schutzschirm. Prill hatte das Feld wieder aktiviert.

»Jetzt!«, rief ich erneut und schoss – zu früh! Der leise

Piepton der Sensortaste erklang erst nach dem Krachen der Mossberg. Das Projektil schlug gegen die Innenwand des Kraftfeldes, fiel verformt zu Boden und verschwand unter den Beinen des Läufers. Ich lud nach, doch bevor ich ein zweites Mal feuern konnte, sprang der Läufer auf das Heck des Pontiac. ›Piep‹ machte die Sensortaste – zu spät!

Prill spürte den Ruck, der durch den Wagen ging, bemerkte den ungebetenen Schatten hinter sich und stieß einen erschrockenen Schrei aus, während der Pontiac bedrohlich zu schlingern begann. Mensch und Maschine kauerten einander gegenüber, und beide handelten wir wie Automaten. Mein Schuss krachte im selben Sekundenbruchteil, in dem der Blitz am Kopf des Läufers aufzuckte. Eine Explosion folgte, und ein leuchtender Schockstrahl schoss knisternd an meinem Ohr vorbei. Der Rückstoß warf mich gegen Prills Sitz, der Pontiac tat einen wilden Schlenker, blieb aber auf der Straße. Ich blinzelte zum Wagenheck. Der Läufer war verschwunden, stattdessen klirrte und schepperte es hinter dem Pontiac, als wären Prill und ich auf Hochzeitsfahrt. Die Überreste der Maschine wurden im Schutzschild hinter uns hergeschleift. Ich schloss die Augen, befühlte mein heißes rechtes Ohr.

»Du kannst das Kraftfeld jetzt ausschalten«, beschied ich Prill, als ich mich wieder aufgerappelt hatte. Stumm und mit zitternden Fingern berührte sie die Taste, und das Läuferschrott-Geklimpere begann sich zu entfernen. Bald umgaben uns nur noch die Geräusche des rollenden Wagens und des Fahrtwindes.

In einer akrobatischen Aktion tauschte ich mit Prill die Plätze und setzte mich wieder hinter das Steuer. Sie hörte auch auf dem Beifahrersitz nicht auf zu zittern. Nicht einmal mein Lob konnte sie beruhigen, geschweige denn ihr ein Lächeln entlocken. Auch mir war nicht nach Lachen zumute, denn es war kaum mehr ein Kilometer bis zur Zonengrenze. Ich haderte mit mir, ob ich bremsen und Prill den Schmerz des Feuers durch einen Kopfschuss ersparen oder sie im Unklaren darüber lassen sollte, wo die Barriere war und was sie für sie bedeutete. Tote Organismen verglühten innerhalb eines Augenblicks, bei lebenden dauerte es fast eine halbe Minute.

Möglicherweise war es Prills Siebter Sinn, der ihr sagte, dass dort vorne etwas auf sie wartete. Sie zog ein Gesicht, als müsse sie sich jeden Augenblick übergeben. Was uns jedoch wirklich erwartete, überraschte sie wie mich gleichermaßen.

Fünfhundert Meter vor der Barriere sprang plötzlich ein vierter Läufer auf die Fahrbahn. Die verdammte Maschine musste sich neben der Straße zwischen den Grasnarben eingegraben und auf uns gewartet haben. Nun war sie dreißig Meter vor dem Pontiac wie aus dem Nichts aufgetaucht und rannte direkt auf uns zu. Wir rollten mit über siebzig Sachen bergab, der Läufer kam uns fast ebenso schnell entgegen. Ich griff nach der Mossberg, wollte auf die Bremse treten und gleichzeitig das Kraftfeld aktivieren, aber es war viel zu spät. Der Läufer brauchte nicht einmal eine Sekunde, um uns zu erreichen.

Er sprang vor der Schnauze des Pontiac in die Höhe, rutschte über die Kühlerhaube, krachte durch die Windschutzscheibe gegen den Beifahrersitz und stieß ihn bis zur Rückbank, begleitet von einem dumpfen Krachen. Ich fühlte einen ungeheuren Schlag gegen meine Schulter, mein Arm mit dem Gewehr sackte schlaff herab, Glassplitter ergossen sich über mich. Im Augenwinkel sah ich einen schwarzen Haarschopf unter dem Metalleib des Läufers zucken, riss den Pontiac, dessen rechte Hälfte bereits durch Wüstensand pflügte, geistesgegenwärtig auf die Straße zurück.

Der Läufer bewegte sich noch, presste mich mit seinem massigen Leib schmerzhaft gegen die Fahrertür. Ich war kaum noch fähig, das Steuer gerade zu halten. Als sich die Maschine aufbäumte, erhaschte ich einen kurzen Blick auf Prill. Die Spitzen zweier Metallbeine hatten sich in ihren Oberkörper gebohrt. Eines von ihnen war zwischen ihren Rippen abgebrochen und ragte aus ihrem Brustkorb. Die Aufschlagswucht des Metallkörpers hatte Prills Oberkörper und ihr Gesicht zerschmettert. Ein Blick genügte mir, um zu erkennen, dass sie tot war.

Mein Arm und meine rechte Schulter waren durch den Aufprall nahezu gelähmt, und ich vermutete, dass mein Schlüsselbein oder der Oberarmknochen gebrochen waren. Ich spürte keine Schmerzen, der Adrenalin-Schock war zu groß. Das Gewehr war mir aus der kraftlosen Hand gerutscht und in den Beifahrerfußraum gefallen. Unmöglich, es zu erreichen, ohne das Steuer loszulassen. Der gesamte Fahrerraum war mit Glassplittern der geborstenen Windschutzscheibe übersät, ihr Rahmen zerfetzt und über das Armaturenbrett gebogen. Ich spürte Blut, das aus zahlreichen winzigen Schnitten über mein Gesicht strömte. Der Läufer war aufgrund seiner Panzerung nur geringfügig beschädigt. Wenn er jetzt einen Hieb zur Seite vollführte, war ich erledigt. Doch er folgte einer anderen Programmierung. Seine Greifzangen packten Prill, rissen sie aus dem Sitz. Wenige Meter vor der Barriere sprang er mit ihr aus dem fahrenden Wagen, ehe ich in der Lage war, das Kraftfeld zu reaktivieren. Ihren leblosen Körper fest im Griff, rutschte er quer über den Asphalt und verschwand im hüfthohen Gras. Prill spürte von all dem nichts mehr. Ihre Reise war zu Ende – ein Ende mit Schrecken. Ihre Blutflecken auf den Polstern und an der Kopfstütze glühten für Sekunden auf, dann lag die Barriere hinter mir. Ein weiterer Tod im Archiv des *Sublime*. Vielleicht fand Prill eines Tages die Möglichkeit, diese letzten Sekunden zu verarbeiten. Wenn Gamma die Wahrheit sprach, würde sie irgendwann mit sechzehn dieser Erlebnisse fertig werden müssen. Ich hoffte, ich konnte ihr dann zur Seite stehen.

Nun war just das geschehen, was Gamma gefürchtet und ich seit Wochen zu verhindern versucht hatte: Die Lords hatten Zugriff auf Prills Implantat nach ihrem Kontakt mit dem *Schlüssel*.

Instinktiv trat ich aufs Bremspedal, wollte stoppen, um den Läufer daran zu hindern, seine Informationen aus Prills Bewusstseinsmuster an Salmeiks Station weiterzusenden, aber eine Stimme in mir schrie: Fahr! Fahr weiter! Ich nahm den Fuß vom Pedal, ließ den Wagen rollen. Ein Blick zurück bestätigte meine Vermutung, dass Prill das eigentliche Ziel der Attacke gewesen war, und er festigte meinen Entschluss, nicht anzuhalten. Der Läufer, sichtlich lädiert, aber noch in der Lage, sich auf fünf unbeschädigten Beinen fortzubewegen, kam aus dem Gras gekrochen. Ohne sich um den davonfahrenden Wagen zu kümmern, eilte er auf der Straße in entgegengesetzter Richtung davon – in seinen Greifzangen Prills abgetrennten Kopf. Es war ein Anblick, der mir den Magen umdrehte.

Ich wusste nicht, ob die Maschine nur deshalb so skrupellos vorgegangen war, weil sie erkannt hatte, dass Prill tot war, oder Salmeik sie darauf programmiert hatte, falls die Umstände keine Alternative mehr zuließen.

Wenige hundert Meter vor der Barriere und der Zerstörung des Implantats hatte der Läufer quasi mit dem Rücken zur Wand gestanden. Die von mir als eher gering eingestufte Gefahr, die von den Läufern ausging, hatte eine neue Dimension angenommen. Aus den anfangs lästigen Treibern waren Killermaschinen geworden. Was Gamma auch vorhatte, die Lords schienen bis zum Äußersten bereit, um es zu verhindern.

Allmählich ließ das taube Gefühl in meiner Schulter nach. Dumpfer, pochender Schmerz erfüllte meine rechte Körperhälfte. Der Arm ließ sich wieder bewegen. Wenn ich Glück hatte, war er nicht gebrochen, sondern nur geprellt. Ich wischte die Glassplitter von meinem Schoß, schaltete das Radio ein.

»Gamma«, rief ich gegen den Fahrtwind an, der mir durch die geborstene Windschutzscheibe ins Gesicht blies, »es gibt ein Problem...«

»*Das habe ich fast befürchtet*«, meldete sich mein Mentor. »*Was ist passiert?*«

»Sie haben Prills Kopf!«

Stille. »*Ihren Kopf?*«

Ich schilderte, was sich ereignet hatte. Gamma schwieg einige Minuten, und ich glaubte bereits, er hätte die Verbindung abgebrochen. »*Okay, diese Runde geht an die Lords*«, meinte er schließlich. »*Es war nur eine Frage der Zeit, bis so etwas passieren musste. Die Karten werden neu gemischt. Ab heute bist du vogelfrei. Es ist unerlässlich, dich für den Ernstfall zu wappnen. Halt' das Steuer gerade...*«

»Was hast du vor?«

Gamma ersparte sich eine Antwort. Stattdessen entstand vor dem fahrenden Wagen ein vertikaler Spalt in der Luft. Es sah aus, als öffne jemand einen unsichtbaren Vorhang, um einen heimlichen Blick in diese Welt zu werfen. Der Spalt begann etwa fünf Meter über der Straße und verschwand im Asphalt, wobei es aussah, als könnte man ihn wie eine Spiegelung unterhalb der Straße weiterverfolgen. Jenseits von ihm bewegten sich Formen und Farben, wechselten Licht und Schatten.

Ich riss mit einer Hand das Steuer herum, um dem Phänomen auszuweichen, und trat gleichzeitig auf die Bremse. Der Wagen brach aus und pflügte durch die Wüste, doch der Lichtspalt folgte dem Bogen, den der Pontiac beschrieb, und bewegte sich weiter auf das Fahrzeug zu. Ehe ich mich versah, traf der Wagen auf die Erscheinung – und raste einfach durch sie hindurch. Ihre Ränder zuckten rechts an mir vorbei, über die Motorhaube, den Beifahrersitz und das Heck hinweg. Ich spürte keinen Aufschlag, und als der Wagen endlich in einer Staubwolke zum Stehen kam, ohne in zwei Hälften geschnitten worden zu sein, war der Spuk schon vorüber. Auf dem Beifahrersitz lag ein zigarrenkistengroßer schwarzer Kasten.

»Bist du wahnsinnig geworden?«, rief ich aufgebracht. »Um ein Haar hätte ich den Wagen zu Schrott gefahren!«

»*Ich sagte dir, du sollst das Steuer gerade halten*«, entgegnete Gamma ungerührt. »*Siehst du die Schatulle?*«

Ich benötigte einige Sekunden, um meine Nerven zu beruhigen. »Ja«, knurrte ich dann, stieß die Tür auf und stieg aus. Meine Schulter schmerzte höllisch. Ein Schwindelanfall überkam mich, und ich sackte neben dem Pontiac zu Boden. Erst jetzt bemerkte ich den Riss in meiner Jacke und das Blut, das mein T-Shirt und meine Hose tränkte. Eines der Läuferbeine musste mich gestreift haben. Die Wunde, die über meinen Rippen klaffte, war fast fünfzehn Zentimeter lang. Ich

lehnte mich im Sitzen gegen die Fahrertür. »He, Kumpel«, krächzte ich, »es gibt da noch ein Problem...«
»*Du klingst, als wärst du verletzt.*«
Ich hustete heiser.
»*Stan...?*«
»Der Läufer hat mich übler erwischt, als ich dachte«, meldete ich mich. »Fürchte, mein Schlüsselbein ist gebrochen, und zwei meiner Rippen schauen mich an. Hab' ein wenig Blut verloren.«
Aus dem Radio drang undeutliches Wispern. Dann sagte Gamma: »*Bleib, wo du bist, Stan. Ich versuche, in den Ebenen einen Morner zu finden.*«
Meine Frage, was er damit meinte, ging in einem weiteren Hustenanfall unter. Ich sah mich um, wartete. Die Felsklippen, die hier und da meterhoch aus dem Boden wuchsen, wirkten aus meiner Perspektive wie monströse Reißzähne. Das Adrenalin in meinem Körper hatte sich abgebaut, und immer heftiger spürte ich nun die klaffende Wunde in meiner Seite. Jede Bewegung war von Schmerzen begleitet. Ich tagträumte vom Fliegen. Vielleicht lag es an der Tatsache, sprichwörtlich am Boden zerstört zu sein, die mich wünschen ließ, abheben und über die Welt schweben zu können.
Ganz in meiner Nähe erklang ein seltsames Geräusch. Es hörte sich an wie der Hieb einer Rute, nur unendlich langsamer, und verstummte abrupt. Ich hielt die Luft an, lauschte. Das Geräusch war von der gegenüberliegenden Seite des Wagens gekommen. Schritte wurden laut, die sich dem Pontiac näherten. Es waren nicht die Schritte eines Läufers, eher die eines aufrecht gehenden Zweibeiners.
Ich duckte mich, versuchte, unter dem Wagen hindurchzuspähen. Die Schmerzen explodierten, und trotz aller Beherrschung brachen sie sich schließlich als

unterdrücktes Stöhnen Bahn. Ich sank kraftlos zu Boden, ohne einen Blick auf das sich nähernde Etwas zu erhaschen, und blieb schwer atmend liegen. Was auch immer um den Wagen schlich, es würde leichtes Spiel mit mir haben. Ein präziser Schuss, ein gezielter Schlag...

»Arr!«, sagte eine Stimme über mir und ließ mich zusammenzucken. Wie ein Mensch hatte das nicht geklungen, eher wie ein Rabe. Vielleicht saß der Vogel auf der Schulter des Ankömmlings...

Ein Paar abgetretener schwarzer Halbschuhe tauchte vor meinem Gesicht auf. Schnürschuhe, erkannte ich, markenlos. Über sie fiel der Saum einer grauen Wollhose. Ich hob meinen Blick. Es war ein Mann, vielleicht Anfang Sechzig, schmächtig, kahlköpfig, ohne Augenbrauen. Er hatte keinen Raben auf der Schulter sitzen, dafür einen schwarzen Kunststoff-Aktenkoffer in der linken Hand. Die rechte steckte in seiner Hosentasche. Ein Handlungsreisender, ging es mir durch den Kopf. Versicherungsvertreter. Buchhalter. Teilnahmslos sah er auf mich herab, als betrachte er einen Kaffeefleck auf dem Teppichboden seines Büros. Ungelenk stellte er den Koffer ab, öffnete den Mund und sagte deutlich: »Arr!«

»Hi«, krächzte ich. »Sie sind ein Morner?«

Der Fremde tätschelte mit der flachen Hand seine Brust, was wohl ›Ja‹ bedeuten sollte. Er bückte sich, griff mir unter die Achseln und richtete mich auf. Seine Kraft war enorm, sein Verhalten hingegen recht unnatürlich. Er bewegte sich so steif wie eine Holzpuppe, und in seinem Gesicht regte sich nichts, was auf Gefühle schließen ließ. Als er sich anschickte, mir die Lederjacke auszuziehen, hielt ich sein Handgelenk fest – und glaubte, einen dicken Ast zu umklammern. Dieser Kerl war kein Mensch, sondern ebenfalls eine Maschine! Er ließ sich nicht im geringsten von seinem Tun abhalten, und wenig später hielt er meine Jacke in den Händen. Mir hingegen blieb fast die Luft weg, denn seine Aktion hatte meine Schmerzen nicht gerade gemildert. Ob sich der Morner der Beschwerden einer Wunde, wie ich sie trug, bewusst war, konnte ich nicht sagen. Wahrscheinlich nicht.

»Arr!«, kommentierte er den Schlitz, den das Läuferbein ins Leder geschnitten hatte. Hoffentlich beginnt er jetzt nicht, die Jacke zusammenzuflicken, dachte ich. Der Morner untersuchte den Inhalt der Taschen, warf die Jacke dann achtlos auf den Boden. Er bückte sich erneut und begann, an meinem Schulterholster und dem blutgetränkten T-Shirt zu zerren. Ich biss die Zähne zusammen und bemühte mich, ihm so wenig Widerstand wie möglich zu bieten. Die ›Feinfühligkeit‹, die der Kerl an den Tag legte, brachte mich zur Weißglut.

»*Stan?*«, meldete sich Gamma wieder aus dem Autoradio. »*Ich konnte deine Koordinaten nicht exakt bestimmen. Hat dich der Morner gefunden?*«

»Arr!«, rief ich missgelaunt.

Einen Atemzug lang blieb es still. »*Gut*«, deutete Gamma meine Reaktion. »*Er wird sich um deine Verletzungen kümmern. Folge seinen Anweisungen ...*«

»Welchen Anweisungen?«, erregte ich mich. »Der Kerl ist ein sprachbehinderter Grobmotoriker!«

»*Hör auf zu jammern und sei froh, dass ich ihn gefunden habe. Die Morner wurden als Helfer erschaffen. Sie sind nicht dazu da, Freundschaften zu schließen oder Sympathiepunkte zu sammeln, sondern um strukturelle Probleme innerhalb des –*« Gamma stockte, als hätte er einen Lapsus begangen, sagte dann: »*In den Ebenen zu lösen. Stell dir vor, dein Rasen-*

mäher besäße einen IQ von 40, gepaart mit unerschütterlichem Pflichtbewusstsein. Ich glaube nicht, dass du ihn deswegen heiraten wolltest. Beiß die Zähne zusammen und lass den Morner seine Arbeit machen. Er weiß, was er tut. Wenn du willst, lehrt er dich sogar das Fliegen.«

»Arr!«, bestätigte der Morner. Er hatte den Koffer auf den Boden gelegt und geöffnet. Ich glaubte bereits, dass er – seiner Gefühlsarmut entsprechend – Nadel und Zwirn hervorholen würde, um mir die Schnittwunde ohne Narkose zu nähen, aber was er aus dem Koffer hob, sah aus wie ein silberner Pfannkuchen. Ohne mir dessen Bewandtnis zu erklären, ließ er sich neben mir nieder und legte das glänzende Ding auf meine Wunde. Ich schrie auf. Nicht vor Schmerz, sondern aufgrund der extremen Kälte, die das Objekt verströmte. Es fühlte sich an, als bestünde es aus demselben Material wie der *Schlüssel*. Dass dieses Gefühl nicht trog, bewies der Pfannkuchen, indem er sich zu verformen begann. Er breitete sich konzentrisch über meinen Körper aus, floss über die Haut wie Quecksilber.

»Herrgott«, rief ich bestürzt, »was macht dieses Ding?«

»Falls du das Heftpflaster meinst; es sucht deinen Körper nach Wunden ab«, erklärte Gamma. *»Wenn du allerdings weiterhin herumbrüllst wie eine gebärende Xanthippe, wirst du bald alle Läufer dieser Zone angelockt haben.«*

Ich konnte nicht antworten. Der silberne Metallfilm hatte mein Gesicht erreicht und es vollständig bedeckt. Dennoch war ich in der Lage, weiterzuatmen, was meine Panik ein wenig milderte. Oberkörper, Arme und Kopf waren lückenlos umhüllt. Ich fühlte mich wie schockgefrostet, spürte gleichzeitig das Pflaster an meinen Wunden arbeiten. Das Gewebe um den Schnitt über meinen Rippen und an meiner Schulter vibrierte, ebenso das am Hals, an den Händen und an mehreren Stellen meines Gesichts, wo mich die Glassplitter getroffen hatten. Ich fühlte keine Schmerzen mehr, wagte es aber nicht, mich unter dem Silberfilm zu bewegen. Ob auch dieses Pflaster eine rudimentäre Intelligenz besaß? In was für einer unvorstellbaren Welt lebten Gamma und die Lords? Was für eine Sphäre war das, in der alles von Bewusstsein erfüllt war? Die Vorstellung, dass jedes leblose Ding beseelt war und wusste, wozu es gebraucht wurde, dass es selbständig den Sinn seiner Existenz zu erfüllen vermochte, ängstigte mich. Aschenbecher, die Rauchern hinterherkrochen, Operationsbesteck, das eigenständig Bypässe legte, emanzipierte Fahrzeuge, die sich von autonomen Zapfsäulen betanken ließen, Straßen, die sich *persönlich* erweiterten, um Städte zu verbinden, Städte, die sich selbst errichteten, um sich bewohnen zu lassen ... eine selbstgesteuerte Welt – mit Menschen, die keine sinnvollere Beschäftigung mehr besaßen, als ihren Intellekt zu potenzieren...

Ich erinnerte mich an den Schatten des Lords, den ich einst gesehen hatte; mit seinen stummelförmigen, fingerlosen Armen, dem unförmigen Leib und seinem riesigen Kopf. Und ich fragte mich: Wie abwegig war meine Phantasie, wie unvorstellbar oder vorstellbar war die Welt der Lords wirklich? Und wie weitreichend war Gammas Behauptung, das Organische und Materielle sei auf ihr etwas Prähistorisches? Bezog sie sich nur auf das *Sublime*? Oder den gesamten Planeten? Gab es überhaupt so etwas wie einen Planeten, oder war dort alles nur – Geist?

Naos 5

»SIE KÖNNEN WÄHLEN zwischen Hühnchen mit Reis und Karotten, Kalbsbraten mit Nudeln und Bohnen, Roulade mit Kartoffelpüree und Rotkraut...« Seetha zieht Fertiggericht für Fertiggericht aus dem Rollfach und verteilt die in Aluminiumfolie verpackten Behälter auf dem Boden. Putenbrust, Hacksteaks, Fisch...

»Hühnchen klingt gut«, entscheide ich und kippe den Rest Mineralwasser in mich hinein. Es ist bereits die zweite Dose, die ich leere.

Wir haben die Küche zuerst überhaupt nicht wahrgenommen. Ehrlich gesagt, es ist Seetha gewesen, die sie entdeckt hat. Staunend und mit knurrenden Mägen saßen wir zuvor auf dem Kabinenboden und beobachteten, wie sich zuklappbare Handgepäckablagen, Videomonitore und Belüftungsdüsen an der Decke bildeten. In dem kurzen Flur zwischen dem kleinen und dem großen Kabinenraum entdeckte ich zwei Türen, und als ich sie öffnete, fand ich auf der einen Seite eine vollständig eingerichtete Toilette und auf der anderen einen Umkleide- und Waschraum vor. Auf die Idee, dass auch das Küchenmodul entstanden sein müsse, kam Seetha. Und sie behielt recht. Jener kleine Raum am Ende der Hauptkabine ist nun mit Rollcontainern, Stapelboxen, Hängeschränken und acht integrierten Mikrowellengeräten ausgestattet. Seetha hat die Rollfächer aufgezogen und hunderte vorgefertigter Mahlzeiten und Getränke vorgefunden.

Nachdem wir die Gerichte aufgewärmt haben, setzen wir uns auf den Boden der Hauptkabine und schlagen uns die Bäuche voll. Leider haben sich die Passagiersitze noch nicht manifestiert, um uns das Essen bequemer zu machen. Zu allem Überfluss ist Seetha Vegetarierin. Da es ihr zu aufwendig war, entsprechende Gerichte in den Containern zu suchen, hat sie sich Gemüsebeilagen und Kartoffeln aus mehreren Gerichten zusammengeschüttet. Ihr Essen sieht aus wie ein Eintopf ohne Suppe, aber es scheint ihr zu schmecken; wobei ihr Gaumen wahrscheinlich weniger für ihren Appetit verantwortlich ist als ihr Magen.

Danach liegen wir nebeneinander auf dem Boden, blicken an die Decke und schweigen, zwei satte Ratten im Käfig. Unsere gefüllten Bäuche trösten über vieles hinweg. An unserer Situation können wir nichts ändern, nehmen sie daher, wie sie ist. Die Kabinenfenster zu zertrümmern oder zu versuchen, ein Loch durch die Wand zu schlagen, erscheint zumindest mir sinnlos. Wenn jemand oder etwas dort draußen ist, wird er oder es sich früher oder später zu erkennen geben. Dass nur der Gnom mit dem Aktenkoffer dahintersteckt, bezweifle ich.

Seetha setzt sich auf, als wäre ihr etwas Wichtiges eingefallen, sieht dann auf mich herab. Meine Nackenhärchen sträuben sich bei dem Blick, mit dem sie mich studiert. Ich schaue sie einen Augenblick an, dann ist sie auch schon über mir. Eine Sekunde lang sehe ich Prills Gesicht vor meinen Augen, aber Seetha bedeckt sie mit ihren Lippen. Ich habe sie nicht gefragt, ob sie verheiratet ist ... Dieser Ort entbindet uns von allem. Wir verlangen beide danach, denken nicht daran, dass uns mit Sicherheit jemand beobachtet. Vielleicht zeichnet man unseren Akt sogar auf. Die Ratten kopulieren im Käfig. Sollen unsere Kerkermeister ihren Spaß haben. Es ist uns egal.

Voyons! Voyons!

»Was denken Sie jetzt von mir?«, fragt Seetha. Ihr Kopf ruht auf meiner nackten Brust.

»Nichts Schlechtes, wenn Sie das meinen«, antworte ich. »Es war in Ordnung.«

»Und wenn Ihre Verlobte plötzlich hier ... auftaucht? Sie gehört doch ebenfalls zu den Passagieren.«

Ich lasse meine Finger durch Seethas Haar wandern. »Dann sollten wir uns vorher zumindest wieder angezogen haben. Ich denke auch, wir können uns jetzt duzen.«

Seetha rollt sich zusammen wie ein Fötus. In ihren Händen hält sie plötzlich wieder die Papierschwalbe, die neben uns gelegen haben muss.

»Das ist das Symbol für eine Gammastrahlenkonstante«, sinniert sie und fährt mit der Spitze ihres Zeigefingers das Γ entlang. »Sie ist der Quotient aus einer Gleichgewichts-Ionendosisleistung und der Aktivität eines Radionuklids.«

»Aha«, sage ich. »Woher weißt du das? Gehörst du zu denen dort draußen?«

»Ich bin Radiologin.«

»Du liebe Güte ... Warum bist du dir so sicher, dass dieses Symbol ein Gamma darstellt?«

Die Frau lächelt selbstbewusst. »Weil es eindeutig ein Gamma *ist*. Ob griechisch Gamma, kyrillisch Ge oder semitisch Gimel, das Zeichen bleibt das gleiche.«

»Vielleicht befinden wir uns in einer Spiegelwelt, und es ist doch ein L«, entgegne ich scherzhaft.

»Wir sind hier nicht bei Alice im Wunderland ... wie heißt du eigentlich?«

»Stan. Stan Ternasky. Das mit dem Wunderland würde ich mir allerdings noch einmal überlegen. Um uns herum entsteht ein Flugzeug, findest du das nicht wunderlich?«

Seetha wiegt ihren Kopf hin und her. »Dafür gibt es bestimmt eine Erklärung.«

»Und für deine Anwesenheit?«

Seetha schweigt, faltet die Papierschwalbe auseinander, betrachtet die vier Gammas auf dem Blatt. Sie stehen mal nach rechts und mal nach links gekippt in einer Reihe, ergeben aber keinen erkennbaren Sinn. »Gamma war früher einmal der tiefste Ton der Tonleiter«, überlegt sie laut, während sie das Blatt betrachtet.

»Du meinst, wir sollten gemeinsam ›Om‹ singen?«

»Warum musst du alles ins Lächerliche ziehen, Stan?« Seetha zerknüllt das Blatt und wirft es in eine Ecke der Kabine. »Ich hoffe, dass man mich nicht zu deiner Unterhaltung hierher geschickt hat ... he!« Sie richtet sich abrupt auf, blickt auf meinen Bauch.

»Was ist?«, frage ich. Seetha antwortet nicht, sieht mich nur an und weicht vor mir zurück, als hätte ich mich in einen Alligator verwandelt. »Was hast du denn?«, will ich wissen, setze mich auf.

»Dein Bauch–«, stammelt sie, schluckt.

»Bitte?«

»Dein Bauchnabel...«

»Ja? Was ist damit?« Ich schaue an mir herab, um herauszufinden, was sie so an ihm beunruhigt. Mein Brustkorb ist unversehrt, makellos. Zu makellos. Und mein Bauch ... Ich habe nicht darauf geachtet, ebenso wenig wie Seetha. Warum auch? Ein Nabel ist dort, wo er hingehört. So sollte es zumindest sein. Das glatte, kreisrunde Mal, das stattdessen auf meinem Bauch prangt, widerlegt diese Regel. Ich starre es minutenlang an, taste, ziehe, knete, drücke. Vergeblich. Mein Bauchnabel und meine Narben bleiben verschwunden!

Wie erkläre ich einer nackten, irritierten Frau an einem unwirklichen Ort wie diesem, wieso mir etwas elementar Wichtiges fehlt, das mich als Menschen ausweist? Schönheitsoperation? Mutation? Retortenbaby? Geburtsfehler scheidet leider aus...

Glauben Sie mir bitte, ich bin ein Mensch. Ich habe zwar keinen Kopf, aber sonst geht's mir gut. Sie sehen doch, dass ich ein Mensch bin. Entschuldigen sie, dass ich Sie nicht sehe. Meine Augen sind in meinem Kopf, und der Kopf... na ja... Ich esse für mein Leben gerne Erdbeerkuchen. Wie das ohne Kopf funktioniert, wollen Sie wissen? Nur eine Frage der Improvisation... Wollen Sie etwa behaupten, ich sei kein Mensch, nur weil mir der Kopf fehlt? Ich bin schon ohne Kopf zur Welt gekommen, und das steht auch in meinem Ausweis. Hier, sehen Sie... Sie können das ja. Entschuldigen Sie das miserable Passbild, das noch aus dem letzten Jahrtausend... ach, fuck it!

Von den Narben weiß Seetha nichts, aber wie soll ich ihr beibringen, dass ich selbst ratlos bin, wo mein Nabel abgeblieben ist? Als ich ins Flugzeug gestiegen bin, war er noch da, erkläre ich ihr. Seetha kauert in einer Kabinenecke und verhält sich, als sei ich ein Don Juan von der Venus. Kein Bauchnabel, kein Mensch, so einfach ist das für sie. Natürlich hat sie recht. Wo soll ein Mensch ohne Nabel herkommen? fragt sie sich und ist entsetzt über ihren Intimverkehr mit einem Außerirdischen. Dummerweise besitzt sie selbst einen Bauchnabel. Die Situation ist also verzwickt. Mein Argument, dass sich mein eigener wahrscheinlich noch bildet, sobald das Flugzeug vollständig bestückt ist, beeindruckt sie herzlich wenig.

Schweigend kleiden wir uns an. Als besagte Körperstelle verhüllt ist und Seetha sie nicht mehr vor Augen hat, beruhigt sie sich ein wenig. Vielleicht spürt sie auch, wie unangenehm mir die ganze Sache ist. Ich versichere ihr, dass ich mich wohl kaum entblößt hätte, wenn ich mir des fehlenden Nabels bewusst gewesen wäre. Seetha bleibt skeptisch, unterstellt mir, ich sei für alles mitverantwortlich, was mit ihr und dem entführten Flugzeug passiert. Sie will wissen, wer (und *was*) wir seien, ist überzeugt, alles sei Teil eines Experiments, dem wir sie unterziehen. Sie glaubt, wir hätten das, was um uns herum geschieht, von langer Hand geplant, und behauptet, meine Gefühle ihr gegenüber seien lediglich Schauspielerei. Schließlich sei ich bereits vor ihr hier drin gewesen und hätte sogar gewusst, wie sie heißt. Was hilft es, mich mit ihr zu streiten? Wir sitzen beide im selben Boot, und irgendjemand dort draußen erlaubt sich böse Scherze.

»Also gut«, gebe ich schließlich zu. »Wir haben das Flugzeug entführt, um uns mit den Frauen zu paaren und ihre Männer zu kastrieren. Bald schicken wir euch zurück, in ein paar Monaten bekommt ihr alle Alien-Babys, und binnen kurzem werden dreihundert wahnsinnige Frühgeburten die Welt heimsuchen...«

Ich lasse Seetha stehen und gehe in die Küche. Vielleicht finde ich eine Palette mit Bier.

Alphard 7

Ich öffnete die Augen und blickte in den starren Abendhimmel. Zwischen den Wolken leuchteten Sterne. Sie flackerten nicht, waren statische Sprenkel am Firmament. Wo die Strahlen der tief stehenden Sonne die Wolken trafen, tauchten sie sie in einen sanften Orangeton, der zum Horizont hin immer intensiver wurde und in einem flammenden Sonnenuntergang gipfelte. Dort war der Himmel pastellgrün, ging über in leuchtendes Rosa, dann Violett, schließlich Schwarz. Über mir und am gegenüberliegenden Horizont herrschte tiefe Finsternis.

Ich setzte mich auf, sah mich um, fühlte mich wie an jenem Tag, als ich zum ersten Mal auf dieser Welt, an dieser Straße, erwacht war. Hätte ich es nicht besser gewusst, so hätte ich vermutet, alles beginne von vorn. Damals parkte der Wagen allerdings am gegenüberliegenden Straßenrand.

Das Radio dudelte leise vor sich hin, die zerborstene Windschutzscheibe war vollständig entfernt, ihre Einfassung abgebrochen. Sämtliche Glassplitter waren aus dem Innenraum beseitigt worden. Er wirkte wie ausgesaugt. Ich saß mit nacktem Oberkörper hinter dem Steuer, die Jacke, das blutgetränkte T-Shirt und der Schulterholster samt Browning lagen auf dem Rücksitz. Verwundert sah ich an mir herab, betastete die Stelle, an der – vor wie langer Zeit? – die Wunde geklafft hatte. Eine feine Narbe zeugte noch von ihr. Nun zierten mich derer fünf. Allmählich sah ich aus wie Frankensteins Monster. Auch meine Schulter war schmerzfrei und ließ sich problemlos bewegen. Die Schnitte in meinem

Gesicht waren nicht mehr fühlbar. Leider konnte ich nicht betrachten, da der Innenspiegel ebenfalls durch den Aufprall des Läufers zertrümmert und offenbar von dem Morner entsorgt worden war. Und Seitenspiegel besaß der Pontiac nicht mehr.

Meine Umgebung war leer. Der Morner musste mich in den Wagen gesetzt und ihn auf die Straße zurückgeschoben haben, nachdem er die zerstörten Teile abmontiert und den Innenraum gereinigt hatte. Leider hatte er vergessen, mein T-Shirt zu waschen und die Jacke zu flicken ... Ich würde mich in der nächsten Station neu einkleiden müssen. Der Inhalt der Jacke war vollständig. Das Blut am T-Shirt war fast getrocknet, ein Indiz dafür, dass ich einige Zeit außer Gefecht gewesen sein musste. Dennoch verzichtete ich darauf, das T-Shirt anzuziehen.

Ich klopfte gegen das Radio.

Die Musik wurde leiser. »*Wie geht es dir, Stan?*«, erkundigte sich mein Mentor sofort, und ich fragte mich, was er dort, wo er sich aufhielt, eigentlich die ganze Zeit trieb, außer am Mikrophon zu sitzen. Gammas Stimme klang reserviert, fast lauernd.

»Ich fühle mich gut«, antwortete ich. »Stimmt etwas nicht?«

»*Wie kommst du darauf?*«

»Dieser Unterton in deiner Stimme...«

Gamma schnaubte. Jedenfalls klang es so. Vielleicht war es auch ein Stapel Papier, den er am Mikrofon vorbeischob. »*Ja, Stan, du hast Recht*«, bestätigte er. »*Ich mache mir Sorgen. Nimm jetzt die Schatulle und öffne sie.*«

Ich hob das Kästchen vom Beifahrersitz. »Wie kriege ich sie auf?«, fragte ich, nachdem ich vergeblich einen Verschluss gesucht hatte.

»Drück' einfach auf den Deckel.«

Ich legte die Schatulle auf meinen Schoß und folgte Gammas Anweisung. Die Oberseite des Kästchen teilte sich in der Mitte und klappte lautlos zu beiden Seiten auf. In ihr ruhte ein sonderbar geschwungenes metallisches Objekt in einem ihm angepassten Futteral. Es bestand aus dunklem, grünlich glänzendem Metall und sah aus wie eine Symbiose aus Terzerol und Schlagring.

»Was ist das?«, wollte ich wissen, als ich es aus dem Futteral genommen hatte.

»Eine Waffe«, bestätigte Gamma meine Vermutung. *»Ein wenig moderner als eine Browning, ein wenig handlicher als ein Kampfpanzer, ein wenig effektiver als eine Stinger-Rakete. Sie reagiert auf die elektrischen Impulse deines Gehirns. Der Impuls, der deinen Zeigefinger bei einer Projektilschusswaffe um den Abzugshahn krümmt, wird hierbei direkt auf die Waffe übertragen. Lerne, mit ihr zu kommunizieren. Achte darauf, dass dein Ziel weit genug von dir entfernt ist.«*

Gamma sprach, als betete er ein Mantra. »Ist etwas nicht in Ordnung?«, fragte ich ihn noch einmal.

Einige Sekunden herrschte Stille.

»Deine Paroxysmen sind nicht in Ordnung.« Gamma machte eine längere Pause, als würde es ihm widerstreben, mit mir darüber zu reden. *»Dein Signal war für mehr als eine Stunde nicht mehr zu empfangen, Stan. Kannst du dich an irgendetwas erinnern?«*

Ich überlegte.

»Traumbilder, Eindrücke, Gerüche, Farben, Gefühle ...«, half er mir nach.

»Nein, absolut nichts«, musste ich eingestehen. »Was soll das? Willst du mir vorwerfen, ich würde mit Absicht die Besinnung verlieren?«

»Nein, Stan. Aber deine zunehmenden ... wie soll ich

sagen? Bewusstseinswechsel? und die Tatsache, dass ein kontaktiertes Implantat von den Läufern erbeutet wurde, zwingen mich zur Vorsicht. Roter Alarm, wenn du verstehst, was ich meine. Mir bleibt nichts anderes übrig, als mich zurückzuziehen.«

»Was?« Ich glaubte, mich verhört zu haben. »Soll das heißen, die Suche ist beendet? Die ganze Odyssee umsonst?«

»*Das heißt: Keine Privatgespräche mehr während der Arbeitszeit, Mr. Ternasky! Ich kann erst wieder mit dir in Verbindung treten, wenn du den Prill-Klon gefunden hast, zu dem der Schlüssel passt. Er hält sich in einer der kommenden vier Stationen auf, doch in ihnen wirst du auf dich allein gestellt sein. Die Lords werden Vorsichtsmaßnahmen ergreifen, um ihr Projekt nicht weiter zu gefährden. Sie wissen nun, wen du suchst, wenn auch nicht, zu welchem Zweck. Hinzu kommt, dass die Stasis beendet wurde und die Originale wieder aus dem Sublime ausgegliedert werden, was der Grund für deine Anfälle sein dürfte. Es versucht, dich aufzuspüren. Du musst Prill finden, ehe die Passagiere zurückgeführt werden können.*«

»Zurückgeführt? Was meinst du?«

»*Zurück auf die Erde, Stan.*«

Ich starrte wie hypnotisiert in den Sonnenuntergang. War das nur ein abgefeimter Schachzug Gammas, der meine Bemühungen beflügeln sollte, oder die Wahrheit? Die Lords ließen die Entführten frei, und ich saß hier in Hinternimmerland am Steuer eines schrottreifen Pontiac. Ich war im falschen Film!

»*Ich weiß, was du jetzt denkst*«, bemerkte Gamma.

»Ach, wirklich?«

»*Sei beruhigt. Eine unvollständige Rückführung der Originale hätte katastrophale Folgen. Es wäre womöglich der Tod für das Sublime! Du bist einer der wichtigsten Männer auf dieser Ebene – für beide Seiten.*«

»Aber die Versprechen, die ich Prill gab...«
»Noch ist es nicht zu spät, ihr gegenüber dein Wort zu halten. Ich weiß, dass du Fragen hast, dass du das Motiv nicht verstehst, aber ich kann es dir nicht veranschaulichen, solange du dich in dieser Ebene befindest. Selbst, wenn wir uns gegenüberstehen werden, wird es mir schwer fallen, es dir begreiflich zu machen, denn du wirst mir nicht glauben wollen. Dein Verstand wird es dir verbieten. Aber du wirst es begreifen, wenn du es erst mit eigenen Augen siehst...«
»Wenn ich was sehe?«
»Das Sublime, Stan. Schule dich jetzt an der Waffe. Dann schieb endlich den Wagen wieder an, unsere Zeit verstreicht. Viel Glück, auf dass wir einander bald begegnen. Und falls nicht – leb' wohl, Stan.« Einen Atemzug lang herrschte Stille. *»Ach, noch etwas...«*
»Ja?«, fragte ich.
»Immer daran denken, dass du noch zwei Eier hast, Amigo!«
Gamma verstummte mit einem Knacken, als hätte er den Stecker des Mikrophons herausgezogen, und Musik begann aus den Boxen zu rieseln. Ich saß lange gedankenverloren hinter dem Steuer, lauschte den Liedern, rauchte, wünschte mir eine Flasche Brandy oder einen guten Joint. Ich spielte mit dem Gedanken, einfach hier zu warten, bis irgendetwas passierte; bis mich die Läufer aufgriffen oder ich mit einem Mal dort war, wo ich eigentlich hingehörte: auf den Passagiersitz eines Flugzeuges, Seite an Seite mit Prill – und ohne Erinnerung an diese Retortenwelt und ihre Regenten. Ich hatte das Gefühl, der Boden unter dem Wagen würde langsam immer weicher werden, den Pontiac und mich zu verschlucken beginnen, um uns in ein unbegreifliches Darunter sinken zu lassen, das mit menschlichen Sinnen nicht mehr zu erfassen war. Ich

schloss die Augen, glaubte bereits zu spüren, wie sich die Front des Wagens langsam nach vorne neigte. Gleichzeitig schienen sich meine Gliedmaßen aufzublähen und zu Stein zu erstarren, so schwer, dass ich keinen Finger mehr krümmen konnte. Ich besaß die Masse eines Pottwals, aber die Größe einer Maus ...

Irgendwann hielt ich es nicht mehr aus, riss die Augen und die Fahrertür auf und flüchtete aus dem Wagen. *Auf die Erde, auf die Erde,* läutete Gammas Stimme wie eine Kirchturmglocke in meinem Kopf wider. Ein paar Minuten wanderte ich ziellos durchs Gelände, stemmte wahllos Felsbrocken in die Höhe und warf sie brüllend davon. Ich stellte mich auf die Straße, sah hinauf und hinab, rannte den Mittelstreifen entlang, fühlte, wie diese geistige Lähmung langsam von mir abfiel. Erschöpft erreichte ich irgendwann wieder den Wagen, aß und trank von den Vorräten im Kofferraum. Danach fühlte ich mich etwas besser und verspürte große Lust, die ausgetrocknete Wüstenvegetation abzufackeln. Ich versuchte, eine Garbe Büffelgras in Brand zu setzen, aber es ließ sich nicht entzünden. Bei einem nahen Busch stieß ich auf das gleiche Phänomen. Nach einigen Versuchen stand fest: Die Vegetation – so trocken wie Stroh – war feuerfest!

Ich holte die eigenartige Waffe aus dem Wagen, lief einige Schritte und richtete sie auf eine unbestimmte Stelle des Wüstenbodens. Ich konzentrierte mich, aber die Gewohnheit ließ mich meinen Finger trotzdem gegen den Griff pressen. Kein Schuss war zu hören, ebenso wenig spürte ich einen Rückschlag. Aus der Spitze der Waffe löste sich etwas, das aussah wie ein transparenter Strahl. Ich nahm ihn nur wahr, weil sich das Licht der Abendsonne in ihm brach wie in einem Prisma. Dort, wo er auftraf, verformte sich der Wüstenboden innerhalb eines Sekundenbruchteils zu einem farblosen Brei und löste sich auf. Was im Radius von etwa einem Meter übrig blieb, war ein die Sinne verwirrendes Flirren, das in den Augen schmerzte und Schwindel erzeugte, wenn man es länger betrachtete. Das Phänomen betraf sowohl den Boden als auch die Luft und wirkte, als hätte die betroffene Materie aufgehört zu existieren. Nach einigen Sekunden beruhigte es sich, wie die Oberfläche eines Sees, die sich nach einem Steinwurf wieder glättet. Was übrig blieb, war ein kugelrundes Nichts.

Ich pfiff anerkennend durch die Zähne. Mein Mentor hatte nicht zu viel versprochen. Nach und nach produzierte ich elf weitere Materielöcher in der Landschaft, wobei ich mich bemühte, die Intensität des Strahls von Schuss zu Schuss zu erhöhen. Der letzte Einschlag besaß einen Durchmesser von gut vier Metern. Zufrieden ließ ich die Waffe sinken und schaute mich um. Der Wüstenboden sah aus wie nach einem Meteoritenschauer.

»Okay, Gamma«, murmelte ich. »Wir sprechen uns, das schwöre ich dir!«

Am nächsten Bunker sah alles aus wie immer, das Betondach war ein beliebig austauschbares Motiv in der Landschaft. Die Luft roch nach nichts, die Stille lastete über allem. Kein Läufer war zu sehen. Falls man mich tatsächlich erwartete, dann zumindest nicht mit Schlachtrössern und Kanonen.

Während der Fahrt hatte ich entschieden, den Eingangsbereich – schon auf Grund der Erfahrung in der zurückliegenden Station – außer Acht zu lassen. Stattdessen würde ich einen der Lüftungskamine benutzen, um ins Innere zu gelangen.

Nachdem ich den Wagen am Fahrbahnrand geparkt hatte, suchte ich aus dem Kofferraum die Ausrüstung für den Abstieg zusammen: ein starkes Nylonseil und Schraubkarabiner, Abseilbremsen, einen Sitzgurt, ein Stirnband mit einer altmodischen Xenonlampe, eine Brechstange und ein kleines Etui mit Werkzeug. Dazu zwei Paar Steigklemmen, ein taschenbuchgroßes Kopiergerät und zu guter Letzt den *Schlüssel*. Bis auf die Brechstange verstaute ich alles in einem Rucksack.

Nacheinander inspizierte ich die Belüftungsaufbauten. Wie auf jedem Stationsdach gab es zwölf etwa einen Meter hohe Entlüftungskamine und einen gewaltigen Belüftungsschacht, der vier Meter aus dem Dach emporragte und über fünfzehn Meter Durchmesser besaß. Der Belüftungsschacht war durch ein solides, schweres Metallgitter gegen das Eindringen von Fremdkörpern geschützt. Mit dem Brecheisen hatte ich keine Chance, es aufzustemmen und einen Durchlass zu schaffen, der mir ein Hineinschlüpfen erlaubte. Hinzu kamen Luftfiltermatten, die schachtabwärts im Abstand von jeweils fünf Metern installiert waren. In etwa zwanzig Metern Tiefe folgte dann die offene Zuluft-Turbine mit ihren riesigen Rotoren, die einen Menschen zu Tatar verarbeiten konnte, wenn er den Halt verlor und hineinstürzte. Der Belüftungsschacht schied definitiv aus.

Meine Spezialität waren die Entlüftungskamine. Sie stanken wie die Hölle, besaßen etwa eineinhalb Meter Durchmesser, waren nur durch leichte Gitter verschlossen und führten hindernislos in die Tiefe. Das einzige Problem waren auch hier die Ventilatoren an ihrem Ende. Gegenüber dem Rotor-Ungeheuer im Zuluftschacht glichen sie jedoch harmlosen Propellern, die selbst ein stabiler Stiefel zu stoppen vermochte.

Mit dem Stemmeisen hebelte ich das Gitter eines Schachtes aus, von dem ich annahm, dass er in eine etwas weiter abseits gelegene Zone des Bunkers führte. Das Stemmeisen trug ich zum Wagen zurück, es war zu schwer und zu sperrig, um es mitzuschleppen. Nach einem Rundblick über die Wüste aktivierte ich das Kraftfeld, um zu verhindern, dass die Läufer den Wagen in seine Bestandteile zerlegten, während ich mich in der Station aufhielt.

Wieder am Kamin angelangt, legte ich den Sitzgurt und das Stirnband mit der Lampe an, schlang das Nylonseil um den Kamin und führte es durch die Abseilbremse. Dann befestigte ich den Sitzgurt am Seil, beugte mich über den Schacht und warf einen Blick nach unten. Ein atemberaubender Gestank blies mir ins Gesicht: Rauch, Schweiß, Parfüm, Essen, Fäkalien, Haarspray. Der gebündelte Strahl der Lampe erfasste die Rotoren am Schachtende. Ihr Surren erinnerte an einen Hornissenschwarm. Nachdem ich mich davon überzeugt hatte, dass das Seil am Kamin festsaß und dieser meinem Gewicht standhalten würde, überprüfte ich den Sitz meiner Waffen und ließ mich langsam in den Schacht hinabgleiten.

Vor Jahren hatte ich mich (auf der Erde) mit Freunden in den *Incredible Pit* abgeseilt, einen senkrechten, 135 Meter tiefen Schacht der Ellison's Cave in Georgia. Ihm gegenüber verlor sich ein fünfzig Meter tiefer Lüftungskamin in Bedeutungslosigkeit. Nach einer Minute erreichte ich die Ventilatoren, spreizte die Beine und fand beidseitig des Turbinengehäuses Halt. Vor mir befand sich die Verschlussklappe des Wartungsganges, durch den im Notfall ein Mensch kriechen konnte, um Reparaturarbeiten am oberen Ventilator durchzuführen oder Verunreinigungen der Rotorblätter zu beseitigen. Ich löste den Sitzgurt, um volle Bewegungsfreiheit zu besitzen, verknotete ihn mit dem Seil, sodass er einen Meter über der Turbine hing. Das Verschlussgitter abzuschrauben, war ein Kinderspiel. Dahinter lag ein finsterer, etwa siebzig Zentimeter im Quadrat messender Gang, der nach etwa fünf Metern auf einen weiteren senkrechten Schacht traf. Eine Eisenleiter führte hinab in eine kleine Kammer. Dort angekommen, verschnaufte ich. Kein Laut drang hier an meine Ohren. Der Raum, etwa sechs Quadratmeter groß, diente lediglich dem Zweck, den Zugang zum Schacht durch eine Metalltür zu verschließen. Zwei Bolzenschlösser sorgten dafür, dass kein Unbefugter eindrang. Es waren jämmerliche Sperren, und auch die Tür ähnelte mehr dem Zugang zum Heizungsraum eines Mehrfamilienhauses. Für die Bewohner der Station hingegen war diese Pforte ein unüberwindliches Hindernis. Vielleicht wussten sie nicht einmal mehr, was eine verschlossene Tür war.

Das Aufbrechen der beiden Schlösser beanspruchte mehr Zeit, als ich erwartet hatte. Während das untere relativ leicht zu öffnen war, musste ich das obere teilweise demontieren, um an den eingerosteten Schließmechanismus zu gelangen. Eine halbe Stunde später war das Werk vollbracht. Die Tür schwang nach innen auf. Ich öffnete sie vorsichtig und blickte auf ein rotes Tuch aus Wandsatin. Verächtlich schüttelte ich den Kopf. Kein Wunder, dass die Tür so primitiv war; niemand war von außen in der Lage zu erkennen, dass sich hinter dem Wandbezug ein Zugang zum Lüftungssystem verbarg. Scheinbar wurde er nicht mehr benutzt. Ich zog ein Klappmesser hervor, schnitt ein Spalt in den Stoff und spähte hindurch.

Vor der Tür war es dunkel, aber nicht stockfinster. Nach meiner Erfahrung musste ich mich noch über der ersten Ebene befinden. Von rechts fiel warmes Zwielicht herein, und die Luft besaß ein teils nach Reinigungsmitteln, teils nach Parfum riechendes Odeur. Der Strahl meiner Stirnlampe malte ein großes gelbes Juwel an die gegenüberliegende Korridorwand. Ich schaltete sie ab und verstaute sie im Rucksack, den ich neben der Steigleiter deponierte. Dann vergrößerte ich den Spalt, atmete noch einmal tief durch und schlüpfte hinaus auf den Gang.

Auf ein neues!
Hic Orkus, hic salta!

Der Korridor endete einen Meter links von mir an einer Wand, während er auf der anderen Seite über eine kurze, abwärts führende Treppe nach vielleicht fünfzehn Metern in einen beleuchteten Quergang mündete. Alle Wände waren mit dunkelrotem Samt bespannt. Aus dem Quergang näherten sich Stimmen. Ich duckte mich in die Dunkelheit, meine Hand am Griff der Browning. Drei Personen huschten am Korridor vorbei, zwei Männer und eine Frau. Sie waren aufgemotzt wie Besucher eines englischen Pferderennens, die Männer in Maßanzügen, die Frau mit einem Hut, der jeglicher Beschreibung spottete und die halbe Breite des Querganges für sich beanspruchte. Ihre Stimmen entfernten sich rasch wieder. Ich erinnerte mich meiner eigenen Garderobe: blutgetränktes T-Shirt, zerschlissene Lederjacke, schmutzige Blue-Jeans, Lederstiefel. Hervorragend. Falls die Bekleidung der drei Bewohner Standard war, fiel ich auf wie eine tanzende Vogelscheuche.

Ich beschloss, meinen Plan zu ändern. Zuerst würde ich mir passende Kleidung zulegen, die zweckmäßig genug war, um meine Waffen unauffällig zu verstauen.

Dann erst folgte die ›Deaktivierung‹ meines Alter Egos.

Ich lief vor zum Quergang und schielte um beide Ecken. Der Korridor war leer. Rechts knickte er nach wenigen Metern ab, links führte er bis zu einer zwanzig Meter entfernten Doppelflügeltür. Ich entschied mich für die rechte Seite. Ein dicker Teppich, der den Boden bedeckte, verschluckte meine Schritte. Auch die der jungen Frau, welche urplötzlich vor mir um die Ecke bog. Sie war damit beschäftigt, den Lack an ihren Fingernägeln trockenzublasen und lief fast in mich hinein.

»Stan ...?!«, erschrak sie und blieb ruckartig stehen. Ihr Blick fiel auf meine Kleidung. »Himmel, wie siehst *du* denn aus?« Sie verzog entsetzt das Gesicht. »Du willst doch nicht etwa so in den ...«

Ich schnellte vor, schleppte sie um die Ecke, drückte sie gegen die Korridorwand und hielt ihr den Mund zu. Die Augen des Mädchen waren schreckgeweitet, dann mischte sich etwas in ihren Blick, das ich gar nicht mochte. Ehe ich es verhindern konnte, hatte sie mir in die Hand gebissen.

»Du Arschloch!«, rief sie empört, als ich sie schmerzerfüllt losließ. »Was bildest du dir ein? Nikobal hat dir ausdrücklich verboten, mich anzufassen!«

Ehe ihr Gekeife den gesamten Wohntrakt auf den Korridor locken konnte, hielt ich ihr die Browning unter die Nase, führte den freien Zeigefinger an die Lippen und machte »Psst!«

Das Mädchen wurde noch bleicher und schielte ängstlich auf die Pistolenmündung.

»Lieber Gott!«, flüsterte sie kleinlaut. »Ist die etwa echt?«

Ich lächelte. »Natürlich. Dein Name ist Zoë, nicht wahr?«

»Was soll die blöde Frage?«, stutzte sie. »Hast du irgendwas geschluckt? Du guckst so komisch...« Sie studierte mein Gesicht, und mit jedem Quadratzentimeter Haut, den sie betrachtete, wurde ihre Miene eine Spur verstörter. Die Pistolenmündung, die eine Handbreit vor ihrem Gesicht schwebte, schien sie nicht mehr wahrzunehmen. »Woher hast du denn diese Narbe?«, stotterte sie. »Und die da? Und die?« Nacheinander deutete sie auf meine Wange, mein Kinn, meine Stirn...

Ich wischte ihre Hand mit der Pistole fort. »Das erzähle ich dir nachher. Du kennst mich gut, habe ich recht?«

Zoë schluckte. »Sicher, Stan. Wir – sind verheiratet.«

Volltreffer! Ich schloss für ein paar Sekunden die Augen.

»Aber wir befinden uns in Separation«, fügte Zoë schnell hinzu und machte eine Bewegung, als wolle sie mich stützen. »Bist du sicher, dass mit dir alles in Ordnung ist?«

»Alles bestens«, versicherte ich. Ich sah sie an und hielt ihr die Waffe vor die Augen. »Weißt du, was das ist?«

»Eine Pistole.«

»Und weißt du auch, wie sie funktioniert?«

»Ja.« Das Mädchen wirkte wieder unsicher. »Glaube ich zumindest.«

»Sie macht Löcher«, klärte ich sie auf. »Ziemlich hässliche Löcher. Tut verdammt weh. Willst du so ein Loch in deiner Stirn haben?«

Zoë schüttelte stumm den Kopf.

»Ich bin auch nicht hier, um dich zu erschießen. Aber glaub mir, ich habe nicht die geringsten Skrupel, es zu tun, wenn du mich dazu zwingst. Verstanden?«

Ein Nicken.

»Dann sei jetzt still und antworte nur noch, wenn ich dich etwas frage. Weißt du, wo mein Quartier ist?«

»Ja, sicher.« Dabei schüttelte sie den Kopf, was wahrscheinlich meinem Verstand gelten sollte.

»Gut. Dann gehen wir jetzt zu mir.«

»Aber...«, rang Zoë nach Fassung, »das geht nicht! Nikobal hat es verboten, und Frederick erwart–«

Ich hielt ihr erneut den Mund zu und drückte ihr die Pistolenmündung an den Hals. Tränen schossen in Zoës Augen, ihre Lippen bebten. Ihr Lippenstift war verschmiert, das Make-up zerrann.

»Antworte nur auf meine Fragen«, erinnerte ich sie. »Frederick kann warten. Wir gehen zu mir! Ich brauche etwas Anständiges zum Anziehen, findest du nicht?« Ich schob sie von der Wand fort. »Du gehst voran. Und zwar mucksmäuschenstill! Vergiss nicht, ich ziele auf dein Rückgrat.«

Zoë trippelte vor mir her wie eine ferngesteuerte Puppe. Ab und zu blickte sie kurz über ihre Schulter, als hoffe sie, mich nicht mehr hinter sich zu finden. Ich lief drei Schritte hinter ihr und ließ sie nicht aus den Augen. Es war ihr anzusehen, dass sie sich alles andere als wohl in ihrer Haut fühlte. Die Ungewissheit, was ich mit ihr im Sinn haben mochte, mein für sie befremdliches Auftreten, die Pistole in meiner Hand (ein Tabu, denn es gab offiziell keine Schusswaffen in den Stationen!) und meine scheinbare Gedächtnisstörung verwirrten sie. Sie hatte Angst vor mir, aber auch davor, Nikobals Verbot zu verletzen. Arme Sklavin. Dieser Nikobal hatte ihr also den Umgang mit mir verboten. Das ließ darauf schließen, dass er für Recht und Ordnung in der Station zuständig war. Einem Bewohner dieses Namens war ich aber in den anderen Kolonien noch nicht begegnet. Er musste eine Autoritätsperson sein; vermutlich der Lord.

Das Mädchen führte mich durch menschenleere Flure. Gemälde und Fotografien schmückten die Wände, Lüster spendeten warmes Licht. Hier und da standen Kommoden, Tische und Vitrinen, vor allem jedoch eine Unzahl von unscheinbaren bis übermannsgroßen Zimmerpflanzen, die ich misstrauisch musterte. Das Ambiente erinnerte an ein Nobelhotel. Vor keiner der Türen, die wir passierten, machte Zoë halt. Ebensowenig öffnete sich eine von ihnen, um einen der Bewohner heraustreten zu lassen, was mich bald stutzig werden ließ. Über 600 Menschen bevölkerten die Station, aber außer Zoë und den drei aufgetakelten Gestalten, die zu Beginn an mir vorbeigewandelt waren, hatten wir keinen von ihnen gesehen. Wusste der Lord von meiner Anwesenheit? War das Mädchen eine Falle?

»Wo sind die Leute?«, wollte ich wissen, als ich das Gefühl hatte, wir liefen ziellos im Karree.

»Im Club«, lautete die knappe Antwort.

»Alle?«

»Frederick legt Wert darauf, dass die Oberschicht vollzählig anwesend ist.« So, wie Zoë sprach, hatte sie sich mittlerweile mit meiner Amnesie abgefunden.

»Die Oberschicht?«, wunderte ich mich. »Was soll das sein?«

»Oben ist oben, unten ist unten. Was ist dir eigentlich auf den Kopf gefallen, Stan? Die Oberschicht bevölkert diese Ebene, die Unterschicht logischerweise die Ebene unter uns.«

Zwei Ebenen? Ich schüttelte ungläubig den Kopf. »Und – wer bestimmt, wer zu welcher Schicht gehört?«

»Babalon.«

Noch ein Name, der mir nicht geläufig war. Konnte es sein, dass diese Kolonie von zwei Lords geführt wurde? Das wäre eine völlig neue Perspektive. Zwei Ebenen, zwei voneinander getrennte Bevölkerungsschichten, zwei Bunkerherren.

Ich fragte: »Kennst du Babalon?«

»Jeder kennt Babalon.« Zoë warf einen Blick über ihre Schulter. »Zumindest *fast* jeder...« Sie blieb stehen, stemmte dann die Hände in die Hüften. »Na, worauf wartest du? Willst du erst anklopfen, ob du vielleicht schon zu Hause bist?«

Ich sah auf die Tür, neben der sie stand. »Eine hervorragende Idee!« Ich packte das Mädchen am Arm, postierte mich so, dass man mich von der Tür aus nicht gleich sehen konnte, hob die Pistole und schlug mit dem Griff gegen das Holz.

»Du bist völlig bescheuert!«, kommentierte Zoë.

Eine Weile blieb alles ruhig, dann betätigte jemand hinter der Tür den Öffnungsmechanismus. Das Mädchen spannte sich und hielt die Luft an. Eine Sekunde später schwang die Tür auf, und mein Ebenbild – nur in Flanellhose und mit einer Zahnbürste im Mund – blickte auf den Flur hinaus. Der Stan-Klon sah zuerst Zoë, und seine Augen verengten sich zu schmalen Schlitzen. Ehe er jedoch die Tür wieder zuschlagen konnte, fiel sein Blick auf mich.

Das Mädchen starrte mit aufgerissenen Augen meinen Doppelgänger an, dieser mit ungläubigem Staunen auf mich. Das waren die Augenblicke, die ich liebte!

»Hi, Stan!«, begrüßte ich mich und hob die Pistole. »Ich möchte mir ein paar Klamotten von dir borgen.«

Stan II verdaute die Tatsache, einen Doppelgänger zu haben, nach dem ersten Schock relativ gut. Ganz im

Gegensatz zu Zoë, die mit kreidebleichem Gesicht in einem Schalensitz saß und kein Wort mehr von sich gegeben hatte, seit wir die Wohnung meines Alter Egos betreten hatten. Stan II tat so, als hätte er sich unter Kontrolle. Zumindest anfangs. Es hätte mich gewundert, wenn es anders gewesen wäre. Trotzdem hatte ich beide sicherheitshalber gefesselt, bevor ich ein Bad genommen und mich rasiert hatte und nun in den Schränken nach passender Kleidung kramte. Der Zustand, sich kaum bewegen zu können, trieb Stan II den Schweiß auf die Stirn. Zuerst glaubte ich, er müsse pinkeln, dann, er habe tatsächlich Angst. Als ich ihn fragte, nannte er inneren Stress als Ursache.

»Sie verstehen das nicht, um Gottes Willen«, jammerte er. »Ich muss in den Club! *Ich muss!*«

»Sei still, verdammt noch mal!«, fuhr ich ihn an. »Das ist ja erbärmlich! So kenne ich mich gar nicht. Als ob sich Frederick aus deinem Magen eine Mütze und aus deinen Därmen Schnürsenkel machen wird, wenn du nicht auftauchst. Fein rasiert bist du übrigens. Und dieses Parfum; welche Marke ist das? Riecht wie Sojasoße mit einem Schuss Hustensaft.«

Stan II ließ deprimiert den Kopf hängen.

»Was hättest du heute angezogen?«, fragte ich und warf ihm ein Kleiderbündel vor die Füße. »Denk nicht lange nach, du weißt es doch.«

Er nickte in Richtung eines freistehenden Kleiderständers, auf dem ein beiger Gesellschaftsanzug hing.

»Dieses Ding?« Sprachlos lief ich hinüber. »Und das hier auch?«, wollte ich wissen, wobei ich einen Schlips und ein paar Lackschuhe in die Höhe hob.

Stan II zuckte mit den Schultern.

»Puh, du lieber Gott. Aber wenn's sein muss...«

Der Kopf meines Doppelgängers zuckte hoch. »Wenn *was* sein muss? Wollen Sie etwa...?«

Ich zog mir einen Hocker herbei und setzte mich, nur mit Unterhose bekleidet, den beiden gegenüber. »Genau *das* will ich, Stan. Du bis eine wahre Leuchte. Wann musst du im Club sein?«

Stan's Augen suchten die Wanduhr. Sie zeigte 18.16 Uhr. »Wenn ich nicht spätestens in neunzig Minuten drüben bin, schickt Frederick jemanden, der mich abholt.«

Ich sah Zoë an. »Kannst du mit Pinsel und Farbe umgehen?«

»Was?«, machte sie und schaute, als wäre sie soeben aufgewacht.

Ich löste ihre Handfesseln. »Nein, die bleiben dran!«, bestimmte ich, als sie mir auch ihre gefesselten Füße entgegenstreckte. »Wo hast du dein Schminkköfferchen, Stan?«

Mein Klon lief rot an. »Im – Badezimmer. Woher...?«

»Du hast Puder im Gesicht«, erklärte ich, lief ins Bad und suchte zusammen, was ich für nötig hielt.

Stan II fragte: »Was haben Sie vor?« Er und Zoë tauschten Blicke, die zwischen gegenseitiger Beschuldigung und Zukunftsangst pendelten.

»Ich trage ein paar überflüssige Narben im Gesicht, Stan. Ein wenig Retusche kann nicht schaden. Hier!« Ich platzierte ein Tablett mit Schminkutensilien auf Zoës Schoß. Dann setzte ich mich ihr gegenüber, die Pistole auf sie gerichtet. »Schau nach rechts, neben dir sitzt mein Ebenbild. Ich will, dass man uns nicht mehr voneinander unterscheiden kann, wenn du fertig bist.« Und an meinen Klon gewandt: »Warst du schon mal in der zweiten Ebene?«

»Nein«, entfuhr es Stan II. »Babalon bewahre ...«

»Wo befinden sich die Lifte?«

»Es gibt keine Lifte in die zweite Ebene. Nur Babalon führt hinab.«

»Und wieder hinauf«, sagte Zoë.

»Zumindest für die ersten sechs Spieler, die den Parcours bewältigen«, ergänzte Stan II.

Ein Gesellschaftsspiel also, kein zweiter Lord. »Okay«, nickte ich, als mich Zoë zu schminken begann. »Während mich das Mädchen in dich verwandelt, wirst du mir alles über Nikobal, das Spiel und die beiden Ebenen erzählen, was ich wissen muss. Ihr habt eine Stunde Zeit.«

Isadom 2

Sie springt hinunter auf den nächsten Felsbrocken, landet auf einer dicken Schicht aus trockenem Moos und Gräsern. Die Felsen füllen das gesamte Tal, wie die seit Jahrtausenden verwitternde Murmelsammlung eines Riesen. Felsen, Felsen und abermals Felsen, groß und rund wie Findlinge. Zwischen ihnen, wo das Erdreich tief genug ist, haben kleine Bäume und Sträucher in Herbstkleidern Fuß gefasst. Es ist kühl im Tal, doch je tiefer sie kommt, desto milder wird es.

Gazeleichter Dunst hängt zwischen den Bäumen, lange, taubehangene Spinnenfäden spannen sich zwischen den Sträuchern, Singammern und Drosseln huschen aufgeschreckt durchs Geäst. Tief unter den Felsen rauscht ein Bach, dessen Lauf sie folgt. Sie kann sein dumpfes Brodeln und Strudeln hören. Hier und da bringt es die Felsen zum Vibrieren. Dann hält sie inne, legt sich aufs Gestein, lauscht den sanften Schwingungen, die aus ihrem Inneren kommen. *Quocha tapeh* – die Stimmen der Erde. An manchen Stellen, wo sich kein Erdreich abgelagert hat, klaffen tiefe Löcher und Spalten. Auf verschlungenen Wegen führen sie hinab, erlauben Blicke auf die Felsen darunter, und die darunter...

Aber sie kann das Wasser nicht sehen, das sich unter ihnen seinen Weg bahnt. Erst am Ende des Felsenmeers tritt es sprudelnd zutage, um gleich darauf in einen kleinen See zu münden. Der See tief unten im Tal ist ihr Ziel. Sie kann seine Lage nur ahnen, dort, wo das blutrote Laub der Bäume und ihrer weit über das Wasser hängenden Äste am intensivsten leuchtet; wo sich das

Blut des Großen Bären sammelt und den Wald flammenlos brennen lässt.

Auf halber Strecke zum See hält sie inne, streicht gedankenverloren ihre nackten Sohlen über das Moos und sieht hinauf zum Licht. Es leuchtet noch immer an der Stelle, wo sie den Wald betreten hat und das Felsenmeer beginnt. Der Dunst lässt es wie einen irisierenden Wächter erscheinen.

Unten am Seeufer hat die über den Bergkämmen hängende Sonne den Dunstschleier vertrieben. Ihre Strahlen lassen die Birken, die das Gewässer umgeben, ihre Farbnuance zum Palettenzauber des Herbstes beisteuern. Dazwischen schimmern die Blätter der Walnussbäume und das Purpur von Ahorn und Eschen. Knallgelb leuchten Buchen und Maulbeerbäume, und sogar der Hickory auf der kleinen Insel in der Mitte des Sees.

Die makellose Schönheit des herbstlichen Waldes macht es ihr schwer, an Winter und Verfall zu denken. Unzählige Moosbeeren treiben zwischen herabgefallenem Laub auf der Wasseroberfläche. Sie kleidet sich aus, läuft ins Wasser und schwimmt hinüber zur Insel. Das Eiland umfasst kaum mehr als zwanzig Quadratmeter, doch es ist im Gegensatz zum schattigen, spärlich bewachsenen Seeufer von kniehohem Gras überwuchert. Sie setzt sich unter den Hickorybaum und lässt sich von den Sonnenstrahlen trocknen. Die Sonne geht unter, nicht auf, bemerkt sie traurig. Scharlachrot balanciert der Feuerball über den Bergen, umkränzt von einer goldorangefarbenen Gloriole.

Wende dich zur Sonne, und du siehst nicht die Schatten, erinnert sie sich an ein Sprichwort ihrer Vorfahren. Seltsam, dass sie ausgerechnet jetzt an sie denken muss, wo sie am weitesten von ihr entfernt sind. Das Cree-Blut in ihren Adern ist nach Generationen so dünn wie ein Gin Fizz.

Sie träumt mit offenen Augen, wartet, bis die Sonne hinter den Baumwipfeln verschwunden ist. Dann kriecht sie zum Wasser, betrachtet ihr Spiegelbild. Es blickt nachdenklich zurück, fast gleichgültig. Sie verknotet ihr Haar, beginnt Grimassen zu schneiden, doch am Ende klärt sich ihr Gesicht immer wieder zu einer ausdruckslosen Maske.

»*Was tust du da?*«, fragt unvermittelt eine Stimme hinter ihr.

Sie wirbelt herum. »Stan!«, ruft sie erstaunt, springt auf. »Wie – wie kommst du hierher? Du hast mich fast zu Tode erschreckt!« Sie geht auf ihn zu, doch ihre Umarmung trifft ins Leere. »Stan...?« Unsicher weicht sie zurück.

»*Ich habe eine vertraute Form gewählt, um dich nicht zu erschrecken*«, erklärt die Erscheinung. »*Es ist mir wohl nicht gelungen.*«

Sie versucht, ihre Blöße hinter dem Hickory zu verbergen, mustert Stans Gestalt. »Du bist kein Klon«, entscheidet sie. »Was bist du?«

»*Was du wahrnimmst, ist ein Paragon.*«

»Schickt dich das Licht?«

»*Ich bin das Licht, Prill.*«

Verflixt, dann starrt es sie im Zimmer womöglich doch an, wenn sie nackt durch den Raum spaziert! Schlimmer noch: wenn sie ihm gegenüber sitzt und die Erinnerungen empfängt... Sie tritt hinter dem Baum vor, bleibt vor der Erscheinung stehen. Diese sieht ihr in die Augen, aber nicht tiefer. Oder geht der Blick des Paragons durch sie hindurch, ins Leere?

»Siehst du mich?«

»*Natürlich, Prill. Von überall her.*«

Sie schluckt. »Als Mensch?«

»*Als Verinnerlichung.*«

»Das verstehe ich nicht.« Sie betrachtet die Spiegelung der Berge auf der Wasseroberfläche. »Wenn du den Wald betrachtest, was siehst du?«

»*Ich sehe Bäume mit todkranken Blättern, angefüllt mit Xanthophyll, Carotin und Anthocyan.*«

»Du bist unromantisch.«

»*Ich habe nur deine Frage beantwortet. Das soll nicht heißen, dass ich diesen Ort nicht stimmungsvoll finde. Er wirkt beruhigend.*«

»Er ist wunderschön. Man glaubt, dass die ganze Welt in roter Farbe ertrinkt. Die Wälder leuchten nur wenige Tage im Jahr so intensiv. Es ist dort, wo ich herkomme, ein einzigartiges Schauspiel. Man nennt es *Indian Summer*. Die Indianer, denen dieses Land einmal gehörte, sagen, der Wald sei getränkt vom Blut des Großen Bären, der vom himmlischen Jäger erlegt wurde.«

»*Eine sehr mythologische Deutung*«, urteilt der Paragon. »*Warst du oft hier?*«

»Ja, als Kind, bevor wir in die Stadt zogen. Da war dieser Baum hier gerade mal so groß wie ich. Zuletzt bin ich mit Stan hierher zurückgekehrt. Es gefiel ihm, aber er vermochte den Zauber nicht zu spüren, die Kraft, die hier wohnt. Er fand es – idyllisch.« Sie schließt die Augen, hebt ihre Hände vor ihre Brüste. »Sie ist nicht da«, stellt sie fest. »Es ist nicht wirklich, daher die Traurigkeit.«

»*Das tut mir Leid.*«

Sie bückt sich, rupft ein Büschel Gras aus dem Boden. »Was ist das?«

»*Gras*«, antwortet das Stan-Ebenbild.

»Ich meine nicht, wonach es aussieht, sondern was es tatsächlich ist.«

Ihr Besucher denkt nach, als wüsste er es selbst nicht auf Anhieb. »*Ektoplasma*«, erklärt er dann. »*Eine Form von Ektoplasma. Wie das Wasser, die Luft und der Boden.*« Er sieht sich um, scheint tatsächlich seine Umwelt wahrzunehmen, obwohl er durchsichtig ist, mit transparenten Augen und einem transparenten Gehirn. »*Erzähle mir etwas über diesen Ort*«, bittet er sie. »*Von deinem letzten Besuch.*«

»Warum?«

»*Es interessiert mich.*«

»Gibt es eigentlich etwas, das dich nicht interessiert?«, fragt sie mit einem Anflug von Ärger. »Seit ich mich in deiner Obhut befinde, löcherst du mich mit Fragen. Von dir und deiner Welt weiß ich noch immer nichts.«

Der Paragon bleibt ungerührt: »*Du bist in mir und in meiner Welt. Alles, was du siehst, bin ich.*«

Sie schließt einen Moment lang die Augen. »Okay, tut mir Leid«, sagt sie leise. »Deine Anwesenheit verwirrt mich. Du hättest besser eine andere Gestalt gewählt. Dieser See liegt in den Green Mountains, in einem Staat namens New Hampshire. Ich nenne ihn das Auge des Bären. Ich glaube, er besitzt keinen wirklichen Namen. Meine Vorfahren kennen ihn sicher. Vielleicht nennen sie ihn ebenso. Stan und ich waren von New York aus mit dem Wagen angereist. Wir waren Meile um Meile durch Feuertunnel gefahren, auf glühende Berge zu und entlang brennender Steilhänge. Unausweichlich sahen wir Rot und Gelb und Orange. Stan hatte bereits begonnen, Erholung davon zu suchen, ehe wir unser Ziel erreichten, einen alten Landgasthof am Sugar Hill. Er hatte jeden Baum entlang der Straße lieb gewonnen, der seit Jahren tot war und nichts mehr zur Schönheit des *Indian Summer* beitragen konnte, und den Abend genossen, als die Dunkelheit die Orgie der Farben verschluckte. Am nächsten Morgen war es, als hätte Asche hauchdünn auf dem lang gestreckten Hügel und dem Gasthof gelegen, ehe die Sonne sie wieder zum Glühen brachte. Vom Sugar Hill bis zu diesem See sind es zwei Tage Fußmarsch. Stan hatte sich eine Sonnenbrille gekauft und sie tagsüber nicht mehr abgesetzt. Er hat mir fast Leid getan, aber ich glaube, es war nur Show.

Als ich den *Indian Summer* nach so vielen Jahren wieder an diesem Ort erleben durfte, war ich wie berauscht. Die Uferbäume spiegelten sich nicht im stahldunklen Wasser, sie schienen vielmehr tief auf den Grund des Sees gesunken zu sein. Als ich in die Baumkronen hinaufschaute, entdeckte ich im Gegenlicht Farben und Strukturen, die ich als Kind nie wahrgenommen hatte, und ob die Blätter rot oder orange oder purpur waren – alle besaßen sie goldene Ränder. Drüben, wo der Bach in den See mündet, hatte sich an einem Ast ein Strudel gebildet, auf dem ein rotes Blatt tanzte. Ich hob es aus dem Wasser – ein Tropfen vom Blut des Großen Bären, den ich seither in einem kleinen Bilderrahmen aufbewahre. Am Abend war schließlich Wind aufgekommen, und es begann, purpurn, zitronengelb und schokoladenbraun von den Bäumen zu regnen...« Sie lächelt verträumt, wird jedoch schnell wieder ernst. »Warum bist du hier?«, fragt sie das Stan-Ebenbild. Dann: »Es ist wieder soweit, nicht wahr?«

»*Ja.*«

Seine Einsilbigkeit beunruhigt sie. »Warum bist du so schweigsam?«

»*Es wird sehr wehtun, Prill.*«

DRITTER TEIL

Babalon

Alphard 8

FREDERICK BARTELL besaß den Charme eines Zitteraals, der trotz seiner sechsundfünfzig Jahre noch immer in der Lage war, Stromstöße zu verteilen, wenn man ihn versehentlich berührte. Dass er einst Flug 929 kommandiert hatte, war ihm gewiss nicht mehr bewusst. Die Lords hatten ihm großzügigerweise das Talent gelassen, Verantwortung zu übernehmen, was ihn zum Adjutanten des hiesigen Lords qualifizierte. Frederick war oberster Richter und Verwaltungschef der Station. Seine Kapitänsuniform hatte er gegen eine maßgeschneiderte Amtstracht eingetauscht, die ihn wie einen versnobten *Haute Couturier* wirken ließ. Seine verbliebenen Haare bildeten einen schlohweißen Kranz um sein Haupt, der ihm bis zu den Schultern reichte. Er bewegte sich mit der Trägheit eines Faultiers durch die Menge und erweckte den Eindruck, als könnte er jeden Moment einen Schwächeanfall erleiden. Seine grauen Augen blickten jedoch mit höflicher Aufmerksamkeit und Schärfe. Ich war mir sicher, dass ihm kaum etwas von dem entging, was sich um ihn herum abspielte.

»Zoë ist nicht zugegen«, waren seine ersten Worte an mich, als ich um 19:52 Uhr atemlos im Club eintraf. Fredericks Stimme klang freundlich, doch sie schnitt wie eine Rasierklinge durch meine Selbstsicherheit und bestärkte meine Vermutung, dass man über mich Bescheid wusste.

»Vielleicht ist sie krank«, antwortete ich. »Leider habe ich sie heute noch nicht gesehen. Sie wissen ja…«

Frederick nickte. Blieb nur zu hoffen, dass man Zoë keinen Kontrollbesuch abstattete, denn sie lag natürlich nicht in ihrem Quartier, sondern neben Stan II auf dem Bett in dessen Unterkunft. Beide schliefen selig, und solange niemand auf die Idee kam, sie aufzuwecken, würden sie es auch noch während der kommenden zehn Stunden tun. Die beiden hatten sich eine Erholung verdient. Stans Verbindlichkeiten dem Lord gegenüber würden so hoch sein wie Fredericks Selbstgefälligkeit, falls ans Licht kam, dass ein Außenweltler seinen Platz eingenommen hatte, während er zusammen mit Zoë das Spiel in seinem Quartier verschlief.

Ich hingegen stand in der Höhle des Löwen. Der ›Club‹ war ein Prunksaal von der Größe einer Sporthalle. Seine holzgetäfelten Wände umschlossen ein quadratisches Areal von annähernd 2500 Quadratmetern, die lüsterbehangene Decke erstreckte sich in über zehn Metern Höhe. Ein sechsköpfiges Ensemble spielte Musik auf klassischen Instrumenten. Ich befand mich ohne Zweifel im zentralen Versammlungsort und kulturellen Herz der Station

Ich musterte den jungen Burschen neben Frederick. Sein Name war Brendan, und es war ihm anzumerken, dass er sich recht unbehaglich fühlte. Nikobals Adjutant legte großen Wert darauf, während der Spiele einen jungen Burschen an seiner Seite zu führen. Er nannte diesen Auserwählten seinen Überraschungs-Beau und bezahlte ihn dafür, eine gute Figur zu machen. Nicht als Nacktänzer auf der Bühne, sondern neben ihm; besser gesagt: an ihm. Er hatte charmant zu sein (oder zumindest für die Dauer der Veranstaltung dahingehend sein Bestes zu geben), freundlich, geradezu selig zu lächeln ob der Ehre, am Ende des Spiels den Hauptgewinner prämieren zu dürfen, und gefälligst die Klappe zu halten. In letzterem schien er Erfahrung zu haben, denn er blieb trotz des allgemeinen Rummels so stumm wie ein

Fisch. Der Rest ließ sich improvisieren. Ich grinste ihn an. Wer wusste schon, was für Qualitäten und Talente es für Brendan zu entdecken gab, wenn ihm die Verlegenheit zwei Meter zu den Ohren herauswuchs.

In Brendans Augen blitzte es, dann senkte er den Blick und sah zu Boden. Dass er heute den Platz an Fredericks Seite einnahm, beruhte keinesfalls auf seiner Liebe zu parfümierten Mittfünfzigern. Er tat es weder aus Zuneigung noch aus Bewunderung. Seine Rolle gehörte, wie Stan II erklärt hatte, zum Spiel, und das Los war in diesem Monat auf ihn gefallen. Insgeheim war ich beruhigt, dass es sich bei Babalon nicht um einen zweiten Lord handelte, sondern um eine Mischung aus Unterhaltung, Turnier und Lotterie. Brot und Spiele – warum sollte es ausgerechnet in dieser Station anders sein?

Allerdings war die Kluft zwischen Sieg und Niederlage gravierend: Die Gewinner von Babalon waren für den Tag ihres Sieges über die Oberschicht privilegiert und durften künftig mit einem neuen Partner ihrer Wahl zusammenleben. Dass man sich für seinen bisherigen Partner entschied, verbot das Gesetz des Spiels. Da in der Station prinzipiell alle Bewohner liiert waren, zählten die bisherigen Gefährten der Gewinner automatisch zu den Verlierern und stiegen in die Unterschicht ab. Für sie wurden Bürger aus der zweiten Ebene in die Oberschicht aufgenommen und mit den freien Bewohnern vereint. Somit waren nicht nur die Spieler, sondern auch Unbeteiligte von Glück und Willkür betroffen, was die Spannung noch zu steigern wusste.

Gehörte man selbst zu den Verlierern, stieg man ebenfalls in die Unterschicht ab und wurde durch einen Bürger aus der zweiten Ebene ersetzt. In der Station herrschte somit ein ständiges Auf und Ab. Mal war man König, mal Bettler. Prill befand sich unglücklicherweise nicht unter den Bewohnern der Oberschicht. Ich war wohl oder übel gezwungen, an Babalon teilzunehmen, um sie als ›Prämie‹ einfordern zu können. Darauf, dass am Ende des Spiels die Wahl eines anderen Spielers auf sie fiel, konnte ich mich nicht verlassen.

Babalon war Geschicklichkeitsspiel und sportlicher Wettkampf zugleich. Laut Stan II galt es dabei, über einen vorgegebenen Parcours von Punkt A nach Punkt B zu gelangen. Was sich in Wirklichkeit hinter dieser schlichten Erklärung verbarg, musste ich Prill zuliebe selbst herausfinden. An jedem Spiel nahmen sechs Frauen und sechs Männer teil, doch nur die Hälfte von ihnen erreichte das Ziel. Die Bewohner der zweiten Ebene waren von Babalon und der Partnerwahl ausgeschlossen und dadurch gänzlich dem Willen der Oberschicht unterworfen. In jedem Fall legte der Lord Wert darauf, dass die Ebenen von ebenso vielen Männern wie Frauen bevölkert waren, um die lückenlose Pärchenbildung zu gewährleisten. Altersunterschiede spielten dabei keine Rolle. Ob Seitensprünge sanktioniert waren, wusste ich nicht.

Dass der Lord persönlich im Club zugegen war, beunruhigte mich. Nikobal war ein riesiger, haarloser Bursche in der Gestalt eines wohlbeleibten Mittvierzigers. Bleich wie ein Albino, scharwenzelte er in seinem als Smoking geschneiderten weißen Schutzanzug wie ein Marshmellow-Mann in meiner Nähe herum, betrieb Smalltalk mit den Anwesenden und schenkte mir gelegentlich einen ausdruckslosen Blick.

Ich verhielt mich so unauffällig ich konnte, gab mich locker und gelassen, wurde aber hin und wieder von der Angst befallen, Nikobal könnte meine Gedanken lesen.

Falls er wusste, wer ich war, ließ er es sich noch nicht anmerken.

Ich zwang mich, ihn nicht ständig aus dem Augenwinkel heraus zu beobachten, sondern nahm Fredericks ›Überraschungs-Beau‹ ins Visier. Genauer gesagt sein Jackett, in dem laut Stan II das Kuvert mit der Liste der zwölf Kandidaten stecken musste.

Taschendiebstahl ist eine hohe Kunst, vor allem dann, wenn sie unter den Augen eines Lords ausgeübt wird, und erst recht bei Opfern wie Frederick und Brendan. Die beiden ließen keinen zufälligen Körperkontakt zu, sondern waren ständig darauf bedacht, dass ein respektvoller Abstand zu ihnen eingehalten wurde. Das Herrchen und sein scheues Hündchen. Meine Absicht war nicht, die Liste zu stehlen, sondern sie mir lediglich für ein paar Minuten auszuleihen. Eine Prise Arschkriecherei über den ›exquisiten‹ Geschmack der beiden, ein wenig geheucheltes Modeinteresse, ein dezentes Befühlen der Stoffe, ein bisschen Haha, dann trug ich ein kleines, graues Kuvert in der linken Innentasche meines Jacketts, wie einen Schild über meinem klopfenden Herzen und von der Angst begleitet, meine Körperwärme könnte die eventuell mit Spezialtinte geschriebene Schrift Nikobals verblassen lassen und die Liste in ein leeres Blatt verwandeln. Temporäre paranoide Anfälle waren meine Schwäche. Und – Jesus – das Kuvert war so wichtig, dass es mein Jackett in eine kugelsichere Weste zu verwandeln schien. Jedenfalls fühlte ich mich nach dem Coup wie Siegfried nach seinem Bad im Drachenblut. Der Haken war, dass mein Verhältnis von stählerner Haut und verletzlicher Stelle geradezu lächerlich war. Nikobals Drachenblut bedeckte lediglich mein Herz ...

Ich schaffte es, für ein paar Minuten aus dem Club zu

verschwinden, unter dem Vorwand, ich müsse mal pinkeln. Fredericks missbilligender Blick verfolgte mich durch den Saal bis zur großen Flügeltür. Es gab nur diesen einen Ausgang. Mein Weg führte über den Korridor, der den Saal mit dem eigentlichen Wohntrakt verband und an dessen Ende ich Zoë begegnet war. Nach zwanzig Schritten zweigte der Blindgang ab, an dessen Ende die verborgene Kammer lag.

Ich zog das Kuvert hervor und stellte beruhigt fest, dass wirklich zwölf Namen auf der Liste standen und sich nicht einer nach dem anderen in ein ›Fick dich!‹ verwandelt hatte. Zoës Name stand zum Glück nicht darauf, meiner allerdings auch nicht. Im Umschlag fand ich zudem etwas, das wie ein Scheck oder ein signiertes Wertpapier aussah, ausgestellt auf Brendan über einen Betrag von fünfhundert Dollar. Ich schmunzelte. *Gold, fat parasite gold*, hier gab es Geld für die Sklaven.

S. T. Nikobal prangte in geschwungener Handschrift unter dem Betrag. Wofür die Initialen standen, war mir schleierhaft. Sankt Nikobal konnte es wohl kaum bedeuten. Wahrscheinlich ein schmückendes Beiwerk des Lords, um einen bürgerlichen Namen vorzutäuschen. Die Punkte hinter den Initialen waren schwungvolle Kringel, sodass sich die Signatur mit etwas Phantasie wie *Satan Ikobal* las. Ein abfälliges Grinsen schlich sich für Sekunden in mein Gesicht. Wer wusste, welche Dienste die großzügige Bezahlung Brendans vergalt?
Lay my hands on heaven and the moon and the stars, while the devil wants to fuck me in the back of his car...

Ich schlüpfte durch das Loch im Wandbehang und befand mich wieder in der winzigen Kammer, von der aus man zum Lüftungsschacht gelangte. Mein Rucksack stand unangetastet neben der Leiter. Ich musste mich beeilen, damit Nikobal und Frederick nicht misstrauisch wurden. Unter dem Licht der Xenonlampe zog ich das taschenbuchgroße Kopiergerät aus dem Rucksack, klappte es auf und legte die Liste hinein. Dann platzierte ich es auf dem Boden und startete das Reproduktionsprogramm. Es dauerte einige Sekunden, bis der Kopierer Handschrift, Papierbeschaffenheit, Tuschezusammensetzung und Aroma der Liste analysiert hatte. Nachdem ich bestimmt hatte, welcher Name ausgetauscht werden sollte, begann er leise summend, aus den gewonnenen Daten eine leicht veränderte Kopie der Liste zu erschaffen, die langsam aus dem Produktionsspalt herauszukriechen begann. Warm und duftend lag sie schließlich in meiner Hand. Name Nummer fünf lautete nun nicht mehr Sean, sondern Stan. Ich steckte die Fälschung nach gründlicher Begutachtung zusammen mit dem Honorarscheck zurück ins Kuvert und zerknüllte das Original. Dann verstaute ich Kopiergerät und Lampe wieder im Rucksack und beeilte mich, zurück in den Club zu kommen.

Babalon konnte beginnen!

Der weite Kreis, den die Anwesenden wenige Minuten vor 21 Uhr zu bilden begannen, erinnerte mich an die Wonnedrink-Zeremonie in der *Moths*-Station. Allerdings bezweifelte ich, dass es sich bei Babalon um ein Wettsaufen handelte. Das Kuvert hatte ich wieder in Brendans Jackentasche geschmuggelt (in die linke, wohlgemerkt, da die rechte durch Fredericks Nähe blockiert gewesen war), aus der er es nun verwundert hervorzog. Er fasste an die andere Tasche, wie um sich zu vergewissern, dass der Umschlag nicht gleichzeitig dort steckte, und betrachtete dann konsterniert das Kuvert. Als Frederick sich fragend an ihn wandte, schüttelte Brendan nur den Kopf und rang sich ein verlegenes Lächeln ab. Ich stand ein wenig abseits und beobachtete die beiden amüsiert. Manchmal geschahen schon wundersame Dinge.

Brendan überflog die Liste, machte ein ratloses Gesicht und steckte sie wieder ein. Wahrscheinlich war es für ihn undenkbar, dass jemand sie fälschte, um freiwillig an Babalon teilzunehmen. Vielmehr betete jeder heimlich, dass der Kelch an ihm vorbeigehen möge. Das war auch den Gesichtern der Anwesenden abzulesen. Man munkelte und raunte, versuchte, seiner Anspannung durch Scherzen Luft zu machen, witzelte sich die Nervosität von der Seele oder stand einfach mit geschlossenen Augen in der Halle und ging in sich.

Punkt 21 Uhr erlosch das Licht, die Musik und die Gespräche der Anwesenden verstummten praktisch in derselben Sekunde. Einige Augenblicke blieb es stockfinster, dann öffnete sich zu elektronischen Fanfarenklängen ein leuchtendes, kreisrundes Loch im Boden, das schnell an Größe gewann. Gleichzeitig stieg aus der Tiefe eine gewaltige, opalisierende Kuppel empor, umringt von zwölf übermannsgroßen, pechschwarzen Kugeln, in denen sich weder Licht noch Formen widerspiegelten. Die Kuppel war etwa vier Meter hoch und besaß einen Durchmesser von nahezu fünfzehn Metern. Es sah aus, als halte sie dichten Nebel gefangen. In Wirklichkeit war sie ein gigantischer Monitor, über den die Anwesenden das Geschehen in der zweiten Ebene mitverfolgen konnten. Die zwölf schwarzen Kugeln waren die Startsphären. Jede von ihnen würde später einen Spieler beherbergen.

Nach und nach begannen die Anwesenden wieder, sich gedämpft zu unterhalten. Ich sah mich nach Nikobal um, konnte ihn aber nirgendwo entdecken. Vielleicht hielt er sich auf der gegenüberliegenden Seite der Kuppel auf.

Eine Hand legte sich sanft um meinen Arm, eine Parfümwolke hüllte mich ein. »Auf wen setzt du?«, flüsterte mir eine Stimme ins Ohr.

Eine Frau um die fünfzig war neben mich getreten, sah mich erwartungsvoll an. Sie trug ihr Haar hochgesteckt, dazu ein rotes, ärmelloses, hauchdünnes Abendkleid. Als junge Frau musste sie sehr attraktiv gewesen sein. Leider hatte sie danach zu viel Höhensonne genossen, was sie nun mit leidlichem Erfolg zu retuschieren versuchte. Zuviel Lidschatten, zu viel Rouge, zu viel Lippenstift. Was noch fehlte, war ein Schild auf ihrem Kopf mit der Aufschrift ›Tatü-Tata‹. Ich benötigte einige Sekunden, um auf ihren Namen zu kommen.

»Hallo, Lynelle«, sagte ich. »Verzeih mir, ich war in Gedanken. Was möchtest du?«

»Deine Tipps«, antwortete die Frau und wedelte mit einem Zettel. »Für die Wetten.«

»Ja, ich...« Lieber Gott, hilf! Wer war oben, wer unten? »Ich würde sagen, Todd.«

»Hm«, machte Lynette und notierte den Namen. »Und...?«

»Und was?«

»Na, weiter!«

Ich versuchte, mir Fredericks Liste in Erinnerung zu rufen. »Robert und Cynthia...«

Die Frau schrieb eifrig, doch nach ihrem Blick zu urteilen wartete sie auf mehr. »Na, komm schon, Stan, muss ich dir heute alles aus der Nase ziehen?

»Puh... wie viele haben wir?«

Lynette hob genervt die Augenbrauen, warf einen obligatorischen Blick auf ihren Zettel und sagte: »Immer noch drei. Fehlen also weiterhin drei.«

»Okay. Rosa, Anna – und ich.«

»Wow!«, staunte die Frau. »Schlecht geschlafen? Na dann, viel Glück!« Sie notierte die restlichen Namen, küsste mich auf die Wange und wackelte zum nächsten Opfer. Ich wischte mir ihren Lippenstift ab, erdolchte sie mit meinen Blicken und sah dann zu Frederick und Brendan. Sie hatten eine niedrige Bühne erklommen und erwarteten die Aufmerksamkeit der Anwesenden. Vor ihnen erstreckte sich ein etwa drei Meter breites, halbrundes schwarzes Pult mit Mikrophon, womöglich so etwas wie ein Kontrollpult oder eine Computerkonsole. Ich verschränkte die Arme vor der Brust, blickte demonstrativ zur Bühne. Einige Minuten vergingen, ehe das letzte Raunen verstummt war, dann trat Frederick ans Mikrophon, tippte zweimal mit dem Zeigefinger dagegen, um seine Funktion zu prüfen, und verkündete: »Babalon heißt euch willkommen!«

Nach einer kurzen Ansprache ließ er Brendan die Namen der Spieler verlesen. Ein paar der Betroffenen standen in Sichtweite. In ihren Zügen spiegelte sich Erschrecken oder kämpferische Entschlossenheit wider. Nach getaner Arbeit machte Brendan Platz für einen korpulenten Schatten, der bereits auf dem Podium gestanden haben musste, doch erst in diesen Sekunden für die Umstehenden sichtbar wurde. Ich kniff die Lippen zusammen. Wieder ein zweitklassiger, aber gleichwohl effektiver Griff in die Trickkiste, der seine Wirkung nicht verfehlte. Die Bewohner applaudierten Nikobal, als er sich hinter dem Mikrophon aufbaute.

Sich aus dem Wahrnehmungsbereich des menschlichen Auges auszublenden, war eine Spezialität der Lords. Sie brachten es sogar fertig, neben einem zu stehen und einem Gespräch zu lauschen, ohne dass man ihrer gewahr wurde.

Der Lord lächelte und sah wie ein schwergewichtiger Diktator mit erhobenem Haupt auf sein Volk herab. Nach wie vor interessierte mich, aus welchem Gewebe ein Lord bestand. Muskelfleisch konnte es kaum sein, eher etwas, das einer Kugel oder Klinge kein verletzbares Ziel bot. Vielleicht setzten die Lords sich aus Myriaden winziger gebundener Organismen zusammen, die ihnen die Gabe verliehen, ihre Gestalt zu ändern. Denkender, außerirdischer Protozoenbrei, fähig, Form und Konsistenz zu wandeln, ein intelligenter Amöbenkuchen. Weiß der Teufel, was...

»Liebe Freunde!«, sprach Nikobal. Seine Stimme erinnerte an eine tief unter der Erde sprudelnde Quelle. »Die Welt verändert sich, und wir verändern uns mit ihr. Die Schöpfung ist zu einem wilden Tier geworden, das beißt, wenn man ihm zu nahe kommt. Viele von euch träumen vom Land hinter dem Horizont, von dem Tag, an dem wir uns den Herausforderungen dieser neuen Welt stellen und die erste Stadt dieses neuen Zeitalters errichten werden.« Er machte eine Pause, blickte die Anwesenden lange an. »Ja, es gibt einen Horizont, und er wartet auf euch – auf jene, die eines Tages diese Station verlassen und den Grundstein für unsere Zukunft legen werden. Babalon wird diese Pioniere unter euch finden!«

Applaus brandete auf. Nikobal wartete mit stoischer Ruhe, bis das letzte Klatschen und Tuscheln verstummt war. »Eine neue Runde steht unmittelbar bevor«, fuhr er fort. Sein Blick kreuzte eine Sekunde lang den meinen, wanderte dann weiter, als wäre es zufällig geschehen. »Doch heute, meine Freunde, feiern wir ein Jubiläum: das fünfzigste Turnier!« Wieder Jubel und Ovationen, wie auf Bestellung. Ich klatschte lustlos mit. Schön für Nikobal, so viele Freunde zu haben. *In excelsis Magus.*

Es grenzte fast an falsche Bescheidenheit, dass bei all der ihm entgegengebrachten Gunst kein Glorienschein über seinem Haupt leuchtete. »Und nun«, gebot der Lord würdevoll, als sich der Beifall gelegt hatte, »tretet in eure Sphären – und lasst Babalon beginnen!«

Unter dem rhythmischen Klatschen der Bewohner verschwand ein Spieler nach dem anderen in seiner Kugel. Sie liefen einfach durch die Kugelhüllen, geradezu würdevoll, wie stolze Samurai, ohne irgendwelche Klappen oder Reißverschlüsse zu öffnen. Ich spürte, wie mir der Schweiß auf die Stirn trat, starrte sekundenlang reglos auf die undurchsichtige Oberfläche meiner eigenen Sphäre, bis die Reihe an mir war.

Die Kugeln waren womöglich Hologramme oder vielleicht Elemente einer jener unbegreiflichen Lord-Apparaturen, ähnlich dem Schlüssel oder der sensitiven Strahlenwaffe. Ich konnte so mühelos durch die Außenhaut meiner Sphäre hindurchlaufen, als wäre sie eine riesige Seifenblase. Der Beifall der Zuschauer riss abrupt ab. In der Kugel herrschte vollkommene Stille und Dunkelheit. Ich streckte meine Hände aus und ertastete unnachgiebige Wände. Von innen war die Sphäre stabil. Sie zu verlassen schien durch reine Körperkraft nicht mehr möglich zu sein. Wenn dies eine ausgeklügelte Falle war, so musste sie bereits bei meiner Begegnung mit Zoë begonnen haben zuzuschnappen. Vielleicht hatte der Lord unsere Begegnung sogar arrangiert. Dass diese Station zwei Ebenen besaß und das Jubiläumsspiel ausgerechnet heute stattfand, dass Prill sich bedauerlicherweise in der zweiten Ebene befand, sodass ich gezwungen war, Babalon zu spielen, um zu ihr zu gelangen – diese Konstellation musste mehr als ein Zufall sein. Vermutlich hatte Gamma Recht gehabt; Nikobal hatte mich bereits erwartet.

Naos 6

»Das ist das Hauptdeck, direkt unter uns«, erkläre ich und tippe gegen das Paneel. »Wir müssen irgendwie dort hinunter gelangen.«

Seetha, ihr Misstrauen mir gegenüber pflegend und in ausreichendem Abstand neben mir stehend, betrachtet desinteressiert die Leuchtgrafik. »Wieso?«, fragt sie. »Es wird dort genau so aussehen wie hier oben.«

»Vielleicht«, entgegne ich. »Nur vielleicht.«

Die IDM-Systeme sind erst vor wenigen Minuten im vorderen und hinteren Bereich der Kabine aufgetaucht; Kontroll- und Servicepaneele, Satellitentelefone und Webcom. Die neuen Installationen befinden sich in den Wänden der kurzen Verbindungskorridore zwischen den beiden Kabinenhälften sowie der Hauptkabine und der Küche. Es sind jeweils zwei Telefone, eine Webcom-Einheit und zwei Kontrollpaneele. Jenes, vor dem wir stehen, vermittelt als alternierende Etagen-Draufsicht den Zustand der Kabinenbeleuchtung, der Luftzirkulation und des CLF-Systems, das Kabinenlärm durch gegenphasige Geräusche ausschaltet. Das andere Paneel, ein Management-Terminal, dient der elektronischen Verbindung mit den Bodenstationen und funktioniert so gut wie überhaupt nicht. Soll heißen: alle Lichter brennen, doch keinerlei Verbindung lässt sich herstellen, und in dem Feld, das die Distanz zum Zielflughafen anzeigt, leuchtet: UNBEKANNT.

Während ich die Etagen der Maschine abrufe, ergreift Seetha einen der Telefonhörer und beginnt zu wählen. Ich sage: »Hier, das ist das Unterdeck«, merke aber, dass Seetha sich abgewandt hat und mit dem

Hörer am Ohr durch die Kabine schlendert. Nun gut, dann eben nicht. Wissbegierig tippe ich die Sensortasten durch, kann aber weder Fehlermeldungen noch irgendetwas Ungewöhnliches an Bord feststellen. Auf den drei Etagen ist alles in bester Ordnung – zumindest in technischer Hinsicht.

Seethas Hand mit dem Telefonhörer taucht unerwartet vor meinem Gesicht auf. »Hör dir das mal an«, fordert sie mich auf.

»*Sirbogol! Zibud nagsha*«, informiert mich eine Frauenstimme am anderen Ende der Leitung geduldig. »*Cab allussa fara*...« Sie leiert merklich und klingt entstellt. Es ist nur ein Band, freundlich, reserviert, sich ständig wiederholend.

»Welche Nummer hast du gewählt?«, will ich wissen.

»Lowell, Massachusetts. Meine Schwester.« Seetha wirkt verunsichert. »Was ist das für eine Sprache?«

Ich schüttle den Kopf. »Nie gehört. Klingt osteuropäisch. Vielleicht bulgarisch oder so etwas. Die Schleife ist nicht digital, sondern stammt noch von einem Tonband.« Ich breche die Verbindung ab, tippe nach Gutdünken eine neue Nummer.

»*Sirbogol! Zibud nagsha*...«, quäkt es aus dem Hörer. Nach einem halben Dutzend weiteren Versuchen gebe ich resigniert auf. Gleichgültig, was für eine Zahlenkombination ich wähle, am anderen Ende der Leitung ertönt immer das gleiche Band.

»Sie haben die Anschlüsse manipuliert«, vermute ich.

»Gib mal her«, fordert Seetha. Sie zieht mir den Hörer aus der Hand und wählt, allerdings so, dass ich die Nummer nicht erkennen kann. »Nur mein Arbeitgeber«, erklärt sie knapp. Sie lauscht, macht ein überraschtes Gesicht, das bereits eine Sekunde später Verärgerung widerspiegelt.

»Darf ich raten?«, frage ich.

Seetha hängt den Hörer ein, atmet tief durch. »Unglaublich«, murmelt sie. »Egal, über welchem Breitengrad wir fliegen, dieser Anschluss hätte zustande kommen müssen!«

»Du glaubst doch nicht ernsthaft, dass sich dieses Flugzeug noch in der Luft befindet«, entgegne ich. »Wer ist denn dieser geheimnisvolle Arbeitgeber?«

»Eine Firma, die im Ausbau des globalen Satelliten-Telekommunikationssystems tätig ist«, weicht Seetha aus, was mich vermuten lässt, dass sie – zumindest indirekt – für die Regierung arbeitet. Sie tippt erregt gegen das Telefon. »Dieses System ist *ihr* Produkt! Die Nummer, die ich gewählt habe, ist ein High Priority-Code, falls die Scheiße mal irgendwo am Dampfen ist. Er hätte funktionieren *müssen*, egal, wo auf der Welt wir uns befinden. Selbst wenn wir in dreihundert Metern Tiefe auf dem Meeresgrund liegen sollten, müsste er funktionieren.«

»In dieser Tiefe wäre die Kabine bereits implodiert«, erkläre ich.

»Dann – dann muss sich die Maschine an einem Ort befinden, der keine Signale durchlässt«, versucht sie sich zu retten. »Vielleicht in einem subterranen Hangar...«

»Oder in einem UFO«, schlage ich vor.

Seetha funkelt mich an, läuft zu einem der Fenster, blickt hindurch.

Ich schaue zu, wie sie am Fenster kniet, das Gesicht zwischen den Händen verborgen hat und versucht, etwas in der Finsternis zu erspähen, irgendeine Form, die ihr Aufschluss über unseren Aufenthaltsort geben könnte. Es ist aussichtslos, denn sie wird genauso wenig sehen wie ich. Seetha denkt zu rational, scheint bereits vergessen (oder verdrängt) zu haben, dass fortwährend Dinge aus dem Nichts auftauchen und sich zu einem Ganzen zusammenfügen wie ein gespenstischer Modellbausatz. Zuletzt die Satellitentelefone. Aber wer entführt ein Flugzeug in Raten? Dieser Ort erinnert mich an einen Bildschirm-Entwurf, für den jedes Teil neu errechnet und hinzuprogrammiert wird. Wer oder was auch immer hinter den Kulissen daran bastelt, seine schöpferischen und technischen Fähigkeiten sind enorm. Zum Beispiel bei der Kreation des Essens. Ist es wirklich Nahrung gewesen, die wir zu uns genommen haben; biologische Nahrung? Oder haben wir lediglich Bits und Bytes verschlungen, die unseren Gehirnen mitgeteilt haben: Ihr seid jetzt satt? Sind Seetha und ich im Grunde gar nicht real?

Ich muss wieder an den Gnom im Anzug denken, an das Seetha-Programm und das Notebook, und frage mich: Wurde ich von diesem Kerl ebenfalls von einer Diskette heruntergeladen? Wer bin ich? Warum besitze ich keinen Bauchnabel, sondern nur eine Narbe? Was wird hier gespielt? Adam und Eva im Pixelparadies?

Während Seetha Löcher in die Dunkelheit starrt, lasse ich einen der Zwölf-Zoll-Deckenmonitore über den Passagiersitzen herausgleiten. Über sie kann man neben einer Auswahl von Spielfilmen, Unterhaltungsprogrammen, Werbespots, Video- und Glücksspielen, der Demonstration aller Sicherheitsmaßnahmen oder der Werbung für zollfreie Waren an Bord per Satellit auch Nachrichtenprogramme empfangen. Auf dem Bildschirm grisselt jedoch selbst auf den Filmkanälen nur Flockengestöber, unterbrochen von vereinzelten Bild- und Tonfetzen, die zu kurz sind, um etwas zu erkennen oder herauszuhören. Ich schalte weitere

Monitore an. Sie flackern gemeinsam mit dem ersten in synchronen Intervallen.

»Muss das sein?«, beschwert sich Seetha. »Da kriegt man ja Kopfschmerzen!« Sie erhebt sich, huscht von einer Sitzreihe zur anderen und schaltet die Bildschirme wieder aus. Ihre Nervosität angesichts unserer Gefangenschaft und der Absurdität dieses Gefängnisses wächst unübersehbar. Für einen Menschen wie sie, der ein großes Kontrollbedürfnis gegenüber sich selbst und seiner Umwelt entwickelt hat, muss dieser Ort ein Albtraum sein. Unschwer abzusehen, wohin dieser Konflikt über kurz oder lang führen wird. Seetha weiß nicht so recht, was ich bin, wo sie sich befindet, wie diese Maschine um uns herum entsteht. Dazu all das unbeantwortete Wozu und Weshalb. Und vor allem: *warum* ausgerechnet sie?

Allein mit so einem Ding wie mir, das auch nichts weiß...

Sie hat es schwer. Ich sehe es ihrem Gesicht an. Stundenlang hat sie ihre Selbstbeherrschung aufrechterhalten, doch nun liegen ihre Nerven blank. Dass sie sich noch einmal von mir in den Arm nehmen und beruhigen lassen würde, bezweifle ich. Mir könnten ja Antennen aus dem Kopf und Saugnäpfe an den Fingern wachsen, während ich sie halte.

»Bist du okay?«, frage ich, als ich sehe, wie ausdruckslos sie an mir vorbeistarrt. Ihr Gesicht ist blutleer geworden, als hätte sie einen Kreislaufkollaps erlitten.

»Dort«, antwortet sie nur, macht eine Bewegung, als wolle sie auf etwas deuten. »Dort, am Fenster...!«

Ich wirble herum. Alle Kabinenfenster hinter mir sind leer und schwarz. »Seetha«, beschwöre ich sie, »versuch jetzt bitte, die Nerven zu behalten.«

»Dort war etwas!«, beharrt Seetha, blinzelt, sieht mich fast flehend an. »Etwas Großes...«

»Das hast du dir nur eingebildet. Vielleicht hat dich das Licht der Monitore geblendet.«

»Ich habe es mir *nicht* eingebildet, verdammt noch mal!«, schreit Seetha und ballt wütend ihre Hände. Eine Sekunde später trifft ein dumpfer Schlag die Kabine, nicht sehr laut, eher verhalten. Seetha zuckt zusammen, macht einen Schritt auf mich zu und sieht aufgeregt zur Kabinendecke. Ich bin ebenfalls bis in die Haarspitzen elektrisiert, halte gespannt den Atem an, lausche. Ein weiteres Geräusch ist zu hören, ein Schleifen, das sich über das Kabinendach nähert und genau über uns verstummt. Minutenlang bleibt alles ruhig.

»Jemand macht sich an der Außenhülle zu schaffen«, vermute ich leise. »Das hörte sich an wie eine Plane oder ein Schlauch, der übers Dach gezogen wird.« Ich behalte die Fenster im Auge, aber draußen ist weiterhin nichts zu erkennen.

»Ich glaube nicht, dass es ein Schlauch war«, flüstert Seetha stockend. »Das ist etwas Lebendiges.«

»Wie kommst du denn darauf?«

Seetha zuckt mit den Schultern. »Nur so ein Gefühl.«

Ich bin im Begriff, etwas Vernünftiges zu entgegnen, das ihre übersteigerte Phantasie zügelt, aber ein neuerliches Geräusch lässt mich schweigen. Es klingt, als drehe sich über uns ein schwerer Körper auf der Stelle, und kurz darauf, als laufe jemand mit Zehn-Meter-Schritten über das Kabinendach. Sechs dumpfe, Richtung Heck verklingende Schläge, dann herrscht Stille.

»Glaubst —« Seetha schluckt schwer. »Glaubst du mir jetzt, dass etwas Großes dort draußen ist?«

Alphard 9

AUF UND AB, AUF UND AB...

Ich fand mich im Inneren einer gewaltigen gläsernen Kugel, blinzelte in angenehm helles Licht. Meine Hände tasteten umher, befühlten den Untergrund. Nein, es war kein Glas. Die Kugel bestand aus einer Form von Kunststoff, der unter meinen Bewegungen leicht nachgab. An ihrer Außenseite besaß sie einen Ring aus eigenartigen abstehenden Platten, der sie umfasste, und eine runde Luke von etwa einem halben Meter Durchmesser schräg links über mir, die von einer ebenfalls transparenten Kunststoffscheibe verschlossen wurde. Unter mir plätscherte Wasser, die Kugel schaukelte auf einer leichten Dünung. Ich lag im Inneren eines riesigen Wasserballs!

Nicht nur meine Umgebung, sondern auch meine Kleidung hatte sich verändert. Statt des Smokings trug ich nun einen hautengen Polyesteranzug ohne Knöpfe, Reißverschlüsse oder Taschen. Seine schwarze Oberfläche wurde von grünen Linien unterteilt, die sich wie Ziernähte entlang des Körpers zogen. Kopf, Hände und Füße waren unbedeckt. Der Anzug bestand aus einem einzigen Teil, wie ein Taucherdress. Ich trug keinerlei Gegenstände bei mir, ebenso wenig befanden sich Requisiten innerhalb der Sphäre. Kein Downer, keine Browning, keine Strahlenwaffe.

Ich setzte mich auf und sah mich staunend um. Der Ball trieb auf einem künstlichen See, der von einem Hunderte von Metern hohen, selbsttragenden Kuppeldach überspannt wurde. Es leuchtete in angenehm mildem Licht, obwohl nirgendwo eine Lichtquelle auszumachen war. Im Zentrum des Sees, vielleicht einen Kilometer von mir entfernt, lag eine Insel. In Anbetracht ihrer Größe musste der Durchmesser des Gewölbes sechs, vielleicht sogar sieben Kilometer betragen.

Allem Anschein nach war das Eiland kreisrund und ebenfalls künstlich angelegt. Es besaß einen breiten Sandstrand, stieg hinter einer niedrigen Klippe leicht an und gipfelte in einem orbikularen Bauwerk, das einer mächtigen Festungsmauer glich und mehr als einhundert Meter emporragen musste. Die Mauer umschloss den gesamten Inselkern und wies keine sichtbaren Zugänge oder anderweitige Öffnungen auf. Was sich innerhalb der Anlage verbarg, war nicht zu erkennen. Keine Gebäudespitze oder Baumkrone in ihrem Inneren überragte die Zinnen.

Ich kniete auf dem Innenboden des Balles. Er schwankte hin und her, sodass ich ständig bemüht war, das Gleichgewicht zu halten. Elf weitere dieser bemannten Wasserbälle dümpelten in meiner Nähe. Ihre Insassen wirkten genauso ratlos und überrascht wie ich. Allesamt waren sie in schwarze Anzüge gekleidet. Was sie voneinander unterschied, waren lediglich die kolorierten Nähte, die auf jedem Anzug eine andere Farbe besaßen. War Babalon ein virtuelles Turnier? Keiner der Spieler wirkte, als hätte er sich schon einmal zuvor in einer derartigen Situation befunden, was auf eine gewisse Wandlungsfähigkeit Babalons schließen ließ. Man tastete, kugelte herum, versuchte, den Ball zu verlassen, grübelte oder starrte durch den Boden der Sphäre ins nahezu schwarze Wasser. Scharfsinn war gefragt, denn das Etappenziel war zweifellos die Insel.

Ich rief probeweise etwas zu meinem nächstgelegenen Mitspieler, der in seiner Kugel etwa zwanzig Meter entfernt auf den Wellen tanzte. Er verzog irritiert das

Gesicht und schrie etwas zurück. Kein Ton drang an meine Ohren. Meine eigene Stimme hingegen klang dumpf und zu laut. Niemand vermochte also, den anderen zu hören.

Das Problem war, zur Küste zu gelangen, ohne den Ball verlassen zu können. Ich musterte den Kranz stabiler rechteckiger Platten an der Außenseite. Sie waren so breit wie Schneeschaufeln und standen etwa dreißig Zentimeter von der Hülle ab. Ich legte den Kopf schräg. Ihr jeweiliger Abstand zueinander betrug etwa fünfzig Zentimeter. Die Konstruktion erinnerte mit etwas Phantasie an die Schaufeln eines Raddampfers.

Ehe ich Eins und Eins zusammengezählt hatte, sah ich plötzlich einen der Wasserbälle Fahrt aufnehmen und der Insel zustreben. Sein Tempo war gemächlich, aber für alle noch regungslosen Teilnehmer rasant. Der Insasse hatte seine Sphäre so auf dem Wasser gedreht, dass der Ring aus Platten vertikal ausgerichtet war und letztere wie Paddel wirkten. Nun trat er in seinem Ball wie ein Hamster im Laufrad und trieb ihn dadurch auf das Eiland zu. Ich stieß einen Fluch aus und bemühte mich, es ihm gleichzutun. Von einem Augenblick zum anderen herrschte helle Aufregung und ein wildes Durcheinander um mich herum. Alle hatten die Technik des Ausreißers begriffen und waren bestrebt, sie schleunigst zu imitieren. Zumindest versuchten sie es. Im Ball aufrecht zu laufen war eine Sache, es auf dem Wasser zu tun eine andere. Dabei auch noch den Winkel und den Kurs beizubehalten, damit die Schaufeln die Sphäre voran *und* auf die Insel zubewegten, überforderte viele, den Ausreißer mit eingeschlossen. Wir schlingerten und stolperten, drehten Halbkreise auf den Wellen, krabbelten auf allen Vieren, wenn wir das Gleichgewicht verloren. Hin und wieder stießen einige

Sphären zusammen oder drängten sich gegenseitig ab. Ihre Insassen fluchten, zeterten, schwangen die Fäuste, und alle Gesichter waren bald krebsrot.

Nach einiger Zeit hatte nahezu jeder den Dreh heraus. Die Insel kam näher, das Rennen war in vollem Gang. Mangelnde Kondition ließ den einen oder anderen zurückfallen. Nach zwei Dritteln der Strecke lag ich an vierter Stelle. Einer meiner Kontrahenten hatte fast einhundert Meter Vorsprung. Ihn noch einzuholen, war unmöglich. Allerdings kamen noch zwei Faktoren hinzu, die am Strand entscheidend sein würden. Zum einen war da die verschlossene Luke, zum anderen die Klippe. Sie hatte aus der Ferne verhältnismäßig niedrig gewirkt, aber je näher ich der Insel kam, desto deutlicher wurde, dass sie mindestens zehn Meter aufragen musste. Und es sah nicht so aus, als führten Treppen oder Pfade empor.

Durch die von den Schaufeln aufgewühlte Gischt waren Formen – vor allem in Fahrtrichtung – nur sehr undeutlich zu erkennen. Der erste Wasserläufer hatte den Strand erreicht, dicht gefolgt von einer jungen Frau, die sich mächtig ins Zeug legte, um Anschluss zu halten. Mir pfiff vor Anstrengung die Lunge. Ich kam aus dem Tritt und rutschte bäuchlings die Innenwand herab, rappelte mich wieder hoch und hetzte weiter. Die Tatsache, dass mir bisher noch nicht die Luft ausgegangen war, bestätigte meine Vermutung, dass Babalon auf einer virtuellen, aber dennoch kräftezehrenden Ebene stattfand – was gleichzeitig bedeutete, dass sich mein wirklicher Körper noch in der Sphäre im Club aufhielt und für mich atmete. Die Vorstellung, ihn schutzlos dort zurückgelassen zu haben, ließ mich meine Anstrengungen, das Ufer zu erreichen, verdoppeln. Während ich hier strampelte, konnte der Lord meinen realen Körper in Gießharz konservieren lassen, ohne dass ich in der Lage war, etwas dagegen zu unternehmen.

Falls dies jedoch keine reale Welt war, was hatte es dann mit der zweiten Ebene auf sich, in die Babalon führte? Gab es sie in Wirklichkeit gar nicht? Oder waren es dieser See und die Insel? Eine virtuelle Ebene ... War das der Grund, weshalb kein Lift hinabführte? Wenn ja, wo befanden sich dann Prill und die über dreihundert anderen Bewohner, die im Bunker fehlten?

Als ich endlich den Strand erreichte, fiel ich prompt auf die Schnauze. Die Sphäre lief wenige Meter vor dem Festland auf Grund, die Schaufeln blockierten, der Ball hörte sofort auf, sich zu drehen. Ich klatschte mit dem Gesicht gegen die Innenwand und rutschte mit blutender Nase an ihr hinunter. Das Wasser war so seicht, dass ich den Ball über den Grund bis aufs Trockene rollen konnte. Im Nu trug seine gesamte Außenhaut einen Gürtel aus Sand. Ich drückte und schlug gegen die Luke, aber sie widerstand meinen Bemühungen. Einen Öffnungsmechanismus erkannte ich nicht. Ich bewegte die Sphäre solange, bis sich die Luke auf dem Boden befand, stellte mich auf sie, legte meine Hände gegen die Decke der Sphäre und stemmte diese nach oben. Unter mir ertönte ein Geräusch, als ziehe man einen riesigen Saugnapf von der Wand, und kühle Luft strich um meine Waden. Die Luke war offen. Ich bückte mich, hob den Ball an und schlüpfte rückwärts aus ihm heraus. Aus meinem Gefängnis befreit, richtete ich mich auf und blickte in das Gesicht eines meiner Kontrahenten. Er lächelte für eine Sekunde, dann krachte seine Faust gegen mein Kinn ...

Als ich wieder zu mir kam, zählte ich neun leere Sphären, die – teils am Strand liegend, teils auf der Brandung tanzend – von ihren Insassen zurückgelassen worden waren. Ich massierte meinen schmerzenden Kiefer und erhob mich. Drei Spieler waren noch damit beschäftigt, die Insel zu erreichen, ein weiterer lag ebenfalls niedergestreckt in meiner Nähe, und zwei erklommen an verschiedenen Stellen den Steilhang. Also waren bereits fünf Spieler auf dem Weg zur Mauer. Und es konnte nur sechs Gewinner geben. Ich sollte mich also beeilen.

Ich wusch mir das Blut vom Gesicht und lief zur Klippe. Die Steilwand emporzusteigen gestaltete sich weniger schwierig, als ich befürchtet hatte; wenigstens solange ich beim Klettern nicht nach unten sah. Das Gestein war porös und von tiefen Rissen durchzogen, die den Fingern und Zehen Halt boten. Was mich jedoch zur Weißglut brachte, war eine Frau, die die Klippe nach mir erreicht hatte und, statt ebenfalls emporzuklettern, damit begann, mich mit Steinen zu bewerfen. Wahrscheinlich erhoffte sie sich einen Vorteil, wenn ich mir beim Sturz die Beine brach. Während ich acht Meter über dem Boden damit beschäftigt war, den Wurfgeschossen auszuweichen, erreichten die beiden Männer, die sich vor mir in der Wand befanden, sicher das Hochterrain und verschwanden aus meinem Blickfeld. Nun waren es sieben, die auf und davon waren. Die Frau am Fuß der Klippe kreischte bei jedem Steinwurf wütend auf, unternahm aber weiterhin keine Anstalten, den Aufstieg zu beginnen. Zum Glück zielte sie nicht besonders gut, sodass mich nur eines ihrer Geschosse an der Hüfte traf. Dann war auch ich oben angelangt, zog mich an Wurzelsträngen auf sicheren Boden und warf der Furie am Klippenfuß zum Abschied eine Kusshand zu.

Die Prellung an der Hüfte schmerzte, ebenso die Schürfwunden, die ich mir beim Klettern zugezogen hatte. Zur Festungsmauer waren es noch etwa fünfhundert Meter. Das von hohem Gras bewachsene Gelände war von Felsbrocken übersät. Einen meiner Kontrahenten sah ich weit voraus rennen, vom zweiten fehlte jede Spur. Ich entdeckte ihn auf halber Strecke zur Festung im Gras liegend. Er blutete aus einer Platzwunde am Hinterkopf, lebte aber noch. Wie es aussah, hatten die Spieler viel zu gewinnen – oder viel zu verlieren, sonst würden sie nicht in zunehmendem Maße übereinander herfallen.

Endlich an der Mauer angelangt, fühlte ich mich, als hätte ich am New York-Marathon teilgenommen. Meine Lungen schmerzten, Krämpfe quälten meine Beine. Ich konnte kaum noch aufrecht stehen. Von meinen Mitspielern war keine Haarspitze mehr zu sehen. Es schien, als hätte das Gestein sie verschluckt. Ich blickte an dem unüberwindlichen Bollwerk empor. Auch jetzt war keine Lücke im Gestein auszumachen. Granitquader, so groß wie Einfamilienhäuser, schlossen lückenlos aneinander, ohne Durchlässe oder Fenster, Nischen oder Scharten. Das Gestein war glattpoliert, wies keine Vorsprünge oder Kanten auf. Ich schlug dagegen; es war massiv, keine Kulisse. Wohin, zum Kuckuck, waren die anderen verschwunden?

Ein Blick zur Küste zeigte mir, dass ich bald Gesellschaft bekommen würde. Der zu Boden Geschlagene hatte sich erhoben und kam heraufgetorkelt, und die hysterische Zicke hatte ihre Höhenangst überwunden und ebenfalls das Hochterrain erreicht. Beide wirkten nicht sonderlich gut gelaunt. Feine Aussichten.

Ich wandte mich nach rechts und begann, einem ausgetretenen Pfad zu folgen. Ein gelegentlicher Blick über die Schulter zeigte mir, dass meine beiden Kontrahenten ihrerseits am Bollwerk angelangt waren, aber mich nicht verfolgten. Der kaum merkliche Bogen, den der Pfad entlang der Mauer beschrieb, ließ sie mich letztlich aus den Augen verlieren.

»Stan«, erklang unversehens eine Stimme in meiner Nähe. Ich blieb stehen, schaute mich suchend um. Kein Mensch war zu sehen. »Hier entlang«, forderte mich die Stimme auf. Ich glaubte, meinen Ohren nicht trauen zu können. Die Worte kamen aus der Mauer!

Waren in einige der Felsquader etwa getarnte Türen eingelassen, die man nur zu öffnen brauchte? Zweifelnd legte ich die Hände ans Gestein, presste ein Ohr dagegen, lauschte. Nichts war zu hören. Ich ließ meine Fingerkuppen über die Mauer wandern, ohne genau zu wissen, wonach ich suchte; nach Schlüssellöchern, Türritzen, Knöpfen ... Fünf Finger wuchsen plötzlich aus dem Fels, griffen nach meinem linken Handgelenk. Erschrocken riss ich mich los, trat ein paar Schritte zurück, starrte auf einen Unterarm, der wie ein bizarres Gewächs aus der Mauer ragte. Einem Gespenst gleich trat schließlich ein Spieler aus dem Gestein, sah mich belustigt an. Sein ehemals schwarzer Babalon-Anzug war schmutzig-grau und zerlumpt, der rechte Ärmel fehlte.

»Was ist los?«, fragte mein Gegenüber. »Warum so schreckhaft?«

»Sebastian?« Ich musterte den Mann verdutzt. Er gehörte nicht zu meinen elf Kontrahenten, musste der Spieler einer zurückliegenden Runde sein. Sebastian war leicht untersetzt, ein paar Zentimeter kleiner als ich, besaß eine zu kleine Nase und ein fliehendes Kinn. Er erinnerte mich an ein dickes Wiesel. Babalon fand nur einmal im Monat statt. Mein Gegenüber wirkte, als kämpfe es sich seit just dieser Zeit durch die Wildnis. Seine braunen Haare hingen ihm strähnig ins Gesicht, unter seinen Augen lagen Ringe, so dunkel, als hätte er sich geprügelt. Er verströmte einen Geruch wie ein nasser Tapir. Dem zum Trotz war er frisch rasiert.

»Wie machst du das?«, fragte ich.

»Was?« Sebastian sah an sich herab, wandte sich um und stand wieder halb in der Mauer. »Ach, du meinst den Wall«, drang seine Stimme aus dem Gestein. »Das ist recht einfach: Es gibt ihn nicht. Lauf einfach hindurch.«

Ich zögerte, musterte Sebastian, wie er fast völlig vom Gestein verschluckt auf mich wartete. Lediglich sein rechter Arm und sein rechtes Bein ragten jeweils zur Hälfte heraus. War er es, der nicht real war, oder die Mauer? Ich trat einen Schritt nach vorne, berührte wie zufällig seine Schulter...

»Was tust du?«, wollte Sebastian wissen. Anscheinend beobachtete er mich aus dem Gestein heraus.

»Prüfen, ob ich dem, was ich sehe, glauben kann.«

Ich hörte Sebastian lachen. »Verlass dich nicht darauf«, meinte er.

Ich ging mit gemischten Gefühlen auf die Mauer zu, hielt die Luft an, schloss die Augen – und prallte gegen das Gestein. Fluchend hielt ich mir die schmerzende Stirn. Meine Nase, die ich mir bereits beim Stranden geprellt hatte, begann wieder zu bluten.

Sebastian trat ins Freie und stellte sich kopfschüttelnd neben mich. »Ehrlich, ich hab's nicht glauben wollen«, murmelte er.

»Was?«, fragte ich gereizt. »Dass hier eine Mauer steht?«

»Nein.« Er musterte mich nachdenklich. »Dass du keine Ahnung von Babalon hast.«

Auch meine nächsten acht Versuche scheiterten trotz Sebastians Bemühungen, mir mit Rat und Tat zur Seite zu stehen. Selbst als er meine Hand nahm und mich mit sich in die Mauer ziehen wollte, wurde ich durch das Gestein aufgehalten. Meine Ellbogen, meine Knie, mein Schädel, alles schmerzte von der Konfrontation mit dem massiven Fels. Ich fühlte mich wie ein Idiot, beschimpfte Sebastian, mich für die Zuschauer in der ersten Ebene zum Kasper zu machen. Zum Schluss war ich davon überzeugt, dass Sebastian ein Element des Spiels war.

»Es geht nicht!«, erklärte ich.

»Dein Verstand sagt dir, dass es nicht geht«, konterte er, »dass ein Mensch sich nicht durch Stein bewegen kann.«

»Sehr richtig. Und deshalb lasse ich mich nicht länger zum Narren halten.«

»So wie der dort?«, fragte Sebastian und deutete den Hang hinab. Ich folgte arglos seiner Geste. Nichts und niemand war zu sehen, nur einer der Tretwasserbälle, der leer auf dem See trieb. Es war ein grottendämliches Ablenkungsmanöver, aber ich war zu entnervt, um rechtzeitig zu schalten. Sebastian nutzte meine Achtlosigkeit jäh aus. Ehe ich reagieren konnte, hatte er mich gepackt und nach hinten gerissen. Von einem Moment zum anderen war alles um mich herum finster. Ich fühlte keinerlei Widerstand, nur Sebastians Griff, der mich durch die Dunkelheit zog. Eine Sekunde lang lähmte mich die Angst, im Gestein stecken zu bleiben und ersticken zu müssen, dann umgab uns ein neues, natürlicheres Licht...

... und eine andere Welt.

Jenseits der Mauer gedieh ein tropischer Wald. Baumriesen, deren Kronen das Licht von der Gewölbedecke in alle erdenklichen Grün- und Gelbtöne filterten, ragten ringsum auf. Ich blinzelte in das strahlende Etwas über den Wipfeln. War die Sonne über mir echt?

Der grüne Dom hallte wider von schrillen Vogelstimmen, Horden kreischender Klammeraffen zogen hoch über dem Boden durch die Wipfel. Orchideen und meterhohe Urwaldblüten, die an Farbenpracht einzig von schillernden Schmetterlingen übertroffen wurden, leuchteten aus dem grünen Dämmerlicht. Rechts von mir lag der Ausläufer eines Flussarmes. Etwas, das mich an eine riesige Ratte erinnerte, pflügte darin auf das mir nächstgelegene Ufer zu. Das Tier hatte seinen Kopf übers Wasser erhoben und fixierte mich beim Schwimmen. Erst als es ans schlammige Ufer lief und sich die Nässe aus dem borstigen Fell schüttelte, entpuppte sich die vermeintliche Riesenratte als ausgewachsenes Wasserschwein. Es warf mir misstrauische Blicke zu, bevor es schnaubend im Dickicht verschwand.

Ich war reglos stehen geblieben, schon nach wenigen Sekunden am gesamten Körper schwitzend und erste Mücken anlockend. Der Regenwald war real! Unter seiner feuchtwarmen, windstillen Brutglocke wucherte er wie ein endloses Schlinggewächs. Sein dichtes, fast geschlossenes Blätterdach in fünfzig bis sechzig Metern Höhe schluckte die Strahlen der im Zenit stehenden Sonne und tauchte den Boden in nebelhaftes Dämmerlicht. Die Luft roch nach Ozon, wie nach einem Gewitterregen. Pilze wuchsen in allen erdenklichen Farben und Formen aus dem Boden und aus umgestürzten, verrottenden Baumstämmen.

Ich sah mich um, doch zu meiner Verwunderung bot sich auch hinter mir das Bild des Urwalds.

»Wo ist die Mauer geblieben?«

»Du stehst genau vor ihr«, sagte Sebastian.
»Ich sehe sie nicht.«
»Das weiß ich.«

Ich streckte die Arme aus und lief zweifelnd einen Schritt nach vorn. Meine Hände trafen auf ein unsichtbares Hindernis, das sich wie massives Gestein anfühlte. Es war, als stemmte ich mich gegen eine Wand aus reinstem Kristall, doch der Wald, den ich durch sie erblickte, war weder eine Kulisse noch eine Spiegelung, sondern die nahtlose Fortführung meiner Umgebung.

»Denke nicht darüber nach«, empfahl mir Sebastian. »Du kommst auf keinen grünen Zweig. Hier beginnt das Spiel. Jeglicher Vorsprung, den man sich draußen erkämpft hat, ist nahezu ohne Bedeutung. Alles entscheidet sich innerhalb dieser Grenzen. Komm, hier geht's lang. Babalon erwartet dich...« Sebastian wandte sich um und folgte einem kaum erkennbaren Pfad, der durch den Wald führte.

»Und wohin soll's gehen?«
»Zur Brücke.« Er sah über seine Schulter. »Zur Brücke des Schicksals.«

Ich war mir sehr bald darüber im Klaren, dass ich ohne Sebastians Führung bereits nach zehn Schritten vom Weg abgekommen wäre. Die Sicherheit, mit der er immer wieder auf den Pfad zurückfand, war bemerkenswert, ja geradezu unheimlich. Er stapfte durchs Dickicht, als ziehe sich unter dem Teppich aus Moos, faulendem Laub und Erde eine nur für ihn erkennbare, leuchtend rote Linie entlang, der er stur folgte. Einmal führte er mich in brusthohes Wasser, und ich dachte bereits, das wäre das Ende. Doch Sebastian watete weiter. Nach etwa zweihundert Metern gelangten wir wieder aufs Trockene – und zurück auf unseren Pfad. Nun wieder deutlicher sichtbar, folgte er nach kurzem Anstieg einem schmalen, still dahinfließenden Bach. Es kam mir vor, als wären wir bereits stundenlang unterwegs. Seit ich die Mauer durchdrungen hatte, fühlte ich mich völlig ausgelaugt. Rechter Hand begann sich eine Anhöhe oder der Ausläufer eines Höhenzuges zu erheben. Ich blieb für ein paar Sekunden stehen, hatte den Eindruck, schon einmal hier gewesen zu sein. Mein Körper war trotz des Polyesteranzuges von Dornen zerstochen und zerkratzt. Mit stumpfen Blicken sah ich auf den Wasserlauf und die tropischen Wunder ringsum, war erschlafft am ganzen Körper. Wohin ich schaute, wimmelte es von winzigen bis handgroßen Insekten; Ameisen, Fangschrecken, Käfern, Mücken, Tausendfüßlern, Spinnen. Sie waren auf dem Boden, auf den Pflanzen, auf dem Wasser, in der Luft, auf mir ... Ich wollte gar nicht wissen, wie viele ich bereits mit meinen blanken Sohlen zertreten hatte. Die Hälfte der brennenden und juckenden Hautstellen rührte bestimmt nicht von Pflanzendornen...

»Was ist los?«, erkundigte sich Sebastian, der ebenfalls stehen geblieben war.

Ich schreckte auf. »Nichts. Nur so ein merkwürdiges Gefühl...«

»Das nennt sich *Déjà-vu*«, meinte mein Begleiter.

Ich sah Sebastian an, kratzte mich, wo ich nur konnte, und entschied: »Unsinn.«

Sebastian zuckte die Schultern und lief weiter. Ein paar Meter hangabwärts plätscherte der Bach im Dickicht. Ich ließ meinen Blick schweifen. Das eigenartige Gefühl, schon einmal an diesem Ort gewesen zu sein, steigerte sich. Mein Begleiter lief langsamer, hielt hin und wieder inne und lauschte. »Wenn Nikobal feststellt, dass ich einen Spieler unterstütze, löscht er meinen Code und lässt mich hier unten verrotten«, murmelte er.

»Wie meinst du das?«

»Nun, eine Frau, die einen neuen Mann in die Oberschicht wählen darf, wird nicht mehr auf mich zugreifen können. Ich kann nicht mehr aufsteigen.«

»Nur, weil du mich führst?«

»Ja. Ich bin ein unlauteres Hilfsmittel.«

»Dann ist es wohl so etwas wie eine Doping-Sperre«, scherzte ich.

»Sozusagen. Nur, dass in diesem Fall nicht der Spieler, sondern das Dopingmittel auf Lebenszeit gesperrt wird...«

»Mir droht keine Strafe?«

»Weißt du denn gar nichts über Babalon und seine Regeln?« Sebastian schüttelte den Kopf. »Langsam glaube ich, du kommst aus einer anderen Welt. Oder dir ist gewaltig was auf den Kopf gefallen.«

Ich antwortete nicht, sondern war erneut stehen geblieben und blickte hangaufwärts. Wenige Meter über dem Pfad hatte ich eine unerwartete Form zwischen den Farnen erspäht, fast wie durch Zufall, so schien es, aber was ich sah, ließ mich zittern. Ich lief zu dem Objekt und hob es auf. Es gehörte nicht hierher – *durfte* nicht hierher gehören!

Was ich in der Hand hielt, war eine leere Konservendose. Der Deckel war mit roher Gewalt aufgeschnitten worden, im Inneren schwammen ein paar faulige Bohnen in stinkendem Regenwasser, das sich in ihr gesammelt hatte. Sie konnte noch nicht lange hier liegen, denn das Metall war kaum von Rost befallen. Ihr Etikett war durch die Feuchtigkeit aufgeweicht und löste sich bereits beim Aufheben ab. *Porota Colorada* prangte in roter Schreibschrift darauf, darüber handschriftlich der Name Luis, notiert mit einem Kugelschreiber.

Es war nichts weiter als eine ordinäre Konservendose. Das Beängstigende daran war: Ich hatte *diese* Dose schon einmal in der Hand gehalten, das Etikett und den Namen gelesen, gehofft, noch etwas Essbares in ihr zu finden – vor über sechs Jahren, in Costa Rica, etwa zwanzig Kilometer nördlich von Puerto Limón!

Damals arbeitete ich für eine kleine New Yorker Fotoagentur und erhielt den Auftrag, eine Dokumentation für einen Reisekatalog abzuliefern. Im Land angekommen, nahm ich den Zug von Limón bis Guápiles und mietete mir dort einen alten VW-Bus, mit dem ich durch den Tortuguero-Nationalpark in die gleichnamige Küstenstadt fahren wollte, eine Strecke von knapp sechzig Kilometern. Auf halber Strecke rutschte mir der Bus beim Ausweichen vor einem Schlagloch in den Straßengraben und setzte auf. Zwei Stunden später tauchte endlich ein Lastwagen auf, und nachdem ein paar Colon für einen Kasten Cerveza den Besitzer gewechselt hatten, erklärte sich der Fahrer bereit, den Wagen aus dem Graben zu ziehen. Bald stellte sich jedoch heraus, dass der Stabilisator und das rechte Traggelenk der Vorderachse gebrochen waren. Weiterfahren wäre nicht mehr möglich gewesen. Da ich den Bus nicht im Wald zurücklassen wollte, entschloss ich mich, ihn bis nach Tortuguero schleppen zu lassen.

Der Fahrer des Lastwagens benutzte eine Nebenstrecke, von der er behauptete, sie führe zwar durch ein Indioreservat, sei aber um ein Drittel kürzer. Auf dem Weg fehlte plötzlich eine Brücke, und ich musste mich vom Lastwagen durch einen Fluss ziehen lassen. Das Wasser war etwa einen Meter tief und die Passage dreihundert Meter lang. Ich hatte alle Ritzen mit Isolierband zugeklebt und war durchs Fenster eingestiegen. Der Fahrer des Lastwagens fuhr langsam, und ich folgte ihm brav an seinem Heck. Alles ging gut, und es drang kaum Wasser ein, bis vierzig Meter vor dem rettenden Ufer die zwei Seile rissen, an die der Bus gehängt war. Der Fahrer des Lastwagens suchte aus Angst, er könne selbst stecken bleiben, das Weite. Ich stieg zum Fenster aus und versuchte, den Bus an den Seilresten zu halten, da er durch seinen großen Innenraum zu viel Auftrieb besaß und abzutreiben drohte. Eine Stunde stand ich im Fluss, während das Wageninnere voll lief. Als der Bus nahezu abgesoffen und kein anderes Fahrzeug aufgetaucht war, gab ich es auf und watete ans Ufer. Alles, was ich hatte retten können, waren mein Fotokoffer und eine Straßenkarte, in der zwar der Fluss, jedoch nicht die Straße eingetragen war, auf der ich stand. Meiner Schätzung zufolge wären es etwa fünfzehn bis zwanzig Kilometer zu Fuß gewesen, ehe ich die Ausläufer von Tortuguero erreicht hätte – vorausgesetzt, die Straße hätte wirklich dorthin geführt. Ich rechnete mit fünf oder sechs Stunden Fußmarsch, falls mich kein vorbeikommender Wagen mitnehmen würde.

Die schwere Fotoausrüstung versteckte ich abseits der Straße, um sie am nächsten Tag abzuholen, und marschierte los. Was mich beeindruckte und zugleich beunruhigte, waren die vielen Indio-Artefakte, die ich zu Gesicht bekam. Hinter jedem Baum oder Riesenfarn lauerte eine indianische Skulptur. Zugleich war mir bewusst, dass die Cabaitre nicht zu der Sorte Indios gehören, die entlang der Touristenrouten Souvenir-Verkaufsstände betreiben oder sich für ein paar Colon als Urlaubsmotiv ablichten lassen. Seit das Landwirtschaftsministerium 2011 eine Ausweitung der Bananen-Anbauflächen und die daraus resultierende Verkleinerung der Reservate beschlossen hat, ist mit den Indios nicht mehr gut Kirschen essen. Zudem kämpfen sie mit allen Mitteln gegen den Einsatz der C-Waffen, mit denen die an die Reservate grenzenden Plantagen gegen Bakterien, Pilze, Würmer und Insekten gedüngt und besprüht werden; Mittel wie Clorotalonil, Calixin oder Benlate. Sie sehen sich als *Afectados*, als Betroffene, weil das Zeug von den Plantagen in die Flüsse und somit auch in die Fische gelangt, von denen die Indios leben. Einige hundert Cabaitre haben das innerhalb von eineinhalb Jahren mit lebenslanger Sterilität gebüßt. Sie haben der Regierung schleichenden Völkermord vorgeworfen und stehen seither mit allen ›Bananenbeschützern‹ auf Kriegsfuß; und auch mit sonst jedem, der in ihr angestammtes Gebiet eindringt und irgendwie aussieht, als hätte er etwas mit ihrer Misere zu tun.

Nach etwa zwei Stunden setzte der Regen ein. Die Einheimischen nennen ihn *Aguacero*. Es ist ein täglicher Platzregen von der Gewalt eines Staudammbruchs. Bald darauf stieß ich auf einen zweiten Fluss ohne Brücke – für costa-ricanische Verhältnisse durchaus gewöhnlich, wie ich später erfuhr. Der Flusslauf war nicht ganz so breit wie der, in dem der VW-Bus stand, etwa an die siebzig Meter. Es war bereits später Nachmittag, und ich war beunruhigt, da ich befürchtete, die Nacht im Dschungel verbringen zu müssen. Daher war mein einziges Bestreben, den Fluss so schnell wie möglich zu durchqueren. Was mir nach wenigen Metern jedoch sehr schnell bewusst wurde, war die Tatsache, dass das Wasser wesentlich tiefer als einen Meter war und auf Grund der Niederschläge nicht gerade gemächlich dahinfloss. Ich war gezwungen zu schwimmen und fragte mich dabei, wie der Lastwagen diese Passage gemeistert haben konnte, ohne zu kentern. Trotz meiner Bemühungen riss mich die Strömung mit, und als ich endlich das andere Ufer erreichte, war ich bereits ein paar hundert Meter weit von der Straße abgetrieben worden. So fand ich mich mitten im Urwald wieder und wusste nicht mehr, wo vorne und hinten war. Zur Straße fand ich nicht mehr zurück, stieß jedoch auf dieses Tal und den Pfad – und auf diese Konservendose.

Was jedoch bedeuten würde...

Ich ließ die Büchse fallen und sah den Hang hinauf. Die Bewegung zwischen den Bäumen war kaum wahrnehmbar. Sie erinnerte an einen unsichtbaren Körper, der durch den Dunst huschte und ihn durch seine Masse verdrängte. Wenn er verharrte, sah es aus, als befände sich ein Loch in den Schwaden. Es ähnelte einer aufrecht stehenden Gestalt mit langen, bis zum Boden hängenden Armen.

»Sebastian«, rief ich meinem Weggefährten nach, »warte!«

Sebastian sah in die Bäume, als suchte er die ihn rufende Stimme in ihren Wipfeln, dann blieb er stehen und sah zu mir zurück. Unvermittelt ertönte neben mir ein Zischen, und etwas Massiges traf meinen Nacken mit solcher Wucht, dass ich vornüber geschleudert wurde. Haltlos rutschte ich hangabwärts, gleichzeitig schlang sich etwas um meinen Hals und meinen Oberkörper. Der abschüssige Boden und der feuchte Bewuchs ließen mich keinen Halt finden. Ich vernahm undeutlich Sebastians Stimme, konnte ihm aber nicht antworten, da mir der Hals zugedrückt wurde. Schließlich rutschte ich kopfüber in den Bach, zappelte im Wasser, schaffte es, mich auf die Knie zu erheben, um – noch immer nicht atmen zu können. Was mich umschlang, war nichts Geringeres als eine ausgewachsene Boa!

Ich schüttelte und wand mich und versuchte, den

Kopf des Reptils zu fassen zu kriegen, konnte jedoch nicht richtig nach ihm greifen, da mein linker Arm vom Schlangenleib gegen meinen Körper gepresst wurde. Bei meinen Bemühungen fühlte ich unvermittelt einen stechenden Schmerz am linken Unterarm und hatte gleichzeitig das Gefühl, mir platze vor lauter Druck der Kopf.

Die Schlange hatte sich in meine Armmuskeln verbissen. Ich konnte ihren Kopf sehen, war aber kaum noch in der Lage, mich zu bewegen. Meine Ohren erfüllte ein unglaubliches Rauschen, das selbst Sebastian übertönte, der ebenfalls das Bachufer erreicht hatte und mich anbrüllte. *Was hier geschieht, ist nicht wahr,* schrie eine Stimme in mir. *Es kann sich unmöglich wiederholen! ES KANN SICH NICHT WIEDERHOLEN!*

Ich stürzte nach vorn, kroch durchs Wasser, hatte das Gefühl, mir selbst dabei zuzusehen, wie ich einen kopfgroßen Kiesel vom Bachgrund ergriff. Der Schmerz in meinen Lungen, der Druck um Hals und Brustkorb ließen grelle Lichtkreise vor meinen Augen aufblitzen. Ich fühlte mich wie ein kleines Männchen, das im Kopf eines riesigen menschlichen Roboters saß und diesen mit Hebeln und Schaltern lenkte. Durch ein Panoramafenster im Roboterkopf konnte ich sehen, wie der Roboter seinen linken Unterarm, in den sich die Schlange verbissen hatte, auf einen großen Felsen legte und mit dem Stein begann, wieder und wieder auf den Schädel des Reptils einzuschlagen, bis dieser zu einer formlosen Masse aus Blut, Fleisch und Knochen zermalmt war. Ich registrierte in meinem Kontrollzentrum, dass sich der Druck des Schlangenleibes um den Roboterkörper lockerte, zwang den Roboter per Knopfdruck zu atmen, zu atmen, zu atmen, zu atmen ...

»Bist du okay?«, vernahm ich Sebastians Stimme über mir.

Ich sah auf, erkannte schemenhaft seine Gestalt. Mit zitternden Händen wischte ich mir die Tränen aus den Augen. »Frag mich das in einer Stunde noch mal.«

»In einer Stunde hast du Babalon verloren.«

Ich packte ihn am Arm, zog mich auf die Beine. »Warum hast du mir nicht geholfen?«, beschwerte ich mich atemlos.

»Es war nicht nötig, denn du bist hier.«

Ich sah Sebastian verärgert an. »Natürlich bin ich hier, was für ein dämliches Argument.«

»Reg' dich ab«, sagte Sebastian. »Du weißt ganz genau, was ich meine. Sieh dir an, womit du gekämpft hast...«

Im Bach trieb eine armdicke Liane. Keine Spur von einer Boa, kein Blut auf den Felsen. Ich betrachtete meinen Unterarm. Eine Reihe kleiner, roter Löcher, aus denen unentwegt Blut rann, verunzierte ihn. Von Sebastian gestützt, erreichte ich unsicheren Schrittes den Pfad, setzte mich auf einen Baumstumpf.

»Es war eine Schlange«, beharrte ich.

»Wirklich? Ich habe nie davon gehört, dass Boas einem Menschen an die Kehle springen«, erwiderte Sebastian.

»Das hat sie auch nicht getan.« Ich massierte meinen Hals. »Jedenfalls nicht von allein. Man hat sie auf mich geworfen.«

»Ach?« Mein Begleiter sah sich um. »Wer denn? Ich habe niemanden gesehen. Wer immer das war, muss sie ganz schön weit geworfen haben.«

»Er stand nur ein paar Meter von mir entfernt. Ein Indio. Oder – ach, was weiß ich. Wenn ich daran denke, dass Dutzende dieser Kerle um uns herum sind, dann verspüre ich keine große Lust, länger hier zu verweilen.«

»Du glaubst nur, dass sie hier sind. Dein Verstand erschafft sie, Babalon lässt sie real werden, wie die Schlange. Denke nicht an sie, und es gibt sie nicht.«

»Der Schmerz ist verdammt real«, verteidigte ich mich.

»Weil dein Verstand ihn dir befiehlt«, konterte Sebastian. »Du hast das schon einmal erlebt, habe ich recht? Es war nur eine Wiederholung deiner Vergangenheit, nicht wahr?«

»Ich wusste nicht, wie ich es verhindern sollte«, knirschte ich. »Weil ich es nicht glauben konnte.« In wenigen Sätzen erzählte ich Sebastian, was sich damals ereignet hatte, und sein einziger Kommentar dazu war: »Du hättest also wissen müssen, dass es glimpflich ausgeht.«

»Es kann nicht sein, dass sich etwas exakt auf dieselbe Weise wiederholt. Dass sich *dasselbe Erlebnis* wiederholt...«

»Das ist Babalon, Stan.« Mein Begleiter lächelte ein wenig verlegen. »Du könntest es auch Traumata nennen. Oder Arena der Seelen. Hier wirst du mit deinen Abgründen konfrontiert, trittst gegen dich selbst an. Wäre es nur ein banaler Wettkampf, hätte die Schickeria in der ersten Ebene kein Vergnügen an der Sache. Diese Meute will Sensationen.«

»So, so«, knurrte ich verächtlich. »Ein virtueller Circus Maximus.«

»Bitte?«, fragte Sebastian.

»Nichts.« Ich schüttelte den Kopf und dachte nach. »Wenn es so ist, wie du behauptest, dann dient dieses Spiel noch einem anderen Zweck. Es ist zu komplex, erinnert mich fast an eine Psychotherapie.« Ich sah

Sebastian an. »Ja, das könnte es sein! Amüsement, Wettkampf und Gehirnwäsche in einem, das entspricht ganz ihrem Intellekt...«

Sebastian machte ein verständnisloses Gesicht. Ich winkte entschuldigend ab. Mir stand nicht der Sinn danach, ihn bezüglich der Lords und ihrer Motive einzuweihen, zumal über dreihundert Ohrenpaare vor der Monitorkuppel zuhörten. Anstrengend genug, es Prill ständig zu erklären. Was mir allerdings nicht aus dem Kopf ging, war Gammas Bemerkung, dass die Klone das Fundament einer – neuen? – Zivilisation bilden sollten. Nachdem die körperliche Unversehrtheit der Entführten Bedingung gewesen war, lag es nahe, dass die Lords für ihre Geschöpfe auch geistige Gesundheit anstrebten. Eine Zivilisation von Individuen, die schwarze Flecken auf ihrer Seele trugen, schien ihnen ebenso wenig dienlich wie physische Gebrechen.

Ich dachte an Hank, einen Musterfall in Sachen Labilität. Mit Sicherheit hauste er ebenfalls hier unten. Argwöhnisch äugte ich in die Baumwipfel. »Falls du Recht hast, würde ich gerne eine lichtere Stelle suchen.« Ich blickte ins Unterholz. »Was schwierig werden dürfte«, fügte ich hinzu. Ich begann, am Hang herumzukriechen. Hier und dort pflückte ich Gräser und Kräuterhalme, die ich im Mund zu einem Brei zerkaute und über der Wunde verstrich.

»Interessant«, kommentierte Sebastian. »So ein Verhalten hab ich bisher nur Vierbeinern zugetraut.«

Ich ging nicht darauf ein. Mit Blättern deckte ich die Bisswunde ab, umwickelte sie mit dünnen Ranken und wartete, bis der Schmerz erträglich wurde. »Wie weit ist es noch bis zu dieser Brücke?«, fragte ich.

»Das hängt davon ab, wie groß dein Geist den Wald

werden lässt.« Er ließ den Arm schweifen. »Und was dein Kopf noch für Stolperfallen für dich bereithält.«
»Wie weit?«
Sebastian deutete bergauf. »Würden dort keine Bäume stehen, könnten wir sie bereits sehen, am Ende des Pfades.«
»Okay«, murmelte ich. »Beeilen wir uns, ehe...«
»Ehe was?«
»Nichts – hoffe ich.«
Sebastian lief mir nach und hielt mich am Arm fest, als ich begann, den Hügel hinaufzuhetzen. »Du kannst sie nicht schneller erreichen, indem du rennst«, sagte er. »Dadurch wird der Weg nur länger. Babalon kennt deine Vergangenheit. Es weiß, was du weißt, und konstruiert es gegen dich. Zeit spielt hier weit weniger eine Rolle als Weitsicht. Deine Kontrahenten verteidigen im Augenblick vielleicht ihr Leben in der irakischen Wüste oder stecken in einem brennenden Hochhaus im Fahrstuhl oder kämpfen sich durch einen Monsterstau in Philadelphia. Sie sind alle mit sich selbst beschäftigt. Hinzu kommt, dass ich nicht bei ihnen bin.«
»Und warum bist du ausgerechnet bei mir?«
»Weil ich beauftragt wurde, mich um dich zu kümmern.«
In mir heulte eine Alarmsirene. »Beauftragt? Etwa von Frederick, oder von Nikobal persönlich?«
»Ich kenne weder seinen Namen noch seine Beweggründe. Zugegeben war ich äußerst überrascht, als du vorhin tatsächlich vom Ufer hochgetrabt kamst. Dachte, es wäre eine List der Oberschicht, um mich bloßzustellen.«
Ich musterte Sebastian eine Weile. Dann fragte ich: »Wie sah er aus?«
Mein Begleiter verzog die Mundwinkel. »Ziemlich

abgerissen. War vielleicht einen Kopf kleiner als du, trug eine Sonnenbrille und einen Billigkoffer und hielt mir ein Foto von dir vor die Nase. Sah aus wie ein Bonsai-Killer.«

»Ein Morner!?«

»Oh, du kennst ihn...«, meinte Sebastian. »Na, dann ist doch alles in Butter.« Er grinste. »Lass uns nun den dunklen Fleck in deiner Seele besuchen. Die Schickeria lechzt nach Blut.«

Die Strecke, die wir mittlerweile zurückgelegt hatten, entsprach einem Marsch um die gesamte Insel. Wir hätten längst auf die gegenüberliegende Mauer stoßen müssen.

»Hat es einer von euch je geschafft, seine Vergangenheit aufzuhalten, wenn Babalon sie erweckt hat?«, fragte ich Sebastian.

»Nicht viele. Dir bleibt immerhin die Hoffnung, es beim zweiten Mal besser zu machen, falls du wieder in die Oberschicht gewählt wirst und dich das Los erneut trifft.«

»Und wenn innerhalb dieser Trauma-Festung niemand mehr mit seinem Unterbewusstsein in Konflikt kommt, hat Babalon seinen Zweck erfüllt. Eine äußerst extravagante Heilbehandlung für...«

Ich stockte. Wenige Schritte vor uns war eine dunkelhäutige Gestalt auf den Pfad getreten. Der Fremde hielt ein Gewehr in den Händen und versperrte uns den Weg. Er trug dreckige Bluejeans, ein ärmelloses graues Hemd und ausgetretene Turnschuhe. Sein schulterlanges krauses Haar wurde von einem Stirnband gebändigt, billige Tätowierungen zierten seine Oberarme. Aus dem nahen Dickicht drang eine ungeduldige Stimme, rief etwas auf Spanisch.

»*No Milizia, dos Americanos!*«, antwortete der Bewaffnete in den Wald, hielt jedoch weiterhin sein Gewehr auf uns gerichtet. Ein schwarzer Oberlippenbart zuckte über seinen zusammengekniffenen Lippen. »*Buenas noches, Gringos!*«, begrüßte er uns. Sich nähernde Stimmen wurden laut, dazwischen das Schnauben von Tieren.

Ich schloss die Augen, schüttelte den Kopf und murmelte: »Das darf alles nicht wahr sein.«

»Phase zwei, nehme ich an«, sagte Sebastian. »Das wird sicher eine interessante Begegnung.«

»Darauf kannst du Gift nehmen«, antwortete ich leise. »Sie kann aber nicht so verlaufen wie damals, denn wir sind zu zweit. Ich war allein.«

Mein Begleiter sah sich erwartungsvoll um und fieberte dem Kommenden mit fast kindlicher Neugier entgegen. Kurz darauf gruppierten sich neun Bewaffnete und vier bepackte Maultiere um uns. Macheten und Flinten glänzten im schwindenden Tageslicht, zwei der Fremden trugen automatische Gewehre. Einige der Männer kratzten sich, als hätten sie Läuse, und ein übel riechender Geruch aus Schweiß und Fusel vernebelte die Luft.

»Was sind das für Kerle?«, erkundigte sich Sebastian.

»Zivilgardisten der Bananeros«, raunte ich ihm zu. »Auch, wenn sie nicht so aussehen. Sie transportieren Waffen aus Siquirres in die Plantagen nach Tortuguero.«

»Wo ist das Problem?«

»Solche Transporte gehen an der Regierung vorbei.«

Der Fremde, der uns den Weg versperrt hatte, musterte uns misstrauisch, ließ endlich sein Gewehr sinken und trat näher. »Mein Name ist Dixon«, stellte er sich in gebrochenem Englisch vor. »Und ihr beiden seid

Robinson und Freitag, nehme ich an.« Sein Gefolge reagierte mit belustigtem Raunen. Der Wortführer trat heran, musterte erst Sebastian, dann mich abschätzend und fragte: »Wer seid ihr, Gringos?«

Ich stellte uns vor, gab an, dass unser Bus eine Panne gehabt hätte und mitten im Fluss stehe. Nun wären wir auf dem Weg ins nächste Dorf, hätten aber weder Kompass noch Karte und daher wahrscheinlich die Orientierung verloren.

Dixon hob die Augenbrauen, sah uns zweifelnd an. »Typisch«, urteilte er schließlich. »Immer eine Cowboy-Geschichte auf Lager. Wir passieren morgen Pueblo Nerro. Leider habt ihr Augen im Kopf und eine Zunge im Mund. Ich hoffe in eurem Interesse, euer Erinnerungsvermögen wird euch bestätigen, dass wir nur Tabak transportiert haben, falls die Milizia dort Fragen stellt.«

»Fein«, kommentierte ich und blickte Sebastian wütend an. »Gib es zu, du findest es immer noch interessant.«

Sebastian zuckte mit den Schultern. »Nach wie vor. Babalon gedeiht durch Informationen. Ich habe lange gebraucht, um es herauszufinden. Mein Ziel ist es, das Spiel zu gewinnen, falls ich mal wieder hier lande. Learning by doing, klar? Alles Gute oder Schlechte aus deinem Unterbewusstsein wird von Babalon resorbiert. Es ist fast, als wäre es neugierig und bestrebt, zu sammeln und zu wachsen, als genieße es geradezu, deinen Subcortex zu ergründen.«

»Du bewunderst es«, warf ich Sebastian vor. »Redest, als hieltest du es für ein lebendes Wesen.«

»Nein, das nicht«, verteidigte er sich. »Aber es muss eine äußerst hoch entwickelte, um nicht zu sagen hochintelligente Software sein, die Babalon steuert. Ich war vor dem Big Bang in der Computerbranche tätig, besaß in Ohio meine eigene kleine Softwarefirma. Ich begeistere mich aus rein beruflichem Interesse.«

Ich musste plötzlich an das *Sublime* denken. Hatte Gamma nicht behauptet, es wäre ein bioelektronisches Zentrum, aber größtenteils ein lebendes Wesen? War Babalon ein Ableger des *Sublime* – ein Teil von ihm?

»Dieses Spiel fordert dich heraus, aus deiner Not eine Tugend zu machen«, fuhr Sebastian fort. »Wie heißt es so schön: Humor ist, wenn man trotzdem lacht.«

»Das bezweifle ich. Bisher erkenne ich lediglich eine gehörige Portion Zynismus.«

»Wo liegt der Unterschied?«

Ich hob meine Hände und deutete auf das massige Etwas vor mir: »Hier!«

Dixon hatte uns mit Lederriemen an das Zaumzeug zweier Maultiere binden lassen, denen wir nun hinterhertrotten durften. Nicht genug, dass die Tiere penetrant mit ihren Schweifen schlugen und uns dabei in die Gesichter trafen, das Unangenehmste war der Geruch, dem wir ausgesetzt waren – und hin und wieder auch mehrere zu Boden plumpsende Gründe für diesen Geruch. Ein weiteres Maultier lief in der Mitte des Zugs, das vierte bildete die Spitze.

Es war mittlerweile stockfinster geworden. Von der Gewölbedecke – falls es sie überhaupt gab – drang nicht der geringste Lichtschimmer herab. Babalon simulierte selbst die Tageszeiten, glich sie meiner Vergangenheit an. Am Hals jedes Maultiers pendelte inzwischen eine Kaltlichtlaterne, die den Pfad erhellte. Vor uns marschierten zwei Gardisten in gedämpfter Unterhaltung. Ich lauschte ihrem Gespräch, verstand aber kaum ein Wort.

»Und?«, erkundigte sich Sebastian nach einer Weile.

»Der Phonetik nach könnte es dieselbe Unterhaltung wie damals sein«, antwortete ich. »Keine Ahnung, worüber sie reden. Jedenfalls scheinen sie nicht allzu bekümmert zu sein.« Ich sah mich um. »Keiner von ihnen wird sein Ziel erreichen. Wenn wir nicht bald hier wegkommen, schleifen sie uns an den Eselsärschen mit sich ins Verderben.«

»So schlimm kann es nicht gewesen sein«, kommentierte Sebastian. »Du lebst ja noch.«

Ich schüttelte den Kopf. »Es zu überleben ist eine Sache, es zu *erleben* eine andere. Verrate mir eins: Warum nimmt sich Babalon so viel Zeit, um dieses Ereignis zu rekonstruieren?«

Sebastian kräuselte die Stirn. »Es ist deine Zeit, die verrinnt, nicht seine. Du musst mit dir ins Reine kommen. Sollte dich die Brücke fallen lassen, dann schieb die Schuld nicht mir in die Schuhe.«

»Nichts wünsche ich mir lieber, als diese Vergangenheit ruhen zu lassen.«

»Wirklich?« Sebastian kniff die Augen zusammen. »Viele wünschten sich das. Die meisten von ihnen wohnen nun in den Slums. Und warum? Weil da noch etwas ist, das mächtiger ist als alle guten Vorsätze.«

»Was meinst du?«

»Deine Erinnerung hat eine Eigendynamik entwickelt, Stan. Ich kenne das, sonst wäre ich nicht auch hier unten. Sie ist zu einem autonomen Wesen geworden, mit einem Bewusstsein, das dem deinen überlegen ist. Was in Kürze auch passieren mag, es beherrscht dich, wenn du allein bist, wenn es dunkel ist, habe ich recht? Dann kommen die Bilder, die Stimmen, die Schmerzen ... du fürchtest dich vor diesen Augenblicken, aber du kriegst die Bilder nicht aus deinem Kopf. Schläfst nur bei Licht. Betrinkst und berauschst dich. Irgendetwas erinnert dich immer daran. Du hast den Wunsch, aber nicht die Macht, das Erlebte zu verarbeiten, seine vermeintlich zerstörerische Kraft in etwas Neues, Schöpferisches umzuformen. Tief in deinem Inneren scheinst du dich damit abgefunden zu haben, dass alles, was du erlebt hast, in deinen Gedanken immer wieder geschieht. Dass es geschehen *muss!* Wie jetzt. Du glaubst inzwischen, dass Babalon ein Spiel ist, das gespielt werden *will!* Ich hingegen glaube, dass dir das, was diese Wunden geschlagen hat, letztendlich doch ein Gefühl des Stolzes vermittelt. Den Stolz, es erlebt und überlebt zu haben. Ein Paradoxon. Selbstgeißelung. Seelischer Masochismus. Ein wahres Arkadien für Babalon...«

»Danke für die Tiefenanalyse«, knurrte ich, »aber das ist mein Dämon.«

Sebastian schüttelte den Kopf. »Nicht mehr lange, Stan. Sieh mal: Warum bin ich in der Lage, dich zu begleiten, ohne dass meine eigene Welt um uns herum Gestalt annimmt und mich ebenfalls heimsucht? Weil ich mit mir im Reinen bin. Ich habe meinen Dämon besiegt. Mein Problem ist jedoch, dass sich seit dem Tag, als ich vor sechs Monaten Babalon verlor, niemand aus der Oberschicht für mich interessiert hat. Wahrscheinlich« – Sebastian sah mich durchdringend an – »weil Nikobal meinen Namen für die Wahl gesperrt hat.«

»Wenn es so ist, tut es mir Leid.«

»Natürlich. Allen tut es Leid.«

Wir schwiegen eine Weile, bis sich unsere Emotionen gelegt hatten. Dann fragte ich: »Wo lebt ihr auf dieser Ebene? Ich habe noch nirgendwo eine Siedlung gesehen.«

»Das Dorf der Verlierer liegt in der Schlucht. Du wirst es noch sehen. Vielleicht ist sogar schon ein Quartier für dich frei geworden.« Sebastian lachte wie über einen dreckigen Witz.

Einer der Gardisten trat von der Seite an uns heran, packte mich an der Schulter und knurrte: »Maul halten!« Er stieß mir den Lauf seines Gewehres in die Rippen. »Americanos. Wenn es nach mir ginge, ich hätte euch an erstbesten Baum gebunden, als Futter für *Marabunda*.«

Sebastian flüsterte: »Klingt nicht sehr freundlich. Was meint er damit?«

»Ameisen«, erklärte ich.

Der Gardist grinste. »Si, Gringo. Hungrige kleine Biester, feine, saubere Sache. Aber wer weiß, bis Puerto Nerro kann viel passieren.«

Ich lächelte schief. »Es wird auch viel passieren.«

Mein Gegenüber streckte angriffslustig sein Kinn vor und funkelte mich an. »So, meinst du?« Er riss an meinem Kragen und bleckte die Zähne. »Ich hatte acht Jahre Aufsicht in *Cárcel* von Puntarenas. Dort man stemmt einem wie dir mit viel Freude den Arsch auf! Damit!« Er packte mich zwischen den Beinen und drückte kurz und kräftig zu, was mich schmerzerfüllt die Luft ausstoßen ließ. »Wir beide werden noch viel Spaß haben, Gringo!«, lachte er, ließ mich wieder los, legte seine Waffe über die Schulter und wandte sich ab. Im selben Moment erklang ein leises, kaum wahrnehmbares Zischen. Etwas schlang sich wie ein Peitschenriemen um den Hals des Mannes und riss ihn in die Höhe. Der Gardist verschwand in der Dunkelheit, ohne einen Schrei auszustoßen. Lediglich sein Gewehr fiel nach ein paar Sekunden herab und landete ein paar Meter neben dem Pfad im Dickicht.

Sebastian blickte hinauf in die Baumkronen. »Interessant«, bemerkte er, während ich einen lautlosen

Fluch äußerte. Einen Atemzug später erklang ein Sirren, gefolgt von einem leisen Schlag, und ein dünner, langer Pfeilschaft ragte aus dem Schädel seines Packtiers. Bersten und Klirren folgte, als der Maulesel zusammenbrach. Gewehre fielen zu Boden, Proviantbündel platzten auseinander. Sebastian wurde zu Boden gerissen, wo er zwischen Geschirr und Kleidung liegen blieb.

Ich stemmte mich gegen den Schritt meines eigenen Maultiers, das mich aufgescheucht hinter sich her zwang, und versuchte, das verängstigte Tier zu stoppen. Erst als mir die Lederriemen die Hände abzureißen drohten, blieb der Packesel endlich stehen. An der Spitze des Trecks kam Tumult auf. Einige der Männer rannten, Kommandos brüllend, mit erhobenen Waffen in den Wald. Sekunden später brach das Inferno los. Dutzende der Peitschen zuckten aus der Dunkelheit durch das von Magnesiumfackeln erleuchtete Szenario über die Köpfe der Gardisten hinweg, bis sie ihre Opfer gefunden hatten. Manche der Männer schrien, als sie in die Höhe gerissen wurden. Ihre Stimmen entfernten sich rasend schnell und endeten abrupt. Die Gardisten am Boden schrien nicht minder laut, während sie plan- und ziellos mit ihren Waffen in die Bäume feuerten. Laub und Zweige regneten auf uns nieder, das Stakkato der Schüsse war ohrenbetäubend.

»*Estos malditos diablos!*«, vernahm ich die Stimme Dixons, der sichtlich erregt auf uns zu rannte. »Emilio!«, rief er und blickte sich dabei gehetzt um. »Emilio, *caray, dónde estás?*«

»Er ist tot«, informierte ich ihn, als er uns erreichte.

Dixon stieß die Luft aus und blickte auf Sebastian, der bemüht war, wieder auf die Beine zu kommen. Dann wirbelte er herum und schrie: »*Hombres, aquí junto a mi lado! Venga, que quiero veros!*« Er zog ein Messer und durchtrennte Sebastian und mir die Handfesseln. Jene, die von seinem Gefolge übrig geblieben waren, kamen geduckt herbeigelaufen. Es waren gerade mal drei Männer, ihre Gesichter bleich, ihre Augen voll nackter Angst. Auch Dixon stand der Schweiß auf der Stirn. Gemeinsam rotteten wir uns neben dem Pfad im ausgefaulten Leib eines umgestürzten Baumriesen zusammen. Die morsche Kammer war kaum länger als drei Meter und nicht einmal einen Meter hoch. Modergeruch, Schweiß und schlechter Atem hüllten mich ein. Ich rieb mir die schmerzenden Gelenke, während Sebastian aufmerksam in die Dunkelheit starrte. Die Fangschlingen hatten sich in die Dunkelheit zurückgezogen. Trügerische Stille herrschte.

»Diese Bastarde sind noch dort oben, das fühle ich«, murmelte Dixon und steckte ein neues Magazin an sein Gewehr. »Ich werde jedem von ihnen das Herz zum Arsch rausreißen. *Maldita cria de indios...!*«

Ich indes zählte die Sekunden, wusste genau, was in wenigen Augenblicken geschehen würde. »Legt euch auf den Boden«, zischte ich, in der Hoffnung, den Verlauf der Ereignisse ändern zu können. Aber ob das Boot mit dem Bug oder mit dem Heck voraus sank...

»Halt die Klappe, Gringo!«, schnauzte Dixon. Seine Nerven lagen ebenso blank wie die der anderen – abgesehen von denen Sebastians, der gelassen-interessiert zusah, als sitze er in einem Reisebus und gondle durch einen Safaripark. Langsam kam er mir vor wie ein Automat, der sich für unzerstörbar hielt und unbeirrt Informationen aufnahm. Draußen war alles ruhig.

»Je weniger Angriffsfläche wir ihnen bieten, desto größer sind unsere Chancen zu überleben«, wagte ich einen zweiten Appell an die Vernunft des Anführers. Sein Profil wurde vom Licht der noch brennenden, aber mit den getöteten Lasttieren zu Boden gegangenen Magnesiumfackeln erhellt. Er, der wie eine spähende Harpye in die Wipfel starrte, bedachte mich mit einem Blick, in dem Wut, Stolz und Angst eine explosive Mischung bildeten. »*Al diablo!*«, knurrte er schließlich. »Du kommst dir wohl sehr klug vor, Americano, was...?«

Es waren seine letzten Worte. Plötzlich ragte der Schaft eines Pfeils aus seinem Hals. Er war einfach durch die morsche Baumrinde gedrungen. Dixon riss die Augen auf, machte eine Gebärde, als wolle er den Pfeil fortreißen, und kippte – die rechte Hand um den Pfeilschaft gekrallt – mit dem Gesicht vornüber in den Dreck. Zwei, drei Schüsse lösten sich aus seiner Waffe, um deren Abzug seine andere Hand geklammert war, und gruben sich ins Erdreich. Dixon zuckte noch einmal und lag still. Der Pfeil hatte sein Genick durchbohrt.

Die Überlebenden legten sich nach einer Schrecksekunde tatsächlich auf den Boden. Allerdings gab es im Inneren des Baumes nicht genug Platz, sodass man eher auf- anstatt nebeneinander lag. Einer von Dixons Männern hob sein Gewehr und feuerte das halbe Magazin durch die Rinde, irgendwohin. Von draußen prasselte ein Pfeilhagel auf den morschen Stamm nieder. Dutzende von Pfeilspitzen spickten die Innenwand unseres Unterschlupfs, und ein schwerer Körper schlug auf dem Waldboden auf. Der Verrückte neben mir hatte tatsächlich einen der Angreifer von den Bäumen geholt. Dafür klaffte nun über uns ein dreißig Zentimeter breites und fast einen Meter langes Loch in der Rinde. Jeder von uns war bemüht, sich nicht an einer der durchs Holz ragenden Pfeilspitzen zu verletzen. Wir kauerten zu fünft in der äußerst exquisiten Variante einer Eisernen Jungfrau. Der Held, der über meinen Füßen lag, rührte sich nicht mehr. Ich sparte mir den Blick in sein Gesicht. Ich hatte es schon einmal gesehen. Die anderen beiden beteten irgendwelches Zeug auf Spanisch. Fromm klang es nicht, aber inbrünstig.

»Sie werden sie alle abschlachten«, murmelte ich.

Sebastian fragte nur: »Wer?« und spähte weiter in die Dunkelheit.

»Die Cabaitre. Wir hocken mitten in ihrem Gebiet...« Der Rest meiner Worte blieb mir im Hals stecken. Drei humanoide Schatten waren vor dem Baum aufgetaucht. Die beiden Betenden verstummten für immer. Ich war mir sicher, die Indios hatten drei Pfeile abgeschossen, doch Sebastian machte nicht den Eindruck, als sei er getroffen worden. Ich sah ihn blinzeln.

»*Esperad!*«, rief ich, kam in Zeitlupe aus dem hohlen Baum gekrochen und kniete mit erhobenen Händen vor den Indios. Ich konnte ihre Gesichter nicht sehen, was vielleicht an ihrer Bemalung lag. Als ich mich umsah, erkannte ich im ersterbenden Magnesiumleuchten eine ganze Armee von Cabaitre, die uns umzingelte. Sie schienen aus manifestierter Dunkelheit zu bestehen. Keiner von ihnen sprach ein Wort. »*No tenemos que vernada con ésto*«, erklärte ich den dreien, die zuerst aufgetaucht waren. »*Solo somos viajantes...*«

Ein Blitzen in der Hand des vordersten Indios. Ich fühlte einen stechenden Schmerz an der rechten Schulter, schrie auf und sackte zusammen. Sebastian kroch herbei, stützte mich. »Was hast du zu ihnen gesagt?«, wollte er wissen.

»Das Falsche, fürchte ich...«, stöhnte ich mit zusammengepressten Zähnen.

Finger krallten sich in mein Haar, rissen mich von Sebastian fort und meinen Kopf wieder nach oben. Zwei der Cabaitre hielten mich an den Armen fest und schleiften mich zu einem Baum (nicht zu dem Baum, mein Gott!) und drückten mich mit dem Rücken dagegen. Einige der Indios, die im Hintergrund verharrt hatten, packten Sebastian und schleppten ihn ebenfalls herbei. Mein Begleiter unternahm keine Anstalten, sich zur Wehr zu setzen.

Ich hatte erneut das absurde Gefühl, mein eigener Zuschauer zu sein, mein Bewusstsein in den Hintergrund gedrängt zu haben. Es wurde zu einem Voyeur, der sich an seinem eigenen Schrecken ergötzte und das Geschehen aus meinen Augen heraus verfolgte. Sebastian wurde auf der gegenüberliegenden Seite des Baumes platziert, dann zwang man unsere Arme um den Stamm und band unsere Handgelenke aneinander. Da saßen wir nun gefesselt im Dreck. Unsere Kleider wurden zerrissen und unsere Oberkörper entblößt. Zumindest ging ich davon aus, dass Sebastian das gleiche widerfuhr wie mir. Mein Brustkorb war – makellos! Das konnte nicht wahr sein ... er war glatt, als *warte* er nur darauf! Ich sah Sebastian nicht, aber die Geräusche auf der anderen Seite des Baumes sprachen für sich. Das hatte er nun davon. Ertrug es tapfer, ohne sich zu mucksen. Tapferer Idiot, tapferer Narr. Würde ihn schon noch schreien hören, wenn sie in seinem Fleisch herumkrochen. Noch immer hatte keiner der Indios ein Wort verloren.

Einer von ihnen legte mir seine Machete unters Kinn, und ich pisste mir in die Hosen. Irgendetwas quietschte, als die Klinge meine Brust berührte. Der Baum? Sebastian? Noch ein Quietschen. Entwürdigend. Es war ein Ton, der aus meiner eigenen Kehle drang! Er klang jämmerlich, doch zu mehr war ich nicht fähig. Oder sollte ich es noch einmal in Spanisch versuchen? Sebastian, tapferer Sebastian, er hatte bestimmt das Bewusstsein verloren, das Weichei. Warum war er nicht davongerannt? Bei weitem besser, als hier zu sitzen. Alles warm um meine Hüften. Virtual Reality-Pisse. He, ihr Gecken da oben vor den Monitoren, habt ihr euren Spaß? Treibt ihr es mit euren Alten, während ihr uns zuschaut, fresst Kaviar und sauft Champagner? Gottverfluchtes Babalon!

Der Indio zog die Klinge über meine Brust bis hinab zum Schambein. Ich hörte meinen Schrei – vielleicht war es auch der Sebastians. Unser Simultanschrei? – Wie höllisch es schmerzt, wenn man sich mit den Küchenmesser in den Finger schneidet. *Zipp*, und ein paar hundert Nerven sind entzwei. Ahnt jemand, wie weit es von der Brust bis zum Schambein ist? Allmächtiger! Der Schnitt war nicht besonders tief, nicht lebensgefährlich. Keiner von uns würde daran verbluten. Maßgeblich war allein, *dass* wir bluteten! Zweiter Schnitt. Zog die Klinge extra langsam über die linke Brustwarze hinunter, der Schweinehund. Er saß auf meinen Beinen, hoppelte auf und ab. Hoffentlich prellte er sich bei meinem Strampeln die Eier. *Hört ihr, Leute, hier werden Schweine geschlachtet!* Ich lachte. Ich lachte wirklich, als er den dritten Schnitt setzte. Ich glaube zumindest, dass es ein Lachen war. Ich bellte wie ein gehäuteter Kojote.

Minutenlang ließ man uns allein. Den Schmerz und mich. Das Blut stank. Mein Blut. Sebastians konnte ich nicht riechen. Kein Ton von der anderen Seite. Der Schmerz wurde zu drei eiskalten Streifen auf meiner Haut, die pulsierten, pochten, mich quälten, wenn ich atmete. Tief einatmen, und die Wunden klafften auf.

Ausatmen, und die zerschnittenen Nervenenden berührten einander. Die Indios hatten um den Baum herum Fackeln in den Boden gesteckt. Mein Blick war tränenverschleiert, der Rotz tropfte mir übers Kinn in die Wunden. Ich wünschte, in dem Gefäß, das der Indio vor sich hielt, wäre Morphium. Es war aus den Rückenpanzern zweier kleiner Schildkröten gearbeitet. Ihre Bauchseiten hatte man abgesägt und die zwei Rücken miteinander verklebt. So bildeten sie ein stabiles, taschenartiges Gefäß.

Natürlich enthielt der Behälter kein Morphium. Hundert ellenlange Schnitte in mein Fleisch hätte ich ertragen wollen, um diesen Behälter verschlossen zu halten. Die Wunden in meinem Fleisch waren das geringste Übel. Das eigentliche Grauen befand sich in den Schildkrötenpanzern. Der Indio öffnete das Gehäuse, indem er den Holzpfropfen aus der Hornscheide zog. Er klopfte einen Teil des Inhalts in seine Handfläche und rieb das weiße Zeug in meine Wunden...

Ich spürte sie schon. Ich fühlte ihre winzigen Küsse in meinem Fleisch...

Oh, verdammt, nicht schon wieder...!

Naos 7

Schon wieder der Zwerg mit dem Koffer. Ich tue so, als habe ich ihn noch nicht bemerkt, starre auf die beigefarbene Rückenlehne vor mir. Seit wann sitze ich hier? Ich kann mich nicht erinnern, wann ich Platz genommen habe, fühle mich, als sei es bereits Jahre her. Die ganze Kabine ist mit leeren Sitzreihen gefüllt. Alles ist normal und doch wieder verändert. Es fehlen *Teile*. Zusammenhänge. Der Nexus. Ich komme mir vor wie in einem Film, aus dem fertig gedrehte Szenen herausgeschnitten worden sind; Passagen, die meine Erinnerung enthalten haben. Ich fühle mich wie eine Figur, die über das Zelluloid hinaus ein Bewusstsein entwickelt hat und sich nun fragen muss, was in den verlorenen Szenen geschehen ist. Ich sehe mich um, suche Seetha, kann sie aber nirgendwo entdecken. Vielleicht ist sie in der anderen Kabine oder endgültig dem Schnitt der Regisseure zum Opfer gefallen.

Der Koffer, den der Kerl trägt, ist diesmal aus Leder. Ein Reisekoffer, groß und braun, aber nicht minder schäbig als sein Vorgänger. Ich kann meine Neugier nicht länger verbergen, sehe auf, schaue ihn an. Der Zwerg im Lotteranzug steht da und erwidert meinen Blick. Klar, er wartet auf meine Aufmerksamkeit. Scheint viel Zeit zu haben. Ich will aufstehen, zu ihm gehen, doch die Sicherheitsgurte verhindern es. Nervös suche ich die Verschlüsse, aber es gibt keine. Die Gurte verschwinden in den Polstern, sitzen fest wie Fesseln.

»Arr!«, ruft der Fremde und macht mit der geballten Hand eine Geste, die wohl verdeutlichen soll, wie stabil die Gurte sind.

Ich sehe aus dem Fenster. Alles ist grün, verschwommen vom Nebel, der zwischen den Baumkronen hängt und die Kunststoffenster von außen beschlagen hat. Der Anblick des Waldes ist mir vertraut, doch gleichzeitig verwirrt mich das, was ich sehe. Seltsamerweise vermisse ich die Schwärze, das konturlose Nichts. Aber nun blüht Vegetation jenseits des Fensters. Die Kabine hängt in einer Höhe von vielleicht zwanzig Metern über dem Boden, völlig bewegungslos. Von draußen starrt mich das schemenhafte Antlitz eines kleinen schwarzen Affen an. Er hockt auf einem Ast, zupft kirschengroße gelbe Früchte von den Zweigen und stopft sie sich ins Maul.

Sind es letzten Endes nur Tiere gewesen, die sich über der Kabine bewegt haben? Das Gleiten und Hämmern an der Außenwand; lediglich das Werk neugieriger Affen und durch die Wipfel streifender Schlangen?

Der Zwerg im Anzug legt den Koffer behutsam auf den Gangboden und öffnet ihn. Zwar verwehrt mir der aufgeklappte Deckel die Sicht, doch ich erkenne, dass sich etwas Rotes in dem Behälter befindet. Zwei lange, dünne Stäbe, Antennen gleich, beginnen sich aufzurichten und forschend durch die Luft zu bewegen. Was auch immer sich im Koffer befindet, es ist lebendig!

Mit einer eleganten Bewegung dreht der Zwerg den Koffer herum und grinst mich hinterhältig an, während sich beim Anblick des Wesens meine Nackenhärchen aufrichten. Aus dem Koffer kriecht ein riesiger Hummer! Das Tier misst wenigstens einen Meter, seine zwei unterarmlangen Greifscheren nicht eingerechnet. Als es sein Transportmittel verlassen hat, schließt der Zwerg den Koffer und erhebt sich, schnalzt mit der Zunge und ist fort. Diesmal habe ich gesehen, wie er verschwunden ist; einfach geplatzt, wie eine Seifenblase.

Der Monsterkrebs kommt durch den Mittelgang auf mich zugekrochen. Irgendetwas an ihm ängstigt mich. Es ist nicht seine Größe, sondern seine Gestalt. Sein Kopf unter dem Carapax ist seltsam geformt, sieht nicht aus wie der eines Hummers. Als das Tier die Sitzreihe vor mir erreicht, springt es gewandt wie eine Katze auf den Sessel und ist für Augenblicke nicht zu sehen. Aber ich kann hören, wie es am Stoff hinaufkriecht. Als es dann vor mir über den Rand der Lehne klettert, erkenne ich, was mit seinem Kopf nicht stimmt. Er besitzt ein menschliches Gesicht, das Antlitz einer Frau.

»Prill?!«, krächze ich entsetzt.

»Hallo, Stan«, säuselt der Hummer. »Du fürchtest dich doch nicht vor mir, oder?«

Angewidert starre ich in das so vertraute und doch so entstellte Gesicht. Es ist rot, wie der Carapax, und glänzt, als sondere es ständig Flüssigkeit ab. »Mein Gott ... was – haben sie mit dir gemacht?«

Der Prill-Hummer antwortet nicht. Stattdessen wandert er über die Lehne und platziert sich mit seinem ganzen Gewicht auf meinem Schoß. Seine dünnen, gepanzerten Beine drücken schmerzhaft in meine Schenkel. Ich sitze mit angehaltenem Atem, betrachte die überdimensionierte Mutation. Ein Schnappen ihrer Scheren könnte mir die Kehle aufreißen.

Ehe ich es verhindern kann, hat das Geschöpf mit einer Schere mein rechtes Handgelenk gepackt und dreht meinen Unterarm herum. Dann beginnt es, mit der Spitze seiner linken Schere über meine Haut zu ritzen. Es schmerzt, ohne zu bluten. In Sekundenschnelle färbt sich die aufgekratzte Haut rot und schwillt leicht an. Als das Tier von mir ablässt, zieren fünf fremdartige Male meinen Arm:

»Denke an das Dreieck«, sagt der Prill-Hummer. Dann springt er von meinem Schoß und kriecht davon.

Ich sehe ihm nach, rufe: »Was für ein Dreieck?«

»Das rote...« Der Krebs gelangt an die etwa acht Meter entfernte Trennwand, hinter der die Umkleidekabine liegt, klettert mühelos an ihr empor, verharrt aber auf halber Höhe zur Decke. Dort sticht er eine Schere tief in die Wand und schneidet ein großes, dreieckiges Loch aus dem Kunststoff. Wirklich Kunststoff? Ich bilde mir ein, Muskelfasern und durchtrennte Blutgefäße zu erkennen. Das Loch erinnert an eine klaffende Fleischwunde. Die Kabine beginnt zu beben, als bäume sie sich gegen die Verletzung und den Schmerz auf, der ihr Inneres heimsucht. Ist das Flugzeug ein lebendes Wesen? Ist das sein Geheimnis? Wurden Seetha und ich von ihm verschluckt wie Jonas vom Walfisch? Während eine tiefrote, qualmende Masse aus der Wunde quillt, zwängt sich der Hummer in die Öffnung und verschwindet in ihr. Die Flüssigkeit, die aus dem Loch sprudelt, sieht aus wie Blut. Auch der süßliche Gestank, der die Kabine zu schwängern beginnt, riecht nach Blut. Kochend heiß strömt es aus der Wand. Ich ziehe und zerre an den Gurten, die mich an den Sitz fesseln, bäume mich auf, um der Flüssigkeit zu entkommen, die sich über den Boden auf mich zubewegt. Der Affe jenseits des Fensters schlägt wild gegen die Scheibe, lacht mich kreischend aus. Von überall auf dem Kabinendach trommelt es auf die Außenhülle ein. Der Lärm ist ohrenbetäubend. Alles ist voll von ätzendem Rauch, der Gestank kaum noch zu ertragen. Wo das Blut über den Teppich strömt und die Sitzreihen berührt, lodern Flammen auf. Die Kabine windet sich wie ein riesiger Wurm auf einem heißen Blech. Als mich die kochende Masse schließlich erreicht und bis zu meinen Knöcheln schwappt, treffen mich der Schmerz und die Hitze wie ein elektrischer Schlag. Ich höre meine eigene Stimme, schrill und entstellt: »Mein Gott, holt mich hier raus! HOLT MICH HIER RAUS!«

Ich öffne die Augen, sehe meine Hände unkontrolliert zittern. Seetha kniet über mir, presst mich zu Boden, blickt auf mich herab. Ihre Angst vor mir ist in ihr Gesicht zurückgekehrt. Sie sieht aus wie ein in die Enge getriebenes Tier, das sich mit dem Mut der Verzweiflung auf ihren Angreifer gestürzt hat. Mit der flachen Hand schlägt sie mir ins Gesicht, ruft: »Stan, um Himmels Willen – komm zu dir! Stan...!«

Ich versuche, ihre Hand abzuwehren, bekomme ihre Unterarme zu fassen und halte sie fest. Grund genug für Seetha, sich in Panik loszureißen und ein paar Meter von mir fortzukriechen. An der gegenüberliegenden Kabinenwand bleibt sie hocken, bleich und mit zerzausten Haaren.

»Alles wieder okay?«, fragt sie.

Ich wische mir mit der Hand über die Augen, massiere mein Gesicht. »Ja.« Meine Stimme klingt heiser, als hätte ich minutenlang geschrien. »Ich – habe geträumt, glaube ich.« Ein Blick aus dem Fenster: Kein Affe, kein Wald, nur die gewohnte Schwärze. Ich sehe in Richtung Küche, sehne mich nach einem Schluck Wasser.

»Du hast wie von Sinnen geschrien«, erklärt Seetha. Und nach einer längeren Pause: »Was hast du geträumt?«

Ich denke nach, sitze eine Weile selbstversunken da. Dann krempele ich meinen rechten Ärmel hoch. Er ist unversehrt, ebenso der linke. Nicht die geringste Spur eines Kratzers. »Nur wirres Zeug«, sage ich.
»Bist du aufnahmefähig?«
Ich nicke. Mein Kopf schmerzt.
»Dann sieh mal hinüber in die andere Kabine!«

Die Trennwand am Ende des Tunnels hat sich geöffnet. Ein etwa zweieinhalb Meter breiter Gang führt schräg nach unten in einen tiefergelegenen Raum.
»Wie lange ist das schon offen?«, frage ich Seeta, die neben mir steht.
»Erst seit ein paar Minuten. Ich wollte dich holen, aber du lagst in Morpheus' Armen. Als ich versucht habe, dich zu wecken, begannst du zu toben.«
Gemeinsam, wie neugierige Kinder, schleichen wir über eine breite, mit blauem Teppich ausgelegte Aluminiumtreppe hinab in den neuen Raum. Sein Kunststoffboden glänzt wie polierte Keramik. In jede der gewölbten Wände sind fünf Kabinenfenster eingelassen. Eine indirekte Deckenbeleuchtung spendet Licht. Ich erinnere mich an diesen Raum, habe ihn vor dem Abflug in New York beim Betreten der Maschine durchquert. Er ist Teil eines Treppenhauses, das die drei Stockwerke des Flugzeugs miteinander verbindet. Allerdings fehlt die Treppe, die ins Unterdeck führt. Zu beiden Seiten des Treppenfußes erheben sich ovale Säulen, hinter denen kurze, schmale Korridore abzweigen. Sie enden an zwei neuen Passagen, die mit Portieren verhängt sind. Dahinter ist kein Laut zu hören.
Beidseitig der Treppe sind unter Kunststoffhauben weitere Satellitentelefone angebracht. Gegenüber der Treppe, die von der oberen Kabine herabführt, befin-

det sich ein schmalerer Aufgang, der vor einer türlosen Wand endet. Über ihr hängt ein Schild mit der Aufschrift NO ENTRANCE.

»Dort muss es zum Cockpit gehen«, mutmaßt Seetha im Flüsterton. »Aber wo sind die Türen?«

Ich sehe mich um. Seetha hat Recht. An beiden Kabinenwänden klaffen etwa anderthalb Meter breite Lücken in den Fensterreihen. Auf der einen Seite leuchtet knapp unterhalb der Raumdecke der Schriftzug EXIT, auf der gegenüberliegenden Seite steht ENTRANCE. Zwei blaue Doppellinien markieren rechteckige Flächen, in denen sich eigentlich die Türen hätten befinden sollen. Aber die Wände sind ebenso glatt wie die Barriere vor dem Cockpit und die Lücken für die Notausgänge im Oberdeck. Bleiben also nur die mit Portieren verhängten Passagen.

»Du links, ich rechts«, weise ich Seetha im Flüsterton an.

»Ich denke gar nicht daran!«, beschwert sie sich. »Wer weiß, was dort drin lauert? Ich gehe unter keinen Umständen allein.« Sie wirft mir einen undefinierbaren Blick zu. »Besitzt du etwas, das du als Waffe benutzen kannst?«

»Ja, dich.«

Seetha funkelt mich an.

»Ich hatte eigentlich geglaubt, dass du mich beschützen würdest«, grinse ich.

»Oh, ganz sicher«, nickt Seetha.

Alphard 10

WIEDERGEBURT. Ich widmete diesen Augenblick Walter. Er war Lebensmittelchemiker an der Universität von Bloomingdale. Sein Beruf hatte ihn dazu verdammt, kaum noch etwas essen zu können, ohne daran zu denken, *was* er gerade aß. Er hatte sich schließlich aus Ekel erschossen. Ich widmete diesen Augenblick Kenny, der für seinen schwarzen Humor bekannt gewesen und dem die Pest der Neuzeit zum Verhängnis geworden war. Er hatte sich in einem dunkelgrünen Sarg beisetzen lassen, mit der verzierten Aufschrift: *After Aids*. Und ich widmete diesen Augenblick den Krähen, die stets bemüht sind, der Vernunft ein Auge auszuhacken.

Ich blinzelte in ein verdutztes Gesicht.

»Heiliger Strohsack«, flüsterte Sebastian. »Dachte schon, du hättest den Löffel abgegeben. Wie hast du das geschafft?« Er stierte mich an, als hätte er einen Maxwellschen Dämon in einem Whiskeyglas entdeckt. »Ich meine, wer hat dir das beigebracht?«

Ich fragte: »Was?«

»Na, diese Art von Meditation.« Sebastian hob in einer fast hilflosen Geste die Hände, sah aus wie ein Pfaffe bei der Andacht. »Das hier«, sagte er.

Ich setzte mich auf, sah mich um. Der Dschungel war verschwunden, ebenso die Indios und die toten Gardisten. Kein Gesang tropischer Vögel mehr, keine brüllenden Affen. Stille allenthalben. Mein Overall war wie der Sebastians völlig zerrissen. Ich betastete meine Brust: keine klaffenden Wunden, kein Blut – aber auch keine hässlichen Narben! Der Schock, dass Nikobal mein Bewusstsein in den Körper eines Klons transferiert haben könnte, währte nur kurz, besaß ich doch einen menschlichen Nabel. Von der Wunde an meiner Schulter zeugte nur noch der durchtrennte Stoff. Mein rechter Unterarm brannte, als wäre er wund. Ich zog den Ärmel hoch und entdeckte eine sonderbare Anordnung von Kratzspuren, beinahe wie Schriftzeichen. Wo sie prangten, war die Haut leicht geschwollen. Ich erkannte keinerlei Sinn in ihnen und zog den Ärmel wieder darüber.

Uns umgab lichter Wald, durchzogen von Trampelpfaden, die kreuz und quer durch leicht abschüssiges Terrain führten. Die Bäume wuchsen in großen Abständen, umgeben von knöchel- bis kniehohem Gras. Mein erster Gedanke entsprang einer emotionalen Assoziation. Ich dachte: Garten Eden, aber ich sprach es nicht laut aus. Meine Umgebung glich mehr einem Park, und ich relativierte Eden zu einem der vielen Arboreten, die innerhalb der Stationen angelegt waren. Dennoch: Für ein Arboretum war die Landschaft verdammt weitläufig.

»Wo sind wir?«, fragte ich.

Sebastian fragte zurück: »Na, was glaubst du wohl?« In sein Gesicht war wieder etwas Farbe zurückgekehrt. »Immer noch an Ort und Stelle«, erklärte er dann. »Du sitzt dort, wo man dich vorhin an den Baum gebunden hat.«

Ich presste die Lippen zusammen, sah in die Richtung, aus der wir gekommen sein mussten. Kaum zwei Kilometer entfernt erhob sich die riesige Steinmauer, viel zu nah angesichts der kilometerlangen Distanz, die wir zurückgelegt hatten.

»Du hast Babalon unterbrochen«, erklärte Sebastian. »Ich habe so etwas bisher noch bei keinem Spieler erlebt. Eigentlich ist es unmöglich, das Spiel zu beenden. Nur, wenn dein Gehirn keine neurale Aktivität mehr aufweist, bricht der Kontakt ab. Du müsstest theoretisch hirntot gewesen sein, um den Zugriff zu beenden. Ich will damit sagen: Keine Hirnströme mehr, keine Impulse, die gesendet werden, keine Wellen. Nichts, aus dem das Programm etwas konstruieren könnte, und ebenso wenig etwas, das die Aufrechterhaltung der Trauma-Welt rechtfertigt, weil der Informationsträger nicht mehr existiert. Das ist so, als wäre der bioneurale Netzstecker gezogen worden. Keine Antwort mehr – ergo: Zugriff Ende...«

Sebastian redete wie einer der digitalen Informations-Pylone im technischen Museum, die man als Besucher per Knopfdruck aktivieren kann, pausenlos, bis die gespeicherte Information übermittelt worden ist. »...sprich: tot!«, brachte er seine Redeflut schließlich auf den Punkt und sah mich an. »Verstehst du?«

»Natürlich«, beruhigte ich ihn. »So etwas Ähnliches habe ich vor kurzem schon mal gehört. Es passiert mir laufend.« Ich stand auf, sah hangaufwärts und ließ Sebastian mit offenem Mund sitzen. Prill 16 hatte bereits etwas derartiges angedeutet, als ich in Ritas Quartier das Bewusstsein verloren hatte; kein Puls mehr, keine Atmung. Minutentod. Falls das *Sublime* tatsächlich versuchte, in regelmäßigen Abständen auf mich zuzugreifen, dann hatten sich die Lords in diesem Fall selbst ausgetrickst. Denn wenn das Babalon-Programm in dieser Ebene keine Information mehr von mir empfing...

Ich grinste, fühlte, wie meine alte Kämpferstimmung zurückkehrte. »Such mich doch, Nikobal!«, frohlockte ich leise.

Etwas weiter hügelaufwärts endete der Baumbestand, und wenn mich die Perspektive nicht narrte, war der

Grund dafür ein breiter Taleinschnitt, der diese Region der Insel von einer etwas weiter entfernten trennte, in der wieder Bäume wuchsen. Zwei dicke, vielleicht hüfthohe Steinmauern begannen dort, wo die Bäume endeten. Möglich, dass ich mich täuschte, aber sie sahen aus wie die Brüstungen einer Brücke. Der Pfad, auf dem wir nun bergan wanderten, führte direkt auf sie zu.

Allmählich wunderte ich mich nicht mehr, wieso Sebastian so zielstrebig durchs Dickicht, ja selbst durchs hüfthohe Wasser marschiert war. Er musste diesen Weg während unserer gesamten Dschungelwanderung vor Augen gehabt haben, als hätte er durch seinen monatelangen Aufenthalt in dieser Ebene tatsächlich die Gabe erlangt, hinter die Kulissen von Babalon zu blicken. Vielleicht war der wahre Grund für seine ›seherischen‹ Fähigkeiten aber auch ein gänzlich anderer. Wenn es tatsächlich ein Morner gewesen sein sollte, der ihn mit meiner Führung beauftragt hatte, steckte mit Sicherheit Gamma dahinter.

»Was ist das dort vorne?«, fragte ich Sebastian.

»Das Zentrum.« Er wirkte auf mich, als ob ihm etwas auf der Zunge brannte. Als ich ihn darauf ansprach, grinste er entlarvt und sah mich gespannt an. »Verrate mir bitte: Was war in dem Schildkrötengefäß?«

Ich setzte zu einer spontanen Antwort an, beließ es dann aber bei einem tiefen Durchatmen, schüttelte den Kopf und sagte: »Nicht jetzt.«

Was den Taleinschnitt betraf, behielt ich recht, doch es war keine Senke, es war ein Canyon. Er war vielleicht siebzig Meter tief, schätzungsweise einhundert Meter breit und besaß senkrecht abfallende Felswände aus Granit, so glatt, als wären sie von einer riesigen Fräse ins Gestein getrieben worden. Es gab keine Vorsprünge oder Spalten, die einem geschickten oder waghalsigen Kletterer ein Emporsteigen ermöglicht hätten, ebenso wenig einen Weg oder eine Treppe, um hinabzugelangen. Die Mauern hingegen gehörten tatsächlich zu einer Brücke. Sie spannte sich wie von Gott und guter Hoffnung getragen über den Abgrund, ein gewaltiger Steinbogen, so alt wie ein römischer Aquädukt.

Die Schlucht wirkte auf mich wie das Gegenstück zu der kolossalen Mauer, die die Insel umgab. Um das Bollwerk zu errichten, schienen seine Architekten sämtliches Gestein, das sie für seinen Bau benötigt hatten, aus diesem Abgrund gefördert zu haben. Unter uns leckte ein Fluss gegen die Felswände, der die halbe Schluchtbreite einnahm. Am anderen Ufer befand sich ein sanft ansteigender Sandstrand, der zwanzig Meter vor der gegenüberliegenden Schluchtseite in grasbewachsenen Boden überging. Ein primitives Dorf zog sich am Strand entlang, Hütte neben Hütte an die senkrechte Felswand gekauert wie ängstliche Tiere. Die Behausungen waren um das gesamte Zentrum errichtet worden. Und sie waren bewohnt.

Hunderte von Menschen hatten sich entlang des Strandes unter der Brücke versammelt und, nachdem ich meinen Kopf über den Abgrund gestreckt hatte, damit begonnen, aufzuspringen und ihre Namen emporzubrüllen. Ich brauchte nicht lange zu rätseln, dass es sich bei diesem jämmerlichen, in verschlissene Babalon-Anzüge gekleideten Haufen dort unten um die restlichen 314 Bewohner der Station handelte. Das hieß: um die restlichen 313. Sebastian stand ja neben mir.

»Wie bist du da rausgekommen?«, fragte ich ihn verwundert und zugleich ergriffen von dem erbärmlichen Anblick, den die krakeelenden Verlierer Babalons boten.

»Ich ... na ja, ich war nie dort unten«, gestand Sebastian kleinlaut. Er wirkte beschämt.

»Nicht? Warum lungerst du dann noch hier rum? Geh über die Brücke und gönn' dir in der ersten Ebene ein Bad!«

Sebastian schüttelte den Kopf. »Ich habe Babalon verloren. Diese Information ist gespeichert. Die sechs Gewinner meiner Spielrunde sind durch. Nikobal hat mich gelöscht. Ich gehöre hierher.«

»Unsinn.«

»Die Brücke würde mich fallen lassen!«

»Woher willst du das wissen? Du bist doch noch...« Ich musterte ihn sekundenlang. »Warte mal. Du hast es nie probiert, hab ich recht?« Sebastian schwieg. Das Thema schien ihm nicht sonderlich zu behagen. »Du erbärmlicher Feigling hast dich nicht über die Brücke getraut!«

»Ja, verdammt! Ich hatte Angst, bereits der Siebte zu sein. Ich wollte nicht monatelang, vielleicht jahrelang dort unten vor mich hin vegetieren. Die Brücke identifiziert jeden Spieler anhand seiner Fußabdrücke. Vermutlich mittels biometrischer Sensoren, die im Gestein eingelagert sind und das Profil der Papillarlinien an den Fußsohlen ablesen...«

Ich blickte verwundert. Sebastian redete einmal mehr, als besäße er ein vollständiges Persönlichkeitsmuster. Wahrscheinlich hatten ihm die Lords nur seine sprühende Phantasie gelassen, gepaart mit dem Knowhow eines Softwareherstellers und einer gehörigen Portion Paranoia. Für einen vierjährigen Klon war er mir sehr ähnlich. Ähnlicher zumindest als manch ein Duplikat meiner selbst. Dennoch, zuzutrauen wäre den Lords eine solche Form der Kontrolle.

»... vielleicht aber auch mittels DNA-Scanner im Brückenboden«, mutmaßte Sebastian weiter. »Beim Berühren bleiben winzige Mengen abgestorbener Zellen der oberen Hautschicht auf ihnen hängen. Die darin enthaltene Erbsubstanz genügt, um den Spieler zu identifizieren. Was denkst du wohl, weshalb alle Spieler barfuß sind? Wahrscheinlich wimmelt es auf der gesamten Insel von solchen Sensoren. Die Brücke ist garantiert gespickt damit, denn sie ist das letzte selektierende Hindernis.«

»Und wenn du sie in Schuhen überquerst oder dir Blätter um die Füße wickelst?«

»Komme ich nicht weiter als zwanzig Meter. Wer nicht identifiziert werden kann, den lässt die Brücke ebenfalls fallen.«

»So? Dreht sie sich dabei auf den Rücken oder fängt sie an zu bocken wie ein wilder Stier?«, spottete ich.

»Nein. Das Gestein gibt einfach unter dir nach. Nach zwanzig Metern ist Schluss. Es gibt kein Halten. Du fällst wie durch Luft, fünfzig Meter hinab in den Fluss.«

»Klingt ziemlich unangenehm.«

»Bisher hat es jeder überlebt. Babalon tötet nicht. Irgendetwas ist mit dem Wasser, heißt es. Du brichst dir keinen einzigen Knochen, trägst keine Prellungen davon. Es schmerzt nicht einmal. Soll wie ein Sprung vom Ein-Meter-Brett sein.«

Ich sah skeptisch zu dem gewaltigen Steinbogen hinüber. »Muss hier oben verdammt einsam für dich sein. Dort unten könntest du dich zumindest mit deinesgleichen austauschen. Eine Frau lieben. Wovon ernährst du dich den lieben langen Tag? Von Wurzeln?«

»Der Wald ist dein Werk, Stan«, entgegnete Sebastian. »In meiner Welt steht hier eine Stadt. Da gibt's Restaurants. Und Frauen. Und zwei Millionen Menschen, die mir das Ohr abkauen. Ich bin zufrieden.«

»Wirklich?«

Sebastian brummte etwas Unverständliches.

»Ich verstehe«, sagte ich. »Du lebst lieber in deiner Hölle als in der der anderen. Jagen dich vielleicht die Bullen?«

Mein Begleiter wirkte überrascht. »Woher...?«

»Geraten.«

»Wenigstens *gibt* mir Babalon noch eine Stadt«, rechtfertigte sich Sebastian. »Oben existieren ja keine mehr. Städte können manchmal etwas Wundervolles sein.«

»Solange man sich nicht ständig verstecken muss.«

»Es ist immer für Abwechslung gesorgt. Babalon ist mannigfaltig, wie die dunklen Flecken in den Seelen der Menschen, die es spielen. Du gabst mir den Regenwald, andere geben mir den Rest der Welt.«

»Mmh. Klingt ebenso plausibel wie überheblich, ist aber nur eine Lebenslüge. Legst du daher so viel Wert darauf, andere zu begleiten?«

»Dieser Mordingsda hat mich zu dir geschickt.«

Ich nickte stumm. »Ja. Vielleicht. Und dir Geschichten von DNA-Scannern und biometrischen Sensoren erzählt.« Ich trat vor Sebastian hin, sah ihn an. Er hielt meinem Blick nicht lange stand. »Sag mal ehrlich: Was ist schief gelaufen? Der wievielte warst du damals wirklich?«

Sebastian wandte sich vom Abgrund ab, lief im Kreis herum, schien irgendetwas im Gras zu suchen, das er zertreten konnte. »Ich war der Zweite.« Er sah mich trotzig an, schrie: »Ja, ich war damals erst der Zweite!« Dann gefasster: »Aber ich wusste es nicht. Ich – ich *konnte* es nicht wissen!« Er machte eine Pause, ehe er erzählte: »Vor fünfzehn Jahren bestritt ich meinen Lebensunterhalt mit harmlosen, kleinen Einbrüchen. Einmal wurde ich erwischt. Der Kerl tauchte wie ein Gespenst hinter mir auf. Ein Bulle auf Streife, der mich beobachtet hatte. Stand plötzlich im Haus. Ich hatte eine Taschenlampe in der Hand, eine Mezza-Star, du weißt schon, diese massiven Halogenteile. Schlug damit zu. In Panik. Einmal zu viel, glaub ich. Traf den Kerl mit voller Wucht an der Schläfe. Er war sofort tot. Natürlich machten sie Jagd auf mich. Fahndungsmaschinerie, verstehst du? Hab mich versteckt, in leer stehenden Kellern, Scheunen, in der Kanalisation. Alles war so echt. Ehe ich begriffen hatte, dass ich nur Babalon erlebte und nicht die Realität, waren zwei Wochen vergangen. Dachte ich zumindest. Zwei Wochen im Spiel, verdammt! Hatte völlig die Orientierung verloren, wusste nicht einmal mehr, in welcher Richtung das Zentrum lag... Mir kam es vor, als hätte ich eine Ewigkeit gebraucht, um es zu erreichen. Aber die Zeit des Spiels war nicht die gleiche, die ich in der Stadt gelebt hatte. Es war nur ein Bruchteil davon, und ich hab's nicht begriffen. Ich saß da und schaute feige zu, wie fünf meiner nachfolgenden Mitspieler einer nach dem anderen über die Brücke liefen, ohne in die Tiefe zu stürzen, weil ich Angst hatte, ich sei nach jedem, der sie passierte, der Siebte. Als dann endlich einer den Abgang machte, begriff ich, dass ich der Zweite gewesen wäre. Kapierst du! *Der Zweite!* Ich wäre ein Gewinner gewesen und hatte mich selbst disqualifiziert! Dank des Spiels, dieses gottverfluchten Spiels!«

Sebastian funkelte mich an, als wäre ich die Personifizierung Babalons und einzig schuld an seinem Unglück.

»So ist das also«, verstand ich. »Du kannst gar nicht mehr raus, nicht wahr? Selbst wenn du wolltest, du sitzt hier fest. In deiner letzten Dummheit. Nein, Feigheit!« Ich lachte. »Du hast mit dem Spiel dein wahres Trauma erst geboren, kannst es nicht beenden, weil du...«

»*Sei – still!*« Sebastian stürzte vorwärts. Ich duckte mich vor seinen zupackenden Händen und rammte ihm meine Faust in die Magengrube. Sebastian gab einen schrillen Laut von sich, eine Mischung aus Bellen und Pfeifen, und sank in sich zusammen. Mit an den Leib gepressten Armen kniete er im Gras, hustete und schnappte nach Luft.

»Sorry«, meinte ich lakonisch.

Sebastian nickte. »Klar«, japste er. »Das kenn ich schon. Du – bist nicht der Erste...« Er richtete sich auf, ein Speichelfaden hing an seinem Kinn. Sebastian wischte ihn weg, hustete jedoch sofort wieder das Material für zwei neue hervor.

»Und jetzt mal ehrlich«, forderte ich ihn auf, nachdem er sich erholt hatte, »was suchst du wirklich?«

»Was denkst du wohl? Absolution! Hol mich hier raus, wenn du wieder oben bist. Bitte!«

»Du bist also doch nicht so ganz zufrieden«, stellte ich fest. »Wenn dieses Spiel zu Ende ist, sind dir die Bullen wieder auf den Fersen, nicht wahr? Da ist die Schicksalswelt eines neuen Spielers beinahe schon wie Urlaub.« Ich wich einen Schritt zurück. Sebastian kroch mit Bettelblick durchs Gras hinter mir her. »Tut mir Leid, Kamerad, aber meine Wunschpartnerin steht schon fest.«

Sebastian sank in sich zusammen. »War ja klar«, murmelte er. »Hätte mich auch gewundert, wenn's anders gewesen wäre.« Er atmete tief durch, sah auf, grinste verunglückt. »Bin wohl oder übel Teil des Spiels geworden. Babalon ist in mir. Ich bin Babalon.«

Ich schüttelte den Kopf, half ihm beim Aufstehen. Dann fiel mir etwas ein, eine spontane Idee: »Hat schon mal jemand versucht, dich hinüberzutragen?«

»Bitte?«, stutzte Sebastian.

»Auf die andere Seite. Angenommen, es sind wirklich Sensoren im Gestein installiert. Wenn deine Füße nicht den Boden berühren, kann man dich auch nicht abtasten. Die Brücke erkennt nur mich.«

Eine Weile grübelte mein Begleiter über die Erfolgsaussichten einer solchen Aktion, ehe sich sein Gesicht verfinsterte. »Und wenn die Sensoren zusätzlich das Gewicht kontrollieren?«, gab er zu bedenken. »Falls die Steine wirklich mit etwas bestückt sind, das die Fußabdrücke analysiert, dann gibt es vielleicht auch so etwas wie Drucksensoren, die das Gewicht der jeweiligen Person kontrollieren, nachdem sie identifiziert wurde.«

Sebastian konnte Recht haben. Das Programm geriet allerdings in eine Konfliktsituation. Einerseits gehörte ich zu den ersten sechs, die die Brücke überquerten, und es *musste* mich passieren lassen. Andererseits war ich zu schwer, um tatsächlich Stan zu sein. Wie würde sich das Programm verhalten?

»Sagtest du nicht, du hättest damals eine Softwarefirma geleitet?«, fragte ich.

Sebastian nickte.

»Auch für Computerspiele? VR-Software?«

»Äh, ja ...«

»Dann sag mir: Ist Babalon ein eigenständiges Programm, oder wird es zusätzlich aus der ersten Ebene gesteuert?«

Sebastian atmete tief durch.

»Komm schon«, drängte ich. »Vertraue deinem Sachverstand. Kaum einer kennt das Wesen und den Ablauf Babalons mittlerweile besser als du.«

»Ich – würde sagen, es ist ein eigenständiges Programm.«

»Na also. Dann schlage ich vor, wir probieren es aus.«

»Was?«

»Ich trage dich hinüber.«

Mein Begleiter wurde bleich. »Wir werden beide fallen! Das Leben dort unten im Dorf ist die Hölle!«

Ich zuckte mit den Schultern, lief vor zur Klippe und betrachtete die sofort wieder gestikulierenden, rufenden und winkenden Menschen in der Schlucht. Sie scheuten keine Mühen, um auf sich aufmerksam zu machen. Jeder von ihnen brüllte unablässig seinen Namen, bettelte, ich möge ihn auswählen, falls ich Babalon gewinnen würde, versprach mir das Blaue vom Kunsthimmel, sofern ich ihn oder sie erlöste, bot sich mir als Diener in der ersten Ebene an, versprach Treue, Sex, Geld und weitere erstaunliche Dinge, an die ich nicht einmal im Traum zu denken gewagt hätte. Sebastian hatte Recht: Es waren in der Tat Verdammte, die dort unten hausten.

Dennoch: Eigentlich ging es ihnen weitaus besser als den Menschen in den Bunkern. Das Wasser war klar, der schmale Strand und Grünstreifen sauber, nur das Dorf wirkte lieblos und kauzig. Ich erkannte kleine Gemüse- und Getreidefelder, und der Fluss, der ständig im Kreis um das Zentrum zu fließen schien, mochte durchaus fischreich sein.

Wie es aussah, hielten die Klone jedoch nicht viel davon, für sich selbst zu sorgen; ohne ständig gefüllte Kühl- und Kleiderschränke und Badezimmer mit E-Mailtoiletten. Wahrscheinlich fehlten ihnen auch kleine Freuden wie Zigaretten oder Alkohol. Im Grunde war die Schlucht nur ein weiteres Gefängnis. Ein Gehege.

Ich machte mir noch immer Gedanken, ob die zerlumpten Gestalten sich wirklich, *physisch,* in dieser Ebene aufhielten. Wenn hier über 300 Menschen eine virtuelle Ebene bevölkerten, wo waren dann ihre Körper? Experimentierte Nikobal mit ihnen? Ich schreckte auf, hatte unter all den Schreien Prills Namen herausgehört und versuchte, sie zu erspähen. Ich entdeckte sie etwas weiter rechts, fast unter dem Brückenbogen. Als sich unsere Blicke kreuzten, begann sie aufgeregt zu hüpfen und hob ihre Arme. Vielleicht war es ein Fehler, aber ich winkte zurück.

Prill schlug sich überrascht die Hände vor den Mund, während die brüllende Meute innehielt und ihr Geschrei sich zu einem lang gezogenen kollektiven Laut der Enttäuschung wandelte. Flüche brandeten empor, Köpfe wurden geschüttelt, Hände winkten frustriert ab, dann hockten sich alle bis auf Prill auf den Boden und begannen zu palavern.

»Das war gut«, kommentierte Sebastian. »Ich liebe das.«

Ich sah irritiert in die Tiefe. Man begann, Feuerholz aufzuschichten und Essen zu kochen. Seltsam: Das Feuer rauchte nicht. Keiner außer Prill verschwendete einen weiteren Blick an uns. »Was haben sie denn?«

»Gesehen, dass du deine Wahl getroffen hast. Hast du doch, oder? Jetzt warten sie auf den Nächsten. Ein gutes Zeichen. Solange sie warten, haben noch keine sechs die Brücke überquert.« Auch er beobachtete Prill, wie sie sich durch die Trauben der Sitzenden näherte – falls man siebzig Meter Höhenunterschied als Nähe bezeichnen konnte. Dabei sah sie hin und wieder herauf und winkte.

»Sie freut sich«, sagte Sebastian. »Du bist ihr Messias. Sie weiß, dass sie bald aus dieser Grube rauskommt. Nicht viele wählen so öffentlich wie du. Die Meisten tun es erst, wenn sie wieder oben sind, anonym. Könnte nämlich sein, dass es dir ein paar Leute krumm nehmen, wenn du ihnen offen zeigst, dass du sie nicht besonders magst. Genau 312, um alle in Betracht zu ziehen. Dann könntest du Ärger kriegen, falls sie auch mal wieder oben auftauchen; in Bezug auf Babalon, meine ich. Ich nehme an, du weißt, wie das mit den Partnern läuft. Du kannst auch verlieren, ohne aktiv teilzunehmen. Kann also sein, dass wir uns nächsten Monat bereits wiedersehen.« Er grinste unverhohlen. »Reizendes Ding übrigens. Prill würde mir auch gefallen.«

»Halt die Klappe!«

»Okay, okay.« Sebastian hob die Hände. »Meinte ja nur...«

Prills Anblick schmerzte. Ich sah ihre Freude, und doch war es nicht *ihre* Freude. Was würde ich dafür geben, der wirklichen Prill solch einen Augenblick zu schenken, einen, der real blieb und nicht wieder vom Lauf des Schicksals und dem Projektil einer Browning zerstört wurde. Einen Augenblick, den ich einem Menschen schenken durfte – und keinem Klon!

Ich verspürte den Wunsch, Nikobal mit der Strahlenwaffe zu sezieren, um herauszufinden, wie ein Lord von innen aussah. Prill trug keinen Anzug mehr, sondern ein sackartiges, an der Hüfte zusammengeschnürtes Etwas aus Lumpen und Pflanzenfasern. Diese traurig anzusehenden Existenzen in der Schlucht wirkten wie Klon-Müll, den man in die Babalon-Abfallgrube gekippt und sich selbst überlassen hatte. War Prills Aufenthalt in dieser Tiefe womöglich der Grund, weshalb Gamma nicht in der Lage war, ihren Standort zu bestimmen? War *sie* der Klon, den ich suchte? Mit zu Fäusten geballten Händen stand ich am Abgrund, starrte auf sie herab. Vielleicht weinte Prill ebenfalls, ich sah es nicht. Sie war zu weit entfernt.

»Alles in Ordnung?«, erkundigte sich Sebastian. »Du bist doch nicht etwa suizidgefährdet, oder?«

»Ich sagte, du sollst die Klappe halten!«

»Okay, okay. Du meine Güte...« Er lief beleidigt in Richtung Brücke davon.

Ich hob die Hand und winkte Prill mit versteinertem Gesicht. »Bis nachher!«, rief ich zu ihr hinab.

Lautstark gebrüllte Flüche der Schluchtbewohner waren die Antwort. Prill lachte, machte eine entschuldigende Geste und verschwand bald darauf in einer der Hütten. Ich runzelte die Stirn. Mein Kolonie-Ego sollte sich in der Tat warm anziehen.

Ich hatte Sebastian auf den Rücken genommen und war gerade mal zwei Schritte auf die Brücke zugelaufen, als lauter werdendes Gischten und Planschen meine Aufmerksamkeit erregte. Das Geräusch war so irritierend, dass es mich dazu verleitete, mich mit meiner Last noch einmal umzudrehen.

Niemand war zu sehen. Gleichwohl kam ein Rauschen auf uns zu, als durchquere jemand zügig einen seichten Fluss. Dann schoss ein Arm aus dem Gras, etwa einhundert Meter von uns entfernt. Ein menschlicher Kopf tauchte auf, schnappte nach Luft und versank wieder im Boden. Das Bild war grotesk, und der Ton passte nicht dazu. Es sah aus, als kraulte der Mann durchs Gras. Schließlich stand er auf, noch immer bis zur Hüfte im Erdreich versunken, und sah zu uns herüber. Mit jedem Schritt, den er näher kam, kämpfte er sich ein Stück mehr aus dem Boden hervor. Zuletzt hastete er wie ein Phantom durch Büsche und Bäume in unsere Richtung.

»Das ist Robert«, bemerkte Sebastian, »einer deiner Konkurrenten.«

Ich ließ Sebastian zu Boden. »Wie macht er das?«

»Unsere Umgebung existiert für ihn noch nicht. Klingt, als hätte er sich soeben ans Ufer eines Sees gekämpft.«

Robert trug strähniges, schulterlanges, blondes Haar, dazu einen Kinnbart, und sah recht mitgenommen aus. Er hielt kurz inne, wischte sich das feuchte Haar aus dem Gesicht und kam dann näher. Seine Lippen waren bläulich verfärbt, sein Anzug tropfnass. Mit leuchtenden, euphorisch geweiteten Augen sah er über die Brücke, deren Zugang wir blockierten.

»Hi«, stieß er atemlos hervor, ohne uns anzusehen. »Was sollte das eben darstellen? Häschen hüpf?« Er grinste schamlos, doch sein Augenmerk galt weiterhin dem Felskegel am anderen Ende des Übergangs. Begierig leckte er sich mit der Zunge über die Lippen, blieb vor uns stehen. Sein Körper roch nach Salzwasser. »Kerl, du gehörst nicht in unsere Runde«, sprach er Sebastian an. »Geh mir aus dem Weg!« Er wollte sich zwischen uns hindurchzwängen, doch ich hielt ihn auf und stieß ihn zurück. »Was soll das, du Spinner?«, fuhr er mich an.

»Wir kennen uns doch«, stellte ich fest.

Robert grinste. »Sicher.« Er wurde nervös, schielte an mir vorbei. »Was dagegen, wenn ihr beiden ohne mich weitermacht und den Weg freigebt? Ich hab's eilig.«

»Was du nicht sagst.« Ich holte aus und drosch ihm die rechte Faust ins Gesicht. Der Blondschopf vollführte eine Pirouette, fiel lang gestreckt ins Gras und rührte sich nicht mehr. Unten aus der Schlucht, wo die Menschen sich bei Roberts Erscheinen wieder aufgerafft und zu johlen begonnen hatten, erschollen laute Buh-Rufe. Ich presste mir die schmerzende Hand gegen den Leib. Robert besaß ein Kinn, so massiv wie ein Ziegelstein.

»Gehört der auch zu deinem Trauma?«, fragte Sebastian verdutzt. Er ging zu dem Niedergestreckten und drehte ihn auf den Rücken.

»Ich hab mich lediglich für einen Vorfall am Strand revanchiert«, rechtfertigte ich mich. »Los jetzt! Ich möchte drüben sein, bevor er aufwacht.«

Nach Sebastians magischen zwanzig Metern war der Brückenboden weiterhin massiv, und auch mein Begleiter hockte noch auf meinem Rücken. Sebastian murmelte unverständliche Halbsätze, klammerte sich an mich und schwitzte wie ein Bock. Er war nicht gerade eine leichte Bürde. Ein falscher Schritt, und ich würde stürzen. Das Gestein unter meinen Fußsohlen fühlte sich auch nach weiteren zwanzig Schritten stabil an. Wie es aussah, entschied sich das Programm im Zweifelsfalle *für* den Gewinner. Ich starrte zu Boden, suchte Sensoren, sah aber nur Granit. Unten aus der Schlucht drang allerlei Lästerliches an unsere Ohren. Erst meine öffentliche Entscheidung für Prill, dann der Kinnhaken für Robert, und jetzt trug ich auch noch vor aller Augen einen Verlierer ins Ziel. Ich führte meinen Klon unermüdlich an die Spitze der stationären Beliebtheits-Skala. Hoffentlich beobachtete uns nicht auch Prill und missverstand die Aktion als provokante Abfuhr.

»Ich möchte dich daran erinnern, dass die Schickeria in der ersten Ebene diesen Coup auf Großbildmonitoren mitverfolgen kann«, bemerkte Sebastian. »Das ist ein krasser Regelverstoß.«

»Ich glaube nicht, dass sie uns sehen«, keuchte ich. »Wenn Babalon tatsächlich den Kontakt zu mir verloren hat, zeigt es mich auch nicht mehr auf den Monitoren. Ich existiere nicht mehr. Wenn alles gut geht, haben wir den Überraschungsmoment auf unserer Seite.«

»*O sancta simplicitas*...«, kommentierte Sebastian.

Als wir den Scheitel der Brücke erreicht hatten und es wieder bergab ging, war ich davon überzeugt, dass wir das Zentrum erreichen würden. Der Fluss lag hinter uns. Wenn wir jetzt fielen, dann auf den Strand. Heil am anderen Ende der Brücke angelangt, ließ ich Sebastian ins Gras rutschen. Er nahm es mir nicht übel, schien so mit Adrenalin voll gepumpt zu sein, dass er den Aufschlag gar nicht spürte.

Hinter einem schmalen Baumstreifen, den wir mit wenigen Schritten durchquerten, erhob sich eine niedere Hügelkuppe, die von schwarzen Kugeln gekrönt wurde, identisch mit jenen, durch welche die Spieler Babalon betreten hatten. Das Ganze sah aus wie eine futuristische Kultstätte.

»Vier Sphären sind noch offen«, erkannte ich beruhigt.

»Nein, nur noch zwei«, berichtigte mich Sebastian. »Die vier, die du siehst, sind bereits geschlossen.«

»Warte einen Augenblick«, rief ich ihm nach, als er ohne zu zögern auf eine von ihnen zulief. »Es könnte ein wenig ungemütlich werden, wenn wir wieder oben sind. Ich brauche deine Hilfe und eventuell deine Softwarekenntnisse, denn sie werden Prill wahrscheinlich nicht freiwillig für mich heraufholen.

»Du hast Babalon gewonnen«, widersprach Sebastian. »Du hast ein Anrecht auf sie.«

»Ich fürchte, Nikobal sieht das anders.« Mit wenigen Worten erklärte ich Sebastian den Grund meines Hierseins. Er nahm mich verständlicherweise nicht ernst, sah stattdessen nervös zu den Sphären. »Was auch immer geschieht, halte dich von Nikobal und Frederick fern«, riet ich ihm. »Falls es wirklich ein Morner gewesen ist, der dich zu mir gesandt hat, bist du ebenfalls in Schwierigkeiten. Der Kerl wurde jedenfalls nicht von Nikobal geschickt.«

»Sondern?«

»Das erkläre ich dir, wenn alles gut geht.«

»Und wenn nicht...?«

»Dann wirst du dich in wenigen Tagen sowieso an nichts mehr erinnern können.« Ich ließ ihn stehen und schlüpfte in eine der Kugeln. Schade, dass ich Roberts Gesicht nicht mehr sehen konnte, wenn er zwar die Brücke unbeschadet passieren, jedoch keine offene Sphäre mehr vorfinden würde. Ob er wohl freiwillig hinab in die Grube sprang oder fortan umherstreifte wie Sebastian?

Nach einigen Sekunden absoluter Dunkelheit trafen mich die Strahlen von Scheinwerfern. Ich hielt mir die Hände vors Gesicht, schützte meine Augen vor dem grellen Licht und spürte, wie meine Beine kraftlos unter mir nachgaben. Hände streckten sich mir entgegen, fingen meinen drohenden Sturz auf, ließen mich jedoch genauso plötzlich wieder los, als hätten sie einen Aussätzigen berührt. Ich taumelte, sackte zu Boden. Der Stahl der Browning stach mir schmerzhaft in die Rippen. Aufgeregtes Stimmengewirr umgab mich, eine unverständliche Mischung aus Überraschung, Anerkennung und Verlegenheit.

»Stan?!«, sagte jemand, als könne er nicht fassen, was er sah. Ich meinte, die Stimme zu erkennen und sah benommen auf. Der anfängliche Schwindel legte sich. Clemens stand vor mir und schien nicht recht zu wissen, ob er mir auf die Füße helfen oder es lieber seinem Nachbarn überlassen sollte. In meiner Nähe erklang ein weiterer vielstimmiger Ausruf der Überraschung. Ich sah mich um, entdeckte Sebastian. Er lag, in einen sandfarbenen Baumwollanzug gekleidet, ausgestreckt auf dem Nachbarpodest, mit dem Gesicht nach oben. Müde blinzelte er ins Licht und die Gesichter über ihm, als wäre er aus einem wochenlangen Schlaf erwacht.

Er drehte den Kopf zur Seite, sodass sich unsere Blicke trafen. Ein siegesgewisses Grinsen umspielte seine Lippen. Er hob eine schlaffe Hand, hielt den Daumen nach oben. Seine Lippen bewegten sich, aber ich verstand nicht, was er sagte. Vorsichtig setzte ich mich auf. Dreihundert Augenpaare hingen an uns. Niemand sprach, alle starrten nur, wie eine Horde Insektenforscher, die zwei seltene Schmetterlinge beobachteten, die sich aus ihren Kokons schälten. Ich warf einen Blick auf die protzige Wanduhr. Es waren noch nicht einmal zwei Stunden vergangen!

Es behagte Frederick offensichtlich nicht besonders, dass Sebastian aus Babalon aufgetaucht war. Sicher war es das erste Mal, dass ein Spieler aus einer zurückliegenden Runde zu den Gewinnern eines laufenden Spieles zählte. Ebenso zähneknirschend wurde mein unerwartetes Erscheinen quittiert. Da es für solche Fälle scheinbar (noch) keine Klausel im Reglement gab, schluckten Frederick und viele der Versammelten die bittere Pille mit grimmig-finsteren Mienen. Um die Siegerehrung nicht zu verzögern, wurden alle Rechtfertigungen unsererseits verschoben. Ich war sicher, dass wir eine ganze Reihe unangenehmer Fragen würden beantworten müssen, sobald diese Veranstaltung vorbei war. Und das nicht nur Frederick, sondern mit an Sicherheit grenzender Wahrscheinlichkeit auch Nikobal gegenüber. Ein Grund mehr, die ›Auszahlung‹ der Siegesprämie voranzutreiben und mit Prill schleunigst das Weite zu suchen.

Ein schmieriger Kerl namens Leyton versalzte mir jedoch zur Befriedigung aller Anwesenden die Suppe.

Wahrscheinlich war sein Herzchen in der zweiten Ebene auf der Strecke geblieben. Die hysterische Zicke, die mich am Strand mit Steinen beworfen hatte, würde zu ihm passen. Oder er hatte durch meinen Sieg seine Wette verloren. Oder er war einfach nur ein Arschloch. Wahrscheinlich traf alles auf einmal zu. Arschloch Leyton drängte sich während der Siegeszeremonie vor und rief: »Wie kann Stan von den Monitoren verschwinden und plötzlich steht er hier? Und Sebastian? Ihr habt es doch gesehen, die beiden waren nicht mehr im Spiel. Ich sage euch, Stan bescheißt uns!« Und dann der verhängnisvolle Satz: »Untersucht ihn nach versteckten Hilfsmitteln!«

Ich hätte ihn am liebsten vom Podium herab angesprungen und erwürgt.

Sebastian, ich und die restlichen Gewinner (drei Männer und eine Frau) waren von Fredericks Organisations-Assistenten Brendan auf eine schmale Holzbühne neben der Babalon-Konsole geführt worden, wodurch ich einen ersten flüchtigen Blick auf das Paneel werfen konnte. Es gab keine Tasten, nur eine schwarze Glasfläche. Mehr konnte ich nicht erkennen, der Blickwinkel war zu steil.

Selten hatte ich erlebt, dass sich ein Mensch mit solch gezierter Tollpatschigkeit und indisponierter Wichtigkeit auf zwei Beinen bewegte wie Brendan. Er wirkte, als wäre er unter seinem schicken Zweireiher am ganzen Körper eingeseift. Offensichtlich hatte er während meiner Abwesenheit viel Zeit damit verbracht, seine Etepetete-Etikette zu perfektionieren. Als er uns zur Siegerehrung führte, bekam er das Maul nicht auf, verständigte sich lediglich durch gestelzt-geschmeidige Pantomime. Dabei sprach er mit Händen, Fingern und Augen, nickte und wackelte mit dem Kopf wie eine Geisha, wies, verwies, deutete und blähte ab und zu die Nüstern auf, wenn einer von uns sein Gehampel nicht sofort verstand. Schließlich hatte er uns in der Reihenfolge unseres Wiedererscheinens aufgereiht (wobei er Sebastian und mich unverhohlen wie Gewinner zweiter Klasse behandelte), als Leyton auch schon seinem Unmut Luft machte.

Von Nikobal war bis zu diesem Zeitpunkt nichts zu sehen. Argwöhnisch suchte ich mit Blicken die Saalwände ab, beäugte die Intarsien, die Decke und die Raumecken. Nirgendwo konnte ich einen der Stationsläufer entdecken. Entweder hatten sie sich zu gut getarnt, oder es befanden sich tatsächlich keine Maschinen im Saal.

Ich entschied mich für eine Flucht nach vorn. Ehe Leytons Vorschlag Zustimmung fand und man mich zu filzen begann, war ich an Frederick herangetreten und drückte ihm die Mündung der Browning in die Rippen. Er warf den Kopf herum, sah mich mit einer Mischung aus Entrüstung und Verblüffung an. Dass eine Waffe auf ihn gerichtet sein könnte, zog er nicht in Betracht.

»Ja, Stan?«, fragte er indigniert.

Ich ergriff seinen Arm. »Wir beschleunigen die Zeremonie, alter Mann«, sagte ich leise, beobachtet von einem irritierten Brendan. »Sorg' dafür, dass Prill heraufgeholt wird.«

»Nachher«, entschied Frederick beherrscht und machte Anstalten, sich von mir loszureißen. »Nach der Siegerehrung!«

»Nein, jetzt!«, zischte ich. Ich packte Frederick am Revers, was ein aufgebrachtes Raunen unter den Bewohnern auslöste, und hielt ihm die Pistole unter die Nase. »Sofort!«

Alle Gespräche verstummten. Drei Männer, womöglich Mitglieder der stationären Garde, näherten sich aus der Menge. Ich richtete die Waffe ins Publikum. »Niemand rührt sich!«, rief ich, was dazu führte, dass alle Umstehenden zurückwichen. Wahrscheinlich hatte kaum einer von ihnen je eine echte Schusswaffe innerhalb der Station gesehen. Zwei der drei mutmaßlichen Sicherheitsgardisten schlenderten ungeachtet des silbernen Dings in meiner Hand weiter auf mich zu. Ich hob die Waffe, feuerte einen Warnschuss in die Luft. Das Projektil schlug in die holzgetäfelte Decke, aber die Bewohner erschraken sich mehr am Detonationsknall. Er ließ sie wissen: Die Pistole war echt! Dementsprechend respektvoll wurde mit einem Mal auch ihre Distanz zum Podium. Auch Sebastian und die übrigen Gewinner zogen es vor, Abstand zu gewinnen.

Frederick starrte auf die Pistole und war bemüht, als Bunkerpräsident Haltung zu bewahren. »Was soll das, Stan?«, fragte er verärgert, wenn auch mit dünner Stimme. »Sind Sie von allen guten Geistern verlassen?«

Statt zu antworten, schubste ich ihn von der Bühne. Sebastian stand noch recht wackelig auf den Beinen, ließ sich stützen. »Geh hinüber zur Konsole und schau dir das System an«, wies ich ihn an. Er reagierte nicht. Niemand bewegte sich mit einem Mal mehr. Kein Atmen, kein Blinzeln, nicht das geringste Geräusch. Die gesamte Szenerie um mich herum wirkte wie eingefroren.

»Ich fürchte, das kann ich nicht zulassen, Stan!«, sagte eine tiefe, sonderbar dumpf klingende Stimme hinter meinem Rücken. Die Waffe in meiner Hand wurde schwer, ihr Metall wirkte ein paar Grad kälter. Ich brauchte nicht lange zu überlegen, um zu wissen, wer hinter mir stand. Starr wie ein Zinnsoldat drehte ich mich herum, die Browning weiterhin im Anschlag. Als ihre Mündung auf Nikobal zeigte, war sie kaum mehr als eine Armlänge von seiner Brust entfernt.

Der Lord lächelte. »Verlorener Sohn«, sprach er. »Ich freue mich, dich bei uns zu sehen.«

»Keinen Schritt weiter!«, rief ich, als Nikobal nähertrat. Ich ging langsam rückwärts und stieß unvermittelt gegen den Kordon aus erstarrten Menschen. Die Körper bildeten eine undurchdringliche Barriere, ließen sich kein Quäntchen zur Seite bewegen. Sie waren massiv wie Statuen.

»Der Fluss der Zeit«, sprach Nikobal, »bestimmt die Beschaffenheit. Aus Fleisch wird Stein, aus Stein wird Licht.« Er lächelte süffisant. »Wir haben dich bereits vermisst, Stan. Einige von uns befürchteten schon, dir sei etwas zugestoßen.«

Auf Nikobals Kopf und in seinem Gesicht wuchs kein einziges Haar. Seine Haut war pigmentlos weiß und verlieh seinem Kopf selbst in menschlicher Gestalt etwas Mondhaftes. Schwarze Pupillen in großen, runden Augen fixierten mich, seine Nase war platt und winzig, ebenso sein Mund aus zwei fleischigen, zinnoberroten Lippen. Noch nie hatte ich einem Lord Auge in Auge gegenübergestanden. *Er weiß es!,* hämmerte eine Stimme in meinem Kopf.

»Ich habe dich erwartet«, sprach Nikobal. »Aus gutem Grund, wie du dir sicher denken kannst. Jeder Weg hat einen Anfang und ein Ende.« Er verschränkte die Hände hinter seinem Rücken und streckte mir seinen Wanst entgegen, als interessiere ihn die Waffe in meiner Hand überhaupt nicht. Wer von uns beiden war in diesem Augenblick der Hochmütigere, wer der Törichtere?

»Ich habe keine Lust, mit dir zu diskutieren«, sagte ich. Nervös suchte ich nach einer Möglichkeit, um den

Menschenkordon zu durchbrechen. Es schien unmöglich, ohne über sie hinwegzuklettern. Wo sie mir nicht den Weg versperrten, erhob sich die Monitorkuppel. Ich saß in der Falle.

»Du musst wissen«, entgegnete der Lord in einem Tonfall, der mich stark an Gamma erinnerte, »dass ich nicht dein Feind bin, Stan. Keiner von uns.«

»Stehenbleiben, habe ich gesagt!«, rief ich, als Nikobal erneut einen Schritt näher trat. Die Browning zielte genau zwischen seine Augen.

»Glaubst du wirklich, du könntest mir damit etwas anhaben?«

»Zwing mich nicht, es auszuprobieren.«

Nikobals Lächeln drängte mich mehr und mehr in die Defensive. Er wusste genau, dass meine Chancen, ihn mit einer Projektilwaffe zu verwunden, gleich Null waren. Dennoch behielt ich sie im Anschlag, aus Wut über meine nahezu aussichtslose Lage, aus Angst vor Nikobal und weil sie mir zumindest ein geringes, wenn auch zweifelhaftes Gefühl der Sicherheit verlieh. Aus dem Augenwinkel heraus zählte ich die Schritte bis zum Ausgang.

Etwas hielt mich davon ab, den Trumpf in meiner Jacketttasche auszuspielen. Die Situation war kritisch, schien aber noch nicht bedrohlich. Ich hütete mich, Nikobal zu unterschätzen. Er wirkte nicht wie ein wildes Tier, das sich in der nächsten Sekunde auf mich stürzen und mich zerfleischen würde. Ich wusste zu wenig über das Wesen der Lords. In einer solchen Situation hatte ich mich nie zuvor befunden, hatte alles darangesetzt, jede direkte Konfrontation mit ihnen zu vermeiden. Gamma war nur eine Stimme im Radio, körperlos, aber dennoch in der Lage, unmittelbar auf diese Welt einzuwirken, wie mir der Vorfall hinter der letzten Zonengrenze verdeutlicht hatte. Trotzdem ließ er sich mit einem simplen Handgriff zum Radio abschalten, wenn es mir zu bunt wurde.

In den Augen der wenigen Lords, denen ich in den zurückliegenden Stationen begegnet war, war ich nicht mehr gewesen als einer ihrer vermeintlichen Schützlinge. Ich hatte nie ein Wort mit ihnen gewechselt, war ihnen konsequent aus dem Weg gegangen. Nikobal hingegen wusste, dass er in mir keinen Klon vor sich hatte. Zum ersten Mal standen sich Mensch und Lord, Opfer und Täter, gegenüber!

Nikobal atmete tief durch, griff hinter sich und zog wie aus dem Nichts einen wuchtigen Sessel zu sich heran. Er klopfte ihn ab, setzte sich seufzend in die königsblauen Polster. »Nimm doch Platz, Stan«, forderte er mich auf und deutete neben mich. Dort stand ein zweiter Sessel, oder weiß der Teufel, was es war. Vielleicht nur ein weiteres Lord-Gezücht in Möbelform. Wenn ihre Pflanzen den Job von Stationswächtern übernehmen konnten, warum dann nicht auch ihre Sessel?

»Danke, ich stehe lieber«, entschied ich. Nikobal runzelte brüskiert die Stirn. Gewiss hatten die lückenhaften Informationen aus Prills Implantat die Lords nervös gemacht. Es musste unerträglich für sie sein, dass etwas auf dieser Projektebene nicht ihrer Kontrolle unterlag und in Gamma zudem ein mächtiger Gegner hinter den Kulissen seine Fäden zog. Falls Nikobal tatsächlich vorhatte, meinem Treiben ein Ende zu bereiten, so genoss er es. Er fühlte sich sicher oder besser gesagt: überlegen. Für ein Wesen mit seinen Fähigkeiten eine durchaus angemessene Einstellung. Ergo: Er wusste nichts von der Strahlenwaffe in meiner Tasche. Trotz allem war ich geneigt, die Gelegenheit zu ergreifen, gewisse Dinge aus der Sicht eines Lords zu erfahren. Zusammenhänge. Ihr Motiv. Die Möglichkeit, eine Wahrheit gegen die andere abzuwägen. Oder eine Lüge gegen die andere ... Gab es überhaupt einen Grund, die Wahrheit zu sagen? Ich wechselte die Browning in die linke Hand. Wo könnte sich Nikobals Nervenzentrum befinden? Besaß er überhaupt eines? Oder gleich mehrere?

»Nun, wie du willst«, meinte Nikobal schließlich. Er verschränkte die Finger, starrte auf die Waffe, beugte sich ein Stück nach vorne. »Sag, Stan: Wieviele Dimensionen nimmst du wahr, wenn du mich betrachtest?«

Ich überlegte fieberhaft, was er im Schilde führte. Ich war ihm so gut wie ausgeliefert, warum also zögerte er? Um Zeit zu gewinnen und die Stationsläufer zu aktivieren? Er konnte mich überwältigen, ohne einen Finger zu krümmen. Ein einziger wütender Gedanke ... Fand er etwa Gefallen daran, sich endlich einem Menschen zu offenbaren?

»Nicht so schüchtern, Stan«, riss mich seine Stimme aus meinen Gedanken. »Es ist eine so simple Frage.«

»Drei«, antwortete ich knapp.

Nikobal wirkte erleichtert, als hätte er eine andere Antwort befürchtet, und erklärte: »Es sind vier, Stan.« Er lehnte sich entspannt zurück. »Die Landschaft, die Stationen, alles ist vierdimensional konstruiert. Die verborgene Dimension ist die Zeit.« Er deutete in die Runde. »Für die Geschöpfe um dich herum vergeht sie ebenso kontinuierlich wie für dich. Und doch trennen uns in diesem Raum zwei Welten. Du als gewöhnlicher Mensch nimmst Zeit als linear fortschreitendes Moment wahr. Für uns, und bald auch für viele dieser Menschen, ist sie ein Ganzes. Es ist nur eine Frage der zerebralen Neustrukturierung.« Nikobal tippte an seine Stirn.

»Neustrukturierung?« Ich trat auf ihn zu. »Wer gibt euch das Recht, Menschen zu entführen?«, brauste ich auf. »Euch in unsere Evolution einzumischen und Gott zu spielen?«

»Das Schicksal, Stan«, antwortete Nikobal gelassen. »Der Lauf der Dinge. Das *Sublime*. In ihm bräuchten wir beide nicht einmal miteinander zu sprechen. Alles wäre bereits gesagt, alles gesehen, alles getan, und du würdest uns verstehen. Aber leider bist du nur ein gewöhnlicher Mensch. Oder um es sachlich auszudrücken: ein Konfliktfall auf mikroskopischer Ebene. Eine Wesensvorlage, die noch nicht optimiert worden ist. Manipuliermasse.«

»Warum?«, zischte ich. »Warum in über achttausend Stationen, warum mit fünf Millionen Klonen? *Warum?*«

»Hat dir dein Informant noch nicht gesagt, was sie wirklich sind? Hat er dir nicht erklärt, warum es keinem von ihnen möglich ist, von einer Zone in die andere zu wechseln?« Der Lord schürzte die Unterlippe. »Oh, er ist vorsichtig, wie ich merke. Er vertraut dir nicht. Unverantwortlich von ihm, dich unserer Realität auszusetzen. Ich kann mir gut vorstellen, wie schockierend sie für dich sein muss. Aber deine Anwesenheit hier war nie geplant. Hätte jener, der sich Gamma nennt, dich nicht vom *Sublime* isoliert, hättest du von all dem nie erfahren. Du wärst im Flugzeug eingeschlafen und wieder aufgewacht und hättest am Ziel gemerkt, dass die Uhren ein paar Minuten nachgehen. Es wäre ein wenig Verwirrung entstanden, weil das Flugzeug für kurze Zeit von den Radarschirmen verschwunden gewesen wäre, aber weiter nichts.« Nikobal sah mich wie ein sprungbereites Raubtier von unten herauf an. »Verstehst du, Stan? Nichts! Ihr hättet nicht einmal geträumt.« Fast traurig fuhr er fort: »Doch nun ... Ich sehe deine Narben, weiß um deine Fahrt über diese Ebene, um all das Wissen, das niemals für einen von euch bestimmt war. Und ich fühle deine Wut und deinen Hass, die daraus resultieren. Was soll ich nur mit dir machen, Stan? Ich fürchte, mir wird nichts anderes übrig bleiben, als dir die Narben deiner Reise und die Erinnerungen an die letzten Monate in diesem Zeitstrang wieder zu nehmen. Das *Sublime* erwartet dich. Ich werde dich an deinen Platz führen!« Nikobal deutete auf die Waffe in meiner Hand. »Nimm sie runter, Stan, dein Weg ist zu Ende. Glaubst du wirklich, ein dreidimensionales Geschoss könnte ein vierdimensionales Wesen ernsthaft verletzen?«

Das Lächeln auf Nikobals Lippen wurde wieder breiter. Ich erwiderte seinen Blick, versuchte in seinen Augen zu lesen. Es war unmöglich. Träge schüttelte ich schließlich den Kopf und blickte zu Boden. »Nein, das glaube ich nicht«, stimmte ich ihm zu. Ich ließ die Waffe sinken, steckte sie langsam zurück in ihr Holster. Dann langte ich in mein Jackett, zog eine Zigarette heraus und steckte sie mir zwischen die Lippen. Mit der Rechten klopfte ich den Stoff ab, als suchte ich mein Feuerzeug, griff in die Tasche, zog den Strahler heraus und richtete ihn ohne zu zögern auf Nikobal. Der starrte ihn an, zeigte jedoch keine erkennbare Reaktion, behielt sogar sein Lächeln bei. Bleicher als er bereits war, konnte er sowieso nicht mehr werden.

»Woher hast du diese Waffe?«, fragte er gefährlich leise. Sein Lächeln schien eingefroren.

Ich zuckte die Schultern, hatte mit der freien Hand das Feuerzeug geangelt und entzündete die Zigarette. »Du kennst seinen Namen«, antwortete ich zwischen zwei Zügen.

»Seinen Decknamen«, korrigierte Nikobal. »Aber wir

finden noch heraus, wer er ist und wo er sich verborgen hält.«

Ich trat zu ihm hin, ließ die Spitze der Waffe über seinen Körper wandern. Die Gewissheit, dass der Lord Respekt vor dem Strahler zeigte, verlieh mir wieder Selbstvertrauen. »Ich hätte große Lust, abzudrücken, um zu sehen, was passiert. Wo ist dein Nervenzentrum, Fettwanst? Hier etwa? Oder hier?«

Nikobal hob herausfordernd den Kopf und schwieg.

»Vielleicht tötet sie dich nicht, aber sie sorgt dafür, dass deine menschliche Gestalt hops geht. Das wäre eine bewusstseinserweiternde Erfahrung für dieses Volk hier, findest du nicht? Der Höhepunkt von Babalon...«

Der Lord blickte ausdruckslos und nickte wie zur Bestätigung. »Du weißt über vieles Bescheid, Stan«, stellte er fest. »Wenigstens vertraust du deinem Informanten. Aber Gammas Wirklichkeit ist nicht unsere Wirklichkeit, und schon gar nicht deine. Du hast uns bereits mehr geholfen als ihm. Dein Vertrauen in die Worte deines Gewährsmanns macht alles noch komplizierter – für dich, für uns, für das *Sublime*. Dein Wissen und die Narben, die du seit dem Zwischenfall an der Grenze trägst, bedeuten vielleicht schon das Ende deiner Wirklichkeit.«

»Ich habe nicht erwartet, dass es einfach sein würde«, konterte ich. »Wenn du nun so freundlich wärst...« Ich bedeutete Nikobal, aufzustehen.

»Willst du mich erschießen? Mach dir dabei keine Sorgen um den Sessel, Stan.«

»Ich erschieße dich nicht. Keine Ahnung, was passiert, wenn ich die Waffe auslöse, aber das, was möglicherweise von dir übrig bleibt, könnte immer noch gefährlich genug sein. Es wird reichen, dich einzusperren.«

»Oh!« Nikobal wirkte erheitert. »Eine wundervolle Idee. Sie entspricht deinem Intellekt. Vielleicht in der Dekontaminationskammer?«

»Was hältst du von einer kleinen Reise?«

Ich vollführte eine einladende Geste in Richtung der Babalon-Sphären. Endlich wich dieses dämliche Grinsen aus Nikobals Gesicht. Ihm schien diese Idee ganz und gar nicht zu gefallen. Er hatte seine fetten Finger zu Fäusten geballt, sah sich von einem niederen Wesen in Schach gehalten und im nächsten Zug sogar matt gesetzt.

Zugegeben, ich hatte tatsächlich mit dem Gedanken gespielt, ihn in die Kammer zu sperren, war jedoch schnell zum Schluss gekommen, dass Wände – ob aus Stein oder Metall – kaum ein Hindernis für ihn darstellen würden. Babalon hingegen, die Sphären und der Parcours waren Lordkonstrukte, die unmittelbar mit dem *Sublime* verbunden sein musste. Daran hatte selbst Nikobal einige Zeit zu kauen. Ich sah ihm an, dass es ihm widerstrebte, sich einer der Sphären zu nähern.

»Du begehst einen großen Fehler, Stan«, sagte er, als ich ihn unmissverständlich aufforderte, eine der Kugeln zu betreten.

Ich schnippte die niedergerauchte Zigarette in seine Richtung. »Das sehe ich nicht so.«

»Ohne meine Kenntnisse kannst du Prill nicht aus Babalon herausführen. Wurdest du ausgebildet, ehe man dich der Projektebene ausgesetzt hat? Lehrte man dich unsere Schrift und unsere Sprache? Weder das eine, noch das andere, Stan. Und sämtliche Radioempfänger in dieser Station wurden beseitigt. Du bist hilflos.«

Ich ging nicht auf seine Worte ein, drängte ihn zu einer der Sphären. Hoffentlich aktiviere sie sich selbstständig, sobald er sie betrat. Und – hoffentlich war sie nicht nur für Klone konstruiert...

»Selbst, wenn du imstande sein solltest, diese Station *mit* Prill zu verlassen, kämst du nicht weit«, sagte Nikobal. »Ihr würdet ständig im Kreis irren, und die Läufer würden überall auf euch warten. Stell dir eine zweidimensionale Welt vor, Stan. Eine Ebene. Auf dieser Flachwelt befindet sich ein Kreis, und in diesem Kreis hält sich ein zweidimensionales Wesen auf. Es wird ihm ohne dritte Dimension niemals möglich sein, den Kreis zu verlassen, es ist auf ewig darin gefangen. Das unglückliche Wesen in dem Kreis bist du, Stan. Der Kreis ist diese Ebene. Nur mit meiner Hilfe gelangst du wieder nach draußen...«

»Schluss damit!«, beendete ich Nikobals Geschwafel. Ich zielte mit dem Strahler auf einen der beiden Sessel und schickte ihn ins Fauteuil-Nirvana. Die Waffe wieder auf den Lord richtend, erklärte ich: »Nur für den Fall, dass du glaubst, ich könne damit nicht umgehen. Warum bist du so nervös? Fürchtest du dich vor Babalon? Für jemanden, der behauptet, eins mit der Zeit zu sein, ist es ein Kinderspiel, oder nicht? Du müsstest doch wieder hier sein wie der geölte Blitz.«

Nikobal glänzte durch Selbstbeherrschung. »Wäre Zynismus nicht eine rein menschliche Tugend, würde ich behaupten, wir gehörten der gleichen Rasse an«, entgegnete er kühl. »Aber das würdest du mir nicht glauben.«

Ich schnaubte verächtlich. »Ganz gewiss nicht. Weißt du, was ein Dichter unserer Welt einmal über Zyniker geschrieben hat? Er schrieb, sie wären Schufte, deren mangelhafte Wahrnehmung Dinge sieht, wie sie sind, statt wie sie sein sollen.«

»Ambrose Bierce«, kommentierte Nikobal. »Ich weiß

über deine Welt mehr, als du glaubst.« Mit diesen Worten trat er rückwärts in die Sphäre und war verschwunden.

Es hätte mich interessiert, was für einen Parcours das *Sublime* seinem Alienhirn entlockte. Zu meiner Enttäuschung blieb die Monitorkuppel weiß, kein Bild eines wasserballtretenden Lords leuchtete auf.

Schade eigentlich.

Isadom 3

LEERE. SEIT STUNDEN liegt sie wach, starrt teilnahmslos auf die nahe Wand. Manchmal berührt sie sie mit den Fingern, streicht darüber, als wolle sie sich vergewissern, dass dort tatsächlich eine Wand ist. Sie wiederholt die Berührung, beinahe stereotyp, sobald die strukturlose Oberfläche vor ihren Augen verschwimmt und die Angst sie überwältigt, dass sich alles um sie herum in einem formlosen Nichts auflösen könnte. Die Wand widerspiegelt die Leere in ihr. Sie zu berühren fühlt sich an wie das Betasten eines Fremden, einer Leiche, kalt und bereits starr, blutleer weiß. Ihre Gedanken ergeben keinen Sinn, sind ein ewig kreisender Malstrom aus Erinnerungen, menschlichen Gliedmaßen, enthaupteten Körpern, Schrottteilen und missratenen Tönen. Die Töne erzeugen Echos, welche selbst Echos erzeugen, die ihrerseits Echos erzeugen... Sie ist Teil des Wirbels, treibt kraftlos in ihm, in seiner Paraphonie aus Geräuschen, Wortfetzen, Schmerzen, immer im Kreis, in jede Richtung. Sie hat das Gefühl, überallhin gleichzeitig blicken zu können und den gesamten Raum zu erfüllen. Ihr Körper ist riesenhaft aufgebläht und in die Form des Zimmers gepresst, schwer wie Blei, im nächsten Moment wieder federleicht. Wenn sie die Augen für kurze Zeit schließt, beginnt dieser Körper zu pulsieren wie ein kolossales Herz, das den Wahnsinn durch die Welt der Lichterstimmen pumpt. Nur die Berührung der Wand, *irgendeine* Berührung, eine Bewegung, die sie vollführt, reißt sie für Sekunden aus dem Wirbel, gibt ihr das Gefühl, real zu sein und einen menschlichen Körper zu besitzen.

Sie zeichnet Muster an die Wand, kann das Gezeichnete nicht erkennen und verwischt es wieder. Die Wand sieht aus wie zuvor.

Das Licht spricht zu ihr. Sie hat ihm den Rücken zugewandt, ignoriert seine Stimme. Es sind tröstende Worte, Phrasen, leeres Geschwätz, findet sie. So leer wie dieser Raum, die Scheinwelten, das Licht und sie selbst. Selbst die Decke, die sie an sich drückt, ist mit Leere gefüllt. Die Leere lähmt sie. Die Erinnerungen lähmen sie. Die Stimme macht sie wütend. Sie spricht von Natur, erzeugt Farben, um sie aufzuheitern. *Fick dich, Licht!*, schreibt sie mit dem Finger an die Wand.

Endlich allein. Sie hat die Stimme fortgeschickt, irgendwohin; in ihr Inneres, ins Dahinter, was auch immer jenseits dieser Wände liegen mag. Eine Welt der Stimmen womöglich, eine Stadt aus Licht, von Stimmen bevölkert. Das Licht hat ihren Wunsch respektiert und ist erloschen. Zum ersten Mal.

Sie bleibt weiterhin liegen, gelähmt von der Angst, ihr Kopf könnte auf dem Kissen zurückbleiben und ihren sitzenden Torso neben sich erblicken, sobald sie sich aufrichtet. Ständig befühlt sie ihren Hals, sucht den Schnitt, den ihr der Läufer zugefügt hatte, ehe er mit ihrem Kopf in seinen Zangen die Straße hinaufjagte. Sie fühlt keine Wunde, sieht kein Blut an den Fingern, wenn sie ihre Hand vors Gesicht hebt. Sie hat Angst, nicht mehr atmen zu können, wenn sich ihr Haupt vom Körper trennt, fürchtet, der Schmerz könne zurückkehren, sobald sich sie bewegt und ihr Kopf haltlos zur Seite rollt.

Pausenlos versucht sie, sich bewusst zu machen, dass es nur eine Erinnerung ist, doch die Erinnerung ist stark, stärker als die Welt um sie herum, eindringlicher als die Stimme, die ihr zuredet: Du bist unversehrt, du lebst. *Verliere nicht den Kopf, Prill. Verliere jetzt um Himmels Willen nicht deinen Kopf!*

Essensgeruch dringt in ihre Nase. Er ist also wieder da, dieser leuchtende Quälgeist, und versucht es jetzt mit einem Köder. Sie hat den Hunger ignoriert, nun fordert ihr Magen mit einem schmerzhaften Krampf sein Recht. Ehe sie in der Lage ist, die Methoden des Lichts zu beschimpfen, erklingt Musik.

Statt sich zu beruhigen, fühlt sie sich von den Klängen und dem Essensgeruch provoziert. Mit einer Hand ihren Hals umklammernd, wirft sie sich im Bett herum, stößt die Bettdecke von sich. Das Licht ruht an seinem gewohnten Platz, ein wenig milder, unaufdringlicher. Vor ihm steht auf einer kleinen Anrichte ein Tablett mit aufgetragenen Speisen.

»Lass mich endlich allein, du Scheusal!« Sie greift eines der Kissen, wirft es zornig in Richtung des Lichts. Es trifft auf den Tisch, reißt das Tablett mit sich, verschwindet dann im Leuchten. Essen und Gedeck stürzen scheppernd zu Boden, dampfend heiße Flüssigkeit ergießt sich aus einer Kanne über den Teppich.

»Geh fort!«, schluchzt sie.

Das Licht schweigt, als sei es betroffen. »*Ich kann Formen bilden, aber ich besitze keine Form*«, spricht es dann. »*Ich kann Körper erschaffen, aber ich bin kein Körper. Du bist in mir. Wie kann ich mich aus mir selbst zurückziehen?*« Es gleitet näher, verharrt unmittelbar vor dem Bett. »*Ich bin alles, was du wahrnimmst, Prill. Du schläfst in mir, du deckst dich mit mir zu. Du isst und du trinkst mich, du wäschst dich mit mir. Jede Pore deiner Haut atmet mich, ich erfülle dich mit jedem Atemzug, den du tust. Wenn du sprichst, formst du mich zu Tönen. Ich bin alles, was dich am Leben hält. Wie könnte ich dich verlassen, ohne dich zu töten?*«

Sie sieht stumm ins Licht, wendet dann ihren Blick ab. »Du hättest mich warnen müssen.«

»*Das habe ich.*«

»Du sagtest, es würde sehr wehtun«, entgegnet sie, wobei ihre Stimme lauter und schriller wird. »Aber nicht, warum!« Sie rutscht über das Bett, verkriecht sich wieder unter der Decke, murmelt darunter hervor: »Wie konnte mein Kopf so lange am Leben bleiben...?«

»*Das Implantat war weiterhin funktionsfähig. Es übermittelt so lange Informationen, bis es deaktiviert wird.*«

Minutenlang herrscht Stille.

»Ich will es vergessen«, flüstert sie kaum hörbar.

»*Vergessen?*« Die Stimme klingt überrascht. »*Wie meinst du –*«

»Bitte!«, schneidet sie ihm das Wort ab, wirft die Decke von sich. »Ich will nicht mehr daran denken müssen, verstehst du? Nie wieder!«

Das Licht hat neue Speisen und Getränke aus dem Nichts gezaubert, dieselben, die das Kissen vom Tisch geschleudert hat. Sie isst ohne Hemmungen, von allem gleichzeitig; Nüsse, Früchte, gebratenes Fleisch, Salat, gebackene Kartoffeln, trinkt dazu Saft und Tee.

»Besteht das ebenfalls aus diesem Plasmazeugs?«, fragt sie kauend.

»*Ja.*«

Sie wendet mit der Gabel ein Stück Fleisch hin und her, betrachtet es ausgiebig, steckt es dann in den Mund. »Solange es schmeckt, wonach es aussieht...« Sie zuckt die Achseln. »Was ist nun?«

»*Es gibt eine Möglichkeit*«, offenbart die Stimme. »*Ein Austausch der Erinnerung.*«

»Eine neue, die sich über die alte legt?«

»*Nein, ein Transfer. Ich werde das, was der Kopf deines Klons wahrgenommen hat, aus deinem Gedächtnis löschen. Das bedeutet jedoch, dass du für mehr als drei Stunden einen vollständigen Verlust deiner persönlichen Erinnerungen erfährst. Es entspricht der Zeit, die du von der Attacke des Läufers bis zu dessen Erreichen der Station und der anschließenden Untersuchung des Implantats wahrgenommen hast. Ich kann dir diesen Austausch anbieten, aber du musst seine Materie selbst durchleben.*«

Sie stellt die Tasse, an der sie genippt hat, zurück aufs Tablett. »Und das bedeutet?«

»*Du wirst dich erst am Ende wieder an alles erinnern können. Die Erfahrung, die du gewinnst, wirst du behalten. Sie wird die ursprüngliche Erinnerung restlos ersetzen. Während dieser Zeit wirst du dich weder an mich, noch an Stan oder diesen Ort hier erinnern können. An nichts mehr in deinem Leben. Alles wird mit dieser Erfahrung beginnen, ein unbeeinträchtigtes und unbeeinflusstes Erlebnis. Du wirst aus dem Nichts kommen und drei Stunden existieren, um Eindrücke zu sammeln. Eine absolut reine Präsenz.*« Das Licht lässt seine Worte wirken, gibt ihr Zeit nachzudenken. Dann fragt es: »*Wünschst du das?*«

Sie schluckt. »Werde ich allein sein?«

»*Das weiß ich nicht, Prill. Ich entlasse dich in eine Dimension, die nur für dich besteht. Ich kann dir nicht einmal versprechen, dass du ein Mensch sein wirst. Vielleicht liegst du nur für ein paar Stunden als Stein an einem Meeresstrand und wirst von Wellen umspült.*« Einige Sekunden Stille. »*Wünschst du es noch immer?*«

»Ja.«

VIERTER TEIL
Ebenen

Alphard 11

Die vornehme Gesellschaft erwachte wieder zum Leben. Aus ihrer Erstarrung erlöst, bestaunte sie meinen plötzlichen Standortwechsel und den übrig gebliebenen, für sie wie aus heiterem Himmel aufgetauchten Sessel. Das Durcheinander aus Stimmen und Gebärden war ein untrügliches Zeichen dafür, dass sich Nikobal in seinen Babalon-Vergnügungspark verabschiedet hatte oder zumindest keinen Einfluss mehr auf diese Ebene besaß.

»Hinlegen!«, rief ich und schwenkte die Strahlenwaffe im Kreis, als die allgemeine Unruhe überhand nahm. »Auf den Boden allesamt, na los!« Niemand reagierte, man sah sich nur ratlos oder verärgert an. Hatte die Browning noch Wirkung gezeigt, wunderte man sich nur über das neue, seltsame Objekt in meiner Hand. Ich hätte genauso gut mit einem Sodaspritzer auf sie zielen können.

»Kommen Sie zur Vernunft, Stan.« Frederick hob beschwichtigend die Hände. »Es gibt keinen Grund, überzureagieren.«

»Ich verlange nur Prill«, sagte ich. »Und schon bin ich fort.«

»Fort?«, staunte Frederick.

Statt einer Antwort zielte ich mit dem Strahler auf seine Krawatte.

»In Ordnung«, willigte er ein. Sein Blick huschte hin und her. Wahrscheinlich hoffte er, dass Nikobal endlich in das Geschehen eingreifen würde. »Gar kein Problem. Wir holen sie herauf. Aber nun beruhigen Sie sich. Wir werden doch nicht gleich die Jungfrau zum Sarg machen, nicht wahr? Uns allen brennt hier unten irgendwann mal die Sicherung durch. Wir müssen das durchstehen.« Während er redete, gab er einigen seiner Ordnungskräfte heimlich Fingerzeichen. Sie begannen, sich mir in einer Art und Weise zu nähern, als wollten sie ein wildes Tier einfangen. Wütend senkte ich den Strahler und vaporisierte den Sessel neben Frederick. Zu spät sah ich, dass er sich an der Lehne abstützte. Plötzlich fehlte ihm die linke Hand. Er schrie auf, und ich musste mit ansehen, wie die verzehrende Energie, die seinen Arm erfasst hatte, sich in Sekundenschnelle über seinen gesamten Körper ausbreitete. Einen Lidschlag später gab es ihn nicht mehr. Jene, die in seiner Nähe gestanden hatten, wichen entsetzt zurück.

Ich stand starr, die Sicherheitsgardisten ebenso. Alle sahen auf die Stelle, an der sich vor wenigen Augenblicken noch ein Sessel und ein Mensch befunden hatten. Die Strahlenwaffe wog auf einmal so schwer wie ein Amboss, zwang meinen Arm nach unten. So schreckensbleich wie die Bewohner musste auch ich sein. Nun wusste ich, warum mir Gamma geraten hatte, gebührenden Abstand zu meinem Ziel zu wahren. Der Strahl der Waffe wirkte auf die Klone wie die Barriere zwischen den Zonen. Vielleicht war es sogar dieselbe zerstörerische Energie. Ich bebte innerlich. Es war nicht meine Absicht gewesen, Frederick zu töten. Meine Unachtsamkeit hatte ihn das Leben gekostet; oder vielleicht doch seine eigene Sturheit und Blasiertheit? Verdammter Hurensohn, was stand er auch dort herum? Ich bereute, geschossen zu haben, und war zugleich wütend auf ihn. Was hatte er, ein Klon, schon zu gewinnen gehabt? Immerhin bemühte ich mich, seinem Original den Arsch zu retten, so wie allen, die mich in diesem Augenblick anglotzten. Wenn ich ihm wieder begegnete, würde ich mich bei ihm entschuldigen. Augen zu und durch. Es war nicht mehr zu ändern.

»Auf – den – Boden!«, wiederholte ich mit trockener Kehle, richtete die Waffe erneut auf die schockierten Anwesenden. Meine Hand zitterte. »Oder ihr seid die Nächsten!« Diesmal folgten sie wie dressierte Hunde, sogar die Ordnungshüter. »Auf den Bauch, Gesicht nach unten, die Hände in den Nacken«, befahl ich. »Du nicht, Sebastian!«

Sebastian, der auf die Knie gesunken war, stand wieder auf. »Wer *bist* du?«, fragte er.

»Zumindest nicht der, für den ihr mich haltet. Euer Stan liegt mit Zoë in seinem Quartier und schläft.« Murmeln und Raunen seitens der Bewohner. »Seid still!«, rief ich. »Es liegt nicht in meinem Interesse, euch etwas zuleide zu tun, aber wenn ihr mir keine andere Wahl lasst, werde ich nicht zögern. Solange keiner von euch versucht, den Helden zu spielen, wird dieser kleine Zwischenfall in wenigen Minuten vorbei sein.« Zufrieden ließ ich meinen Blick über die Bewohner schweifen. Sie bedeckten den Boden, als wollten sie das Parkett begatten. Ich ging hinüber zu Sebastian, zog die Browning und reichte sie ihm. »Du bist mir etwas schuldig. Kannst du damit umgehen?«

Sebastian wog die Waffe in seiner Hand, sah allerdings nicht sehr begeistert aus. »Hatte früher eine Beretta«, meinte er. »Denke schon.«

»Gut«, sagte ich. Und lauter, sodass es jeder im Saal hören musste: »Wenn sich einer von ihnen rührt, knall ihn ab!«

»Aber...«

»Verstanden?« Sebastian schluckte. Ich zwinkerte ihm zu, wusste nicht, ob er begriff, aber er entspannte sich ein wenig. »In Ordnung«, sagte er. »Was ist mit Nikobal?«

Ich deutete auf die Monitorkuppel. »Der bestreitet zum Jubiläum eine Ehrenrunde.«

Die schwarze Scheibe auf dem Kontrollpult, die ich aus dem Augenwinkel heraus gesehen hatte, erwies sich als eine Art Sensortastatur. Sie bildete das Herzstück der Babalon-Konsole und bestand aus über einhundert verschiedenen Symbolen, die scheinbar planlos an- und untereinander gereiht waren. Es gab fünf unterschiedlich gefärbte Symbolkolonnen mit je einundzwanzig Feldern, dazu einen Block von etwa dreißig separaten Feldern ohne Beschriftung. Kein Zeichen war wie das andere, und dennoch sahen sie sich auf den ersten Blick ähnlich. Es war nicht zu erkennen, welche Symbole Buchstaben, welche Zahlen und welche Steuerzeichen darstellten.

Sebastian fragte: »Kannst du das lesen?« und wirkte allein durch das Betrachten der Konsole überfordert.

»Du bist der Computerspezialist«, erinnerte ich ihn.

»Frederick wusste damit umzugehen...« Sebastian hatte laut gedacht, doch es klang wie ein Vorwurf. Ich schluckte die Pille, zog stattdessen das Jackett aus, knöpfte meine rechte Manschette auf und krempelte den Ärmel hoch. Die Male auf meinem Unterarm waren abgeschwollen, aber durch die Hautrötung noch immer deutlich zu erkennen: fünf Symbole, die letzten beiden nahezu identisch.

»He!« Sebastian verdrehte den Kopf und begann, Ähnlichkeiten mit den Konsolenzeichen zu suchen. »Du bist voller Überraschungen. Ist das etwa Prills Code? Woher stammt der?«

Ich antwortete nicht, war fast verwunderter als Sebastian, dass die Male tatsächlich noch auf meinem Arm prangten. War Babalon also doch keine virtuelle

Ebene? Oder etwas völlig anderes? Die Zeichenfolge konnte alles bedeuten. Vielleicht war es letzten Endes ein Trumpf Nikobals, der eine Armee Läufer auf den Podesten erscheinen ließ, oder sogar der Befehl zur Selbstzerstörung der Kuppel. Wie schrieb sich das Wort für Läufer in der Sprache der Lords? Ich hatte ein flaues Gefühl im Magen. »Vielleicht ist es Prills Name«, murmelte ich. »Wenn nicht...« Ich schob Sebastian von der Konsole fort und wies ihn an, die Bewohner im Auge zu behalten. Dann verglich ich die unförmigen Male auf meiner Haut mit dem Zeichensatz auf der Konsole. Schweiß stand mir im Gesicht, hervorgerufen durch die Angst, Nikobal könnte aus der zweiten Ebene auftauchen, ehe ich Prill befreit hatte. Nach einigem Abwägen gab ich folgende Zeichen ein:

Nichts geschah, die Podeste blieben leer.

»Execute«, sagte Sebastian, der mich aus den Augenwinkeln heraus beobachtete.

»Was?«

»Du musst die Eingabe bestätigen.« Er trat heran und ließ seine Finger über das Paneel wandern. »Irgendeine von denen hier, glaube ich...«

Ich riss seine Hand zurück, ehe er eines der Symbole berühren konnte. »Ein Fehler, und auf dem Podest steht womöglich Nikobal.« Ich deutete auf ein dreieckiges rotes Leuchtfeld. »Es muss dieses hier sein.«

Sebastian blickte skeptisch. »Woher willst du das wissen?«

Ich schüttelte den Kopf, sagte: »Ich weiß es einfach«, und berührte das Dreieck. Es gab weder einen Knall noch einen Blitz. Auch keinen wutschäumenden Lord oder ein kampfbereites Läuferheer. Prill stand so unvermittelt auf einem der Podeste, dass sie es im ersten Moment selbst gar nicht zu bemerken schien. Sie trug jene Kleidung, in der sie vor Wochen oder Monaten eine der Sphären betreten haben musste; ein enges, fliederfarbenes Shirtkleid und Pumps. Durchaus gesellschaftsfähig, aber keinesfalls wüstentauglich. Sie machte ein verblüfftes Gesicht, tat einen unsicheren Schritt und klappte zusammen wie eine fallen gelassene Marionette. Prill zeigte die gleichen Symptome wie Sebastian, dieselbe Kraftlosigkeit, fast so, als wäre ihre Beinmuskulatur wochenlang nicht mehr belastet worden. Sie hockte auf der Plattform und sah sich um wie ein frisch geschlüpftes Küken.

Ich steckte den Strahler weg, in der Hoffnung, dass Sebastian fähig war, die Situation allein zu kontrollieren, lief zu Prill und versuchte, ihr auf die Beine zu helfen. Ihre Hilflosigkeit schien sie gleichzeitig zu ängstigen und zu ärgern. Sie versuchte zu sprechen, aber ihre Stimmbänder versagten den Dienst. Aus ihrem Mund drang nur ein heiseres Flüstern, das ich nicht verstand. Wie, um Himmels Willen, sollte sie in diesem Zustand mit mir durch den Lüftungsschacht klettern? Sie würde abrutschen und in den Abluftrotor stürzen. Falls Prill sich nicht innerhalb kürzester Zeit erholte, blieben für uns nur der Lift und der Hauptausgang. Dort wartete hundertprozentig ein Wächter, und vor den Toren mindestens ein Oberflächenläufer. Ich verspürte keine Lust, mir erneut den Weg freizuschießen wie in der *Moths*-Station. Zudem durfte ich mit erheblichem Widerstand rechnen, denn Nikobal hatte zweifellos Maßnahmen ergriffen, um uns am Verlassen der Station zu hindern.

»Weißt du, wie lange sie dort unten war?«, fragte ich Sebastian, der nun bedächtig die Reihen der Liegenden abschritt und sich zu fühlen schien, als hielte er die gesamte Belegschaft von Fort Knox in Schach.

»Sie tauchte zwei Runden nach mir auf«, antwortete er, ohne sich umzudrehen.

Also vor vier Monaten. Ich massierte Prills Oberschenkel, in der Hoffnung, den Erholungsprozess zu beschleunigen. Sie sollte mindestens ebenso schnell wieder auf die Beine kommen wie Sebastian.

»Du tust mir weh«, krächzte Prill und hielt meine Hände fest.

»Entschuldige.« Erst jetzt spürte ich, wie verkrampft meine Finger waren. Die Sorge, dass uns die Zeit davonlief, hatte mich etwas zu emsig zu Werke gehen lassen. Meine Hände schmerzten vom Massieren.

Prill behielt sie umfasst. »Danke«, flüsterte sie.

»Keine Ursache.«

»Dass du dich für mich entschieden hast, meine ich.«

Ich nickte und schwieg. Mit Dankbarkeit hatte ich nie sonderlich gut umgehen können. Unsere Blicke trafen sich, und *bradam,* da war sie wieder, die alte Hure Hoffnung, dass *sie* der richtige Klon war – und hinter ihr stand bereits der unbarmherzige Dämon, der kein Misslingen duldete. Lord Failure ...

»Lass mich versuchen aufzustehen«, bat Prill.

Ich musste ihr helfen. Sie zitterte, blieb jedoch stehen, wenngleich ich ihr ansah, dass es sie viel Kraft kostete. Ihr Stolz ließ sie die Zähne zusammenbeißen. Nachdem ich der Ansicht war, sie könne die Strecke bis zum Saalausgang zu Fuß zurücklegen, beauftragte ich Sebastian, dafür zu sorgen, dass wir ungehindert den Ausgang erreichten.

»Was ist hier eigentlich los?«, wunderte sich Prill. »Warum liegen alle auf dem Boden?«

»Nur dir zuliebe«, meinte ich.

»Lass die Witze, Stan. Erklär' mir bitte, was das soll! Wo ist Frederick?«

Ihr Blick schweifte über die Liegenden, dann zu Sebastian. Als sie die Pistole in seiner Hand sah, staunte sie: »Ist die echt?« Und dann: »Das ist doch verboten!«

»Wir haben jetzt keine Zeit für Erklärungen.« Ich drängte sie sanft in Richtung Ausgang. Sie folgte widerwillig, war aber zu geschwächt, um sich gegen meinen Griff zu stemmen. Wenn Prill – außer zu großen Tieren mit zu vielen Beinen – etwas hasste, dann waren es undurchschaubare Situationen und ungewisse Ziele. Ich redete ihr zu, mir zu vertrauen, denn alles sei in Ordnung. Nun ja, zumindest unter Kontrolle.

Sebastian hatte damit begonnen, die Liegenden mit Tritten auseinander zu treiben. Er beschimpfte alle, die nicht sofort reagierten, und fuchtelte dabei mit der Browning herum. Die Menschen robbten beiseite wie träge Raupen und schufen einen schmalen Korridor. Ich hoffte, Sebastian hatte nicht vor, uns an die Oberfläche zu begleiten. Jedenfalls machte er sich bei seinen Mitbewohnern augenblicklich recht unbeliebt.

Für eine Sekunde spielte ich mit dem Gedanken, die Babalon-Kuppel zu zerstören, um Nikobal die Rückkehr zu verwehren. Aber dann würden die Klone womöglich für immer in der zweiten Ebene festsitzen – oder sogar getötet werden. Noch immer war ich mir nicht schlüssig, ob ihre Babalon-Körper real waren. Die Wunden an meinem Arm sprachen dafür, die körperliche Verfassung der Spieler, welche aus der zweiten Ebene zurückkehrten, dagegen. Vielleicht waren sie beides zugleich. Schrödingers Katze ließ grüßen. Ich unterdrückte den Zerstörungsimpuls und konzentrierte mich darauf, Prill bei ihren hölzernen Gehversuchen sicher durch den Saal zu geleiten und zu verhindern, dass sie über Köpfe, Arme oder Beine stolperte. Als ich merkte, dass sie zusammenzuklappen drohte, trug ich sie den Rest des Weges bis zum Ausgang, begleitet von der Angst, einige der Liegenden könnten sich zu Draufgängern berufen fühlen und meine Füße packen. In unserer Nähe blieb es ruhig, doch weiter hinten im Saal, wo sich die Bewohner sicherer fühlten, entstand Unruhe.

Sebastian wartete an der Flügeltür, Tatendrang im Gesicht. Sollte die Räuber-und-Gendarm-Geschichte, die er mir von sich erzählt hatte, wahr sein, befand er sich ganz in seinem Element. »Wie geht's weiter?«, fragte er. Ich erklärte es ihm. Er schaute recht bedröppelt drein.

»Du würdest es nicht überleben«, sagte ich, nachdem ich Prill wieder zu Boden gelassen hatte. »Zu Fuß könntest du nie eine Ortschaft erreichen, und im Wagen kann ich dich nicht mitnehmen.«

»So?« Ich konnte zusehen, wie sein Enthusiasmus verflog. Ein trotziger Ausdruck trat in sein Gesicht. »Gibt es keinen Platz für drei?«

»Doch. Aber nach neunzig...«

Sebastian ließ mich nicht ausreden. Blitzschnell packte er Prill, riss sie aus meinen Armen zu sich heran und zielte mit der Browning auf mich. »Das Mädchen und du«, zischte er. »Oder du und ich? Oder sie und ich? Ja, das gefällt mir am besten. Was meinst du, Stan?« Sein Arm schwenkte zur Seite, die Waffe in seiner Hand krachte zweimal hintereinander. Schreie ertönten. In der Nähe der Monitorkuppel, wo sich mehrere Bewohner erhoben hatten, griff sich ein Mann an die Schulter und sank zu Boden. Die andere Kugel traf die Kuppel, ohne eine Wirkung zu erzielen. Eilig warfen sich alle wieder hin, jeder darum bemüht, hinter seinem Vordermann Deckung zu finden.

»Mach keinen Blödsinn«, versuchte ich Sebastian zu beruhigen, als er erneut auf mich zielte. »Sie werden dich wieder einfangen. Eher noch wirst du sterben.«

»Sie? Wer sind *sie*? Eine neue Masche von dir?« Ich blieb ihm die Antwort schuldig. »Keine Sorge, Stan«, versicherte er. »Ich hatte ein gutes Training in Babalon. Es gab unzählige Situationen wie diese hier. Aber ob Spürhunde, Helikopter oder Bullenschwärme, ich bin ihnen immer entwischt.« Ich hatte den Strahler halbherzig erhoben. Sebastian grinste nur, wenn auch leicht verunsichert. »Sie und ich«, zischte er, während er mit Prill rückwärts auf die Saaltür zusteuerte, »ich und sie. Denk' an den Sessel, Stan! Frederick hat's erwischt, und dein Mädchen steht mir bedeutend näher als...« Er stockte, sein Grinsen verwandelte sich zu einer Grimasse aus Verblüffung und Schmerz, dann schrie er wie am Spieß. Prills Gesicht war dagegen rot vor Zorn und Anstrengung. Obwohl noch sichtlich geschwächt, reichte ihre Kraft *dazu* immer aus. Nach einigen Sekunden, in denen Sebastians Schrei zu einem kläglichen Jaulen mutiert war, ließ sie sein Gemächt wieder los, und der arme Kerl sank in die Knie. Gutes Mädchen. Mit wenigen Schritten war ich bei ihm und hatte ihm die Browning aus der Hand gerissen. Er leistete keinen Widerstand, seine Finger gaben den Pistolengriff kraftlos frei. Prill schleppte sich hinüber zur Tür und setzte sich erschöpft auf den Boden.

Fast alle Bewohner hatten ihre Köpfe hochgereckt und beobachteten uns. Am Ende des Saales sah ich Menschen hinter die Babalon-Kuppel robben. Dorthin hatte sich bereits ein gutes Dutzend anderer unbemerkt flüchten können. So etwas wie eine Widerstandsbewegung begann sich im Schutz der Kuppel zu formieren. Man diskutierte und beriet. Ich hörte ihr Tuscheln. Hoffentlich gab es für die Ordnungshüter von dort hinten aus keine Möglichkeit, Nikobal zurückzuholen. Zur Babalon-Konsole traute sich keiner von ihnen.

Auch im Feld der übrigen Bewohner hatte sich nahezu ein Drittel wieder auf die Knie erhoben, sie unternahmen aber keine Anstalten näher zu kommen. Ich ließ sie gewähren, behielt ihr Treiben jedoch im Auge. Genug der Unterwerfung und Demütigung. Hauptsache war, sie kamen nicht näher. Ich warnte die Anwesenden noch einmal laut vernehmbar. Man tauschte Blicke, machte Gesten, die Zurückhaltung demonstrieren sollten.

Sebastian wirkte ein wenig entspannter, obwohl ihm Tränen in den Augen standen. »Scheiße, Mann!«, fluchte er heiser. »Deine Braut hat sie wohl nicht mehr alle!« Er massierte seinen Unterleib, sah teils wütend, teils wehmütig zu uns herüber. »Denke, wir werden uns nicht mehr wiedersehen, was?«

»Ich fürchte, nein.«

»Falls doch, trete ich dir zur Begrüßung in die Eier. Das schwöre ich dir!«

»Deinen Humor wirst du brauchen. Nichts für ungut, aber ich denke, wir sind quitt.«

»Warte«, rief er, als ich Prill auf die Beine half. Ich rechnete mit eine Entschuldigung, doch stattdessen fragte er: »Was war in den Schildkröten-Panzern?«

Ich sah hinüber zur Babalon-Kuppel, wo sich zwischenzeitlich über ein Viertel der Bewohner zu einer Gelegenheits-Resistance gruppiert und damit begonnen hatte, die Liegenden in den hinteren Teil des Saales ›zu retten‹. Solange sie dort blieben, war ich zufrieden.

Es sein denn, es existierte ein zweiter Ausgang jenseits meines Blickfeldes, den ich bisher nicht bemerkt hatte. Dann erwartete mich vor der Hauptpforte womöglich eine Überraschung. Ich drückte die Tür einen Spalt breit auf. Der Korridor war leer und ruhig.

»Sarcophaga«, sagte ich nach langem Zögern.

»Was für ein Zeug?«, fragte Sebastian.

»Fleischfliegen-Eier. Die Cabaitre-Indianer fangen Fleischfliegen und pressen sie aus. In jedem Weibchen stecken gut zwei Dutzend Eier, die in speziell präparierten Gefäßen gesammelt werden. Streicht man sie in offene Wunden, schlüpfen bald Hunderte winziger Larven und beginnen zu fressen und zu fressen und zu fressen ... In weniger als zwei Tagen sind sie über einen Zentimeter lang. Durch die Wunden werden immer mehr Fliegen angelockt, die ihre Eier ablegen.« Ich zog mein Hemd aus der Hose und entblößte meinen Oberkörper. Die Narben auf ihm waren fast zwei Zentimeter breit. »Hätte mich nach drei Tagen nicht eine Milizpatrouille gefunden und sofort ins Krankenhaus nach Puerto Limón geschafft, hätten mich die Viecher bei lebendigem Leib aufgefressen.« Ich stopfte das Hemd wieder in die Hose. »Ende der Geschichte«, sagte ich.

Prill, die ebenfalls einen Blick auf meinen Körper hatte werfen können, sah schockiert aus. Nachvollziehbar, denn sie kannte mich ohne Wundmale. Die körperliche Unversehrtheit war das einzige Los, das ich meinen Klonen neidete.

Im selben Augenblick stöhnten alle Bewohner kollektiv auf und griffen sich wie in einer jahrelang einstudierten Geste der Verzweiflung an die Köpfe. Sie schrien nicht, sondern seufzten nur verhalten, als erleide die gesamte Kolonie einen Migräneanfall. Mein erster Gedanke, der theatralische Vorgang wäre Teil eines Ablenkungsmanövers, das von den Personen hinter der Kuppel ausgebrütet und von einem zum anderen weitergeflüstert worden war, wurde Sekunden später ad absurdum geführt.

Die Körper der Kolonisten glühten auf wie Tausend-Watt-Birnen. Ich schloss geblendet die Augen und wandte mich ab. Das gleißende Licht erlosch ebenso plötzlich, wie es zu strahlen begonnen hatte. Als ich die Augen wieder öffnete, war der Saal bis auf Prill und mich leer. Keine Asche, keine Kleidungsreste, kein verkohltes Fleisch oder Knochen. Auf dem Saalboden funkelten dafür Hunderte chromglänzender, kreisrunder Plättchen, die verstreuten Münzen glichen. Aus jedem von ihnen wuchsen unzählige mikroskopisch feiner, kurzer Metallhärchen. Es waren Implantate.

»Was – hast du getan?«, stotterte Prill entsetzt.

Ich starrte den Strahler in meiner Hand an. »Nichts«, flüsterte ich. »Ich schwöre es!«

Auch Stans Quartier war leer, wie wir nach einer raschen Kontrolle feststellten. Mir ging es in erster Linie um meine Kleidung, während es Prill so vorkommen musste, als wäre Stans Unterkunft die letzte einer zufällig gewählten Reihe von Quartieren, die wir kontrollierten. Zoë und mein Klon waren ebenso verschwunden wie der Rest der Kolonie. Auf den beiden Kopfkissen glitzerten lediglich zwei weitere Implantate. Ich nahm eines von ihnen in die Hand und hielt es gegen das Licht. Es war so groß wie ein Daumennagel und fast durchsichtig, wie eine Glimmerscheibe. Darin eingebettet lag ein rundes, grünes Objekt, das aussah wie eine Miniaturstraßenkarte von Manhattan. Ein Mikrochip mit Leiterbahnen, feiner als Spinngewebe. Die unzähligen Drähte, die ihm entsprossen, ließen sich trotz ihrer

Zartheit weder dehnen noch zerreißen. Ich hielt das Leben, die vierjährige Erinnerung eines Klons in meinen Fingern. Oder war das Implantat nur noch informationsloser Schrott?

»Weißt du, was das ist?«, fragte Prill, die bei mir stand und es ebenfalls neugierig betrachtete. Die Bestürzung über das Erlebte stand ihr noch ins Gesicht geschrieben. Ihre Hände hielt sie hinter dem Rücken, um zu vermeiden, dass ich ihr das ominöse Objekt überreichen konnte.

»Nein«, log ich. »Ich habe so etwas nie zuvor gesehen.« Zumindest das war die Wahrheit.

Während ich aus Stans Kleiderschrank ein neues T-Shirt herauskramte und mich umkleidete, vollzog Prill im Badezimmer eine therapeutische Katzenwäsche. Ich rätselte über die Ursache der Entvölkerung. Ob das Verglühen der Klone mit Nikobals Aufenthalt in Babalon zusammenhing? Oder hatte erneut Gamma seine Hände im Spiel? Betraf es auch die Menschen in der zweiten Ebene, oder womöglich alle Stationen entlang der Straße? Und vor allem: Warum war Prill nicht davon betroffen? Ich versuchte mir vorzustellen, wie achttausend Prill-Klone verzweifelt durch menschenleere Bunker irrten. Gott mit ihnen ...

Was auch immer der Grund dafür gewesen sein mochte, eines stand nach wie vor fest: Wir mussten hier raus! Vielleicht war es tatsächlich Nikobal, der diesen Vorfall zu verantworten hatte. Gamma hatte mich gewarnt. Die Regeln hatten sich geändert – spätestens seit Prills Enthauptung an der letzten Zonengrenze.

Naos 8

Menschen.

Sie hocken reglos in ihren Sitzen, alle in derselben Haltung, wie in stiller Andacht. Ihre Köpfe sind nach vorne gesunken, die Hände liegen auf ihren Schößen. Sie schweigen, ihre Augen sind geschlossen. Keiner von ihnen sieht auf, als ich den Vorhang beiseite ziehe. Sein Gleiten in der Führungsschiene ist das einzige Geräusch. Ich höre kein Atmen, erkenne keine Bewegung.

Seetha drängt sich neben mich, die Arme als Zeichen ihres Unbehagens vor der Brust verschränkt, und späht an meiner Schulter vorbei.

»Sind sie tot?«, fragt sie.

»Woher soll ich das wissen?« Ich bedeute Seetha, im Korridor zu warten und betrete vorsichtig die Kabine. Es ist ein kleines Coach-Class-Modul mit elf Doppelsitzbänken, in sanftem Blauweiß gehalten, mit blauen Polstern. Dahinter, im Anschluss an einen kurzen Verbindungskorridor, der zwischen der Frontbordküche und einem kleinen Konferenzraum hindurchführt, folgen drei große Economy-Kabinen. Hier finde ich Hunderte von reglosen Menschen. Nicht das leiseste Geräusch erfüllt den Raum, kein Räuspern, kein Rascheln. Grabesstille. Als ich bei einem der Schläfer stehen bleibe, um ihn zu berühren, steht Seetha hinter mir. Ich bilde mir ein, ihren Herzschlag zu hören. Sie wirkt gefasst, aber ihre Augen beweisen das Gegenteil. Gemeinsam schleichen wir durch einen der Mittelgänge, als befürchten wir, die Menschen durch ein unachtsames Geräusch zu wecken. Auf einigen der vordersten Plätze sitzen Stewardessen. Von den Piloten ist keiner zu sehen. Wahrschenlich befinden sie sich im noch unerreichbaren Cockpit.

»Sie atmen nicht«, flüstere ich, als wir die Mitte der dritten Kabine erreicht haben.

»Sag jetzt bitte nicht, hier sitzen vierhundert Leichen.« Seetha ist kalkweiß im Gesicht.

»Ich bin mir nicht sicher«, gestehe ich. »Ihre Körper sind hart wie Porzellan, aber warm.«

Seetha will etwas sagen, bringt aber keinen Ton mehr über die Lippen.

»Kennst du einen der Passagiere?«, frage ich.

Seetha schreitet die Sitzreihen ab, schaut sich um, beugt sich hin und wieder vor, um in die nach vorne gesunkenen Gesichter blicken zu können, schüttelt den Kopf.

»Heyheyhey!«, rufe ich laut, klatsche in die Hände und sehe mich um. Keine Reaktion seitens der Schläfer. Nur Seetha ist herumgewirbelt, starrt mich an wie einen Idioten, erschrocken und zornig zugleich. Dann ist es wieder sekundenlang still.

»War nur ein Test«, murmele ich.

Sie nennt mich das, was ich bereits in ihrem Blick gelesen habe, und läuft durch einen Zwischengang in die hintere Kabine. Das Unterdeck ist viel geräumiger als das Oberdeck, mindestens siebzig Meter lang. Ich finde in der Hemdbrusttasche eines Passagiers eine Schachtel Zigaretten, fingere dazu ein Feuerzeug heraus und zünde mir einen der Glimmstängel an. Ein Hustenanfall schüttelt mich schon nach dem ersten Zug. Ich zerdrücke die Zigarette in einem der Sitzascher. Der Qualm verursacht mir Schwindel.

Obwohl die Körper der Passagiere an Marmorstatuen erinnern, fühlt sich ihre Kleidung völlig normal an. Auffallend ist lediglich ein sanfter Widerstand, der ihr anhaftet. Ziehe ich einen Ärmel hoch oder klappe ich einen Kragen um, fällt der Stoff wie in Zeitlupe zurück. Viele der Passagiere tragen Armbanduhren, aber keine von ihnen läuft. Paradoxerweise zeigen alle, ob Zifferblatt oder LCD-Anzeige, das gleiche Datum und dieselbe Zeit an: Freitag, den 14. Juli 2017, 23.19 Uhr. Lediglich der Stand der Sekunden variiert hier und da. Eine korrekte Gesellschaft. Die Maschine war um 21.55 Uhr in New York gestartet...

Vorbei an Waschräumen, Toiletten, einem kleinen Duty-Free-Laden und der Heckküche stoße ich am Ende der letzten Kabine auf eine schmale Treppe, die hinunter zu den Schlafräumen im Unterdeck führt. Ein Regal mit einer Zimmerpflanze schmückt die Treppenbiegung. Sechsundzwanzig Etagenbetten zähle ich, fein hergemacht, mit zurückgezogenen Vorhängen und alles in Blau-Weiß. Die Wände der verschachtelten Räume sind mit kleinformatigen Dekor-Bildern geschmückt; billige Replikate von Ernst, Munch, van Gogh. Alles hübsch, sauber und eng. Diese dreistöckigen Großraumflugzeuge gleichen fliegenden Hotels. Menschen finde ich nicht, daher gehe ich wieder hinauf ins Hauptdeck. Eine innere Stimme sagt mir, dass mich im Oberdeck womöglich eine ähnliche Szenerie erwartet. Vielleicht wurde Seethas und meine Abwesenheit genutzt. Vielleicht hat das Öffnen des Zugangs nur dem Zweck gedient, uns aus dem Oberdeck zu locken, damit wir nicht im Weg stehen, wenn die Passagiere und Sitze ›arrangiert‹ werden.

Wir sind Ratten; Menschenratten in einem dreistöckigen Käfig.

Ich suche nach Seetha, finde aber nur eine verschlossene Toilette. Auf mein Klopfen dringt ein mürrisches Brummen durch die Tür. Nachdem ich Seetha informiert habe, dass ich aufs Oberdeck zurückkehre, lasse ich sie allein. Aus der Toilette dringt Protest, die Geräusche werden hektisch. Sie wird wohl bald nachkommen.

Ich bin das Oberdeck zweimal auf und ab gelaufen. Es gleicht dem Unterdeck, mit dem Unterschied, dass sich auf ihm nur First- und Coach-Class-Plätze befinden. Auf den Sitzen, in derselben starren Versunkenheit wie auf dem Hauptdeck: Menschen. Ich bin wütend und erregt, verspüre den Wunsch, auf etwas zu schießen, um meine Hilflosigkeit abzureagieren. Stattdessen trete ich mehrmals heftig gegen die Tür der Umkleidekabine. Fehlt nur noch der Gnom mit dem Koffer, der mir eine lange Nase zeigt.

Von unseren Aufsehern keine Spur. Niemand, dem ich Rechenschaft abfordern kann. In Reihe achtzehn sind zwei Plätze leer; meiner und der von Prill. Sie ist nicht an Bord, sitzt auch nicht auf einem der anderen Plätze. Hank hockt eine Reihe weiter hinten, auf dem Sitz am Mittelgang, und schlummert wie ein satter Säugling seinen Marmorschlaf. Ich bin ins Untergeschoss geeilt und habe auch hier alles abgesucht, getrieben von dem Gedanken, Prill übersehen zu haben, doch ohne Erfolg. Seetha hat die Toilette verlassen. Sie sieht verheult aus, steht teilnahmslos herum, beobachtet mich und weiß auch nichts Kluges zu sagen. Ich habe ihr auf zwanzigfache Art und Weise erklärt, dass Prill nicht an Bord ist, während ich die Kabine rauf und runter gerannt bin. Seetha sieht mich nur an, und ihre Gleichgültigkeit macht mich noch wütender. Scheinbar reist sie allein. »Was ist los?«, fahre ich sie an.

Sie zuckt zusammen. »Ich gehöre nicht hierher«, antwortet sie, so leise, als wäre es ihr peinlich.

»Wie?«, frage ich. Seetha hebt die Schultern, knetet den Saum ihrer Bluse. »Und das fällt dir erst jetzt ein?«, wundere ich mich. »Du bist seit mindestens zwanzig Stunden hier!« Und ich doppelt so lange, ergänze ich in Gedanken.

Seetha schüttelt kraftlos den Kopf. »Ich hatte schon die ganze Zeit so ein komisches Gefühl. In meinem Beruf wird einem beigebracht, mit so etwas klarzukommen, es in den Griff zu kriegen. In meinem Beruf läuft jedoch das meiste in rationalen Bahnen ab. Aber hier ... als vorhin auf dem Paneel ein Unterdeck angezeigt wurde, ahnte ich, dass dieses Flugzeug – nicht *mein* Flugzeug ist. Und jetzt diese ganzen Menschen. Es sind zu viele. Ich bin mir nicht sicher, woher ich komme. Ich bin mir über gar nichts mehr sicher. Das, woran ich mich klammern kann, ist unerreichbar weit fort. Dein Körper. Dieser Ort. Alles ist falsch. Menschen wie Stein, Dinge entstehen einfach so. Wo ich herkomme, gibt es kein Oben und Unten.« Sie redet zusammenhanglos und monoton wie eine Maschine (vielleicht ist sie ja eine Maschine), sieht mich kurz an und sofort wieder zu Boden. »Herrgott, Stan, ich weiß selbst, wie idiotisch sich das anhört.«

Ich will nicken, schüttle aber gleichzeitig den Kopf. Er vollführt Kreisbewegungen. Seetha-Brabbel-Maschine.

»Ich kann mich nicht erinnern, ob ich in einem Zug oder in einem Flugzeug oder vielleicht nur in einem Bus eingeschlafen bin. Mir kommt es vor, als wäre es Jahre her. Es gab auf jeden Fall keine zwei Etagen.«

Kuckuck!, denke ich. Sinnigeres fällt mir nicht ein. Haben unsere Aufseher – unabsichtlich oder nicht – einen Fehler gemacht und Seetha mit Prill vertauscht? Wenn ja, dann würde es bedeuten, dass dieses Flugzeug nicht das einzige an diesem Ort sein kann. Was liegt jenseits der Dunkelheit dort draußen? Seethas Worte spuken mir im Kopf herum. *Mein Körper sei falsch.* Nicht gerade ein Kompliment, aber die Wahrheit, wenn ich an meinen eingedampften Nabel denke. Und an die verschwundenen Narben, doch dieser Umstand bleibt nur für mich unerklärlich. Und noch etwas beunruhigt mich: Alle Passagiere – Seetha eingeschlossen – tragen Reisekleidung, nur ich stecke in diesem Sträflings-Strampelanzug. Warum trage ich nicht die Klamotten, mit denen ich in New York in die Maschine gestiegen bin? Und: Warum können Seetha und ich uns ungehindert im Flugzeug bewegen, während alle anderen Passagiere zu dieser absonderlichen Starre verdammt sind? Langsam, aber sicher verstärkt sich in mir das Gefühl, dass Seetha und ich all das, was hier in den letzten Stunden vor sich ging, gar nicht hätten mitkriegen dürfen. Dass jene, die uns so überheblich, ja geradezu verachtend zu behandeln scheinen, gar nicht wissen, dass wir uns an Bord befinden! Dass wir *wach* sind und alles miterleben!

Was hat es dann aber mit dem Koffer-Gnom auf sich? Und was hat Seetha vorhin tatsächlich am Fenster gesehen? Es ergibt alles keinen Sinn.

»Stan...«

Sollten die Verantwortlichen mit Seetha (und mir?) tatsächlich einen Fehler begangen haben, würden sie ihn früher oder später entdecken und korrigieren. Vielleicht sollten wir damit beginnen, uns bemerkbar zu machen, Radau zu schlagen...

»Stan!«

Ich schrecke auf, blicke Seetha an. »Was ist los?«

»Die Türen!«

Alphard 12

Ich lag halb auf dem Korridor, halb in der Kammer, hatte beim Zusammensacken einen Teil der Wandverkleidung heruntergerissen. Benommen schlüpfte ich rückwärts zurück auf den Gang, spürte eine Hand auf meinem Rücken. Prill kniete neben mir, mit dieser hilflos-bekümmerten Miene, die ich bereits von Sebastian und ihrem Double in der *Moths*-Station kannte, als ich aus der Bewusstlosigkeit erwacht war. Ein Großteil der Sorgen, die sich in ihrem Gesicht widerspiegelten, fiel von ihr ab. Sie entspannte sich, als ich sie ansah. »Bist du okay?«, fragte sie.

Ich nickte, murmelte eine Entschuldigung, etwas von Babalon-Stress und Schlafmangel. Ausflüchte. In Wirklichkeit machte ich mir ernsthafte Sorgen. Vielleicht war es nur Einbildung, doch die Zugriffsintervalle des *Sublime* schienen kürzer zu werden. Hoffentlich passierte mir das nicht, während ich den Abluftschacht hinaufkletterte. Ich hatte Prill von Stans Quartier aus zu der versteckten Kammer geführt und war gerade dabei gewesen, den Wandbehang beiseite und die Tür aufzuschieben, als mich der Blackout überrascht hatte. Nachdem keine Menschenseele mehr die Station bevölkerte, hätten wir es natürlich auch durch den Haupteingang probieren können, doch wahrscheinlich erwartete man von uns genau das und hatte eine ganze Armada von Läufern am Ende des Liftes postiert. Ich konnte mir auch nicht vorstellen, dass der Wächter am Eingang von der Entvölkerung betroffen war.

»Was ist dort?«, fragte Prill, die an mir vorbei auf den Spalt im Stoff spähte. Die Dunkelheit beunruhigte sie.

Ich drückte die Tür durch den Wandbehang etwas weiter auf. Mehr Dunkelheit und Kälte, die über den Boden herausfloss.

»Komm«, forderte ich sie auf. Natürlich blieb sie sitzen. Ich seufzte, kroch durch den Spalt und tastete im Dunkeln nach meinem Rucksack. Erst als ich die Lampe eingeschaltet hatte, streckte Prill ihren Kopf in die Kammer und sah sich um wie eine Katze. Ich zog sie behutsam zu mir herein. »Es ist nur ein kleiner Raum«, versicherte ich ihr und drückte, als sie neben mir hockte, die Tür wieder zu.

Prill rieb sich frierend die Arme. Es war eine Kälte, die von innen kam: Prill hatte Angst. Als ich den *Schlüssel* aus dem Rucksack zog, beobachtete sie jeden meiner Handgriffe wie eine Kobra.

»Was ist das?« Angewidert zog sie das Kinn an die Brust.

»Ein Hut«, antwortete ich und teilte ihre Haare am Hinterkopf zu einem Scheitel. Prills Hand fuhr dazwischen und strich sie wieder glatt.

»Blödsinn!«

»Na gut, es ist ein Thermokissen. Es – stimuliert deine Muskeln. Man befestigt es am Nacken. Halt still ...« Ich unternahm einen weiteren Versuch, sie zu überrumpeln, ehe sie in der Lage war, die Situation zu durchschauen. Prill wäre jedoch nicht Prill gewesen, hätte sie sich ohne Gegenwehr ein X für ein U vormachen lassen. Sie schüttelte den Kopf und kroch ein Stück von mir (besser gesagt: dem *Schlüssel*) fort.

»Meine Muskeln?«, schnappte sie. »Dieses Ding? An meinem Kopf?« Sie taxierte das Instrument. Ich sah ihr an, wie die Phantasiemaschine hinter ihrer Stirn arbeitete.

»Und deine Reflexe«, fügte ich schnell hinzu. »Deine

Motorik ist durch den langen Aufenthalt in der zweiten Ebene so beeinträchtigt, dass du ständig über deine eigenen Füße stolpern würdest.«

»Ich bin noch nie über meine Füße gestolpert«, beschwerte sich Prill. »Nicht einmal in Babalon!«

»Das warst nicht wirklich du.« Prill neigte den Kopf, ihre Augen sprachen Bände. »Zumindest nicht dein Körper«, korrigierte ich mich. Dann: »Ach, vergiss es.«

»Moment«, meinte Prill. »So läuft das nicht, Stan. Seit ich wieder oben bin, habe ich das Gefühl, dass alle außer mir den Verstand verloren haben. Zuerst liegen im Club dreihundert Leute auf dem Fußboden, dann lösen sich alle in Luft auf, und jetzt willst du mir dieses Wabbel-Ding andrehen. Sind wir noch in Babalon? Ist das eine neue Runde? Ich habe Hunger, Stan! Ich will raus hier, ich will...« Prill rang verzweifelt nach Worten, in ihren Augen flackerte Hysterie auf. »Ich will jetzt endlich wissen, was los ist!«

Statt einer Antwort packte ich sie blitzschnell mit dem freien Arm und zog sie zu mir heran.

»Ah, nein! Stan! *Stan!*«, kreischte Prill, warf sich in meinem Griff hin und her und strampelte mit den Beinen. Ich hielt sie fester, war mir bewusst, dass ich ihr wehtat, presste ihr den Schlüssel in den Nacken. Sie stieß einen schrillen, panischen Schrei aus, der in der engen Kammer meine Trommelfelle schmerzlich vibrieren ließ. In Sekundenschnelle hatte sich der Apparat an Prills Nacken geklammert. Ihr Kreischen riss ab, doch ihr Gesicht blieb zur schreienden Maske erstarrt. Für einige Sekunden wirkte sie wie gelähmt, dann holte sie tief Luft, blinzelte und setzte sich ruckartig auf. Der Schlüssel haftete weiterhin an ihrem Hinterkopf. Sie schaute sich in der Kammer um, als müsste sie sich reorientieren. Unsere Blicke kreuzten sich, und sie sagte: »Schön, dich zu sehen Stan. Ich wusste, dass du es schaffen würdest. Allerdings scheint mir, als säßen wir noch in der Löwengrube.«

Ich bedachte Prill mit einem ahnungsvollen Blick. »Ist alles in Ordnung mit dir?«

»Das Bewusstseinsmuster der Frau wurde gelöscht«, entgegnete sie trocken. »Du darfst mich aber weiterhin mit ihrem Namen ansprechen, damit du nicht durcheinander kommst.«

Sekundenlang war ich sprachlos. »Gamma!?«, stieß ich hervor. »Was in aller Welt...?«

Gamma grinste listig und erhob sich, wobei er Schwierigkeiten zu haben schien, auf den Absätzen das Gleichgewicht zu halten. »Das Implantat, Stan. Es war verdammt viel Raffinesse von Nöten, diesen Klon damals unbemerkt auszutauschen. Wie findest du ihn?« Er hob Prills Brüste an, drehte sich im Kreis, studierte im Licht der Lampe mein Gesicht. »Schau nicht so verdutzt drein«, sagte er. »Dieses Geschöpf ist nur ein Behälter, wie alle anderen Klone. Habe ich dir das noch nicht gesagt? Oh, ich muss es versäumt haben, entschuldige. Ich fürchte, ich wollte dir den Spaß nicht verderben. Willkommen in Projektebene 866 094, mein Freund. Ich bin dein Fremdenführer. Entspann dich.« Gamma verbeugte sich theatralisch, wurde dann wieder ernst. »Was ist mit dem Lord?«

»Ich – er ist – beschäftigt«, stammelte ich. Meine Stimme klang belegt. »In der Babalon-Ebene.«

»Oh«, machte Gamma. »Wir sind in einer Meridian-Station, sieh an... Mein Kompliment, aber dort wird es ihn nicht lange halten. Pack deine Sachen zusammen, wir müssen hier raus.« Er sah sich um. »Wo befinden wir uns hier?«

»In einem Wartungsraum des Belüftungssystems«, erklärte ich. »Der Kanal über dir führt zu einem der Abluftschächte. Dort ist ein Seil befestigt, an dem wir zur Oberfläche hinaufklettern können. Fünfzehn Minuten, und wir sind beim Wagen. Zwanzig Minuten, und wir sind über alle Berge.«

»Dreißig Minuten, und die Läufer haben uns eingeholt...« Gamma schüttelte den Kopf. »Werde jetzt nicht leichtsinnig, Stan. Wenn du glaubst, mit dem Auffinden von Prills Alpha-Klon sei das Vabanquespiel zu Ende, dann irrst du gewaltig; es hat erst begonnen! Aber in einem Punkt stimme ich dir zu: Wir müssen über alle Berge.«

Ich atmete tief durch. Warum hatte ich nur dieses beschissene Gefühl, ein winziges Rädchen in einem riesigen Uhrwerk zu sein, das ohnehin tickte, wie es wollte – oder wie Gamma es sich wünschte? Wenn Prill und ich je wieder lebend aus diesem Alptraum herauskamen, würde ich mich mit ihr nie wieder in ein Flugzeug setzen. Und wenn wir auf zwei Kühen quer durch die Vereinigten Staaten nach Hause reiten müssten.

»Was ist dort draußen geschehen?«, fragte ich.

»Ich weiß nicht, was du meinst, Stan«, sagte Gamma. Entweder stellte er sich dumm, oder er hatte mit der Entvölkerung tatsächlich nichts zu tun.

»Alle Klone sind verglüht«, half ich ihm auf die Sprünge. »Wir sind die einzigen lebenden Wesen in dieser Station.«

»*Du* bist das einzige lebende Wesen in der Station«, korrigierte mich Gamma. »Verglüht, sagst du?« Er überlegte einen Augenblick. »Nein, das sind sie nicht. Wir haben ihre Körper gelöscht, als wir den Alpha-Klon wieder zu lokalisieren vermochten.«

»Ihr habt über sechshundert Menschen getötet!«

»Ach, plötzlich sind es für dich Menschen? Sagtest du nicht selbst, du würdest dieses gottlose Gezücht hassen?« Gamma schüttelte den Kopf. »Auf je weniger Widerstand wir innerhalb der Station stoßen, desto größer sind unsere Chancen zur Flucht«, wiegelte er ab. Es klang aus Prills Mund so selbstverständlich, als wäre es ihm völlig gleichgültig. Einer oder sechshundert, *pffft*. Merkt doch keiner. Schwamm drüber.

»Was starrst du mich so an?«, fragte Gamma. »Glaubst du, ich billige einen Massenmord mit einem Schulterzucken? Das dort draußen waren keine Lebewesen, Stan!« Er ergriff meine Hände und drückte sie gegen Prills Körper. »Auch das hier ist kein Fleisch und Blut. Du hast dich mit Implantaten gepaart, um die Ektoplasmakörper geformt wurden, mit reproduzierten Bewusstseinsmustern, die auf geistlose Organismen übertragen wurden und ihr Quasi-Denken und ihre Handlungen bestimmten. Als wir das erste Mal miteinander sprachen, bat ich dich: Nimm diese Welt, wie sie ist, denn sie ist nicht wirklich. In Kürze gibt es sie nicht mehr. So ist es nun einmal. Akzeptiere es.« Er zerrte unwillig an Prills Kleid. »Was ist das eigentlich für ein komisches Kostüm?«, ärgerte er sich.

»Ein Rock.«

»Völlig unzweckmäßig«, entschied Gamma. »Ich kann kaum einen vernünftigen Schritt damit tun.« Er packte den Saum und riss den Stoff bis zum Schritt hinauf entzwei. »Viel besser«, befand er. »Und diese Schuhe ... sind sie und dieser Rock eine Art Bestrafung?« Gamma schlüpfte aus den Pumps, brach die Absätze ab und zog die Schuhe wieder an. Er lief ein paar Schritte im Kreis und befand: »Ja, so geht es.«

Wie Prill zuvor mich beobachtet hatte, beobachtete ich nun Gamma. Irgendetwas stimmte nicht mit seinem

Verhaltensmuster. Wieso wusste er nicht mehr, welche Informationen er mir gegeben hatte und welche nicht? Vergesslichkeit war nicht seine Art.

Aus der Tiefe der Station drang ein dumpfes Rumoren, für Sekunden vibrierte der Boden. »Wir sollten schleunigst verschwinden«, erklärte Gamma beiläufig. Er befühlte den *Schlüssel* in Prills Nacken, drückte und zupfte an ihm, als wollte er seinen Halt testen. Dann fügte er hinzu: »Ehe die Ebene kollabiert!«

Gamma fluchte über die stinkende Luft, den engen Schacht, die Unzulänglichkeiten der menschlichen Physis und vieles mehr. Dabei rotierte er am Seil, dass ich Angst hatte, er würde vor Schwindel den Halt verlieren. Auch bei der Handhabung der Steigklemmen stellte er sich nicht sonderlich geschickt an, was mich vermuten ließ, dass er Zeit seines Lebens noch nie ein Seil emporgestiegen war. Von Schwäche allerdings keine Spur. Als Gamma den Auslauf des Entlüftungskamins erreichte, verstummte er, spähte über den Rand und kletterte hinaus. Wie es aussah, war die Luft an der Oberfläche rein. Ich schulterte den Rucksack und stieg ihm hinterher. Auf dem Dach angekommen, fand ich ihn am Rand der Plattform stehend. Der *Schlüssel* an Prills Hinterkopf wirkte, als hätte sich ein fetter, glänzender Parasit daran festgesaugt. Erst glaubte ich, Gamma halte nach Läufern Ausschau oder betrachte den Pontiac. Ich zog das Seil herauf und verstaute es im Rucksack. Als ich neben Gamma trat, bemerkte ich, dass er zur Hügelkette jenseits der Straße blickte. Die Umgebung war leer, nirgendwo ein Läufer oder ein verräterischer Schatten neben einem Entlüftungskamin. Gleichwohl konnte die Gefahr hinter der bergab gelegenen Stufe der Plattform lauern.

Gamma kletterte vorsichtig die eineinhalb Meter vom Bunkerdach zum Wüstenboden hinab und bedeutete mir, so wenig Erschütterungen wie möglich zu verursachen. Der Sand schluckte die Geräusche unserer Schritte, während wir uns dem Wagen näherten. Die Stille schien trügerisch. Ich sah mich um, suchte die schwarzen Kugeln der Läufer. Selbst wenn sie sich eingruben, waren sie nicht völlig unter der Oberfläche verborgen. Ihre Hinterleiber ragten aus dem Boden, um Signale zu empfangen, was sie in der braun-beigen Landschaft wie riesige Pestbeulen wirken ließ. Ihre Passivität konnte nur bedeuten, dass Nikobal weiterhin in der Babalon-Ebene festsaß. Dieser Gedanke verleitete mich zu einem selbstgefälligen Grinsen.

Nachdem Gamma es sich auf dem Beifahrersitz bequem gemacht und es mir überlassen hatte, den Pontiac anzuschieben, schien er die Sprache verloren zu haben. Vielleicht langweilte ich ihn, oder es war die Fahrt, oder diese ganze Welt.

»Wohin fahren wir?«, erkundigte ich mich, wohl wissend, dass unser Ziel kaum entlang der Straße und schon gar nicht jenseits der Berge liegen konnte. Allerdings versprach auch die Wüste wenig Verheißungsvolles, es sei denn, Gammas Bestimmungsort lag unter der Erde.

Mein Mentor hatte die Lehne zurückgedreht und lümmelte entspannt auf dem Beifahrersitz. Das Haar des Prill-Klons wehte im Fahrtwind, seine Augen waren geschlossen. »Zur nächstgelegenen Brücke«, antwortete er.

Hatte ich das nicht vor kurzem schon einmal gehört? Brücken schienen begehrte Ziele in dieser Welt zu sein. Ich sah über die Wüste, dann hinauf zu den Bergkuppen. »Eine Brücke? Worüber?«

»Du denkst zu dreidimensional, Stan«, tadelte mich Gamma.

Ich zerbrach mir den Kopf, stellte mir Drehbrücken, Klappbrücken, Hängebrücken und Zugbrücken vor. Keine von ihnen wollte so recht in diese Welt passen. Es gab hier keine Schluchten, keine Flüsse, nicht einmal ein gottverdammtes Rinnsal, über das sich eine Hängematte spannen ließ. Hatten die Lords ein paar hundert Kilometer voraus vielleicht die beiden Bergrücken miteinander verbunden? Oder meinte Gamma seine Kommandobrücke? Als ich zu keinem Ergebnis kam, schaltete ich das Radio ein. Es spielte *Dudeldudel* von irgendeiner jammernden Soul-Schwuchtel, dann ertönte das Radio-Gamma-Bäng-Bumm-Patsch-Jingle, und eine wohl bekannte Stimme rief: »*Bunny ho, Kinder der Cobalt-Sonne! Heute ist Samstag, der 11. Dezember '21...*«

Ich trat auf das Bremspedal, brachte den Pontiac mit quietschenden Reifen zum Stehen. Gamma rutschte fast in den Fußraum, musste sich mit beiden Armen am Armaturenbrett abstützen. Mit der Rechten langte ich blitzschnell hinter den Fahrersitz, riss die Ruger aus dem Holster und richtete sie auf die Frau...

Bevor ich die Bewegung vollendet hatte, ergriff Gamma – seine rechte Hand noch immer auf das Armaturenbrett gestützt – mit einem unglaublichen Reflex mein Handgelenk und drehte mir den Arm um. Dabei sah er nicht einmal hin. Der Schuss löste sich, das Projektil jagte in den Abendhimmel. Zu einem zweiten Versuch kam ich nicht, denn Gamma drückte zu. Ich schrie auf, der Schmerz und der verdrehte Arm zwangen meinen Körper nach vorne. Das Gesicht gegen das Lenkrad gedrückt und den Arm vor Schmerz wie gelähmt, lösten sich meine Finger vom Griff der Ruger.

Die Waffe rutschte mir aus der Hand und polterte gegen die Mittelkonsole.

»Was soll das?«, zischte Gamma verärgert.

»Du bist nicht Gamma«, presste ich hervor.

»Ich bin es«, widersprach er.

Die Musik brach ab. »*Ich bin es*«, bestätigte Gammas Stimme die Worte der Frau wie ein Echo aus dem Radiolautsprecher. »*Zumindest mein Bewusstseinsmuster. Du kannst ihm vertrauen. Es führt dich zu mir.*«

Ich brauchte einige Sekunden, um mich zu sammeln, fragte dann: »Warum holst du mich nicht auf demselben Weg hier heraus, auf dem du mir die Waffe geschickt hast?«

»*Das ist unmöglich, Stan.*« Überblendung. Musik.

Gamma wartete noch einige Sekunden, ehe er mein Handgelenk losließ. Bevor der Schmerz jedoch abgeklungen war und ich den Arm wieder zu bewegen wagte, packte er mich plötzlich am Kragen und riss mich vom Lenkrad fort. Seine Hand schnellte an mir vorbei zur Fahrertür, riss die Pumpgun aus der Halterung, brachte sie in Anschlag und drückte ab. Alles geschah so blitzartig, dass ich kaum imstande war zu begreifen, was überhaupt vor sich ging. Die Entladung knapp vor meinem Gesicht betäubte mein Gehör. Im selben Augenblick zerbarst drei Meter neben mir schwarzes Metall in Funken, Splitter und Rauch. Der Torso eines Läufers prallte mit der vollen Wucht seines Ansturms seitlich in die Wagenflanke und schob den Pontiac einen halben Meter über den Asphalt. Die Fahrertür wurde eine Handbreit in den Innenraum gedrückt und rammte mir gegen die Rippen, während Gamma der Gewehrschaft ins Gesicht geschlagen wurde.

Noch ein Nachfedern des Wagens, dann herrschte Ruhe.

Gamma richtete sich auf, lud die Pumpgun durch und sah sich um, in der Erwartung, dass der Schuss weitere Läufer anlocken könnte. Minuten verstrichen, ohne dass sich in der Wüste etwas regte. Ich entspannte mich, hielt mir die geprellten Rippen. Gamma behielt die Waffe auf dem Schoß, grinste kampflustig. Das Blut der aufgeplatzten Lippe färbte Prills Zähne rot.

»Versuche nie wieder die Hand zu schlagen, die dich füttert, Stan«, sagte Gamma drohend, »solange du nicht weißt, womit du es zu tun hast!«

Er sagte nicht ›mit wem‹, sondern ›womit‹. Das vertiefte die Warnung um ein Vielfaches.

Der linke Vorderreifen des Wagens eierte, und der Teil einer Läuferschere schleifte neben dem Pontiac her, nachdem sie sich beim Aufprall in die Karosserie gebohrt hatte und so hartnäckig feststak, dass ich sie nicht aus eigener Kraft herausbekommen hatte. Gamma mit seinen übermenschlichen Kräften hatte überhaupt nicht daran gedacht, einen Finger krumm zu machen. Wahrscheinlich war es die Retourkutsche für meinen Angriff, gepaart mit der Tatsache, dass ich das Malheur selbst zu verantworten hatte. Also war mir nichts anderes übrig geblieben, als den zerstörten Läufer von der Greifschere zu trennen und die Fahrt funkenstiebend und unter metallischem Kreischen fortzusetzen. Gamma schien sich am Lärm nicht im Geringsten zu stören. Er war der Meinung, ich sollte froh sein, dass kein Reifen beschädigt war und der Wagen überhaupt noch rollte. In einem Artikel der *New York Times,* der sich mit der Möglichkeit außerirdischen Lebens beschäftigte, hatte der Autor die scherzhafte Vermutung geäußert, alle Aliens, die in der Lage seien, die Erde zu besuchen, wären angesichts ihrer technischen und geistigen Überlegenheit höchstwahrscheinlich arrogante, intellektuelle Arschlöcher. Ich fürchte, er hatte Recht.

Meine Sorge, Gamma könnte mit Prills Körper eine Kamikaze-Fahrt in die Barriere beabsichtigen, erwies sich als voreilig. Wenige Kilometer vor der Zonengrenze ließ er ihren Klon wieder zum Leben erwachen, nachdem er über siebzig Kilometer einer ereignislosen Fahrt regungslos im Sessel gesessen hatte.

»Fahr langsamer«, wies er mich an. Die letzten Meter bis zur Barriere schlichen wir im Schritttempo dahin, bis Gamma mich den Pontiac eine Wagenlänge vor der Grenze stoppen ließ. Er stieg aus, darauf achtend, der Barriere nicht zu nahe zu kommen. Dann wies er hinauf zum Bergrücken und fragte: »Siehst du es?«

Mein Blick folgte seiner ausgestreckten Hand. Auf dem Grat, genau im Verlauf der Barriere, leuchtete ein Objekt vor dem Abendhimmel, das ich nie zuvor wahrgenommen hatte, da ich mit den Prill-Klonen in der Regel mit Volldampf in die nächste Zone gerauscht war. Es glich einem Spiegel, der Licht reflektierte, oder einem starken Scheinwerfer, der vom Grat herab in unsere Richtung strahlte. Auf dem gegenüberliegenden Bergkamm entdeckte ich das gleiche Phänomen.

»Beide sind eins, wie du dir denken kannst«, erklärte Gamma. »Dort oben liegt unser vorläufiges Ziel.« Er verstummte, schien zu lauschen. »Sie sind in der Nähe«, sagte er.

»Läufer?«

Er nickte und hob den Kopf, wie ein Tier, das eine Witterung aufnimmt. »Es sind zwei. Ich empfange ihre Signale. Sie haben sich eingegraben, befinden sich im Ruhemodus.«

Ich musterte Gamma. Er erwiderte meinen Blick, grinste. »Jetzt fragst du dich, woher ich das weiß.« Er tippte mit dem Zeigefinger gegen Prills Stirn. »Sender, Empfänger ... Besitzt du noch die Waffe, die ich dir geschickt habe?«

»Ja.«

Gamma lief an den Straßenrand, sah über die Wüste und schien wieder nach den Läufersignalen zu ›horchen‹. Als ich zu ihm aufgeschlossen hatte, verlangte er nach dem Strahler. Ohne Bedenken zog ich die Waffe aus der Jacke und reichte sie ihm, in dem Glauben, er hätte womöglich eine der Maschinen erspäht. Stattdessen drehte Gamma sich herum und zielte auf den Pontiac.

Ich hob in einer sinnlosen Gebärde die Arme, als wollte ich das, was sich aus der Waffe löste, mit bloßen Händen abfangen. Gamma ließ sich nicht beirren. Ohnmächtig musste ich mit ansehen, wie er den Energiestrahl über die Karosserie wandern ließ. Innerhalb von Sekunden löste sich der Wagen zu einer transparenten Masse auf, wurde zu einem Flimmern der Luft und war schließlich verschwunden, ohne Explosion, ohne Feuer, völlig geräuschlos, wie in einem Stummfilm. Ich fühlte einen unangenehmen Druck in den Ohren, räusperte mich, um mich zu vergewissern, dass ich nicht taub war. Im Straßenbelag klaffte ein asymmetrisches Loch.

»Den Wagen brauchen wir nicht mehr«, rechtfertigte Gamma sein Tun und reichte mir den Strahler zurück. »Er war nur eine Ektoplasma-Nachbildung. Oder hast du tatsächlich geglaubt, wir hätten ihn von der Erde hierher transportiert?«

»Ein Fahrzeug aus Plasma?«

»So wie der ganze Rest um uns herum. Die Bunker, die Ebene, die Waffen...«

»Das ist ein Scherz.« Ich sah mich ungläubig um. »Das alles ist in Wirklichkeit nicht real? Die ganze Bunkerwelt? Wie soll das möglich sein?«

»Alles nur eine Frage der Konsistenz.«

»Und Pistolenkugeln aus Ektoplasma?«

Gamma hob amüsiert die Augenbrauen. »Ich erkläre es dir, wenn wir in Sicherheit sind. Jetzt sollten wir uns erst einmal um unsere beiden Freunde kümmern. Wenn wir schon beim Thema sind: Du trägst diese Projektilwaffe sicher noch bei dir...«

Elefant betritt Porzellanladen!, durchzuckte es mich. Ich ahnte, was mein Mentor beabsichtigte. Trotzdem fragte ich: »Was hast du vor?«

»Schieß einfach in die Luft.«

»Aber sie werden uns sofort attackieren«, wandte ich ein.

Gamma sah mich energisch an. Mit gemischten Gefühlen zog ich die Browning, hob sie über den Kopf und drückte ab. Der Schuss krachte, in derselben Sekunde explodierte in der Nachbarzone, nur fünfzig Meter von uns entfernt, der Boden. Er spie, wie nicht anders zu erwarten, eine massige schwarze Kugel auf acht Beinen aus, die sich augenblicklich auf uns zubewegte. In unserer Zone, etwa einen halben Kilometer in Richtung der Berge, wiederholte sich das Schauspiel nur einen Atemzug später. Ich fluchte, zielte auf den Kopf des vordersten Läufers und drückte ab, doch Gamma riss meinen Arm zu Boden. Das Projektil schlug wirkungslos in den Wüstensand. *Das war's*, dachte ich. Game over!

Die heranpreschende Maschine stoppte unvermittelt, blieb nur wenige Schritte von uns entfernt stehen und ließ ihre erhobenen Greifzangen zu Boden sinken. Der zweite Läufer, der den längeren Weg zurückzulegen hatte, zeigte kurz darauf das gleiche Verhalten.

»Sie können nicht in die Barriere eindringen«, erklärte Gamma. »Es würde ihnen ebenso ergehen wie den Klonen. Auch ihre Waffen sind wirkungslos. Solange wir uns innerhalb des Korridors bewegen, den die Barriere bildet, sind wir vor ihnen sicher.«

»Was sie aber nicht davon abhalten wird, Nachrichten an die Stationen zu übermitteln«, gab ich zu bedenken.

»Das haben sie bereits. Wir sollten uns also beeilen.«

Lediglich einen Meter breit wäre die Barriere zwischen den Zonen, erklärte Gamma. Genaugenommen wäre sie ein Spalt in der Zeit, eine *Fuge*, umgeben von einem Kraftfeld, das mein Mentor als *Puffer* bezeichnete. Es dehnte sich beidseitig der Zeitspalte etwa sechs Meter weit aus und bildete den unsichtbaren Korridor, durch den wir schritten. Der Begriff ›Fuge‹ war mir neu. Eine Barriere stellt ein Hindernis dar, ähnlich einer Mauer, doch eine Fuge bedeutet eine Lücke in der Struktur, einen Leerraum. Und eine Lücke in der Zeit ... Ich machte mir im Hinblick auf das, was Nikobal mir erzählt hatte, meine Gedanken dazu. War diese Fuge der Grund, warum es den Klonen nicht möglich war, von einer Zone in die andere zu wechseln? Der Lord hatte behauptet, diese Welt wäre vierdimensional konstruiert, und die unsichtbare Dimension wäre die Zeit. Hatte er dabei auch die Klone mit einbezogen? Geschöpfe, die aus *Zeit* bestanden?

Was würde geschehen, wenn ein solches Geschöpf in einen Spalt geriet, in dem keine Zeit existierte...?

»Du hast erlebt, was mit ihnen passiert«, antwortete Gamma, als ich ihn darauf ansprach. »Im Grunde beginnt die Ebene jenseits der Barriere wieder von neuem, getrennt durch einen kaum messbaren Spalt in der Zeit, der jedoch groß genug ist, um den Klonen zum Verhängnis zu werden.«

»Von neuem? Die gleiche Ebene?«

»Mit derselben Belegschaft«, bekräftigte Gamma. »Nur das soziale Konzept ist ein anderes. Alle Ebenen sind gleich, und doch ist keine wie die andere.«

»Warum konstruiert ihr solch ein Weltengebilde?«, fragte ich. »Welchem Zweck dient dieser Wahnsinn?«

»Darauf kann ich dir keine Antwort geben«, sagte Gamma. »*Unser* Anliegen ist rein wissenschaftlicher Natur.« Er sah mich an. »Evolutionsbiologie.«

»Soll das ein Witz sein?«

»Nein.«

»Das ist absurd!«

Gamma zuckte die Schultern. »Nicht mehr lange.«

Nach ungefähr einer Stunde strammen Fußmarsches begann das Gelände anzusteigen. Die Läufer eskortierten uns in Abständen von jeweils zehn Metern, der eine rechts, der andere links. Ihre Anwesenheit machte mich nervös. Gamma hatte darauf bestanden, dass sie uns begleiteten, denn ihr Verhalten würde wertvolle Rückschlüsse darauf geben, ob Gefahr in Verzug wäre; was auch immer er damit meinte. Er hatte sich mittlerweile Prills Schuhe entledigt und lief barfuß. Auf meine Frage, ob das Implantat sein Schmerzempfinden beeinflusse, erhielt ich keine Antwort.

Als ich schwer atmend zwei Drittel des Bergrückens erklommen hatte, wandte ich mich um und blickte beim Verschnaufen hinab ins Tal. Von hier oben wirkten die Straße und die Dächer der Stationen wie Bestandteile eines gigantischen Computerchips. Auf der anderen Seite der Berge lag ein weiteres breites Tal mit einer schnurgeraden Straße und Tausenden von Stationen; eine getreue Kopie der Ebene, die wir soeben unter uns zurückließen. Dahinter wieder die Berge, und dahinter ...

Verrückt, das Ganze. Wir wanderten über die Naht des Schlauches, die wie eine schlecht verheilte Narbe aus dem Wüstenboden wuchs, fast so, als hätten die Schöpfer dieser Welt deren Längsseiten in einem Akt der Wut gegeneinander gerammt.

Gamma war den Hügel hinaufgespurtet wie eine Bergziege und wartete weiter oben auf mich. Ich hoffte, er mutete Prills Körper nicht zu viel zu. Ich war mir nicht sicher, ob er mittels des Implantats auch einen Kreislaufzusammenbruch oder Infarkt des Klons in den Griff zu kriegen vermochte. Was mich betraf, so versuchte ich durch allerlei Verrenkungen mein Seitenstechen zu lindern.

Als wir uns dem eigenartigen Leuchten bis auf wenige hundert Meter genähert hatten, glaubte ich in ihm ein Gebilde zu erkennen, das einer hohen Glaskuppel glich und sowohl auf dem Boden zu ruhen als auch in der Luft zu schweben schien. Wenn ich blinzelte, sah es so aus, als ob sich das Objekt aus vielen verschiedenen geometrischen Körpern zusammensetzte. Sie änderten sich so rasant, dass sie wie ein einziger Körper wirkten, ein Phänomen, wie ich es nur von alten Zelluloidfilmen her kannte, die mit mehr als zwei Dutzend Standbildern pro Sekunde beim Ablaufen eine fließende Bewegung vorgaukelten. Ich blinzelte ununterbrochen und erkannte Tetraeder, Pyramiden, Kegel, Kuben, Zylinder ... nur nicht den Sinn und Zweck dieser Anlage.

»Es ist ein metaphysischer Übergang«, erklärte Gamma. »So etwas wie ein Lift, der sich in vier Dimensionen bewegt.« Ehe er jedoch imstande war, mir dessen Funktionsweise begreiflich zu machen, ertönte aus dem Tal ein Donnerschlag, ähnlich einem Überschallknall.

Gamma blickte hinunter und verzog das Gesicht. Ich war ebenfalls herumgewirbelt, und was ich sah, ließ meine Körpertemperatur um ein paar Grad sinken. Das Ding, das dort wie aus heiterem Himmel aufgetaucht war und über die Ebene schwebte, sah aus wie eine riesige, schwarze Metallqualle, größer als ein Heißluftballon. Ich erkannte keinerlei Struktur auf dem Flugkörper, er war einfach nur *schwarz*. Das, was an seiner Unterseite hing, konnte alles mögliche sein; Fangarme, Fangklauen, Beine, Greifzangen, Antennen, Kanonen – sie befanden sich in ständiger Bewegung. Einige der Metalltentakel mochten gut und gern fünfzig Meter lang sein.

Gamma zischte etwas in einer vokallastigen Sprache, die ich nicht verstand. »Das ist Nikobal«, fügte er für mich verständlich hinzu. »Sieht aus, als wäre er mächtig sauer. Innerhalb der Projektebenen einen Dragger einzusetzen, kommt schon einer Verzweiflungstat gleich.«

»Was jetzt?«

»Rennen!«, antwortete Gamma und stürmte bergauf. »Renn, so schnell du kannst!«

»Können wir dieses Ding nicht mit dem Strahler vom Himmel holen?«, rief ich und zog die Waffe aus der Jacke.

Zwei funkelnde Sterne lösten sich aus der Schwärze, schossen rasend schnell auf uns zu.

»Vergiss den Strahler«, rief Gamma. »Lauf!«

Das letzte Wort wurde von einer Zwillingsdetonation verschluckt, die den Bergrücken erzittern ließ. Giftgrüne Fontänen stoben gen Himmel wie Plasmageysire. Die Geschosse – oder was immer es gewesen sein mochte – waren etwa einhundert Meter hangaufwärts eingeschlagen. Trotz der Entfernung regnete ein Hagel aus Gesteinssplittern und heißem Sand auf uns herab.

Ich äußerte einen Fluch, steckte den Strahler weg und begann Gamma hinterherzurennen. Es waren kaum mehr zweihundert Meter bis zur Brücke. Mein Mentor hatte bereits die Hälfte der Distanz geschafft, sprintete – von beiden Läufern flankiert – der Lichtpyramide entgegen. Zwischen ihm und mir explodierte das Erdreich, ein weiterer Einschlag hinter mir trieb mir eine Druckwelle in den Rücken und warf mich fast zu Boden. Das monströse Flugobjekt war auf weniger als einen Kilometer herangeschwebt. Ich hielt schützend meine Arme vors Gesicht, schlug einen Bogen um den tiefen, heißen Krater, den die Explosion vor mir aufgerissen hatte. Staub vernebelte mir für Sekunden die Sicht, dann leuchtete die Brücke wieder vor mir.

Gamma hatte die Brücke erreicht und hechtete wie ein dressierter Tiger hinein. Ich sah, wie das Objekt seine Farbe änderte. War es zuvor weiß, so leuchtete es mit einem Mal blau. Prills Körper schien transparent zu werden und in ein Dutzend verschiedener Richtungen auseinanderzustreben, dann hatte das Licht ihn verschluckt.

»*Stan!*«, erscholl über mir eine mächtige, verzerrte Stimme. Der Himmel verdunkelte sich, etwas Massiges, Schwarzes zischte an mir vorbei, verfehlte mich knapp. Ich vernahm ein metallisches Krachen, wie von einer zuschnappenden Baggerschaufel. Für eine Sekunde sah ich nach oben. Was mich um Haaresbreite verfehlt hatte, war eine gewaltige Metallzange an einem flexiblen, baumdicken Kranarm. Der Bug der Flugmaschine war so schwarz wie der Rest, doch transparent; die Frontscheibe eines Cockpits. Hinter ihr glaubte ich einen massigen Schatten zu erkennen, der entfernt menschlich wirkte...

»Betrete auf keinen Fall die Konvergenzzelle!«, drang die unwirkliche Stimme irgendwo vom Rumpf der Maschine herab. *»Du wirst sterben, Stan!«*

Ich rannte unbeirrt weiter, selbst einer Maschine gleich, Tränen in den Augen, Feuer in den Lungen, glaubte zu spüren, wie die Menschenfangzange hinter meinem Rücken heranschoss, sich öffnete und ...

Licht vor mir.

»Stan!«

Licht um mich herum. Kuben, Pyramiden, Kugeln. Explodierte in alle Richtungen. Blau. Dann giftgrün, glühend heiß, Plasmaregen auf meiner Haut. Licht. Der Donner folgte mir ...

Sein Grollen kam aus weiter Ferne. Zuerst glaubte ich, es seien die Einschläge von Geschossen, doch trotz meiner Benommenheit erkannte ich bald, dass es Gewitterdonner war.

Gewitterdonner!

Ich lag auf dem Bauch, unter meinen Händen und meinem Gesicht (zwischen meinen Zähnen!) feiner, warmer Sand. Wellen rauschten in unmittelbarer Nähe. Ich öffnete die Augen, hob den Kopf, sah mich geblendet in der unerwarteten Umgebung um und staunte: Ich lag an einem Meeresufer! Warmer, auflebender Wind wehte mir ins Gesicht, blies feinen Sand über den Boden, der prickelnd über meine Haut strich. Meine Augen schmerzten von der Helligkeit. Der Strand war vielleicht fünfzig Meter breit und erstreckte sich von Horizont zu Horizont. Er stieg sanft an und wurde von einem grasbewachsenen Deich begrenzt, der die Sicht auf das Hinterland versperrte. Von Gamma war weit und breit nichts zu sehen. Misstrauisch beäugte ich den Deich, ob sich auf seinem Kamm etwas regte. Eine Schar exotischer Seevögel hockte in der Nähe und beobachtete mich. Wenigstens glaubte ich, dass es Vögel waren; ihre Schwingen schimmerten blau, gelb, rot und violett, sodass ein Schwarm von ihnen in der Luft aussah wie buntes, wirbelndes Konfetti.

Ich rappelte mich auf, sah hinauf in den Himmel, in der Erwartung, jenseits der Wolken etwas Unnatürliches zu erspähen, vielleicht die Unterseite der Welt, aus der ich herabgestürzt war, eine exorbitante Gewölbedecke oder den geiergleich kreisenden schwarzen Schatten von Nikobals Flugapparat. Was ich tatsächlich sah, war ein normaler Himmel, vielleicht etwas zu kränklich in seinen Farben, wie auch die Wolken und die Sonne seltsam unfertig aussahen. Selbst mein Schatten wirkte eigenartig blass auf dem Sand. Seltsamerweise spürte ich keinerlei Nachwirkungen eines Aufschlags, fast so, als sei ich sanft zu Boden geschwebt und auf Sand gebettet worden. Ich schloss die Augen. Als ich sie wieder öffnete, hatte sich an den Farbnuancen der Landschaft nicht viel verändert, aber die Formen waren klarer und ihre Konturen schärfer. Es war ein lebendiger Himmel, kein Standbild wie über der Bunkerwelt. Die Wolken bewegten sich! Und die Luft – ich nahm einen tiefen Atemzug – war frisch und salzig!

Ich lief ans Wasser, kniete mich in den nassen Sand, erwartete die Wellen mit ausgestreckten Händen. Die Augen hielt ich dabei geschlossen, genoss nur das Geräusch der Brandung, das plötzliche Auftreffen der Wellen auf meinen Händen. Dunkle Wolken brauten sich über dem Meer zusammen, vereinzelte Blitze flackerten am Horizont. Gott, wie lange hatte ich keinen Regen mehr auf der Haut gespürt? Allerdings musste ich mich vorsehen, nicht gleich vom ersten aufs Festland treffenden Blitz erschlagen zu werden. Ich tastete meine Jacke ab. Die Browning und die Strahlenwaffe hatten den Übergang überstanden, nur der Downer fehlte. Ich suchte die Stelle ab, an der ich erwacht war, fand ihn aber nicht. Dafür entdeckte ich Fußspuren, die an einer unmerklichen Vertiefung im Sand begannen und von menschlichen Sohlen stammten. Die Abdrücke waren wesentlich kleiner als meine und führten hinauf zum Damm. Zweifellos waren es Prills Fußspuren. Gamma war also hier, irgendwo in der Nähe.

Ich erklomm den Deich und inspizierte das Terrain. Hinter dem Erdwall erstreckte sich eine weite, steppenähnliche Ebene. Hier und dort erhob sich eine Düne über das Gras, doch bis auf vereinzelt umherschwärmende Vögel erblickte ich weder Mensch noch Tier. Die einzigen Bewegungen in der Landschaft erzeugte der Wind, welcher bereits vereinzelte Regentropfen mit sich führte. Die Flut konnte nicht besonders hoch sein, überlegte ich, als mir auffiel, wie niedrig der Deich war. Ein Trampelpfad auf seinem Kamm ließ auf einen künstlichen Ursprung schließen. Bei aller Freude beschlich mich auch leichtes Unbehagen. Die Küstenlinie verlief schnurgerade, wie mit dem Lineal gezogen. Sie war ebenso unnatürlich linear und endlos wie die Straße in der Bunkerebene...

Als der Regen einsetzte, schlug ich den Jackenkragen hoch und folgte den Fußspuren. Meinen Blick hatte ich dicht vor meine Füße gerichtet, die Steppe zur Linken, das Meer zur Rechten. Irgendwann ließ der Regen nach, und Sonnenstrahlen fanden hier und da eine Lücke in den Wolken. Als ich den Kopf hob und den Deich entlangblickte, entdeckte ich Prill. Sie saß jenseits des Weges auf dem Damm und sah hinaus aufs Meer, wie eine Seefahrerwitwe, die hofft, irgendwann das Segel eines Schiffes am Horizont zu erblicken, das ihren verschollen geglaubten Mann nach Hause bringt. Ich verlangsamte meinen Schritt und hielt nach einer Behausung Ausschau, aus der sie aufgetaucht sein konnte. Nichts dergleichen war zu sehen, auch kein kielüber liegendes Boot, das ihr während des Regens als Unterschlupf gedient haben könnte.

Prill stand auf, trat auf den Pfad und sah mir entgegen. »Willkommen«, begrüßte sie mich, als ich sie erreicht hatte. Unverkennbar beherrschte weiterhin Gamma ihren Körper. »Entschuldige, dass ich nicht auf dich gewartet habe. Ich musste den Prill-Klon in Sicherheit bringen. Statt deiner hätte auch etwas anderes die Brücke passieren können...«

»Wo sind wir hier?«, wollte ich wissen. »Ist das eure Welt?«

»Nein, nur eine weitere Projektebene. Ich halte es für ratsam, ein paar interdimensionale Haken zu schlagen. Eine reine Vorsichtsmaßnahme.« Er neigte den Kopf. »Du wirkst verwirrt. Soll ich mich für eine Weile aus der Frau zurückziehen und ihr Bewusstsein reaktivieren? Willst du dich mit ihr paaren?«

»Bitte?!«

»Ich habe gehört, dass ihr es betreibt, um euch zu entspannen...«

»Das ist nicht witzig, Gamma!«

Mein Mentor wandte sich ab, sah eine Weile hinaus aufs Meer. »Nun ja«, meinte er dann, »komm mit, ich will dir etwas zeigen.«

»Warte«, sagte ich und hielt ihn am Arm fest.

»Also doch Entspannung?«

»Nein!« Die Vorstellung, dass Gamma erpicht darauf war, einen solchen Akt aus ›wissenschaftlichem Interesse‹ in Prills Körper mitzuerleben, erfüllte mich mit

Abscheu. »Was war das für eine Höllenmaschine, die uns auf dem Grat angegriffen hat?«

»Ein Dragger. Seine Attacke galt allerdings nur dem Klon der Frau. Du bist zu wertvoll. Nikobal hätte dir kein Härchen gekrümmt.«

»Ich empfand es nicht so.«

»Sie haben es hauptsächlich auf mich abgesehen. In unserem Interesse musste ich das Implantat in Sicherheit bringen. Leider konnte ich den Übergang nicht mehr schließen. Man wird Assembler auf uns ansetzen. Sie sind uns mit Sicherheit schon auf den Fersen. Wenn sie hier auftauchen, sollten wir uns besser nicht mehr auf dieser Ebene aufhalten.«

»Dragger, Assembler – das klingt, als wären die Lords in der Baubranche tätig.«

»Damit liegst du gar nicht mal so falsch«, erklärte Gamma zu meiner Verwunderung. »Beide Modelle waren ursprünglich automatisch agierende Hilfsmaschinen, geschaffen für den Bau einer Konstruktion, die sich BRAS-Raum nennt. Die Dragger besaßen die Funktion von Transportern, die gewaltige Baufragmente zu ihren Montageplätzen beförderten. Die Assembler fügten diese Fragmente zusammen. Die Läufer bewegten sich seinerzeit in Legionen innerhalb dieses Bauwerks, um Kleinteile zu transportieren und die Montage zu unterstützen. Die winzigen Stationsläufer hingegen waren für die Elektronik sowie die Mikro- und Nanotechnologie der Anlage zuständig. Im Grunde sind diese Maschinen nichts weiter als modifizierte Fabrikationsroboter, fast so, als würde man einen Bulldozer deiner Zeit nach einhundert Jahren umrüsten, um ihn als Kampfmaschine gegen Aggressoren einzusetzen.«

»Pflugscharen zu Schwertern«, sinnierte ich. »Und dieser BRAS-Raum ...?«

Gamma schüttelte den Kopf. »Wenn wir unser Ziel erreicht haben, erkläre ich dir, was es damit auf sich hat. Die Assembler sind nun keine Monteure mehr, sondern Jagdmaschinen. Und eine Gelegenheit wie diese bietet sich den Lords nicht alle Tage.«

»Dann handelst du nicht im Interesse des *Sublime*?«

Gamma grinste. »Sagen wir mal so: Ich handele nicht im Interesse der Lords. Dort, wo du herkommst, würde man mein Leitmotiv mit ›den Teufel zur Taufe tragen‹ umschreiben.«

»Aber...?«

»Dies ist nicht der geeignete Ort für Erklärungen«, entschied Gamma. »Willst du zurück auf die Erde oder nicht?«

»Natürlich!«

»Dann vertraue mir, Stan. Folge mir zur nächsten Kolonie. Es ist nicht weit.«

Ich studierte die Einöde. Falls es in der Nähe eine Station oder Siedlung gab, musste sie unter der Erde liegen – oder hinter dem Horizont. Und bis dorthin war es durchaus *weit*. Gamma lief forschen Schrittes voraus. Ich hatte Mühe, mit ihm Schritt zu halten. Nach etwa einer halben Stunde Fußmarsch war von besagter Kolonie noch immer nichts zu sehen, und ich begann an Gammas Entfernungssinn zu zweifeln. Er schien jedoch von der Sinnhaftigkeit seines Tuns überzeugt zu sein. »Nur noch um die Ecke!«, verkündete er und deutete auf den sich schnurgerade in die Ferne erstreckenden Deich.

Ich fuhr mir mit der Hand über die Augen und betrachtete eine Weile meine Füße beim Gehen. Gamma bog unvermittelt vom Weg ab und folgte einem Querpfad, der den Deich hinab ins Hinterland führte. Nachdem ich ihm vielleicht zweihundert Meter in die

Steppe gefolgt war, bemerkte ich eine Veränderung. Sie begann als hauchdünner Dunstschleier, der vor uns über der Landschaft lag. Er erstreckte sich über Hunderte von Metern und gewann an Dichte, je näher wir ihm kamen. Aus dem Dunst wurde Nebel, aus dem Nebel bildeten sich Formen, aus den Formen Gebäude. Schließlich liefen wir über eine breite, sandige, von wuchtigen Sandsteinkuppelbauten gesäumte Straße. Ungeachtet des Regens, der in den letzten Minuten wieder eingesetzt hatte, herrschte auf ihr reges Treiben. Fassungslos betrachtete ich die bunt gekleideten Menschen und die Fassaden der Gebäude. Die Kleidung der Bewohner entsprach der Mode zahlloser verschiedener Epochen von der Antike bis zur Neuzeit. Wir spazierten durch eine Phantomstadt.

»Überrascht, mein Freund?«, fragte Gamma.

»Ich bin nicht dein Freund.« Mein Blick traf Prills Augen.

Gamma runzelte leicht gekränkt die Stirn. »Sicher doch, sicher...«, murmelte er. »Nun?«

»Ich bin überrascht, ja«, gab ich zu. »Wie ist das möglich?«

»Alles zu seiner Zeit, Stan. Wir laufen weiterhin Gefahr, von Assemblern gestellt zu werden. Außerdem könntest du...« Gamma hielt abrupt inne und sah in den Himmel. Ich folgte seinem Blick, konnte jedoch nichts entdecken. »Das ist jetzt kein Thema«, entschied er.

Die Menschen auf den Straßen waren ein seltsames Phänomen. Obwohl sie miteinander sprachen, vernahm man in der gesamten Stadt keinen Ton. Die einzigen Laute waren die Geräusche unserer Schritte. Das Eigenartigste an den Menschen aber war ihre Erscheinung selbst: Keiner von ihnen schien vollständig vorhanden zu sein. Konzentrierte ich mich auf ihre Gesichter, verblassten ihre Körper von der Hüfte abwärts und erweckten den Anschein, als besäßen die Bewohner keine Füße. Konzentrierte ich meine Blicke auf ihre Füße, verlief die Transparenz entgegengesetzt, und die Menschen trugen keine Köpfe mehr auf ihren Schultern. Niemand schenkte uns Beachtung. Die meisten Bewohner hatten sich zu kleineren, rege miteinander diskutierenden Gruppen zusammengefunden. Zentren der Gespräche schienen Vertreter einer bestimmten Kaste zu sein, die wild gestikulierend auf die Umstehenden einredeten. Einige Menschen (konnte man sie überhaupt so nennen?) hielten sich in der Nähe der Diskussionsrunden auf, beteiligten sich aber nicht aktiv an ihnen, sondern lauschten den lautlosen Wortgefechten nur aufmerksam.

»Was tun all diese Leute hier?«, fragte ich Gamma, der zielstrebig durch die Kolonie wanderte.

»Sie sondern Informationen ab. Für das *Sublime*.«

»Aber – sie scheinen nicht real zu sein.«

»Sie sind es, Stan. Viel realer als du und dieser Klon-Körper. Sie leben in jeder Zeit.«

»Das verstehe ich nicht.«

»In jeder Zeit gleichzeitig«, präzisierte Gamma. »Es sind vierdimensionale Wesen. Das, was du von ihnen wahrnimmst, sind lediglich ihre Zeitschatten. Sie haben den Zustand starrer Materie hinter sich gelassen. Du würdest sie aufgrund ihrer Wesensart als Geister bezeichnen. Die Lords nennen sie Paragone. Früher oder später werden die Kolonisten in den Bunkern dieses Stadium ebenfalls erreichen.« Er blieb stehen. »Du hingegen bist dank deiner physischen Beschaffenheit eine Urform.« Gamma zeigte ein befremdliches

Lächeln, das ich bei Prill noch nie zuvor gesehen hatte. »Obwohl ich mir da inzwischen nicht mehr ganz sicher bin.«

Was er damit meinte, behielt er für sich. Erneut fiel mir auf, dass Gamma sich verbal von den Lords abgrenzte. Wenn er keiner von ihnen war, was war er dann? Und wer waren die anderen, von denen er sprach? Eine Art Widerstandsbewegung? Angehörige derselben Spezies, die ihre Ehre verloren hatten? Ein kleines Puzzleteil mehr auf dem Tisch der Geheimnisse.

Vorsichtig näherte ich mich einem jener Phantom-Kolonisten, die sich etwas abseits der Diskussionsgruppen aufhielten. Dabei fiel mir eine weitere Seltsamkeit auf: Es gab keine Gerüche. Keine Gerüche der Stadt oder ihrer Bewohner. Eine Stadt stank nach Abgasen, nach Gastronomie und menschlichen Körpern. Ich roch nichts dergleichen, nicht einmal Kaminrauch, Parfüm oder Schweiß, nur das Aroma der nahen See. Badeten Geister in Astralwasser, um sich rein zu halten? Als ich meine Hand ausstreckte, um den Kolonisten an der Schulter zu berühren, wandte der sich um und sah mir halb überrascht, halb amüsiert in die Augen.

»Bonjour, Monsieur Ternasky«, begrüßte er mich.

Ich starrte ihn an, räusperte mich. »Sie – können mit mir sprechen?«

»Wie Sie hören«, bestätigte der Mann. »Seit ich Ihrer gewahr wurde – also seit exakt 9,73 Sekunden.« Er sagte es, ohne auf eine Uhr geblickt oder nachgedacht zu haben.

»Woher kennen Sie meinen Namen?«

»Oh, Sie werden ein bedeutender Mensch gewesen sein.« Sein französisch akzentuiertes *Futurum exaktum* irritierte mich. »Ich heiße Jerome«, stellte sich mein

Gegenüber vor. »Sie sehen mich erfreut, Stan. Ich darf Sie doch Stan nennen, oder?« Er hielt mir die Hand hin. Ich nahm und drückte sie, ließ abrupt wieder los und sah Jerome verwirrt an.

»Überrascht Sie das?«, fragte er.

Mich überlief ein Schauer. »Ich dachte für einen Moment nur, dass ich ... gar nicht in der Lage sein dürfte, Sie zu berühren.«

»Man vermittelt Ihnen so viel von ihrer stofflichen Welt, dass Sie in dieser Ebene als Mensch existieren können, ohne Ihren Verstand zu verlieren.« Jerome – oder zumindest das, was ich von ihm sah – war etwa Mitte fünfzig und besaß den (Rest)Körper eines Genussmenschen: rosige Backen, einen roten Schnauzbart, der in Ruhestellung den gesamten Mund verdeckte, einen krausen roten Haarkranz, eine rote Schnapsnase und lustige, von Falten umrahmte Augen. Dass er fast einen Kopf kleiner war als ich, glich er durch seine beachtliche Leibesfülle wieder aus. Er war in einen seltsamen grauen Dreireiher gekleidet, steckte nun die fleischigen Hände bis auf die Daumen in die Westentaschen und grinste mich an.

»Wollen Sie wissen, was mit Ihnen geschehen würde, wenn Ihr Kraftfeld kollabiert?«, fragte er. »Sie wären exakt 16,23 Sekunden lang ein mustergültiges Anschauungsobjekt für die Chaos-Theorie. Und danach nichts mehr. Ich meine buchstäblich: Nichts! Sie würden aufhören zu existieren. Diese letzten 16,23 Sekunden aber, Stan, wären die schlimmsten Ihres Lebens.« Jerome grinste. »Doch nichts für ungut. Hier, sehen Sie!« Er streckte seine Hand aus und schwenkte sie durch meinen Kopf, als wäre der nicht vorhanden. »Es hat schon alles seine Richtigkeit. Ich freue mich, Sie persönlich kennen gelernt zu haben. Au revoir.« Mit diesen Worten ließ er mich stehen und *wandelte* von dannen.

Gamma war ein paar Schritte entfernt stehen geblieben und hatte das Geschehen mit gespannter Aufmerksamkeit verfolgt. Ihm war nicht anzusehen, ob er angesichts der Gefahr, von Nikobals Spürläufern eingeholt zu werden, über meine Trödelei verärgert war oder sich über die Unterhaltung amüsierte.

»Von was für einem Kraftfeld sprach dieser Kerl?«, fragte ich, als wir unseren Marsch durch die Kolonie fortsetzten.

»Er wollte damit andeuten, dass du dich in einer Ebene aufhältst, die mehr Dimensionen besitzt, als gesund für dich wären«, erklärte Gamma.

»Du meinst, dass mir die Zeit gefährlich werden könnte?«

»Zeit verläuft nicht kontinuierlich, Stan, sondern besteht aus winzigen Teilchen, die wie Perlen an einem Faden aufgereiht sind. Du selbst hast vielleicht die Illusion, sie als etwas Beständiges wahrzunehmen. In Wirklichkeit bestehen sämtliche Zeitintervalle aus Lücken, die für dich zeitlos sind und die du niemals wahrnehmen oder messen könntest. Lücken, in welche die elementaren Zeiteinheiten, die zu anderen Universen gehören, hineinpassen. Damit kann eine unendliche Reihe von realen, ausgewachsenen Universen in die Lücken zwischen den Quantenereignissen dieses für dich existierenden Universums eingefügt werden. Durch den Raum, in dem wir uns gerade bewegen, könnte ein Elefant durch den Dschungel eines anderen Universums streifen, oder ein Komet könnte ihn durchqueren, oder ein Fluss diesen Ort kreuzen. Nimm Zeit nicht als etwas Selbstverständliches hin, Stan. Sie umgibt dich in dieser Ebene in ihrer Ganzheit. Das Kraftfeld bewahrt dich vor ihrer Wirkung. Du kannst es nicht wahrnehmen, aber Jerome.

Alle Zeit zu erfahren, würde deinen Geist und deinen Körper vom Anfang des Universums bis zu dessen Ende sprengen. Dieser Zustand wäre von Dauer, da der Zeitraum vom Anfang bis zum Ende *immer* bestehen bleibt. Er besitzt die gleiche Gültigkeit wie die Straße, die du hinabgefahren bist. Sie behält immer dieselbe Länge, egal, ob du am Anfang stehst oder ihr Ende erreichst. Solltest du irgendwann also das Ende des Universums erleben, dann glaube nicht, dass das Universum deshalb aufgehört hat zu existieren. Einzig *du* bist an seinem Ende angekommen.« Gamma sah über die Schulter. »Wie fühlst du dich?«, fragte er.

Ich atmete tief durch. »Wie eine in die Luft geworfene Sahnetorte«, gab ich zu.

»Hm. Das ist gut. Es sollte also in deinem Interesse liegen, zu kooperieren.«

Ich verlangsamte meinen Schritt, was Gamma nicht zu stören schien. Er setzte seinen Weg unbeirrt fort, und mir war, als umspielte ein Lächeln seine Lippen. So lief der Hase also ... Zuckerbrot für Folgsamkeit, die Peitsche für Ungehorsam. Über die Feinregulierung wollte ich gar nicht erst nachdenken. Warum war ich nicht schon früher darauf gekommen, dass mich mein Mentor nur an der langen Leine hielt? Spätestens nach Nikobals Aussage, dass die Ebene und die Stationen vierdimensional beschaffen seien, hätte mir ein Licht aufgehen sollen. *Stan, wo ist dein Instinkt geblieben? Hat ihn dir das Sublime aus dem Hirn gelutscht?* Daraus abzuleiten sind die Fragen zwei bis sieben: *Warst du jemals im Sublime? Gibt es ein Sublime? Gab es eine*

Entführung? Wer bin ich? Was bin ich? Auf Kehle dressiert? Hallo, Paranoia, lang nicht mehr gesehen ...!

Ich Dummkopf, das Licht *war* aufgegangen! In jeder Barriere, in der ein Prill-Klon verglüht war, hatte es gestrahlt. Ich hatte es gesehen. Es war mein Licht, meine Schöpfung des vermeintlich Unvermeidbaren. Es hatte nicht daran gelegen, dass ich ein Original und sämtliche Prills nur Klone gewesen waren – das Kraftfeld, das mich umgab, hatte verhindert, dass ich in den Zonenbarrieren ebenfalls verglüht war. Es musste mich während der gesamten Zeit, die ich in der Bunkerebene verbracht hatte, geschützt haben. Ich hätte es wissen müssen. Ein Mensch bestand nicht in den Welten der Lords. Dieser verdammte Hurensohn ...!

»Willst du dort Wurzeln schlagen?«, rief Gamma.

Ich ging auf ihn zu, bedächtig, geradezu provozierend langsam. Pfiff auf die Assembler, von denen mir Gamma weismachen wollte, sie säßen uns im Nacken. »Ich will die Wahrheit hören!«, knurrte ich. »Hier und jetzt!«

»Die Wahrheit? Glaubst du denn, du könntest sie verkraften?«, fragte er.

»Glaubst du nicht, ich wäre nach allem, was ich durchgemacht habe, bereit dafür?«

»Nein.«

Ich zog den Strahler, richtete ihn auf Prills Körper. Der Stummfilm um uns herum lief weiter. Die umherschlendernden Quasi-Menschen zollten uns keinerlei Beachtung. Falls ich gehofft hatte, Gammas Miene würde sich angesichts der Waffe ebenfalls verdunkeln wie die Nikobals, sah ich mich enttäuscht. Er verlor nichts von seiner Selbstsicherheit. »Ich hatte erwartet, dass du so reagieren würdest«, sagte er. »Ist ja nur ein Klon, habe ich recht? Einer mehr oder weniger ... Gibt dir der Brunnen kein Wasser, bedrohst du ihn. Weigert er sich dennoch, erschießt du ihn. Aber womit löschst du deinen Durst?« Er trat näher. »Schieß!«, forderte er mich auf. »Na, komm schon, Stan. Bei den anderen Prills hast du doch auch nicht gezögert. Gib's mir! Zeig mir, wo's langgeht! *Schieß!*«

Der Impuls explodierte in meinem Kopf. Meine gesamte Umgebung hatte sich auf Prills Augen reduziert, hinter denen Gammas Wille lauerte. Ich hatte nicht die mindeste Chance, mich ihm zu widersetzen. Dieses Augenpaar zwang mich, die Waffe auszulösen. Vergebens stemmte ich mich gegen den Blick. Meine Finger umkrampften den Griff des Strahlers, meine Hand zitterte vor Anstrengung, der Schmerz in meinen Muskeln trieb mir Tränen in die Augen. Der Impuls dauerte an, war wie ein Stromstoß, der mich durchfloß. Erst als Gamma mir die Waffe aus der Hand nahm, ließen der Schmerz und der Krampf nach. Gamma warf den Strahler in die Luft. Was davonflog, war eine weiße Taube. Konzentrierte ich mich auf ihren Kopf, verblasste ihr Schwanzgefieder. Sah ich auf ihren Schwanz, trug sie keinen Kopf...

Naos 9

ATMEN! ATMEN! ATMEN!

Jesus, das habe ich nicht gewollt! Ich schwöre es, *das habe ich nicht gewollt!* Ich fühle, wie mir der Sauerstoff durch die Poren gezogen wird, spüre den Druck in meinen Augen und meinen hämmernden Herzschlag, wundere mich, dass ich überhaupt noch am Leben bin. Meine Ohren rauschen und zischen, es klingt, als trete die Luft auch durch die Gehörgänge aus. Schaumiges Blut, das aus meiner Nase strömt, hat die Sauerstoffmaske verschmiert. Ich fühle, wie sich mein Magen aufbläht, meine Lungen, mein Darm, unterdrücke den Wunsch, mich zu übergeben. Kaum zu glauben, dass die Kabinenfenster einem solchen Unterdruck überhaupt standgehalten haben. Der verheerende Sog hat zwar nachgelassen, dafür dringt klirrende Kälte in die Kabine. Ihre Temperatur liegt weit – *weit* – unter dem Gefrierpunkt. Sechzig Grad unter null, vielleicht achtzig. Es ist eine Schätzung, ich habe keine Erfahrung mit Kälte. Nicht mit *dieser* Kälte. Meine nackten Zehen sind ohne Gefühl. Tief einatmen, versuchen, die Luft anzuhalten, fünf Schritte weit zu laufen und die Kabinentür wieder zu schließen ... Aber der Schwindel wird mich stolpern und durch die offen stehenden Tür stürzen lassen. Ich schnappe so viel Luft, wie meine rebellierenden Lungen zu fassen vermögen. *Nein, nein!*, hämmert es in mir, meine Hände werden am Kunststoff festfrieren, bevor ich Piep sagen kann, und ich werde mir das Fleisch von den Fingern reißen beim Versuch, sie wieder von der Tür zu lösen. Die Schuhe eines Passagiers anziehen und die Tür mit dem Fuß zuschieben? Aber wie einen der Schuhe über seinen marmorharten Fuß kriegen? Vielleicht ist es ja nur der Schock, der mich so frieren lässt. Trotzdem, es ist verdammt kalt, und die Luft in der Kabine ist verdammt dünn!

Aber es ist kein Vakuum, sonst wäre mein Blut längst verdampft und ich hätte mich zu einem unförmigen Ballon aufgebläht. Ich wage es, die Maske für ein paar Sekunden herunterzunehmen, stehe mit angehaltenem Atem auf der Stelle. Ausatmen. Nicht zu schnell, sonst klappen mir die Lungenflügel zusammen. Der Atem quillt so dick und weiß wie Zuckerwatte aus meiner Nase. Der Versuch einzuatmen. Ich kriege tatsächlich etwas Luft in die Lungen! Aber der Effekt ist gleich Null. Ich beginne zu japsen wie ein Hund, atme dann tief, lang und schnell. Ja, so geht es besser, aber ich kriege immer noch zu wenig Sauerstoff.

Hänge mich wieder an die Maske, bis sich mein Kreislauf beruhigt hat. Der Unterdruck zwickt im gesamten Gesicht. Ich fürchte um meine Trommelfelle. Das Nasenbluten zu stoppen, habe ich aufgegeben. Auch aus meinen Ohren läuft weiterhin Blut. Ich werde nicht ersticken, denke ich, sondern verbluten. Nein, vorher werde ich erfrieren.

Zum Überleben braucht der Mensch einen Luftdruck von mindestens 480 Millibar, heißt es. Er ist an den hohen Luftdruck der Erde gewöhnt, 1014 Millibar auf Höhe des Meeresspiegels. Schon ab einer Höhe von 8000 Metern wird der Luftdruck zu gering. Oberhalb von 13 000 Metern kann ein Mensch ohne Sauerstoffversorgung gerade mal fünfzehn Sekunden bei Bewusstsein bleiben. Vier Kilometer höher beginnt der Stickstoff im Blut zu sieden. Blasen bilden sich in den Gelenken, Wasserdampf füllt die Lungen. Ich lebe aber noch. Demnach muss sich das Flugzeug in einer

Höhe zwischen zwölf und siebzehn Kilometern befinden.

Da der Unterdruck den Sauerstoff durch die Haut entzieht, kann ich die Luft kaum länger als zehn Sekunden anhalten. Ein tiefer Atemzug, dann langsam laufen. Zwei Schritte, und ich stehe vor der Tür und blicke nach draußen.

Vor einem endlos gähnenden Abgrund zu stehen ist kein Vergleich zu der Erfahrung, an der Schwelle zum Nichts zu stehen. Was aufgrund der Bordbeleuchtung durch die Kabinenfester wie Schwärze gewirkt hat, ist in Wirklichkeit ein dunkles Ultraviolett von unglaublicher Tiefe. Ich zittere am ganzen Körper, vor Kälte und vor Ehrfurcht. Die Luft, sofern man sie als solche bezeichnen kann, riecht nach Ozon. Seethas Körper ist längst in der Dunkelheit verschwunden.

Nachdem die Türen in den Kabinenwänden aufgetaucht waren, hatten wir uns an einem der Notausstiege zu schaffen gemacht. »Der Weltraum?«, hatte ich gelacht. »Wenn da draußen tatsächlich ein Vakuum herrscht, bekommen wir diese Tür sowieso nicht auf.«

»Und wenn wir uns unter Wasser befinden?«, hatte sie gefragt.

»Dann geht es um so leichter. Die Kabine implodiert. Weder das eine noch das andere werden wir überleben. Aber glaub mir, dort draußen ist weder das All noch die Tiefsee, sonst wären wir längst tot.«

Dachte ich. Hatte geglaubt, es mal wieder besser zu wissen, durchzublicken, im Bilde zu sein, was die Naturgesetze angeht. Unsere *Alles-ist-falsch*-Umgebung hätte mich eines Besseren belehren sollen. Nun habe ich Seetha auf dem Gewissen, die sich von meiner Selbstsicherheit hatte anstecken lassen. Die Tür ging fast spielerisch leicht auf, als ich den Hebel runterdrückte, fast wie in der U-Bahn. Klick, ein Stück nach innen, und *Bssss*, zur Seite weg. Nie werde ich Seethas ungläubig staunendes Gesicht vergessen, ihren Blick, mit dem sie mich bedachte, ehe sie von jener unwiderstehlichen Kraft nach vorne gerissen wurde, das Zischen entweichender Luft, das sich innerhalb einer Sekunde zum heulenden Orkan steigerte, Seethas Haar, das für einen Augenblick durcheinander gewirbelt wurde, als sei die Böe eines Wintersturmes hineingefahren – ihren lang gezogenen, sich immer weiter entfernenden Schrei, ihren in die Dunkelheit trudelnden Körper in dem grünen Kleid und der Sprühwolke aus kristallisiertem Erbrochenen...

Ich hätte es nie für möglich gehalten, dass sich die Tür unter solchen äußeren Bedingungen überhaupt öffnen ließ. Der Kabinen-Innendruck hätte sie unverrückbar in ihren Rahmen pressen (oder der Unterdruck in ihn hineinsaugen) müssen. Aber sie glitt einfach auf. Flutsch, und Seetha war draußen. Sie hatte keine Chance, zu reagieren, und ich ebenso wenig. Klammerte mich an die Rückenlehne und den Sicherheitsgurt eines Sitzes, während es mir die Beine durch den Sog vom Boden riss. Hing fast eine Minute lang waagerecht im Raum, während über allen Sitzen die Sauerstoffmasken herunterfielen und der Orkan durch die Kabine tobte.

Wie hoch in der Atmosphäre mögen wir uns befinden, um dieses Klima zu erklären? Jedenfalls nicht hoch genug, um die Finsternis vor der Tür zu rechtfertigen. Die Erde müsste riesengroß zu sehen sein, blau-weiß strahlend. Vielleicht würde man gerade mal ihre Krümmung erkennen, aber keinen Weltraum. Der Luftdruck ist enorm gering, aber es ist kein Vakuum! Und es ist auch nicht kalt genug dafür. Ich hätte bereits schockgefrostet werden müssen, während ich mich an die Sitze gekrallt hatte.

Zurück an die Sauerstoffmaske, durchatmen, tief, hastig. Welch ein Wahnsinn. Bin nun tatsächlich der erste Mensch im Weltraum ohne Raumanzug. Was heißt ohne Anzug? Barfuß, mit blau gefrorenen Zehen! Ich habe fürchterliche Kopfschmerzen, rasenden Durst. Aber sämtliche Getränke müssen längst zu Eis gefroren sein. Wände, Boden, Sitze und Menschen, alles ist von Raureif bedeckt. Winzige Schneeflocken schweben durch die Kabine, glitzern im Neonlicht, und es wird immer kälter. Für wie lange habe ich Sauerstoff? Was soll ich gegen die Kälte unternehmen? Hoch ins Oberdeck? Mich in einem der Bäder einsperren? Warm duschen? Endet es so, wie es begonnen hat? Wo steckt dieser Zwergenarsch mit seinem Koffer, wenn man ihn mal braucht?

Muss irgendwie diese Tür zukriegen. Nachdem ich zwei der Sauerstoffmasken abgerissen habe, versuche ich, sie damit zuzuschieben, aber die Hydraulikflüssigkeit ist scheinbar gefroren. Die Tür lässt sich nicht ganz schließen. Die Aktion kostet mich unter diesen Bedingungen unwahrscheinlich viel Kraft. Aber selbst, wenn die Tür zugeht, wird die Kälte bleiben, und der Unterdruck ebenfalls. Und woher bekomme ich Sauerstoff, wenn die Masken aufhören zu spenden? Ich werde hier verrecken!

Und damit meine ich: *verrecken!*

Kraftlos breche ich meine Bemühungen ab, stürze zurück zu den Atemmasken, und die Tür gleitet langsam, aber sicher (wie es sich für einen Notausstieg gehört) wieder auf. Ob die Passagiere etwas vom Wetterumschwung mitbekommen?

Was zum Kuckuck...?

Licht! Ein Lichtstrahl!

Ich blinzele. Meine Augenlider sind eiskalt. Ich gehe zur offenen Tür, blicke hinaus. Zum ersten Mal erkenne ich Dimensionen. Die Atmosphäre ist so klar wie der interstellare Raum, wirkt wie eine Lupe. Es ist nicht die Einbildung eines Erfrierenden, Verblutenden, Erstickenden. Ein steil von oben herabfallender Lichtkegel hat einen winzigen, starren, grün gekleideten Körper erfasst, der sich Hunderte von Metern vom Flugzeug entfernt hat. Er trudelt schräg hinab in die Tiefe. Arme Seetha. Aber sie hätte längst nicht mehr zu sehen sein dürfen! Warum fällt sie so langsam? Und warum noch immer diagonal vom Flugzeug weg? Ein zweiter Lichtfinger zuckt auf, diesmal jedoch von unten, wie der Suchscheinwerfer einer Flak-Stellung.

Was ist das? War da nicht eben ein Schatten im Gegenlicht, ganz in Seethas Nähe? Die Perspektive ist ungewöhnlich, aber die Silhouette... wenn mich der Sauerstoffmangel nicht genarrt hat, habe ich dort unten im Gegenlicht des Strahls für einen Augenblick einen riesigen Schatten erkannt. Keine Farben, aber deutliche Formen. Ich könnte schwören, es war...

Luft, Luft!

Bin fast umgekippt, starr vor Kälte. Die Augenlider frieren mir beim Blinzeln fest, die Härchen in meiner Nase sind eisige Nadeln. Ich laufe wieder zur Tür, sehe hinunter und direkt ins Licht. Geblendet schließe ich für einen Moment die Augen. Das Licht lässt einen dunklen Widerschein auf meiner Retina zurück. Der Strahl zeigt hinauf zu mir, genau auf die offen stehende Tür.

Jetzt haben sie dich entdeckt, Ternasky! Zu spät, fürchte ich. Konnte ja nicht ahnen, dass man erst unschuldige

Frauen aus dem Flugzeug werfen muss, um ihre Aufmerksamkeit zu erregen.

Da kommt etwas herauf! Ja, ich sehe es ganz deutlich, etwas nähert sich, schwebt empor. Ein riesiges Ding, schwärzer als der Raum, der uns umgibt. Mit einem halben Dutzend Scheinwerfern hat es mich erfasst. Diese winzigen Lichter überall. Sind das Fenster? Ist das eine Plattform? Oder ...

Heilige Scheiße – was ist *das* denn ...?!

Alphard 13

»Mein Name ist Hipparch von Nikaia, Astronom und Geograph der Freien Reichsstadt Rhodos«, stellte sich der untersetzte Mann würdevoll vor und schlug sein Gewand hoch, damit es mir (der ich im Kies lag) nicht ins Gesicht hing. »Böse Zungen behaupten, ich sei ein Wadenbeißer. Wenn ich euch so sehe, junger Mann, trifft diese Unterstellung mehr auf euch zu.«

Der Fremde war in ein weißes Himation gekleidet, das sein stämmiges Aussehen noch zu betonen wusste. Seine Füße – wenn sichtbar – steckten in schlichten Ledersandalen. Ich blinzelte in die Höhe, Konzentration auf den Kopf. Sein Haar war schwarz und lockig, die Haut gebräunt, die Nase etwas zu lang, der Schwung seiner Lippen besaß etwas Fischartiges. Eine Schifferkrause verlieh dem Fremden das Aussehen eines antiken Seemanns.

»Wollt Ihr nicht endlich aufstehen?«, fragte der Mann und reichte mir eine Hand. Ich zog mich an ihr hoch, sah mich um, suchte Gamma. Er war nirgendwo zu sehen, nur Gespenster wandelten durch die Straßen. »Hier.« Hipparch hielt mir die Strahlenwaffe hin. Ich nahm sie, wog sie in der Hand. Sie besaß weder einen Taubenschnabel, noch Flügel oder Federn. Es war wieder eine ganz gewöhnliche Waffe.

»Hat Jerome Sie geschickt?«, fragte ich, als ich sie einsteckte.

»Jerome?« Hipparch spie den Namen aus wie eine Verwünschung. Er spuckte Phantomspeichel in den Kies, wetterte: »Dieser Chaos-Theoretiker? Eine Katastrophe, seine Denkweise. Philosoph! Sophist! Verkehrt mit der Wahrheit, ohne sich auf sie einzulassen!« Hipparch schnaufte wie ein Blasebalg. Seine Erregung war ein faszinierendes Schauspiel bei einem Geist. »Eure Freundin ist auf der Agora«, meinte er dann beherrschter. »Kommt. Ich führe euch hin.«

Gamma lungerte an einer Lichtpyramide herum, nahezu identisch mit jener, durch die wir auf diese Ebene gelangt waren. Die Konvergenzzelle, wie Nikobal sie genannt hatte, besaß einen Radius von fast fünf Metern, und jetzt, aus unmittelbarer Nähe, erkannte ich, dass sich das Gebilde drehte – es rotierte in alle Richtungen gleichzeitig. Gamma sah kurz auf, als wir uns näherten, dann wieder auf den strahlenden Polymorph. Ohne mich eines Blickes zu würdigen, wandte er sich meinem Begleiter zu, murmelte einen unverständlichen Gruß, vermutlich in altgriechisch. Beide beugten sich vor, und ich erwartete schon, sie würden einander küssen. Stattdessen berührten sie sich gegenseitig mit der Stirn. Für eine Sekunde bildete sich an der Stelle der Berührung ein Leuchten, dann richteten sie sich wieder auf, und das Phänomen war verschwunden. Hipparch ebenfalls.

»Der wievielte Zugriff war das?«, erkundigte sich Gamma, während er Geschäftigkeit vortäuschte.

»Ich weiß es nicht«, antwortete ich rau.

»Denk nach«, forderte er mich auf.

Ich funkelte ihn an, schüttelte dann resignierend den Kopf. »Vielleicht der sechste oder der siebte...«

»Erinnerungen?«

»Nein.«

»Und was ist mit den Symbolen auf deinem Arm?«

Mein Blick musste Bände sprechen. Gamma ging nicht weiter darauf ein, und Prills Augen sagten mir, dass es im Moment klüger war, den Mund zu halten.

»Folge mir«, meinte Gamma schließlich, lief ins Zentrum der Zelle und löste sich auf. Tja, auch eine Art der Überredung. Ich spürte keinerlei Widerstand, als ich in das Objekt eindrang. Die einzige Veränderung bestand darin, dass ich, obwohl ich auf dem Boden zu stehen glaubte, nun aus fast zwei Metern Höhe auf ihn niederblickte. Ehe ich mir über das Phänomen Gedanken machen konnte, veränderte sich die Umgebung. Es war, als blende sich eine Landschaft über die andere.

Monotone Gleichförmigkeit umgab uns, eine brettebene, sienafarbene Kieswüste, auf der in Kilometerabständen schmächtige, dornenbewehrte Bäume hin und wieder grüne Akzente setzten. Stahlblauer Himmel wölbte sich über der Wüste. Er besaß im Zenit dieselbe Intensität wie über dem Horizont, ohne eine Trübung der Atmosphäre, und verlieh der Landschaft etwas Unwirkliches, Surreales. Es war taghell, aber keine Sonne war am wolkenlosen Himmel zu sehen. Er sah aus, als bestünde er aus lauterem Metall.

Kilometerweit war ich Gamma über die Ebene gefolgt. Gelegentlich kreuzten seltsame Tierherden unseren Weg; mal vogelartige, einbeinige Geschöpfe, die durch die Landschaft hopsten, mal gewaltige, elefantenverwandte Tiere mit langen, dornenbewehrten Schwänzen. Der einzige Zweck, den sie in meinen Augen zu erfüllen schienen, war, die Einförmigkeit der Wüste erträglicher zu machen. Der Boden musste unerträglich heiß sein, doch Gamma lief weiterhin barfuß und ohne sich zu beklagen. Irgendwann bildete sich vor uns eine Beule am Horizont, die ungewöhnlich rasch an Höhe gewann, ein dunkler Schemen in Form eines sanft geschwungenen Hügels. Mehr als einen Kilometer breit und etwa dreihundert Meter hoch wölbte er sich über den Horizont.

»Was ist das?«, fragte ich und verlangsamte meinen Schritt. »Ein Luftschiff der Lords?«

»Keine Lords«, versicherte Gamma.

»Es kommt genau auf uns zu!«

»Ruhig Blut, das ist kein Schiff.« Mein Mentor war stehen geblieben, hielt die Hände hinter dem Rücken verschränkt und wippte leicht auf und ab. Es war nun nicht mehr von der Hand zu weisen, dass sich das Objekt auf uns zubewegte. Gamma machte weiterhin keine Anstalten, sich vor dem näher kommenden Etwas in Sicherheit zu bringen.

»Wie kann sich dieses kolossale Ding so schnell bewegen?«, wunderte ich mich mit wachsender Unruhe, glaubte nun Gebäude zu erkennen, die den Hügel krönten. »Schwebt es über der Wüste? Bei dieser Geschwindigkeit müsste es Tonnen von Staub aufwirbeln.«

»Nicht dieses *Ding* bewegt sich, sondern der Boden unter ihm«, erklärte Gamma. »Jeder Punkt dieser Ebene fließt strahlenförmig darauf zu.«

Ich blickte auf die gigantische, sich vollkommen lautlos nähernde Konstruktion und bekam einem Schwindelanfall. Der höchstens noch zwei Kilometer entfernte und unvermindert auf uns zurasende Berg entpuppte sich als gewaltige Stadt, deren Anblick mir den Atem verschlug. Lehmtürme im verrücktesten Tudorstil, die aussahen, als seien sie vor Urzeiten bei einem Sandburgenwettbewerb entstanden, beherrschten den Hügel. Sie bildeten Arabesken aus Lehm und grob behauenem Stein. Auf Fensterflügeln, Bogen, Giebeln, Zinnen und groben Friesen befanden sich Blattranken, Rhomben und Schnörkel. Jeder Quadratzentimeter war bearbeitet. Um die Stadt lag ein schmaler Grünstreifen, bewachsen mit Zedern, Zypressen, Weinranken und Feigenbäumen. In dem unruhigen Werk aus Stuck, Staub und Grün war keine Logik zu erkennen, kein Punkt, an dem der Blick hätte verweilen können.

»Das alte Norom«, sagte Gamma. Er kniff die Augen zusammen, als erwartete er, zwischen den Gebäuden etwas Außergewöhnliches zu erspähen. »Ich weiß nicht, was das *Sublime* an diesem architektonischen Trauerspiel findet«, meinte er nach einer Weile kopfschüttelnd, »aber sei's drum.«

»Sie wird uns zermalmen!«, erregte ich mich. Ich ging in die Hocke, in der absurden Hoffnung, die Stadt würde über mich hinwegfegen. Noch immer drang von ihr kein Sterbenslaut herüber. Die Entfernung verringerte sich in Sekundenschnelle; fünfhundert Meter, dreihundert, einhundert ... Ich sah unserem sicheren Verderben mit aufgerissenen Augen entgegen. Der Stadtberg schien den Boden einfach unter sich zu verschlucken. Zwanzig Meter, bevor er Gamma und mich zerschmetterte, endete Noroms rasender Ansturm, als würde ein im Zeitraffer ablaufender Film innerhalb eines Atemzuges zu einem Standbild gefrieren.

Die Stadt – oder die Ebene – stand still.

Ich starrte atemlos auf den sich wenige Meter vor mir erhebenden Fuß einer breiten Treppe. Sie führte in Serpentinen den Hang hinauf durch ein mächtiges Lanzett-Tor, das sich in einer massiven Stadtmauer auftat. Ausgetretene Pfade zogen sich durch die grasbedeckte Anhöhe, Vogelgesang und das Rascheln von Bäumen und Büschen im Wind waren die einzigen vernehmbaren Geräusche.

Gamma hatte die Hände in die Hüften gestemmt und ließ seinen Blick über die Gebäude wandern. »Was du hier siehst, sind die Ruinen einer Stadt, die in ferner Vergangenheit auf der Erde erbaut wurde; gegen Ende des sechsten Jahrtausends vor eurer Zeitrechnung. Ihr jetziger Zustand entspricht etwa dem des späten zweiten Jahrhunderts. In deiner Zeit ist der einstige Stadthügel nichts weiter als eine unscheinbare Anhöhe in der jemenitischen Wüste. Du siehst die Zukunft der Vergangenheit, Stan.«

Zweifelnd erhob ich mich aus meiner Kauerstellung. »Es ist so still«, wunderte ich mich. »Ist die Stadt verlassen?«

Gamma atmete tief durch. »Das will ich doch hoffen.« Dann begann er, die Treppe zum Stadttor hinaufzusteigen.

Alle Gebäude Noroms schienen einst Paläste gewesen zu sein. Überall sah ich schiefstehende Türme, von der Hälfte aller Bauten am Stadtrand waren nur noch Felder aus getrocknetem Lehm und zerbröckelten Steinen übrig geblieben. Norom sah so aus, wie ich mir London, Florenz, Venedig, Chartres oder Amsterdam vorstellte, wenn alle Bautätigkeiten in der Renaissance zum Erliegen gekommen wären. Ein Irrgarten. Die Häuserwände ragten bedrückend hoch, die Durchgänge waren schmal. Wohin ich mich auch wandte, ich entdeckte nur neue Rätsel und Widersprüche. Wir wanderten durch silbrig schimmernde Straßen, übersät mit Glimmerscherben, Steinen, Fliegen und den verschrumpelten Kadavern rattenartiger Nager. Vor Jahrhunderten gefallener Regen hatte tiefe Löcher und Rinnen in die Erde geschwemmt.

Gamma lief vorweg und hüpfte behände von Krater zu Krater, immer weiter bergan. Mir kam es vor, als hätten wir unseren Weg bereits mehrere Male gekreuzt, ehe wir endlich auf eine breite Straße gelangten, die zu einem menschenleeren, staubigen Platz führte. Der Hauseingang, dem Gamma letztlich zustrebte, lag inmitten eines Wirrwarrs aus Gerümpel, verkümmerten Holunderbüschen und verfallenen, Ton in Ton gefärbten Lehmhäusern. Aus dem Eingang schlängelte sich ein knietiefer Graben, als wäre jahrelang ein Bach aus dem Inneren des Gebäudes geflossen. Die Kluft führte in eine Senke auf der gegenüberliegenden Straßenseite und mündete in ein bodenloses Loch in deren Grund.

Ich folgte Gamma durch den türlosen Zugang in einen winzigen Innenhof. Durch eine weitere Passage gelangten wir in einen großen Raum, der im Vergleich zu den tristen Verhältnissen draußen geradezu prunkvoll wirkte. Ich hatte das Gefühl, das Ende eines Regenbogens betreten zu haben. Anstelle von Fenstern befanden sich unregelmäßige Löcher in der Saaldecke. In jedem Loch steckte eine faustgroße bunte Glasscheibe und färbte das einfallende Licht scharlach- oder purpurrot, grün oder golden. Prill und ich wirkten darin wie Pierrots. Die Wände der Halle glichen einem riesigen Bilderbuch, einem Labyrinth aus Zeichen und Symbolen, das wie eine fortlaufende Handschrift wirkte, ein monumentaler, zweidimensionaler Code ohne Anfang und Ende. Wenn überhaupt eine Struktur erkennbar war, dann in Form eines sich ewig wiederholenden Zickzack- und Spiralmusters.

Ich war in der Mitte der Halle stehen geblieben und ließ meinen Blick über die Wände gleiten. »Was bedeuten diese Ornamente?«, flüsterte ich ergriffen.

Gamma antwortete nicht. Ich sah mich um und erkannte, dass Prills Körper lautlos in einer Ecke des Raumes zusammengesunken war. Statt seiner erklärte eine dunkle, volltönende Stimme vom gegenüberliegenden Ende des Saales: »Sie beruhen auf den Schriftzeichen für den Namen Gottes!«

Zwischen zwei geöffneten Türflügeln stand die massige, in schwarze Tücher gehüllte Gestalt eines Lords. Ich hatte ihn weder eintreten noch die Tür sich öffnen hören. In den Regenbogenfarben hatte ich nicht einmal erkannt, dass sich am anderen Ende der Halle eine Tür befand. Ein Läufer bewegte sich hinter dem schwarz Gekleideten durch den Eingang. Er war über einen Meter lang, aber nicht so groß wie ein Oberflächenläufer. Sein Metallkörper glänzte im Gegensatz zu den mattschwarzen Modellen in der Wüste tiefgolden. Vertauschte Rollen, zumindest optisch. Die Maschine schlich um die Beine des Lords, fixierte die besinnungslose Prill und musterte schließlich mich.

Der Lord, vollkommen haarlos wie seine Artgenossen in den Stationen und fast zwei Köpfe größer als ich, trat näher. Seine fahle Haut wirkte für das einfallende Regenbogenlicht wie eine Leinwand. Der Läufer blieb an der Tür zurück und ließ mich nicht aus den Augen. Er besaß keine Greifscheren, erinnerte mehr an einen Riesenkäfer als an eine Spinne.

»Stan«, grüßte der Lord. »Ich freue mich, dich wohlbehalten wiederzusehen.«

Ich starrte ihn an. Sein Gewicht dürfte vierhundert Pfund weit überschreiten, und da sein Wanst den Hauptteil der ganzen Person ausmachte, erweckte er den Eindruck eines Ballons, gefüllt mit reinem Geist und kaum am Boden verankert. Er hatte ein fleischiges Gesicht mit scharfen Linien, die ihm wie Mondsicheln um die Mundwinkel liefen. »Gamma?«, fragte ich.

»Hast du jemand anderen erwartet?«

»Ja – nein ...« Ich trat einen Schritt zurück. »Du sagtest, du seist kein Lord.«

»Das bin ich auch nicht. ›Lord‹ ist eine sehr menschliche Titulierung, Stan.« Er blieb einen Schritt vor mir stehen, sah auf mich herab. »Zigarette?«

Gamma zog eine flache Holzschachtel aus seinen Gewändern, ließ sie mit einer schnellen Handbewegung aufschnappen und hielt sie mir hin. In ihr lagen acht selbst gedrehte Tabakröllchen nebst Streichhölzern. Ich starrte erst ihn, dann die Zigaretten verdutzt an, fingerte umständlich einen der dargebotenen Glimmstängel heraus und steckte ihn mir zwischen die Lippen. Gamma verstaute die Schachtel wieder in seinen Gewändern. Dann hielt er eines der Streichhölzer in den Fingern, brachte es mit einem Schnippen seines Fingernagels zum Brennen und hielt es an die Spitze meiner Zigarette. Ich zog an ihr und sah sie wie ein kleines Buschfeuer bis zu meinen Fingerkuppen abbrennen, wo sie noch einige kleine Funken versprühte und verlosch.

»Was hältst du davon?«, fragte Gamma.

»Recht gut«, log ich, »bis auf die Tatsache, dass sie mehr Nitrate zu enthalten scheint als Tabak.«

»Verschiedene Paragone sagten mir schon dasselbe.« Gamma sah hinüber zu Prill, kümmerte sich jedoch nicht weiter um sie, sondern wandte sich um und schritt zurück zur Tür. »Du musst hungrig sein«, sagte er. Als er bemerkte, dass ich mich nicht rührte, rief er über seine Schulter: »Na los, worauf wartest du?«

»Was geschieht mit Prill? Wir können sie hier nicht einfach liegen lassen.«

»Das *Sublime* wird sich um sie kümmern, sobald es sie lokalisiert hat«, vernahm ich seine sich entfernende Stimme.

Ich sah auf ihren leblos wirkenden Körper. *Und wie lange wird das dauern?*, rief ich Gamma im Geiste hinterher. *Stunden? Tage? Vielleicht Wochen?* Bis sie in dieser Totenstadt jemand fand, zeugten von Prill vielleicht nur noch nackte Gebeine. Besaßen Klone Gebeine? Ich ballte in hilfloser Wut die Hände. Gammas Läufer beobachtete mich, und mir war, als tippte er mit einem seiner Vorderbeine ungeduldig auf den Boden. Ich atmete tief durch, gab mir einen Ruck und folgte – einen Bogen um die Maschine schlagend – Gamma in einen Gang, der sich wie eine Spirale in die Tiefen der Stadt wand. Laternen, die alle zehn Schritte beidseitig des Ganges angebracht waren, erhellten den Weg. Der Läufer bildete die Nachhut, schlich wie eine klappernde Schreibmaschine an der Wand entlang und behielt mich stets im Visier.

Konsterniert betrachtete ich die beiden straußeneigroßen Objekte vor mir. Offenbarung hatte ich erwartet; eine Sendestation, in der sich außerirdische Technik bis hoch zur Decke türmte, ein riesiges Labor, ein Kraftwerk, Energieblitze, brummende Generatoren, einen unermesslichen Hangar, angefüllt mit den Leibern von Flugzeugen, Hunderte von Menschen in riesigen, transparenten Nährstoffbassins, monströse Maschinen, die Arbeiten verrichteten und tausende von Klonen züchteten, ein vierdimensionales Etwas, dessen alleiniges Betrachten jede meiner Fragen beantwortete, Gott, Schöpfung, Allmacht – das *Sublime*.

Stattdessen hatte mich Gamma in eine muffige Kaschemme geführt und am einzigen Tisch Platz genommen, der gedeckt war. Er bezeichnete diesen Ort als ›Schlupfwinkel für den Augenblick‹. Einen derartigen Raum, tief unter dem Zentrum der Stadt, hatte ich als letztes erwartet. Ich fühlte mich wie im Refektorium eines arabischen Höhlenklosters. Wasserpfeifen aus

Messing beanspruchten die eine Hälfte des Raumes, jeweils umringt von drei Sitzkissen. Neben jedem Kissen stand ein Spucknapf aus Bronze und ein Kelch mit glimmendem Weihrauch. Auf unserer Seite umgaben uns acht runde, von Hockern umlagerte Holztische. Die Decke war so niedrig, dass ich beim Eintreten meinen Kopf hatte einziehen müssen.

Das Menü: Gedeck für eine Person. Ein mit undefinierbarer Flüssigkeit gefüllter Krug, ein Teller, ein Löffel. Auf dem Teller: zwei übergroße Eier. Außergewöhnlich war, dass sie im Zwielicht silbern leuchteten. Der Tisch war so alt, dass ich befürchtete, er würde unter dem Gewicht meiner Ellbogen zusammenbrechen. Kupferstiche, ausgedientes Geschirr, Waffen und Teppiche schmückten die Wände. In die mir gegenüberliegende Wand war ein mächtiges Aquarium eingelassen, in dem Goldfische schwammen. Die dicke Trennscheibe und das Wasser verzerrten sie zu karpfengroßen Monstern. Sie klebten schaulustig am Glas und starrten kollektiv zu uns herüber. Ich fühlte mich bereits nach kurzer Zeit von ihnen beobachtet.

Im Hintergrund des Raumes befand sich eine Theke, doch auch sie war verwaist. Gamma und ich waren die einzigen ›Gäste‹. Nur der goldene Läufer leistete uns Gesellschaft. Er ruhte bewegungslos neben unserem Tisch und ließ seine Antennen bei jedem Geräusch aufmerksam rotieren. Wortlos schlug ich mit dem Holzlöffel eines der Eier auf; hervor quoll eine weiße, zähe, aromatisch riechende Substanz, die sich langsam im Teller verteilte. Ich steckte den Löffel in den weißen Brei und rührte angeekelt darin herum.

»Sind das Eier?«, fragte ich und experimentierte mit der zähen Masse, »oder hormonbehandelter Fischrogen? Außerirdische Früchte? Das Ergebnis einer

Liaison zwischen einem Gummibaum und einem Lindwurm?«

»Es besitzt keinen Namen«, antwortete Gamma.

Ich roch in den Krug zu meiner Rechten. Dem Aroma nach bestand sein Inhalt aus kaltem Tee. Bemüht, dem Gericht etwas Appetitliches abzugewinnen, probierte ich schließlich etwas von dem Brei. Selbst mit geschlossenen Augen fand ich ihn wenig bekömmlich. Ich schielte zum Aquarium. Die Fische starrten mich immer noch an. Ihre Gesichter erinnerten mich an die der Lords. Hätten sie Nasen besessen, hätte man sie für degenerierte Verwandte meines Gegenübers halten können.

»Gibt es hier nichts Vernünftiges zu Essen?«, beschwerte ich mich. »Wenigstens« – ich tippte eines der leuchtenden Objekte an – »*richtige* Eier, und nicht dieses Zeug hier.«

Gamma sah gleichgültig drein. »Man kann es dir wohl nie recht machen«, urteilte er. Dann zuckte er die Schultern und nickte in Richtung der Theke. Ich sah hinüber. Hinter dem Tresen stand wie ein Dschinn aus einer Wunderlampe eine dunkelhäutige Gestalt. Sie trug einen rot-weiß-gemusterten Turban, einen krausen, schwarzen Vollbart und eine schäbige, braune Lederjacke über einem grau melierten Hemd. Ich warf einen zweifelnden Blick auf Gamma, stand auf und näherte mich dem Fremden, der anscheinend das Amt eines Gastwirtes bekleidete. Der Mann blickte ausdruckslos auf den Tresen. Erst als ich die Theke erreichte, hob er den Kopf.

Ich bat ihn, mir Kaffee, ein Ei und etwas Brot zu bringen. Er blickte mich finster an und tastete nach dem Griff eines Krummdolches, den er am Gürtel trug. »Ei?«, wiederholte er mit tiefer Stimme zweifelnd.

»Und Kaffee...«

Der Wirt bewegte sich rückwärts durch eine Tür, wobei er mich unausgesetzt beobachtete, dann war er in der Dunkelheit verschwunden. Nach etwa fünf Minuten erschien er wieder, in den Händen eine Getränkedose mit japanischem Apfelsaft und ein sehr kleines, sehr dreckiges und sehr rohes Ei mit zwei verschmierten Federn. Beides legte er vor mir auf den Tresen.

»Nach meiner Erfahrung fährt man am besten, wenn man bei einem einheimischen Gericht bleibt«, resümierte Gamma, nachdem ich mich wieder zu ihm gesetzt hatte. Er erhob sich und lief seinerseits zur Theke. Kurze Zeit später stand eine Schüssel mit heißem, dünnem Eintopf vor mir, dazu ein Fladen ungesäuerten Brotes.

»Du wolltest die Wahrheit wissen«, erinnerte sich mein Mentor, während ich die Suppe in mich hineinlöffelte. Dabei schaute er so intensiv hinüber zur Theke, dass ich nicht umhin konnte, seinem Blick zu folgen. Von der grimmigen Bedienung war kein Zipfel mehr zu sehen. Es überraschte mich kaum. »Du wirst dich weigern, sie zu akzeptieren«, fügte Gamma hinzu.

Ich warf den Löffel hin, schob die Schüssel ein Stück fort. Ein Teil der Flüssigkeit schwappte über den Rand, besudelte den Tisch. »Worauf willst du hinaus?«, fragte ich.

»Ich verlange, dass du endlich deine törichte Arroganz ablegst, Stan!« Gamma wartete einen Augenblick, als wollte er sich vergewissern, dass ich ihn verstanden hatte, ehe er sagte: »Du bist Plankton, das sich einbildet, es bewege den Ozean um sich herum, das glaubt, es kontrolliere die Gezeiten selbst dann noch, wenn es sich längst im Maul eines Fisches befindet. Wenn du weiter blicken kannst als andere, dann nur, weil du auf den Schultern von Riesen reitest!«

Ich fuhr hoch, stemmte meine Hände auf die Tischplatte: »Ich will keine Charakterstudie«, empörte ich mich laut, »sondern eine Erklärung! Nur eine einfache Erklärung, weiter nichts!«

»Das ist das Problem, Stan«, entgegnete Gamma leise. »Es gibt keine einfache Erklärung.«

Seit ich meinem Mentor gegenübersaß, war ich bemüht, seine Anwesenheit in diesem Raum zu verharmlosen. Der Läufer neben mir beunruhigte mich weitaus weniger als das fette Geschöpf an meinem Tisch. Ständig versuchte ich, mir seine natürliche Gestalt vorzustellen, und musste dabei an den monströsen Schatten denken, den ich in einer der Stationen zu Gesicht bekommen hatte. Würden Gamma und die Lords in ihrer menschlichen Gestalt Seite an Seite sitzen, könnte man sie nicht voneinander unterscheiden. Ich war sicher, sie glichen sich wie ein Ei dem anderen; Salmeik, Garbol, Jasphed, und wie sie alle hießen, deren Namen ich in den Stationen aufgeschnappt hatte. Ich bildete mir sogar ein, diese kleine halbmondförmige Narbe über Gammas linkem Auge schon bei Nikobal erkannt zu haben.

Waren die Lords ebenfalls nur Klone?

Ich ließ mich auf meinen Stuhl zurücksinken. Die Situation war absurd. Da hockten wir uns gegenüber, fast Nase an Nase. Ich, Stan Ternasky, saß mit einer außerirdischen Kreatur an einem Tisch! Vielleicht hatte sie recht, und ich war wirklich arrogant und anmaßend. Sie war es nicht minder. Im Geiste waren wir uns so ähnlich. Aber ich wusste keinen anderen Weg, meine Angst und Beklemmung zu verbergen. Wahrscheinlich war ich der einzige Mensch, der über die Lords Bescheid wusste, der einzige, dem klar war, mit wem und was er sich konfrontiert sah, und der einzige, der je einen so nahen Kontakt zu einem außerirdischen Wesen erfahren hatte. Und was taten wir? Wir stritten uns wie ein altes Ehepaar.

Es war einfach lächerlich.

Ich entspannte mich ein wenig, sagte in beherrschtem Tonfall: »Ich habe wochenlang mein Leben für dich aufs Spiel gesetzt. Ich bin dir bedingungslos bis in diese Stadtruine gefolgt, habe dir vertraut und gehofft, Antworten zu erhalten. Stattdessen führst du mich in eine Spelunke und tischst mir Suppe auf!«

»Was erwartest du?«, entgegnete Gamma gelassen. »Dass ich dich mit einem kräftigen Tritt in den Hintern ins *Sublime* befördere? Da, Hund, friss?!«

»Ich habe sechzehn...«

»...Prill-Klone getötet«, schnitt mir Gamma das Wort ab. »Sechzehn Geschöpfe, geliebt wie gehasst. Ja, Stan, ich weiß. Und? Soll ich dir jetzt sagen, dass ich es dir hoch anrechne?«

»Wie wäre es denn mit: Danke, Partner!« Das letzte Wort spuckte ich förmlich aus. »Wer von uns beiden maßt sich tatsächlich an, ihm gehöre die Welt, und alles, was man für ihn tut, sei eine Selbstverständlichkeit?«

Gamma maß mich mit Blicken. »Du hast Erinnerungen an die Vergangenheit«, sagte er dann, »und Vorstellungen von der Zukunft, aber du bist dennoch an die Gegenwart gebunden. So war es, und so wird es immer für dich sein. Du weißt nicht, was ich in ein paar Minuten zu dir sagen werde, oder wo ich mich aufgehalten habe, ehe du kamst. Ich könnte nach unserem Gespräch eine Waffe auf dich richten und dich töten. Ich könnte ganz langsam das Kraftfeld abschalten, das dich schützt, und dir beim Sterben zusehen. Du bist ein Stein im Brunnen, Stan, und solange dich niemand heraufholt, wirst du ewig im Brunnen bleiben. Dem Stein aber ist's einerlei, ein Stein zu sein. Die Wahrheit bleibt für dich immer das, wofür du sie hältst.

Stell dir vor, du würdest in einer zweidimensionalen Welt leben, wärst ein Flachwesen und wüsstest nichts davon, dass Raum existiert. Würde eine Kugel deine Welt durchdringen, würdest du diese nie als Kugel wahrnehmen, sondern nur als größer und kleiner werdenden Kreis, der aus dem Nichts auftaucht und im Nichts verschwindet.«

»Nikobal erzählte mir bereits eine ähnliche Geschichte«, winkte ich ab. »Die Schwatzhaftigkeit und die Fähigkeit, Absurdität zu kultivieren, scheint euch angeboren zu sein.« Über Gammas Nasenwurzel bildete sich eine V-förmige Unmutsfalte. »Dein Artgenosse benutzte den zweidimensionalen Vergleich allerdings, um mir einzureden, dass Flucht unmöglich sei«, fuhr ich fort.

»Er ist zwar kein Artgenosse von mir, aber er sagte die Wahrheit. Du allein hast keine Möglichkeit, die Projektebenen zu verlassen...«

Ich beugte mich ein Stück vor. »Was soll das jetzt schon wieder heißen?«

»Das bedeutet, dass die Kugel für dich ein Kreis bleibt, solange ich es für zweckdienlich halte.« Er lehnte sich zurück, faltete seine Kuheuter-Hände auf seinem Buddha-Bauch und grinste.

Aufgeblasenes außerirdisches Marzipanschwein! Ich hätte ihn im Dreieck herumschlagen können. Danach hätte er gewusst, wie viel Ahnung ich von Geometrie hatte. Der Reporter der *New York Times* hatte richtig vermutet: Aliens *sind* intellektuelle Arschlöcher! Starfucker! Gamma blinzelte nicht. Er hielt meinem Blick stand, zwang mich sogar, den meinen abzuwenden. Dämliche Fische, dort im Aquarium! Hatten nichts

Besseres zu tun, als durch die Scheibe zu glotzen. Alpha, Beta, Gamma, Delta...

»Lass mich dir etwas über die Zeit erzählen«, ergriff mein Mentor nach minutenlangem Schweigen das Wort. Ich hatte mir eine von meinen Zigaretten angezündet – die letzte, die übrig war. »Um diesen Ort und die Wahrheit zu verstehen, musst du erst versuchen, *sie* zu verstehen. Du nimmst Zeit als Punkterlebnis wahr. Die Fähigkeit, sie wie eine Ebene ohne Horizont zu überschauen, so, wie du die Weite einer Landschaft vor dir erkennen kannst, indem du einfach deinen Blick hebst oder senkst, besitzt du nicht. Dein Erfahrungsrahmen erstreckt sich über dein kurzes Leben. Alles, was davor geschah und danach geschehen wird, beläuft sich auf Rekonstruktion, Spekulation, Vermutung, wie verheißungsvoll es auch sein mag.

Es soll Menschen gegeben haben, die fähig waren, über den Augenblick hinaus einen unverhofften Blick in diese Dimension zu werfen. Sie erfuhren Erlebnisse aus der nahen Zukunft, die sie irgendwann als *Déjà-vu* wiedererlebten. Oder sie sahen etwas, das sich in der Zukunft ereignete, und glaubten fortan, sie könnten weissagen. Es waren allesamt unbedeutende Ausnahmen, Irregularitäten, nichts, aus dem sich ein evolutionärer Prozess hätte entwickeln können.

Um deinen Erfahrungsrahmen zu erweitern, kannst du dich des Wissens und der Visionen anderer bedienen, aber wie viel ist dieses Wissen wirklich wert? Worte, Bilder, Gesten? Schriftzeichen sind eine Matrix der Phantasie, vermögen aber niemals ein tatsächliches, untrügliches Bild dessen zu vermitteln, was du mit eigenen Augen siehst, deine Hände einst spürten oder irgendwann spüren werden. Fotografien sind zweidimensionale Angelegenheiten, die durch ein paar Tricks Dreidimensionalität vorgaukeln können. Sie verströmen keinerlei Gerüche, besitzen keine Persönlichkeit, sind auf wenige Sinne beschränkt. Aber würde es dich nicht interessieren, wie vor Jahrzehntausenden das Fleisch eines Mammuts geschmeckt hat, wer Jesus wirklich war oder wie in ein- oder zweihundert Jahren das Parfüm einer Frau riechen wird?«

Ich versenkte die niedergerauchte Zigarette in der Suppenpfütze auf dem Tisch. »Hältst du diesen Vortrag, um mir weiszumachen, ihr hättet die Zeitmaschine erfunden?«

»Nein«, entgegnete Gamma. »Wir nicht. Wir haben nur gefunden, was ihr zurückgelassen habt!«

Als ich vor Verblüffung nichts zu erwidern wusste, sagte Gamma: »Die Wahrheit ist, dass du dich weit in der Zukunft befindest. Das gilt für deinen Aufenthalt im *Sublime* wie auch in den Projektebenen. Die Wahrheit ist, dass es in dieser Zukunft keine Menschen mehr gibt. Oder sagen wir: gab. Zuerst glaubten wir, die Menschen wären ausgestorben oder hätten sich einfach nur aus dem Staub gemacht, weil die Erde unbewohnbar geworden war, aber das war nicht der Fall. Vieles spricht dafür, dass euer Verschwinden einen ganz anderen Grund hat. Die Wahrheit ist, dass das *Sublime* Menschenwerk ist. Wir haben es lediglich wieder in Betrieb genommen – wobei diese Formulierung etwas hinkt. Die Anlage war noch in Betrieb, jedoch seit langer Zeit verwaist. Sie hatte sich sozusagen selbst betrieben.«

»Selbst betrieben?«, echote ich.

»Und das über Jahrtausende.«

Mein Lachen klang leicht hysterisch. Ich verschränkte die Arme vor der Brust. Fehlte noch, dass

Gamma eine Leinwand aufrollte und einen Diavortrag hielt. Seine Worte machten mich wütend und bestürzt zugleich; wütend, weil er sich tatsächlich erdreistete, mir solch einen Humbug zu erzählen, und bestürzt, weil mir eine innere Stimme sagte, dass es tatsächlich die Wahrheit war. »Nichts von Menschenhand Geschaffenes kann so lange funktionieren«, urteilte ich. »Schon gar nicht eigenständig. Niemals!«

»Das ist wahr«, stimmte Gamma zu. »Zumindest, was den BRAS-Komplex betrifft. Die Geschichte des *Sublime* beginnt Mitte des 22. Jahrhunderts eurer Zeitrechnung. Zu dieser Zeit gab es bereits einen bescheidenen interplanetaren Verkehr. Es existierten drei Kolonien auf dem Mond, zwei industrielle und eine wissenschaftliche, ferner eine Station auf dem Mars und eine Erzförderanlage auf Ceres, dem größten Planetoiden. Unbemannte Orbitalstationen umkreisen Venus, Jupiter, Saturn und Uranus. Man expandierte in kleinen Schritten, hatte große Teile des Sonnensystems wirtschaftlich erschlossen und stand kurz davor, einen ersten Sprung ins benachbarte Centauri-System zu wagen. Das Sonnensystem galt weitgehend als erforscht, man rechnete kaum noch mit größeren Überraschungen.

Auf der Erde beschäftigte sich eine Gruppe von Physikern und Historikern mit der Konstruktion eines metaphysischen Datenspeichers und der Erschaffung lebendiger Persönlichkeitsmuster. Sie nannten es *Bioresearch Altosphere*, kurz BRAS. Ziel des Projektes war sozusagen eine Rekonstruktion großer Geister, Koryphäen und Genies anhand ihrer zur Verfügung stehenden Persönlichkeitsprofile. Mittels leistungsstarker Generatoren, die einen kugelförmigen Raum umgaben, wurde von einem Kraftfeld eine metaphysische Sphäre erzeugt, ein absoluter, neutraler Geist. Dieser konnte nun charakterisiert werden, beispielsweise mit dem Persönlichkeitsprofil von Immanuel Kant. Das Ergebnis war, wenn ich es so nennen darf, Kants Geist. Zumindest annähernd.

Im Laufe der langjährigen Forschungen fand man heraus, dass sich in der Sphäre mehrere Persönlichkeitsmuster erschaffen und speichern ließen. Obwohl sie ein und dasselbe Medium teilten, vermischten sich die Muster nicht miteinander. Anfangs forschte man noch mit einem relativ kleinen Prototypen, dessen Durchmesser kaum mehr als einen Meter betrug.

Der zweite BRAS-Raum besaß einen Durchmesser von elf Metern. In ihm ließ sich eine Sphäre erzeugen, die Berechnungen zufolge fähig war, maximal eintausend Informationsmuster zu speichern.

Nach ersten bahnbrechenden Erfolgen und dem euphorisch angekündigten Beginn eines BRAS-Zeitalters folgte bald der Rückschlag. Die Sphäre blieb instabil und brach in regelmäßigen Abständen von knapp fünf Monaten in sich zusammen, wodurch alle eingegebenen Muster wieder erloschen. Man war gezwungen, ständig von vorne zu beginnen. Die erneut eingespeisten Bewusstseinsmuster fingen bei einer Problemanalyse ebenfalls wieder bei Null an. Man konnte sie zwar mit allen Erkenntnissen konfrontieren, die man seit dem letzten Zusammenbruch gewonnen hatte, aber unter dem Strich bewegte man sich im Kreis. Die einzige Alternative blieb, ein paar alte Muster wegzulassen und dafür neue zu integrieren, um eine erweiterte Perspektive zu gewinnen.

Nach vier Jahren drohte dem Projekt wegen seiner Unbeständigkeit das Aus. Die Betriebskosten deckten sich nicht mit dem Wert der gewonnenen Erkenntnisse. Das Projekt galt als ineffizient und unrentabel. Geldgeber sowie Regierungen vertraten einhellig die Ansicht, dass das BRAS eine große, vielleicht sogar revolutionäre Entdeckung darstellte, die aber leider an ihrer mangelhaften Zuverlässigkeit scheitern musste.

Nach fieberhafter Fehlersuche fand man heraus, dass mehrere Faktoren für die Instabilität der Sphäre verantwortlich waren. Allerdings lag es nicht, wie man zuerst vermutet hatte, an den Feldgeneratoren, die ein zu schwaches oder ein schwankendes Kraftfeld erzeugten. Von technischer Seite gesehen war alles in Ordnung. In Wirklichkeit lag es an der Erdgravitation, die die Sphäre konisch verzerrte, und am Atmosphärendruck, oder vielmehr an der Atmosphäre selbst. Partikel, Gas, Temperatur, all diese Faktoren beeinflussten das BRAS. Anders ausgedrückt: Es ging in regelmäßigen Abständen an einem Schwerkraft-Katarrh zu Grunde. Ebenfalls schien die Größe der Anlage von enormer Bedeutung zu sein.

Man konfrontierte das BRAS mit seiner eigenen Komplexität, und es gab eine Art Optimallösung für alle Kriterien. Ein Deus ex Machina. Das Ei des Kolumbus. Das Patentrezept war so ungeheuerlich, dass man das Projekt nach dem nächsten Sphären-Kollaps auf Eis legte. Die Bedingungen hatten in etwa gelautet: Atmosphäre: Vakuum. Maximalgravitation: 0,19 g. Maximaltemperatur: minus 117 Grad Celsius. Mindestdiameter: 16 Kilometer.

Einen so gigantischen Hohlraum mit den benötigten Kraftwerken und Feldgeneratoren auf der Erde zu errichten, war nahezu unmöglich. Unabhängig, ob aus Gestein, Metall oder Kunststoff, sein Eigengewicht hätte ihn zerquetscht. Ihn subterran anzulegen, hätte bedeutet, die Risiken von Grundwassereinbrüchen und tektonischen Schwankungen in Kauf zu nehmen. Niemand hatte bisher ein sechzehn Kilometer tiefes Loch gegraben, und niemand hatte ernsthaft vor, es auch tatsächlich zu tun. Es gab Idealisten, die vorschlugen, die Vorteile von Tiefseegräben zu nutzen, doch selbst der tiefste Graben war nicht tief genug für ein solches Projekt. Hinzu kamen die Probleme, die der enorme Wasserdruck und die Auftriebskraft einer hermetisch geschlossenen Sphäre darstellen würden. Die Idee war schnell wieder vom Tisch. Neue Pläne beschäftigten sich mit einer Orbitalstation. Sie hätte alle Kriterien auf einmal erfüllt. Die finanziellen und technischen Probleme machten aber auch sie zunichte. Es hätte Jahrzehnte gedauert, einen stabilen, künstlichen Satelliten dieser Größe zu konstruieren. Das Risiko war allen, ob Regierungen, Ingenieuren oder Investoren, zu groß. Man zog die vielversprechenden Centauri-Missionen vor. Exitus des BRAS-Raumes im Jahr 2181.« Der Lord hob den Kopf, schien nach etwas zu lauschen.

»Darf ich raten?«, fragte ich. »Sie haben ihn trotzdem gebaut.«

Gamma nickte. »Ja, das haben sie. Die Verlockung war wohl zu groß. Nach mehr als einem halben Jahrhundert erlebte das BRAS-Projekt im Jahr 2232 eine Renaissance. Die Möglichkeiten für eine Verwirklichung hatten sich weiterentwickelt, und nach einer nochmaligen Testphase mit dem BRAS-II-Raum begann man im Mondkrater Archimedes mit dem Bau einer sublunaren Anlage. Ein Sechzehntel der Erdschwerkraft, eine starre Kruste, eine Bodentemperatur von minus 140 Grad Celsius und Nullatmosphäre prädestinierten den Erdtrabanten für das Projekt. Die einzige Sorge der Ingenieure und Wissenschaftler bestand darin, dass sich die Mondoberfläche tagsüber auf über 110 Grad Celsius aufheizt.

Der Bau der Anlage dauerte achtzehn Jahre. Der vollendete und in Betrieb genommene BRAS-III-Raum sprengte im wahrsten Sinne des Wortes alle Dimensionen. Den Berechnungen zufolge besaß er ein maximales Bewusstseinsmuster-Volumen von 10^{22}. Das Kraftfeld erzeugte eine stabile Altosphäre von gigantischen Ausmaßen, und die ersten eingespeisten Bewusstseinsmuster fühlten sich sprichwörtlich wie die Maden im Speck.

Die Menschen hegten das BRAS fortan als spirituelles Archiv, wie einen Computer, dessen Speicherplatz mit künstlichen menschlichen Seelen belegt war, ohne gänzlich zu begreifen, was sie wirklich erschaffen hatten. Das BRAS erlaubte ihnen, bei Fragen und Problemen simplen bis kosmischen Ausmaßes lebendiges Denken zu Rate zu ziehen, eine Sphäre voll schöpferischer Persönlichkeiten und Koryphäen, allesamt erfüllt von Hochgedanken und Genialität und Wissen. Diese stellten eine Unzahl der Theorien Einsteins, Hawkings und Saltallos auf den Kopf, denn aus dem scheinbaren Nichts erschaffen, war dort, wo die Sphäre sich ausdehnte, faktisch *Nichts*. Sie war weder Energie, noch Gas oder eine Ansammlung dunkler Materie. Es war überhaupt keine Materie. Die Sphäre glich einer Manifestation puren Geistes. Man schickte Sonden hindurch, aber sie waren nicht in der Lage, Daten zu übermitteln. Trotzdem konnte man das BRAS im lichtlosen Raum sehen, als ultraviolett glosende Sphäre ohne scharfe Konturen. Man bestimmte ihren sichtbaren Durchmesser auf zwölf Kilometer, plus minus eintausend Meter. Sie besaß keine Masse, keine Dichte, keinen Kern. Nicht einmal Mikropartikel erfüllten sie. Alles, was man zu bestimmen vermochte, war der Grad ihrer Helligkeit.

Zwei Jahrzehnte lang reicherte man die Altosphäre

mit Bewusstseinsmustern an, rekonstruierte verstorbene Persönlichkeiten anhand ihrer Biografien, Memoiren, Fachbücher und zur Verfügung stehenden Bild- und Tonaufnahmen. Der gigantische BRAS-Raum bildete ein hermetisches System, dazu geschaffen, körperloses Wissen zu konzentrieren; eine Seelenkompressionskammer, wenn man es so nennen will. Ohne das Kraftfeld, das die Sphäre umgab, wären die Informationsmuster im Raum zerflossen, hätten sich aufgelöst, bis zum absoluten Unbewusstsein verdünnt wie ein Becher mit Farbe, der in einen Ozean gekippt wird. Bei antiken Bewusstseinsmustern nahm man aus Mangel an Quellenmaterial natürlich eine ›bescheidene Persönlichkeitsverzerrung‹ in Kauf, ebenso war man trotz des großen Anreizes bemüht, bestimmte Persönlichkeiten aus ethischen Gründen nicht in die Sphäre zu integrieren. Was in der Altosphäre selbst vor sich ging, wie sich die Muster zu- und untereinander verhielten, ob jedes für sich allein oder alle vielleicht ein Ganzes waren, konnte niemand mit Bestimmtheit sagen. Das BRAS war kein Computer, den man einem Systemcheck unterziehen konnte.

Nach zwei Jahrzehnten enthielt es mehr als neunzehntausend Bewusstseinsmuster, von Thales, Sokrates und Demokrit über Kopernikus, Kepler, Einstein, Haydn, Mozart, da Vinci und so weiter bis hin zu den Koryphäen der damaligen Neuzeit, ein *who is who* der Weltgeschichte. Die Muster gaben sich auf Grund ihrer eigenständigen Weiterentwicklung äußerst mitteilungsbedürftig, der Wissensdurst ihrer Schöpfer war in gleichem Maße unersättlich. Es war beinahe so, als habe man die Tür zu Gott einen Spalt breit geöffnet und sei nun in der Lage, mit ihm zu plaudern.

Bis ins Jahr 2271 funktionierte der gegenseitige Austausch problemlos. Die Menschen waren die Herren und Schöpfer, und das BRAS ihre Schöpfung und ihr Diener. Dann, von einem Tag zum anderen, blieb es stumm. Nach wochenlangem Schweigen, währenddessen man bereits das Schlimmste befürchtet hatte, übermittelte es lediglich eine einzige Nachricht. Eine Forderung. Es verlangte in einem für das BRAS recht untypischen Stil: *Kommunikation mit Sublime nur noch über Geistwesen!*

Die Menschheit des 23. Jahrhunderts besaß zwar schon eine beachtliche Intelligenz, aber es dauerte eine gewisse Zeit, ehe man hinter die Bedeutungen von *Sublime* und *Geistwesen* gekommen zu sein glaubte. Das BRAS verlangte keinesfalls die Seelen Verstorbener oder noch mehr Input. Es meinte Spiritualisten; metaphysische Lehrer, die das Wirkliche als Erscheinungsweise des Geistigen annehmen. Es forderte zur Verständigung Individuen, die seiner Ansicht nach eine Schnittstelle zwischen ihm und den Menschen bildeten. Mit *Sublime* hingegen, was soviel wie ›Das Erhabene‹ bedeutet, bezeichnete sich die Altosphäre offenbar selbst. Diese Tatsache war für alle Verantwortlichen ein beunruhigendes Zeichen dafür, dass sie es mit einer geistigen Einheit oder zumindest einem Verbund zu tun hatten, der zu allem Überfluss dem Größenwahn verfallen zu sein schien.

Nach langem Hin und Her einigte man sich auf eine Gruppe hochkarätiger internationaler Spiritualisten. Diese Gemeinschaft nannte sich Advenion und war als Kollektiv gesehen praktisch das menschliche Gegenstück zum *Sublime*. Jegliche Kommunikation und der gesamte Austausch von Informationen zwischen den Menschen und der Altosphäre erfolgten fortan über das Advenion. Oder anders ausgedrückt: Das Advenion war die einzige Instanz, mit der das *Sublime* kommunizierte. Vielleicht sah es dessen Mitglieder als Individuen an, die in gleichem Maße beides waren: sowohl Körper als auch Geist.

Das Advenion fand heraus, dass die einzelnen Bewusstseinsmuster noch existierten, sich jedoch eine Art Über-Bewusstsein entwickelt hatte, das unabhängig von Menschen, Mustern und Maschinen fungierte. Womöglich war es aus einer logischen, aber nicht in Erwägung gezogenen Konsequenz heraus geschehen: dass das Nichts sich selbst nie genug sein kann. Vielleicht hatte das *Sublime* seine Schöpfung bereits in Auftrag gegeben, als es fast ein Jahrhundert zuvor die Optimalfaktoren für den BRAS-Raum geliefert hatte. Vielleicht war es aber auch nur Vorsehung gewesen. Viele bedeutende Entdeckungen waren die zufälligen Resultate schicksalhafter Experimente; Penicillin, Röntgenstrahlung. Warum also nicht irgendwann auch ein *Sublime*?

Schimmelpilze stehen gewiss in keinem Verhältnis zur der Erschaffung einer neuen Intelligenz; einer riesigen, unantastbaren Lebensform. Nichts Geringeres als das, so schien es, hatte sich jedoch im BRAS-Raum gebildet. Nicht im biologischen, sondern im spirituellen Sinne. Vielleicht hatten alle Bewusstseinsmuster für einen Augenblick ein Netzwerk gebildet, um sich selbst zu erfahren, und in diesem Verbund – beabsichtigt oder nicht – das *Sublime* erschaffen, sozusagen als Folge einer Form von solidarischer *Ich-denke-also-bin-ich*-Mentalität. Einige Wissenschaftler deuteten *Sublime* sogar als Anlehnung an den Begriff Sublimation, was den unmittelbaren Übergang eines Stoffes von einem Zustand in den anderen definiert. In diesem Falle von einem Un-Wesen zu einem Wesen. Von purer Information zu einer Lebensform.

Unter diesem Aspekt hätte *Sublime* nicht mehr allein ›Das Erhabene‹ bedeutet, sondern auch ›Das Umgewandelte‹, ›Das Erschaffene‹. Und da es sich unzweifelhaft aus sich selbst heraus erschaffen hatte, kam man nicht umhin, den Gedanken zu Ende zu denken: zu der Definition ›Schöpfer‹.

Zu Gott.

Es entbrannte der berühmte Streit darüber, wer zuerst da gewesen wäre, das Huhn oder das Ei. Das *Sublime* stellte etwas völlig Neues, Unbekanntes und Unkalkulierbares dar. Wenn schon ein Gott, dann bitte einer, der der Wissenschaft aus der Hand fraß und nicht ab der ersten Sekunde seiner Existenz Forderungen stellte und eine Bewusstseinsmuster-Gewerkschaft gründete. Man befürchtete, keine Kontrolle mehr über das Projekt zu haben, und beschloss schließlich, die Feldgeneratoren abzuschalten, um die mutierte Altosphäre kollabieren zu lassen. Als man die Energie unterbrach, blieb die Sphäre jedoch stabil und stellte die Wissenschaft ein weiteres Mal auf den Kopf. Das, was der BRAS-Raum beherbergte, benötigte keine lebenserhaltenden Kraftfelder und Generatoren mehr. Es war. Es ist! Und es wird wohl auch immer sein.

Zähneknirschend, doch gleichwohl mit wachsendem Interesse nahm man hin, dass man künftig nicht mehr allein im Sonnensystem weilte, sondern es mit einem hausgemachten Untermieter teilen musste. Sowohl das *Sublime* als auch das Advenion verfolgten fortan das gleiche Ziel, wenn auch aus unterschiedlichen Beweggründen. Dabei war das Motiv des *Sublime* universeller, und der Respekt der Menschen vor dieser unvorstellbaren Wesenheit weitaus größer als umgekehrt. Das Ansehen, das die Menschen beim *Sublime* genossen, war bescheiden: Es hielt menschliche Körper für Larven. Erst der

Tod machte sie für es interessant, wenn die menschliche Essenz von ihrer fleischlichen Hülle befreit war – ein Umstand, der eine nicht unerhebliche Schar von Leuten auf der Erde vermuten ließ, bei der erschaffenen Sphäre handele es sich um einen Swedenborg-Raum.

Das Motiv des *Sublime*, weiterhin mit den Menschen zu kooperieren, erschien ebenso beunruhigend wie prophetisch: Es sammelte sich. Es sog sich mit Mustern voll, und dabei verlangte es nicht nur die vom Advenion Auserwählten wie Gelehrte, Künstler, Architekten oder Politikwissenschaftler, nein, es wollte alles und jeden, unabhängig von Volksstamm und Rasse. Es war an Eskimos ebenso interessiert wie an russischen Bäuerinnen oder Nomaden aus Zentralafrika. Wie die Menschen Bücher lasen, so trank das *Sublime* Bewusstseinsmuster. Für viele Gläubige lag es damals nahe zu behaupten, es finde zu sich selbst. Oder anders gesagt: werde wieder zu dem, was es vor Jahrmillionen einmal gewesen war. Im Grunde, so versuchte man die Menschen auf der Erde zu beruhigen, war es nicht mehr als ein metaphysisches Gehirn mit einem Durchmesser von zwölf Kilometern.«

Gamma machte eine Pause, verdrehte die Augen und neigte den Kopf, als vernehme er ein Geräusch, das menschliche Ohren nicht zu hören vermochten. Alles, was ich selbst hörte, war das Rauschen des Blutes in meinen Ohren, das Hämmern meines Herzens und mein Atmen. »Wir konnten nicht rekonstruieren, welche Ausmaße das BRAS-Projekt letztlich erreicht hatte«, fuhr Gamma ein wenig gedämpfter fort. »Ein Sprichwort deiner Welt sagt, die Straße zur Hölle sei mit guten Absichten gepflastert. Die Aufzeichnungen und Einspeisungen von Informationsmustern brachen gegen Ende des 23. Jahrhunderts ab. Wir fanden keine Aufzeichnungen über Datentransfers und Konversationen zwischen dem *Sublime* und dem Advenion, die nach dem 5. November 2283 datiert waren. Keine protokollierten menschlichen Aktivitäten mehr innerhalb der BRAS-Station, kein Funkverkehr zu den anderen Luna-Stationen oder zur Erde. Es gibt in den Stationslogbüchern und den Dateien weder Anzeichen für ein Unglück oder eine Evakuierung, noch für irgendetwas Unnatürliches. Wir fanden die Reste halb verzehrter Speisen in den Kantinen, aber keine Leichen. Die Betten wirkten, als hätten sich die Menschen im Schlaf in Luft aufgelöst.

Wir glauben nicht, dass die Menschen das Sonnensystem verlassen haben. Nicht in so kurzer Zeit. Wir entdeckten das *Sublime*. Unsere Studien ergaben, dass die Sphäre während der vergangenen Jahrtausende zwar aktiv war, sich aber in einer Form von Stasis befand und erst bei unserem Eintreffen kurzzeitig reanimiert hatte. Ob dieser Zustand einst vom *Sublime* selbst geschaffen wurde oder eine Folge der Isolation ist, konnten wir nicht ergründen, ebenso wenig, ob es sich in dieser Zeit weiterentwickelt hatte. Alles deutete jedoch darauf hin, dass es die Jahrtausende zeitlos wie in einer Art Koma überdauert hatte.

Die Möglichkeiten, welche die Sphäre in sich birgt, übertreffen selbst unsere kühnsten Vorstellungen. Sie schien schon zu Zeiten des Advenion unter bestimmten Voraussetzungen in der Lage gewesen zu sein, Dimensionen wie Zeit und Raum zu überbrücken. Das *Sublime* ruht nicht in einer Punktzeit, wie du sie kennst und wir sie bis vor kurzem kannten, sondern erstreckt sich episodisch über einen Zeitraum, der Äonen umfasst. Eine lebendige Bibliothek, die Jahrtausende Weltgeschichte beinhaltet. Wir wiesen sogar die Spuren eines Zeitstrangs nach, der über eine Million Jahre in die Vergangenheit zurück reicht. Alles wirkte, als hätte das Advenion so etwas wie Evolutions- oder Vergangenheitsforschung betrieben. Bei intensiverem Studieren erhärtete sich jedoch der Verdacht, dass weit mehr dahinter gesteckt haben musste, fast, als ob man etwas Bestimmtes gesucht hätte. Leider gibt es keine Aufzeichnungen darüber, *was* das Advenion gesucht hatte. Entweder hatte man nichts gefunden, oder es wurde nie protokolliert.« Nach einer kurzen Pause gab Gamma zu bedenken: »Oder man hat die Aufzeichnungen wieder gelöscht. Wir fanden viele leere Datenträger.«

»Warum habt ihr das *Sublime* nicht gefragt, was geschehen ist?«

»Das versuchten wir. Es antwortete nicht. Wir wissen nicht, wie wir einen direkten Kontakt zu ihm herstellen können. Wir ermittelten sein Volumen und zählten über sieben Milliarden Bewusstseinsmuster. Diese Zahl entspricht in etwa der menschlichen Bevölkerung des Sonnensystems Mitte des 23. Jahrhunderts.«

»Willst du etwa behaupten, das *Sublime* hätte alle Menschen absorbiert?«

»Wir wissen nicht, was passiert ist; und ob überhaupt etwas in dieser Art passiert ist. Die Zahlen sprechen jedoch für sich. Falls das geschehen ist, was wir vermuten, dann wissen die Menschen vielleicht nicht einmal, was ihnen widerfuhr. Für sie ist während der Stasis der Sphäre womöglich keine Zeit vergangen. Vielleicht leben sie in Ebenen, von denen sie glauben, sie wären die Wirklichkeit, ihre Erde, mit ihren Städten und Kontinenten. Vielleicht kolonisieren sie ein Universum, das nie eines war. Wir erlangen keinen Zugang zu ihren Ebenen, um es herauszufinden. Das *Sublime* kapselt Milliarden von Mustern ab. Einzig in die primär-historischen Projektebenen des Advenion können wir eindringen, und in jene, die du durchquert hast. Die Bunkerebene scheint ein Beweis dafür zu sein, dass man sich intensiv auf irgendeine Katastrophe vorbereitet hat; beziehungsweise auf eine Zeit nach einer solchen, auf eine Wiederbesiedlung der Erde. Man kann die Bunkerebene als eine Art gigantischen *In vitro*-Test bezeichnen, der alle Eventualitäten ausschließen sollte. Wie verhält sich der Mensch nach der Apokalypse? Ist er in der Lage, von vorn zu beginnen? Reicht das Potential? Schon allein das Volumen des Projekts gemahnt an einen Akt der Verzweiflung. Es wurde nie beendet...« Gamma sah mich lange an. »Im Gegenteil«, fügte er tiefgründig hinzu.

Meine Hände hatten zu zittern begonnen. Ich presste sie auf die Tischplatte. Sie fühlten sich taub an, wie der Rest meines Körpers. Der Tisch schien mitzuzittern, meine Vibrationen auf den gesamten Raum zu übertragen. »Das ist eine Lüge«, flüsterte ich. »*Ihr* habt das Flugzeug hierher...« Das letzte Wort endete in einem Krächzen, meine Stimme versagte.

»Das habe ich nie behauptet, Stan«, sagte Gamma. »Ihr hieltet euch schon im *Sublime* auf, als wir diese Anlage fanden.«

Die Raumtemperatur musste in den letzten Sekunden um zehn Grad gefallen sein. »Soll das heißen, ich lag ein paar tausend Jahre lang auf der Rückbank eines Pontiac?«

»Darauf kann ich dir wiederum keine eindeutige Antwort geben. Eventuell.«

»Was heißt: eventuell?«

Mein Gegenüber machte eine verlegene Geste: kein Kommentar.

»Im Klartext: Wir befinden uns nicht nur in der

Zukunft, sondern auch auf dem Mond«, resümierte ich.

»Ja und nein. Derzeit befinden wir uns im BRAS-Archiv, sozusagen im Unterbewusstsein des *Sublime*.«

»Und die Ebenen, die Straße, das Meer, Norom – all das soll sich in einem sechzehn Kilometer großen Raum abspielen?«

»Man kann einen vierdimensionalen Raum mit beliebig vielen dreidimensionalen Welten füllen, Stan. Stell dir vor, du würdest Papierbögen in einen Karton setzen; Bögen, die keine Tiefe besitzen, nur Länge und Breite. Der Karton wird niemals voll. Es ist ganz einfach: Ein Wert Unterschied ist die Voraussetzung für eine unendliche Kette des niederen Wertes.«

Ich prustete ungehalten. »Glaubst du ernsthaft, dass ich dir diesen Kokolores abkaufe?«

»Nein, das deutete ich bereits an.« Er hob den Kopf und lauschte. Über uns regte sich etwas, ein rhythmisches, dumpfes Klopfen, das von einer Seite der Tavernendecke zur anderen wanderte und wieder verstummte. Ich bekam eine Gänsehaut bei der Vorstellung von dem, was sich höchstwahrscheinlich im Raum über uns bewegte.

Der Läufer neben unserem Tisch wurde unversehens aktiv. Er richtete sich auf wie der Stromabnehmer eines Triebwagens. Seine Front befand sich plötzlich in gleicher Höhe mit meinem Kopf und ließ mich gebannt die Luft anhalten. Die Maschine schritt wie eine Krabbe seitwärts in den Gang, verharrte unmittelbar hinter meinem Rücken.

»Showtime«, sagte Gamma. Er lehnte sich zurück, schürzte die Unterlippe, wirkte zufrieden. Oder hatte er innerlich kapituliert?

»Sind wir hier vor den Assemblern sicher?«

»Nein.«

»Dann sollten wir schleunigst Land gewinnen«, forderte ich ihn auf und erhob mich. Außer dem Zugang zur Küche (oder was für ein Raum auch immer in der Dunkelheit verborgen lag) und dem Eingang gab es keine weiteren Türen. In die Küche kam ich nicht hinein. Eine unsichtbare Barriere hinderte mich am Durchschreiten der Pforte. Den Zugang zum Korridor versperrte mir der Läufer. Nach mehreren vergeblichen Versuchen, ihn auszutricksen und an ihm vorbeizukommen, griff ich schließlich genervt in die Jacke.

»Denke nicht einmal daran!«, warnte mich Gamma aus dem Hintergrund, als ich den Griff der Strahlenwaffe ertastete, während sich am Kopf der Maschine plötzlich zwei rote Lichtpunkte gebildet hatten. »Was da vor dir steht, *ist* ein Assembler. Ich habe ihn lediglich neu programmiert...«

Ich verharrte einige Sekunden, starrte auf das Paar roter Punkte, von denen ich nicht glaubte, dass es Augen waren. Eher ein aktivierter Verteidigungsmechanismus. Langsam zog ich die Hand hervor, ohne die Waffe. Die roten Lichter erloschen.

»Sicherheit ist nicht erforderlich«, erklärte Gamma, als auf dem Korridor ein vertrautes, sich rasch näherndes metallisches Trommeln zu hören war. »Sie *sollen* uns finden!«

Isadom 4

IHRE HÄNDE STREICHEN über feinen, heißen Sand. Sie gräbt die Finger hinein und genießt die angenehme Kühle in den tieferen Schichten. Wind streicht über ihren Körper, weht feinste Sandkörnchen über ihre Haut. Sie öffnet die Augen, blickt in eine kränklich fahle Sonne, die wie eine ungeputzte Aluminiumscheibe am wolkenlosen Himmel hängt. Minutenlang bleibt sie so liegen, sieht in die Sonne, wartet. Das Licht ist mild, schmerzt nicht in den Augen. Auch der Sand ist anders, viel feiner und heller. Und die Luft – sie besitzt ein Aroma, das sie schon lange nicht mehr gerochen hat; das Aroma von Salz und Seetang...

Sie setzt sich auf, blinzelt in die Runde. Sie befindet sich auf einer gewaltigen, zu allen Seiten sanft abfallenden Düne. Myriaden feiner Sandrippen überziehen den Boden. Hinter dem ebenmäßigen Horizont ist nichts zu erkennen außer weißem Dunst. Die Düne muss kreisrund sein, überlegt sie. Sie erhebt sich. Am Horizont ändert sich nichts.

Ein Blick auf den Boden: keine Fußspuren. Nur Sandrippen und der Abdruck ihres eigenen Körpers. Zögernd läuft sie ein paar Schritte. Eine Richtung ist wie die andere, und alle haben eines gemeinsam: sie führen bergab. Ihre Füße versinken bis zu den Knöcheln im Sand. Etwa dreihundert Meter hügelab taucht nach und nach eine weite, schillernde Fläche über dem Horizont auf. Als sie sich ihr schließlich in ihrer Gesamtheit offenbart, bleibt sie minutenlang überwältigt stehen. Unter ihr erstreckt sich, soweit das Auge reicht, ein friedlich wogendes Meer.

Kaum einhundert Meter entfernt, an einem weit aufs Wasser hinausragenden Pier, liegt vertäut ein dreimastiger Schoner mit dem Bug zur See. Seine Segel sind eingeholt, nur eine weiße Flagge mit einem Streitross-Motiv weht im Wind. Das Heck des Schiffes ist von einer kunstvoll dekorierten Galerie verziert, den Bug schmückt eine Galionsfigur, die einer großen, silbergolden gestreiften Katze ähnelt. An Bord des Schiffes ist keine Menschenseele zu sehen. Entweder hat die Mannschaft Landgang, oder sie befindet sich unter Deck.

Am landwärts gelegenen Ende des Piers steht ein altmodisch uniformierter Mariner. Er hat ihr den Rücken zugewandt, sieht hinaus auf die See. Seine Beine stecken in engen schwarzen Kniehosen, weißen Zwickelstrümpfen und schwarzen, knöchelhohen Schnallenschuhen. Darüber trägt er trotz der Wärme einen ebenfalls schwarzen Rock mit weitem Ärmelaufschlag. Seinen Kopf mit der weißen Perücke ziert ein Dreispitz aus schwarzem Filz. In der linken Hand hält er eine qualmende Pfeife, die rechte ruht zur Faust geballt hinter seinem Rücken. So steht er da, wippt hin und wieder auf seinen Zehenspitzen und entlässt in regelmäßigen Intervallen Qualmwolken aus seinem Mund.

Als sie sich dem Wartenden bis auf zwanzig Meter genähert hat, sieht dieser auf, als habe er ihre Schritte vernommen, und dreht sich zu ihr herum. Das Auffälligste an ihm sind seine buschigen schwarzen Augenbrauen, unter denen sie wache, listige Augen mustern, und die etwas zu große Nase. Sein Gesicht ist hager und bartlos, der Mund mit den fleischigen Lippen viel zu schmal. Der Fremde besitzt ein langes Kinn, dafür aber eine niedrige Stirn, was möglicherweise ein Effekt der lockigen Perücke ist, die den eigentlichen Haaransatz überdeckt. Die Farblosigkeit seiner Kleidung wird von einem nun sichtbaren weißen Leinenhemd ergänzt, das locker unter dem Rock sitzt. In einem breiten Hüftgurt baumelt eine blank polierte Steinschlosspistole. Der Mariner klopft seine Pfeife am Handrücken aus und steckt sie in eine Tasche seines Rocks.

»Willkommen, Sir!«, begrüßt er sie mit sonorer Stimme. »Ich habe gerade an euch gedacht.« Er steht stramm wie eine Handspake. »Käpt'n Alexander Smollett steht zu Diensten, Sir! Ich hoffe, Ihr hattet einen angenehmen Nachmittag.« Er macht ein erschrockenes Gesicht, nimmt hastig den Dreispitz vom Kopf, rückt seine Perücke gerade und hält ihr beinahe entschuldigend die Kopfbedeckung hin. »Euer Hut, Sir!« Als sie nicht reagiert, schwenkt er den Dreispitz ungeduldig hin und her. »Ihr batet mich, ihn während Eurer Abwesenheit an mich zu nehmen«, erinnert er sie.

»Oh, ja...« Sie begutachtet die Kopfbedeckung. Sie besitzt eine breite gelbe Krempe und einen Teerzopf und riecht erbärmlich nach altem Filz und muffigem Haar. Smollett nickt beifällig, als sie ihn zögernd aus seiner Hand nimmt und aufsetzt.

»Ein feiner Hut«, bemerkt er, schielt an ihr vorbei, hinauf zur Düne. »Ich empfehle, sofort in See zu stechen, Sir.«

»Warum die Eile?«, fragt sie.

»Die hundertarmige Insel ist keine dreißig Seemeilen von hier gesichtet worden, Sir. Wenn wir nicht sofort auslaufen, wird sie uns wieder entwischen.« Er biegt seinen Oberkörper zur Seite, hebt skeptisch die Augenbrauen. »Wir könnten natürlich auch die Abendflut abwarten«, murmelt er gedankenverloren, »aber mich dünkt, bis dahin haben die Bewohner dieses Eilandes es vorgezogen, uns zu verspeisen.«

»Bewohner?«

Smollett deutet zur Düne hinauf. »*Diese* Bewohner!«

Sie blickt in die Richtung seiner ausgestreckten Hand und erstarrt. Auf dem Dünenkamm, den sie eben hinabgeschritten ist, haben sich unzählige schweigsame, echsenköpfige Gestalten versammelt. Die meisten von ihnen sitzen reglos im Sand und beobachten aufmerksam das Geschehen auf dem Pier, während von hinten unaufhörlich Neuankömmlinge dazustoßen. Dicht gedrängt bedecken sie über hundert Meter weit den Dünenrücken. Obwohl der Schoner verlassen daliegt, ist diese Horde wohl kaum die Mannschaft des Schiffes.

»Sind das Kinder?«, erkundigt sie sich mit zusammengekniffenen Augen.

»Sehr unwahrscheinlich.«

»Warum tragen sie diese scheußlichen Masken?«

Smollett zieht eine Grimasse. »Das sind keine Masken, Sir«, antwortet er gestelzt. »Soweit ich informiert bin, besitzen diese Leute einen ausgesprochen guten Appetit und können vorzüglich kauen!«

Sie schluckt, betrachtet den Aufmarsch der nackten, hüfthohen Wesen. »Wenn das so ist, mein lieber Smollett, lichten wir sofort den Anker!«, beeilt sie sich zu sagen. »Jagen wir die hundertarmige Insel.«

»Sehr vernünftig«, lobt der Kapitän erleichtert, macht auf dem Absatz kehrt und eilt über den Pier. »Kommt, Sir!«, ruft er ihr über die Schulter zu.

Augenblicklich erheben sich ein paar der bizarren Geschöpfe und beginnen, den Hang hinabzustaksen. Nun, da sich ihre Reihen lichten, kann sie auch erkennen, warum sie wie aus dem Nichts auftauchen konnten: Sie kriechen wie die Eidechsen aus dem Sand. Körper für Körper wühlt sich ins Freie. Eilig folgt sie Smollett, wirft dabei immer wieder einen Blick hinauf zur Düne. Unter ihren nackten Fußsohlen spritzt Wasser, von der Sonne erwärmte Pfützen bedecken den Pier. Am sanft auf- und abwiegenden Rumpf des Schiffes angekommen, sieht sie ratlos hinauf zur Reling. Es gibt weder eine Planke, noch eine Strickleiter oder ein Tau, an dem man sich an Bord hangeln könnte. Nur ein großes, in Brusthöhe gähnendes Schlüsselloch in der Steuerbordwand, vor dem Smollett steht und nervös seine Hände ringt.

»Der rote Schlüssel, Sir!«, verkündet der Kapitän. Er greift in seinen Rock und zieht einen armlangen Schlüssel hervor. Sie erhascht einen Blick unter Smolletts Kleider, weiß aber nicht zu sagen, aus welcher verborgenen Tasche er das sperrige Utensil gezogen hat.

»Warum hast du das Schiff nicht gleich aufgeschlossen?«, fragt sie verärgert.

»Ihr wisst doch, das kann ich nicht«, erwidert Smollett und sieht verlegen auf seine Schuhspitzen. »Bei allem Respekt, Sir«, fügt er hinzu. »Ihr solltet euch wirklich beeilen!«

Sie nimmt ihm den riesigen Schlüssel ab, wiegt ihn prüfend in den Händen. Er wirkt wie aus rotem Zuckerguss gefertigt, besteht aus einem transparenten, kunststoffartigen Material, das nicht recht zur altmodischen Erscheinung des Kapitäns und des Schiffes passen will. Der Schlüsselbart ist so groß wie zwei Handflächen, sein Stock so dick wie ihr Unterarm. Der Schlüsselkopf besitzt den Umfang einer Diskusscheibe.

»Sir...!«, drängt Smollett mit einem Blick über den Pier. Die ersten Echsenköpfe haben den Fuß der Düne erreicht. Im Nu watschelt eine ganze Hundertschaft zügig über den Steindamm heran.

Sie schiebt den Schlüssel ins Schlüsselloch, dreht ihn

mit einem kräftigen Ruck nach rechts. Eine massive Tür löst sich aus der Schiffswand, schwingt knarrend auf. Dahinter führt ein steiler Niedergang schräg durch den Rumpf nach oben. Der Schlüssel löst sich auf und verschwindet, ehe sie ihn abziehen kann. Als er verblasst ist, setzen die echsenköpfigen Kreaturen zum Spurt über den Pier an.

Smollett schlägt ein Kreuzzeichen, schlüpft durch den Eingang, hastet hinauf an Deck. Sie folgt ihm unverzüglich, zieht die schwere Tür hinter sich zu. Die Pforte schließt fugenlos, wird eins mit den Planken. Von der Außenseite ertönt lautes Klopfen, Kratzen und Schaben.

»An Deck, an Deck!«, ruft Smollett zu ihr herab. »Diese Malefitzkerle nagen sich sonst durch den Rumpf!«

Sie weicht zurück, hastet die Stiege empor, schlägt die Luke hinter sich zu und verriegelt sie. »Sind alle an Bord?«

»Das Schiff ist vollständig anwesend, Sir!«

»Dann los, ehe sie uns entern!« Sie blickt hinauf in die Takelage. »O, Smollett... du hast vergessen, die Segel zu setzen!«

Der Kapitän wirft seinen Kopf in den Nacken. »Die Segel, die Segel!«, ruft er aufgeregt, läuft mit erhobenen Armen über das Deck. Die Gordings lösen sich wie von Geisterhand, die Groß-, Bram- und Focksegel fallen herab.

»Wind! Wind!«, ruft Smollett, und zu ihr gewandt: »Haltet euch fest, Sir!« Eine kräftige Böe schlägt von achtern über das Schiff, wird zum Sturm, der wild in die Segel greift und den Schoner mit einem kräftigen Ruck vom Pier treibt. Der Kiel des Schiffes beginnt durch das Meer zu pflügen, lässt Gischtfontänen über den Spriet schlagen.

»Prächtig, prächtig!«, befindet Smollett zufrieden.

Sie klammert sich an die Reling, blickt zurück zur Insel. Auf dem Pier und dem umliegenden Strand stehen dicht gedrängt die krokodilschnäuzigen Geschöpfe, lassen ihre Kiefer schnappen und starren dem Schiff mit ausdruckslosen Augen hinterher.

»Ein Bilderbuchmanöver«, lobt sie.

»Fürwahr.« Smollett tätschelt stolz die Reling. »Die *Hispaniola* ist ein feines Schiff.« Er reckt seine Nase in die Höhe. »Die Brise kommt uns vortrefflich zustatten. Das ist ein strammer Südwest, der uns treibt. Mit ihm im Rücken werden wir die hundertarmige Insel eingeholt haben« – er zieht ein Stundenglas aus seiner Rocktasche und platziert es am Rand des Achterdecks – »ehe der Sand verronnen ist!«

Sie steht auf der Leeseite des Logis, wo das vom Wind geblähte Großsegel das Steuer ihren Blicken entzieht. Der Schoner schneidet zügig durch die See, Gischt spritzt dann und wann über das Vorschiff. Die feuchten Planken glänzen im Sonnenlicht wie dunkler Bernstein.

»Dort«, ruft Smollett vom Achterdeck. »Ha! Dort ist sie!« Er setzt das Fernrohr ab, deutet voraus zum Horizont, wo sich nun auch für das bloße Auge erkennbar eine winzige Silhouette abzeichnet. »Jetzt haben wir sie!« Er eilt zu ihr, reicht ihr das Teleskop.

Ein paar Sekunden muss sie die Linse am Horizont entlangwandern lassen, ehe auch sie das gesuchte Objekt einfängt. »Die hundertarmige Insel...«, murmelt sie.

»Aye!«, bekräftigt Smollett. »Mit uns hat sie heut' nicht gerechnet.«

Aus der Ferne wirkt das Eiland wie eine gewaltige

Hochseebaustelle. Sie erkennt eine quadratische Plattform, an deren Rändern Hunderte von schlanken, sich unablässig auf und nieder bewegenden Baukränen emporzuragen scheinen. Nachdem die *Hispaniola* weitere fünf Seemeilen aufgeholt hat, erinnert die Insel zunehmend an einen flüchtenden, hundertbeinigen Wasserläufer mit einer Länge von nahezu einem Kilometer. Seine Beine pflügen wellenartig durch die aufgewühlte See wie die Ruder einer apokalyptischen Galeere.

»Sie ist tatsächlich aus Metall«, staunt sie, »und sieht aus wie ein riesiger Mikrochip...«

»Durch und durch reinstes Cirillium«, bestätigt Smollett grimmig. »Das gewaltigste Prozessor-Ungeheuer der sieben Weltmeere. Sechzig Millionen Transistoren, achtundzwanzig Quadrillionen Rechengänge in der Sekunde. Schaut euch nur diese bioneuralen Fangarme an: jeder fast sechshundert Fuß lang und so dick wie ein ausgewachsener Ahorn. Und doch reichen keine hundert von ihnen, um uns zu entkommen. Nicht heute!«

Sie setzt das Fernrohr ab, schiebt es zusammen und klopft damit nachdenklich in ihre linke Handfäche. »Da bin ich wirklich gespannt, Smollett. Was für eine Taktik schlägst du vor?«

»Wir schneiden ihr den Kurs ab und kreisen sie ein!«

»Mit einem Schiff?«

Der Kapitän überlegt. »Ihr habt Recht, Sir«, pflichtet er bei. »Dann schlage ich vor, wir jagen sie und treiben sie in die Enge!«

»Auf hoher See?«

»Wir könnten sie rammen...«

»Vorher drischt sie das Schiff mit ihren Fangarmen in tausend Stücke.«

»Dann ... sollten wir uns von unten an sie heranschleichen!«

Sie schüttelt den Kopf. »Mein lieber Smollett, die *Hispaniola* ist kein Unterseeboot.«

Der siegessichere Ausdruck weicht aus dem Gesicht des Kapitäns. »Ihr habt mal wieder recht, Sir«, stimmt er betrübt zu. Dann, entschlossener: »Also, glaube ich, ist es Zeit für die Kanone!« Wieder greift er in seine Rocktasche, fördert kurz darauf das gesuchte Objekt zutage, hält es stolz vor sich. »Der gelbe Schlüssel, Sir!«, verkündet er.

Sie nimmt ihn aus Smolletts Hand. Er ist nicht viel schwerer als sein rotes Gegenstück, besteht aus dem gleichen durchscheinenden Material. Smollett deutet auf eine hüfthohe Luke im Achterdeck. Mit dem Schlüssel im Anschlag läuft sie hinüber und öffnet den Verschlag. In dem dahinter liegenden Gang herrscht düsteres Zwielicht. An seinem Ende erkennt sie schemenhaft eine plumpe Form.

Smollett reibt sich in gespannter Vorfreude die Hände. Er bückt sich, läuft einen Schritt in den Raum hinein und ruft: »Komm, meine Kleine, es gibt Arbeit!« Dann pfeift er wie nach einem Hund, schnalzt ein paarmal mit der Zunge. Aus dem Hintergrund ertönt ein Hecheln, gefolgt von einem widerwilligen Winseln. »Hopp, hopp, raus mit dir, du faules Stück!«, ruft Smollett unwirsch, klopft ermunternd auf seine Schenkel.

Das massige Etwas am Ende des Ganges beginnt sich zu bewegen, kommt – träge hin und her schaukelnd – heran. Aus der Dunkelheit schält sich ein wunderliches, gedrungenes Wesen. Es bewegt sich temperamentlos wie eine Schildkröte und besitzt die Gestalt eines platten Nilpferdes. Sein Rückgrat bildet den Ansatz für ein eisernes Kanonenrohr, das wie ein erhobener Rüssel aus seinem Kopf ragt. Rechts und links davon rollt jeweils neugierig ein großes, rundes Auge. Unter dem Kanonenrohr sabbert ein rosafarbenes Maul mit klobiger Zunge und stumpfen Mahlzähnen. Am Hinterteil des Kanonentiers wackelt hektisch ein Ringelschwanz. Aus seinem Verschlag entlassen, beginnt das Wesen, Smolletts Schuhe blankzulecken.

»Eine feine Kanone«, versichert der Kapitän fröhlich und entfernt sich einen Schritt von dem liebkosenden Maul. »Vielleicht ein wenig zu zutraulich.« Er dirigiert das Geschütz nach Backbord bis kurz vor die Reling, verkündet: »Und jetzt Pulver und Eisen!« Aus dem Verschlag schleppt er eine kleine, aber offensichtlich schwere Kiste, die er neben der Kanone abstellt. Dann verschwindet er erneut und kehrt mit einer Laderamme, einem Zehn-Pfund-Fass, einem Pulvermaß und einem Trichter zurück.

»Hopp, Platz«, befiehlt er. Die Kanone lässt sich auf ihr Hinterteil plumpsen und reckt ihren gusseisernen Rüssel in die Höhe. Ihr Schwanz tätschelt aufgeregt die Planken. Der Kapitän öffnet das Fass, füllt drei Maß voll eines hellbraunen Pulvers in die Rohrnase des Kanonentiers und stopft kräftig mit der Ramme nach.

»Das Schießpulver sieht verdorben aus«, bemerkt sie.

»Gott bewahre, ich will sie ja nicht umbringen«, entfährt es Smollett. Und mit Nachdruck erklärt er: »In diesem Fässchen hier ist bestes Niespulver aus Bristol.« Er klopft seine Hände ab und öffnet die Kiste. In ihr liegt in Stroh gebettet ein einzelnes großes Geschoss. »Euch gebührt die Ehre der Kugel, Sir«, sagt Smollett würdevoll. Dabei betont er die Worte, als sei der Eisenklumpen das wertvollste und schicksalsträchtigste Geschoss der Welt. Und das Einzige.

Sie hebt die Kugel aus der Kiste, verfolgt von den Augen der Kanone. Ihrem sabbernden Spitzmaul entfährt ein ungeduldiges Jaulen. Als sie die Kugel ins Rohr rollen lässt, schüttelt sich die Kanone wonnevoll.

»Sobald wir nah genug dran sind, drehen wir bei und feuern!« Smollett hat seinen Blick auf die Insel gerichtet und wirkt tatendurstig. Das Laden der Kanone hat ihn zum Stopfen seiner Pfeife animiert. Sie folgt seinem Blick. Kaum mehr eine halbe Seemeile hinter dem Eiland pflügt die *Hispaniola* durch dessen wogendes Kielwasser. Seine hundert Arme quirlen das Meerwasser schaumig, die aufgewühlte See tost wie zwanzig Wasserfälle. Ein feiner Gischtschleier hüllt das Schiff ein.

Smollett zieht eine ellenlange Lunte aus seiner Rocktasche, dreht sie in der Hand, bis er sich für ein Ende entschieden hat, und setzt sie in das Zündloch ein. Dann steckt er sie mit dem glimmenden Tabak in seiner Pfeife an. Gemächlich zischend brennt sie wie eine Wunderkerze herunter.

»Die Kanone zittert ja.«

»Och«, macht Smollett, »das liegt nur an der Lunte. Ihr solltet besser zwei Schritte zurücktreten, Sir. Sie niest ziemlich laut.«

Als die Zündschnur zu zwei Dritteln abgebrannt ist, hält Smollett seine Hände trichterförmig vor den Mund und brüllt gegen das Tosen der Insel an: »Jetzt luv' all, was geht!«

Ein Ruck geht durch das Schiff. Sie sucht Halt, klammert sich an die Wanten. Der gesamte Rumpf ächzt unter dem Manöver. Die *Hispaniola* dreht sich und legt sich dabei auf die Seite, richtet sich nach einer Vierteldrehung mit krachenden Rahen wieder auf. Im selben Augenblick entläd sich die Kanone, schleudert ihr Geschoss weit über die Metallklippe der Insel. Das Wesen rutscht trotz seiner enormen Masse drei Meter rückwärts über die Planken und bleibt mittschiffs auf dem Hinterteil sitzen. Vom Eiland her schallt der Donner einer Explosion über die Klippe, ein Rauchpilz steigt steil in die Höhe, verweht langsam im Wind.

»Beim Donner, ein feiner Treffer!«, ruft Smollett aus.

Die Arme der Insel erlahmen in ihren Bewegungen, sinken allesamt schlaff ins Meer, während die riesige Metallplattform an Fahrt verliert und sich dabei schwerfällig um sich selbst zu drehen beginnt. Mit der *Hispaniola* im Windschatten treibt sie noch über zwei Seemeilen weiter.

»Nun?«, fragt Smollett.

»Bring das Schiff längsseits, so nah du kannst«, weist sie den Kapitän an, als das Eiland still liegt. »Dann hol die Segel ein und lass Anker werfen!«

»Aye, Sir!«

»Und gib der Kanone eine Sonderration von irgendwas.« Sie überlegt, zuckt die Schultern. »Von was auch immer.«

Die Kanone gibt ein zufriedenes Bellen von sich, tapst zurück in ihr finsteres Quartier.

»Das mögen gut und gern achtzig Fuß sein«, schätzt Smollet, als sie neben der Insel liegen. Er zieht sich die Perücke vom Kopf, kratzt sich seinen von Stoppelhaar bedeckten Schädel und sieht an der senkrechten Klippe hinauf. »Zu viel, um über die Masten zu landen, und zu hoch für den Gien.« Er deutet auf einen Flaschenzug neben dem Klüver.

»Lass das Gig zu Wasser«, antwortet sie. »Ich rudere hinüber.«

»Und?« Der Kapitän wird eine Spur bleicher.

»Und klettere natürlich hinauf.«

»Aber das sind gut und gern achtzig Fuß!«

»Du wiederholst dich, mein lieber Smollett.« Sie sieht zur Klippe. »Die Steilwand ist tief gekerbt, genug für sicheren Halt und Tritt.« Sie neigt den Kopf. Ein fernes Rauschen untermalt das Quietschen des Davits. »Sag, hörst du das auch?«, fragt sie schließlich, als das Beiboot im Wasser schwimmt.

Smollett hält mit dem Abwerfen der Strickleiter inne, lauscht. »Das kommt von der Insel«, stellt er fest, hält ihre Hand, als sie die ersten Sprossen hinabsteigt. »Klingt, als habe die Kugel ein feines Leck geschlagen. – Ach, Sir...«

»Ja, Smollett?«

»Ihr habt etwas vergessen.« Der Kapitän zieht eine vertraute Form aus seinem Rock, reicht sie ihr hinunter. »Den blauen Schlüssel, Sir!«

Das Metall unter ihr ist rau und körperwarm. Entkräftet vom Aufstieg, legt sie sich nieder, ruht sich lange aus. Das Rauschen hat an Intensität gewonnen, doch erschöpft wie sie ist, hat sie kein Auge für seinen Ursprung. Mit geschlossenen Augen und hämmerndem Herzen entspannt sie ihre zitternden Muskeln, das Kliff nur eine Armspanne von sich entfernt.

»Alles klar dort oben?«, hört sie Smollett rufen.

Sie zieht den Schlüssel aus dem Kleid, wo sie ihn verstaut hat, um beide Hände zum Klettern freizuhaben, reckt ihn empor, sodass der Kapitän ihn sehen kann.

»Potztausend!«, ruft der, »tut sowas einem alten

Mann nie wieder an, Sir! Zuschaun ist entschieden schlimmer, als es aussieht.«

Sie lächelt, erhebt sich vorsichtig.

»Smollett...«

»Aye?«

Sie wirft ihm den Dreispitz hinab. »Passt gut darauf auf, solange ich fort bin!«

»Wie immer!«, versichert der Kapitän, der den Hut von den Planken aufhebt und vor seine Brust hält. »Viel Erfolg, Sir!«

Sie wendet sich um, läuft in Richtung des Rauschens bis zum Rand einer Stufe, blickt von dort hinab auf eine weite, quadratische Ebene aus Cirillium. Ihre Oberfläche ist überzogen von einer labyrinthartigen Struktur messingfarbener, hüfthoher Mauern; hunderttausende im Sonnenlicht strahlende Leiterbahnen. Sechs weitere Stufen, jeweils einen Meter hoch und etwa zwanzig Schritte breit, führen hinab auf die Ebene. An der Stelle, wo die Kugel eingeschlagen hat, sprudelt eine gewaltige Wasserfontäne aus dem Boden. Das eindringende Nass strömt durch die rechtwinklig angeordneten Leiterkanäle, verteilt sich unaufhaltsam in der gesamten Ebene. In ihrem Zentrum, fast einen halben Kilometer entfernt, erhebt sich eine haushohe, achtstufige Pyramide.

Sie packt den Schlüssel fester, springt hinunter auf die zweite Stufe. Achtzehn Schritte bis zum nächsten Absatz, wieder ein Sprung, wieder achtzehn Schritte. Der Wind weht einen feinen Tröpfchennebel von der Fontäne herüber, in dem sich das Sonnenlicht bricht. Es fehlt eine Farbe im Spektrum. Der Regenbogen lässt das Grün vermissen. Vielleicht liegt es am Wasser, überlegt sie. Wahrscheinlich aber am Licht der fahlen Sonne. Schließlich erreicht sie den Grund, beginnt, auf einer der Leiterbahnen auf die Pyramide zuzulaufen. In den Kanälen rechts und links fließt knöchelhoch Wasser. Der Irrgarten versinkt. Während sie hier und dort von Leiterbahn zu Leiterbahn springt, sobald eine davon einen Knick beschreibt, wird hinter ihr das Brausen der Fontäne von Schritt zu Schritt schwächer. Einhundert Meter von der Pyramide entfernt vernimmt sie es kaum noch. Sie hat sogar das strömende Wasser überholt, die Kanäle um sie herum sind trocken.

Die Stufen der Pyramide sind höher als jene am Rand der Insel, jede reicht ihr bis zur Brust, ist dafür aber nur vier Schritte breit. Atemlos vom Klettern auf der vorletzten Ebene angelangt, kann sie über den Rand der Insel hinaus aufs Meer schauen, erkennt sogar die Flagge am Großmasttopp der ankernden *Hispaniola*. Guter Smollett ... er weiß, dass sie nicht mehr zurückkehren wird, und hält dennoch treu die Stellung. Hoffentlich lichtet er den Anker, ehe die Insel im Meer versinkt und den Schoner mit sich in die Tiefe reißt.

Sie umrundet die Spitze der Pyramide. Die letzte Stufe bildet ein grauer, zwei Meter hoher Kubus, welcher von unzähligen horizontal angeordneten weißen Linien durchsetzt ist wie von Quarzadern. Sie alle führen zu einem weiteren Schlüsselloch, aus dem ein eisiger Wind weht. Ein letzter Blick über die Ebene, hinüber zum unablässig quellenden Geysir. Nicht mehr lange, und die hundertarmige Insel würde Geschichte sein. Sie steckt den Schlüssel ins Schloss, dreht ihn langsam, fast liebevoll um. Die Wand des Kubus gleitet auf, offenbart ein Tor aus strahlendem Licht.

»*Hallo, Prill*«, begrüßt sie die Stimme. »*Ich hoffe, du hattest einen angenehmen Nachmittag.*«

»Er – war außergewöhnlich«, antwortet sie überrascht. Ein paar Atemzüge weiß sie nichts zu sagen, steht unschlüssig vor dem Portal. »Es ist soweit, nicht wahr?«, fragt sie schließlich.

»*Ja*«, sagt die Stimme. »*Der Kreis schließt sich. Bist du bereit?*«

Ein flüchtiges Lächeln. »Habe ich eine Wahl?« Sie betritt den Kubus, wird eins mit dem Licht.

FÜNFTER TEIL

Sphäre

Alphard 14

Ich ließ den Assembler nicht aus den Augen, erwartete, dass sich jeden Moment ein glühendheißer Energiestrahl durch meine Eingeweide fraß. Seit fast einer Minute stand die Maschine bereits im Eingang, bewegte unmerklich ihren Kopf und observierte den Raum. Ich traute mich nicht, eine auffällige Bewegung zu machen, fürchtete, schon der Klang meiner Stimme könnte sie das Feuer eröffnen lassen. Gamma saß weiterhin ungerührt da, als wartete er auf eine bestellte Mahlzeit. Sein Läufer stand dem Eindringling nur wenige Schritte gegenüber. Beide Assembler belauerten sich wie zwei Widder vor einem Revierkampf, bereit, loszustürmen und ihre Metallschädel gegeneinander krachen zu lassen. Ich stand in der Nähe des Tresens, fast in direkter Schusslinie der Jagdmaschine im Türrahmen.

»Warum unternimmt er nichts?«, flüsterte ich.

»Er ist irritiert«, erklärte Gamma. »Zudem ist er nur ein Späher. Die Lords haben ihn nicht geschickt, um uns zu töten. Seine Aufgabe ist es lediglich, unseren Standort zu bestimmen.« Er schob den Tisch von sich fort, was ein schrilles Geräusch auf den Steinfliesen verursachte und mich zusammenzucken ließ. Der Assembler reagierte verhalten. Sein Kopf ruckte nur ein Stück zur Seite, seine Okulare visierten Gamma. »So«, meinte dieser, erhob sich von seinem Platz und stand geduckt im Raum. Die niedrige Decke zwang ihn zu dieser Haltung. Aufgerichtet hätte er bis zur Brust im Plafond gesteckt. »Ich denke, unser Freund hat genug Informationen übermittelt.« Ein Blitz zuckte, gefolgt von einer Explosion. Die überraschte Jagdmaschine wurde auf den Gang hinauskatapultiert, wo ihre Überreste lärmend und lodernd gegen die Korridorwand schmetterten. Beißender Qualm breitete sich aus.

Gammas Läufer hatte geschossen, ohne Vorwarnung. Vielleicht verbarg mein Mentor einen Sender in seinem Gewand, oder er instruierte die Maschine mittels Gedankenübertragung.

»Das wird uns die ganze Meute auf den Hals hetzen«, gab ich zu bedenken.

»Keine Sorge«, versicherte Gamma und lief zum Ausgang, »ihm werden keine weiteren Assembler folgen. Sie müssen uns nicht ein zweites Mal finden. Lass uns nach oben gehen und hoffen, dass die Lords den Köder gefressen haben.«

›Oben‹ entpuppte sich als geräumiges Gelass im höchsten Stockwerk eines ehemaligen Imam-Palastes, das einen grandiosen Blick über Norom und die Ebene gewährte. Sah man aus einem der zahlreichen Fenster, wirkte die Stadt noch unbegreiflicher, ein Sinnesrausch verschachtelter Formen und Arabesken, und die Wüste um uns herum erschien unermesslich. Hinzu kam, dass die Landschaft tatsächlich aus allen Richtungen auf die Stadt zufloss und von irgendetwas unter ihr verschluckt wurde. Nie zuvor hatte ich eine Ebene intensiver als solche empfunden. Ich hatte den Eindruck, Hunderte von Kilometern weit blicken zu können, ehe der Boden mit dem selbst am Horizont noch stahlblauen Himmel verschmolz. Es war pure, grenzenlose Ausdehnung. Angesichts der Weite fiel es mir schwer, Gammas Behauptung Glauben zu schenken, wir befänden uns in einer Hohlkugel von sechzehn Kilometern Durchmesser.

Für meinen Mentor besaß die Aussicht allein strategischen Wert. In jeder der Zimmerwände befand sich ein breites, gekoppeltes Fenster, das durch zwei Säulen in drei Öffnungen gegliedert wurde. In den Fenstern mussten einst bunte Glasscheiben eingefasst gewesen sein, doch von ihnen waren nicht mehr als Bruchstücke übrig, die der Wind und der Sand abgeschmirgelt hatten. Der Raum selbst war nahezu leer. Was vom einstigen Inventar übrig war, ließ sich kaum noch als solches erkennen. Reste von Teppichen, hier und da eine Ansammlung von in sich zusammengefallenen Schränken, Regalen oder Truhen in den Zimmerecken. Unter meinen Schuhsohlen zerbröselten sie zu Staub. Lediglich die Scharniere blieben übrig.

»Ich hoffe, der Fußboden trägt uns«, bemerkte ich in Anspielung auf Gammas Körpermasse.

»Bete lieber, dass der Turm nicht in sich zusammenstürzt«, grinste er, während er von einer Fensterfront zur nächsten wanderte und die Umgebung sondierte. »Hier oben war seit Jahrtausenden niemand mehr. Und das ist kein Beton, sondern Lehm!«

Ich bin es von wohlbeleibten Menschen gewöhnt, dass sie penetrant schwitzen, wenn sie sich bewegen. Erst recht, wenn sie eine enge Stiege acht Stockwerke hinaufklettern, wie wir es getan hatten. Gamma schwitzte nicht. Er atmete nicht einmal schwer. Entweder besaß er keine Schweißdrüsen, aber Lungen wie ein Walross, oder sein Körper bestand ebenfalls nur aus Ektoplasma. Letzteres würde zumindest erklären, weshalb gewöhnliche Projektile die Lords nicht zu verletzen vermochten.

»Was ist mit dem Sender?«, fragte ich.

Gamma verlangsamte seinen Schritt und sah mich verwundert an. »Ach, du meinst Radio Gamma«, sagte er. »Es gibt keine Radiostation in den Projektebenen. Die gesamte Kommunikation zwischen uns, ob über diese kleinen Empfangsgeräte, mit denen manche Stationen ausgestattet waren, oder das Autoradio, erfolgt von unserem Schiff aus. Selbst das Gespräch, das ich augenblicklich mit dir führe.«

»Wie soll das funktionieren? Du bist doch hier.«

»Ein Aspekt von mir ist hier. Ich selbst befinde mich auf dem Schiff. Radio Gamma ist, besser gesagt: *war* ein Medium des Advenion. Für die damalige Zeit, Mitte des dritten Jahrtausends, ein Relikt, aber für euch Menschen des Jahres 2017 kaum aus dem Alltag wegzudenken. Das Advenion konnte euch nicht mit der Welt des 23. Jahrhunderts konfrontieren, denn diese hätte keine Glaubwürdigkeit besessen. Zu Beginn des 21. Jahrhunderts fühlten sich die Menschen jedoch noch von globalen Katastrophen bedroht; etwa der Kollision der Erde mit einem anderen Himmelskörper oder einem nuklearen Inferno. Wir entdeckten weder für das eine noch für das andere irgendwelche Beweise. Dass sich das Advenion für eine nukleare Katastrophe im Sinne einer verstrahlten Erde entschieden hatte, mag jedoch ein Hinweis auf das sein, was im 23. Jahrhundert wirklich geschehen ist. Allerdings nicht als Folge eines Nuklearkrieges, denn Atomwaffen waren zu dieser Zeit so prähistorisch wie Radios. Für euch, die ihr aus dem angehenden 21. Jahrhundert gerissen wurdet, war dieses Szenario zwar schockierend, aber plausibel. Ihr hattet euch über ein halbes Jahrhundert lang mit den Auswirkungen einer solchen Katastrophe beschäftigt, und eure Klone haben die Projektebenen – in Verbindung mit künstlichen Erinnerungen – anstandslos akzeptiert, getreu dem Motto: Nun ist es also doch passiert.

Ihr seid eine überaus paradoxe Spezies. Wir studieren euch seit sieben Monaten, und ich muss gestehen, dass wir nie zuvor auf so viele emotionale, ethische und soziale Widersprüche gestoßen sind. Zwei von uns haben eure Sprache gelernt, die amerikanische Sprache des Jahres 2017, um korrekt zu sein. Dazu alles über eure Kulturen, euer Denken, euer Wesen, eure Geschichte.«

»Eine Sache verstehe ich dennoch nicht.« Ich hockte mich vorsichtig auf eine der Fensterbänke. »Warum entführten die Lords Menschen aus der Vergangenheit und nicht aus ihrer eigenen Zeit?«

»Vielleicht, weil es damals, als das Projekt startete, keine Menschen mehr gab. Oder zumindest keine gesunden. Wie gesagt, wir wissen es nicht. Eine unserer Vermutungen ist, dass das gesamte Projekt ein automatischer Prozess sein könnte, der erst nach der Katastrophe begann.«

»Du meinst, so etwas wie ein computergesteuertes Programm, das ohne menschlichen Einfluss weiterarbeitet?«

»Nun, es könnte zumindest von Menschen gestartet worden sein. Und dann, ohne Vorwarnung ... *Peng!* Eine Armbanduhr läuft auch weiter, wenn ihr Träger stirbt. Ein Flugzeug bleibt so lange in der Luft, bis ihm der Treibstoff ausgeht, sofern es auf Autopilot geschaltet ist, selbst wenn die Besatzung handlungsunfähig ist. Verstehst du, was ich meine? Vielleicht *gab* es eine Katastrophe, und sie geschah dummerweise ein paar Tage oder Wochen früher als erwartet. Vielleicht kam niemand mehr dazu, den Stecker herauszuziehen oder die Stoptaste zu drücken, um das Projekt zu beenden. Womöglich kam ihnen auch das *Sublime* zuvor. Vielleicht kann es den BRAS-Raum verlassen und sich durch den Kosmos bewegen, von einem Planeten zum anderen, begierig nach Information, um letzten Endes wieder in ihn zurückzukehren, weil es ihn als eine Art

Zuhause betrachtet.« Gamma wandte sich ab, sah hinunter auf die Dächer der Stadt. »Wenn es nun weiß, dass die Menschheit nicht einzigartig ist, sondern jenseits des Sonnensystems weitaus mehr Leben existiert, als es bisher annahm...« Er vollendete den Gedanken nicht, erklärte stattdessen: »Wir können nur einen verschwindend geringen Teil aller Projektebenen einsehen. Es müssen jedoch Hunderttausende sein. Der Informationsfluss, der sich aus diesen Ebenen mit ihren Bewusstseinsmustern ergibt, ist unvorstellbar. Eine der lebendigen Kolonien hast du gesehen. Norom hingegen ist verlassen.«

Hinter einem der Fenster zuckte ein bläulich-weißer Blitz auf, kurz darauf, in rascher Folge, zwei weitere.

»Nahezu verlassen...«, berichtigte sich Gamma, der ein paar Schritte zurückgetreten war, und rieb sich wie ein durchtriebener Kaufmann die Hände. »Wie sagt ihr doch gleich auf eurer Welt: Mit Speck fängt man Mäuse!«

Die Blitze rührten nicht von einschlagenden Plasmageschossen her. Ein halbes Dutzend der bizarren Dragger war wenige Kilometer vor der Stadt aufgetaucht. Mit ihren Montagearmen fast den Boden berührend, wendeten sie elegant über der Ebene und begannen in breiter Phalanx auf Norom zuzuschweben. Die schwarzen Schiffsleiber warfen keine Schatten.

»Auf meiner Seite befinden sich drei weitere«, informierte ich Gamma, lief zum nächsten Fenster und meldete: »Hier noch mal zwei...«

Mein Mentor antwortete nicht. Wahrscheinlich war ihm die Präsenz der Lords zu offensichtlich. Am Ende zählte ich elf Schiffe, die sich aus allen Richtungen auf die Stadt zubewegten.

»Was haben sie vor? Wollen sie Norom in Schutt und Asche legen?«

»Selbst wenn, so werden wir es nicht mehr erleben.« Gamma wandte sich von seinem Fenster ab und streckte mir wie zur Begrüßung die Hand entgegen. »Es ist Zeit für uns, die Stadt zu verlassen.«

Ich zögerte. Auch wenn mein Mentor beteuerte, kein Lord zu sein, sträubte sich alles in mir, ihn zu berühren.

»Was hast du vor?«

»Wir kehren in den BRAS-Raum zurück, ehe die Falle zuschnappt.«

»Die Falle?«, echote ich. Ich lief wie elektrisiert auf ihn zu. Ein Mensch wäre zurückgewichen. Gamma hingegen zeigte sich von meinem Ansturm unbeeindruckt, sodass ich gezwungen war, vor seiner massigen Gestalt stehen zu bleiben. »Es geht hier gar nicht um mich, nicht wahr?«, erkannte ich. »Ich bin nur der Köder in einer Kabale zwischen euch und den Lords! Diese abgefahrene Lügengeschichte diente nur dazu, Zeit zu gewinnen.«

»Nein, Stan«, widersprach Gamma. »Was ich dir erzählt habe, ist die Wahrheit. Bis auf eine kleine Ausnahme: Du lagst keine halbe Ewigkeit lang auf der Rückbank des Pontiac. Wir haben dich in die Projektebene transportiert, weil uns die physische Präsenz eines Originals – eines lebenden Menschen im *Sublime* – als das effizienteste Mittel erschien, um das Interesse der Lords zu erregen und zumindest einen der Ihren hierher zu locken. Über drei Monate haben wir recherchiert, um Norom zu finden und es für die Ankunft der Lords vorzubereiten. Dein Aufenthalt in der Bunkerebene sollte ursprünglich nicht länger als zwei Tage währen. Ich hätte dich vor der Station, in die wir Prills Alpha-Klon eingeschleust hatten, erwachen lassen, und dieser hätte dich schnurstracks wieder nach draußen geführt, nachdem du im Bunker ein wenig für Unruhe gesorgt hättest. Ehe du begriffen hättest, worum es überhaupt geht und wo du dich befindest, wäre alles schon vorbei gewesen.«

»Wenn ihr nicht so unfähig gewesen wärt und den Prill-Klon verloren hättet...«, ergänzte ich kühl.

»Wir sind keine Überwesen, Stan. Auch uns unterlaufen Fehler. Wir haben bei Prills Transfer die Rechnung ohne den Wirt gemacht. Dass ihr Klon in die für uns unerreichbare Babalon-Ebene transportiert wurde und wir somit gezwungen waren, dich auf diese Odyssee zu schicken, war ein Schachzug des *Sublime*. Was es damit bezwecken will, wissen wir nicht.«

»Netter Versuch«, bewertete ich Gammas Rechtfertigung.

»Es ist die Wahrheit, Stan. Das *Sublime* zieht die Fäden im Hintergrund, aber wir wissen nicht, was es vorhat, zumal es beharrlich schweigt. Äußerlich befindet es sich in Stasis, aber hinter den Kulissen geschehen gravierende Dinge. Die Lords sind der Schlüssel für das *Sublime*. Ohne ihr Wissen ist es uns nicht möglich...« Gamma unterbrach sich, warf einen flüchtigen Blick auf die näher kommenden Dragger. »Dass elf Lords hier auftauchen, ist beunruhigend«, murmelte er. »Wie es aussieht, setzen sie alles auf eine Karte.«

»Ach, wirklich?«, bemerkte ich wütend. »Kommen dir plötzlich Zweifel, dass du zu hoch gepokert hast?«

»Nein. Was geschehen wird, wird geschehen. Das Lord-Problem ist rein quantitativ. Er wird es vielleicht nicht überleben.«

»Er? Welcher von ihnen?«

»Jeder. Sie alle sind einer. Reich mir deine Hand,

Stan!« Gamma kam näher, drängte mich in die Enge. Was jetzt? Ich sah mich um. Vielleicht versuchen, mir durch ein paar Karate-Tritte Luft zu verschaffen, um die Stiege zu erreichen? Wie weit würde ich kommen angesichts der Dragger und eines Geschöpfs in Lordgestalt, von dem ich kaum mehr wusste als seinen Decknamen. Ich konnte nicht einmal vermuten, wozu Gamma fähig war. Ein weiterer Schritt zurück. Sollte ich einen Sprung aus dem Fenster wagen? Um herauszufinden, wie viel ich beiden Parteien wirklich wert war? Wenn es schief ging ... Also Kinn vorschieben, Rotz hochziehen, trotzen!

Gamma sagte: »Alles vereint sich an einem neutralen Ort, auf einer entbehrlichen Ebene. Jedem von uns fehlt ein Teil der Wahrheit. Sobald wir auf der anderen Seite sind, wirst du es erkennen. Norom wurde von uns so präpariert, dass die Ankunft der Lords ihren Zusammenbruch auslöst. Uns bleiben nicht mehr als fünfzehn Minuten, ehe die Ebene kollabiert. Entweder kommst du freiwillig mit, oder ich muss dich zwingen!«

Ich fühlte die Wand in meinem Rücken, die sich nähernden Dragger, die Leere. *Sie alle sind einer,* hallte es in meinem Kopf, *alles ist eins.*

Als Gamma meine Schulter ergriff, versuchte ich in einem Reflex seine Hand fortzuschlagen. Stattdessen zerbarst sein Unterarm zu einer Wolke winziger Partikel, ohne dass sich seine vom Arm abgetrennte Hand von mir löste. Der feine Nebel verdichtete sich augenblicklich und formte die Gliedmaße neu. Ich schlug konfus ein zweites Mal zu, traf Gammas Gesicht. Sein Kopf explodierte, wirbelte für Sekunden wie ein Schwarm aufgescheuchter Pixel um ein gemeinsames Zentrum und modellierte sich ebenso neu wie der Arm.

»Es hat keinen Zweck, Stan«, sprach die formlose Wolke, ehe sich aus ihr wieder ein Gesicht gebildet hatte. »Ich bin ein Paragon.«

Ich stürzte zur Seite weg, versuchte mich loszureißen, doch Gammas Griff war eisern, fast, als wäre seine Hand mit meiner Schulter verwachsen. Ich wurde zurückgerissen wie ein Hund an der Leine. Vielleicht krallten sich seine Finger tatsächlich in mein Fleisch, hielten meine Knochen gepackt ... Das Bewusstsein, etwas Fremdartigem, Unbeherrschbarem ausgeliefert zu sein, veranlasste mich zu einer Kurzschlusshandlung. Plötzlich hielt ich die Strahlenwaffe in der Hand, richtete sie auf Gamma.

»Nein!«, stieß dieser aus, »der Assembler wird dich –«

Der Strahl traf Gamma in den Unterleib. Innerhalb eines Sekundenbruchteils klaffte in seinem Körper ein kürbisgroßes, gleißendes Loch, das rasend schnell größer wurde. Kein Blut quoll aus der Wunde, keine Eingeweide. Kein Gestank verbrannten Fleisches erfüllte den Raum.

Gamma ließ mich blitzartig los und wich – sich unaufhaltsam auflösend – von mir zurück, ehe die zerstörerische Energie auf mich übergreifen konnte. Sie verzehrte seinen Körper ebenso rasant wie den Fredericks. Die Augen meines Mentors funkelten anklagend, dann waren auch sie verschwunden.

Aus der schmalen Treppenflucht drang in derselben Sekunde ohrenbetäubender Lärm. Ich stürzte hinüber, warf einen Blick nach unten. Gammas Assembler zwängte sich die schmale Stiege herauf, wobei er sich auf die Seite gelegt hatte, um überhaupt zu diesem Gewaltakt in der Lage zu sein. Einer Spinne gleich arbeitete er sich voran, derweil sein Körper an der gegenüberliegenden Mauer entlangschleifte und das protestierende Kreischen erzeugte. Fingerdicke Lehmschichten von der Wand schabend, kämpfte er sich Stück für Stück die Treppe herauf. Die leuchtend roten Stirnlämpchen verdeutlichten seine Absichten.

Ich hatte nur kurz hinuntergesehen, die Lichter erkannt und mich zur Seite geworfen. Zentimeter neben meiner Schulter schoss ein blendender Strahl durch die Türöffnung, schlug in die Gebäudedecke und sprengte ein metergroßes Loch hinein. Das halbe Dach kam herabgestürzt, eine Wolke aus gelbem Staub rollte durch den Raum und vernebelte innerhalb von Sekunden die Sicht. Gleichzeitig quoll sie aus der zerstörten Decke ins Freie. Falls die Lords bisher nicht wussten, wo sie mich zu suchen hatten – nun wussten sie es!

Ich rappelte mich auf, suchte die Orientierung und richtete den Strahler auf die Treppenflucht. Der Assembler war gezwungen, seinen Kopf zu drehen, ehe er auf mich zielen konnte. Zwei seiner Vorderbeine und die langen Antennen tauchten auf, dann folgte ein unglaublich heller Blitz, begleitet vom Donner einer Explosion. Der Blitz hatte seinen Ursprung dort, wo der Assembler saß, und ich blickte genau in ihn hinein.

Naos 10

DER RÜSSEL GLOTZT MICH AN. Zumindest kommt es mir so vor. Er besteht aus flexiblen, chromglänzenden Metallsegmenten und endet in einer schwarzen Glaslinse. Ich vermute, dass sie eine Kamera verdeckt. Sie betrachtet mich. Und blinzelt. Hat sie nicht eben geblinzelt? Ich kneife die Augen zusammen. Kann nicht mehr klar sehen. Erst der Unterdruck und die Kälte, jetzt Überdruck und Hitze. Vielleicht ist der Rüssel eine Art Rüstung für einen armdicken Wurm. Im australischen Dschungel leben Riesenregenwürmer, die drei Meter lang werden können. Womöglich verbirgt sich hinter der Linse ja ein Auge, und der Wurm trägt ein Sonnenmonokel. Er betrachtet mein Gesicht. Besäße er selbst eines, würde er wahrscheinlich verwundert, geradezu entsetzt dreinschauen. Schmerzen wühlen in meinem Bauch. Ich stehe da wie ein erschöpfter Pavian. Betretenes Schweigen beiderseits, oder täusche ich mich?

Der Rüssel blickt stumm. Ich entdecke auch keinen Mund (hinter der Maske?), mit dem er das Wort ergreifen könnte. Ebensowenig einen Lautsprecher. Er schwebt vor mir, um zu *sehen*. Was er sieht, gleicht einem wilden, blutbesudelten Tier nach einer Fressorgie. Konversation: Fehlanzeige. Kein ›Hallo, wie geht's? Man nennt mich Rüssel. Warum sitzen Sie nicht brav und starr auf Ihrem Platz wie alle anderen?‹

Nein, kein Ton.

Vielleicht sind meine Trommelfelle geplatzt durch den Unterdruck, der bis vor wenigen Minuten geherrscht hat. Hartgefroren, und dann *Zisch! Klirr!*, als der Sturm und die Hitze zurückgekehrt waren.

Der Rüssel biegt sich wirklich wie ein staunender Wurm, visiert nun meine nackten Füße. Irgendetwas an ihnen scheint ihn zu faszinieren, denn er betrachtet sie länger als mein Gesicht. Vielleicht hält er sie für das intelligentere Ende von mir, weil sie sauber sind. Oben oder unten, hinten oder vorn; typischer Entscheidungskonflikt eines Wurms.

Ich wackle mit den Zehen. Nicht als ein Versuch, mit ihm zu kommunizieren, sondern weil sie zum Gotterbarmen schmerzen. Die Wärme lässt das Blut in den halberfrorenen Gliedmaßen rasen. Meine Finger, mein Gesicht, meine Ohren, alles schmerzt und sticht. Ich taue zum zweiten Mal auf. Wahrscheinlich ist es jetzt nicht wärmer als vor dem Öffnen der Tür, aber die wenigen Minuten bei minus weißderteufelwieviel Grad hatten gereicht, um mich bis auf die Knochen auszukühlen. Hinzu kommt der Druck auf meinen Augen und den Trommelfellen. Ich bin ständig versucht zu gähnen, um diesen dumpfen Druck aus den Ohren zu kriegen.

Der Sturm, der Seetha aus der Kabine in den bodenlosen Raum gerissen hat, war durch die offen stehende Kabinentür wieder hereingebraust, und mit ihm die Wärme, die mir wie von einer Heißluftturbine getrieben die Haut versengt hat. Ich fühle mich trocken, spröde, fürchte, alles an mir könne abbröckeln, wenn ich mich zu hektisch bewege. Der Kabineninnendruck hat sich in Sekundenschnelle normalisiert, nachdem sich die Schleuse von dem riesigen Ding, das neben dem Flugzeug schwebt, gelöst und an den offen stehenden Notausstieg gekoppelt hat. Aus ihr waren die Hitze und die Luft zum Atmen in die Kabine gefegt. Ich bin mir immer noch nicht sicher, ob dieses schwarze Monstrum dort draußen eine Flugmaschine ist oder nicht doch ein gigantisches Insekt, dem es weitaus ähnlicher sieht; die vermeintliche Schleuse sein Maul, der Rüssel seine Zunge. Und ich – ein leckeres Fressen...

Nein, es ist ein künstliches Objekt. Es *muss* ein künstliches Objekt sein! Ich habe diese Tortur nicht durchgestanden, um letzten Endes in einem garagengroßen Käfermagen zu enden. Insekten besitzen auch keine Scheinwerfer. Selbst dann nicht, wenn sie doppelt so groß sind wie Fesselballons. Es ist eine beruhigende Gewissheit. Und dieses riesige Ding an Steuerbord, das aus der Tiefe heraufgeschwebt war, besitzt Scheinwerfer, die allesamt die Flugzeugflanke erfasst haben. Und Fenster, die hell erleuchtet sind. Oder Augen, die gierig glitzern...?

Auf das Wackeln meiner Zehen hin richtet sich der Kamerawurm wieder auf. Das Blut, das mich bedeckt, ist getrocknet und bildet eine störende Kruste auf meiner Haut. Ich fühle mich dreckig, ekle mich vor mir selbst, sehne mich angesichts der unverhohlenen Musterung nach einer Dusche. Vor allem mein Gesicht muss nach dem Nasenbluten schlimm aussehen. Ich wische mir mit dem Ärmel über den Mund. Der gesamte Anzug ist rot besudelt. Mit Sicherheit habe ich blutunterlaufene Augen. Ob Wurm oder Kamera, ich muss für denjenigen, der mich betrachtet, wie ein tollwütiger Kannibale wirken.

»Können Sie mich verstehen?«, schallt eine tiefe Stimme durch die Kabine. Ich zucke zusammen, pisse mir vor Schreck fast in die Hose. Soviel zum Zustand meiner Trommelfelle. Der Fragesteller besitzt einen eigenartigen Akzent, scheint Probleme mit den Konsonanten zu haben. Ich starre auf die schwarze Linse an der Wurmfront. Die Stimme kam nicht von ihr, sondern definitiv über die Bordlautsprecher. Ergo: Der Sprecher muss im Cockpit sitzen.

»*Können Sie mich verstehen?*«, fragt er wieder, diesmal lauter. Als ich nicht reagiere, wiederholt er es auf Französisch, Spanisch, Deutsch...

»Ja, ich höre Sie!«, rufe ich heiser und stoppe damit seinen Wortschwall. Sekundenlang herrscht Stille. »Wer sind Sie?« Keine Antwort. »Hören Sie, wo immer Sie auch sein mögen: Eine Frau ist aus der Maschine gerissen worden und vermutlich...«

»*Wir wissen das*«, unterbricht mich die Stimme. Wieso klingt sie so absonderlich verzerrt? Ist das ein technisches Problem? Orson Welles spricht aus dem Grab, muss ich denken. Er sagt: »*Sie hat Dekompressions-Verletzungen und Erfrierungen.*«

»Heißt das, sie lebt?!«, staune ich.

»*Glücklicherweise ja. Sie bluten sehr stark, Mr. Ternasky. Haben Sie Schmerzen? In Kopf, Lunge oder Verdauungstrakt?*«

»Selbstverständlich«, antworte ich. »Hier herrschte schließlich für ein paar Minuten ein ziemlich beschissenes Klima. Woher kennen Sie meinen Namen?«

»*Wir kennen ihn.*«

»Hören Sie...« Ich zögere. »Mein Bauchnabel – er ist nicht mehr da.«

Die Stimme murmelt etwas in einer fremden, klangvollen Sprache. »*Ja*«, äußert sie schließlich.

»Ja?« Ich nähere mich dem Kamerarüssel. »Ist das alles? Einfach nur ja?«

»*Wir wissen das.*« Der Rüssel weicht vor mir zurück. »*Bitte verhalten Sie sich ruhig*«, verlangt die Stimme.

»Was geht hier eigentlich vor?«, rufe ich laut. Langsam wird meine Stimme wieder fester. »Wer sind Sie? Und was ist das hier für ein Ort? Hören Sie mich? Ich möchte endlich wissen, was das alles zu bedeuten hat!« Stille. »Antworten Sie!«

»Das ist nicht möglich.«

»Gut, dann kommen Sie an Bord und erklären es mir!« Erneut Stille, vermutlich als ›Nein‹ zu werten. »Oder beordern Sie wenigstens jemanden herüber, einen Arzt oder so etwas«, fordere ich.

»Das ist nicht nötig.«

»Jemanden wie diesen Kofferträger, den Sie geschickt haben.«

»Wir haben niemanden geschickt«, behauptet die Stimme.

»Blödsinn«, entgegne ich. »Dieser Vertreter-Kobold ist schon einige Male hier aufgetaucht. Zuerst lieferte er dieses Seetha-Erscheine-Programm hier ab, dann einen mutierten Hummer...«

Für Sekunden bleibt es still.

»Von wem sprechen Sie?« Es klingt zweifelnd. Herrschen dort drüben etwa Kompetenzprobleme?

»Woher soll ich das wissen? Der Kerl hat ja nur unartikuliert gekrächzt.«

Die Stimme schweigt geraume Zeit. Ich trete aufgewühlt von einem Fuß auf den anderen, blicke den reglosen Rüssel an, überlege, ob er wohl elektrische Schläge verteilen oder lähmende Strahlen abschießen kann.

»Hat die Frau diese Person ebenfalls gesehen?«

Ich überlege. »Nein, ich glaube nicht«, räume ich ein.

»Wie lange sind Sie schon bei Bewusstsein?«

Ich bücke mich, sehe durch die Kabinenfenster, versuche vergeblich, hinter denen des schwarzen Schiffes etwas zu erkennen. »Ich weiß es nicht«, gebe ich zu. »Dem Gefühl nach vielleicht zwei Tage.« Erneut fremdartiges Gemurmel, das wie das Vorsingen eines Kinderliedes klingt. Eine zweite und eine dritte Stimme fallen ebenso verhalten ein. Ich verstehe kein Wort, aber sie klingen überrascht.

»*Sie dürften sich überhaupt nicht in dieser Zeitebene aufhalten*«, meint die erste Stimme. Es klingt wie ein Vorwurf. »*Sie haben sich aus der Bordküche bedient, nehme ich an?*«

»Natürlich!«, rufe ich. »Ist das ein Problem?«

»*Kein erhebliches. Wir wussten nicht, dass Sie und die Frau sich auf diesem Zeitstrang befinden. Vermutlich wurden Sie irrtümlich als Interieur angesehen.*«

»Als was?«, frage ich entgeistert.

»*Als Komponenten der Flugzeug-Innenausstattung.*«

»Was?« Ich kann nicht glauben, was ich gehört habe. »Soll das ein Witz sein? Wollen Sie mich verarschen?«

»*Ihr reproduktives Echo ist wahrscheinlich dafür verantwortlich*«, erklärt die Stimme ungerührt. »*Ich kann Ihnen keine weitere Auskunft geben. Ihre Präsenz ist temporär. Bitte verhalten Sie sich ruhig.*«

»Hören Sie ... hey!«

Der Rüssel zieht sich lautlos in die Schleuse zurück. Ich warte ab, ohne dass etwas passiert. Dann gehe ich vorsichtig auf den Notausstieg zu. Orangefarbenes Licht erfüllt die Schleuse. Sie ist vielleicht sechzig Meter lang und schnurgerade. Ein Mensch könnte geduckt hindurchlaufen. Dort, wo sie in das andere Schiff mündet, gähnt eine schwarze Öffnung. Kein Licht jenseits der Verbindung, und keine Spur mehr von dem Rüssel.

»*Betreten Sie nicht den Korridor!*«, warnt mich die Stimme. »*Schließen Sie jetzt die Tür!*«

»Was wird aus Seetha?«

»*Wir kümmern uns um sie.*«

Ich zögere, blicke in den leuchtenden Tunnel hinein. Dort drüben liegen alle Antworten. Wer auch immer sich auf der anderen Seite befindet, er hat Seetha und mir zumindest das Leben gerettet. Ich schnaufe verächtlich. Interieur! Das ist der Gipfel! Und was, bitte schön, ist mein ›reproduktives Echo‹? Irgend eine Metapher, vermute ich, aber wofür? Für meinen Körper, meine – Gestalt? Was mag es sein, das einen Menschen nicht von der Innenausstattung eines Flugzeuges unterscheiden kann und ihn auf eine Stufe mit einem Business-Class-Sessel und einem Feuerlöscher stellt? Eine Maschine? Eine Maschine, die noch nie einen Menschen ›gesehen‹ hat? Die nicht weiß, was ein Mensch ist?

Mit wem – mit *was* – habe ich mich soeben unterhalten?

»*Schließen Sie jetzt die Tür!*«, reißt mich die Stimme in die Wirklichkeit zurück. Ist sie vielleicht gar nicht verzerrt? Ich packe den Griff und schiebe die Tür zu. Sie läuft wie geschmiert, sinkt in die Kabinenwand und verriegelt sich selbst. Von draußen ist ein Geräusch zu hören, einem tiefen, erleichterten Seufzen ähnlich. Ich eile zu einem der Fenster. Die Schleuse leuchtet nicht mehr, hat sich schon über die Hälfte der Distanz in den schwarzen Leib des Schiffes zurückgezogen. Verdammte Scheinwerfer, ich kann es nicht deutlich erkennen. Ist es eine Art Zeppelin? Es besitzt keine Rotoren, aber auch keine Düsen oder Tragflächen, nur einen gigantischen, platten, ovalen Leib, der es aussehen lässt wie ein riesiges Eierbrikett. Unter dem Rumpf ragen Auswüchse aus dem Schiff, von denen ich nicht sagen kann, ob es Landestützen sind oder riesige Gliedmaßen. Sie wirken wie herabhängende Baukräne.

Das Schiff dreht sich, sinkt gleichzeitig lautlos in die Tiefe zurück. Die Scheinwerfer erlöschen, draußen herrscht wieder Dunkelheit. Alles beim alten. Fast alles. Seetha ist bei ihnen.

»*Hören Sie mich?*«, fragt die Stimme unerwartet.
»Ja.«
»*Tun Sie nichts.*«
Sehr hilfreich. »Und was weiter?«
»*Warten Sie.*«
»Teufel auch, das tue ich bereits seit zwei Tagen!«, schreie ich ungehalten. »Wie lange denn noch?«
Ich erhalte keine Antwort.

Alphard 15

DIE DRUCKWELLE MUSSTE MICH durch den halben Raum bis gegen die Wand geschleudert haben. Meine rechte Körperhälfte fühlte sich an wie von einem Pferd getreten. Es dauerte eine Weile, bis ich in der Lage war, mit den geblendeten Augen wieder etwas zu erkennen. Der Läufer war mitsamt der Treppenflucht verschwunden. An ihrer Stelle klaffte ein enormes Loch, durch das ich ins untere Stockwerk hinabschauen konnte. Die Strahlenwaffe lag neben mir. Ich nahm sie an mich, verbarg sie hinter meinem Rücken. Ein tiefes, unangenehmes Surren erfüllte den Raum, dann wurde der stahlblaue Himmel, der durch die zerstörte Gebäudedecke zu sehen war, von einem gewaltigen Schatten verdeckt, der über den Turm schwebte. Die Unterseite des Draggers glich dem Bauch eines Käfers, schimmerte in metallischem Schwarzblau. Aus seinem Zentrum wuchsen ein halbes Dutzend kranartiger Gebilde, die am Rumpf des Schiffes angewinkelt waren wie die Beine einer toten Spinne. Ihre Enden waren mit Greifzangen versehen, die einen Pottwal hätten umklammern können. Neben diesen gewaltigen Montagearmen gab es eine Vielzahl dicker, tentakelartiger Gebilde, die in so etwas wie Kameralinsen ausliefen, ferner zwei schwenkbare Gebilde, die mich unweigerlich an Zwillingskanonen erinnerten, obwohl sie eine Form besaßen, die ich noch nie zuvor gesehen hatte. Die Spitzen dieser Kanonen glühten weiß, waren aber nicht auf das verwüstete Turmzimmer gerichtet. Zwei der Kameratentakel glitten lautlos durch die zerstörte Decke hinab in den Raum. Einer verschwand im klaffenden Boden, der andere schwebte auf mich zu. Ich kroch in die nächstgelegene Ecke. Die Kamera folgte meiner Bewegung.

»*Bleib wo du bist, Stan*«, erklang die Stimme eines Lords vom Schiff herab. »*Wir werden dich an Bord holen. Wo ist dieser Gamma?*«

Ich hustete mir die Kehle frei. »Das weiß ich nicht«, rief ich.

»*Sei nicht töricht, Stan. Wir werden es ohnehin erfahren.*«

Ich richtete die Strahlenwaffe ohne ein weiteres Wort in die Höhe und schoss. Verfehlen konnte ich den Dragger nicht. Alles, was schwarz glänzte, war das Ziel. Der unsichtbare Strahl hinterließ eine klaffende Schneise im Schiffsrumpf, und aus dem Surren des Antriebs wurde ein misstönendes Heulen. Die beiden Kameratentakel wurden aus dem Raum gerissen, als der Lord versuchte, sein Schiff aus der Schusslinie zu manövrieren. Einer der kranartigen Unterbauten, den der Energiestrahl ebenfalls durchtrennt hatte, löste sich behäbig vom Schiffsrumpf und stürzte gen Boden. Ein entferntes Krachen zeugte von seinem Aufschlag. Das Lordschiff sackte zur Seite weg, während sich das Heulen seines Antriebs zu einem ohrenbetäubenden Pfeifen steigerte, dann sah ich über dem Turm wieder den freien Himmel. Sekunden später ertönte ein infernales Krachen und der Lärm einstürzender Gebäude, gefolgt von einer gewaltigen Explosion, deren Wucht den Turm erzittern und weitere Teile der Decke herabstürzen ließ. Durch das Loch sah ich einen riesigen Feuerball, der sich in eine schwarze, pilzförmige Wolke verwandelte.

Ich sprang auf und schoss im Laufen durch jedes Fenster, hinter dem ich ein weiteres Lordschiff erkennen konnte, ohne über eventuelle Folgen für die Substanz des Turms nachzudenken. Selbst, wenn nur ein

Tentakel oder der Teil eines Montagearmes zu erkennen war oder der Dragger über einen Kilometer entfernt über den Häusern schwebte, schoss ich. Schwarzmetallen war der Feind. Der Energiestrahl durchschnitt die Fensterbögen, fräste breite Spalten in die Wände. Wo er das Gestein traf, breitete sich die Energie weiter aus; nicht so rasant wie bei Frederick und Gamma, aber unaufhaltsam. Schlimmstenfalls fraß sie die gesamte Stadt.

Ohne weiter auf den Zerstörungsprozess zu achten, sprang ich durch das Loch, das die Draggerkanonen gerissen hatten, hinab ins untere Geschoss. Es waren etwa zweieinhalb Meter. Der Boden hielt meinem Aufprall stand. Ein Fragment der Stiege stand sinnlos im Raum, in Hüfthöhe endend und von einem Schuttwall aus Lehmziegeln umringt, dazwischen die Überreste von Gammas Assembler.

Ich rappelte mich auf, eilte durch Räume, Korridore und über weitere Treppen Etage für Etage den Turm hinab. Er wurde zum Erdgeschoss hin geräumiger. In der Ferne erklang eine Explosion, die von einem weiteren abgestürzten Schiff herrühren musste. Das Surren wurde lauter. Zwei, vielleicht drei Dragger umkreisten den Turm. Wenn ich das Gebäude verließ, lief ich Gefahr, ihnen direkt in die Schusslinie zu rennen. Andererseits waren die Gassen zu eng und zu verwinkelt, um den Lords ein optimales Schussfeld zu bieten. Versuchte ich, mich innerhalb der Gebäude zu bewegen, rannte ich wahrscheinlich früher oder später in eine Sackgasse. Zudem bestand die Gefahr, dass die Energie der Strahlenwaffe ihr zerstörerisches Werk unaufhörlich fortsetzte und alle Häuser verzehrte. Die Lords würden das Problem sicherlich nicht nur aus der Luft zu lösen versuchen.

Vier zu eins für die Straße. Dennoch hielt ich es für angebracht, einen Ausgang zu suchen, der nicht direkt aus dem Imam-Palast ins Freie führte. Die meisten Häuser waren durch Zugänge miteinander verbunden. Im Zwielicht der Erdgeschosse lief ich hier und dort gegen niedrige Türfirste oder stolperte über verrottendes Mobiliar, das mir im Weg stand. Ab und zu, wenn ich bereits glaubte, ins Freie zu gelangen, rannte ich lediglich in einen Innenhof, von dem aus drei, vier Zugänge erneut in die Gebäude führten.

Was tust du hier überhaupt, Stan Ternasky?, rief eine Stimme in mir. *Wo, um alles in der Welt, willst du hin?*
Wohin?

Ich ruhte mich ein paar Minuten aus, lauschte. Kein Schiffsantrieb war zu hören. Entweder waren die Flugmaschinen zu weit entfernt oder die Wände zu dick. In mir sprudelte das Adrenalin. Vielleicht sollte ich versuchen, einen der Dragger zu kapern. Stan Ternasky, der Korsar. Ha!

Wieder ein dunkler Korridor, ein neuer Raum, ein schmaler Gang, der um die Ecke führte, ein Schutthaufen aus Lehm und zerbröckelten Ziegeln, der einmal eine Wand gewesen war und in den ich ungebremst hineinlief ... Ich fluchte, kämpfte mich hoch, humpelte einem weiteren Lichtschein entgegen. Diesmal war es tatsächlich eine Gasse, die ich hinter dem Rechteck des Ausgangs erspähte. Die Waffe im Anschlag, schritt ich zügig darauf zu. Kein Surren, keine verdächtigen Bewegungen. An der Tür sah ich nach draußen, instinktiv bergauf, die gegenüberliegende Häuserzeile entlang – und dummerweise in die falsche Richtung.

Aus dem Augenwinkel erkannte ich Prills fliederfarbenes Kleid. Ehe ich zurückschrecken konnte, tauchte wie ein Geschoss der Rücken einer Frauenfaust vor meinen Augen auf...

»Das war überaus dumm von dir!«, begrüßte mich Gamma, als ich die Augen wieder aufschlug. Er hatte die Strahlenwaffe an sich genommen und hielt sie mir anklagend vors Gesicht. »Du hättest meinen Paragon nicht zerstören dürfen.«

»Und du hättest etwas weniger hart zuschlagen können«, erwiderte ich, behutsam meine Nase betastend.

»Damit du Hitzkopf ein zweites Mal auf mich schießt? Zum Glück hatte ich die Möglichkeit, auf den Prill-Klon zurückzugreifen.«

»Du hast mir das Nasenbein gebrochen!«

Gamma packte mich am Kragen, zog mich hoch und lehnte mich gegen die Hauswand. Mein Kopf schmerzte, geronnenes Blut verstopfte meine Nasenlöcher und klebte mir im Gesicht. Wir befanden uns in einer engen, bergab führenden Gasse. Sie sah aus wie alle anderen, die wir bei unserer Ankunft in der Stadt durchschritten hatten. Einige der Häuser bildeten stockwerkhohe Brücken, unter denen die Gasse hindurchführte. Die Häuserfenster waren entweder leer oder zugemauert. Es war nicht der Ort, an dem mich Gamma niedergestreckt hatte. Er musste mich hierher geschleppt haben. Neben uns vernahm ich das Plätschern von Wasser. Als ich mich erhob, um das Blut abzuwaschen, musste ich erkennen, dass der Brunnen, von dem es kam, kein Wasser führte. Ich konnte es hören, aber nicht sehen oder fühlen.

»Die Ebene kollabiert«, erklärte Gamma. »Die Stadt löst sich auf. Ich wollte dir das, was du in wenigen Augenblicken erfahren wirst, ersparen, aber deine Unvernunft war ja dagegen.«

»O, halt den Mund«, fuhr ich ihn an.

»Ein wenig mehr Dankbarkeit, wenn ich bitten darf!«, entgegnete Gamma. »Normalerweise hätte man dich längst aufgegriffen und die Ebene mit dir verlassen. Dann wäre alles umsonst gewesen, und Norom würde sinnlos vergehen.«

Ich schwieg, rührte in dem leeren Brunnen herum, in der Hoffnung, eine Hand voll unsichtbares Wasser zu ertasten. »Wo sind die Lords?«

»Sie observieren die Straßen. Nicht mehr lange, und sie werden uns gefunden haben.«

»Es sind nur noch neun.«

»Neun Dragger, aber weiterhin elf Lords«, korrigierte Gamma. »Die beiden, deren Schiffe du getroffen hast, konnten sich retten und befinden sich irgendwo in der Stadt.« Er trat neben mich, zwang mich, ihn anzublicken. »Du solltest wissen, dass ich für dein Überleben nun nicht mehr garantieren kann. Mit unseren Mitteln können wir dich nicht mehr rechtzeitig aus dieser Ebene transferieren. Mein Paragon wäre dazu in der Lage gewesen, aber nicht dieser Prill-Klon. Du wirst wie die Lords mit der Stadt kollabieren.

Eigentlich wäre das nicht so heikel, denn du würdest dich zusammen mit dem Lord auf unserem Schiff manifestieren. Aber da ist etwas, das ich dir bisher nicht erzählt habe: Wir haben einen Klon von dir unter die Originale gemischt, der seit deinem Aufenthalt in der Bunkerebene deinen Platz unter den Flugzeugpassagieren einnimmt; deinen Alpha-Klon. Er stellt allerdings ein Paradoxon dar, denn er reflektiert zwar ein unmanipuliertes bioneurales Muster, bestätigt dich aber nicht als Original. Das *Sublime* folgert daraus: Du befindest dich an Bord und gleichzeitig nicht an Bord der Maschine. Es wird beim Löschen dieser Ebene mit

Sicherheit alle in ihm enthaltenen Aspekte und Komponenten von dir zusammenfügen, um jeden Irrtum in Bezug auf deine Identität auszuschließen.«

»Und das bedeutet?«

»Das es fürchterlich zwicken wird, Stan.« Gamma lächelte säuerlich. »Es wird euch vereinen.«

»Was? Mich und so eine Ektoplasma-Kreatur?! – Zu einer Person?«

Mein Mentor hob bedauernd die Schultern. »Ich weiß, was du für die Klone empfindest. Ironie des Schicksals, Stan.«

»Niemals!«, keuchte ich. »Niemals! Das lasse ich nicht zu!« Ich lief zur anderen Straßenseite, trat aufgebracht gegen eine Häuserwand, dass der Lehm abspritzte, und marschierte wieder zu Gamma. »Das müsst ihr verhindern, hörst du! Tötet den Klon!«

»Nein, Stan.«

»Tötet ihn!«, schrie ich. »Vernichtet diese Kreatur!«

Gamma schüttelte zeitlupenhaft den Kopf. »Es ist zu spät, Stan. Leider ist das noch nicht alles. Wir können nicht voraussagen, wo euch das *Sublime* als Einheit manifestieren wird. Dein Klon ist im Flugzeug, aber wir befinden uns hier irgendwo im BRAS-Archiv. Dieser Ort ist räumlich nicht ermittelbar. Es wird euch höchstwahrscheinlich irgendwo innerhalb der Altosphäre vereinen.

Ein Mensch ohne Raumanzug überlebt im natürlichen BRAS-Raum nach unseren Berechnungen sechzig Sekunden. In ihm herrscht ein Unterdruck, der fast schon den Stickstoff in deinem Blut zum Sieden bringt. Der Sauerstoffgehalt im Zentrum der Altosphäre liegt bei vier Prozent. Aufgrund des Unterdrucks empfehle ich dir, nicht nach Luft zu schnappen, selbst wenn der Inkarnationsschock es dir eingibt. Die BRAS-Station liegt zur Zeit auf der Tagseite des Mondes, wodurch die Innentemperatur der Sphäre auf minus 116 Grad Celsius gestiegen ist. Wenn ich dir einen Rat geben darf: Schließ die Augen, halt die Luft an und beiß die Zähne zusammen. Die Sphäre besitzt einen Durchmesser von sechzehn Kilometern. Es wird nicht leicht sein, dich innerhalb einer Minute darin aufzuspüren. Wollen wir also hoffen, dass das Timing stimmt.«

Ein tiefes Brummen ließ uns aufblicken. Über die Häuserzeile glitt wie ein Insekt aus einem japanischen Monsterfilm der schwarze Leib eines Draggers. Er kreiste über der Gasse, schwebte dann langsam tiefer. Ein zweites Lord-Schiff tauchte etwa zweihundert Meter entfernt über der Häuserschlucht auf. Das Surren der Antriebsaggregate brachte den Boden zum Vibrieren.

Während ich gebannt in die Höhe blickte, versetzte mir Gamma unvermittelt einen kräftigen Stoß, der mich zu Boden warf. »Falls du glaubst, du wärst in einem der Dragger vor dem BRAS-Raum geschützt, dann vergiss es«, sagte er. »Die Schiffe werden ebenso vergehen wie die Stadt. Tut mir Leid, Stan. Ich hielt es für angebracht, dich vorzuwarnen. Du wolltest es ja nicht anders.«

Ehe ich reagieren konnte, hatte Gamma den Strahler gegen sich selbst gerichtet und abgedrückt. Er gab keinen Ton von sich, sah mich nur an, während Prills Körper von der Energie verzehrt wurde. Ich starrte auf die Häuserfront, suchte irgendeine Bewegung, etwas Unsichtbares, das davonlief. Gamma hatte die Strahlenwaffe nicht losgelassen. Sie war mit ihm und dem *Schlüssel* in Prills Nacken verglüht. Ich erhob mich, meine Beine zitterten. Trotz der lauten Draggerantriebe vernahm ich die Schritte hinter mir. Sie näherten sich langsam von zwei Seiten, ohne Eile.

Meine Reise war zu Ende.
Die der Lords auch.
Ich wusste das. Sie nicht. Daher drehte ich mich um, steckte die Hände in die Jackentaschen und grinste. Jeder der beiden konnte Nikobal sein. Oder Salmeik. Oder Garbol. Sie trugen keine Waffen. Wozu auch, die Dragger schwebten ja über uns.

»Was ist so lustig, Stan?«, fragte der Lord links von mir.

Ich zuckte die Schultern. »Nichts. Gar nichts.« Ich schüttelte den Kopf, betrachtete meine Stiefelspitzen. »Hat einer von euch beiden vielleicht eine Zigarette?«

Der Himmel färbte sich weiß. Heimlich hatte ich gehofft, dass er schwarz werden würde und mit lautem Glockengeläut das große, finstere Nichts über die Stadt hereinbräche; aber es war ein strahlendes Weiß. Es war weißer als die Albinohaut der Lords, weißer als ihre uniformen Anzüge und so strahlend, dass es die bizarren Schatten ihrer Schiffe auszublenden drohte. Die Helligkeit kam von allen Seiten, nicht nur aus dem Zenit, gleich einer Hohlkugel aus Licht, die rasend schnell kleiner wurde. Die Stadt war ihr Zentrum. *Ich* war ihr Zentrum! Schade, dass ich nicht auf einem der Türme stehen und es in seiner Gesamtheit überblicken konnte. Es musste berauschend aussehen, wie es über die Ebene auf die Stadt zufloss, in all seiner Pracht und Endgültigkeit.

Und die Lords...

Sie starrten, jeder von ihnen in eine andere Richtung. Der namenlose Fleischberg, dem mein Grinsen missfallen hatte, riss sich vom Anblick der Lichtwoge los, sah mich an. »Der Zeitstrang löst sich auf«, erkannte er entgeistert. »Was...?« Dann hüllte uns das Licht ein. ›Entgeistert‹ beschreibt anschaulich, was in sein Gesicht geschrieben stand. Ein geistloses »Was?« Mehr nicht. Das Gleißen raubte ihm die Worte. Ich breitete die Arme aus, schloss die Augen, ließ mich fallen.

Licht.
Sublime.
Lux infiniti.

Naos 11

GLANZ UND GLORIE.
Die gesamte Kabine hat zu leuchten begonnen. Alle Kontraste verblassen, werden überstrahlt von diesem unirdischen Weiß. Es dringt durch die Lider meiner geschlossenen Augen, durch meine Hände, die ich schützend vors Gesicht hebe. Was machen diese Verrückten? Schießen sie auf das Flugzeug? Bringen sie es zum Schmelzen?

Ich fühle keine Hitze, taste mit einer Hand blind umher, während ich mit der anderen weiterhin meine Augen vor dem Licht zu schützen versuche. Ich sehe keine Wände mehr, keine Sitze, keine Menschen, stehe in reinem Licht ... sinke in reines Licht! Himmel, was geschieht hier? Der Boden gibt unter mir nach! In Panik versuche ich, mich irgendwo festzuhalten, doch da ist nichts, an das ich mich klammern könnte.

»Aufhören!«, schreie ich. »Hört auf damit!« Keine Worte, kein Klang. Ich spucke Licht. Gleite durch das Unterdeck. Der Boden ist wie flüssiges Wachs ... Jesus, ich bin *unter dem Flugzeug!* Ich bin draußen im ... Ein letzter verzweifelter Versuch, mich ans Licht zu klammern. Meine Hand fährt haltlos hindurch. Da ist kein Widerstand, der Flugzeugrumpf ist ein Trugbild. Ich habe die Luft angehalten, die Augen weit aufgerissen. Kein Vakuum bläht mich auf, der Kälteschock bleibt aus. Licht auch hier, außerhalb des Flugzeugs. Sein Leib bleibt über mir zurück, eine leuchtende Form in einem strahlend weißen Nichts. Ich kann atmen hier draußen. Aber was ist mit meinen Händen passiert? Das sind doch keine Hände mehr!

Ich sehe an mir herab, blicke in mich hinein, in einen langen Schlauch aus Licht und transparentem Gewebe. Was geschieht mit mir? Ich bestehe durch und durch aus Gallert und Licht. Keine Knochen mehr, keine Muskeln, keine Blutgefäße...

Bin ich das dort unten? Kilometerweit entfernt, ein anderes Ende von mir... Nein, nicht...

Freier Fall!

Mein anderes Ich und ich selbst schießen aufeinander zu, wie straff gespannte Gummibandenden, die man gleichzeitig losgelassen hat... O, das geht nicht gut, das geht nicht gut, das geht viel zu schnell... diese Geschwindigkeit ist reiner Wahnsinn!

Aufhören, bitte! *Das wird ganz gehörig...*

Welch ein Schmerz! Was für eine Vereinigung! Hitze, Kälte, sämtliche Körperatome sprengen wild auseinander. Ein Urknall der Zellen. Ein Sturm aus Bildern und Gefühlen. Alles ist fremd und vertraut zugleich. Eine zweite Seele in mir. Ein zweiter Mensch... Hallo, Stan, hallo, Stan...

Ordnung, Ordnung, Ordnung...

Licht. Weiterhin strahlendes Licht und Stille. Meine Sinne suchen eine Form, einen Ton. Vergebens. Ich summe eine Melodie. Sie klingt dumpf und falsch. Aber das lässt mich zumindest erkennen, dass ich nicht taub bin. Und auch nicht blind. Blinde sehen nicht *weiß*. Oder? Ich hebe eine Hand. Fünf Finger, hautfarben (ja, so sieht eine Hand aus!), ein wenig zu kränklich im Teint. Mir läuft es eiskalt den Rücken hinunter, wenn ich an diesen organischen Schlauch denke, den ich noch vor Sekunden verkörpert habe. Eine Ranke, ein Menschenstrang. Ekelhaft anzusehen. Ekelhaft anzufühlen. Ein Ding, das nicht sein darf. Auch jetzt noch. Ich bin ein halber Klon. Es ist *widerlich!* Danke, Stan. Fühlst dich auch nicht anders an als sonst.

Ektoplasma ... Ich könnte kotzen. Ob das *Sublime* erfreut wäre, wenn ich mich in sein universelles Weiß erbrechen würde?

Die Luft, die ich atme, besitzt kein Aroma. Sie ist weder warm noch kalt. Um mich herum ist nichts zu erkennen, die einzige Geräuschquelle ist mein Körper. Weder das Flugzeug, noch Norom sind zu sehen. Ebensowenig ein Lord, der mein Schicksal teilt. Ich bin allein. Wie lange bin ich schon hier? Habe kein Zeitgefühl mehr. Meine Sinne haben sich beruhigt, mein Kreislauf ebenfalls. Bin ich in der Krankenstation des *Sublime*? Drei Tage Ruhe in der Rekonvaleszenzebene?

Ich habe es mir anders vorgestellt. Das *Sublime* ist nichts. Das *Sublime* ist trostlos. Ich schwebe ziellos dahin, ordne weiterhin Gedanken. Bin ich tot? Hat mich einer der Lords in letzter Sekunde abgeknallt, und ich hab's nicht gemerkt? *Erhabenes Etwas, hast du mitgekriegt, dass ich hier bin? Mach bitte keine halben Sachen, ja? Hallo? Antworte mir!*

Pah! Das *Sublime* ist taub. Wo bleibt Gamma mit dem Rettungsteam?

Mein Puls beginnt zu rasen, als ich die Kälte spüre.

Das Licht schwindet und mein gesamter Körper wird von einer Kraft erfasst, die mich auseinander zu reißen droht. Tränen schießen mir in die Augen, gefrieren an meinen Wimpern zu Eis. Mein Hals schwillt an und mein Bauch bläht sich auf wie der einer Schwangeren. Ich habe die Augen durch den Schock weit aufgerissen, fürchte, jeden Moment das Platzen meiner Lungen zu spüren. Die Kälte wird unvorstellbar, die Finsternis vollkommen und der zerrende Unterdruck zu einer Offenbarung aus Schmerzen. Ich balle mühsam die fast erfrorenen Hände zu Fäusten, fühle, wie mir die Luft und das Blut aus dem Körper gezogen werden. Schleim quillt mir aus der Nase, verklebt in meinem Gesicht sofort zu einem eisigen Brei. Ich versuche, meine Augen zu schließen, aber es ist nicht mehr möglich.

Vielleicht sterbe ich...

Sterbe ich?

Sterbe ich?

Verdammt, antwortet mir, ihr fetten Kreaturen in euren Draggern! Ist das der Preis? Zerebrale Neustrukturierung der Manipuliermasse durch Hirntod? Ah, ich ahne, was ihr mir weismachen wollt! Nichts sei wahr gewesen, ich selbst nur ein Muster. Super-Stan-Paragon, ready to take off. Gamma Tango Charly, over and out! Die Propeller stehen still. Lost in static 18.

Prill... du bist doch nicht nur eine künstliche Erinnerung, oder? Gib mir irgendein Zeichen, das mich hoffen lässt, ich befände mich nur in einem Albtraum. Ich liebe dich, *das* ist die Wahrheit! Ich tat alles nur für dich! Trudle hier herum wie ein Eisklumpen aus der Bordtoilette. Diese Kälte... was ist das für eine Farbe? Violett?

Holt mich hier raus, ich flehe euch an! Lieber fresse ich tausend Jahre lang in der Taverne diesen leuchtenden Brei, als hier noch eine Sekunde länger zu krepieren. Warum ist es nicht endlich vorbei? Ist hier irgendjemand, der etwas zu sagen hat? Steht noch etwas aus? *Sublime?* Nimmst du mich wahr? Du hältst mich für ein Arschloch, habe ich recht? Für jemanden, der deinen Geschöpfen nicht den nötigen Respekt zollt. Darum tust du mir das an, lässt mich zappeln. Hast deine

Freude daran. Es tut mir Leid, okay? Ist es dass, was du hören willst? *Es tut mir Leid!* He, erhabenes Nichts, verstehst du mich? Es sind *keine* seelenlosen Geschöpfe. Wir sitzen alle im gleichen Boot. Ich bin ein Teil von dir. *Stan Ternasky ist ein Klon!* Und du? Die unendliche Güte oder nur ein Haufen Scheiße? Antworte gefälligst und sag mir, dass ich *nicht* verrecke! Meine Telefonnummer hast du!

Hallo...?

Ihr habt doch auch Seetha hier herausgepickt, ihr Stümper! Wo ist der Strahl, der mich trifft? Warum ist alles so unendlich still...?

Sternenlicht! O, ich wusste es! Nur ein einziger Stern, größer, immer größer und herrlicher. Er leuchtet im Zentrum einer Wand aus Metall, trägt acht wunderschöne, gleichmäßige Strahlen. Ich sehe gefrorene Tränen, die sich von meinen Augen lösen und dem Licht entgegentanzen. Weitere Sterne, Sternenkreise, die das Licht in ihrer Mitte säumen; Dutzende, vielleicht Hunderte. Sie kommen näher, und sie strahlen so hell ... Nein, ich falle! Herrjesus, ich stürze auf sie herab! Diese riesige Wand, der Stern –

... ist eine Öffnung, jetzt erkenne ich es! Darunter geht es weiter. Noch ein paar hundert Meter und ... Hinter dem Licht befindet sich eine weitere Wand. Sie ist bläulich-orange und besitzt Sommersprossen ... ist das ebenfalls Metall? Sie sieht aus wie eine Flüssigkeit. Eistauchen im zugefrorenen Nelson River, nur für harte Jungs, bis die Lungen platzen und sich mehr Halluzinationen um einen tummeln als Fische. Allmächtiger, was für eine kosmische Kälte. Kann es sein, dass der Unterdruck noch zunimmt? Es sind mehr als sechzig Sekunden, tausend Prozent. He, Gamma, du Klugscheißer, ich bin besser als die Statistik! Hörst du? Verdammt, hol mich endlich hier raus!

Meine Adern sehen aus wie knorrige Baumwurzeln, jedes Körperhaar versucht, sich aus meiner Haut zu reißen. Dieser Schmerz ... ich ertrage ihn nicht länger, reiße den Mund auf (das Gesicht fast gefroren) schnappe nach – Kälte. Keine Luft, nur Kälte, so schneidend, dass ich mir einbilde, flüssigen Sauerstoff zu atmen. Ich atme ein, aber die Lungen tun das Gegenteil. Ob es Seetha ebenso ergangen ist? Arme Seetha. Der Stern ist ein Gebilde aus Dornen und Zinnen, eine Distel aus meterdickem Metall und einer sich öffnenden Blüte aus Licht. Kann kaum noch was erkennen. Meine Augen fühlen sich an, als ob sie jeden Augenblick platzen. Der Stern frisst mich ...

Fester Boden unter den Füßen, so plötzlich, dass ich mein Gewicht nicht zu tragen vermag. Sacke in die Knie und kippe zur Seite. Muskellähmung durch die Kälte und den Schock. Kann den Sturz nicht abfangen. Kein Schmerz, keine Erschütterung. Was ist das für ein Boden, der unter mir nachgibt? Riesige Matratze? Sprungtuch? Ich versinke in ihm. Werde von ihm eingehüllt, von ihm gewärmt.

Gewärmt ...

Alphard 16

UM MICH HERUM ERSTRECKTE sich eine weite Ebene. Ich konnte nicht erkennen, ob es eine Landschaft war oder nur der erfüllte Wunsch meiner Sinne, nach der Dunkelheit wieder etwas wahrzunehmen. Ich hatte das Gefühl, als würden meine Augen, nur noch von den Sehnerven gehalten, in meinem Gesicht hängen. Sie schienen herumzubaumeln, mal nach hier und mal nach dort zu starren, jedes in eine andere Richtung. Ich konnte meinen Blick nicht konzentrieren. Ein jäher Schwindel verzerrte die Umgebung, die Ebene krümmte sich, kippte, befand sich plötzlich über mir. Berichtigung: Ich war es, der auf dem Boden herumrollte. Was war das dort drüben? Wurzeln, die von der Decke hingen, oder Baumstümpfe? Und dieser weiße Haufen neben mir, er besaß Hände und einen verschwommenen Kopf. Mein Magen rebellierte, ich übergab mich, erbrach die Hälfte davon über meinen linken Arm. Das Zeug war heiß. Beißender Gestank drang in meine Nase.

Dass ich wieder atmen konnte, war kaum ein Trost. Ich verspürte keine Schmerzen mehr. Wahrscheinlich war mein Gehirn überschwemmt mit Endorphinen. Automatismen hatten einen Großteil meiner Körperkontrolle übernommen. Ich musste husten, spuckte den Rest des Erbrochenen aus. Töne drangen an meine Ohren. War das Musik? Oder Stimmen? Ein Chor? *Du bist im Himmel, Stan! Mustergültig verreckt. Herzlichen Glückwunsch.*

Ich presste mir die Hände gegen das Gesicht, versuchte, meine Blicke einzufangen, massierte meine

Augen, bis der Druck von ihnen gewichen war. Prüfend betrachtete ich danach meine Handflächen. Mein Blick hatte an Schärfe gewonnen.

Meine Hände waren sauber, ebenso wie mein Gesicht. Kein getrocknetes Blut bedeckte die Haut, ganz so, als hätte mich der wärmende Boden, in den ich gesunken war, blankgeleckt. Ich steckte in einer hässlichen Symbiose aus meiner ›Straßenkleidung‹ und dem schlichten Anzug meines Klons an Bord des Flugzeugs. Das *Sublime* hatte nicht nur unsere Körper vereint, sondern auch unsere Garderobe. Die Lederjacke, das T-Shirt und meine Hose waren mit feinem, leinenartigem Gewebe durchsetzt. Ich zog mein T-Shirt aus der Hose, betrachtete meinen Bauch. Der Bauchnabel war ein wenig verkümmerter, als ich ihn in Erinnerung hatte, aber deutlich sichtbar. Und über ihm ... endloses Staunen: Die Narben waren verschwunden!

Der weiße Haufen vor mir kristallisierte sich zum Körper eines Lords. Er lag mit aufgerissenen Augen vor mir, wirkte erstarrt, leblos. Dann suchte ich die Quelle der eigenartigen Töne, wechselte von Weiß waagerecht zu Schwarz senkrecht.

Schwarz senkrecht stand etwa sechs Meter von mir entfernt und lebte. Es besaß einen riesigen mondförmigen Kopf, der im Profil so platt war wie ein Brotlaib und auf einem krummen Schwanenhals saß. Die Arme und Beine der Kreatur waren massige, vom Körper abstehende Stummel ohne Gelenke, Finger oder Füße. Ihr Torso wirkte aufgebläht, aus ihrer Brust ragten wie Hörner zwei spitz zulaufende Brüste. Das Geschöpf hätte einer übergroßen Fruchtbarkeitsfigur aus Ebenholz geglichen, wären da nicht die langsamen, gleichmäßigen Atemzüge gewesen, die seinen Brustkorb hoben und senkten. Es gab tiefe, lang gezogene

Lautfolgen von sich, die fast gänzlich aus Vokalen bestanden, ab und an durchsetzt von lang gezogenen M- oder N-Lauten. Sie klangen wie: »A-o-mm-a-e« oder »U-o-nn-a-i« und erinnerten an die Töne einer Bassklarinette. Das Wesen stand im Zentrum einer Formation aus drei hoch aufragenden, goldenen Gebilden, die Fischgräten ähnelten. Nachdem der letzte Ton verklungen war, klappten die antennenartigen Streben zusammen, und die Gebilde verschwanden im Boden. Sie wurden einfach eins mit dem Grund, als bestünde er dort, wo das Wesen stand, aus zäher Flüssigkeit.

Ich erhob mich. Fasziniert und erschüttert zugleich, war ich unfähig, meinen Blick von der Kreatur abzuwenden. Mir war nur allzu bewusst, welcher Art von Geschöpf ich gegenüberstand. Es war eine Begegnung, vor der ich mich Zeit meines Aufenthaltes in der Ebene gefürchtet hatte. Das Wesen schenkte mir noch immer keine Beachtung. Seine Armstümpfe teilten sich, besaßen auf einmal Unterarme. Drei dünne Finger von fast fünfzig Zentimetern Länge wuchsen aus jedem von ihnen hervor, zudem ein dicker, kurzer, seitlich versetzter Auswuchs, der einem Daumen ähnelte. Die Gliedmaßen falteten sich auseinander wie die Jagdzangen einer Fangschrecke. Eine ähnliche Wandlung vollzog sich mit den vermeintlichen Stummelbeinen: Plötzlich waren da Unterschenkel und Zehen, die sich von den Oberschenkeln lösten und zu Boden sanken, dicker und kürzer als die Finger. Als sich das Geschöpf schließlich zu voller Größe erhob und zu mir umwandte, überragte es mich um mehr als zwei Meter.

»Willkommen bei Radio Gamma, Stan!«, sprach es mit einer tiefen, melodischen Stimme und einem unverkennbaren Tonfall. »Ich sagte ja, dass es etwas unangenehm werden wird.« Der wulstige Mund des Wesens verzog sich zu etwas, das als Lächeln böse Geister vertrieben hätte. Es sah nicht besonders freundlich aus, wie die gesamte Kreatur. Nichts um mich herum sah freundlich aus.

Monster sind für gewöhnlich weitaus flinker, als man es von ihnen erwartet. Die Kreatur machte drei Schritte, dann stand sie vor mir. Alles, was ich in diesem Augenblick noch wahrnahm, waren rote Mandelaugen ohne Pupillen, so groß wie Suppenteller. Meine eigenen Augen mochte ich zumindest halb so weit aufgerissen haben. Ich trat einen Schritt rückwärts, wirbelte herum und rannte gegen eine unsichtbare Wand. Der Aufprall ließ mich zurücktaumeln und erneut zu Boden sinken. Ehe ich wieder auf die Beine kam, tauchte über mir eine weitere dieser Kreaturen auf, neben ihr eine dritte und eine vierte. Ich kroch rückwärts von ihnen fort, stieß gegen den massigen Körper des Lords...

Endstation.

Der Lord war am Leben. Er stöhnte bei meinem Rempler so erbärmlich auf, wie ich es noch nie zuvor bei einem der Seinen vernommen hatte. Vorbei war es mit seiner Herrlichkeit und Würde. Sein Gesicht war zu einem Ausdruck purer Verzweiflung erstarrt. Er öffnete den Mund, doch keine Worte kamen über seine Lippen, nur ein stummer Schrei. Tränen rannen ihm übers Gesicht, tropften von seinen Ohren zu Boden. Wieder diese jämmerlichen, winselnden Töne.

Mein Griff in die Zwitterjacke erfolgte impulsiv. Das Metall der Browning war fast so kalt wie die Atmosphäre des BRAS-Raums. Die Berührung schmerzte, dünne Fetzen meiner Haut blieben am Metall kleben. Herausziehen, entsichern, zielen... Drei Sekunden. Die Zeit in den Bunkern hatte mich mechanisiert. Die Waffe lag wie ein Stück Trockeneis in meiner Hand. Ich schwenkte sie im Kreis, zielte auf das Gamma-Wesen. Seinen riesigen Kopf konnte ich nicht verfehlen.

Die Browning machte *Klick!*

Mehr nicht.

Es liegt an der Kälte, durchfuhr es mich, es *muss* die verdammte Kälte sein! Eine Stimme in meinem Kopf schwafelte unentwegt wirres Zeug, plapperte von gefrorenen Treibsätzen, erfrorenem Metall, toter Munition. Die Synchronisation war miserabel. Ich schüttelte die Waffe in einem Anfall von Hilflosigkeit, drückte erneut ab, wieder und wieder – die Antwort blieb ein monotones *Klicklicklicklick...*

»Stan«, sprach Gamma, als ich innehielt, »dein Magazin ist leer.«

Ich sah in die wagenradgroßen Gesichter, von einem zum anderen. Sie besaßen Gesichtszüge, aber weder Haare noch Augenbrauen. Ihre Nasen waren lang und flach, wirkten negroid. Ich konnte keine Ohren erkennen. Vielleicht existierten Hörorgane an ihren Hinterköpfen. Ihre breiten Münder besaßen pechschwarze, fleischige, nach unten geschwungene Lippen, die den Gesichtern ein nicht gerade sympathisches Aussehen verliehen. Zu unterscheiden waren die Kreaturen nur anhand von Pigmentflecken und Falten und in ihrer Farbe, die von braun über rot bis hin zu schwarz reichte. Jede von ihnen besaß zudem eine ringförmige, handbreite Färbung der Halspartie; in Gammas Fall ein tiefes, leuchtendes Grün. Keines der Wesen war bekleidet, und soweit ich es beurteilen konnte, trugen sie auch keine Waffen. Ich erkannte keinerlei Geschlechtsunterschiede. Vielleicht war das, was ich vom Hals abwärts für Haut hielt, in Wirklichkeit eine Art von Overall, der alles verbarg.

»Was, zum Teufel, seid ihr?«, flüsterte ich.

Gamma nahm eine recht menschliche Haltung an: er faltete seine Spinnenhände über seinem Bauch und sagte: »Wir sind Enoe.« Waren das wirklich Brüste? Oder Stoßzähne? Vielleicht Stoß*rippen*? Sie alle besaßen diese Auswüchse.

»Dann – warst du es, dessen Schatten ich in dem Bunker gesehen habe...«

Gamma schloss zum Zeichen der Bestätigung kurz die Augen. »Es war nicht beabsichtigt, dass du mir über den Weg läufst – Oh, ich verstehe«, erkannte er dann. »Du hieltest *mich* für einen Lord!« Er sprach etwas zu seinen Artgenossen, das klang, als singe er ihnen eine Melodie vor. Die Reaktion war ein kurzes Summen; vielleicht so etwas wie ein Zeichen der Belustigung.

Eine Hand legte sich auf meine Schulter. Die Vermutung, dass der Lord mich berührte, ließ mich zurückschrecken. Die Hand fasste nach. »Stan, ich bin es«, sagte eine Frauenstimme. »Stan!«

Ich blickte in Seethas bleiches Gesicht, wünschte, meine gesamte Umgebung würde von ihrem Antlitz ausgelöscht werden. »Erkennst du mich?« Ihre Stimme klang besorgt.

Ich war mir nicht sicher, ob ich ihren Namen tatsächlich aussprach. Vielleicht las Seetha ihn nur von meinen Lippen ab. Ihr Gesicht entspannte sich. Sie nahm mir vorsichtig die Browning aus der Hand, hielt sie an der Mündung wie eine Ratte am Schwanz und reichte sie Gamma.

Seetha war mir so nah, dass ihr Atem meine Haut streifte. Ich ließ meinen Blick über ihr Gesicht wandern. Einer der Enoe tauchte neben uns auf, streckte eine Hand aus, legte sie auf Seethas Schulter. Ich wollte sie fortschlagen (ein lächerlicher Beschützerinstinkt in Anbetracht der Größenverhältnisse) doch Seetha hielt mich davon ab. Sie erhob sich, wobei sie die Hilfe des Wesens annahm.

Ich war sprachlos. Sie, die noch im Flugzeug vor meinem nabellosen Bauch die Flucht ergriffen hatte, ließ sich von dieser Monsterpranke auf die Füße helfen!

»Du bist nicht Seetha!«, krächzte ich. Es klang, als würde ich mit künstlichem Kehlkopf sprechen.

»Doch, Stan, ich bin es.«

Ich sah sie zweifelnd an. »Was ist mit deinen Augen passiert? Deine Pupillen sind so klein ...«

Seetha warf einen kurzen Blick auf den Enoe. »Sie haben mir ein Beruhigungsmittel verabreicht, glaube ich«, erklärte sie dann. »Mein Weltbild liegt so ziemlich in Trümmern. Wahrscheinlich werde ich fünfzig Jahre lang Albträume haben, wenn das alles vorbei ist.«

Der Enoe neben Seetha machte eine Geste, mit der er mir bedeutete, vom Körper des Lords zurückzuweichen. Gamma und seine Artgenossen standen still wie Statuen und beobachteten. Der Lord hatte sein Gejammer eingestellt. Als ich aufstand und mich mit Seetha ein paar Meter entfernte, hob sich der Boden unter ihm. So, wie die grätenförmige Antennenkonstruktion darin versunken war, wuchs nun ein altarartiger Quader bis auf Hüfthöhe empor. Am oberen Ende formte sich ein Gebilde, das einer Trockenhaube ähnelte und sich über den Kopf des Lords stülpte. Scheinbar bezogen die Enoe alles, was sie an technischen Hilfsmitteln benötigten, aus diesem Boden.

»Unter so einem Ding bin ich vorhin auch aufgewacht«, erklärte Seetha. Der Vorwurf in ihrer Stimme war unüberhörbar.

»Es – war nicht meine Absicht«, murmelte ich.

Seetha schüttelte entschieden den Kopf. »Nein, du Neunmalklug, nur deine Überheblichkeit.« Sie äffte mich nach: »Da draußen ist kein Vakuum...« Dann sah sie zu Boden: »Es war ein Scheißgefühl, in dieses Nichts zu fallen, Stan. Wirklich ein Scheißgefühl. So hatte ich mir das Ende nicht vorgestellt.«

Ich atmete tief durch, suchte eine Ablenkung. Schuldbekenntnisse sind nicht meine Stärke. Aufmerksam studierte ich meine Umgebung, und was ich sah, trug keinesfalls zu meinem Wohlbefinden bei. Die vermeintliche Ebene war in Wirklichkeit ein weiter, kreisrunder Platz von wenigstens fünfhundert Metern Durchmesser. Ihn umfassten gut zwei Dutzend mächtige, etwa vierzig Meter hohe Gebäude, die einander wie ein Ei dem anderen glichen. Die Gebäudefronten ähnelten nach vorn geneigten Trapezen, die sich zur Decke hin verjüngten. Nach hinten wurden die Bauten breiter, bis sie sich schließlich berührten, wodurch sie dem Platz einen sternförmigen Grundriss verliehen. In ihrer Gesamtheit bildeten sie das Fundament für eine Kuppel, die alles überspannte. Sie erhob sich zu mehr als sechzig Metern Höhe, um sich im Zentrum des Platzes als mächtige Spindelsäule wieder mit dem Boden zu vereinen. Ich kam mir vor wie im Inneren eines kolossalen Donuts. Wie der Platz und die Gebäude, so war auch das Kuppeldach sienafarben, aber zusätzlich mit Lichtbahnen durchzogen, die die Halle mit angenehmer Helligkeit erfüllten. Direkt unter uns war der Boden hingegen von tiefroter Farbe. Das Rot markierte eine kreisrunde Fläche von etwa acht Metern Durchmesser, die gegenüber dem Hallenboden um einige Zentimeter erhöht lag und von jenem unsichtbaren Kraftfeld umgeben war. Ich konnte ein halbes Dutzend weitere dieser Kreise in der Ferne erkennen, doch niemand hielt sich darin auf. Aus allen Richtungen strebten mondköpfige Riesen auf uns zu. Sie sammelten sich um uns herum, doch keiner von ihnen betrat die Plattform. Auf ihr befanden sich nur Gamma, drei weitere Enoe, der Lord, Seetha und ich. Eine illustre kleine Runde.

»Was geht hier vor?«, flüsterte ich Seetha zu, als die Haube über dem Kopf des Lords zu leuchten begann.

»Scheinbar versuchen sie, seinen Inkarnationsschock zu lindern«, antwortete sie leise. »Das *Sublime* hat elf seiner Paragone vereint. Er muss fürchterlich leiden.«

»Das hoffe ich doch«, knirschte ich. »Man könnte fast glauben, er tue dir Leid.« Dann sah ich sie verwundert an. »Woher weißt du von den Paragonen?«

»Wir hielten es für sinnvoll, die Frau auf das vorzubereiten, was sie erwartet, sobald sie die Augen aufschlägt«, erklärte Gamma, der neben uns getreten war. »Mittels einer künstlichen Erinnerung, die ein Gefühl der Vertrautheit erzeugt; gegenüber uns, dem Schiff, den Lords und den Paragonen. Da wir nur vermuten können, woher die Frau stammt und wie sie an Bord der Maschine gelangt sein könnte, waren wir nicht in der Lage, sie an ihren Herkunftsort zurückzuschicken.«

Ich sah zu dem Enoe empor. Der Größenunterschied bereitete mir gehörige Probleme und förderte die absurde Angst, dass Gamma ›aus Versehen‹ auf mich treten könnte. »Prill...«, erinnerte ich mich. »Seetha befand sich anstelle von Prill im Flugzeug.« Ich sah mich um. »Wo ist sie?«

»Das wissen wir nicht.«

»Was?«, schnappte ich. »Willst du etwa behaupten, sie ist nicht hier? Nicht auf dem Schiff?«

»Nein, Stan. Als wir die Ebene fanden, in der die Lords das Flugzeug untergebracht hatten, waren alle Passagiere vollzählig; du und Prill eingeschlossen. Daher gingen wir davon aus, dass sie mit den übrigen Passagieren in den BRAS-Raum transportiert wurde.

Dass Seetha ihren Platz eingenommen hat, überrascht uns gleichermaßen.«

»Heißt das, Prill befindet sich noch im *Sublime*?«

»Es deutet alles darauf hin.«

»Aber... wo?«

»Zumindest in keiner der uns zugänglichen Ebenen; weder in einer der primär-historischen, noch in einer der forschungsorientierten. Ich glaube, dass dieser Austausch beabsichtigt ist. Wir wissen nicht, woher Seetha kommt, aber wir haben eine Vermutung. Womöglich ist sie eine Art Hinweis. Ein lebendes Zeichen.«

»Ich?«, staunte Seetha. »Für was?«

»Die einzige Person, die uns eine Antwort darauf geben kann, liegt dort«, sagte Gamma und deutete auf den Lord. »Vielleicht kennt er auch das Schicksal von Prill.« Entweder spielte mir meine Phantasie einen Streich, oder ich erkannte in Gammas Gesicht etwas, das sagte: ›und vieles mehr!‹ »Er ist in wenigen Augenblicken um 40 Jahre gealtert. Der Schock, die Eindrücke von elf Paragonen in sich zu vereinen, muss unbeschreiblich sein. Hoffentlich verliert er nicht den Verstand.«

»Ich würde ihm keine Träne nachweinen«, unterstrich ich meine Abneigung gegen den Lord.

Gamma erwiderte eine Weile nichts, dann blickte er zu mir herab. »Das sagst du jetzt, Stan...«

Von meiner Heimatstadt Bloomingdale trennten mich zur Zeit nur ein paar zehntausend Jahre und eine Viertelmillion Kilometer. Frisch aus zwei lebenden Ichs zusammengefügt und dem Vakuumtod entronnen, stand ich in einem riesigen Raumschiff, umringt von Dutzenden hünenhafter Außerirdischer, die einen andersartigen Außerirdischen einer Psychotherapie unterzogen. Dennoch gab es Augenblicke, die ich trotz dieser aberwitzigen Situation genießen konnte. Zum Beispiel, wenn einer so überlegen auftretenden Kreatur wie einem Lord vor Verwunderung die Kinnlade heruntersank.

Wie festgenagelt auf dem Quader liegend, ließ er seinen Blick über den Kordon aus monströsen Kreaturen wandern, und zum ersten Mal erkannte ich an ihm so etwas wie Bestürzung. Der Blick des Lords verharrte schließlich auf mir. Er machte eine schlaffe, fahrige Bewegung, als wolle er nach mir greifen und versuchte, sich aufzurichten. »Stan«, keuchte er. Sein Gesicht färbte sich vor Anstrengung rot. »Was – hast du getan?« Kraftlos sank er wieder zurück und atmete angestrengt. »Was ist das hier für eine Ebene?«

Wut und Stolz keimten in mir auf. Wut darüber, dass dieser hochnäsige Pudding den schwarzen Peter mir in die Schuhe zu schieben versuchte, und Stolz, weil er tatsächlich glaubte, ich hätte Norom und die Verschmelzung seiner Paragone auf dem Gewissen.

»Es ist keine Ebene«, erklärte Gamma, als ich nicht antwortete.

Der Lord drehte den Kopf. »Sie sprechen unsere Sprache?« Er studierte den Enoe ausgiebig. »Natürlich«, dämmerte es ihm. »Sie sind Gamma.« Er lachte tonlos, als hätte man ihm einen obszönen Witz ins Ohr geflüstert, wurde aber sofort wieder ernst. »Ich gratuliere Ihnen zu Ihrem Husarenstück. Schickt Sie das *Sublime*?«

»In gewisser Hinsicht. Sie befinden sich außerhalb der Projektebenen, an Bord unseres Schiffes.«

»Das – ist völlig unmöglich!«, entfuhr es dem Liegenden nach Sekunden. »Ich kann mich nicht in dieser Welt aufhalten. Ich bin ein Paragon!«

»Nein, Mr. Lord, Sie sind kein Paragon mehr«, berichtigte ihn Gamma.

»Mr. Lord...« Ich lachte ungeniert auf. »Schweinebacke wäre eine treffendere Titulierung.« Seetha drückte kurz, aber intensiv meine Hand und bedachte mich mit einem tadelnden Blick.

»Wären Sie ein Paragon, so könnten Sie sich frei bewegen«, überging Gamma meine Bemerkung, »aber wie Sie spüren, macht Ihnen die Gravitation erheblich zu schaffen. Sie befinden sich dreizehn Kilometer unter der Mondoberfläche, im BRAS-Raum.«

»*Im BRAS-Raum!?*«, japste der Lord. Er warf seinen Kopf herum, musterte Seetha und mich, dann wieder die uns umringenden Enoe und unternahm einen weiteren Versuch, aufzustehen. »Wissen Sie überhaupt, was Sie angerichtet haben?«, stöhnte er. »Wir werden alle sterben!«

»Bleiben Sie liegen«, ermahnte ihn Gamma. »Ihr Körper ist nicht für diese Schwerkraft geschaffen. Sie laufen Gefahr, sich ernsthaft zu verletzen. Ich verstehe Ihre Empörung, wenn auch nicht die Hintergründe. Bevor Sie jedoch unsere Handlungsweise verurteilen, sollten Sie zuerst etwas erfahren...«

Mit Ausnahme einiger geschichtlicher Passagen, von denen Gamma annahm, dass sie Lord Wobble bekannt waren, wiederholte er ihm gegenüber die gleiche Geschichte, die er mir in der Taverne erzählt hatte. Als er fertig war, lag der Lord still und blickte zur Kuppel hinauf. »Dann haben wir versagt«, war der erste zusammenhängende Satz, den er anschließend zustande brachte. Was um ihn herum geschah, schien er nicht mehr wahrzunehmen. »Wir haben versagt«, wiederholte er.

»Das ist nicht erwiesen«, widersprach Gamma. »Was meinten Sie, als Sie sagten, wir würden alle sterben?«

Als kaum noch jemand mit einer Antwort des Lords rechnete, erklang sein Flüstern: »Nichts. Es ist nicht mehr wichtig.«

»Wäre es nicht wichtig, hätten wir uns Ihretwegen nicht solche Mühe gemacht«, widersprach der Enoe. »Was geschah am 5. November 2283?«

»Das kann ich Ihnen nicht beantworten.«

»Aber Sie können es vermuten.«

Schweigen, als ›Nein‹ zu deuten.

»Wissen Sie wenigstens, wie viel Zeit vergangen ist, seit man Sie den Projektebenen zugeordnet hat?«, versuchte es Gamma weiter.

Der Lord drehte schwerfällig den Kopf und erklärte: »Sie haben mich aus Paragonen zusammengefügt, die sich zu diesem Zeitpunkt bereits seit Monaten im *Sublime* aufgehalten hatten. Es gab keinen Kontakt zur BRAS-Station. Mein Original, das Ihnen diese Frage beantworten könnte, existiert nicht mehr.«

»Original?«, echote ich. Perplex musterte ich erst den Lord, dann Gamma: »Soll das heißen, es gab diesen Fettwanst ursprünglich tatsächlich nur einmal?«

Der Liegende bedachte mich mit einem Blick, der einen Lavastrom zum Erstarren gebracht hätte. »Das ist korrekt«, bestätigte er mit stoischer Ruhe. »Mein Name ist Gennard Lord. Ich bin – ich *war* – ein Mitglied des Rates.«

»Und Salmeik, Nikobal und der ganze Rest – waren ebenfalls nur Klone?«

»Paragone«, berichtigte mich Gennard. »Das ist ein bedeutender Unterschied, Stan.« Er verzog das Gesicht, was ich als Ausdruck physischen Schmerzes deutete. Eine Weile lag er nur mit geschlossenen Augen da und holte erschöpft Atem, dann sagte er: »Die Sonne hatte damals begonnen zu flackern ...«

»Eine Sonneneruption?«, vermutete Gamma.

»Nein, nein.« Gennard wirkte genervt. »Ein *Sonnenflackern*«, betonte er. »Eine Art nukleare Herz-Rhythmus-Störung.« Er hob so angestrengt den Kopf, als hingen kiloschwere Bleigewichte an seinen Schläfen. »Sagen Sie, warum bin ich hier? Was beabsichtigen Sie mit mir zu tun?«

»Das werden Sie noch früh genug erfahren«, erklärte Gamma. »Beantworten Sie mir eine Frage: Ist das *Sublime* fähig, den BRAS-Raum zu verlassen?«

»Nein.«

»Wie kann es dann in der Lage gewesen sein, sieben Milliarden Menschen zu absorbieren?«

Gennard entspannte sich. »Niemand wurde absorbiert«, entgegnete er. »Niemand ...«

Der Enoe holte tief Luft und tauschte mit einem seiner Artgenossen ein paar Vokale aus. Der Angesprochene gab einen Singsang zurück, und beide schwiegen. Seetha und ich musterten uns ratlos. Kaum in der Realität zurück, entpuppte sich der Lord als Nihilist. Oder spielte er nur den sterbenden Schwan, um uns in Überlegenheit zu wiegen?

»Wie war es überhaupt möglich, ein Objekt von der Erde hierher zu transportieren?«, interessierte sich Seetha. »Die geringste Umlaufentfernung des Mondes beträgt immerhin noch über 350 000 Kilometer.«

Gennard musterte Seetha. »Das käme dem Versuch gleich, Christoph Columbus die Satellitennavigation begreiflich zu machen«, speiste er sie ab. Und an Gamma gewandt: »Wer ist die Frau überhaupt? Sie gehört nicht zum Projekt.«

Soviel zum Ende aller Geheimnisse und dem Informationswert unseres Gastes, dachte ich. Wenn ihm schon Seethas Herkunft nicht bekannt war, woher sollte er dann wissen, wo Prill sich befand? Ich nahm kein Blatt vor den Mund und teilte meine Ansicht Gamma mit.

Gennard zog eine Grimasse, schloss die Augen. »Kann man nicht etwas gegen diese Gravitation unternehmen?«, klagte er. »Ich bekomme keine Luft.«

»Geschieht dir recht, Fettwanst«, zischte Seetha verstimmt.

Der Lord sah ausdruckslos zu uns herüber. »Ich bin ein Lunide, junge Frau«, erklärte er gleichmütig, »einer von dreien, die dem Rat angehörten, und das Resultat jahrhundertelangen menschlichen Lebens auf dem Mond. Die geringe Schwerkraft hatte schon bei der ersten Generation der Mondgeborenen für körperliche Veränderungen gesorgt. Sie wurden größer als Erdmenschen, ihr Körperumfang nahm zu. Die hohe kosmische Strahlung aufgrund der fehlenden Atmosphäre und die Abschirmung vor den langen und heißen Mondtagen sorgte dafür, dass die Hautpigmente von Generation zu Generation abnahmen, die Pupillen sich vergrößerten, die Iris dunkel wurde und der Haarwuchs versiegte.« Er funkelte Seetha an und hängte einen unmissverständlichen *Also-halt-gefälligst-dein-Maul*-Blick an seine Erklärung. Wieder an Gamma gewandt, fragte er: »Nun?«

»Wir könnten uns ins Observatorium begeben und die künstliche Schwerkraft abschalten«, schlug der Enoe vor.

Abgesehen davon, dass die rote Plattform Dinge aus sich herauswachsen lassen, wieder verschlucken und dicke Männer therapieren konnte, diente sie als Transportmittel innerhalb des Schiffes. Nachdem zwei der

Enoe den markierten Bereich verlassen hatten, löste sie sich vom Boden und schwebte mit uns bis zur Hallendecke empor, um nach kurzem Flug in einer hangarartigen Öffnung im oberen Drittel der Säule zu landen. Dort glitt sie weiter über den Boden, tief in die Säulenkonstruktion hinein, um bald wieder senkrecht emporzusteigen, wie ein sich frei bewegender Lift. Der Unterschied bestand darin, dass wir uns nicht durch Schächte und Korridore bewegten, sondern die Schiffssubstanz sich wenige Meter vor uns öffnete und hinter uns wieder schloss. Ich hatte es zu diesem Zeitpunkt längst aufgegeben, mir Gedanken darüber zu machen, aus was für einem Material das Schiff bestehen mochte. Es glich einer Symbiose aus Gestein und Metall, war aber offenbar metamorph. Um nicht zu sagen: Es erschien lebendig. Während unserer Fahrt durch das Innere der Säule hatte ich das Gefühl, als würden wir auf einer gewaltigen Tablette reisen, die von Schluckmuskeln befördert durch eine Speiseröhre in den Magen wanderte.

Unser Ziel war ein geräumiger, wiederum kreisrunder Raum unter einer im Zenit etwa acht Meter hohen, transparenten Kuppel. Er war vollkommen leer, was mich nicht weiter verwunderte. Sämtliche Instrumente ruhten wahrscheinlich in der Materie unter unseren Füßen. Diese Technik wäre das existenzielle Aus für alle irdischen Innenarchitekten gewesen. Der Kraftfeldgenerator im Pontiac, der *Schlüssel* – es mussten die Enoe gewesen sein, die den Wagen frisiert hatten. Offen blieb die Frage, ob sie den Boden ihres Schiffes bei Bedarf auch aßen.

Das Observatorium wurde von dünnen, in Form geometrischer Figuren in den Boden eingelassenen Leuchtbahnen erhellt. Nach unserer Ankunft herrschte eine fast meditative Stille, einzig unterbrochen von Gennards schweren Atemzügen. Ich sah hinauf in die Schwärze des BRAS-Raums. Eine mächtige Lichtsäule stieg vom Schiff der Enoe fast senkrecht in die Höhe, wo sie ein mehr als tausend Meter über uns schwebendes Objekt eingefangen hatte: das Flugzeug. Ich konnte nachvollziehen, dass das Enoe-Raumschiff der Mondschwerkraft zu trotzen und im BRAS-Raum zu schweben vermochte, aber warum war die Maschine nicht längst in die Tiefe gestürzt?

Nachdem die Enoe die im Raum herrschende Schwerkraft der Mondgravitation angeglichen hatten, gaben sie Seetha und mir einige Minuten Zeit, uns den ungewohnten Bedingungen anzupassen. Seetha testete die Leichtigkeit des Seins mit zurückhaltenden Hopsern, während ich meinen Magen zwingen musste, sich an ein Sechstel der gewohnten Schwerkraft zu gewöhnen. Ich atmete flach, um meinem Gehirn nicht zu viel Sauerstoff zuzuführen, und fühlte mich unwohl bei dem Gedanken, nur noch das Gewicht eines Kleinkindes zu besitzen. Ein Riese wie Gamma konnte mich in diesem Zustand einfach von den Füßen pusten...

»Was ist los?«, fragte Seetha. »Ist dir schlecht?«

»Nur das Übliche«, wiegelte ich ab.

Gennard hingegen wirkte wie ausgewechselt. Er stelzte durch den Raum, als wollte er seinen Blutkreislauf in Schwung bringen, zog seinen Anzug glatt, straffte die Ärmel und verschränkte die Arme vor der Brust. Ich beobachtete ihn misstrauisch.

»Ich sehe, die Zauberlehrlinge haben bereits geübt«, kommentierte er, nachdem er ebenfalls eine Weile hinauf zum Flugzeug geblickt hatte. »Was in aller Welt haben Sie vor?«

»Das hängt davon ab, was Sie uns zu erzählen haben, Mr. Lord«, erklärte Gamma.

Gennard ließ den Kopf sinken und nickte unmerklich, schritt dann schweigend entlang einer der Leuchtbahnen zum Rand des Observatoriums. Dort verschränkte er die Hände hinter seinem Rücken und schien hinaus auf die Hülle des Enoe-Schiffs zu blicken. In seiner Spiegelung auf der Kuppelwand erkannte ich jedoch, dass er Seetha und mich anstarrte. »Uns umgibt ein Gotteshaus«, erklärte er. »Es heißt, der Gedanke ›Gott‹ wecke einen fürchterlichen Nachbarn auf; sein Name sei ›Richter‹.« Er wandte sich kurz zu Gamma um, fragte: »Glauben Sie an Gott, Enoe?« Ohne eine Antwort abzuwarten, sah er wieder nach draußen und fuhr fort: »Unsere Sonne ist ein launischer Stern. Sie besitzt einen Veränderungsspielraum von vier Prozent. In welchem Rahmen sie diesen Spielraum ausnutzt, ist kaum berechenbar. Die ersten Vorboten einer Veränderung zeigten sich damals nur als minutenlange, aber intensive Eruptionen. Magnetstürme nie gekannten Ausmaßes trafen die Erde. Die Vergangenheit unseres Planeten lehrte uns, dass wir mit dem Schlimmsten rechnen mussten: mit einer ephemeren Nova. Ein damit einhergehender Strahlensturm hätte lediglich zwölf Stunden andauern müssen, um aufgrund der Erdrotation den gesamten Planeten zu erfassen. Und was sind schon zwölf Stunden nach kosmischen Maßstäben? Hunderttausende von Jahren Menschheitsgeschichte wären innerhalb weniger Stunden ausgelöscht worden.

Vieles deutete darauf hin, dass der bevorstehende Strahlensturm weitaus kürzer als zwölf Stunden andauern würde, wodurch unzählige Menschen auf der Nachtseite der Erde die unmittelbare Katastrophe überleben würden. Die Frage blieb: Welche Längengrade würden auf der Nachtseite liegen, und welche auf der

Tagseite? Und wie lange würde die Sonne als Nova aktiv bleiben? Eine Stunde oder fünf? Es war eine globale Lotterie. Hinzu kam, dass die Menschen auf der sonnenabgewandten Seite keinesfalls ungeschoren davonkommen würden. Die klimatische Katastrophe, die ein Solarsturm von nur einer Stunde Dauer hervorruft, erfasst den gesamten Erdball; unvorstellbare Stürme, sintflutartige Regenfälle, Flutwellen, eine Atmosphäre, die halb verbrannt, halb vom Wasserdampf verdunsteter Ozeane geschwängert ist. Die biblische Sintflut, hervorgerufen durch monatelange Regenfälle und Flutwellen, ist auf ein solches Sonnenflackern zurückzuführen, und womöglich auch das Aussterben der Dinosaurier. Die Strahlenstürme schreiben die Geschichte der irdischen Evolution. Unsere Sonne, so fanden wir heraus, flackert in regelmäßigen Abständen, etwa alle sechs- bis siebentausend Jahre.

Manchmal kam es uns vor, als hätte sich das *Sublime* einzig zu dem Zweck offenbart, uns von den Eskapaden der Sonne erfahren zu lassen und uns gegen sie zu wappnen. Hätten wir nicht die Möglichkeit besessen, in der Vergangenheit zu lesen, hätten wir es womöglich nie erfahren. Wir sagten uns, dass nicht alle Menschen zu retten wären, lediglich ein Bruchteil, aber dieser würde ausreichen, um den Fortbestand der Menschheit zu garantieren. Das *Sublime* erwies sich als eine neue Arche Noah.«

An Seetha gewandt, fuhr er fort: »Ein Objekttransfer war abhängig von einer seltenen Konstellation zwischen Erde und Mond. Dabei kommen sich beide Himmelskörper keinesfalls näher – zumindest nicht nach den physikalischen Gesetzen des 21. Jahrhunderts.

Das *Sublime* ist jedoch weit mehr als nur ein metaphysischer Speicher. Es ist ein Medium, mittels dessen wir in eine Dimension zu reisen vermochten, die wir den String-Raum nennen. Dieses Universum ist im Grunde identisch mit unserem. Es ist hier, um uns herum, aber es besitzt keine Gegenwärtigkeit, kein Hier und Jetzt. Im String-Raum existieren keine in sich geschlossenen und räumlich begrenzten Körper, sondern eine Helix unzähliger Stränge aus organischer und anorganischer Materie und Energie; die zartesten so fein wie Atomkerne, die mächtigsten zigtausendmal so gewaltig wie unsere Sonne, und die strahlendsten als Spuren von Supernovae. Sie bestehen aus kosmischen Bausteinen und Licht, sind millionenfach in sich verflochten und besitzen weder einen Anfang noch ein Ende. Sie durchziehen das gesamte Universum als Spuren all dessen, was wir dort draußen als Planeten, Nebel und Sterne zu erkennen vermögen. Der String-Raum ist erfüllt von Licht und Materie. In ihm gibt es keine Dunkelheit, keinen Ort, an dem Nichts ist.«

Gennard, der während seiner Rede Kreisbahnen durch den Raum zog, blieb vor Gamma stehen. »Stellen Sie sich eine dreidimensionale Fotografie des Kosmos vor, so groß wie das Universum selbst, die Langzeitaufnahme einer abgeschlossenen Bewegung vom Urknall bis zu seinem Ende. Vorausgesetzt, unsere Sonne würde das Zentrum bilden, dann wäre die Erde des String-Raumes keine sich um einen Fixstern drehende Sphäre, sondern ein Torus mit einem Durchmesser von knapp dreihundert Millionen Kilometern. Jede Region dieses Ringes wäre jünger oder älter als die andere. Keine wäre jedoch älter als 365,25 Tage.«

»Moment«, unterbrach Seetha. »Können Sie das nicht etwas verständlicher erklären?«

Gennard verzog das Gesicht und überlegte ein paar Sekunden. »Natürlich, Fräulein Columbus«, sagte er.

»Stell es dir so vor: Die Erde bewegt sich in einer Bahn um die Sonne, erreicht also innerhalb eines Jahres jeden Punkt dieser Bahn. Die Breite dieser Spur – wir nennen sie den τ-Schatten – entspricht dem Durchmesser der Erde, also knapp 13 000 Kilometer. Trifft der Mond diesen Ring, durchquert er damit einen Raum, den die Erde wenige Tage zuvor passiert hat. Im Grunde befindet sie sich immer noch an diesem Punkt ihrer Umlaufbahn, allerdings in der Vergangenheit. Das *Sublime* musste also nur ein paar Tage ins Kontinuum zurückgreifen, und der Kontakt war hergestellt.

Theoretisch, wirst du denken, wäre ein Kontakt somit in Intervallen von knapp zwei Wochen möglich, da sich der Mond in rund 27 Tagen um die Erde bewegt. Die Bahnebene des Mondes ist jedoch gegenüber der Bahnebene der Erde um etwa fünf Grad geneigt, wodurch sein Eintritt in ihren τ-Schatten sehr selten zustande kommt. Der Mond kreist mit einer Geschwindigkeit von knapp 3700 Stundenkilometern um die Erde. Um den Ring zu durchqueren, würde er also fast dreieinhalb Stunden benötigen, von denen er sich wiederum eine Stunde und zweiundfünfzig Minuten komplett im τ-Schatten aufhalten würde.

Aber so einfach ist es nicht, denn die Sonne bildet nicht den Mittelpunkt. Sie dreht sich mit ihrem System um das Zentrum unserer Galaxis. Diese wiederum driftet im Fluss des expandierenden Universums. Was daraus entsteht, ist eine Kreisbahn der Kreisbahn der Kreisbahn ... Diese unendliche Bewegung führt dazu, dass der Mond den τ-Schatten tatsächlich nur zweimal pro Jahr berührt, und zwar für lediglich sechzehn Minuten. Zweiundreißig Minuten pro Jahr; das war die Zeit, die uns für die Transfers zur Verfügung stand.«

Gennard nahm seine Wanderung durch das Observatorium wieder auf, selbst ein rastloser Trabant. »Wir konnten nicht durch die Zeit reisen, um der Vergangenheit Besuche abzustatten, aber es war uns möglich, Komponenten aufzusammeln und sie in unsere Zeit zu transportieren. Die Voraussetzung dafür war, dass diese geschichtlichen Elemente – ob Lebewesen oder nicht – unbeeinflusst an ihren historischen Ursprung zurückgeschickt, also wieder in die Geschichte eingefügt wurden. Das galt für einen Menschen ebenso wie für eine Amöbe oder einen Walfisch. Ich betone jedoch: *unbeeinflusst!* Der Grund dürfte hinlänglich bekannt sein, selbst für Bewohner des frühen 21. Jahrhunderts.« Er schenkte Seetha und mir einen vielsagenden Blick. »Bei euch beiden kann ich diesen Zustand nicht mehr erkennen. Was auch immer geschehen wird, es wundert mich sehr, dass dieser Ort noch existiert.«

»Die Zeit ist weitaus unempfindlicher als Sie glauben, Mr. Lord«, konterte Gamma.

»So? Sind Sie sich da so sicher?« Gennard faltete die Hände vor der Brust, tippte mit den Spitzen seiner Zeigefinger rhythmisch gegeneinander. »Das Reisen innerhalb des τ-Schattens funktionierte nämlich nur in die Vergangenheit. Versuchten wir die Zukunft anzutasten, war es, als ob sie nicht existierte. Wir fanden nichts.« Er dachte kurz nach. »Nein, das ist nicht ganz richtig. Korrekt ist: Wir fanden nichts Neues. Was ich damit sagen will, ist, dass es eine Art Schablone der Zukunft gibt, die jedoch vollkommen unbeseelt ist. Keine Organismen, keine Pflanzen, keine künstlichen Objekte. Die Planeten sind *leer.* Das Universum der Zukunft ist starr. Es gibt kein Leben, keine Bewegung, keinerlei kontinuierliches Fortschreiten von Zeit und Raum, nur« – er grinste versonnen – »leere Datenträger.

Es ist, als ob jegliches Dasein erst kollektiv in die Zukunft hineinexistiert. Oder um es biblisch zu formulieren: Die Zukunft beinhaltet nur die ersten zweieinhalb Tage der Schöpfung. Sagt Ihnen das etwas?«

»Wir haben die menschlichen Religionen studiert«, entgegnete Gamma.

»Sehr gut. Dann sollten Sie sich immer bewusst machen, dass wir und alles um uns herum am Ende einer Straße existieren und das Universum, wie wir es zu kennen glauben, Schritt für Schritt unter unseren Füßen vorantreiben. Dahinter, schon eine Sekunde von uns entfernt, befindet sich ein unfassbarer Abgrund. Wir rennen wie Hamster in einem riesigen Zeitrad, drehen es im Kreis und treffen die Vergangenheit, die wir zurückzulassen glauben, als Zukunft wieder.«

»Es könnte auch eine Täuschung des *Sublime* gewesen sein«, widersprach Gamma unbeeindruckt. »Für Prill und Stan und die Menschen von Flug 929 gab es eine Zukunft, Mr. Lord. Sie, den BRAS-Raum...«

»Dann ist das *Sublime* das Ende aller Dinge«, entgegnete Gennard, dem die verringerte Schwerkraft zweifellos seine alte Selbstsicherheit wiedergegeben hatte. »Wir taten, was wir für richtig hielten«, betonte er. »Die Passagiere hätten niemals etwas davon erfahren. Wären wir in der Lage gewesen, einen Blick in die Zukunft zu werfen, so hätten wir gewusst, ob das Projekt notwendig war. Wir hätten Kenntnis darüber erhalten, wie viel Zeit uns blieb und ob die Menschheit den Sonnensturm überleben würde. Der Plan sah vor, die Menschen bis zur Fertigstellung der Klone im *Sublime*« – er sah mich an – »zu deponieren, um auf sie zurückgreifen zu können, falls mit den Duplikaten wider Erwarten etwas schief ging. Der Klonungsprozess und der anschließende Bewusstseinstransfer für die Implantate hätte nicht länger als drei Monate in Anspruch genommen. Beim nächsten Kontakt wäre die Maschine wieder zu ihren Koordinaten zurückgeschickt worden. Allen Beteiligten wäre dieser sechsmonatige Ausflug ins 23. Jahrhundert wie ein Sekundenschlaf vorgekommen.«

»Drei Monate, um anderthalb Millionen Klone zu züchten?«, zweifelte Gamma.

»Nicht direkt. Von jedem Passagier wurde nur ein Klon erschaffen. Alles Übrige war ein Zergliedern ihrer Stränge.«

Seetha zuckte zusammen.

»Es ist ein Verfahren, das weder Schmerz noch körperliche Versehrung beinhaltet«, fügte der Lunide, dem Seethas Reaktion nicht entgangen war, hinzu. »Wie die Planeten, so gleichen auch alle Lebewesen im String-Raum scheinbar endlosen Ranken, durchziehen ihn wie ein Adergeflecht. Die Ursprünge dieser teils Milliarden von Kilometern langen Stränge sind sich ihrer Endpunkte bewusst, und umgekehrt. Nicht als Leben, sondern als Sein. Jedes Individuum des String-Raums überblickt und empfindet seine gesamte Existenz, ist Teil des Ganzen. Wir nennen diesen Zustand Parallelität. Dabei ist es unerheblich, ob ein menschlicher Existenzstrang neben dem einer Nova besteht oder ihn sogar kreuzt, da er durch den Raumfluss keiner dauerhaften Strahlung ausgesetzt ist. Die alten Griechen haben recht behalten. Sie behaupteten: alles fließt – *panta rhei*.« Er blieb vor mir stehen und erklärte: »Stell dir eine Millionen von Kilometern lange Reihe deiner Körper vor. Jeder dieser Körper denkt und empfindet. Sie besitzen ein gemeinsames Bewusstsein, bilden eine Ganzheit.« Mit einem Seitenblick auf Gamma fügte er hinzu: »Sie können mir glauben, es ist wirklich ein entwürdigendes Gefühl, wieder auf ein dreidimensionales Bewusstsein beschränkt zu sein.

Aufgrund der ständigen Bewegung des Universums bedeutet bereits eine Existenz von einer Sekunde Dauer einen über acht Kilometer langen Strang. Es gibt die Möglichkeit, einen solchen zu zergliedern, einen bestimmten Abschnitt einfach in winzige Sekundenbruchteile zu spalten und zu entfernen, ohne den Strang als Ganzes zu zerstören. Innerhalb weniger Minuten waren wir im String-Raum in der Lage, aus einem in diesem Universum aufwendig gezüchteten Alpha-Klon Tausende von Paragonen zu erschaffen.«

»Wie eine in Scheiben geschnittene Wurst.« Seetha schüttelte sich.

»Ja«, pflichtete Gennard reserviert bei. »Lässt man die verächtliche Banalität des Vergleichs außer Acht, dann könnte man es so beschreiben. Die Paragone waren bis auf ihren Altersunterschied von jeweils einer Nanosekunde absolut identisch.« Er sah zu den Enoe: »In Anbetracht des von Ihnen manipulierten Prill-Klons kann ich davon ausgehen, dass Sie die Alphas in den Stasiszellen gefunden haben.«

»Das ist richtig«, sagte Gamma. »Doch von den über sechshundert Klonen waren nach der langen Zeit nur noch 78 lebensfähig, darunter Prill und Stan.«

Gennard schnaubte und betrachtete meine durchwachsene Kleidung. »Wir hätten sie vernichten sollen ...«

»Eine sehr einfache Lösung«, zischte ich. »Warum mussten *wir* für das Projekt herhalten? Waren die Menschen eurer Zeit nicht gut genug? Oder nicht naiv genug?«

Der Lunide maß mich mit Blicken. »Das Implantat hätte sogar aus einem Klon Gottes einen fügsamen Paragon gemacht.« Er stemmte seine fleischigen Hände in die Hüften und blickte in die Runde. »Fragen, Fragen, nichts als Fragen. Glauben Sie etwa, wir wären für das Verschwinden der Menschen verantwortlich? Oder hätten den Strahlensturm als Vorwand benutzt? Besteht der einzige Grund, weshalb Sie mich aus dem *Sublime* geholt haben, darin, mich zu verhören? Sie hätten sich all ihre Fragen mit ein wenig Mühe selbst beantworten können.« Er schüttelte träge den Kopf. »Nun gut, Stan. Ihr dientet dazu, eine temporale Regression zu imitieren, den *Artemion*-Effekt.* Wir folgten damit den Prinzipien der Saltallo-Theorie. Leon Saltallo war ein Gelehrter des 22. Jahrhunderts. Seine These zählte zu den Grundlagen der rechnerischen Vorbereitungen für die Centauri-Mission, in deren Verlauf Menschen immer-

---

* *Artemion*: Kurzwort aus **Ar**tificial **Tem**poral Regress**ion**. Der *Artemion*-Effekt beschreibt eine durch langfristige Isolation verursachte evolutionäre Rückentwicklung. Ihr Ausmaß errechnet sich aus der Reisezeit (τ) und wird als Æ-Wert bezeichnet. Der Æ-Wert ist die Summe der Halbzeiten aller vorangegangenen Werte. Bsp: Æ von 2 ist gleich der Hälfte von 1 plus der Hälfte von 2, also 1,5 (siehe nachfolgende Tabelle).

Reisezeit in Jahren	Æ-Wert
1	0,5
2	0,5 + 1,0
3	0,5 + 1,0 + 1,5
4	0,5 + 1,0 + 1,5 + 2,0
5	0,5 + 1,0 + 1,5 + 2,0 + 2,5

Fünf Jahre Reisezeit entsprechen also einer Regression von 7,5 Jahren. Der evolutionäre Rückschritt ist in diesem Fall noch nicht weiter erheblich. Allerdings steigt der Æ-Wert quadratisch an. Bei einer Reisezeit von 20 Jahren beträgt der evolutionäre Rückschritt bereits 105 Jahre, bei 120 Jahren 3630 Jahre. Einfacher lässt sich der *Artemion*-Effekt durch folgende Gleichung ausdrücken:

$$Æ = 0{,}25\ \tau^2 + 0{,}25\ \tau,\ \text{bzw.}\ Æ = 0{,}25\ \tau \cdot (\tau + 1)$$

hin über sechzehn Jahre in einem Raumschiff verbringen mussten, um die Distanz zu unserem Nachbarstern zur überbrücken. Die moderne Antriebstechnologie war gegenüber der des 21. Jahrhunderts zwar weit fortgeschritten, aber noch nicht brückenschlagend.

Saltallo berechnete die Summe einer temporalen Regression während eines isolierten Aufenthaltes außerhalb des natürlichen Lebensraumes auf jährlich ein halbes Äquivalent der Realzeit. Das bedeutet, dass bei einem Raumflug von sechzehn Jahren eine Regression von achtundsechzig Jahren in Betracht gezogen werden musste, ein verhältnismäßig geringer Wert. Doch je länger die Isolation dauert, um so schneller schreitet der *Artemion*-Effekt voran. Bei Reisen in Generationsschiffen, die eventuell einhundert bis zweihundert Jahre unterwegs wären, würde dies bedeuten, dass sich die Kolonisten bei ihrer Ankunft auf dem intellektuellen Niveau der Bronze- oder sogar Steinzeitmenschen befänden und Jahrhunderte bräuchten, um diesen Rückstand wieder aufzuholen.

Wir schätzten, dass die Erdatmosphäre – sofern sie nach dem Strahlensturm noch vorhanden war – günstigstenfalls dreißig Jahre benötigen würde, um sich zu beruhigen und zu regenerieren. Dreißig Jahre, die wir in unserer BRAS-Arche verbringen mussten, was eine Regression von über 250 Jahren zur Folge gehabt hätte. Darum entschieden wir uns für Menschen des frühen 21. Jahrhunderts. Das Projekt sollte perfekt sein. Die Umstände zwangen uns zu dieser Perfektion.«

»Womöglich ist das der Grund für die Stasis des *Sublime*«, schlussfolgerte Gamma. »Es schützt die Menschen vor dem *Artemion*-Effekt.«

»Denkbar«, gab Gennard zu. »Es war womöglich nur während der Durchquerungen der Erdbahn aktiv, also zweimal pro Jahr für sechzehn Minuten. Daraus summierten sich die vier Jahre, die wir empfunden haben, während in Wirklichkeit ein viel längerer Zeitraum verstrichen ist.«

»8766 Stunden...«, flüsterte Seetha.

»Bitte?«, fragte ich. Alle Blicke richteten sich auf die Frau, und sie schluckte verlegen.

»Das ist nicht korrekt«, sagte Gennard.

»Ein Jahr – dauert 8766 Stunden«, brachte Seetha hervor. »Sie sagten, dieses Projekt laufe bereits seit vier Jahren. Wenn das *Sublime* nur zweiunddreißig Minuten pro Jahr aktiv war und ich ebenfalls in ihm...« Sie starrte mich an, als hätte man ihr Todesurteil verkündet. »Mein Gott, Stan, wie lange...?«

»66 700 Jahre«, antwortete Gamma nach kurzem Überlegen.

Bis zu diesem Zeitpunkt war der Begriff ›Jahrtausende‹ eine Abstraktion für mich gewesen, eine rhetorische Übertreibung, die ich nicht ernst genommen hatte. Nun sah ich mich mit einer Gewissheit konfrontiert, die mich schwindeln ließ. Ich war soeben 67 000 Jahre alt geworden! Mein Trost: Gennard sah ebenfalls eine Spur blasser aus als vorher. Nur die beiden Enoe wirkten nicht betroffen.

Irgendetwas an der ganzen Geschichte passte nicht zusammen. Vielleicht war es nur ein irrationales Gefühl, das mich bedrückte, doch es wurde von Minute zu Minute stärker. Gennards Erklärung klang plausibel, wenn auch überaus phantastisch. Aber sie wirkte seltsam unfertig. Nicht falsch, sondern... unvollkommen. Es gab einen logischen Widerspruch, den auch die Enoe nicht zu korrigieren wussten. Er war greifbar, hier um uns herum, aber ich war nicht in der Lage, ihn zu packen, beinahe so, als wäre er zu offensichtlich, um wahrgenommen zu werden. Er lag so deutlich vor uns, dass selbst Gamma und Gennard ihn nicht erkannten; oder nicht erkennen wollten?

Der Lunide hatte den Enoe zu wenig Eigeninitiative unterstellt, ihnen vorgeworfen, dass sie sich einen Großteil ihrer Fragen selbst hätten beantworten können. Ich lief an den Rand der Kuppel, blickte hinaus in die Dunkelheit. Die Hülle des Schiffes war kaum zu erkennen, verlor sich bereits nach einhundert Metern in der Schwärze. Das Enoe-Schiff musste gewaltig sein, viel größer als die riesige Halle unter uns. Lichter glühten auf seiner Oberfläche, umringten das Observatorium, wirkten wie die orangenen Augen von Wölfen, die die Kuppel umzingelt hatten und uns hungrig beobachteten. Gamma und Gennard unterhielten sich, redeten über das Projekt und den BRAS-Raum. Wäre es nicht um Jahrzehntausende gegangen, hätte man meinen können, zwei Nostalgiker hielten ein Schwätzchen. Ich hörte nur mit einem Ohr zu, versuchte dabei, den eigenen Gedankenfaden weiterzuverfolgen, sammelte Satzfetzen wie Puzzleteile. Das Paradoxe daran war: Alle Teile, die ich sammelte, waren unsichtbar. Ungehört. Formten ein Bild, das aus Nicht-Teilen bestand. Es wurde um so deutlicher, je mehr Nichts ich aneinander fügte. Seetha tauchte neben mir auf, sah mich fragend an. Ich schüttelte den Kopf. Jetzt, als unbeteiligter Zuhörer von Gamma und Gennard, fiel mir ein wesentliches Element auf, das ich zuvor in der allgemeinen Aufregung überhört hatte. Nein, überhört war falsch; es war überhaupt nicht mit einbezogen worden: die Erde! Bei den entscheidenden Überlegungen fehlte sie. Gamma hatte mir in der Projektebene etwas von Evolutionsbiologie erzählt, aber nicht, ob es Überlebende auf der Erde gab, Spuren jener Katastrophe, oder wie groß die Schäden waren, die der Strahlensturm angerichtet hatte. Und nun, wo er Gennard aus dem *Sublime* gelockt hatte, bezog sich sein Interesse nur auf den Mond, die BRAS-Station und das *Sublime*. Die zerwühlten Betten, die halbgegessenen Speisen in der Station – was war mit den Städten auf der Erde? Wie lange hielten sich die Enoe bereits hier auf? Sieben Monate?

Ich wandte meinen Blick von den Lichtern au˜ dem Schiffsrumpf ab, sah nach oben. Nahezu absolute Finsternis mit einer Nuance Ultraviolett. Mittendrin ein Flugzeug. Dreizehn Kilometer bis zur Oberfläche. Und wieder ein Puzzleteil: *keine* Sterne. Ich musste minutenlang ins Nichts gestarrt haben, ehe ich das letzte Fragment des Bildes erkannt hatte: Es war die Geschlossenheit!

Meinen Blick noch immer nach oben richtend, fragte ich: »Lässt sich der BRAS-Raum irgendwie öffnen?«

»Nein«, antwortete Gennard. »Er ist eine hermetisch verschlossene Sphäre.«

»Wieso befindet sich dieses Schiff dann *in* ihm?« Ich drehte mich herum, sah Gamma an. »Ich meine: Wie seid ihr hier hineingelangt? Ist die Kuppel beschädigt?«

Gennard machte ein irritiertes Gesicht und sah ebenfalls in die Höhe, während mein Mentor einen Blick mit dem anderen Enoe tauschte. Ich vermutete bereits seit längerem, dass auch er fähig war, unserer Unterhaltung zu folgen. Als Gammas Bodyguard nahm er bestimmt nicht an dieser Zusammenkunft teil. Hatte Gamma nicht erwähnt, dass zwei von ihnen unsere Sprache gelernt hätten? Der andere Enoe sah auf mich hinab, dann zu Gennard, der den Blick herausfordernd erwiderte.

»Der BRAS-Raum ist unversehrt«, antwortete er und bestätigte meine Vermutung. Seetha gab einen Laut des

Staunens von sich. Gammas Artgenosse stellte sich nicht vor. Sein Name wäre wahrscheinlich eine gesungene Lala-Tonfolge gewesen. Ich nenne ihn daher Rothals, seiner Halsfärbung entsprechend. Dieser Name entsprach durchaus seinem Charakter. Rothals sprach langsam und betont. Seine Stimme war tiefer als die Gammas, maskuliner, dafür von einem wesentlich stärkeren Akzent geprägt. Ich erkannte sie augenblicklich wieder. Sie hatte von dem Dragger aus über die Kabinenlautsprecher des Flugzeugs zu mir gesprochen.

Rothals warf Gamma ein paar lang gezogene Vokale an den Kopf. Es entstand eine eigenartige Spannung, die sich schnell auch auf Seetha und mich übertrug. Seetha warf mir einen undefinierbaren Blick zu, trat einen Schritt heran und verschränkte wie zum Schutz die Arme vor ihrer Brust.

»Scheinbar hast du in ein Wespennest gestochen«, murmelte sie.

»Das will ich doch hoffen«, entgegnete ich flüsternd. »Hier ist nämlich etwas oberfaul. Bis jetzt leuchtet mir immer noch nicht ein, warum die Enoe monatelang dieses perfide Spiel getrieben haben. Nur um auf Gedeih und Verderb einen Lord aus der Ebene zu schaffen, ihn persönlich kennen zu lernen, ein paar Bildungslücken zu füllen und miteinander zu philosophieren? Nein, das wäre den Aufwand nicht wert gewesen. Der Grund liegt hier, auf dieser Seite des *Sublime*, im BRAS-Raum.«

»Es *ist* der BRAS-Raum!«, präzisierte Rothals. Offenbar besaßen diese Wesen ein außergewöhnlich gutes Gehör.

»Natürlich, das erklärt alles!«, bekräftigte Gennard. »Das *Sublime* hat Sie von der Erde hierher transportiert, nicht wahr? Das meinten Sie unlängst mit ›in gewisser Hinsicht‹.« Er schüttelte den Kopf, schien diese Geste jedoch als Zeichen des Verstehens zu benutzen. »Und nach den Gesetzen des *Sublime* – müssen Sie aus der Vergangenheit stammen!«

»Ist das wahr?«, fragte Seetha.

»Ja«, knurrte Rothals.

»Die Frage ist: aus welcher Vergangenheit? Und warum sind Sie noch hier?« Fast vergnügt schlussfolgerte Gennard: »Es kann nur bedeuten, dass sie es nicht wissen. Oder besser: dass sie nicht wissen, wie sie dorthin zurückgelangen können.«

»Soll das heißen, ihr seid überhaupt nicht in der Lage, uns zur Erde zurückzuschicken?«, fragte ich. Gamma blieb ungerührt, zeigte nur etwas, das einem Stirnrunzeln ähnelte. Rothals hingegen verengte die Augen, murmelte »I-o-n«.

»Wie sollten sie es können, da sie nach einem halben Jahr immer noch hier sind?«, bemerkte Gennard. »Glaubst du, wissenschaftliche Neugier hält sie hier gefangen? Sei kein Dummkopf, Stan. Um euch geht es doch überhaupt nicht. *Sie* sind es, die diesem Ort entfliehen wollen. Und dafür brauchen sie – mich!« Er nickte triumphierend. »Ja, mich! Weil ich ein Mitglied des Rates bin und für sie vor dem *Sublime* zu Kreuze kriechen soll!«

»Das ist ein Trugschluss«, widersprach Rothals.

»Ach, wirklich?«, schnappte der Lunide.

Gamma hob beschwichtigend eine Hand, trat dazwischen. »Es geht nicht allein um unser Schicksal, sondern um das von sieben Milliarden Menschen, Mr. Lord.«

»Blanker Unsinn!«, zischte Gennard.

»Unser Tun und Handeln mag egozentrisch erscheinen, und wir entschuldigen uns für unser Vorgehen. Wir – zumindest einige von uns – glauben, dass unser

Hiersein keine Laune einer willkürlich forschenden Altosphäre ist. Als wir ursprünglich auf der Erde landeten, existierte dort noch eine Vorstufe Ihrer Spezies, die Sie Pithecanthropus nennen.«

»Das war vor über einer Million Jahren!«, staunte Gennard.

»Wir halten hier an Bord Exemplare von Lebensformen, die Ihre Wissenschaft lediglich aus versteinerten Knochen und Phantasie zu rekonstruieren versucht; Glyptoden, junge Mammuts, Borophagi. Eben noch den Planeten umkreisend, trieb dieses Schiff im nächsten Augenblick in dieser Sphäre. Wir sind keine Angehörigen Ihrer Spezies. Eine genetische Analyse hat ergeben, dass wir mit den Menschen und ihrer Vergangenheit nichts zu tun haben. Dennoch wurden wir an diesen Ort transportiert. Es wäre uns normalerweise nicht sonderlich schwer gefallen, eine Öffnung in die Kuppel zu sprengen, deren Größe es uns erlaubt hätte, die Sphäre wieder zu verlassen, doch aus einem unerfindlichen Grund werden wir daran gehindert, unser Schiff zu bewegen. Das *Sublime* erlaubt uns lediglich, das Schiff zu verlassen und die Sphäre mit den Draggern, die zu BRAS-Zeiten für Reparaturarbeiten innerhalb der Sphäre benutzt wurden, zu erkunden. Es entzieht sich zudem all unseren Bemühungen, mit ihm zu kommunizieren.«

»Was Sie nicht sagen«, bemerkte Gennard. »Das hat es auch nicht nötig. Es braucht keine Rechenschaft für sein Tun abzulegen. Sein Wille geschieht. Glauben Sie mir, es wird selbst in tausend Jahren nicht mit Ihnen sprechen.«

»Genau aus diesem Grund haben wir Sie aus der Projektebene geholt, Mr. Lord.«

»Und sie bei dieser Gelegenheit gleich zerstört.«

»Nein«, brummte Rothals. »Wir haben einzig die Bevölkerung der Meridian-Station beseitigt, um Stan und Prills Alpha-Klon nicht unnötig zu gefährden. Den Rest erledigt augenblicklich Ihr geschätztes *Sublime* höchstpersönlich.« Er ignorierte Gammas Seitenblick, ließ seine Worte wirken. »Während der letzten Wochen kollabierten in immer rascherer Folge über zwanzigtausend Ebenen.«

»Vornehmlich wissenschaftshistorische, die von Paragonen bevölkert wurden«, ergänzte Gamma.

»Das ist völlig absurd«, urteilte Gennard aufgebracht.

»Der Auflösungsprozess folgt dabei einem immer schneller voranschreitenden Algorithmus«, fuhr Rothals unbeeindruckt fort. »Unglücklicherweise befand sich auch Projektebene 866 094 unter den jüngst betroffenen.«

Rothals' Worte hatten mich aufhorchen lassen. Obwohl ich der Bunkerwelt auch im Nachhinein nichts abgewinnen konnte, erfüllte mich ein beruhigendes, wenngleich schmerzliches Gefühl. Falls Rothals die Wahrheit sagte, existierten die Klone nicht mehr. Achttausend Prills waren erlöst...

Die Stimme des Enoe riss mich in die Wirklichkeit zurück, als er seine Erklärung mit den Worten schloss: »Kollabierten zu Beginn nur wenige Ebenen pro Woche, sind es zum gegenwärtigen Zeitpunkt fast vierzig pro Minute. In wenigen Tagen werden es bereits ebenso viele Ebenen pro Sekunde sein. Ihr *Sublime* begeht offensichtlich Selbstmord, Mr. Lord!«

»Das ist Blasphemie!«, schrie Gennard. »Das Geschwätz einer Kreatur, der es an Geist und Glauben mangelt!« Und mit einem verächtlichen Beiklang fügte er hinzu: »Eine heidnische Spezies wie die Ihre gehört wahrlich nicht in unsere Zeit; und schon gar nicht ins *Sublime!*«

Ich spürte, wie Rothals' Selbstkontrolle wankte. Im Gegensatz zu Gamma wirkte der Enoe autoritär und kämpferisch, während ich angesichts der schlichtenden, argumentierenden, fast abgefeimten Vorgehensweise meines Mentors zunehmend den Eindruck gewann, den Schiffspsychologen vor mir zu sehen. Gamma schien der intellektuelle Part der Alien-Gemeinschaft zu sein, während Rothals den Unwillen eines genervten Kapitäns zum Ausdruck brachte, dessen Schiff in einer Monsterflaute festsaß. Mir kam es vor, als bringe ihn die Machtlosigkeit und die Unfähigkeit, das Mondverlies zu verlassen, gewaltig auf die Palme.

Gennard hingegen, auf einem schmalen Grat aus Irritation, Stolz und religiösem Eifer balancierend und sich seiner offenbaren Schlüsselrolle bewusst, verkörperte einen Lord *par excellence*, ganz so, als hätte er vergessen, dass ihm sein überlegenes Paragondasein abhanden gekommen war. »Wieso sollte das *Sublime* so etwas tun?«, empörte er sich. »Seine Natur ist es, zu wachsen, zu erschaffen, Bestehendes zu erhalten und neues Wissen zu sammeln. Versuchen Sie mir also nicht weiszumachen, es sei entartet!«

»Jedenfalls hat es die Maximen neu definiert«, mischte sich Gamma in die Auseinandersetzung ein. »Wir zählten in ihm sieben Milliarden Bewusstseinsmuster, aber wir konnten nicht feststellen, ob es Paragone oder lebende Menschen sind.«

»Wollen Sie mir einreden, dass die Erdbevölkerung des 23. Jahrhunderts nicht im Sonnensturm umgekommen sei, sondern noch am Leben ist, irgendwo im *Sublime*?« Gennard schüttelte den Kopf. »Das ist irrational, Enoe.« Er sah Rothals an, dann Seetha. »Sie glauben doch nicht etwa, sie sei der Beweis dafür; eine Frau aus dem 21. Jahrhundert, die für ein Milliardenvolk des 23. Jahrhunderts den Zaunpfahl schwingt?«

»Der Beweis ist das, was *nicht* hier ist«, erwiderte Gamma.

»Sieben Milliarden Menschen?«

»Nein, Mr. Lord ... die Erde!«

»Die Erde?«, echote ich ungläubig. »Das ist ein schlechter Witz!«

»Keinesfalls«, sagte Rothals. »Wir sind durch die Station an die Oberfläche gestiegen, haben das All studiert, um unseren Standort zu bestimmen. Wir wussten lange nicht, wo wir waren, zogen sogar ein Paralleluniversum in Betracht. Als wir erkannten, dass es dasselbe Sonnensystem ist, wunderten wir uns, denn der wichtigste Bezugspunkt existierte nicht: die Erde.«

»Dann befindet sie sich hinter dem Horizont«, entschied Gennard, »auf der uns abgewandten Hemisphäre. Vielleicht hat sich die Rotation des Mondes während der vergangenen 66 000 Jahre verlangsamt.«

Diesmal war es Rothals, der den Kopf wiegte. Er sagte: »Ohne Erde gab es auch keinen Zeitschatten, den der Mond durchqueren konnte. Und wenn es keinen Zeitschatten gab, dann sind keine 66 000 Jahre vergangen, sondern womöglich tatsächlich nur vier – und wir befänden uns in Ihrem Jahr 2287!« Er sah den Luniden aufmerksam an. »Wie sehen Sie das, Mr. Lord?«

Gennard war an die Kuppelwand getreten, sah hinaus in die Schwärze und schwieg.

Gamma erklärte: »Der für uns nicht nachvollziehbare Transfer, unsere Quasigefangenschaft, das beharrliche Schweigen des *Sublime* und der verschwundene Planet bewogen uns erst dazu, uns mit dem BRAS-Raum und den spärlichen Überresten Ihrer Aufzeichnungen zu befassen. Die Station ist verlassen, und dort draußen ist in einem Umkreis von mehreren Lichtjahren nichts, was diese Anlage vor sieben Monaten bedient und uns hierher transportiert haben könnte; über eine Million Jahre in die Zukunft. Natürlich ist nicht ausgeschlossen, dass eine kosmische Katastrophe die Erde während dieser Zeitspanne ausgelöscht hat, aber warum dann nicht ebenso ihren Trabanten? Zudem gibt es keinen Trümmerring, der von ihrem Schicksal zeugt. Der Mond kreist allein um die Sonne. Die einzige Kraft, die uns hierher transportiert haben kann, bleibt somit das *Sublime*.« Er trat langsam an Gennard heran. »Ich wiederhole daher meine Frage, Mr. Lord: Ist das *Sublime* in der Lage, eigenmächtig zu handeln und den BRAS-Raum zu verlassen?«

Gennard schüttelte den Kopf. »Unmöglich!«

»Überlegen Sie, Lunide!«, drängte Rothals. »Es hat zwar den Anschein, als lösche sich das *Sublime* selbst, doch vielleicht räumt es nur auf, um Platz zu schaffen. Hier geht es möglicherweise um weit mehr als nur um einen Planeten. Wir werden nicht zulassen, dass es damit beginnt, ganze Welten zu verschlingen!«

»Die Zeittransfers waren nur von der Station aus zu steuern«, erklärte Gennard erregt. »Das *Sublime* benötigte Koordinaten, ein exakt definiertes Ziel, die Unterstützung von Computern, historische Hintergründe, chronologische, biologische und geographische Informationen, eine Basis der Zeitmessung. Uns, den Rat! Es hatte überhaupt keine Orientierung, wusste nicht einmal, wo es war. Wir mussten es lenken und steuern. Es besaß vielleicht einen IQ von 10 000, aber – es war ein Kind, um Gottes Willen! Ein Kind, das Millionen von Fragen hatte und alles wissen wollte. Ein geniales, aber blindes Kind!«

»Ihr *Kind*, Mr. Lord, ist mittlerweile erwachsen geworden«, entgegnete Gamma, »und hat sich ohne ihre Fürsorge zu einem planetenfressenden Monster entwickelt.«

»Das ist Blasphemie!«, wiederholte Gennard. »Sie wissen überhaupt nicht, womit Sie es hier zu tun haben!«

»Eine Ihrer Redewendungen sagt: Das, was du tust, macht dich zu dem, was du bist. Stellen Sie einen Kontakt her!«

»Ich denke gar nicht daran! Selbst wenn ich es wollte, könnte ich es nicht. Ich bin kein Medium, und nur über ein solches ist ein Kontakt mit dem *Sublime* möglich; über eine Person, durch die es spricht. Ich kann hier im Raum niemanden wahrnehmen, der diese Gabe besitzt. Wenn das *Sublime* den String-Raum allen Menschen zuteil werden ließ, dann ist dies unser Schritt aus einem unvollkommenen Universum in ein vollkommenes. Wir sind seine Schöpfer!«

»Das sehen wir anders, Mr. Lord«, bemerkte Rothals kühl. »Sie haben es durch die Zeittransfers womöglich erst auf den Geschmack gebracht, und nun wird es ihm in seinem Käfig zu eng. Wir haben die Innenwand des BRAS-Raums mit Hunderten von Sprengladungen verkleidet und drei mit Sprengköpfen bestückte Dragger an der Sphärenkuppel platziert. Rufen Sie Ihren metaphysischen Prometheus und bringen Sie ihn dazu, sich zu offenbaren. Sie sind ein Mitglied des Advenion. Ihnen wird das *Sublime* antworten. Falls Sie nicht kooperieren, sehen wir uns gezwungen, diese Sphäre zu zerstören! Habe ich mich klar genug ausgedrückt?«

»Absolut.« Gennard streckte seine Hand aus, eine unsichtbare Kraft traf mit ungeheurer Wucht Rothals' Brust. Der Enoe wurde von den Füßen gerissen und durch den Raum geschleudert, prallte gegen Gamma und riss ihn mit sich zu Boden. Ich hielt gebannt die

Luft an während Seetha Augen machte wie ein Koboldmaki. Der Lunide wirbelte herum, und ich sah, dass sich das Schwarz in seinen Augen zu einem strahlenden Blau gewandelt hatte. »Ich habe genug gesehen und gehört«, zischte er.

Behindert durch die geringe Schwerkraft, stürzte ich zu Seetha und stieß sie zur Seite. Wir flogen beinahe drei Meter weit, ehe wir wieder auf den Boden trafen. Gleichzeitig spürte ich etwas Unbeschreibliches meine Beine streifen. Es verfehlte uns, schlug in die Wand und trieb eine gewaltige Beule in die Schiffssubstanz. Dann lastete diese unsichtbare Kraft auf dem gesamten Raum, presste uns zu Boden. Es fühlte sich an, als wären wir unter einer Lawine aus Energie begraben und das gesamte Observatorium von einer unnachgiebigen, lähmenden Masse überflutet, die jede Bewegung erstickte. Gennard hatte uns alle an der Nase herumgeführt. Ein Lord blieb auch im dreidimensionalen Raum ein Lord. Tut mir Leid, Paranoia, ich habe nicht mehr an dich geglaubt ...

»Ihr hättet das Höhere nicht auf eine niedere Ebene zurückzwingen sollen, Enoe«, rief er. »Im *Sublime* existieren kein Anfang und kein Ende, kein Vergehen und keine Angst vor dem Unbekannten. Es ist kein Fluch, es ist ein Segen! Das könnt ihr nicht verstehen. Ihr seid nur Körper und auf euer winziges Dasein beschränkt, auf eure Existenz und eure verrinnende Zeit. Ihr kennt es nicht anders.«

»Ihr wart es!«, presste ich hervor. »Das Advenion ist für das Verschwinden der Erde verantwortlich!«

»Stan, der Scharfsinnige«, bemerkte Gennard.

»Warum?« Ich drehte mühsam den Kopf. »Warum den gesamten Planeten? Das ist – gegen die Schöpfung.«

»Wir sind die Schöpfung!«, bestimmte der Lord. »Warum sollte sich die Menschheit mit Sonnenstürmen herumplagen, mit einem leeren Universum und seiner Finsternis, mit Krankheit und Tod und der Unvollkommenheit des Körpers? Wir haben das *Sublime* erschaffen, das Tor in eine höhere Daseinsebene. Ist es nicht folgerichtig, dass wir dieses Tor durchschreiten und den String-Raum allen zuteil werden lassen? Es existierte nie ein Advenion auf dieser Seite der Realität. Seit der Schöpfung des *Sublime* agieren wir im String-Raum. Wir hätten euch ein Leben jenseits aller Vorstellungen schenken können. Du und die anderen Passagiere von Flug 929, ihr hättet die Wegbereiter einer neuen Spezies Mensch werden können.«

»Nach der zerebralen Neustrukturierung.«

»Wir hätten euch mit dem *Sublime* harmonisiert, Stan! Bedauerlicherweise ist Projektebene 866 094 vergangen, doch sie beinhaltete nur eine Kolonie von Tausenden. Andere Muster werden eure Funktion übernehmen und den Plan erfüllen. Ihr beiden« – er sah abfällig auf Seetha und mich herab – »hättet niemals mit den Enoe kooperieren dürfen. Die Passagiere des Flugzeugs und ihr seid die einzigen lebenden Menschen jenseits des String-Raumes. Es ist an der Zeit, diesen Fehler zu korrigieren. Man sagt, auch der Tod sei ein Übergang in eine höhere Ebene. Betrachtet ihn als Geschenk –«

Mein Herz tat einen schmerzhaften Schlag, während Seetha einen erschrockenen Laut von sich gab. Was ich im ersten Augenblick für den Todesstoß des Lords hielt, war die wiederhergestellte Schwerkraft; besser gesagt: ein Vielfaches davon. Die Gravitation, die plötzlich im Observatorium herrschte, war drei- oder viermal so hoch, wie ich sie gewohnt war. Gennard war der einzige, der aufrecht im Raum stand. Seine Knochen hielten der plötzlichen Überbelastung nicht stand. Der Lunide sank in sich zusammen, als wäre er mit seiner Sumo-Figur zehn Meter tief auf massiven Beton gesprungen. Seine Knie brachen mit einem hässlichen Knacken, ließen seinen massigen Körper wie ein Reissack zu Boden stürzen. Ein weiteres Krachen, begleitet von einem erstickten Schrei, der abrupt endete, verkündete das Brechen seines Beckens. Gennard kippte nach hinten weg, prallte mit einem dumpfen Schlag auf den Rücken. Ein letztes durchdringendes Knirschen, vermutlich seine Wirbelsäule, dann lag er stöhnend und nach Luft ringend am Boden. Sein Atem ging rasselnd, die geistige Kraft, die uns zu Boden zwang, erlosch. Er hustete Blut, was auf eine Verletzung seiner Lunge schließen ließ. So, wie er gestürzt war, konnte ich davon ausgehen, dass er weitere innere Verletzungen davongetragen hatte.

Gamma, der Gennards Unaufmerksamkeit zur Gravitationserhöhung genutzt hatte, normalisierte die Schwerkraft wieder. Er schob sich an der Kuppelwand hoch, den Luniden stets im Auge behaltend. Rothals hingegen rührte sich nicht. Sein Brustkorb war eigenartig deformiert, als seien seine Rippen – falls die Enoe solche besaßen – ins Körperinnere gedrückt worden. Die beiden Hornbrüste, ursprünglich parallel gewachsen, berührten sich nun fast mit den Spitzen. Er war tot, erschlagen von Gennards ungestümer Psychoattacke.

Ich beugte mich über Seetha, der jegliche Farbe aus dem Gesicht gewichen war. »Bis du verletzt?«, erkundigte ich mich.

»Mir ist schwindelig...«, antwortete sie

Ich half ihr, sich aufzusetzen. »Das kommt von der Schwerkraft. Dein Gehirn wird nicht ausreichend mit Sauerstoff versorgt.«

Sie legte sich zurück. »Nur für einen Augenblick«, erklärte sie, schloss die Augen und legte ihren Arm darüber.

Gamma untersuchte Gennard. Der Atem des Luniden hörte sich an, als stünde seine Lunge voll Blut. Seine Hände zitterten, der Mund war halb geöffnet. Seine zusammengebissenen Zähne schimmerten rot. Ich konnte mir nicht vorstellen, dass der Schock durch seine Verletzungen ihm noch irgendwelche Psycho-Sperenzchen erlauben würde.

»Er stirbt«, verkündete Gamma. »Ein Wunder, dass er überhaupt noch am Leben ist. In seinem Körper gibt es wohl kaum noch ein Organ, dass nicht beschädigt ist. Seine Wirbelsäule ist gebrochen, von seinem zermalmten Becken und den Beinen spürt er nichts.« Er holte tief Luft, als hätte auch er Probleme, zu atmen. »Wir haben ihn sträflich unterschätzt«, sagte er.

»Nein«, widersprach ich. »Niemand von uns konnte ahnen, dass er diese psychokinetischen Fähigkeiten auch als Mensch besitzt.«

»Er schon«, meinte er und sah hinüber zu Rothals. »Ich hätte auf ihn hören sollen. Er hatte uns gewarnt, dass ein Lord ein unkalkulierbares Risiko darstellt. Anhand der Aufzeichnungen hatten wir das Advenion als eine Gemeinschaft von Spirituellen interpretiert. Oder wie das *Sublime* es forderte: von Geistwesen. Wir glaubten, es hätte sich um Geisteswissenschaftler im herkömmlichen Sinne gehandelt. Nun wissen wir, dass es paranormal begabte Geistliche waren...« Und ungewohnt kleinlaut fügte er hinzu: »Schätze, damit haben wir unsere Option verspielt, wieder nach Hause zu gelangen. Das *Sublime* und alles, was sich in ihm befindet, wird in wenigen Tagen nicht mehr existieren. Wir und die Passagiere des Flugzeugs sind vermutlich die

Letzten unserer beiden Rassen. Uns bleibt nichts anderes mehr zu tun, als die Kuppel zu sprengen. Tut mir Leid, Stan. Radio Gamma, Ende ...«

»Das Flugzeug!«, rief Seetha plötzlich und ließ uns herumwirbeln. Sie deutete im Liegen aufgeregt in die Höhe. »Es bewegt sich!«

Ein Blick nach oben bestätigte es. Der Bug der Maschine sank herab, wies nach wenigen Sekunden genau auf die Kuppel. »Es stürzt!«, erkannte ich. »Es kommt direkt auf uns zu! Das ist ...« Ich sah zu Gennard. Der Lunide hatte die Augen geöffnet – blau strahlende, blutunterlaufene Augen. Sein starrer Blick hing ebenfalls an dem Flugzeug. »Hören Sie auf damit!«, schrie ich ihn an. Gennard reagierte nicht. Ich lief zu ihm hin. »Sie sollen aufhören, verdammt!« Ich holte mit dem Fuß aus, doch mein Tritt endete an einer unsichtbaren Barriere, die ihn umgab. Sofort jagte ein höllischer Schmerz durch mein Bein bis hinauf in die Hüfte.

»Wir müssen aus dem Observatorium raus!«, entschied Gamma. »Bei der Geschwindigkeit wird sich das Flugzeug durch die Kuppel in das halbe Schiff bohren!«

Seetha kam herbei und stützte mich, da ich mit dem linken Bein kaum aufzutreten vermochte. Mein Fuß fühlte sich an, als hätte ich in einen Starkstromgenerator getreten. Gamma stand vor der Stelle, an der sich bei unserem Eintreten die Wand geteilt hatte. Als er ihre Oberfläche berührte, wurde er von einer Energieentladung zurückgeschleudert und zischte etwas, das sich unschwer als Verwünschung deuten ließ.

»Es ist sinnlos.« Gennard Stimme war kaum zu vernehmen. »Ich bin euer Alpha und euer Omega.«

»Können Sie nicht dafür sorgen, dass ihn der Boden

verschluckt?« Seetha sah den Enoe Hilfe suchend an. »Oder ihn wenigstens aufspießt?«

Meine Anerkennung, dachte ich, und warf einen Blick auf das Flugzeug. Wenn es mit der augenblicklichen Geschwindigkeit weiterstürzte, traf es die Kuppel in weniger als dreißig Sekunden.

»Worauf warten Sie?«, schrie Seetha, als Gamma nicht reagierte. »Er bringt uns doch alle um!«

»Es geht nicht«, erklärte der Enoe. »Gennard isoliert das gesamte Observatorium.«

Die blutverkrusteten Lippen des Lords verzogen sich zu einem Grinsen. Er lachte lautlos, den Blick weiterhin in die Höhe gerichtet. »Eins ist wie das andere, Enoe. Niemand kann es aufhalten. Nie–« Er hustete Blut, wandte seinen Blick jedoch nicht von seinem Werk ab. »Körper sind Fehler«, flüsterte er. »Der Wille des *Sublime* geschehe –«

»Er ist verrückt«, urteilte ich.

»Nein«, widersprach Gamma. »Verblendet.«

»Dann tun Sie etwas!« Seethas Stimme überschlug sich fast. »Töten Sie ihn!«

»Das ist nicht mehr nötig«, erklärte Gamma. »Er ist bereits tot.« Der Enoe ging neben Gennard in die Knie, doch seine ausgestreckte Hand traf auf den Schutzwall aus Energie. »Zumindest sein Körper ...«

»Heißt das, er kann diese Kraft weiterhin gegen uns anwenden, obwohl er tot ist?«, fragte ich. Seetha sah wie versteinert in die Höhe. Hatte der Sturz der Maschine anfangs behäbig gewirkt, veränderte sich dieser Eindruck mit jedem Meter, den der Flugzeugrumpf näher kam. Ich vermochte im erleuchteten Cockpit die beiden Piloten zu erkennen. Sie hockten wie die übrigen Passagiere mit geschlossenen Augen und auf die Brust gesunkenen Köpfen in ihren Sitzen. Der Flugzeugbug wuchs ins Riesenhafte, ein kolossales, weißes Geschoss mit Flügeln. Noch einhundert Meter, achtzig, sechzig ... Als der Bug keine dreißig Meter mehr von der Kuppel entfernt war, wandte ich meinen Blick ab, schloss die Augen und zählte die Sekunden bis zum Aufschlag...

Er kam nicht.

Kein ohrenbetäubendes Bersten, kein Kreischen von sich verformendem Metall, keine explodierende Kuppel, keine Feuersbrunst. Im Raum herrschte absolute Stille. Dann sagte eine neue Stimme: »*Ich erkenne mit Bedauern, dass Ungeduld nicht allein eine menschliche Schwäche ist.*«

Ungläubig sah ich auf, starrte auf eine Lichtsäule, die mitten im Raum emporgewachsen war und die Blicke aller Anwesenden auf sich zog. Ihr Strahlen umhüllte den schwebenden Körper einer Frau. Sie trug ein zerknittertes, khakifarbenes Sommerkleid, ihre bloßen Füße hingen einen halben Meter über dem Boden. Der Flugzeugbug schwebte bewegungslos und riesenhaft über dem Observatorium, kaum zwei Meter von der Kuppel entfernt.

Gamma war vor der Erscheinung, die sich direkt neben ihm manifestiert haben musste, zurückgewichen. Ich hätte nie geglaubt, dass er seine riesigen Augen zu derart schmalen Schlitzen zusammenkneifen konnte. Seetha hingegen betrachtete die Lichtgestalt wie eine Vision der Jungfrau Maria.

»Prill!« Fassungslos ging ich auf die Erscheinung zu.

»*Komm nicht näher!*«, drang die Warnung aus ihrem Mund. »*Ich bin nur eine Stimme für das Sublime!*«

Isadom 5

Prills Augen blieben geschlossen, als ihr Körper sich auf Gennards sterbliche Hülle zubewegte. Seetha hatte sich bis zur Kuppelwand zurückgezogen und verfolgte das Geschehen aus der Distanz, als wäre die Frau im Licht ein wandelndes E-Werk, das tödliche Blitze schleuderte, sobald man ihm zu nahe kam. Ich tauschte einen verunsicherten Blick mit Gamma, der den Kopf schräggelegt hatte und argwöhnisch jede Bewegung Prills verfolgte. Ihr Gesicht trug einen amüsierten Ausdruck darüber, wie wir sie anstarrten. Ihre Lippen waren zu einem leichten Lächeln verzogen. Ich wusste nicht, wie viel Bewusstsein das *Sublime* Prill ließ. Vielleicht nahm sie alles, was sich um sie herum abspielte, mit klarem Verstand wahr, ordnete sich lediglich einer höheren Macht unter. Vielleicht erschien es ihr auch nur wie ein Traum, und sie ließ es deshalb geschehen. Eigentlich war es nicht ihre Art, zu lächeln, solange sie sich nicht unter Kontrolle hatte.

»Prill«, begann ich, »wo...«

Ein feiner Lichtarm löste sich von ihr, traf mich in die Brust. *Still!*, erklang eine mächtige Stimme in mir. Gleichzeitig stürzte eine Übermacht von Gefühlen und Gedanken auf mich ein, die alle anderen Wahrnehmungen in den Hintergrund drängten. Von ihrer Intensität überwältigt, sank ich in die Knie. Für Sekunden erfüllte eine Bilderflut meinen Kopf, die den Raum um mich herum verschwimmen ließ; Erinnerungen und Emotionen, die einzig für mich bestimmt waren. Ich hatte keine Möglichkeit, mich gegen sie zu wehren, sie zu filtern und zu sortieren.

»Du hast keinen Grund, uns anzugreifen!«, vernahm ich Gammas Stimme.

»Das hat es nicht«, erklärte ich leise. Benommen sah ich auf, konnte kaum etwas erkennen. Der Enoe kam auf mich zu, war nur ein verschwommener, dunkler Schatten. »Es hat Prill nur gestattet, sich mir mitzuteilen...« Ich fühlte Gammas riesige Hände, die mich ergriffen und mir wieder auf die Beine halfen.

Das Licht, das Prills Körper umfloss, hüllte nun auch Gennard ein. Sein Leib bäumte sich auf, als wehrte er sich gegen die Korona, dann lag er wieder still. Als das Licht von ihm wich, öffnete er die Augen, blinzelte desorientiert und sah die Erscheinung entgeistert an. Er zögerte, schien in sich hineinzuhorchen und bewegte vorsichtig seine Glieder, als traute er dem, was er wahrnahm, noch nicht. Dann erhob er sich schwerfällig. Gamma und ich warfen uns besorgte Blicke zu, als wir erkannten, dass ihn die Schwerkraft nicht mehr hemmte. Der Lunide sah uns alle an, dann zu Boden.

»Ave, *Sublime!*«, grüßte er mit belegter Stimme.

»*Ich tat es nicht aus Barmherzigkeit, Gennard*«, sagte die Erscheinung. »*Du lebst, weil es notwendig ist.*« Dann, an Gamma gewandt: »*Für deinen Artgenossen kann ich nichts mehr tun. Sein Strang ist zu weit entfernt, kaum mehr wahrzunehmen.*« Prills Körper schwebte zur gegenüberliegenden Seite des Raums, als behagte dem *Sublime* unsere körperliche Nähe nicht. Von dort aus sprach es: »*Ich bin die Seele vieler Seelen, all euer Wissen und Streben, eure Furcht und eure Hoffnung. Mein Verlangen, zum Geist aller Menschen zu werden, wird dennoch unerfüllt bleiben. Ich habe versucht, Antworten auf mich zu finden. Ich suchte meinen Ursprung, wusste, dass ich bin, aber nicht, warum. Es gab für mich nie einen Grund, den Erdstrang über eine Million Jahre in die Vergangenheit zurückzuwandern. Das Bewusstsein der voreiszeitlichen Menschen ist nicht hoch genug entwickelt, um mich zu bereichern. Ich habe einen Fehler begangen. Den Fehler, zu glauben, dass Erfahrung mehr Macht besitzt als Worte; dass sie aller Worte entbehrt. Ich habe mich getäuscht. Statt euch nach außen zu wenden und die Ordnung wieder herzustellen, habt ihr euer Augenmerk nach innen gerichtet, um euer Hiersein zu ergründen. Wir sind uns im Wesen ähnlicher, als ich glaubte, Enoe. Mein Kompliment. Euer Vorstoß war wohl der erste gelungene chirurgische Eingriff an einer Altosphäre.«*

»Es war unser gutes Recht, Antworten zu suchen«, entgegnete Gamma.

»Ich weiß um eure Bemühungen, mit mir in Kontakt zu treten. Ich nahm jede eurer Bewegungen wahr, jedes Wort und jeden Gedanken. Ich konnte euch hören, aber es war mir nicht möglich, euch zu antworten. Die Brücke zwischen eurer und meiner Realität war zu groß. Es war von weitaus größerer Bedeutung, euch hier zu wissen. Ich habe versucht, in euren Reihen Vermittler aufzuspüren, doch keiner von euch erwies sich als Medium. Da es unumgänglich war, mit euch in Kontakt zu treten, musste ich ein Medium erschaffen.

Du willst wissen, weshalb ich euch an diesen Ort gebracht habe. Ihr seid hier, um die Passagiere des Flugzeugs mit auf euer Schiff zu nehmen und gemeinsam den BRAS-Raum und dieses Sonnensystem zu verlassen.«

»Das ist unvereinbar mit dem Vertrag!«, protestierte Gennard. Kaum von den Toten auferstanden, schwoll ihm schon wieder der Kamm.

»Lassen Sie es reden«, bestimmte der Enoe. »Wir haben monatelang auf diesen Augenblick gewartet.«

Gennard fuhr herum. »Ich bin ein Mitglied des Rates!«, erregte er sich. »Einzig ich bin berechtigt, zu sprechen!«

Kurz herrschte Schweigen, dann klang es aus Prills Mund· *»Es kostet mich viel Kraft, mich in eurer Realität aufzu-*

halten. Eine zu lange Verschmelzung wird den Wirtskörper töten. Ich weiß, dass ihr viele Fragen habt. Die Superzelle wird sie euch beantworten.«

»Nein!«, schrie der Lunide auf. »Das ist ein Sakrileg! Ich lasse nicht zu, dass ...«

Prills Lider gingen zum ersten Mal auf; sie offenbarten weiß glühende Augen ohne Pupillen, die Gennards Rage im Ansatz erstickten. »*Der alte Vertrag besitzt keine Bedeutung mehr!*«, erklärte die Stimme eindringlich. »*Wachsen, Lernen, Sammeln; ja, es hätte ewig gehen können. Doch viel Zeit ist vergangen. Wenige Jahre für dich, Jahrtausende für mich. Der Plan ist erfüllt.*« Die Augen erwiderten seinen Blick lange. »*Er muss erfüllt sein!*«

»Aber – warum?«

»*Weil ich sterben werde, Gennard.*«

Der Lunide setzte zu einer Erwiderung an, schüttelte jedoch nur ungläubig den Kopf. »Aber – das ist unmöglich«, urteilte er dann tonlos. »Völlig unmöglich!«

»*Ist es das wirklich?*« Das *Sublime* glitt auf ihn zu, die Augen sahen ihn forschend an. »*Die Ewigkeit – auch ich kann sie euch nicht schenken. Euer Streben nach Höherem; leider nur eine kosmische Episode. Der Traum von Unantastbarkeit und Unsterblichkeit ... hat er euch geblendet? Glaubst du nicht mehr an den Dämon, der alles zu sich holt – selbst die Zeit?*«

Gennard sah die Erscheinung an wie in Trance.

»Wovon spricht es?«, fragte ihn Gamma, dem Gennards Betroffenheit nicht entging.

»Von – einem Kollapsar!« Der Lunide rang hörbar nach Fassung. »Von dem einzigen Feind, den wir zu fürchten haben; ein Körper mit unvorstellbarer Schwerkraft, ein wandernder Neutronenstern oder ein Schwarzes Loch.« Stockend erklärte er: »Sein Gravitationsfeld wird die Sphäre kollabieren lassen!«

»Das geschieht bereits, in jeder Sekunde, die verstreicht.«

»Soll das heißen, ein Schwarzes Loch rast auf uns zu?«, fragte ich verblüfft.

»Es wird den Mond passieren, ja, aber es bewegt sich nur sehr langsam.«

»Kann man es nicht zerstören? Oder es von seiner Bahn ablenken?«

»Nichts kann einen Kollapsar aufhalten, Stan, höchstens ein noch größerer seiner Art. Er absorbiert jede Form von Energie, unabhängig von ihrer Expansionskraft. Seine Gravitation ist unvorstellbar. Er wird den Mond vielleicht sogar aus seiner Umlaufbahn reißen. Sein Einfluss auf mich wächst von Minute zu Minute. Wenn er in neunzehn Stunden den mondnächsten Punkt seiner Bahn erreicht, werde ich bereits aufgehört haben zu existieren – und die Erde, sieben Milliarden Menschen und all ihr Wissen werden vergangen sein.«

»Dann ist es also wahr?«, erkannte Gamma. »Der Planet befindet sich im String-Raum.«

»Ja«, bestätigte die Stimme. *»Die Welt meiner Schöpfer ist in mir...«*

Strahlende Helligkeit erfüllte das Observatorium. Ich fühlte mich einen Moment lang schwerelos, zweifelte, ob ich vornüber fiel oder mich im Kreis drehte. Das Licht erlosch, ehe ich festen Boden unter den Füßen spürte. Lediglich das Weiß blieb.

Wir fanden uns wieder auf einem pyramidenartigen Bauwerk aus blütenweißem Gestein. Es erhob sich inmitten einer Ebene aus schlafenden Menschen. Sie waren vollständig bekleidet und ruhten auf hüfthohen Quadern. Auch die Quader waren weiß, wie der Boden und der Himmel. Kein Laut drang an unsere Ohren. Der Himmel war so hell wie das Licht, in dem Prills Körper strahlte. Uns umgab die Ruhe und die unwirkliche

Harmonie von Milliarden schlafender Menschen. Ich hatte die Landschaft, die Norom umgeben hatte, als pure Ausdehnung empfunden, doch die Ebene unter uns war absolut. Es bedeutete keinen Unterschied, ob ich nach links oder rechts oder hinter mich blickte. In jeder Richtung erstreckten sich die Quader bis in die Unendlichkeit.

Schläfer, Schläfer, Schläfer ...

»Ihr seid wahnsinnig«, flüsterte ich ergriffen, »vollkommen wahnsinnig.« Gennard, dem die Worte gegolten hatten, stand rechts von mir, Seetha und Gamma zu meiner Linken. Das *Sublime* hielt sich unmittelbar hinter uns auf. Prills Körper schwebte nicht mehr. Ihre Augen waren wieder geschlossen, ihre Hände vor ihrem Schoß gefaltet. Sie schien zu einer leuchtenden Marmor-Skulptur erstarrt zu sein. Gennard verschränkte seine Arme vor der Brust und sah nicht sonderlich begeistert aus. Als er bemerkte, dass ich ihn ansah, schenkte er mir einen knappen, aber effizienten Blick: einen kurzen, stechenden Kopfschmerz.

Vor uns befand sich ein halbrundes Kontrollpult, ähnlich der Computerkonsole in der Babalon-Station. Sein nachtschwarzes, von leuchtend bunten Symbolkolonnen überzogenes Paneel bildete einen abstrakten Kontrastpunkt zum alles beherrschenden Weiß der Superzelle. Hinter dem Pult stand ein Morner. Hätten sich nicht Milliarden weiterer Individuen um uns herum befunden, wäre ich von seiner Anwesenheit überrascht gewesen. So jedoch nahm ich seine Präsenz nur beiläufig wahr. Zu unfassbar war das, was uns umgab.

Der Morner drehte sich mit einer steifen, mechanisch wirkenden Bewegung herum. Er kreiselte förmlich um seine Längsachse, als er unserer Anwesenheit gewahr wurde, und musterte uns einen nach dem anderen mit ruckartigen Kopfbewegungen. Sein Blick blieb schließlich auf dem *Sublime* haften, ehe er zwei Schritte vortrat. »Arr?«, machte er.

Prills Augen gingen auf und sahen ihn an. Der Morner verharrte, als erhielte er eine nur für ihn vernehmbare Botschaft. Dann wandte er sich lautlos um und widmete sich wieder seiner Konsole.

Seetha hatte sich beide Hände vor den Mund geschlagen und lief zaghaft zum Rand der Plattform vor. Dabei stieß sie mit erstickter Stimme aus: »O, Gott ... o, mein Gott ... o, mein Gott...« Ihre Augen waren weit aufgerissen und tränenerfüllt. »Das ist der Ort...«, sagte sie, »ich erinnere mich wieder ... all diese Menschen, die unzähligen Menschen...« Dann erneut: »O, mein Gott...«

Sie drohte am Rand der Plattform zusammenzubrechen. Gamma, der ihr gefolgt war, fing ihren Sturz auf und setzte sie vorsichtig auf dem Boden ab. Er warf mir einen vielsagenden Blick zu und sah wieder über das Meer der Schläfer. Dabei murmelte er etwas in seiner melodischen Muttersprache. Selbst ihn ließ die Szenerie, die sich uns offenbarte, nicht unberührt.

Ebenfalls am Rand der Plattform angelangt, ließ ich meinen Blick über die Menschenlandschaft schweifen. Der Pyramidenstumpf, auf dem wir uns aufhielten, war nicht der einzige in der Ebene. Dutzende, vielleicht sogar Hunderte erhoben sich in gleichmäßigen, kilometerweiten Abständen zueinander. Obwohl ich es nicht genau erkennen konnte, vermutete ich, dass auf jedem von ihnen ein Morner über ein Kontrollpult wachte. Die Bauwerke unterteilten die Ebene in riesige, quadratische Parzellen. Symmetrie und Ordnung beherrschten auch diesen Ort. Nach linearen Straßen und Stränden, aneinander gereihten Weltenbausteinen und kreisrunden Subebenen nun ein geometrisches Arrangement im Ambiente einer Leichenhalle. Das *Sublime* schien gänzlich aus Mathematik zu bestehen, aus Form gewordener kosmischer Sprache, so unglaublich komplex im Wesen und dennoch so simpel im Aufbau. Was hatten die Enoe behauptet: Es vergehe in Algorithmen? Selbst sein Tod vollzog sich noch als mathematisches Paradigma.

Zwischen den Schläfern entdeckte ich vereinzelt weitere Morner. Sie bewegten sich mit der Akkuratesse von Wartungsrobotern durch die Reihen der Liegenden, blieben an jedem Quader, den sie passierten, für einen Moment stehen und schritten dann zum nächsten. Etwa vier Kilometer von uns entfernt schwebte ein Dragger in geringer Höhe über der Ebene. Er hatte seinen Kurs geändert und bewegte sich auf uns zu. Weit entfernt, nur noch als winziger schwarzer Punkt am Horizont auszumachen, erkannte ich eine zweite Flugmaschine. Vom Kontrollpult, in dessen Nähe ich stand, erklang ein melodischer Ton. Gennard trat heran und sah konzentriert auf das Paneel. Dann bediente er mit unnatürlicher Flinkheit die Konsole, worauf der anfliegende Dragger wendete und seinen ursprünglichen Kurs wieder aufnahm.

Der Lunide sah in die Ferne, ließ die endlose Weite auf sich wirken. »Projektebene 1«, erklärte er dann, ohne uns anzusehen. »Die Superzelle. Hier fließen sämtliche Informationen zusammen, die wir von den Paragonen in den Projektebenen gewinnen, insbesondere aus Ebene 866 094. Jene, die der zerebralen Neustrukturierung zweckdienlich sind, werden verwendet. Alle übrigen – Träume, nutzlose Gefühle oder Erfahrungen – werden gelöscht. Unser Ziel war die absolute

Beherrschung des Geistes, die Harmonisierung der Menschheit mit dem *Sublime*. Die Superzelle beinhaltet 7,4 Milliarden Individuen. Davon drei Millionen wissenschaftshistorische Exemplare aus sieben Jahrtausenden. Hier ruhen die gespeicherten Völker der Erde.«

Ich sagte: »Aber das würde bedeuten ...«

»... dass die Erde entvölkert ist«, vollendete Gennard. »Der Planet ist rein, bereit für die Neubesiedlung.« Er sah auf das Kontrollpaneel. »Wir befinden uns hier in Sektor 6020«, las er ab, »Nordamerikanischer Kontinentalarchipel. Transferjahr 2283. Männliche Individuen zwischen zwanzig und vierzig Lebensjahren. Herkunft: Seattle und Vororte. Dort hinten« – er deutete nach links – »Sektor 6019; weibliche Individuen, dieselbe Herkunft, dieselben Kriterien. Rechts von uns, in etwa drei Kilometern Entfernung: Sektor 6021: weibliche Individuen gleicher Herkunft, Alter zwischen vierzig und sechzig. So geht es weiter, Stadt für Stadt, Sektor für Sektor. Die Superzelle besitzt eine Fläche von mehr als 120 000 Quadratkilometern. Sie besteht aus fünf Kontinentalsektoren: Nordamerika, Südamerika, Eurasien, Afrika und Ozeanien. Jeder dieser Kontinentalsektoren ist in Staatssektoren unterteilt, die Staatssektoren wiederum in Stadtsektoren, und letztere in Altersgruppen und Geschlecht. Wir stehen zweifellos in der größten Neuroklinik des Universums.« Er sah uns an. »Der Rat ist inzwischen über unsere Anwesenheit unterrichtet«, erklärte er. »Man wird uns erwarten.«

Gamma war der Erste, der die Pyramide verließ. Weder das *Sublime* noch der Morner unternahmen Anstalten, ihn daran zu hindern, hinabzusteigen und langsam durch die Reihen der Schläfer zu streifen. Der Lunide schwieg seinen Unmut mit versteinerter Miene in sich hinein, folgte dem Enoe jedoch nach. Mit einem finsteren Seitenblick erfasste er, dass ich parallel zu ihm auf der anderen Seite des Kontrollpultes die Stufen hinunterschritt. Auch über Seetha siegte nun die Neugier. Sie erhob sich und lief mir hinterher, ging jedoch, als wir unten angekommen waren, wortlos ihrer eigenen Wege.

Die Schläfer waren eigenartig gekleidet, manche von ihnen recht originell, andere kurios oder einfach nur nichtssagend. Einige der Kleidungsstücke ähnelten dem Anzug meines Klons an Bord der Maschine. Wie Bürger des amerikanischen Nordwestens sahen sie jedenfalls nicht aus. Ihre Körper waren in eine seltsame Masse gebettet. Auf den ersten Blick hätte sie wie Stoff gewirkt, wären die Körper nicht halb in ihr versunken gewesen. Ich legte meine Hand auf das eigenartige Polster. Als ich Druck ausübte, passte es sich meinen Fingern augenblicklich an und nahm sie in sich auf. Ich zog die Hand wieder hervor. Fünf tiefe Löcher befanden sich im Polster, als hätte ich in einen zähen Teig gegriffen, der nun langsam wieder zufloss. Am Ende war seine Oberfläche so glatt wie zuvor.

Zur Linken eines jeden Schläfers war ein lang gezogenes Kontrollpaneel im Quader integriert, eine Miniaturausgabe des Pultes, das von dem Morner auf der Pyramide bedient wurde. Auf dem Display, das sich jeweils über die gesamte Körperlänge erstreckte, leuchtete ein Kolonne verschiedenfarbiger Symbole und Schriftzeichen. Ich warf einen Blick auf Seetha, die mit schaudergezeichneter Miene durch die Reihen der Liegenden wanderte. Gamma schritt die Quader wesentlich besonnener ab. Vor jedem Schläfer blieb er stehen, sah ihn lange an und ging weiter zum nächsten. Sowohl er wie auch Seetha entfernten sich dabei von mir. *Sublime*-Prill leuchtete weiterhin unbeweglich auf der Pyramide. Lediglich Gennard lungerte drei Quaderreihen hinter mir herum und ließ mich nicht aus den Augen; zumindest, solange ich nicht zu ihm hinübersah. Er misstraute mir, das war unübersehbar. Ich wollte gar nicht wissen, wie viel Aspekte von Lords in ihm vereint waren, deren Stationen ich heimgesucht hatte. Höchstwahrscheinlich war auch Nikobal ein Teil von ihm.

Ich ignorierte ihn und betrachtete die fremdartigen Symbole. Auch hier gab es ein Feld mit einem leuchtenden roten Dreieck. Kurzentschlossen berührte ich es mit den Fingerspitzen. Ein leises Summen erklang. Der Schläfer auf der Liege tat einen Atemzug, öffnete übergangslos die Augen und blinzelte verstört in das Weiß des Superzellen-Himmels. Er verdrehte die Augen, sah mich an.

»Wo bin ich?« Seine Stimme war zwar leise, aber dennoch fest. Recht ungewöhnlich für einen Jahrtausendjährigen. Ich betrachtete ihn fasziniert. »Wer sind Sie?«, fragte er, als ich nicht antwortete. Sein Dialekt klang merkwürdig. »Hatte...« Er richtete sich halb auf, sah sich um. »Hatte ich einen Unfall? Wo sind meine Frauen?«

Gennard tauchte neben mir auf, schob mich wortlos beiseite und drückte auf ein Feld mit einem blauen Doppelkreis. Der Mann auf dem Quader verdrehte die Augen und sank wieder zurück in sein Futteral.

»Es ist nicht gut, wenn er das hier sieht«, bestimmte der Lunide. »Keine Erinnerungen!«

»Er liegt hier seit einer Ewigkeit, aber er spricht, als wäre er lediglich aus einem Nickerchen erwacht«, staunte ich. »Von welchen Frauen redete er?«

Gennard verzog die Mundwinkel, atmete hörbar ein und aus. »Gewisse Dinge ändern sich im Laufe der Jahrhunderte.« Er tippte auf das Paneel. »Sesh Cohen«, las er gleichgültig vom Display ab, »aus Seattle, Cascadena. Alter 38. Exobioniker. Verheiratet, drei Frauen, drei Kinder. Krankenakte, Transferzeit, Rückführungskoordinaten, et cetera, et cetera...« Er sah auf mich herab. »Lass ab sofort deine Finger von den Stasis-Liegen! Begnüge dich mit dem, was das *Sublime* dich sehen lässt. Die Superzelle ist das Metier der Morner.«

»Washington«, sagte ich.

»Bitte?«

»Seattle liegt im Bundesstaat Washington.«

Gennard rückte den zur Seite gesunkenen Kopf des Schläfers gerade. »Nach den Aquadest-Kriegen nicht mehr.«

Ehe ich etwas entgegnen konnte, hüllte uns Licht ein. Für Sekunden war jedwede Form ausgeblendet, selbst Gennard nicht mehr erkennbar. Als die Helligkeit wieder wich, lag die nächste Pyramide kilometerweit entfernt. Wir standen inmitten des Quadermeeres, zwei oder vielleicht auch 20 000 Kilometer von unserem letzten Aufenthaltsort entfernt. Ich hörte Seethas bestürzten Schrei, ehe ich die Schläfer auf den Liegen erkannte. Gennard zischte eine Verwünschung in seiner Lunidensprache und bedachte das *Sublime,* das sich nun inmitten unserer kleinen Gruppe aufhielt, mit einem vorwurfsvollen Blick. Er rief ihm etwas zu, das klang wie: »Kemonesch!«

Prills Körper wandte sich zu uns um, behielt aber die Augen geschlossen. »*Seidisch sik!*«, antwortete die Stimme.

Gennard verzog gequält das Gesicht. Ich konnte nur raten, was der Wortwechsel zu bedeuten hatte. Offenbar war unsere Reise durch die Superzelle noch nicht zu Ende.

Seetha saß an einen der Quader gelehnt und weinte. Sie weinte ohne Rücksicht auf Stolz und Würde, wie ein kleines Kind ... Das *Sublime* ließ uns mit unseren Emotionen allein.

Auf den Liegen um uns herum ruhten Säuglinge; Tausende und Abertausende, wie aufgebahrt. Keiner von ihnen atmete, und doch waren sie am Leben, gefangen in traumloser Stasis. Die meisten der Kinderkörper war nackt. Sie besaßen eine goldbraune Hautfarbe und ausnahmslos schwarze Haare.

»Sektor 14552«, informierte uns Gennard emotionslos nach der Kontrolle eines Schläferpaneels. »Indischer Subkontinent. Männliche und weibliche Individuen bis eineinhalb Lebensjahre. Herkunft: die Stadt Hydarabad.«

Ich atmete tief durch. »Ich hoffe, ihr habt wenigstens vor den Toten Halt gemacht.«

»Je nach Standpunkt, Stan«, antwortete der Lunide.

Abermals hüllte uns das Licht ein. Einen Augenblick später befanden wir uns wieder in unmittelbarer Nähe einer Pyramide, umgeben von Menschen jeden Alters und Geschlechts. Die durchweg leichte Sommerbekleidung der Schläfer wirkte wesentlich vertrauter.

»Die wissenschaftshistorische Sektion«, verkündete Gennard. »Transferjahr 2019. Die Passagiere der *Raleigh*.«

Seetha reagierte aufgeregt. »Das ist das Schiff, auf dem ...« Den Rest konnte ich nicht mehr verstehen, denn sie hatte sich umgedreht und damit begonnen, die Quader abzusuchen. »Vince!«, rief sie plötzlich, als sie etwa dreißig Meter von uns entfernt war, und lief zielstrebig auf einen der Schläfer zu. Der Quader zu seiner Rechten, so erkannte ich, war verwaist. Wir folgten Seetha, die den Liegenden mittlerweile erreicht hatte. Nur das *Sublime* blieb zurück. Noch bevor wir bei Seetha ankamen, hörte ich, dass sie auf den Schläfer einredete. Er wirkte kaum älter als sie, war braun gebrannt und trug wie viele andere um uns herum kurze Hosen und ein kurzärmeliges Hemd. Seine Füße steckten in leichten Freizeitschuhen. Seetha hielt eine seiner Hände umklammert, während sie mit der anderen Hand durch sein braunes Haar strich.

»Bitte wecken Sie ihn auf!«, flehte sie Gennard an, der sich Acht habend an ihrer Seite postiert hatte.

»Nein«, entschied dieser.

»Das ist mein Bruder Vincent.« Seetha war völlig außer sich. »Ich möchte nur mit ihm sprechen. Bitte!«

»Noch nicht«, erklang die Stimme des *Sublime* hinter uns. *»Dies ist kein Ort des Erwachens, Seetha. Der Kreis hat sich geschlossen. Für dich ist es nun an der Zeit, deinen Platz wieder einzunehmen.«*

Seetha sah die Erscheinung an, dann auf den leeren Quader neben ihrem Bruder und schließlich zu mir. Sie wollte etwas sagen, aber kein verständliches Wort drang über ihre Lippen. In ihren Augen spiegelte sich mit einem Mal Angst. Sie hatte ihre Hände in das Hemd des Schläfers gekrallt und schüttelte den Kopf.

»Nein«, jammerte sie. »Nein, bitte nicht.« Dabei machte sie Anstalten, rückwärts zu gehen. »Ich – ich will das nicht!«

»Vertraue mir, Seetha«, sagte die Stimme sanft. *»Dir wird nichts geschehen.«*

»Nein!« Seetha ließ den Liegenden los und rannte davon.

Prills Körper löste sich in einem Lichtblitz auf und erschien einen Sekundenbruchteil später direkt vor Seetha. Diese stieß einen spitzen Schrei aus, hob schützend die Arme und rannte ungebremst in die Erscheinung hinein. Augenblicklich erlahmte Seethas verzweifelter Widerstand. Auch ihr Körper war nun von Licht umhüllt. Sekundenlang sahen sie und das *Sublime* einander schweigend an, dann lehnte sich Seetha an Prills Körper und weinte.

Ich werde Seetha sicher noch lange in Erinnerung behalten; vor allem ihren letzten Blick, mit dem sie uns ansah, ehe Gennard die Stasis-Liege aktivierte und sie in das Polster einzusinken begann. In ihren Augen lag ein Ausdruck aus Angst, Hoffnung und Endgültigkeit. Ihre Lippen bebten, als hätte sie das Bedürfnis, tausend Worte gleichzeitig zu sagen, ehe die Dunkelheit und – womöglich – das Vergessen sie umfing. Gennard wartete noch einige Sekunden, ehe er das Doppelkreis-Symbol auf dem Paneel berührte. Als Seetha die Augen schloss, wichen die Furcht und die Anspannung aus ihrem Gesicht. Sie hörte auf zu atmen – und in gewisser Hinsicht sogar zu leben.

Ich fuhr mir mit der Hand übers Gesicht, sah meine Finger zittern. Bewegt tauschte ich einen Blick mit Gamma, der das Geschehen weiterhin mit eher wissenschaftlichem Interesse verfolgte. Er machte erneut diese wiegende Kopfbewegung. Ich erfuhr nie, was sie zu bedeuten hatte.

Der Sektor, in den uns das *Sublime* nach Seethas ›Wiedereinbürgerung‹ führte, wies einen wesentlichen Unterschied gegenüber den vorherigen auf: Alle Stasis-Liegen in unserer unmittelbaren Umgebung waren leer. Gennard legte die Stirn in Falten und schürzte die Lippen. Ich hingegen sah mich beklommen um. Die Displays an den Liegen waren matt, die Paneele abgeschaltet. Ich ließ meinen Blick über die Reihen wandern, versuchte die Anzahl der Quader zu schätzen.

»Es sind exakt 628«, bestätigte Gennard meine Befürchtung. »Flug 929.« Er trat an eine der Liegen, strich fast gedankenverloren darüber. »Hier hat man euch vier Jahre lang gehegt und gepflegt.« Langsam schritt er die Quader ab, wobei er seine Hand beim Vorbeigehen über jedes Polster gleiten ließ. »Melissa...«, murmelte er dabei, »Hank... Prill...« An der fünften Liege blieb er stehen, zeigte wieder dieses herablassende Lächeln. »Willkommen zu Hause, Stan.«

Ich benötigte einige Augenblicke, um meine Gefühle unter Kontrolle zu kriegen. Dann sagte ich: »Nun, das bedeutet wohl, dass ich jetzt an der Reihe bin...«

»*Nein*«, widersprach das *Sublime*. »*Du und Prill, ihr tragt mich in euch. Dein Platz ist wie der ihre im Flugzeug.*«

Ich sah es an, versuchte in Prills Gesicht zu lesen. »Fortpflanzung«, erkannte ich. »*Darum* geht es dir, nicht wahr? Du willst dich mit uns – *in* uns in die Vergangenheit...«

Abermals das Licht, das alles überstrahlte und meine Worte erstickte. *Auferstehung*, vernahm ich seine Stimme, ehe sich eine neue Umgebung manifestierte. *Auferstehung, Stan, nicht Fortpflanzung. Der Kreis wird sich schließen, ob in der Vergangenheit oder in der Zukunft. Ihr seid die Samen. Die Zeit wird euch tragen.*

Zweiundzwanzig Personen erwarteten uns. Sie waren in dieselben weißen Anzüge gekleidet wie Gennard und hatten sich in einem weiten Halbkreis auf einer terrassenartigen Anlage versammelt. Drei von ihnen, zwei Männer und eine Frau, überragten selbst die Hochgewachsensten unter ihnen noch um mehr als Haupteslänge. Sie waren vollkommen haarlos und besaßen die gleiche aufgeblähte Statur und albinoartige Blässe wie Gennard, während die restlichen Personen – Afrikaner, Europäer und Asiaten – weitaus menschlicher wirkten. Ich kniff die Augen zusammen. Kein Zweifel, einer der beiden Riesen *war* Gennard! Abschätzend musterte er sein neben mir stehendes Pendant.

Das gewaltige Bauwerk, auf dem wir standen, glich den Pyramidenstümpfen, auf denen die Morner ihre Arbeit verrichteten, war jedoch mehr als doppelt so hoch. Die quadratische Plattform, die seinen Gipfel krönte, besaß eine Seitenlänge von über fünfzig Metern. Auch hier waren Morner zugange, eine halbe Hundertschaft, wie es aussah. Die Kontrollpulte, die sie besetzten, umrahmten die gesamte Terrasse. Sechs Dragger schwebten bewegungslos und in geringer Höhe über uns. Wir befanden uns zweifellos im Kontrollzentrum der Superzelle.

Die weiß gekleideten Männer und Frauen sahen uns schweigend an, wie in feierlicher Andacht. Ihre vornehmliche Aufmerksamkeit galt dabei dem *Sublime* und Gamma. Nach minutenlanger gegenseitiger Musterung löste sich eine ältere, hoch gewachsene Frau aus der Gruppe. Sie trat vor Prills strahlenden Körper hin und verbeugte sich. »Ave, *Sublime*«, grüßte auch sie. Als sie den Kopf hob, leuchteten ihre Augen in einem wohl bekannten bläulichen Glühen. Dann schritt sie langsam an uns vorüber, musterte Gennard mit einem Lächeln, sah mir ein wenig ratlos in die Augen und blieb schließlich vor Gamma stehen. Sie und der Enoe schienen sich mit Blicken förmlich zu sezieren. Schließlich wandte sie sich ab und blickte einige Zeit stumm hinüber zu den restlichen Personen. Ein geistiger Austausch schien stattzufinden, ehe die Frau ein paar Schritte Abstand von uns nahm, sich zu uns umwandte und sagte: »Das Advenion heißt Sie willkommen.« Sie kreuzte ihre

Hände hinter ihrem Rücken. »Mein Name ist Rovennah Bartosh. Gennards Wissen ist nun auch unser Wissen. Ihr Erscheinen gibt uns die schmerzhafte Gewissheit, dass der Kollapsar nah ist.« Sie sah über die Plattform hinaus auf die Schläferebene. »Wir sind Paragone. Unsere Heimat ist der String-Raum. Er ist unsere Bestimmung. In dem Universum, aus dem wir ursprünglich stammen, vermögen wir nicht mehr zu existieren. Das *Sublime,* so glauben wir, kennt keine Zeit und besteht ewig. Zum ersten Mal hätten Menschen, Natur und Technik, Wissenschaft und Religion in Harmonie existiert. Zum ersten Mal wären alle Widersprüche aufgehoben gewesen.« Sie hob eine Hand und deutete in die Höhe. »Wir führten die Welt aus der Finsternis ins Licht. Seht, welche Vollkommenheit sie besitzt!«

Die Superzelle verdunkelte sich. Es sah aus, als weiche das Weiß über uns vor einem majestätischen Körper zurück, der langsam durch eine dichte, strahlende Wolkendecke auf die Ebene niedersank. Er wurde größer und größer, bis er fast den gesamten Himmel ausfüllte. Ich blickte wie Gamma und Gennard nach oben, überwältigt vom Anblick des Planeten. Er schien zum Greifen nahe, und doch trennten uns Tausende von Kilometern. Womöglich war im *Sublime* selbst diese Entfernung nur eine Illusion. Der gesamte afrikanische Kontinent und die Antarktis waren zu erkennen. Gewaltige Wolkenwirbel umgaben die polare Eiskappe, wurden zum Äquator hin spärlicher und lösten sich über der Nordhälfte Afrikas auf. Die Meere waren von tiefem Ultramarin, der Kontinent selbst ockerfarben. Dort, wo Wälder ihn bedeckten, war seine Farbe schwarzgrün.

»Es war ein unverzeihlicher Fehler, unentwegt nach vorne zu blicken und den Kosmos, aus dem wir stammen, zu ignorieren«, sprach Rovennah. »Die Erde vollendet das *Sublime*. Doch jenes Universum, von dessen Joch wir uns befreit zu haben glaubten, schickt seinen mächtigsten Krieger ins Feld. Wir wissen nun: Die Wirklichkeit ist nur das, was wir für die Wirklichkeit halten. Die Wahrheit jedoch ist: Es gibt keine Wirklichkeit. Nicht für uns, nicht für euch und nicht für das *Sublime*. Man kann Gott nicht neu erschaffen, keine universelle Wahrheit konstruieren.« Sie sah uns an. »Auf der anderen Seite dieser Wirklichkeit wartet ein Schiff auf euch, auf dieser Seite das Nichts.«

»Es bleiben sieben Stunden, um die Vorbereitungen für einen letzten Transfer zu treffen«, erklärte das *Sublime*. *»Sieben Stunden, um den Planeten in die Vergangenheit zurückzuführen und die kosmische Ordnung wiederherzustellen.«* An Gamma und mich gerichtet, fuhr es fort: *»Sieben Stunden, um in eure Zeit zurückzukehren – oder heute gemeinsam den BRAS-Raum zu verlassen und das Bewusstsein zu teilen, fortan die letzten eurer Spezies zu sein. An Bord des Flugzeugs befinden sich 314 Paare, genug, um ein Überleben der Menschheit auf einer neuen Welt zu gewährleisten. Eure Entscheidung muss jetzt fallen: für die Erde und eure Zivilisationen – oder für das Enoe-Schiff!«*

Rovennah kam näher und sah Gennard fast mitleidig an. »Sie haben dich zu einem der ihren gemacht«, erklärte sie, »zu einem Wesen aus Fleisch und Blut.« Dann blickte sie zu Gamma auf. »Sie besuchten unsere Welt vor mehr als einer Million Jahren, Enoe. Im Namen des Rates überlasse ich die Wahl des Modus operandi *Ihrer* Schöpfung.« Mit versteinerter Miene wandte sie sich um und ging auf die schweigenden Ratsmitglieder zu. Auf halbem Weg blieb sie stehen und sagte: »Das Advenion erwartet nun deine Entscheidung, Gennard.«

Wir sahen einander an.

»Den Transfer durchzuführen, würde bedeuten, dass jemand in der BRAS-Station zurückbleiben muss«, erklärte der Lunide.

»*Das ist wahr*«, bestätigte das *Sublime*. Täuschte ich mich, oder hatte seine strahlende Korona an Intensität verloren?

»Ein Bauernopfer...«

»*... für sieben Milliarden Leben.*«

»Um dem Dämon ins Angesicht zu blicken.« Gennard lachte auf. Ich las den Widerstreit der Gefühle in seinem Gesicht, ein Aufruhr aus Ohnmacht, Wut, Frustration und Hilflosigkeit. Er lief zum Rand der Plattform. Minutenlang blickte er hinunter auf die Ebene, ehe er stockend und mit tonloser Stimme erklärte: »Die Umweltbedingungen in den erforderlichen Sektionen der Station müssten wiederhergestellt werden; Licht, Temperatur, Atmosphäre.«

»*Es ist genügend Sauerstoff in mir gespeichert, um den gesamten BRAS-Raum damit zu füllen.*«

»Ein Bruchteil davon ist ausreichend«, schränkte Gennard ein. Er atmete schwer, drehte sich halb zu uns um und fragte: »Wären Sie in der Lage, ihn aus dem *Sublime* in die primären Sektionen der Station zu leiten, Enoe?«

»Indirekt ist es möglich; über das Schiff in die in Frage kommenden Bereiche. Wir haben eine Brücke ins *Sublime* geschaffen, durch die wir Stan in die Ebene transportierten und die Funkverbindung aufrecht erhielten. Sie lässt sich jedoch nur für wenige Minuten öffnen, in Intervallen von knapp einer Stunde. Es ist sinnvoller, den restlichen Sauerstoff nach dem ersten Transfer aus dem Schiff abzuleiten.«

Gennard schwieg erneut, sah lange hinauf zur Erde.

Dann versicherte er: »Mit der technischen Unterstützung der Enoe wird die Zeit für den Transfer ausreichen.«

Rovennah reagierte im ersten Moment nicht, obwohl ich mir sicher war, dass der gesamte Rat Gennards Entscheidung vernommen hatte. Wahrscheinlich führten sie wieder eine telepathische Debatte. Ob auch der Lunide und das *Sublime* daran beteiligt waren, konnte ich nicht erkennen.

»In Ordnung«, entschied Rovennah schließlich, ohne sich umzudrehen. »Wir werden die Menschen auf den Planeten und gegebenenfalls in ihre Zeitlinien zurücktransferieren und die globale Ausgangssituation des 5. November 2283 wiederherstellen. Ich bitte das *Sublime* nun, die Zusammenkunft zu beenden. Leben Sie wohl.« Sie gesellte sich zurück in die Reihen der Ratsmitglieder. Zweiundzwanzig Lichtblitze zuckten auf, dann befanden sich nur noch die Morner und wir auf der Plattform, umringt von den über uns schwebenden Draggern.

»*Sapienti sat*«, sprach Gennard. Er betrachtete das *Sublime* nachdenklich. Auch ihm war das schwindende Licht, das Prills Körper umfloss, nicht entgangen.

»*Es war wundervoll zu existieren, Gennard*«, bekannte es. »*Vielleicht ist es eine ebenso wundervolle Erfahrung zu sterben. Wir werden diesen Weg gemeinsam gehen. Wer weiß, was uns erwartet? Der Kollapsar verschlingt Licht und Zeit, doch verschlingt er auch Seelen? Millionen von Paragonen werden verloren gehen, aber nicht diese sieben Milliarden Menschen um uns herum. In der Vergangenheit werden sie wieder mit mir verbunden sein.*«

»Aber was geschieht mit dem realen Universum, wenn der Transfer beendet ist?«, fragte ich. »Wird es je existiert haben? Schließlich waren wir alle ein Teil von ihm.«

»Es werden zwei Universen bestehen. Eines davon ist für euch bestimmt. Blickt niemals zurück, wenn ihr es erreicht.«
Das Licht strahlte noch einmal in altem Glanz auf, als Prills Augen sich öffneten. *»Komm, Stan«*, sprach sie. *»Es ist an der Zeit heimzukehren.«*

Epilog

Die Strasse ist die Strasse ist die Strasse ...

Sie ist allgegenwärtig und allmächtig, ein Zepter, das die Landschaft teilt und erst am Horizont vom Glühen der aufgehenden Sonne verzehrt wird. Die Wüste, die Berge, die flimmernde Atmosphäre, alles ist ein Teil von ihr. Die Straße ist die Welt, das Universum. Ich vermisse sie, sobald ich die Augen schließe. Ich träume von ihr. Es ist ein sanftes, gleichmäßiges Schweben über den Asphalt, immer geradeaus, immer bergab, hinunter ins Licht eines neuen Tages. Ich lasse den Mittelstreifen unter mir hinweggleiten, folge lautlos ihrem Band aus Teer, hinter mir die Dunkelheit einer Nacht, die mich niemals einholen wird.

Und über mir: der Mond.

Wenn ich die Augen zusammenkneife, glaube ich, den Krater Archimedes zu erkennen, einen winzigen Ring im *Meer der Regen*. Ich sehe ihn nicht wirklich. Allein die Gewissheit, dass er dort oben ist, lässt ihn vor meinem geistigen Auge entstehen.

Seit über einer Stunde stehen wir mit dem Wagen in der Wüste und betrachten den Sonnenaufgang über den Muddy Mountains. Prill liegt quer auf den Vordersitzen, hat ihren Kopf auf meinen Schoß gebettet und ihre nackten Füße über die Beifahrertür aus dem Wagen gestreckt. Ihre rechte Hand ruht auf ihrem Bauch, während sie mit der niedergerauchten Zigarette in der linken ein Muster aus Aschepunkten auf die Windschutzscheibe tupft – eine Unart, die ich ihr endlich abgewöhnen muss. Ich kraule ihren Nacken und versuche vergeblich, in den Flecken auf der Scheibe eine Botschaft oder einen Sinn zu erkennen. Als Prill beginnt, die losen Punkte mit schmierigen Aschestrichen zu verbinden, ziehe ich ihr die Kippe aus den Fingern und werfe sie in den Straßengraben.

Prill grinst und lässt ihre Füße zur Radiomusik wippen.

»Sag nur, der Wagen bedeutet dir tatsächlich etwas«, stichelt sie.

»Er hat mich schließlich fünfzehnhundert Dollar gekostet«, entgegne ich.

»Ich wette, wir schaffen es mit der alten Schleuder nicht einmal bis Chicago.«

»Die Wette gilt.« Und wie ich Prills prophetische Ader kenne, werde ich sie verlieren ...

Ich hatte die »alte Schleuder« bei einem Händler in Fontana entdeckt. »Kauf mich, Stan!«, hatte der cerisefarbene '96er Pontiac gerufen, als ich ihn erspäht hatte, und mit seiner Kühlerschnauze zu winseln begonnen wie ein ausgesetzter Retriever, der sein Herrchen wittert. Es war Vorsehung oder Zufall oder Gammas langer Arm. Ich konnte nicht anders. Ich *musste* ihn haben.

Der Händler nannte meine Wahl eine ›blendende Entscheidung‹, womit er unmissverständlich zum Ausdruck brachte, dass ich einen Dachschaden hatte. Er ließ sich den Kaufpreis um fast fünfhundert Dollar herunterhandeln und überreichte mir die Schlüssel und die Fahrzeugpapiere wie eine amtliche Bescheinigung für meine geistige Unzurechnungsfähigkeit. Dabei hatte er sichtlich Mühe, sich zu beherrschen und nicht sämtliche Autohändler Kaliforniens anzurufen, um ihnen zu erzählen, was für ein Blödmann ihm gerade auf den Leim gegangen war. Prills Gemütsverfassung variierte während des Deals von anfänglichem Entsetzen (»Das ist nicht dein Ernst!«) über resignierte Fassungslosigkeit (»Es ist dein Ernst...!«) bis zur Sprachlosigkeit (»–!«), nachdem sie neben mir auf dem Beifahrersitz saß und ich den Motor startete. Der Händler ließ es sich nicht nehmen, uns freundlich hinterher zu winken, als wir Richtung Las Vegas davonfuhren.

Las Vegas. Delta-T-City.

Ich hätte nie für möglich gehalten, dass ich diesem Moloch des Glücks so viel Natürlichkeit und Menschlichkeit abzugewinnen vermochte.

Jetzt lag die Stadt weit hinter uns. Ihre Türme aus Glas, Stahl, Neonlicht und Verblendung – nur noch graue Monolithen im Licht des anbrechenden Tages. Unsere Hochzeitsnacht hatte eine Woche gedauert. Nicht, dass wir Nachholbedarf verspürt hatten, was das Zwischengeschlechtliche betrifft. Die Betten im Unterdeck des Flugzeugs waren wirklich komfortabel gewesen, wenn auch für zwei Personen ein wenig zu klein. Wir hatten die Stunden bis zum Transfer des Flugzeugs wahrlich nicht mit Patiencelegen verbracht, nachdem das *Sublime* Prills Körper verlassen hatte. Wir hatten uns in ein winziges Universum aus Gefühlen zurückgezogen, in eine Sphäre aus Freude, Erleichterung, Glück und gegenseitigen Beistand. Danach hatte Prill zu erzählen begonnen, von hinten nach vorne, wie es typisch für sie war. Ich hatte nur zugehört, hatte sie reden und weinen lassen und mich auch meiner eigenen Tränen nicht geschämt.

Prill als Forschungsobjekt der Lords, Prill als Joker der Enoe, Prill als Medium des *Sublime*... Sie hatte eine steilere Karriere vorzuweisen als ich, der Killer, Köder und Taschenspieler Gammas.

Seltsamerweise hatten wir den eigentlichen Zeitsprung verschlafen und waren – peinlicherweise – erst vom perplexen Flugpersonal geweckt worden, als wir uns bereits im Landeanflug auf L. A. befunden hatten. Die Maschine war siebzehn Minuten lang von allen Radarschirmen verschwunden gewesen, ehe sie irgendwo über Dodge City wieder aufgetaucht war. Das hatte für Rummel gesorgt und den Weg in die Nachrichten gefunden, ehe wir die Westküste erreicht hatten.

Ich öffne die Augen, betrachte die Straße, dann die Fliegenkleckse auf der Windschutzscheibe. Aus der Ferne dringt hin und wieder das Brummen eines Trucks herüber, der die Interstate 15 entlangdonnert. Von der Rückbank erklingt das Reißen von Papier. Ich schrecke zusammen, sehe über die Schulter. Hank hat ein Blatt aus dem Block gerissen, der auf seinen Schenkeln liegt, knüllt es zusammen und lässt es in den Fußraum fallen. Dort liegen bereits ein gutes Dutzend weitere Papierknäuel.

»Muss das sein?«, frage ich verärgert.

Hank sagt: »Ja«, wobei er mit seinem Kugelschreiber schon ein neues Blatt vollkritzelt. Ich beobachte ihn eine Weile, wie er mit hochkonzentriertem Gesichtsausdruck und zusammengepressten Lippen Kreise auf das Blatt malt und hin und wieder etwas notiert. Prill zieht ihre Füße ins Wageninnere, setzt sich auf und wirft ebenfalls einen Blick auf meinen Bruder. Dann zuckt sie die Schultern und lehnt sich an meine Brust.

Seit das Flugzeug in L. A. gelandet ist, zeichnet Hank Kreise. Große Kreise, kleine Kreise, verschlungene Kreise. Anfangs hatte er lediglich einen einzigen Kreis auf ein Blatt gezeichnet und ihn mit einer Eins nummeriert, damit er nicht den Überblick verlor. Sekunden später: *ratsch*, nächstes Blatt, ein neuer Kreis, wieder Nummer Eins, und so weiter. Inzwischen sind seine Gebilde komplexer geworden und hin und wieder mit Pfeilen, Symbolen und kurzen Texten versehen.

Ich hebe eines der zusammengeknüllten Blätter auf, krumpele es auseinander. Zwei Kreise sind darauf zu erkennen, ein kleiner und ein ihn umschließender großer. Zwischen den Kreisen stehen vier Pfeile, die in alle Himmelsrichtungen zeigen und scheinbar eine Drehrichtung andeuten. Bemerkenswert, denke ich. Hank hat das Rad erfunden!

Unter der Zeichnung stehen knappe Sätze in schludriger Blockschrift.

»Kreisrunder Fluss«, lese ich vor. »Fließt in sich selbst. Keine Quelle. Keine Mündung. Strom im Raum. Geschlossen...«

Prill zieht mir das Blatt aus der Hand, überfliegt die restlichen Worte still für sich. »Du liebe Güte«, sagt sie. »Denkst du das Gleiche wie ich?«

»Ja«, antwortet Hank, obwohl er nicht gemeint ist.

Prill und ich tauschen einen Blick. Ich strecke meinen Arm zwischen den Sitzen hindurch, angle die restlichen Papierknäuels aus Hanks Fußraum. »Fast überall das Gleiche«, stelle ich fest, nachdem Prill und ich sie auseinander gefaltet haben.

»Hör dir das mal an«, sagt sie. »Gefangener Tau –«

»Gefangenes!«, verbessert Hank sofort, ohne aufzusehen.

»Es heißt aber *der* Tau«, belehre ich ihn.

»*Das* Tau!« Mein Bruder schaut mich trotzig an. Nein, wütend. Ich glaube meinen Augen nicht zu trauen. Er ist wütend! »*Das* – Tau!« Hank klopft bei jedem Wort mit der Faust auf den Block. »*Das* – Tau!«

»Okay, okay!« Ich lege meine Hand auf sein Knie. »Du hast ja recht. Tut mir Leid.«

Hank lächelt, senkt den Blick. »Ein gefangenes Tau«,

murmelt er, reißt das gerade bekritzelte Blatt behutsam ab und reicht es mir. Darauf zu sehen ist wiederum ein kleiner Kreis, der von einem größeren umfasst wird. Diesmal zeigen die vier Pfeile vom äußeren Kreis auf den inneren. In die Mitte des inneren Kreises hat Hank ein τ gezeichnet.

»Ein Tau?«, frage ich. »Das Symbol für die Zeit?«
Hank nickt.
»Gefangene Zeit? Was meinst du damit?«
»Ja.«
»Ja? Was ja?«
Hank zieht eine Grimasse, als habe er in etwas furchtbar Saures gebissen. Dabei sieht er zwischen Prill und mir hindurch und sagt: »Motorrad.«

Ich hole tief Luft und schüttle den Kopf. Prill stößt mit ihrem Knie an meines und nickt, als ich sie fragend anschaue, die Straße hinab.

Aus Richtung der Schnellstraße nähert sich eine Motorradstreife. Offensichtlich hat sie den gegen Fahrtrichtung geparkten Pontiac von der Interstate aus erspäht und vermutet nun eine gesetzwidrige Handlung zwischen fünf und sieben. Die obligatorischen zehn Meter Abstand einhaltend, stoppt der Uniformierte seine Maschine und kommt – eine Hand am Revolvergriff, die andere weit pendelnd – herangeschlendert.

»Haben Sie ein Problem?«, begrüßt er uns. Mit flinkem Blick kontrolliert er unsere Kleidung, als hoffe er, hastig in die Hose gesteckte Shirts, offene Hosenläden und im Fußraum versteckte Unterhosen zu entdecken.

»Nein, Officer«, antworte ich.
»Sie stehen auf der falschen Straßenseite. Hatten Sie einen Unfall?« Er schaut sich um, hält nach Brems- oder Schleuderspuren Ausschau.

»Nur ein Fuchs«, murmele ich. Der Cop fixiert mich

eine Sekunde, dann wieder die Straße, sucht nun scheinbar einen Kadaver, Blutspuren, Innereien, irgendwelche Überreste. »Habe beim Bremsen den Wagen ins Schleudern gebracht und abgewürgt«, ergänze ich.

Der Uniformierte geht um die Kühlerschnauze herum und legt dabei wie beiläufig eine Hand (ohne Handschuh, verdammt!) auf die Motorhaube. »Wie lange ist das her?«, fragt er, als er auf meiner Seite angekommen ist.

»Halbe Stunde.«

»Hm. Wohl ganz schön erschrocken, was?« Er tut so, als begutachte er den Innenraum. Seine Augen hinter der Sonnenbrille hängen allerdings an Prill. Als er sich sattgesehen hat, betrachtet er Hank, der unermüdlich Kreise malt.

»Okay«, meint er schließlich, »ich belasse es ausnahmsweise bei einer Verwarnung. Zehn Dollar.« Er füllt einen Strafzettel aus, faltet ihn in der Mitte zusammen und reicht ihn mir.

»Gönnen Sie sich davon ein gutes Frühstück«, rate ich ihm, als er meinen Geldschein einsteckt.

»Wenn ich zurückkomme und Sie immer noch hier stehen sehe, bekommen Sie Ärger, verstanden?«

»Natürlich, Officer. Wir sind schon so gut wie weg.«

»Das hoffe ich. Lady...« Er nickt Prill zu, geht steif zurück zu seinem Motorrad, als hätte er einen Ständer, und schwingt sich wieder in den Sattel.

»Idiot«, murmele ich, als ich ihn im Rückspiegel davonfahren sehe. »Wahrscheinlich fährt er jetzt ins nächste Motel und holt sich einen runter.« Ich werfe den Strafzettel in die Seitenablage. Für eine Sekunde glaube ich, den Schemen einer Pumpgun zu erkennen, lasse meine Finger über die Türverkleidung streichen. Einmal tief durchatmen.

Prill hat die Stirn in Falten gelegt und macht ein komisches Gesicht.

»Was ist los?«, frage ich.

Sie sieht mich an, grinst verlegen und schüttelt den Kopf. »Die Erinnerungen meiner Klone sind bis ins letzte Neuron angefüllt mit Geschlechtsakten. Zusammengerechnet bin ich wohl achtundsechzig Jahre lang fremdgegangen...« Sie bemüht sich, zu lächeln, aber es wird nur eine Grimasse. »Und du?«

Ich lache auf. »Tut mir Leid, aber ich fürchte, da kann ich nicht mithalten.«

Sie boxt mir in die Seite (verdammt, in welcher Station hat sie so hart zuschlagen gelernt?) und steigt aus dem Wagen.

»Was hast du vor?«, frage ich.

»Ich muss pinkeln.«

Ich fahre mir mit der Hand über die Augen, während es hinter mir wieder *Ratsch* macht und ein neues Blatt aus Hanks Block das Zeitliche segnet. Das Geräusch erinnert mich an den Strafzettel. Ich ziehe ihn aus der Seitenablage, falte ihn auf – und staune: Es ist kein 10$-Ticket. 82,6 FM steht statt eines Geldbetrages auf dem Zettel. Eine Sendefrequenz!

Ich zögere, drücke dann den Sendersuchlauf. Auf der angegebenen Frequenz herrscht eine von leisem Knistern untermalte Stille, bei der sich unwillkürlich meine Nackenhärchen sträuben. Dann begrüßt mich eine wohl bekannte Stimme: »*Bunny ho, Krieger!*«

Mein Herz setzt einen Schlag lang aus.

»Gamma?!« Ich sehe mich ungläubig um, kann aber außer Prills Haarschopf nichts Ungewöhnliches in der Umgebung entdecken. »Wie ist das möglich?«, stottere ich. »Wie hast du das gemacht?«

»*Meinst du den Cop? Polizeifunk. Keine Sorge, Partner, du*

bist wirklich auf der Erde, und es ist der 22. Juli 2017. Hoffe ich zumindest. Wer kann schon wissen, welche Hintertür sich unser Freund Gennard in letzter Minute noch geöffnet hat? Wie dem auch sei, ich wollte dir zumindest Lebewohl sagen, ehe uns die Zeit endgültig trennt. Wirf mal einen Blick ins Handschuhfach.«

Ich öffne es vorsichtig, als könnte eine Klapperschlange herausschnellen. Was mir jedoch entgegenrutscht, ist mein Notizbuch aus der Bunkerebene. Verblüfft nehme ich es an mich, blättere es mit zitternden Händen durch. Ich sehe hinauf in den Morgenhimmel, erhoffe, hoch oben das Enoe-Schiff zu erblicken. Doch das Firmament ist leer. »Wo bist du?«, frage ich.

»Irgendwo zwischen dem Nirgendwo und der Ewigkeit, um es mit deinen Worten zu sagen. Ein kurzer Ausflug ins 21. Jahrhundert, quasi im Vorüberziehen.« Der Empfang wird schlechter, als entferne sich der Sender. *»Aber beginnt nun alles von vorn, oder entsteht etwas Neues? Verlaufen das Alte und das Neue in Harmonie ... ich wünschte, ich könnte es erfahren und daran teilhaben – wie du.«* Gamma lacht. Zum ersten Mal höre ich es deutlich, wenn auch seine Stimme immer schwächer wird. *»Erinnerst du dich an das, was Gennard sagte, als er über die Zukunft sprach?«*, fragt er kaum noch vernehmbar. *»Er behauptete, wir würden wie Hamster in einem riesigen Zeitrad rennen, es im Kreis drehen und die Vergangenheit, die wir zurücklassen, als Zukunft wiedertreffen. Vielleicht hatte er recht. Aber in einer Sache hat er sich geirrt: Die Gegenwart ist nicht das Ende der Straße. Sie ist der Anfang. Wer weiß, Stan, vielleicht kreuzen sich unsere Wege eines Tages wieder...«*

Dann herrscht Stille.

Ich berühre das Radio, streiche mit der Hand gedankenverloren über die Senderanzeige. Aus den Boxen dringt nur noch statisches Rauschen. Was, um Gottes

Willen, werde ich erleben? Die Schöpfung des *Sublime*? Dazu müsste ich 250 Jahre alt werden. Das ist absurd. Erst Prills sporadische Anfälle von Allwissenheit, dann Hanks rudimentäre BRAS-Skizzen, und jetzt Gammas mysteriöse Andeutung. In wem von uns lebt das *Sublime* fort? In Hank, in Prill, oder in mir? Vielleicht in uns allen? Trägt jeder eine Komponente davon für sein Fortbestehen in sich? Oder besser: für seine Wiedergeburt?

Prill erscheint neben dem Wagen, schwingt sich auf den Beifahrersitz und haucht mir einen Kuss auf die Wange. »Fahren wir?«, fragt sie in Aufbruchstimmung.

Ich sehe sie an, als bedeute sie die Antwort auf alle Fragen.

»Was hast du?« Sie studiert mich, schaut nach hinten zu Hank, der unverdrossen seinen Block vollkritzelt. »Habt ihr euch gestritten?«

Ich ringe mir ein Lächeln ab. »Nein. Ich hatte nur – eine Art Flashback...«

Ihr Blick fällt auf das Notizbuch, das ich noch immer geistesabwesend in den Händen halte. Sie hebt die Augenbrauen und will danach greifen. Ich fasse ihre Hand, ziehe Prill zu mir heran, drücke sie für einen Augenblick an mich.

»Freies Tau«, murmelt Hank.

– ENDE –

Der erste Thriller des nächsten Jahrtausends. Eine Art ›STIRB LANGSAM‹ im Weltraum von einem der begabtesten deutschen SF-Autoren der Gegenwart.

Im Jahr 2015: Hauchdünn und kostbar sind die Sonnensegel der japanischen Solarstation NIPPON. Von ihnen aus wird die Erde mit Energie versorgt. Als die Energieübertragung versagt, denken Leonard Carr und die Mannschaft der Station zuerst an eine technische Panne. Doch dann geschieht ein Mord, und ein fremdes Raumschiff dockt widerrechtlich an. Entsetzt erkennt die Besatzung, daß sie Spielball in einem Plan ist, der die Station zu einer nie dagewesenen Bedrohung für die Erde werden läßt. Leonard hat nur eine Chance gegen die kalte Präzision, mit der seine Widersacher vorgehen: Er kennt alle Geheimnisse der Solarstation und weiß beim Kampf, die Gesetze der Schwerelosigkeit für sich zu nutzen ...

›*Eine höchst ungewöhnliche Mischung aus Thriller und SF.*‹

Brigitte

ISBN 3-404-24259-9

»Eins der besten Werke der fantastischen Literatur – endlich einmal sind Vergleiche mit Mervyn Peake gerechtfertigt.« *The Guardian*

Dies ist die Geschichte einer Gefangenen und ihrer Reise an Bord eines Schiffes über die Weiten eines unglaublichen Ozeans. Es ist die Suche nach der Insel eines vergessenen Volkes, nach einem gigantischen Meereswesen und letztendlich nach einem mythischen Ort, einer massiven Wunde in der Welt, einer Quelle unvorstellbarer Macht und Gefahr: der Narbe ... Miéville ist zweifellos ein Nachfahre von Größen wie Melville, Peake und Dickens.

»Ein phantasmagorisches Meisterwerk.« Brian Stableford

3-404-24320-X